W0368781

ERIN MORGENSTERN

Née en 1978, Erin Morgenstern est artiste et écrivain. Son premier ouvrage, *Le Cirque des rêves*, paru en 2012 chez Flammarion, fut un véritable succès en Angleterre et aux États-Unis. Traduit en vingt-neuf langues, il reçut en 2012 le Locus Award for Best First Novel. Son nouveau roman, *La Mer sans étoiles*, a paru chez Sonatine en 2020. Erin Morgenstern vit actuellement à New York.

Retrouvez toute l'actualité de l'auteur sur :
www.erinmorgenstern.com

LA MER SANS ÉTOILES

ÉGALEMENT CHEZ POCKET

Le Cirque des rêves

La Mer sans étoiles

ERIN MORGENSTERN

LA MER SANS ÉTOILES

Traduit de l'anglais (États-Unis)
par Julie Sibony

SONATINE ÉDITIONS

Titre original :
THE STARLESS SEA
Doubleday, New York

Le Code de la propriété intellectuelle n'autorisant, aux termes de l'article L. 122-5, 2° et 3° a, d'une part, que les « copies ou reproductions strictement réservées à l'usage privé du copiste et non destinées à une utilisation collective » et, d'autre part, que les analyses et les courtes citations dans un but d'exemple et d'illustration, « toute représentation ou reproduction intégrale ou partielle faite sans le consentement de l'auteur ou de ses ayants droit ou ayants cause est illicite » (art. L. 122-4).
Cette représentation ou reproduction, par quelque procédé que ce soit, constituerait donc une contrefaçon, sanctionnée par les articles L. 335-2 et suivants du Code de la propriété intellectuelle.

© E. Morgenstern LLC, 2019
© Sonatine Éditions, 2020, pour la traduction française
ISBN 978-2-266-30012-4
Dépôt légal : octobre 2021

LA MER SANS ÉTOILES

LIVRE I

DOUX CHAGRINS

DOUX CHAGRINS

Jadis, il y a fort longtemps...

Il y a un pirate dans la cave.

(Le pirate est une métaphore, mais en même temps une personne.)

(La cave pourrait très bien être un cachot.)

Le pirate a été placé là en raison de nombreux actes de piraterie considérés comme des crimes dignes de châtiment par les non-pirates qui décident de ces choses-là.

Quelqu'un avait dit de jeter la clé, pourtant elle est pendue par un anneau rouillé à un crochet sur le mur adjacent.

(Suffisamment près pour être visible de derrière les barreaux. La liberté à portée de main mais inaccessible, comme un rappel constant au prisonnier. Personne ne se souvient de ça désormais de l'autre côté des barreaux. L'habile stratagème psychologique a été oublié, dissous dans l'habitude et la commodité.)

(Le pirate s'en rend compte mais s'abstient de tout commentaire.)

Le garde est assis sur une chaise près de la porte et lit des romans policiers aux pages jaunies, en se rêvant dans une version fictionnelle et idéalisée de lui-même ; en se demandant si la différence entre les pirates et les voleurs est une question de bateaux et de couvre-chefs.

Au bout d'un moment, il est remplacé par un autre garde. Le pirate ne peut identifier d'horaire précis, car la cave-cachot ne possède pas de pendule pour indiquer l'heure, et le bruit des vagues sur le rivage derrière les murs en pierre étouffe les cloches du matin et l'allégresse du soir.

Ce garde-là est plus petit et ne lit pas. Il ne se rêve en personne d'autre que lui-même, il n'a pas assez d'imagination pour s'inventer des alter ego, ni même pour compatir avec l'homme derrière les barreaux, seule autre âme qui vive dans cette pièce à part les souris. Quand il ne dort pas, il s'intéresse énormément à ses chaussures. (En général, il dort.)

Environ trois heures après que le petit garde a remplacé le garde qui lit, une fille arrive.

La fille apporte une assiette de pain et un bol d'eau qu'elle dépose devant la cellule du pirate d'une main si tremblante que la moitié de l'eau se renverse par terre. Après quoi elle fait demi-tour et remonte l'escalier quatre à quatre.

Le deuxième soir (le pirate sent que c'est le soir), le pirate se poste le plus près possible des barreaux et fixe la fille, qui lâche l'assiette de pain presque hors d'atteinte et renverse quasiment tout le bol.

Le troisième soir, le pirate se tapit dans l'ombre au fond de sa cellule et parvient à sauver presque toute son eau.

Le quatrième soir, c'est une autre fille qui vient.

Elle ne réveille pas le garde. Ses pieds se posent plus délicatement sur la pierre et le peu de bruit qu'ils font est emporté par les vagues ou par les souris.

Cette fille-là cherche des yeux le pirate à peine visible dans l'obscurité, laisse échapper un léger soupir de déception et pose le pain et le bol devant les barreaux. Puis elle attend.

Le pirate reste dans la pénombre.

Après plusieurs minutes de silence ponctué par les ronflements du garde, la fille se détourne et part.

Quand le pirate récupère son repas, il s'aperçoit que l'eau a été mêlée de vin.

Le soir suivant, le cinquième si tant est que ce soit le soir, le pirate attend près des barreaux que la fille descende de son pas silencieux.

Elle se fige un infime instant en le voyant. Le pirate la fixe, et elle le fixe en retour.

Il tend la main pour attraper son bol et son pain, mais la fille les dépose par terre, sans jamais le quitter des yeux, en prenant garde que même l'ourlet de sa robe ne vienne virevolter à sa portée. Intrépide mais farouche. Elle esquisse un discret salut en se relevant, une légère inclination de la tête, mouvement qui évoque au pirate le début d'une danse.

(Même un pirate sait reconnaître le début d'une danse.)

Le soir suivant, le pirate se tient en retrait des barreaux, à une distance respectueuse qu'il pourrait cependant franchir d'une seule enjambée, et la fille s'approche un cheveu plus près.

Encore un soir, et la danse continue. Un pas en avant. Un pas en arrière. Un sur le côté. Le lendemain, il tend à nouveau la main pour recevoir ce qu'elle lui apporte ; cette fois-ci elle cède et leurs doigts se frôlent.

La fille commence à s'attarder, à rester un peu plus longtemps chaque soir, mais si le garde s'agite et paraît sur le point de se réveiller, elle décampe sans même un regard.

Elle vient avec deux bols de vin qu'ils boivent ensemble dans un silence complice. Le garde ne ronfle plus, son sommeil est profond et paisible. Le pirate soupçonne que la fille y est pour quelque chose. Intrépide, farouche, et maligne.

Certains soirs, elle apporte davantage que du pain. Des oranges et des prunes cachées dans les poches de sa robe. Des morceaux de gingembre confit emballés dans du papier chargé d'histoires.

Certains soirs, elle reste jusqu'au dernier moment avant le changement de garde.

(Le garde de jour s'est mis à laisser ses romans policiers à portée de main de la cellule, ostensiblement par accident.)

Le petit garde fait les cent pas, ce soir-là. Il se racle la gorge comme pour dire quelque chose mais ne dit rien. Il s'installe sur sa chaise et s'endort d'un sommeil anxieux.

Le pirate attend la fille.

Elle arrive les mains vides.

Ce soir est le dernier. Le soir avant la potence. (La potence aussi est une métaphore, quoique assez transparente.) Le pirate sait qu'il n'y aura pas d'autre soir, pas d'autre changement de garde après le prochain. La fille connaît le nombre précis d'heures.

Ils n'en parlent pas.

Ils ne se sont jamais parlé.

Le pirate enroule une boucle de cheveux de la fille entre ses doigts.

La fille se penche vers les barreaux, la joue posée contre le métal froid, aussi près que possible tout en restant à un monde de distance.

Assez près pour un baiser.

« Raconte-moi une histoire », dit-elle.

Le pirate obtempère.

DOUX CHAGRINS

Il y a trois chemins. Celui-ci en est un.

Loin sous la surface de la terre, à l'abri du soleil et de la lune, sur les rivages de la mer sans Étoiles, se trouve un labyrinthe de tunnels et de pièces remplis d'histoires. Des histoires écrites dans des livres, enfermées dans des bocaux, peintes sur les murs. Des odes imprimées sur la peau ou sur des pétales de roses. Des contes gravés sur les carreaux du sol, certains passages effacés sous les pas. Des légendes sculptées dans le cristal des lustres. Des histoires cataloguées, entretenues, vénérées. Les plus anciennes préservées tandis que de nouvelles poussent autour d'elles.

C'est un endroit tentaculaire et pourtant intime. Il est difficile d'en mesurer l'étendue. Les couloirs se transforment en pièces ou en galeries, et des escaliers en colimaçon montent ou descendent vers des alcôves et des arcades. Partout, des portes donnent sur d'autres espaces, d'autres histoires, d'autres secrets à découvrir, et partout il y a des livres.

C'est un sanctuaire pour les raconteurs d'histoires, les gardiens d'histoires, les amoureux d'histoires. Ils mangent, dorment et rêvent entourés de chroniques, de récits et de mythes. Certains y passent de quelques heures à quelques jours avant de regagner la surface, mais d'autres y restent des semaines voire des années ; ils logent dans des appartements partagés ou privatifs et passent leur temps à lire, à étudier ou à écrire, à discuter et à créer avec leurs compagnons ou à travailler dans la solitude.

Parmi ceux qui restent, un petit nombre choisissent de se consacrer à ce lieu, ce temple des histoires.

Il y a trois chemins. Celui-ci en est un.

C'est le chemin des disciples.

Ceux qui désirent le suivre doivent, avant de s'engager, passer un cycle lunaire complet à l'isolement, en méditation. La méditation est réputée silencieuse, mais certains de ceux qui acceptent de se faire enfermer dans la pièce aux parois de pierre s'aperçoivent qu'en fait, personne ne les entend. Ils peuvent parler, crier, hurler sans enfreindre aucune règle. La méditation n'est perçue comme silencieuse que par ceux qui n'ont jamais pénétré dans cette pièce.

À la fin du cycle, ils ont la possibilité d'abandonner ce chemin. D'en choisir un autre, ou aucun.

Ceux qui ont passé tout leur temps dans le silence décident souvent de quitter à la fois le chemin et le lieu. Ils remontent à la surface. Ils plissent les yeux dans le soleil. Parfois ils se souviennent d'un monde souterrain auquel ils ont eu un moment l'intention de se consacrer, mais le souvenir est flou, comme dans un rêve.

La plupart du temps, ce sont ceux qui crient, gémissent et pleurent, ceux qui parlent tout seuls pendant des heures, qui sont prêts, le moment venu, à poursuivre leur initiation.

Ce soir-là, comme c'est la nouvelle lune et qu'on déverrouille la porte, elle s'ouvre sur une jeune femme qui a passé le plus clair de son temps à chanter. Elle est plutôt timide et n'a pas l'habitude de chanter, mais pendant sa première nuit de méditation elle s'est rendu compte presque par accident que personne ne pouvait l'entendre. Elle a eu un fou rire en songeant à l'absurdité de cet enfermement volontaire dans cette cellule de luxe, avec son matelas en plume et ses draps de soie. Son rire a ricoché en cascade contre les murs de pierre.

Elle s'est plaqué une main sur la bouche et a attendu que quelqu'un vienne, mais personne n'est venu. Elle a essayé de se rappeler si on lui avait explicitement demandé de ne pas parler.

Elle a crié « Eh oh ? » et seul l'écho lui a répondu.

Il lui a fallu quelques jours avant d'avoir le courage de chanter. Elle n'a jamais aimé le son de sa voix mais, du fond de sa captivité, débarrassée de tout jugement et de toute gêne, elle s'est mise à chanter, d'abord tout bas, puis avec force et audace. La voix que lui renvoyait l'écho lui semblait étonnamment agréable.

Après avoir épuisé toutes les chansons qu'elle connaissait, elle en a inventé d'autres. Et quand elle n'arrivait pas à trouver de paroles, elle créait des mots qui ne voulaient rien dire mais dont la sonorité lui plaisait.

Elle est surprise de la rapidité avec laquelle le temps a passé.

À présent, la porte s'ouvre.

Le disciple qui entre tient un trousseau de clés en cuivre dans une main. Il lui tend l'autre paume, sur laquelle est posé un petit disque en métal frappé d'une abeille en relief.

Accepter l'abeille est la prochaine étape pour devenir disciple. C'est sa dernière chance de refus.

Elle prend l'abeille dans la paume de l'homme, qui incline la tête et lui fait signe de le suivre.

La jeune femme qui est sur le point de devenir disciple fait tourner le disque de métal tiède entre ses doigts tandis qu'ils traversent d'étroits tunnels éclairés à la bougie et tapissés de bibliothèques, ou de grandes cavernes ouvertes remplies de chaises et de tables dépareillées, jonchées de piles de livres et ornementées de sculptures. Elle caresse en passant la statue d'un renard, une coutume répandue qui a fini par polir la fourrure de pierre entre ses oreilles.

Un vieux monsieur qui feuillette un ouvrage relève les yeux à leur approche et, reconnaissant la procession, pose deux doigts sur ses lèvres et la salue d'un hochement de tête.

C'est elle qu'il salue, pas le disciple qu'elle suit. Un geste de respect envers une position qu'elle n'occupe pas encore officiellement. Elle baisse la tête pour dissimuler son sourire. Ils continuent leur route, descendent des escaliers dorés et longent des tunnels sinueux qu'elle n'a jamais empruntés jusque-là. Elle ralentit pour regarder les tableaux accrochés entre les rayonnages de livres, des images d'arbres, de jeunes filles et de fantômes.

Le disciple s'arrête devant une porte marquée d'une abeille dorée. Il choisit une clé dans son trousseau et l'ouvre.

Là commence l'initiation.

C'est une cérémonie secrète. Les détails n'en sont connus que de ceux qui s'y soumettent et de ceux qui la conduisent. Elle se déroule de la même manière depuis toujours, aussi loin que quiconque s'en souvienne.

Aussitôt que la porte s'ouvre et que la disciple en franchit le seuil, elle renonce à son nom. Quel qu'il soit, on ne l'appellera plus jamais par ce nom, il appartient désormais à son passé. Un jour peut-être, elle en aura un nouveau, mais pour le moment elle est anonyme.

La pièce est petite, circulaire, haute de plafond : une version miniature de sa cellule de méditation. Elle renferme une simple chaise en bois d'un côté et une colonne en pierre qui lui arrive à la taille, surmontée d'une coupelle de feu. Le feu est l'unique éclairage.

Le disciple qui l'accompagne fait signe à la jeune femme de s'asseoir sur la chaise en bois. Elle s'exécute. Elle regarde les flammes danser devant elle jusqu'à ce qu'on lui noue un bandeau de soie noire sur les yeux.

La cérémonie se poursuit en aveugle.

On lui prend l'abeille en métal des mains. Il y a une pause, suivie du cliquetis d'instruments métalliques puis de la sensation d'un doigt sur son torse, qui appuie sur un point de son sternum. La pression se relâche pour être aussitôt remplacée par une vive douleur.

(Elle comprendra plus tard que l'abeille en métal a été chauffée sur le feu et sa forme ailée imprimée à vif sur sa peau.)

L'effet de surprise la perturbe. Elle s'est préparée à ce qu'elle connaît du reste de la cérémonie, mais ça, elle ne s'y attendait pas. Elle se rend compte qu'elle n'a jamais vu aucun disciple torse nu.

Alors que, quelques instants plus tôt, elle se sentait prête, à présent elle est ébranlée et saisie de doutes.

Mais elle ne dit pas « Stop ». Elle ne dit pas « Non ».

Elle a pris sa décision, même si elle ne pouvait pas savoir tout ce que cette décision impliquerait.

Dans le noir, des doigts entrouvrent ses lèvres et déposent une goutte de miel sur sa langue.

Cela pour s'assurer que le dernier goût qu'elle aura eu en bouche soit sucré.

En vérité, le dernier goût qui reste dans la bouche d'un disciple n'est pas que celui du miel : il est noyé dans les effluves de sang, de métal et de chair grillée.

Si les disciples étaient en mesure de le décrire après coup, ils diraient que le dernier goût qu'ils ont ressenti était un mélange de miel et de fumée.

Pas totalement sucré.

Ils s'en souviennent chaque fois qu'ils soufflent la flamme d'une bougie en cire d'abeille.

Un rappel de leur engagement.

Mais ils ne peuvent pas en parler.

Ils renoncent volontairement à leur langue. Ils sacrifient leur faculté de parole pour mieux servir la voix des autres.

Ils font le serment tacite de ne plus raconter leurs propres histoires, par respect pour toutes celles qui les ont précédées et toutes celles qui suivront.

Dans cette douleur mâtinée de miel, la jeune femme sur la chaise a l'impression qu'elle va crier, mais pourtant non. Dans l'obscurité où elle est plongée, le feu semble consumer toute la pièce et elle distingue des formes dans les flammes malgré ses yeux bandés.

L'abeille sur son torse palpite.

Une fois que sa langue a été retirée, incinérée et réduite en cendres, une fois que la cérémonie s'achève et que sa servitude de disciple débute officiellement, une fois que sa propre voix a été étouffée, alors ses oreilles se réveillent.

Alors les histoires commencent à lui parvenir.

DOUX CHAGRINS

Tromper l'œil.

Le garçon est le fils de la voyante. Il est arrivé à un âge où il n'est plus très sûr de savoir si c'est quelque chose dont il doit être fier, ou même un détail à divulguer, mais ça n'en reste pas moins vrai.

Il rentre de l'école à pied, jusqu'à un appartement situé au-dessus d'une boutique truffée de boules de cristal, de cartes de tarot, d'encens, de statuettes de divinités à têtes d'animaux et de sauge séchée. (L'odeur de la sauge imprègne tout, des draps de son lit aux lacets de ses chaussures.)

Ce jour-là, comme tous les jours d'école, le garçon prend un raccourci par une ruelle qui débouche derrière la boutique, un étroit passage entre de hauts murs de brique qui sont souvent couverts de graffitis, puis badigeonnés à la chaux, puis de nouveau profanés.

Ce jour-là, au lieu des tags à l'orthographe créative et des jurons en lettres ballons, il n'y a qu'une seule œuvre peinte sur les briques blanchies.

C'est une porte.

Le garçon s'arrête. Il ajuste ses lunettes pour mieux se concentrer, pour être sûr qu'il voit bien ce que sa vue parfois douteuse lui suggère qu'il a sous les yeux.

L'image se fait plus nette, et c'est toujours une porte. Plus grande, plus élaborée et plus impressionnante qu'il ne l'avait cru au premier coup d'œil.

Il ne sait pas trop quoi en penser.

Son incongruité réclame son attention.

La porte se trouve assez loin au fond de la ruelle, dans une partie ombragée, à l'abri du soleil, mais les couleurs sont pourtant vives, certains pigments métallisés. C'est un graff beaucoup plus fin que la plupart de ceux qu'il voit d'ordinaire. Peint dans un style qui cherche à duper le regard. Il y a un mot français compliqué pour dire ça, même si sur le moment il n'arrive plus à retrouver le terme exact.

La porte est sculptée – non, peinte – de motifs géométriques anguleux sur tout le pourtour de son cadre, créant un effet de relief là où il n'y a que du plat. Au centre, à l'endroit où l'on pourrait attendre un judas, stylisée dans le même esprit que le reste des ornements, est représentée une abeille. Sous l'abeille, une clé. Sous la clé, une épée.

Une poignée dorée, qu'on croirait en trois dimensions, scintille malgré le manque de lumière. Une serrure est peinte en dessous, si sombre qu'on jurerait un vrai trou attendant une clé plutôt que quelques coups de peinture noire.

La porte est belle, étrange, et autre chose encore pour lequel le garçon n'a pas de mot et ne sait pas s'il en existe, même dans un français alambiqué.

Quelque part dans la rue, un chien aboie, mais le son paraît lointain et abstrait. Le soleil s'éclipse derrière un nuage et la ruelle semble encore plus longue, plus profonde et plus sombre, la porte elle-même plus éclatante.

D'un geste hésitant, le garçon tend la main pour la toucher.

La part de lui qui croit encore à la magie s'attend à ce qu'elle soit chaude malgré la fraîcheur de l'air ; à ce que l'image ait fondamentalement modifié la brique. Son pouls s'accélère tandis que sa main ralentit, car la part de lui qui croit que l'autre est complètement puérile se prépare à une déception.

Le bout de ses doigts se pose juste sous l'épée et il sent la couche de peinture lisse qui recouvre la brique froide, de légères aspérités en surface trahissant sa texture.

C'est juste un mur. Un mur avec une jolie image peinte dessus.

Mais quand même.

Quand même, il est titillé par la sensation qu'il y a peut-être plus qu'il n'y paraît.

Il appuie sa paume contre la brique peinte. Le faux bois de la porte est presque exactement du même marron que sa peau, comme si c'était fait exprès.

Derrière la porte, c'est ailleurs. Pas juste une pièce derrière un mur. Davantage. Il le sait. Il le sent jusqu'au bout de ses orteils.

C'est ce que sa mère appellerait un moment signifiant. Un moment qui change les moments qui vont suivre.

Le fils de la voyante sait seulement que cette porte lui paraît d'une importance qu'il n'arrive pas vraiment à expliquer, y compris à lui-même.

Un garçon au début d'une histoire n'a pas moyen de savoir que l'histoire a commencé.

Il caresse du bout des doigts le dessin de la clé, en s'émerveillant qu'elle puisse donner une telle impression de relief, tout comme l'épée, l'abeille et la poignée.

Le garçon se demande qui l'a peinte et ce qu'elle signifie, si tant est qu'elle signifie quelque chose. Peut-être pas la porte, mais au moins les symboles. Il se demande si c'est un signe et non une porte, ou les deux à la fois.

Dans ce moment signifiant, si le garçon tourne la poignée peinte et ouvre la porte impossible, tout changera.

Mais il ne le fait pas.

À la place, il met les mains dans ses poches.

Une part de lui décrète qu'il se comporte en gamin et qu'il est trop grand pour croire que la vraie vie est comme dans les livres. Une autre part décrète que s'il n'essaie pas, il ne risque pas d'être déçu et pourra continuer à croire que la porte peut s'ouvrir, même si c'est pour de faux.

Il reste planté là, les mains dans les poches, à contempler la porte quelques instants avant de s'éloigner.

Le lendemain, la curiosité est trop forte et il revient pour s'apercevoir que la porte a été recouverte. Le mur en brique est badigeonné de blanc au point qu'on ne peut même pas discerner l'endroit précis où elle était.

Et ainsi, le fils de la voyante ne trouve pas le chemin de la mer sans Étoiles.

Pas encore.

Janvier 2015

Il y a un livre sur une étagère dans une bibliothèque universitaire. Ça n'a rien d'exceptionnel, sauf que ce n'est pas là que devrait se trouver ce livre particulier.

Il a été rangé par erreur au département fiction alors que la majeure partie de ce qu'il contient est vraie, et le reste pas complètement faux. Le département fiction de cette bibliothèque n'est pas aussi fréquenté que ses autres espaces, ses rayonnages sont mal éclairés et souvent poussiéreux.

Ce livre a été acquis par donation, il fait partie d'une collection léguée à la bibliothèque conformément aux dernières volontés et au testament de son ancien propriétaire. Tous ces ouvrages ont été ajoutés au catalogue, inventoriés selon la classification décimale de Dewey, et on leur a collé des codes-barres sur l'intérieur de la couverture pour qu'ils puissent être scannés au comptoir de prêt et empruntés à l'extérieur par qui veut.

Ce livre-ci n'a été scanné qu'une seule fois, lors de son entrée dans le catalogue. Comme aucun nom d'auteur ne figure entre ses pages, il a été répertorié dans le système sous l'appellation « Inconnu » et a commencé parmi les auteurs classés à la lettre I, mais depuis il a erré à travers l'alphabet. Parfois, quelqu'un le prend, l'examine et le repose. Sa reliure a été craquelée à quelques reprises, et une fois un professeur a même feuilleté les premières pages en se disant qu'il y reviendrait, après quoi ça lui est sorti de la tête.

Personne ne l'a jamais lu en entier, du moins depuis qu'il se trouve dans cette bibliothèque.

Certains (dont le professeur étourdi) ont pensé, l'espace d'un instant, que ce livre n'était pas à sa place ici. Qu'on devrait peut-être le ranger dans la collection spéciale, une salle à laquelle les étudiants ne peuvent accéder que sur autorisation écrite, où les bibliothécaires vont traîner pour admirer des ouvrages rares et d'où rien ne peut sortir. Ces livres-là n'ont pas de codes-barres. Beaucoup exigent d'être manipulés avec des gants.

Mais ce livre-ci est resté dans la collection générale. En circulation immobile, hypothétique.

Sa couverture est un tissu bordeaux foncé dont le temps a fané l'éclat. Des lettres dorées y étaient autrefois estampées, mais l'or s'est effacé et les lettres se sont émoussées jusqu'à devenir des creux à peine détectables. Le coin en haut à droite est corné à jamais depuis qu'un gros volume est resté posé dessus dans un carton au cours d'une période de stockage dans un entrepôt entre 1984 et 1993.

Nous sommes à présent en janvier, pendant ce que les étudiants appellent l'inter-semestre, quand les cours n'ont pas encore repris mais que le campus a rouvert pour accueillir des conférences, des colloques organisés par les élèves eux-mêmes et des répétitions de pièces de théâtre. Un échauffement post-fêtes avant de reprendre le rythme normal.

Zachary Ezra Rawlins est venu pour lire. Il culpabilise un peu, car il devrait plutôt consacrer ces précieuses heures d'hiver à jouer (et rejouer, et réfléchir) à des jeux vidéo en préparation de sa thèse. Mais il passe tellement de temps devant des écrans qu'il a un besoin quasi compulsif de laisser ses yeux se reposer sur du papier. Et puis il se dit qu'il y a des tas de sujets qui se recoupent, bien qu'il ait tendance à trouver des recoupements entre les jeux vidéo et à peu près n'importe quoi.

Lire un roman, finalement, revient plus ou moins à jouer à un jeu où tous les choix ont été faits pour vous à l'avance par quelqu'un qui est bien plus fort que vous à ce jeu précis. (Même s'il regrette parfois que les romans-dont-vous-êtes-le-héros ne reviennent pas à la mode.)

Il a aussi lu (ou relu) un grand nombre de livres pour enfants, car on y trouve davantage d'histoires dans les règles de l'art, bien qu'il s'inquiète vaguement que cela puisse être un signe avant-coureur d'une imminente crise de la demi-cinquantaine. (Il s'attend presque à ce qu'elle éclate pile-poil le jour de son vingt-cinquième anniversaire, dans deux mois.)

Les bibliothécaires le prenaient pour un étudiant de lettres jusqu'à ce que l'un d'entre eux s'avise de lui faire la conversation et qu'il se sente obligé d'avouer qu'il suivait en réalité le cursus de nouveaux médias. L'alibi de cette fausse identité lui a aussitôt manqué, alors même qu'il n'avait jamais eu conscience de prendre plaisir à se faire passer pour un autre. Sans doute qu'il a l'air d'un étudiant de lettres, avec ses lunettes à monture carrée et ses pull-overs à torsades. Zachary ne s'est pas encore tout à fait accoutumé aux hivers de la Nouvelle-Angleterre, surtout quand il neige sans discontinuer, comme c'est le cas cette année. En digne enfant du Sud, il s'emmitoufle dans d'épaisses couches de laine, s'enroule dans des écharpes et se réchauffe avec des Thermos de chocolat chaud qu'il relève parfois d'un trait de bourbon.

Il reste encore deux semaines avant la fin du mois de janvier et Zachary a déjà quasiment épuisé sa liste de classiques pour enfants, du moins ceux que possède cette bibliothèque, si bien qu'il est maintenant passé aux livres qu'il voulait lire depuis longtemps et d'autres choisis au hasard après en avoir parcouru les premières pages.

C'est devenu son petit rituel du matin, faire sa sélection dans le silence étouffé des rayonnages de papier, puis regagner sa chambre et passer le reste de la journée à lire. Sous la verrière de l'atrium à l'entrée de la bibliothèque, il secoue la neige de ses grosses chaussures sur le paillasson et dépose *L'Attrape-cœurs* et *L'Ombre du vent* dans le bac des retours en se demandant s'il est trop tard, au milieu de la deuxième année de master, pour se questionner sur ses choix d'orientation. Il se rappelle alors qu'il aime les nouveaux médias et que, s'il avait passé cinq années et demie à étudier la littérature, il s'en serait sans doute lassé aussi à ce stade. Un cursus lecture, voilà ce qu'il voudrait. Sans dissertations, sans examens, sans commentaires, rien que des lectures.

Le département fiction, au deuxième sous-sol, au bout d'un couloir flanqué de lithographies encadrées du campus dans sa prime jeunesse, est, sans surprise, désert. Les pas de Zachary résonnent tandis qu'il déambule entre les étagères. Cette partie du bâtiment, plus ancienne, contraste avec le lumineux atrium de l'entrée ; ici, les plafonds sont plus bas, et les livres entassés jusqu'en haut. De pâles rectangles de lumière proviennent de rares plafonniers dont les ampoules ont tendance à griller quelle que soit la fréquence à laquelle on les change. Si un jour il gagne de l'argent, Zachary se dit qu'il fera peut-être une donation très spécifique pour rénover les installations électriques de cette section de la bibliothèque. *Éclairage suffisant pour lire gracieusement offert par Z. Rawlins, promotion 2015. À votre service.*

Il cherche les W car dernièrement il s'est passionné pour Sarah Waters, et bien que le catalogue comporte plusieurs titres d'elle, *L'Indésirable* est le seul en rayon, ce qui lui épargne d'avoir à choisir. Zachary se met ensuite en quête de ce qu'il appelle les « livres mystères » : des titres qu'il ne reconnaît pas ou des auteurs dont il n'a jamais entendu parler. Il commence par chercher des ouvrages dont la tranche ne porte aucune inscription.

Tendant la main vers une étagère un peu haute à laquelle quelqu'un de moins grand n'aurait sans doute pas pu accéder sans un escabeau, il en retire un volume relié d'un tissu couleur vin. La tranche comme la couverture sont muettes, Zachary l'ouvre donc à la page de titre.

Doux chagrins

Il tourne la page pour voir si la suivante mentionne le nom de l'auteur, mais le texte commence directement. Il passe à la fin du livre, où il n'y a ni remerciements ni postface, juste une étiquette de code-barres collée sur l'intérieur de la couverture. Il revient au début et ne trouve ni copyright, ni date, ni information sur le tirage.

Le livre est clairement ancien et Zachary n'en connaît pas assez sur l'histoire de l'imprimerie ou de la reliure pour savoir s'il est normal que ce genre de renseignements ne figurent pas dans les ouvrages d'un certain âge. L'absence de nom d'auteur lui paraît curieuse. Peut-être qu'il manque une page, ou que cet exemplaire a été mal imprimé. Il feuillette le volume et constate qu'il y a des pages manquantes, des lacunes et des bords déchirés, mais rien à l'endroit où devrait se trouver la page de garde.

Zachary lit la première page, puis une autre, puis encore une autre.

Mais l'ampoule au-dessus de sa tête qui éclairait cette partie des rayonnages se met alors à grésiller et s'éteint.

Zachary referme le livre à contrecœur et le pose sur *L'Indésirable*. Il les coince tous les deux sous son bras et remonte vers la lumière de l'atrium.

L'étudiante bibliothécaire à l'accueil, les cheveux attachés en un chignon retenu par un stylo bille, rencontre quelques difficultés avec le livre mystère. Elle n'arrive d'abord pas à le scanner, puis c'est la référence d'un autre livre qui s'affiche.

« Je crois qu'il n'a pas le bon code-barres », dit-elle.

Elle pianote sur son clavier, les yeux plissés vers l'écran.

« Ça te dit quelque chose, ce bouquin ? » demande-t-elle en tendant le livre à l'autre bibliothécaire à côté d'elle, un homme d'une cinquantaine d'années vêtu d'un pull vert à faire pâlir d'envie. Il feuillette les premières pages en fronçant les sourcils.

« Pas de nom d'auteur, alors ça c'est nouveau. Il était classé où ?

— En fiction, quelque part dans les W, répond Zachary.

— Regarde à "Anonyme", peut-être », suggère le bibliothécaire au pull vert en rendant le livre à sa collègue avant de porter son attention vers un autre usager.

La fille se remet à taper sur son clavier et secoue la tête.

« Je ne le trouve pas, dit-elle à Zachary. C'est vraiment bizarre.

— Si c'est compliqué…, commence Zachary, mais il laisse sa phrase en suspens et espère qu'il pourra l'emprunter quand même, car il éprouve déjà une étrange possessivité envers ce livre.

— Non, non, rétorque-t-elle. Pas compliqué. Je vais juste le noter sur votre compte. »

Elle tape quelque chose dans l'ordinateur et scanne à nouveau le code-barres. Puis elle lui rend le livre anonyme, *L'Indésirable* et sa carte d'étudiant.

« Bonne lecture ! » lance-t-elle d'un ton jovial avant de se replonger dans le livre qu'elle était en train de lire quand Zachary s'est approché.

Un roman de Raymond Chandler, dont il n'arrive pas à voir le titre. Les bibliothécaires paraissent toujours plus enthousiastes pendant l'inter-semestre, quand ils peuvent passer plus de temps avec les livres et moins avec des étudiants lessivés et des profs sur les nerfs.

Alors qu'il rentre jusqu'à sa chambre dans le froid glacial, Zachary est préoccupé à la fois par le livre lui-même, dont il a hâte de continuer la lecture, et par la question de savoir pourquoi il n'était pas enregistré dans le système. Il a déjà rencontré ce genre de petits problèmes, vu le nombre d'ouvrages qu'il a empruntés. Parfois, le scanner ne reconnaît pas le code-barres, mais dans ce cas le bibliothécaire peut toujours le saisir à la main. Il se demande comment ils faisaient avant les scanners, avec les fiches cartonnées et les petites pochettes qu'il fallait signer au dos des livres. Ce serait bien de devoir écrire son nom plutôt que d'être un numéro dans un système.

La résidence universitaire dans laquelle loge Zachary est un vieux bâtiment en brique recouvert de lierre mort saupoudré de neige. Il grimpe les nombreuses marches jusqu'au troisième étage, où sa chambre mansardée se niche sous les toits, avec une fenêtre qui laisse passer les courants d'air. Il l'a presque entièrement calfeutrée de couvertures et a installé un chauffage d'appoint de contrebande pour l'hiver. Aux murs sont tendues des tapisseries que lui a envoyées sa mère et qui rendent la pièce nettement plus douillette, en partie parce qu'il a beau les laver, il n'arrive pas à faire partir l'odeur de sauge. Sa voisine, étudiante en beaux-arts, a rebaptisé sa chambre « la grotte », bien que ce soit plutôt un antre, si tant est qu'un antre puisse abriter des posters de Magritte et quatre consoles de jeu différentes. Son écran plat le contemple, accroché au mur, il se voit dedans comme dans un miroir. Il devrait aussi le couvrir d'une tenture.

Zachary pose les livres sur le bureau, range ses chaussures et son manteau dans le placard, puis traverse le couloir jusqu'à la kitchenette pour se préparer un mug de chocolat chaud. En attendant que la bouilloire électrique siffle, il regrette de ne pas avoir pris le livre couleur vin, bien qu'il s'efforce de ne pas toujours avoir le nez dans un bouquin ; une tentative pour se donner un air plus sociable, dont il n'est pas certain qu'elle ait vraiment commencé à marcher.

De retour dans son antre avec le chocolat, il s'installe dans le fauteuil poire que lui a légué en partant un étudiant à la fin de l'année précédente. À l'état naturel, il est d'un vert fluo criard, mais Zachary l'a recouvert d'une tapisserie qui était trop lourde pour être pendue au mur et l'a ainsi camouflé dans des tons marron, gris et violets. Il dirige le chauffage soufflant vers ses jambes, rouvre *Doux chagrins* à l'endroit où la capricieuse ampoule de la bibliothèque l'a laissé en plan et reprend sa lecture.

Au bout de quelques pages, l'histoire change complètement et Zachary n'arrive pas à savoir si c'est un roman, un recueil de nouvelles, ou peut-être une histoire dans l'histoire. Il se demande si le récit va faire une boucle et revenir à l'intrigue du début. Mais alors ça change à nouveau.

Les mains de Zachary Ezra Rawlins se mettent à trembler.

Parce que, si la première partie du livre est une sorte de romance autour d'un pirate et que la deuxième décrit une cérémonie d'initiation dans une étrange bibliothèque souterraine, la troisième partie n'a de nouveau plus rien à voir.

La troisième partie parle de lui.

Le garçon est le fils de la voyante.

Une coïncidence, pense-t-il, mais comme il continue à lire, les détails s'avèrent trop parfaits pour être de la fiction. L'odeur de la sauge imprègne peut-être les lacets de nombreux fils de voyantes, mais il doute qu'ils prennent aussi des raccourcis par des ruelles pour rentrer de l'école.

Quand il arrive à l'épisode de la porte, il repose le livre.

Il a la tête qui tourne. Il se lève, craignant de faire un malaise et voulant aller ouvrir la fenêtre, mais à la place il shoote dans son mug de chocolat oublié par terre.

Zachary longe le couloir au radar jusqu'à la kitchenette pour y prendre des serviettes en papier. Il éponge le chocolat renversé et retourne jeter les serviettes trempées à la cuisine. Il rince son mug dans l'évier et constate qu'il est ébréché, sans parvenir à se rappeler si c'était déjà le cas avant. Des rires résonnent dans l'escalier, lointains et creux.

Zachary revient dans sa chambre et contemple un moment le livre posé nonchalamment sur le fauteuil poire.

Il ferme sa porte à clé, chose qu'il fait rarement.

Il ramasse le livre et l'inspecte de manière plus approfondie qu'avant. Le coin en haut à droite de la couverture est abîmé, le tissu commence à s'élimer. La tranche est piquetée de minuscules écailles dorées.

Zachary prend une grande inspiration et rouvre le livre. Il retrouve la page où il en était resté et se force à lire les mots qui se déroulent sous ses yeux précisément comme il s'y attendait.

Sa mémoire complète les détails qui manquent : le badigeon de chaux qui montait jusqu'à mi-hauteur du mur, après quoi les briques redevenaient rouges ; les bennes à ordures à l'autre bout de la ruelle ; le poids de son cartable rempli de livres sur ses épaules.

Il s'est remémoré ce jour des centaines de fois, mais cette fois c'est différent. Cette fois, son souvenir est guidé par les mots sur le papier, il est net et vibrant. Comme si ça venait juste d'arriver et non que ça remontait à plus de dix ans.

Il revoit parfaitement la porte. La précision de la peinture. L'effet de trompe-l'œil qu'il ne savait pas nommer à l'époque. L'abeille et ses délicates rayures dorées. L'épée pointée vers le haut, dirigée vers la clé.

Mais alors que Zachary continue à lire, il y a davantage que ce que contient son souvenir.

Il pensait qu'il ne pouvait y avoir rien de plus étrange que de tomber sur un livre relatant une lointaine anecdote de sa propre vie qui n'avait jamais été racontée à personne, jamais mentionnée ni couchée par écrit mais qui pourtant se retrouve imprimée en prose sous ses yeux. Eh bien, il se trompait.

Il est encore plus étrange de constater que ce récit confirme une intuition de longue date selon laquelle, à cet instant, dans cette ruelle, devant cette porte, il s'est vu offrir une chance extraordinaire qu'il a laissée filer entre ses doigts.

Un garçon au début d'une histoire n'a pas moyen de savoir que l'histoire a commencé.

Zachary atteint le bas de la page et la tourne, s'attendant à ce que son histoire continue, mais non. Le récit bifurque à nouveau et parle maintenant d'une maison de poupées. Il feuillette le reste du livre, parcourant le texte pour voir s'il est encore question du fils de la voyante ou de portes peintes, mais il n'y a plus rien.

Il revient en arrière et relit les pages sur le garçon. Sur lui. Sur l'endroit qu'il n'a pas trouvé derrière la porte, quoi que puisse être cette « mer sans Étoiles ». Ses mains ne tremblent plus mais la tête lui tourne et il a trop chaud. Il se souvient alors qu'il n'a pas ouvert la fenêtre, finalement, mais il ne peut pas s'arrêter de lire. Il remonte ses lunettes sur son nez pour mieux se concentrer.

Il ne comprend pas. Non seulement comment quelqu'un a pu saisir la scène avec un tel niveau de détails, mais comment elle s'est retrouvée là, dans un livre qui a l'air beaucoup plus vieux que lui. Il caresse le papier entre ses doigts, épais et rugueux, jauni, voire presque marron sur les bords.

Quelqu'un a-t-il pu prévoir son existence, jusqu'à ses lacets ? Et cela veut-il dire que le reste aussi pourrait être vrai ? Qu'il y a quelque part des disciples sans langue dans une bibliothèque souterraine ? Ça lui semblerait injuste d'être l'unique personne réelle parmi un ensemble de personnages de fiction, même s'il se dit que le pirate et la fille pourraient être vrais aussi. Mais l'idée même est tellement ridicule qu'il en rit.

Il se demande s'il est en train de devenir fou, puis il décide que s'il est capable de se poser la question, c'est sans doute que non, ce qui n'est pas particulièrement rassurant.

Il relit les deux derniers mots sur la page.

Pas encore.

Ces deux mots flottent au milieu de mille questions qui se bousculent dans sa tête.

L'une d'elles remonte alors à la surface de ses pensées, propulsée par le motif répété de l'abeille et le souvenir de la porte.

Ce livre-là vient-il de *là-bas* ?

Il l'examine à nouveau, s'arrête sur le code-barres collé sur l'intérieur de la quatrième de couverture.

Zachary l'observe de plus près et s'aperçoit qu'un point d'encre noire dépasse du bas de l'étiquette. Elle cache quelque chose qui a été écrit à la main ou imprimé à cet endroit.

Il culpabilise un peu de l'arracher. Mais de toute façon le code-barres était erroné, il faudra sans doute le remplacer. Non qu'il ait la moindre intention de rapporter le livre, à présent. Il décolle tout doucement l'étiquette, avec soin, en essayant de l'enlever en un seul morceau et de ne pas déchirer le papier du livre. Elle s'en va facilement et il la colle sur le bord de son bureau avant de se pencher sur ce qu'il y a dessous.

Ce ne sont pas des mots, mais une série de symboles qui ont semble-t-il été tamponnés ou inscrits d'une façon ou d'une autre au recto de la quatrième de couverture, à moitié effacés mais facilement identifiables.

Le point d'encre qui dépassait est le pommeau d'une épée.

Au-dessus se trouve une clé.

Au-dessus de la clé, une abeille.

Zachary Ezra Rawlins fixe des yeux la version miniature des mêmes symboles qu'il a autrefois contemplés dans une ruelle derrière la boutique de sa mère et se demande comment, exactement, il est censé continuer une histoire dont il ignorait faire partie.

DOUX CHAGRINS

Vie imaginaire.

Au début, c'était une maison de poupées.

Un habitat miniature soigneusement fabriqué avec du bois, de la colle et de la peinture. Méticuleusement conçu pour recréer un logement complet dans ses moindres détails. Après sa construction, la maison a été donnée à des enfants qui ont joué avec pour y reproduire la vie quotidienne dans une outrance simplificatrice.

Il y a des poupées. Une famille avec un père, une mère, un fils, une fille et un petit chien. Ils portent de délicates répliques en tissu de costumes et de robes. Le chien a de la vraie fourrure.

Il y a une cuisine, un salon et une véranda. Des chambres, des escaliers et un grenier. Chaque pièce est meublée et décorée de tableaux miniatures et de minuscules vases de fleurs. Le papier peint est imprimé de motifs compliqués. Les petits livres peuvent être retirés des étagères.

Les tuiles en bois du toit font la taille d'un ongle. Les portes lilliputiennes ont des verrous qui tournent.

La maison s'ouvre avec une clé puis se déploie, bien qu'elle reste fermée la plupart du temps, la vie de poupée à l'intérieur visible seulement par les fenêtres.

Cette maison se trouve dans une pièce de ce Port sur la mer sans Étoiles. Son histoire n'est pas connue. Les enfants qui jouaient autrefois avec ont depuis longtemps grandi et disparu. Le récit de la façon dont elle a atterri dans une pièce obscure de cet endroit obscur est oublié.

Elle n'a rien de remarquable.

Ce qui est remarquable, c'est ce qui s'est développé autour.

Qu'est-ce qu'une maison isolée, après tout, sans rien autour ? Sans un jardin pour le chien. Sans un voisin grincheux sur le trottoir d'en face, sans une rue pour avoir des voisins tout court ? Sans arbres, sans chevaux, sans magasins. Sans un port. Un bateau. Une ville de l'autre côté de la mer.

Tout cela s'est construit autour d'elle. Le monde imaginaire d'un enfant est devenu celui d'un autre, puis d'un autre, et ainsi de suite jusqu'à ce que ce soit le monde de tout un chacun. Embelli et augmenté à l'aide de métal, de papier et de colle. D'outils, d'objets trouvés et d'argile. D'autres maisons ont été bâties. D'autres poupées ajoutées. Des piles de livres organisées par couleur tiennent lieu de paysage. Des oiseaux en origami volent dans le ciel. Des montgolfières planent encore plus haut.

Il y a des montagnes, des villages et des villes, des châteaux, des dragons et des salles de bal flottantes. Des fermes avec des granges et des moutons en boules de coton. Un cadran de montre réincarné indique l'heure véritable au sommet d'une tour. Il y a un parc avec un lac et des canards. Une plage avec un phare.

Le monde s'étale dans toute la pièce. Il y a des sentiers que les visiteurs peuvent emprunter pour accéder aux coins. Il y a sous les immeubles le contour de ce qui était jadis un bureau. Il y a des étagères aux murs qui sont désormais de lointains pays de l'autre côté d'un océan aux vagues en papier bleu soigneusement plissées.

Au début, c'était une maison de poupées. Avec le temps, c'est devenu plus que ça.

Une ville de poupées. Un monde de poupées. Un univers de poupées.

En constante expansion.

Presque tous ceux qui tombent sur cette pièce se sentent obligés d'y ajouter quelque chose. D'y laisser le contenu de leurs poches reconverti en mur, en arbre ou en temple. Un dé à coudre devient une poubelle. Des allumettes usagées forment une clôture. Des boutons décousus se transforment en roues, en pommes ou en étoiles.

Les gens ajoutent des maisons faites de livres ou des orages d'éclats de verre. Ils déplacent un personnage ou un édifice. Ils escortent les moutons miniatures d'une prairie à une autre. Ils réorientent les montagnes.

Certains visiteurs jouent dans la pièce pendant des heures, inventant des histoires et des récits. D'autres y jettent un simple coup d'œil, redressent un arbre ou une porte tordus et repartent. Ou bien ils se contentent de promener les canards sur le lac et ça leur suffit.

Toute personne qui pénètre dans la pièce l'altère d'une façon ou d'une autre. Y laisse une trace, même sans le vouloir. Le simple fait d'ouvrir la porte produit un infime courant d'air qui effleure les objets à l'intérieur. Un arbre peut tomber. Une poupée, perdre son chapeau. Un bâtiment entier peut s'effondrer.

Un seul faux pas risque d'écraser le magasin de quincaillerie. Une manche peut très bien s'accrocher au sommet d'un château et faire dégringoler une princesse jusqu'en bas. C'est un endroit fragile.

Les dégâts sont généralement temporaires. Quelqu'un d'autre viendra et les réparera. Reposera la princesse déchue sur son créneau. Reconstruira la quincaillerie avec des bouts de bois et du carton. Fabriquera de nouvelles histoires qui se superposeront aux anciennes.

La maison d'origine, au centre, change de façon plus subtile. Les meubles bougent de pièce en pièce. Les murs sont repeints ou retapissés. Le père et la mère passent du temps séparément dans d'autres structures avec d'autres poupées. Le fils et la fille partent, reviennent et repartent. Le chien court après les voitures ou les moutons et se hasarde à aboyer contre le dragon.

Autour d'eux, le monde ne cesse de s'agrandir.

Il leur faut parfois un moment pour s'adapter.

Zachary Ezra Rawlins est assis par terre dans son placard, porte fermée, entouré d'une forêt de chemises et de vestes suspendues, le dos appuyé à l'endroit où devrait se trouver la porte vers le monde de Narnia si son placard était une armoire, en proie à ce qui ressemble fort à une crise existentielle.

Il a lu *Doux chagrins* en entier, l'a relu, et, même s'il n'aurait peut-être pas dû le lire une troisième fois, il l'a quand même fait car il n'arrivait pas à dormir.

Il n'arrive toujours pas à dormir.

Il est maintenant 3 heures du matin et Zachary est au fond de son placard, une variante de son coin de lecture préféré quand il était petit. Un réconfort vers lequel il ne s'est plus tourné depuis des années, et jamais dans ce placard-ci, qui n'est guère adapté à ce genre d'usage.

Il s'était assis dans le placard de son enfance après avoir trouvé la porte peinte, il s'en souvient à présent. C'était un meilleur placard pour ça. Plus profond, avec des coussins qu'il y avait traînés afin de le rendre plus confortable. Il ne renfermait pas non plus de porte pour Narnia, il le sait parce qu'il a vérifié.

Il n'y a qu'un seul passage de *Doux chagrins* qui parle de lui, abstraction faite des nombreuses pages manquantes. Le texte revient sur le pirate et la fille, mais le reste est décousu et paraît incomplet. Une bonne partie de l'histoire tourne autour d'une bibliothèque souterraine. Non, pas une bibliothèque, plutôt un monde fantastique biblio-centré pour lequel Zachary a laissé passer l'invitation parce qu'il n'a pas ouvert une porte peinte sur un mur quand il avait onze ans.

Apparemment, il a passé son temps à chercher les mauvaises portes imaginaires.

Le livre couleur vin est posé au pied de son lit. Zachary ne veut pas s'avouer qu'il se cache de lui, dans ce placard où le livre ne peut pas le voir.

Un livre entier, et même après l'avoir lu trois fois de suite il n'a aucune idée de ce qu'il est censé faire maintenant.

La suite lui paraît nettement moins tangible que ces quelques pages au début. Zachary a toujours eu un rapport compliqué avec la magie à cause de sa mère, et bien qu'il puisse comprendre la phytothérapie et la divination, les choses contenues dans ce livre sont très au-delà de sa définition du réel. C'est de la magie vraiment magique.

Mais si ces quelques pages à son sujet sont vraies, alors le reste pourrait l'être aussi…

Zachary enfouit la tête entre ses genoux et essaie de contrôler sa respiration.

Il n'arrête pas de se demander qui a pu écrire ça. Qui l'a vu dans cette ruelle avec la porte peinte et pourquoi l'avoir raconté dans un livre. D'après les premières pages, il semblerait que les histoires soient emboîtées :

le pirate raconte l'histoire du disciple, le disciple voit l'histoire du garçon. Lui.

Mais s'il fait partie d'une histoire dans une autre histoire, qui la raconte ? Il y a bien quelqu'un qui l'a imprimée et reliée sous forme de livre.

Quelqu'un, quelque part, connaît cette histoire.

Il se demande si ce quelqu'un quelque part sait qu'il est assis au fond de son placard.

Zachary s'extirpe de sa cachette, les jambes engourdies. L'aube approche, la lumière derrière la fenêtre n'est plus tout à fait noire. Il décide de sortir faire un tour. Il laisse le livre sur son lit. Mais ses doigts le démangent aussitôt, il a envie de l'emporter pour pouvoir le relire. Il enroule son écharpe autour de son cou. Lire un livre quatre fois en un jour est une attitude parfaitement normale. Il boutonne son manteau en laine. Ressentir le manque physique d'un livre n'a rien d'exceptionnel. Il enfonce son bonnet sur ses oreilles. Tout le monde passe des nuits au fond de son placard pendant les années de fac. Il met ses chaussures. Retrouver un épisode de son enfance dans un mystérieux livre anonyme est d'une banalité sans nom. Il enfile ses gants. Ça arrive à tout le monde.

Il fourre le livre dans la poche de son manteau.

Zachary avance péniblement dans la neige fraîchement tombée, sans destination précise. Il dépasse la bibliothèque et continue en direction d'une partie du campus un peu vallonnée, près des résidences des première année. Il pourrait faire un crochet pour passer devant son ancienne chambre, mais il préfère éviter ; il trouve toujours étrange de regarder une fenêtre par laquelle lui-même avait coutume de regarder l'extérieur.

Il se fraie un chemin dans la neige immaculée qu'il fait crisser sous ses pas.

En général, il aime l'hiver, la neige et le froid, même quand il ne sent plus ses orteils. Ça lui procure un certain émerveillement, qui provient d'avoir découvert la neige dans les livres avant d'en avoir vu par lui-même. Sa première fois fut une soirée d'allégresse dans le champ devant la ferme de sa mère, à faire des boules de neige à mains nues et à constamment perdre l'équilibre dans des chaussures dont il s'était aperçu après coup qu'elles n'étaient pas imperméables. Dans leurs gants fourrés en cachemire, ses mains picotent encore à ce souvenir.

Il est toujours surpris par le silence de la neige, jusqu'à ce qu'elle fonde.

« Rawlins ! » crie une voix derrière lui.

Zachary se retourne. Une silhouette emmitouflée et coiffée d'un bonnet rayé agite une mitaine de couleur vive dans sa direction et il regarde cette tache bariolée se déplacer sur le fond blanc de la neige tandis qu'elle peine à grimper la colline pour le rejoindre, mettant parfois ses pas dans les empreintes en creux des siens. Quand elle n'est plus qu'à quelques mètres, il reconnaît Kat, une des rares étudiantes du premier cycle de son département qui est passée de vague connaissance à presque-amie, essentiellement parce qu'elle a mis un point d'honneur à se présenter à tout le monde et qu'il a été testé et approuvé. Elle tient un blog de cuisine thématique autour des jeux vidéo et utilise régulièrement ses camarades comme cobayes pour ses expérimentations souvent délicieuses. Petites montagnes briochées inspirées de *Skyrim*, classiques gâteaux à la crème façon *BioShock* et truffes au marasquin en hommage aux cerises de *Pac-Man*. Zachary la soupçonne de ne jamais dormir. Elle a tendance à sortir de nulle part à l'improviste et à suggérer qu'ils aillent boire des cocktails, danser, ou n'importe quoi d'autre pour le forcer à quitter sa chambre, et bien que Zachary ne lui ait jamais clairement dit qu'il était content d'avoir quelqu'un comme elle dans son existence à part ça très introvertie, il est à peu près sûr qu'elle le sait déjà.

« Hé, Kat, dit Zachary une fois qu'elle l'a rejoint, en espérant ne pas avoir l'air autant à côté de ses pompes qu'il se sent. Qu'est-ce que tu fais dehors si tôt ? »

Kat soupire et lève les yeux au ciel. Un nuage de buée s'échappe de sa bouche et flotte dans l'air glacial.

« Il n'y a qu'aux aurores que j'arrive à avoir du temps au labo pour mes projets pas encore officiels. Et toi ? »

Kat remonte la bretelle de son sac sur son épaule et manque de perdre l'équilibre. Zachary tend la main pour la rattraper, mais elle se stabilise toute seule.

« Je n'arrivais pas à dormir, répond Zachary, ce qui est une partie de la vérité. Tu travailles toujours sur ton projet d'odorama ?

— Absolument ! s'exclame Kat, dont les joues trahissent le sourire caché sous son écharpe. Je pense que c'est la clé d'une vraie expérience immersive. La réalité virtuelle n'est pas si réelle que ça tant qu'elle ne sent rien. Je ne sais pas encore comment ça peut marcher chez des particuliers, mais mes essais sur site se passent bien. Je vais sans doute avoir besoin de bêta-testeurs au printemps, si ça t'intéresse.

— Si le printemps arrive un jour, je veux bien. »

Les projets de Kat sont légendaires dans tout le département. Des installations interactives élaborées, et toujours mémorables quel que soit leur degré de réussite. À côté, son propre travail paraît à Zachary excessivement cérébral et sédentaire, surtout qu'une bonne partie consiste à analyser le travail déjà fait par d'autres.

« Génial ! dit Kat. Je te mets sur ma liste. Et ça tombe bien que je te rencontre : tu es pris ce soir ?

— Pas vraiment, répond Zachary, qui n'a pas réfléchi au fait que la journée allait continuer, que le campus suivrait son petit train-train habituel et qu'il était le seul dont le monde avait basculé.

— Tu ne pourrais pas venir m'aider pour mon cours d'inter-semestre ? De 7 heures à 8 heures et demie, grosso modo.

— Ton cours de tricot autour de Harry Potter ? Je ne suis pas très doué en tricot.

— Non, ça c'est le jeudi. Là, c'est une série de rencontres intitulée "Innovation narrative" et le sujet de cette semaine est le jeu vidéo. J'essaie d'inviter un co-animateur différent à chaque cours et Noriko était censée venir ce soir mais elle m'a plantée pour aller skier. C'est super relax, pas d'exposé ni rien à préparer à l'avance, tu n'auras qu'à blablater sur les jeux vidéo dans un cadre détendu mais néanmoins intellectuel. Je sais que c'est ta came, Rawlins. S'te plaît ? »

Le réflexe de repli qui saisit Zachary à peu près chaque fois qu'il est question de parler à des gens s'enclenche automatiquement, mais alors que Kat sautille d'un pied sur l'autre pour se réchauffer et qu'il réfléchit à sa proposition, il se dit que ce sera une bonne façon de se changer les idées et de s'éloigner un moment du livre. C'est toujours l'effet que lui fait Kat, finalement. C'est chouette d'avoir quelqu'un comme elle dans sa vie.

« OK, pourquoi pas », répond-il.

Kat laisse échapper un cri de joie, qui résonne à travers la pelouse enneigée et pousse deux corbeaux à abandonner de mauvaise grâce leur perchoir dans un arbre voisin.

« T'es trop cool, dit-elle. Je te tricoterai une écharpe Serdaigle en échange.

— Comment tu sais que…

— Arrête, ça saute aux yeux que tu es un Serdaigle. À ce soir, alors. C'est dans le salon du bâtiment Scott, celui au fond à droite. Je t'enverrai les détails par texto quand mes mains auront décongelé. Heureusement que tu es là. Je te serrerais bien dans mes bras mais j'ai peur de tomber.

— C'est l'intention qui compte », rétorque Zachary.

Il hésite un instant, là dans la neige, à lui demander si elle a déjà entendu parler de quelque chose qui s'appelle la mer sans Étoiles, parce que s'il y a bien quelqu'un qui peut connaître un endroit possiblement mythique ou légendaire, c'est Kat, mais le simple fait de le formuler à voix haute le rendrait déjà trop réel, alors à la place il la regarde s'éloigner tant bien que mal vers la cour des sciences où se trouve le Centre des nouveaux médias, même s'il est très possible qu'elle aille plutôt vers les labos de chimie.

Zachary reste tout seul dans la neige, surplombant le campus qui se réveille petit à petit.

Hier, tout ça lui paraissait comme d'habitude, presque un peu chez lui. Aujourd'hui, il a l'impression d'être un imposteur. Il prend une grande inspiration et sent les effluves de pin lui remplir les poumons.

Deux points noirs tachent le bleu pâle du ciel sans nuage : les corbeaux qui se sont envolés il y a quelques minutes et qui sont sur le point de disparaître à l'horizon.

Zachary Ezra Rawlins attaque le long chemin du retour jusqu'à sa chambre.

Après avoir ôté ses chaussures et ses couches de vêtements d'hiver, il ressort le livre. Il le retourne un moment entre ses mains puis le pose sur son bureau. Il n'a l'air de rien en apparence, on ne se douterait pas qu'il renferme tout un monde, même si finalement on pourrait en dire autant de n'importe quel livre.

Zachary tire les stores et s'est déjà à moitié endormi le temps qu'ils tombent devant sa fenêtre, cachant le paysage enneigé scintillant de soleil et la silhouette qui l'épie sur le trottoir d'en face, dans l'ombre d'un épicéa débraillé.

Il est réveillé quelques heures plus tard par le bip d'un SMS. Le vibreur secoue suffisamment le téléphone pour qu'il tombe du bureau et atterrisse en douceur sur une chaussette égarée.

19 h bât scott salon du rdc. depuis l'entrée tu dépasses l'escalier et tu prends le couloir à droite, c'est derrière les portes vitrées, on dirait la version post-apocalyptique d'un salon de thé pour dames de la haute. j'y serai en avance. t'es trop cool <3 K.

L'horloge du téléphone l'informe qu'il est déjà 17 h 50, et le bâtiment Scott est à l'opposé du campus.

Zachary bâille, sort péniblement de son lit et se traîne au bout du couloir pour prendre une douche.

Sous le jet brûlant, il se dit qu'il a rêvé ce livre, mais le soulagement que lui procure cette pensée se dissipe peu à peu et la vérité lui revient.

Il se frictionne la peau presque jusqu'au sang avec la mixture d'huile d'amande douce et de sucre faite maison que sa mère lui offre chaque hiver. Le cru de cette année est parfumé au vétiver afin de favoriser le calme émotionnel. Peut-être qu'en frottant assez fort il arrivera à faire disparaître le petit garçon dans la ruelle. Peut-être que le vrai Zachary est quelque part dessous.

Tous les sept ans, la totalité des cellules du corps est renouvelée, se rappelle-t-il. Il n'est plus ce petit garçon. Il a deux degrés de séparation avec lui.

Zachary reste si longtemps sous la douche qu'il doit ensuite se dépêcher de s'habiller. Il attrape une barre protéinée lorsqu'il se rend compte qu'il n'a pas mangé de la journée, fourre un cahier dans sa sacoche, et sa main plane au-dessus de *Doux chagrins* avant de prendre *L'Indésirable* à la place.

Il a déjà franchi le seuil quand il fait demi-tour pour prendre également *Doux chagrins*.

Alors qu'il marche vers le bâtiment Scott, ses cheveux humides gèlent en formant des boucles durcies qui crissent dans son cou. La neige est hachurée de tant de traces de pas qu'il ne reste quasiment aucune zone intacte sur tout le campus. Zachary contourne un bonhomme de neige bancal attifé d'une véritable écharpe rouge. La rangée de bustes des anciens présidents de l'université est presque totalement engloutie sous la neige, un œil ou une oreille en marbre dépassant çà et là sous les flocons.

Les indications de Kat s'avèrent utiles une fois qu'il arrive au bâtiment Scott, une des résidences dans lesquelles il n'a jamais mis les pieds. Il passe devant l'escalier et une petite salle d'étude déserte avant de trouver le couloir, qu'il suit un bon moment jusqu'à atteindre une double porte vitrée dont un des battants est ouvert.

Il n'est pas sûr d'être au bon endroit. Une fille tricote dans un fauteuil pendant que deux autres étudiants réorganisent une partie des meubles de ce qui pourrait en effet être un salon de thé post-apocalyptique : des fauteuils et des canapés en velours, cabossés et élimés, certains réparés avec du gros Scotch.

« Génial, tu nous as trouvés ! » s'exclame la voix de Kat derrière lui.

En se retournant, il la voit avec un plateau entre les mains sur lequel sont posées une théière et plusieurs piles de tasses. Elle paraît plus petite sans son manteau et son bonnet rayé. Ses cheveux coupés ras forment à peine un halo sombre autour de son crâne.

« Je ne pensais pas que tu étais sérieuse pour le thé, dit Zachary en l'aidant à porter le plateau jusqu'à une table basse au centre de la pièce.

— Je ne plaisante jamais avec le thé, répond-elle. J'ai Earl Grey, menthe, et un truc au gingembre censé être bon pour la santé. Et j'ai fait des cookies. »

Le temps de disposer le thé et les divers plateaux de cookies, la salle s'est remplie ; une douzaine d'étudiants, qu'on croirait plus nombreux au vu de tous les manteaux et écharpes jetés en vrac sur les dossiers des chaises et des canapés. Zachary s'installe près de la fenêtre dans un vieux fauteuil que lui indique Kat, avec une tasse de Earl Grey et un gigantesque cookie aux pépites de chocolat.

« Bonsoir tout le monde, lance Kat afin de capter l'attention des participants, tout à leurs bavardages et grignotages. Merci d'être venus. Je crois qu'on a quelques nouveaux qui n'étaient pas là la semaine dernière, alors on va peut-être d'abord faire un tour de table pour se présenter rapidement, en commençant par notre invité du jour, ajoute-t-elle en se tournant vers Zachary.

— D'accord... Hmm... je m'appelle Zachary, parvient-il à articuler entre deux bouchées avant d'avaler la fin de son cookie. Je suis en deuxième année du master nouveaux médias, j'étudie principalement les jeux vidéo, avec un focus particulier sur la psychologie et les questions de genre. »

Et hier, j'ai trouvé un livre à la bibliothèque dans lequel quelqu'un a raconté mon enfance ; c'est pas innovant, ça, en matière de narration ? pense-t-il tout bas sans pour autant le dire tout haut.

Les présentations se poursuivent. Davantage que les prénoms, Zachary retient quelques détails caractéristiques et les centres d'intérêt de chacun. Plusieurs des participants sont des étudiants en théâtre, dont une fille aux impressionnantes dreadlocks multicolores et un blondinet qui a les pieds posés sur un étui à guitare. La fille aux lunettes papillon dont le visage lui est vaguement familier est en lettres, comme celle qui continue à tricoter sans quasiment jamais baisser les yeux vers son ouvrage. Les autres sont presque tous des étudiants de premier cycle en nouveaux médias. Certains lui disent quelque chose (le garçon au sweat bleu, la fille dont les bras tatoués de lianes dépassent des manches de son pull, le type à la queue-de-cheval), mais personne qu'il ne connaisse aussi bien que Kat.

« Et moi, c'est Kat Hawkins, en double master théâtre et nouveaux médias. En gros, je passe mon temps à essayer de transformer les jeux en théâtre et le théâtre en jeux. Et aussi à faire des gâteaux. Ce soir, nous allons parler plus particulièrement des jeux vidéo. Je sais qu'il y a beaucoup de gamers parmi vous, mais si vous n'en faites pas partie, n'hésitez pas à poser des questions quand vous avez besoin de clarifications sur un point de terminologie ou autre.

— Comment définit-on un "gamer" ? demande le garçon au sweat bleu avec juste assez d'agressivité dans la voix pour que l'air enjoué de Kat s'assombrisse imperceptiblement.

— Pour ma part, j'adopterai la définition de Gertrude Stein : un gamer est un gamer est un gamer », rétorque Zachary en remontant ses lunettes sur son nez.

Il s'en veut un peu de la prétention de sa réponse, mais il en veut encore plus à ce type d'avoir besoin de pinailler d'emblée.

« Quant à la définition du "jeu" dans ce contexte, reprend Kat, limitons-nous aux jeux narratifs, jeux de rôle et compagnie. Il faut toujours pouvoir en revenir à l'histoire. »

Kat invite Zachary à leur faire partager quelques-unes de ses réflexions élémentaires sur la narration des jeux, le pouvoir des personnages, les choix et leurs conséquences. Des sujets qu'il a abordés dans tellement de dissertations et de projets que ça le change agréablement d'en parler à un auditoire qui ne les a pas déjà entendus cent fois.

Kat intervient de temps en temps et la discussion ne tarde pas à s'engager de façon très naturelle, les questions donnant lieu à des débats et les arguments fusant entre les gorgées de thé et les miettes de cookies.

La conversation dérive sur le théâtre immersif, qui était le thème de la semaine précédente, puis revient aux jeux vidéo, de la nature collaborative du mode multiplayer aux scénarios à un seul joueur en passant par la réalité virtuelle, avec une brève étape sur les jeux de plateau.

Pour finir, arrive sur le tapis la question de savoir pourquoi on joue à des jeux qui suivent des histoires et ce qui les rend attractifs.

« Simplement parce que c'est ce dont tout le monde a envie, non ? suggère la fille aux lunettes papillon. Pouvoir faire ses propres choix et prendre ses propres décisions, mais que ça fasse partie d'une histoire. On a envie qu'il y ait un récit auquel on puisse se fier, tout en gardant son libre arbitre.

— On veut pouvoir décider où on va, ce qu'on fait, quelle porte on ouvre, mais on veut aussi gagner la partie, ajoute le type à la queue-de-cheval.

— Même si gagner la partie se résume à terminer l'histoire.

— Surtout quand un jeu permet plusieurs fins possibles, renchérit Zachary, en se souvenant d'une de ses dissertations d'il y a deux ans. On veut co-écrire l'histoire, et non l'imposer tout seul, pour que ce soit collaboratif.

— Et c'est dans les jeux que ça marche le mieux, déclare un des étudiants en nouveaux médias. Et peut-être dans le théâtre d'avant-garde, ajoute-t-il quand une de ses camarades théâtreuses se met à protester.

— Des romans-dont-vous-êtes-le-héros numériques ? suggère la tricoteuse.

— Non, il faut s'en tenir aux jeux à proprement parler si tu veux pouvoir explorer toute l'arborescence des options et des décisions possibles, tous les si/alors, objecte la fille aux bras tatoués en parlant avec les mains, si bien que les lianes contribuent à souligner ses arguments. Les histoires écrites sont des récits préexistants dans lesquels tu te glisses, alors que les jeux se déroulent en temps réel. Si je peux choisir ce qui va se passer dans une histoire, j'ai envie d'être un mage. Ou au moins d'avoir une super arme secrète.

— On s'éloigne du sujet, intervient Kat. Enfin, plus ou moins. Qu'est-ce qui fait qu'une histoire est captivante ? N'importe quelle histoire. En deux mots.

— Les rebondissements.

— Le mystère.

— Les enjeux.

— L'évolution des personnages.

— L'amour, propose le garçon au sweat bleu. Ben quoi ? C'est vrai, ajoute-t-il alors que plusieurs paires de sourcils haussés se tournent dans sa direction. D'accord, alors la tension sexuelle, c'est mieux ?

— Les obstacles à surmonter.

— La surprise.

— Le sens.

— Mais qui décide du sens ? se demande Zachary à voix haute.

— Le lecteur. Le joueur. Le public. C'est ce que chacun apporte, même s'il ne fait pas les choix étape par étape, chacun décide de ce que ça signifie pour lui, explique la tricoteuse, qui s'interrompt le temps de rattraper une maille avant de poursuivre. Un jeu ou un livre qui a du sens pour moi peut être ennuyeux à mourir pour toi, et inversement. Une histoire, c'est personnel. Ça te parle ou ça ne te parle pas.

— Comme je disais, on a tous envie de faire partie d'une histoire.

— On *fait* tous partie d'une histoire, mais ce que les gens veulent, c'est faire partie de quelque chose qui mérite d'être raconté. C'est la peur de mourir, le côté "J'étais là et j'ai laissé une trace". »

L'esprit de Zachary commence à divaguer. Il se sent vieux ; il n'est pas sûr d'avoir jamais été aussi enthousiaste quand il était en premier cycle et il se demande s'il paraissait alors aussi jeunot aux yeux des étudiants de master. Il repense au livre dans son sac, réfléchit à ce que ça lui fait d'être un personnage de fiction, s'interroge sur la raison pour laquelle il a consacré tellement de son temps à faire avancer des histoires et s'efforce de comprendre comment en faire autant avec celle-ci.

« N'est-ce pas plus facile d'avoir des mots sur une page et de s'en remettre entièrement à l'imagination ? demande une autre étudiante de lettres vêtue d'un gros pull rouge pelucheux.

— Les mots sur la page ne sont jamais faciles, réplique la fille aux lunettes papillon, et plusieurs participants acquiescent en silence.

— Plus simple, alors, nuance la fille au pull rouge. Je peux créer tout un monde avec ça, poursuit-elle en brandissant son stylo, ce n'est peut-être pas très innovant, mais c'est efficace.

— Oui, enfin, jusqu'à ce que tu sois à court d'encre », rétorque quelqu'un.

Quelqu'un d'autre signale qu'il est déjà 9 heures et plusieurs personnes se lèvent d'un bond, s'excusent et partent précipitamment. Les autres continuent à bavarder par petits groupes, et deux des étudiants en nouveaux médias tournent autour de Zachary pour lui poser des questions sur les cours et les professeurs de master tout en s'activant pour remettre la pièce à peu près en ordre.

« C'était génial, merci, dit Kat une fois qu'ils ont fini. Je te dois une fière chandelle. D'ailleurs je vais attaquer ton écharpe dès ce week-end, je te promets que tu l'auras avant qu'il se remette à faire beau.

— Tu n'es vraiment pas obligée, mais merci, Kat, j'ai trouvé ça très intéressant.

— Moi aussi. Ah, au fait, Elena t'attend dans le couloir. Elle voulait te voir avant que tu partes mais elle n'osait pas t'interrompre pendant que tu parlais avec d'autres.

— Ah, d'accord », répond Zachary en essayant de se rappeler qui était Elena.

Kat l'enlace pour lui dire au revoir et lui murmure à l'oreille au passage :

« T'inquiète, c'est pas un plan drague, je l'ai prévenue que tu étais indisponible d'un point de vue orientationnel.

— Merci, Kat », répond Zachary en s'efforçant de ne pas rouler des yeux.

Il sait qu'elle a sans doute bel et bien employé cette formulation plutôt que de simplement dire qu'il était gay, car elle déteste les étiquettes.

Elena s'avère être la fille aux lunettes papillon. Appuyée au mur, elle lit un roman de Raymond Chandler que Zachary peut cette fois identifier comme *The Long Goodbye*, et il comprend pourquoi son visage lui disait quelque chose. Il l'aurait sans doute reconnue si elle avait eu un chignon.

« Salut, lance Zachary, et elle relève les yeux de son livre avec une expression hagarde qu'il a souvent lui-même, désorienté d'être brusquement tiré d'un monde et propulsé dans un autre.

— Salut, répond Elena en émergeant des brumes de la fiction et en rangeant le Chandler dans son sac. Je ne sais pas si tu te souviens de moi à la bibliothèque hier. Tu as emprunté ce bouquin bizarre qu'on n'arrivait pas à scanner.

— Je me souviens, dit Zachary. Je ne l'ai pas encore lu, ajoute-t-il sans trop savoir pourquoi ce mensonge est nécessaire.

— Eh bien, après ton départ, j'ai été piquée de curiosité. C'est très calme en ce moment à la bibliothèque et je suis dans ma période polars, alors j'ai décidé de mener ma petite enquête.

— Ah bon ? fait Zachary, brusquement intéressé alors qu'il était plutôt sur ses gardes jusque-là. Et tu as trouvé quelque chose ?

— Pas grand-chose. Le système est tellement obnubilé par les codes-barres que si l'ordinateur ne le reconnaît pas c'est presque impossible de retrouver une fiche, mais je me suis souvenue que le livre avait l'air assez vieux, alors je suis descendue dans les archives papier, du temps où tout était conservé dans ces fabuleuses boîtes à fiches en bois. Je ne l'ai pas trouvé là non plus, mais j'ai réussi à déchiffrer la façon dont il a été codé : il y a deux chiffres dans le code-barres qui indiquent quand il a été entré dans le système, ce qui m'a permis de faire des recoupements.

— Bravo, joli boulot d'investigation !

— Merci. Malheureusement, la seule information que j'ai pu en déduire, c'est qu'il faisait partie d'une collection privée, quelqu'un qui est mort et dont une fondation a dispatché la bibliothèque dans un tas d'universités. J'ai mis à jour toutes les fiches en ajoutant son nom, donc si tu veux trouver les autres livres de la même série on devrait pouvoir t'imprimer la liste. Je travaille presque tous les matins jusqu'à la reprise des cours, au cas où ça t'intéresse. »

Elena fouille dans son sac et en sort un bout de papier plié en deux.

« Certains mériteraient d'être dans la salle des livres rares, et pas en libre accès, mais bon. Je lui ai créé une entrée dans le catalogue, histoire que tu puisses le scanner sans problème quand tu voudras le rendre.

— Merci », répond Zachary en prenant le papier.

Item ajouté à votre inventaire, commente une voix dans sa tête.

« Je passerai dans les jours qui viennent, poursuit-il.

— Cool, rétorque Elena. Et merci d'être venu ce soir, c'était une super discussion. À bientôt. »

Et elle disparaît avant qu'il puisse lui dire au revoir.

Zachary déplie le papier. Il y a deux lignes de texte, d'une écriture remarquablement soignée.

Ouvrage appartenant à la collection privée
de J. S. Keating.
Une donation de la fondation Keating en 1993.

DOUX CHAGRINS

Il y a trois chemins. Celui-ci en est un.

Le papier est fragile, même quand il est relié par de la ficelle entre du tissu ou du cuir. La majorité des histoires dans le Port sur la mer sans Étoiles sont conservées sur papier. Dans des livres, sur des rouleaux, ou à l'intérieur d'oiseaux en origami suspendus aux plafonds.

Il y a des histoires encore plus fragiles : pour chaque conte gravé dans la pierre, il y en a autant inscrits sur des feuilles mortes ou tissés dans des toiles d'araignées.

Il y a des histoires enveloppées dans de la soie afin que leurs pages ne tombent pas en poussière, et d'autres qui ont déjà succombé, dont les fragments ont été recueillis et sont gardés dans des urnes.

Ce sont des choses fragiles. Moins robustes que leurs cousines qui sont racontées à haute voix et apprises par cœur.

Et il y a toujours ceux qui verraient bien Alexandrie brûler.

Il y en a toujours eu. Il y en aura toujours.

Alors il y a des gardiens.

Beaucoup ont perdu la vie en service. Beaucoup d'autres se la sont fait ravir par le temps avant de pouvoir la perdre autrement.

Il est rare qu'un gardien ne le reste pas jusqu'au bout.

Pour devenir gardien, il faut être digne de confiance. Et pour être dignes de confiance, tous doivent être mis à l'épreuve.

La mise à l'épreuve d'un gardien est un processus long et difficile.

On ne peut pas se porter volontaire pour devenir gardien. Les gardiens sont choisis.

Les candidats potentiels sont identifiés et surveillés. Scrutés à la loupe. Chacun de leurs gestes, de leurs choix et de leurs actes est noté par des juges invisibles. Les juges se contentent de les observer pendant des mois, parfois des années, avant de les soumettre aux premières épreuves.

Le gardien potentiel ne saura pas qu'il est testé. Il est crucial de le laisser dans la plus totale ignorance pour ne pas influencer ses réactions. Nombre d'épreuves ne seront jamais identifiées comme telles, même rétrospectivement.

Les candidats éliminés lors de cette première phase ne sauront jamais qu'ils ont été envisagés pour devenir des gardiens. Ils poursuivront leur vie et trouveront d'autres chemins.

La plupart des candidats sont éliminés avant la sixième épreuve.

Beaucoup ne passent pas la douzième.

Le rythme de la première épreuve est toujours le même, qu'elle ait lieu au sein d'un Port ou en dehors.

Dans une grande bibliothèque publique, un petit garçon se promène entre les rayons histoire de tuer le temps jusqu'à l'heure où il est censé retrouver sa sœur. Il se hisse sur la pointe des pieds pour accéder aux volumes plus hauts que sa tête. Il a délaissé la section jeunesse depuis bien longtemps, mais il n'est pas encore assez grand pour atteindre toutes les étagères.

Une femme aux yeux foncés, portant un foulard vert – pas une des bibliothécaires, autant qu'il sache –, lui tend le livre qu'il essayait d'attraper et il la remercie d'un timide hochement de tête. Elle lui demande s'il peut lui rendre un service en échange, et lorsqu'il accepte elle le charge de surveiller un livre pour elle en désignant du doigt un mince volume relié en cuir marron posé sur une table voisine.

Le garçon dit oui et la femme s'en va. Quelques minutes s'écoulent. Le garçon continue à parcourir les rayonnages tout en gardant à l'œil le petit livre marron.

Plusieurs autres minutes s'écoulent. Le garçon songe à aller chercher la femme. Il consulte sa montre. Bientôt, il devra partir à son tour.

Alors une femme passe à côté de lui sans le regarder et ramasse le livre sur la table.

Elle a les yeux foncés et un foulard vert. Elle ressemble beaucoup à la première femme, mais ce n'est pas la même personne. Lorsqu'elle commence à s'éloigner avec le livre, le garçon est saisi d'une certaine confusion et d'une légère panique.

Il lui demande de s'arrêter. La femme se retourne, la mine interloquée.

Le garçon bredouille que ce livre appartient à quelqu'un d'autre.

La femme sourit et lui fait remarquer qu'ils sont dans une bibliothèque et que les livres appartiennent à tout le monde.

Le garçon est à deux doigts de la laisser partir. À présent, il n'est même plus sûr que ce n'est pas la même femme, tellement elle ressemble à l'autre. Il va être en retard s'il attend encore. Ce serait plus simple de lui laisser le livre.

Mais le garçon proteste à nouveau. Il explique en beaucoup trop de mots que quelqu'un lui a demandé de le lui garder.

Finalement, la femme renonce et rend le livre au petit garçon agité.

Il serre l'objet durement acquis contre sa poitrine.

Il ignore qu'il vient de passer une épreuve, mais il est quand même fier de lui.

Deux minutes plus tard, la première femme revient. Cette fois, il la reconnaît. Ses yeux sont plus clairs, les motifs de son foulard vert sont différents, elle a des anneaux dorés le long de l'oreille droite et non gauche.

Elle le remercie quand il lui tend le petit livre marron. Elle fouille dans son sac, en sort un bonbon enveloppé dans un papier et pose un doigt sur ses lèvres. Il le fourre dans sa poche, comprenant que ce genre de choses n'est pas autorisé dans la bibliothèque.

La femme le remercie une dernière fois et repart avec le livre.

Le garçon ne sera plus approché directement avant sept autres années.

Beaucoup des épreuves initiales sont similaires, cherchant à mesurer le soin, le respect et l'attention aux détails. À observer comment les candidats répondent au stress de la vie quotidienne ou à des situations d'urgence exceptionnelles. À évaluer la façon dont ils réagissent à une déception ou à un chat perdu. On demande à certains de brûler ou de détruire un livre d'une manière ou d'une autre. (Détruire le livre, aussi déplaisant, choquant ou mal écrit soit-il, revient à échouer au test.)

Un seul échec conduit à l'élimination.

Après la douzième épreuve, les gardiens potentiels sont informés de leur sélection. Ceux qui ne sont pas nés en bas sont amenés jusqu'au Port et logés dans des pièces qu'aucun résident ne voit jamais. Ils étudient et sont à nouveau testés de plusieurs façons. Ils passent des épreuves de force psychologique et de volonté. D'improvisation et d'imagination.

Ce processus se déroule sur une période de trois ans. Beaucoup sont éliminés. D'autres renoncent en chemin. Certains, mais pas tous, comprennent qu'à ce stade, la persévérance compte plus que la performance.

S'ils arrivent au bout des trois ans, on leur remet un œuf.

Ils sont libérés de leur formation et de leurs études.

Désormais, ils n'ont plus qu'à revenir avec le même œuf, intact, six mois plus tard.

L'épreuve de l'œuf est la ruine de bien des gardiens potentiels.

Sur tous ceux qui repartent avec un œuf, environ la moitié reviennent.

Le gardien potentiel et son œuf intact sont amenés devant un gardien plus ancien. Ce dernier réclame l'œuf d'un geste de la main et le candidat le lui tend sur sa paume ouverte.

L'ancien avance alors le bras, mais au lieu de saisir l'offrande, il referme les doigts du candidat autour de l'œuf.

Puis il les serre de toutes ses forces, obligeant le candidat à briser l'œuf.

Il ne reste plus dans la main du candidat que des éclats de coquille et de la poussière. Une fine poudre dorée qui ne s'effacera jamais complètement de sa paume, continuant à scintiller même des dizaines d'années plus tard.

L'ancien ne dit rien sur la fragilité ou la responsabilité. Les mots n'ont pas besoin d'être prononcés. Tout est compris.

L'ancien approuve d'un signe de tête : le candidat a atteint la fin de sa formation et le début de son initiation.

Un gardien potentiel, une fois qu'il a passé l'épreuve de l'œuf, se voit offrir une visite guidée.

Elle commence par les pièces familières du Port, en partant de l'horloge du Cœur avec son balancier vertigineux, et se poursuit à travers les salles principales, les ailes des résidents et les salles de lecture, puis descend jusqu'à la cave à vin et la salle de bal avec son imposante cheminée, plus haute que même le plus haut des gardiens.

Après quoi on leur montre des pièces que personne ne voit jamais à part les gardiens eux-mêmes. Des pièces cachées, fermées à clé, oubliées. Ils s'enfoncent plus profondément que n'importe quel résident, n'importe quel disciple. Ils allument leurs propres bougies. Ils voient ce que personne d'autre ne voit. Ils voient ce qu'il y a eu avant eux.

Ils ne peuvent pas poser de questions. Ils peuvent juste observer.

Ils foulent les rivages de la mer sans Étoiles.

Lorsque la visite est finie, le gardien potentiel est amené dans une petite pièce au centre de laquelle brûle un feu et se trouve une chaise unique. On l'y fait asseoir et on lui pose une seule question.

Seriez-vous prêt à donner votre vie pour ça ?

Et les candidats doivent répondre, oui ou non.

Ceux qui répondent oui restent sur la chaise.

On leur bande les yeux, on leur attache les mains dans le dos. On écarte le col de leur robe ou de leur chemise pour exposer leur poitrine.

Un artiste invisible, muni d'une aiguille et d'un encrier, leur perce la peau, des dizaines de fois.

Une épée, de huit à dix centimètres de long, est tatouée sur tous les gardiens.

Chaque épée est unique. Elle a été conçue pour ce gardien-là et pas un autre. Certaines sont simples, d'autres élaborées et ornementées, tracées avec moult détails à l'encre noire, sépia ou dorée.

Si un gardien potentiel répond par la négative, l'épée qui avait été conçue pour lui sera cataloguée et jamais tatouée sur personne.

Peu disent non à ce stade, après tout ce qu'ils ont vu. Très peu.

Ceux qui le font ont également les yeux bandés et les mains attachées dans le dos.

Une longue aiguille pointue leur transperce aussitôt le cœur.

C'est une mort relativement indolore.

Là, dans cette pièce, il est trop tard pour choisir un autre chemin, pas après ce qu'ils ont vu. Ils ont le droit de choisir de ne pas devenir gardiens, mais dès lors c'est la seule alternative.

Les gardiens ne sont pas identifiables. Ils ne portent pas de toge, pas d'uniforme. Leurs missions varient. La plupart restent au sein du Port, mais plusieurs rôdent à la surface, ni vu ni connu. Une trace de poussière dorée sur la paume ne veut rien dire pour ceux qui n'en saisissent pas l'importance. L'épée tatouée est facile à cacher.

Ils n'ont peut-être pas l'air asservis à quoi que ce soit, mais ils le sont.

Ils savent ce qu'ils servent.

Ce qu'ils protègent.

Ils comprennent ce qu'ils sont et c'est la seule chose qui compte.

Ils comprennent qu'être un gardien, c'est être prêt à mourir, tout le temps.

Être un gardien, c'est porter la mort sur son torse.

Zachary Ezra Rawlins est toujours planté au milieu du couloir, les yeux rivés sur le bout de papier, quand Kat sort de la salle, de nouveau emmitouflée dans ses vêtements d'hiver.

« Ah, tu es encore là ! » s'exclame-t-elle.

Zachary replie le papier et le range dans sa poche.

« On t'a déjà dit que tu avais un don d'observation hors du commun ? répond-il, et Kat lui donne un petit coup dans le bras. Ouais, je l'ai mérité, reconnaît-il.

— Avec Lexi, on va boire un verre au Griffon, si tu veux venir, propose Kat en désignant par-dessus son épaule l'étudiante en théâtre aux dreadlocks en train d'enfiler son manteau.

— D'accord », concède Zachary, puisque les horaires de la bibliothèque lui interdisent pour le moment d'enquêter davantage sur l'indice dans sa poche et que le Griffon sert un excellent sidecar.

Ils traversent tous les trois le campus enneigé pour rejoindre la petite portion de rue en centre-ville où se concentrent les bars et les restaurants, qui brillent dans la nuit. Les arbres le long du trottoir ont les branches habillées de glace.

Ils poursuivent plus ou moins la conversation entamée pendant le cours, ce qui amène Kat et Lexi à lui résumer celle de la semaine précédente, et elles sont en train de lui expliquer le concept de théâtre hors les murs lorsqu'ils arrivent devant le bar.

« Je ne sais pas trop, je ne suis pas fan des pièces où on fait participer le public », répond Zachary tandis qu'ils s'installent à une table dans un coin.

Il avait oublié à quel point il aimait ce bar, avec ses lambris en bois sombre et ses ampoules à filament qui éclairent l'espace depuis toutes sortes de lampes vintage dépareillées.

« Je *déteste* quand on fait participer le public, renchérit Lexi. Là, c'est plutôt une forme de déambulation autonome. Tu te balades comme tu veux et c'est toi qui décides ce que tu as envie de regarder.

— Alors comment tu fais pour qu'à la fin chaque spectateur ait bien vu toute l'histoire ?

— Tu ne peux pas le garantir, mais si tu donnes suffisamment à voir, avec un peu de chance tout le monde réussit à recoller les morceaux. »

Ils commandent des cocktails et la moitié des amuse-gueule au menu, après quoi Lexi décrit à Zachary son projet de thèse, une pièce qui consiste, entre autres, à déchiffrer et à suivre des indices jusqu'à différents lieux pour y trouver des fragments de la performance.

« Après ça, tu le crois que ce n'est pas une gameuse ? lance Kat.

— C'est légitimement surprenant, répond Zachary, et Lexi éclate de rire.

— Je n'ai jamais vraiment accroché, confie-t-elle. Et puis tu admettras que c'est un peu intimidant pour les néophytes.

— Je te l'accorde. Mais le genre de théâtre que tu pratiques ne m'a pas l'air très éloigné.

— Il lui faudrait des jeux faciles pour commencer », suggère Kat.

Entre une gorgée de cocktail et une bouchée de dattes au bacon ou de croquettes au fromage de chèvre trempées dans du miel de lavande, ils établissent alors une liste de jeux qui pourraient plaire à Lexi, bien qu'elle soit stupéfaite quand ils lui apprennent que certains peuvent demander jusqu'à une centaine d'heures pour en venir à bout.

« C'est de la folie, commente-t-elle en sirotant son whiskey sour. Vous ne dormez jamais, ou quoi ?

— Dormir, c'est pour les faibles », rétorque Kat en continuant à noter des noms de jeux sur une serviette en papier.

Quelque part derrière eux, un plateau de verres explose par terre et ils grimacent en chœur.

« J'espère que ce n'était pas notre prochaine tournée, dit Lexi en observant dans le dos de Zachary le plateau renversé et la serveuse désemparée.

— C'est comme si tu vivais dans le jeu, explique Zachary quand ils reprennent le fil de leur discussion, un sujet dont il se rappelle avoir déjà parlé avec Kat. Beaucoup plus longtemps qu'avec un livre, un film ou une pièce de théâtre. Tu vois, l'opposition classique entre le temps réel et le temps du récit ? Comment la narration escamote les moments ennuyeux et condense tout ? Eh ben, dans un jeu de rôle au long cours, tu as de la substance, ça te laisse le temps de te perdre dans le désert, d'avoir une conversation ou de traîner dans un pub. Ce n'est peut-être pas ce qui se rapproche le plus de la vraie vie, mais en termes de rythme c'est plus proche qu'un film, une série ou un roman. »

Cette idée, combinée aux récents événements et à l'alcool, lui donne un peu le tournis et il s'excuse pour aller aux toilettes.

Mais une fois là-bas, le papier peint dont les motifs victoriens se répètent à l'infini dans le miroir ne fait rien pour apaiser ses vertiges. Il enlève ses lunettes, les pose sur le bord du lavabo et s'asperge le visage d'eau froide.

Il contemple son reflet flou et mouillé.

Le jazz old-school diffusé à un volume confortable dans la salle est amplifié dans cet espace exigu, et Zachary a soudain la sensation désagréable de sombrer dans une faille spatio-temporelle.

Le jeune homme flou dans le miroir le contemple en retour, visiblement aussi désorienté que lui.

Zachary s'essuie le visage avec des serviettes en papier et s'efforce de retrouver son sang-froid. Quand il remet ses lunettes, les détails lui paraissent trop nets, le cuivre du bouton de porte, les bouteilles illuminées derrière le comptoir tandis qu'il regagne la table.

« Il y a un type qui te matait grave, l'informe Kat alors qu'il se rassoit. Là-bas… ah, mince, il est parti. »

Elle parcourt la salle des yeux en fronçant les sourcils.

« Il était là il y a une minute, tout seul dans le coin.

— T'es sympa de m'inventer des soupirants fantômes, réplique Zachary avant de goûter son deuxième sidecar, qui est arrivé en son absence.

— Il était là ! proteste Kat. Je ne l'ai pas inventé, pas vrai, Lexi ?

— Il y avait bien un type dans le coin, confirme Lexi, mais je ne peux pas te dire s'il te matait ou pas. J'ai cru qu'il bouquinait.

— Dommage », soupire Kat en balayant de nouveau la salle d'un regard intrigué.

Mais elle finit par changer de sujet et Zachary réussit à se laisser porter par la conversation alors que, dehors, il s'est remis à neiger.

Ils regagnent le campus en patinant et dérapant tant bien que mal, puis se séparent à la lueur d'un réverbère lorsque Zachary bifurque dans le chemin sinueux qui mène aux résidences des deuxièmes cycles. Il sourit en écoutant leur bavardage s'estomper peu à peu derrière lui. Des flocons s'accrochent à ses cheveux et à ses lunettes. Il a l'impression d'être observé et se retourne pour jeter un coup d'œil par-dessus son épaule en direction du réverbère, mais il n'y a que la neige, les arbres et un vague halo rougeâtre dans le ciel.

De retour dans sa chambre, Zachary se jette sur *Doux chagrins* dans un brouillard alcoolisé. Il se met à le relire depuis le début, mais le sommeil le gagne et, au bout de deux pages, le livre retombe, fermé, sur sa poitrine.

Au matin, c'est la première chose qu'il voit et, sans trop réfléchir, il fourre le livre dans son sac, enfile son manteau et ses chaussures et se dirige vers la bibliothèque.

« Elena est là ? demande-t-il au type du comptoir de prêt.

— Elle est à l'accueil de la salle de réserve, à droite en tournant le coin. »

Zachary le remercie et traverse l'atrium jusqu'à un comptoir avec un ordinateur derrière lequel est assise Elena, les cheveux de nouveau tirés en chignon et le nez plongé dans un autre roman de Raymond Chandler, *Playback.*

« Je peux vous aider ? lance-t-elle sans lever les yeux, mais quand elle finit par le faire, elle ajoute aussitôt : Ah, salut ! Je ne m'attendais pas à te voir si vite.

— Le mystère de la bibliothèque a piqué ma curiosité, répond Zachary sans trop avoir à mentir. C'est bien ? reprend-il en montrant le Chandler. Je ne l'ai pas lu, celui-là.

— Pour l'instant ça va, mais je n'aime pas émettre un avis avant la fin d'un livre parce qu'on ne sait jamais ce qui peut se passer. Je suis en train de lire tous ses romans dans l'ordre de parution. *Le Grand Sommeil* est mon préféré. Tu es venu récupérer cette fameuse liste ?

— Ouais, ce serait super », acquiesce Zachary, soulagé de réussir à paraître à peu près naturel.

Elena tape quelque chose sur l'ordinateur, attend, tape autre chose.

« On dirait que tout le reste a des noms d'auteurs en bonne et due forme, tant pis pour le mystère. Il y a à la fois des romans et de la non-fiction. Je t'aiderais bien à les localiser, mais je suis coincée à l'accueil jusqu'à 11 heures. »

Elle clique à nouveau quelque part et l'imprimante préhistorique près du comptoir s'ébroue dans un vrombissement.

« D'après ce que je vois, reprend-elle, il y avait davantage de livres dans la donation d'origine. Il est possible que certains aient été abîmés, ou retirés de la circulation parce qu'ils étaient trop fragiles. Ces douze-là sont ceux qui restent. Peut-être que celui que tu as pris est le deuxième tome de quelque chose ? »

Elle tend à Zachary la liste imprimée des titres, des auteurs et des cotes.

Son hypothèse n'est pas inintéressante, Zachary n'y avait pas pensé. Ce ne serait pas absurde. Il parcourt les titres en vitesse, mais rien ne lui saute aux yeux qui soit particulièrement significatif ou intrigant.

« Tu fais une excellente enquêtrice, commente-t-il. Merci beaucoup.

— Je t'en prie, répond Elena en reprenant son Chandler. Merci à toi d'avoir égayé ma journée de boulot. Dis-moi si tu as du mal à trouver quelque chose. »

Zachary commence par le département fiction, qu'il connaît bien. Il parcourt les rayonnages à la lumière des ampoules capricieuses, récoltant l'un après l'autre les cinq romans de la liste par ordre alphabétique.

Comme un fait exprès, le premier est un Sherlock Holmes. Le deuxième est *L'Envers du paradis*. Il n'a jamais entendu parler des deux suivants, mais ils ont l'air de livres normaux, avec des pages de copyright dans les règles de l'art. Le dernier est *Les Indes noires* de Jules Verne, dans la version française originale et par conséquent mal rangé. Tous paraissent être des éditions classiques, bien qu'anciennes. Aucun ne semble avoir de lien avec *Doux chagrins*.

Zachary coince la pile de livres sous son bras et se dirige vers la non-fiction. Cette partie s'avère plus difficile, il doit sans cesse revérifier les cotes, revenir sur ses pas. Petit à petit, il se procure les sept autres titres, son enthousiasme déclinant à mesure qu'il constate qu'aucun ne ressemble à *Doux chagrins*. La plupart sont des ouvrages d'astronomie ou de cartographie.

Sa dernière chance le ramène vers la fiction, au rayon mythes. *Le Temps des fables ou les Beautés de la mythologie*, de Thomas Bulfinch. Il a l'air neuf, comme jamais ouvert malgré une date de publication en 1855.

Zachary pose le volume bleu aux lettres dorées sur sa pile de livres. Le buste d'Arès sur la couverture paraît contemplatif, les yeux baissés, comme s'il partageait la déception de Zachary de ne pas avoir trouvé de compagnon évident à *Doux chagrins*.

Il remonte dans les salles de lecture quasi désertes (une bibliothécaire en train de ranger des livres avec son chariot, un étudiant en pull rayé qui tape sur un ordinateur portable, un type qui a tout l'air d'être un professeur et qui lit un roman de Donna Tartt) et se dirige vers le fond de la salle, où il étale ses douze ouvrages sur une des très grandes tables.

Zachary inspecte méthodiquement chaque volume. Il scrute les pages de garde et feuillette chaque livre du début à la fin à la recherche d'indices. Il se retient de décoller les étiquettes de codes-barres, mais aucune ne semble recouvrir quoi que ce soit d'important, et de toute façon il ne sait pas bien ce que lui apprendrait une autre abeille, une autre clé ou une autre épée.

Au bout de sept volumes sans même la moindre page cornée, Zachary a les yeux qui fatiguent. Il a besoin d'une pause, et sans doute de caféine. Il sort un carnet de son sac et griffonne un mot qui sera probablement inutile : *Retour dans 15 minutes, merci de ne pas remettre en rayon.* Il se demande s'il faut un *s* à « rayon » et décide qu'il s'en fiche.

Zachary quitte la bibliothèque pour marcher jusqu'au café du coin où il commande un double expresso et un muffin au citron. Il termine les deux et rebrousse chemin, passant devant une armée de bonhommes de neige miniatures digne de *Calvin et Hobbes* qu'il n'avait pas remarquée plus tôt.

Il retourne dans la salle de lecture, encore plus silencieuse à présent puisqu'il ne reste plus que la bibliothécaire et son chariot. Zachary enlève son manteau et reprend son examen minutieux de chaque volume. Le neuvième qu'il inspecte, le Fitzgerald, a quelques passages soulignés au crayon mais rien d'insolite, juste les phrases les plus marquantes. Les deux suivants ne portent aucune trace d'aucune sorte et, à en juger par l'état de leur tranche, ils ne semblent même pas avoir été lus.

Zachary tend la main pour attraper le dernier volume mais elle atterrit sur la table vide. Il regarde à nouveau la pile de livres en pensant qu'il a peut-être mal compté. Non, il y a bien onze ouvrages dans cette pile. Il les recompte pour en être sûr.

Il lui faut un moment avant de comprendre lequel manque.

C'est *Le Temps des fables ou les Beautés de la mythologie.* Le buste contemplatif d'Arès a disparu. Zachary vérifie sous la table et les chaises, puis sur les tables voisines et les étagères les plus proches, mais ne le trouve nulle part.

Il marche jusqu'à l'autre bout de la salle, où la bibliothécaire est en train de remettre des livres en rayon.

« Vous n'auriez pas vu quelqu'un prendre un livre sur la table là-bas pendant que j'étais parti ? » demande-t-il.

La femme suit son regard et secoue la tête.

« Non, dit-elle. Mais je ne faisais pas vraiment attention. Il y a deux ou trois personnes qui sont passées.

— Merci », répond Zachary avant de regagner sa table et de s'affaisser sur sa chaise.

Quelqu'un a dû prendre le livre et partir avec. Ce qui n'est pas très grave ; vu que les onze premiers ne lui ont rien appris, les chances que le douzième soit une révélation étaient maigres.

Cela dit, les chances pour qu'un d'entre eux s'évapore dans la nature n'étaient sans doute pas très élevées non plus.

Zachary prend le Sherlock Holmes et le Fitzgerald à emprunter et laisse les autres sur la table.

« Chou blanc, annonce-t-il à Elena en passant devant le comptoir de la réserve.

— Zut, dit-elle. Si je tombe sur d'autres mystères, je te tiens au courant.

— D'accord, c'est sympa. Au fait, est-ce qu'on peut savoir si quelqu'un a sorti un livre dans la dernière heure ?

— Oui, si tu connais le titre. Rejoins-moi au comptoir de prêt et je regarde. Je n'ai eu personne de la matinée en salle de réserve, si quelqu'un arrive maintenant, il pourra attendre cinq minutes.

— Merci », réplique Zachary avant de se diriger vers l'atrium tandis qu'Elena disparaît par une porte dont l'accès est réservé au personnel.

Elle réapparaît derrière le comptoir de prêt avant même qu'il y soit.

« Quel livre ? demande-t-elle, les doigts sur le clavier.

— *Le Temps des fables ou les Beautés de la mythologie*, indique Zachary. De Bulfinch.

— Il était sur la liste, non ? Tu ne l'as pas trouvé ?

— Si, mais je pense que quelqu'un me l'a piqué pendant que j'avais le dos tourné, explique Zachary, fatigué de mentir.

— Apparemment, on en possède deux exemplaires, et aucun n'est sorti, déclare Elena en regardant son écran. Ah, mais l'un des deux est un livre numérique. Tout ce qui traîne quelque part dans la bibliothèque devrait être remis en rayon d'ici demain matin. En attendant, tu veux emprunter ces deux-là ?

— Oui, merci, dit Zachary en lui tendant les livres et sa carte d'étudiant. Pour tout, je veux dire. C'est vraiment gentil. »

Il doute cependant que le Bulfinch réintègre les rayonnages à court ou moyen terme.

« Y a pas de quoi, répond Elena en lui rendant les deux volumes.

— Et lis du Hammett, je t'en supplie. Chandler, c'est bien, mais Hammett est dix fois mieux. C'était un vrai détective privé. »

Elena éclate de rire, et une de ses collègues lui fait signe de faire moins de bruit. Zachary la salue de la main en partant, amusé par ces remontrances de bibliothécaire à bibliothécaire.

Dehors, dans la neige, tout est d'une netteté saisissante, presque aveuglante. Zachary se met en route vers sa résidence en passant mentalement en revue les différents scénarios de ce qui a pu arriver au livre disparu, sans en retenir aucun.

Il est soulagé d'avoir gardé *Doux chagrins* dans son sac aujourd'hui.

Tout en marchant, il songe à quelque chose qu'il n'a pas encore essayé et se trouve franchement idiot de ne pas y avoir pensé plus tôt. Aussitôt dans sa chambre, il lâche son sac par terre et fonce sur son ordinateur.

Il commence par taper « Doux chagrins » dans Google, et obtient ce à quoi il s'attendait : des pages et des pages de citations de *Roméo et Juliette* et de paroles de chansons. Il lance ensuite une recherche avec les mots « abeille », « clé » et « épée ». Les résultats sont un mélange de légendes arthuriennes et de listes d'objets du jeu *Resident Evil*. Il teste plusieurs combinaisons et trouve une abeille et une clé sur les armoiries d'une école de magie fictionnelle. Il note le nom du livre et de l'auteur, curieux de savoir si cette symbolique est une coïncidence.

À plusieurs moments dans *Doux chagrins*, le lieu est désigné comme « le Port sur la mer sans Étoiles », mais une recherche sur « mer sans Étoiles » ne donne pas grand-chose d'autre qu'un module de *Donjons et dragons*, ce qui paraît cohérent mais sans rapport.

Google lui suggère qu'il a peut-être voulu dire « mer sans voiles ».

Zachary soupire. Il essaie la recherche d'images et voit défiler des pages entières de planches de BD à base de squelettes et de donjons, jusqu'à ce que quelque chose retienne son attention.

Il clique sur l'image pour l'agrandir.

La photo noir et blanc paraît prise sur le vif et non posée, peut-être même recadrée à partir d'une image plus large. Une femme portant un masque, la tête tournée dans la direction opposée à l'objectif, penchée pour écouter l'homme qui se tient à ses côtés, également masqué et vêtu d'un smoking. Il y a plusieurs personnes non identifiables autour d'eux, on dirait que la photo a été prise lors d'une fête.

La femme porte autour du cou une série de trois chaînes en dégradé, chacune avec un pendentif.

Zachary clique à nouveau sur l'image pour l'afficher en plein format.

Le pendentif de la chaîne la plus courte est une abeille.

Celui d'en dessous, une clé.

Sous la clé, une épée.

Un troisième clic permet à Zachary de consulter la page d'où provient l'image : un post sur un site d'annonces demandant si quelqu'un sait où acheter ce collier.

Mais, encore en dessous, il y a le lien vers la source de la photo.

Zachary clique dessus, une main plaquée sur la bouche, et se retrouve face à une galerie de photos.

Bal masqué littéraire annuel de l'hôtel Algonquin, 2014.

Un dernier clic l'informe que l'édition de cette année a lieu dans trois jours.

DOUX CHAGRINS

Toquer au souvenir d'une porte.

Il y a une porte dans une forêt qui n'a pas toujours été une forêt. La porte n'en est plus une, plus tout à fait. La structure qui la maintenait s'est effondrée il y a belle lurette et la porte est tombée avec. Désormais elle gît sur le sol au lieu d'être dressée à la verticale.

Le bois qui la constituait a pourri. Ses gonds ont rouillé. Quelqu'un a emporté sa poignée.

La porte se souvient du temps où elle était entière. Du temps où il y avait autour d'elle une maison avec un toit, des murs, d'autres portes et des gens à l'intérieur. Maintenant il y a des feuilles, des oiseaux et des arbres, mais pas de gens. Plus depuis des années et des années.

Alors l'apparition de la fillette est une surprise.

C'est une petite fille, trop petite pour se promener seule dans les bois.

Mais elle n'est pas perdue.

Une petite fille perdue dans les bois n'est pas le même genre de créature qu'une petite fille qui marche d'un pas déterminé entre les arbres même si elle ne connaît pas son chemin.

Cette fillette dans les bois n'est pas perdue. Elle explore.

Cette fillette n'a pas peur. Elle n'est pas effarouchée par la noirceur des ombres griffues que projettent les arbres dans le soleil de la fin d'après-midi. Elle n'est pas dérangée par les épines et les branches qui s'accrochent à ses vêtements et lui écorchent la peau.

Elle est suffisamment jeune pour emmener sa peur avec elle sans la laisser s'engouffrer dans son cœur. Sans avoir peur. Elle porte sa peur avec légèreté, comme un voile, consciente des dangers mais en laissant cette conscience grésillante flotter autour d'elle. Ça ne pénètre pas en elle, ça bourdonne d'excitation tel un essaim d'abeilles invisibles.

La fillette s'est vu répéter à maintes reprises de ne pas trop s'éloigner dans ces bois. On lui a interdit d'aller y jouer et elle n'aime pas que ses explorations soient considérées comme des « jeux ».

Aujourd'hui elle s'est enfoncée si profondément dans le bois qu'elle se demande si elle n'est pas sur le point d'en ressortir par l'autre côté. Elle ne se préoccupe pas de retrouver son chemin. Elle a la mémoire des lieux, ils restent gravés dans son esprit même quand ce sont de vastes espaces remplis d'arbres et de roches. Un jour, elle a fermé les yeux et tourné sur elle-même pour se prouver qu'elle arriverait à reconnaître la bonne direction quand elle les rouvrirait, et elle a eu juste un peu faux. Avoir juste un peu faux, c'est presque avoir bon.

Aujourd'hui elle tombe sur un alignement de pierres qui ont peut-être jadis formé un mur. Celles qui tiennent encore les unes sur les autres ne montent pas très haut, même les segments les plus élevés seraient faciles à escalader, mais la fillette préfère s'attaquer à un endroit de moyenne hauteur.

De l'autre côté du mur, du lierre touffu court partout sur le sol, ce qui rend la progression difficile, alors elle décide d'explorer plutôt la zone près du mur. C'est un endroit plus intéressant que d'autres qu'elle a déjà trouvés dans ces bois. Si elle était plus grande, elle repérerait peut-être qu'il y a eu là autrefois une structure, mais elle est trop jeune pour assembler dans sa tête les pierres écroulées et reconstituer un bâtiment oublié depuis des lustres. Le gond de la porte reste enfoui sous des années de feuilles mortes près de sa chaussure gauche. Un chandelier se cache parmi les pierres, mais les ombres tombent de telle sorte que même cette exploratrice intrépide ne le découvre pas.

Le jour décline, bien qu'il reste encore assez de lumière dorée pour éclairer son chemin jusque chez elle si elle repasse par-dessus le mur et revient sur ses pas, mais ce n'est pas ce qu'elle fait. Elle est attirée par quelque chose sur le sol.

À une certaine distance du mur se trouve un autre alignement de pierres qui forment un quasi demi-cercle. Une forme ovale presque complète. Une voûte écroulée qui a jadis pu contenir une porte.

La fillette ramasse un bâton dont elle se sert pour remuer les feuilles au centre de l'arche de pierres. Les feuilles s'effritent, se cassent et révèlent un objet métallique rond.

Elle continue d'écarter les feuilles avec son bâton et découvre un anneau d'environ la taille de sa main, qui était peut-être autrefois en cuivre mais s'est terni et recouvert d'une dentelle de mousse vert et brun.

Un côté de l'anneau est retenu par un autre morceau de métal qui est resté enterré.

La fillette n'a jamais vu de heurtoirs qu'en image, mais elle pense que c'en est peut-être un, même si la plupart de ceux qu'elle a vus ont un lion qui tient l'anneau entre ses dents et celui-là non, à moins que le lion soit caché sous la terre.

Elle a toujours eu envie de frapper à une porte avec un heurtoir, et là elle en a un vrai sous les yeux, pas en image.

Là, elle peut le toucher.

Elle enroule les doigts autour de l'anneau, sans se soucier de les salir au passage, et le soulève. Il est lourd.

Elle le laisse retomber. Le résultat est un fracas métallique satisfaisant qui résonne entre les arbres.

La porte est ravie qu'on y frappe après si longtemps.

Et la porte – bien qu'elle ne soit plus qu'un débris de ce qu'elle fut jadis – se rappelle où elle menait alors. Elle se rappelle comment s'ouvrir.

Et voilà que, lorsqu'une petite exploratrice actionne son heurtoir, les restes de cette porte menant à la mer sans Étoiles la laissent entrer.

La terre s'ouvre sous ses pieds et l'aspire dans une avalanche de poussière, de pierres et de feuilles.

La fillette est trop surprise pour crier.

Elle n'a pas peur. Elle ne comprend pas ce qui se passe, si bien que sa peur se contente de bourdonner d'excitation autour d'elle dans sa chute.

Quand elle atterrit, elle n'est que curiosité, coudes égratignés et cils pleins de terre. Le heurtoir sans lion gît à côté d'elle, tordu et cassé.

La porte est définitivement détruite, trop endommagée pour se souvenir de ce qu'elle était autrefois.

Un enchevêtrement de lierre et de terre masque toute trace de ce qui s'est passé.

Zachary Ezra Rawlins est à bord d'un train à destination de Manhattan. Il regarde défiler par la vitre la toundra givrée de la Nouvelle-Angleterre et se met, pas pour la première fois de la journée, à questionner ses choix de vie.

C'était une coïncidence qui tombait trop à pic pour ne pas explorer cette piste, même s'il ne s'agit que d'un lien ténu autour d'un bijou. Il a passé vingt-quatre heures à s'organiser, à se procurer un billet d'entrée plutôt cher pour la fête et une chambre d'hôtel encore plus chère en face de l'Algonquin, qui était complet. Les informations sur le billet précisaient le dress code : tenue de soirée, déguisements littéraires encouragés, masque obligatoire.

Il a perdu bien trop de temps à se demander où trouver un masque jusqu'à ce qu'il ait l'idée d'envoyer un message à Kat. Elle en avait six, dont plusieurs avec des plumes, mais celui qu'il a finalement emporté dans son gros sac en toile avec son costume soigneusement roulé est du genre Zorro : en soie noire et étonnamment confortable. (« J'étais l'homme en noir de *Princess*

Bride pour Halloween l'an dernier, lui a expliqué Kat. C'est littéraire, non ? Tu veux que je te prête aussi ma chemise noire bouffante ? »)

Zachary se demande s'il n'aurait pas dû partir la veille, car il n'y a qu'un seul train par jour, censé arriver à New York deux bonnes heures avant le début du bal, mais il s'arrête constamment en raison des conditions météo.

Il enlève sa montre et la range dans sa poche après l'avoir consultée quatre fois en l'espace de trois minutes.

Il ne sait pas très bien pourquoi il est aussi nerveux.

Ni ce qu'il fera quand il arrivera à la soirée.

Il ne sait même pas vraiment à quoi ressemble la femme de la photo. Et il n'a aucun moyen d'être sûr qu'elle sera encore là cette année.

Mais c'est la seule miette qu'il peut suivre.

Zachary sort son téléphone de son manteau, affiche la copie de la photo qu'il a enregistrée et la scrute à nouveau même s'il la connaît déjà par cœur dans les moindres détails, jusqu'à la main sans corps qui tient un verre de vin pétillant dans un coin.

La femme a la tête tournée sur le côté et son profil est dissimulé par son masque, mais son corps est face à l'objectif, et le collier à trois étages avec l'abeille, la clé et l'épée dorées brille comme autant d'étoiles sur sa robe noire. C'est une robe moulante, et la femme qui la porte est plutôt pulpeuse. Soit elle est grande, soit elle a de très hauts talons, mais ses jambes au-dessous du genou sont cachées par un palmier en pot. On voit dépasser de son masque des cheveux bruns ramassés sur le haut de son crâne dans un style qui paraît parfaitement naturel mais demande sans doute de gros efforts d'élaboration. Elle pourrait avoir vingt ans ou quarante, ou n'importe quel âge entre les deux. D'ailleurs on peut en dire autant de la photo elle-même, tant les éléments dans le cadre ont l'air intemporels.

L'homme à côté de la femme porte un smoking, il a le bras levé d'une façon qui laisse penser qu'il a la main posée sur le bras de sa cavalière, mais l'épaule de celle-ci dissimule le reste de sa manche. On distingue le ruban d'un masque dans ses cheveux légèrement poivre et sel, mais son visage est complètement dissimulé par celui de la femme. Quelques centimètres carrés de cou et d'oreille révèlent qu'il a la peau beaucoup plus mate qu'elle, mais guère davantage. Zachary penche le téléphone pour essayer de voir le visage de l'homme, sans se rendre compte tout de suite de l'absurdité de son geste.

Le train ralentit et s'arrête.

Zachary jette un regard autour de lui. Le wagon n'est même pas rempli à moitié. Principalement des passagers isolés, chacun s'étant étalé sur deux sièges. Un groupe de quatre personnes bavardent à l'autre bout du wagon, parfois trop fort, et Zachary regrette de ne pas avoir pris ses écouteurs. La fille de l'autre côté du couloir a un énorme casque sur les oreilles ; entre ça et sa capuche, on distingue à peine son visage, tourné vers la vitre, probablement endormi.

Les haut-parleurs se mettent à crachoter une annonce, simple variante de celle qui a déjà été diffusée trois fois. Immobilisés en raison de glace sur les voies. En attente de déblaiement. Vous prions de nous excuser pour ce retard et repartirons dès que possible, etc.

« Pardon », fait une voix.

Zachary lève les yeux. La femme assise sur le siège devant lui s'est retournée par-dessus son appui-tête.

« Vous auriez un stylo, par hasard ? » demande-t-elle. Elle porte autour du cou plusieurs strates de colliers en perles colorées qui cliquettent quand elle bouge.

« Je crois, oui », répond Zachary.

Il fouille dans sa sacoche, en sort d'abord un porte-mine puis finit par trouver un des stylos rollers qui semblent proliférer spontanément au fond de son sac.

« Tenez, dit-il.

— Merci, j'en ai pour une minute », promet la femme, et elle disparaît en cliquetant derrière le dossier de son siège.

Le train repart et roule suffisamment longtemps pour que la neige et les arbres de l'autre côté de la vitre soient remplacés par de la neige et des arbres différents, puis il s'arrête à nouveau.

Zachary attrape *L'Indésirable* dans son sac et se met à lire, s'efforçant d'oublier l'espace d'un instant où il est, qui il est et ce qu'il fait là.

L'annonce de leur arrivée à Manhattan le prend par surprise et l'arrache à sa lecture.

Les autres passagers sont déjà en train de rassembler leurs affaires. La fille à la capuche n'est plus là.

« Merci, dit la femme devant lui en lui rendant son stylo tandis qu'il passe la bretelle de sa sacoche à l'épaule et attrape son sac de voyage. Vous m'avez sauvé la vie.

— Je vous en prie », répond Zachary.

Il range le stylo dans sa sacoche et se glisse dans la file des passagers qui attendent impatiemment de pouvoir descendre du train.

Déboucher dans la rue devant la gare de Penn Station est étourdissant et désorientant, mais Zachary a toujours trouvé Manhattan étourdissant et désorientant de manière générale. Tellement d'énergie, de gens et de choses au mètre carré ! Il y a moins de neige par ici, concentrée en petits monticules de glace grisâtre dans les caniveaux.

Il arrive dans la 44e Rue moins de deux heures avant le début du bal. Tout paraît calme à l'Algonquin, bien que ce soit difficile à dire de l'extérieur. Il rate presque l'entrée de son propre hôtel sur le trottoir d'en face, traverse d'un pas hésitant le hall d'accueil, passe devant une cheminée vitrée et finit par repérer la réception. Il s'enregistre sans problème, avec un léger pincement au cœur quand il tend sa carte de crédit bien qu'il ait largement de quoi payer grâce à des années et des années de gros chèques d'anniversaire que son père lui envoie au lieu de venir le voir. Le réceptionniste promet de lui faire monter un défroisseur vapeur afin qu'il tente de réparer les dégâts potentiels qu'aura subis son costume au cours du voyage.

Les couloirs des étages n'ont pas de fenêtres, on se croirait dans un sous-marin. Sa chambre contient plus de miroirs qu'aucune chambre d'hôtel qu'il ait jamais vue : des miroirs du sol au plafond en face du lit et sur les deux murs de la salle de bains, qui donnent l'impression d'agrandir l'espace mais aussi de ne pas être tout seul.

Le défroisseur arrive, livré par un groom à qui Zachary oublie de laisser un pourboire. Comme il est encore trop tôt pour s'habiller, il décide de profiter de la gigantesque baignoire ronde, même s'il est gêné par les multiples Zachary qui le regardent dans le miroir. Les occasions de prendre un bain sont rares. Sa résidence sur le campus est équipée d'une rangée de douches on ne peut moins intimes, et la vieille baignoire sur pieds dans la ferme de sa mère dans la vallée de l'Hudson semble toujours attrayante mais refuse de garder la chaleur plus de sept minutes d'affilée. Petite touche intéressante, il y a dans la salle de bains une boîte d'allumettes et une longue bougie fine. Zachary l'allume et la flamme unique se démultiplie dans les miroirs.

Pendant qu'il barbote, il se dit que si cette excursion se solde par un échec, il laissera tomber purement et simplement. Il rendra *Doux chagrins* à la bibliothèque, tentera de tout oublier et de se concentrer à nouveau sur sa thèse. Peut-être que, sur le chemin du retour, il pourra s'arrêter chez sa mère le temps d'un nettoyage d'aura et d'une bouteille de vin.

Peut-être que son histoire a commencé et s'est achevée ce fameux jour dans la ruelle. Peut-être que son histoire parle des occasions ratées qu'on ne peut pas retrouver.

Il ferme les yeux pour faire disparaître les Zachary des miroirs.

Il revoit ces deux mots dans leur police à empattements.

Pas encore.

Il se demande pourquoi, sous prétexte que quelqu'un l'a écrit dans un livre, il se sent obligé de le croire. Pourquoi il croit à quoi que ce soit, d'ailleurs, et où poser les limites mentales, à partir de quand cesser de jouer le jeu. Est-ce qu'il croit que le garçon du livre, c'est lui ? Eh bien… oui. Est-ce qu'il croit qu'une porte peinte sur un mur peut s'ouvrir comme une vraie et mener à un autre monde ?

Il soupire et se laisse glisser sous la surface, n'y remontant que lorsqu'il y est contraint pour des raisons bassement respiratoires.

Zachary sort du bain avant que l'eau ait refroidi, un luxe décadent. Le peignoir moelleux lui fait penser qu'il devrait se payer des hôtels chics plus souvent, puis il se souvient de ce que lui a coûté une seule nuit dans cette chambre et il décide d'en profiter tant qu'il peut mais d'éviter le minibar.

Un bip étouffé dans son sac lui signale l'arrivée d'un texto. C'est Kat qui lui envoie la photo d'une écharpe rayée bleu et bronze à moitié terminée, avec un message qui dit : *Presque fini !*

Il répond : *Trop bien ! Merci encore et à bientôt*, puis entreprend de défroisser son costume. Ça ne lui prend pas très longtemps, même si sa chemise s'avère plus problématique. Il renonce après quelques tentatives, en se disant qu'il gardera sans doute sa veste pendant toute la soirée et que le dos de la chemise peut donc rester imprésentable.

Le Zachary dans la glace a fière allure et le Zachary devant se demande si l'éclairage et les miroirs se sont donné le mot pour l'amadouer. Il oublie toujours la tête qu'il a sans ses lunettes, tellement il met peu souvent ses lentilles.

Ce n'est pas un déguisement spécialement littéraire mais, même sans son masque, il a l'impression d'être un personnage de fiction avec ce costume noir aux fines rayures presque invisibles. Il l'a acheté il y a deux ans et ne l'a presque jamais porté, mais il est bien coupé et lui va à la perfection. C'est encore mieux avec cette chemise anthracite plutôt que la blanche avec laquelle il l'a mis les fois précédentes.

Il laisse son bonnet, son écharpe et ses gants dans la chambre, vu qu'il n'a qu'à traverser la rue, et range son masque dans sa poche ainsi qu'une copie imprimée de son billet, même si apparemment il suffit de donner son nom à l'entrée. Il prend aussi son portefeuille mais laisse son téléphone, ne voulant pas emporter son monde de tous les jours.

Zachary sort *Doux chagrins* de son sac, le glisse d'abord dans la poche de son manteau, puis le transfère dans la poche intérieure de sa veste de costume, où il tient tout juste. Peut-être le livre agira-t-il comme une sorte de radar et attirera à lui la chose ou la personne qu'il cherche.

Il croit dans les livres, songe-t-il en sortant de la chambre. Ça, pour le coup, il en est sûr.

DOUX CHAGRINS

Ceux qui cherchent et ceux qui trouvent.

Il y a une porte au fond d'un salon de thé. Elle est bloquée derrière une pile de caisses, et l'idée communément admise par les employés est qu'elle donne sur un placard désaffecté probablement colonisé par les souris. Tard, un soir, une nouvelle recrue cherchant à se rendre utile l'ouvrira pour voir si on ne peut pas ranger les caisses à l'intérieur et découvrira que ce n'est pas du tout un placard.

Il y a une porte au fond d'une mer couverte d'étoiles, qui repose parmi les ruines d'une ville engloutie. Un jour qu'il fera noir comme en pleine nuit, un plongeur équipé d'une bouteille d'oxygène et d'une torche trouvera cette porte, l'ouvrira et sera aspiré dans une poche d'air en même temps qu'un certain nombre de poissons déboussolés.

Il y a une porte dans un désert, ensevelie sous les dunes. Sa surface en pierre érodée perd de ses détails au fil du temps à chaque tempête de sable. Elle finira par être déterrée et transférée dans un musée sans avoir jamais été ouverte.

Il y a toutes sortes de portes dans toutes sortes d'endroits. Dans des villes grouillantes et des forêts lointaines. Sur des îles, au sommet de montagnes et au milieu de plaines. Certaines sont intégrées à des bâtiments : des bibliothèques, des musées ou des résidences privées, cachées dans des caves ou des greniers, ou bien exposées telles des œuvres d'art dans des vestibules. D'autres tiennent toutes seules, sans le soutien d'aucune architecture supplémentaire. Certaines sont utilisées sans relâche, d'autres ne sont jamais découvertes ni empruntées, tandis que d'autres encore ont tout simplement été oubliées, mais toutes conduisent au même endroit.

(La façon dont cela est rendu possible fait l'objet de moult conjectures, et personne n'a encore trouvé de réponse satisfaisante. Il existe de nombreux désaccords sur ce point et d'autres sujets connexes, notamment sur l'emplacement précis de l'endroit en question. D'aucuns avancent avec véhémence un continent ou un autre, mais ces querelles débouchent le plus souvent sur des impasses ou l'hypothèse que le lieu lui-même est peut-être en mouvement, la roche, la mer et les livres se déplaçant sous la surface de la Terre.)

Toutes les portes mènent à un Port sur la mer sans Étoiles, pour peu que quelqu'un ose les ouvrir.

Peu de choses les distinguent d'une porte normale. Certaines sont simples. D'autres décorées minutieusement. La plupart ont un bouton qui n'attend que d'être tourné bien que d'autres aient des poignées à baisser.

Ce sont des portes qui chantent. Des chants de sirène silencieux à l'intention de ceux qui cherchent ce qu'il y a derrière.

De ceux qui ont la nostalgie d'un endroit où ils ne sont jamais allés.

De ceux qui cherchent, même sans savoir quoi ni où.

Ceux qui cherchent trouveront.

Leur porte les attend.

Mais ce qui arrive ensuite peut varier.

Parfois, quelqu'un trouve une porte, l'ouvre et n'y jette un coup d'œil que pour la refermer aussitôt.

D'autres, quand ils tombent face à une porte, n'osent pas y toucher, même si la curiosité les démange. Ils pensent qu'ils ont besoin d'une permission. Ils croient que la porte attend quelqu'un d'autre, même si en fait c'est eux qu'elle attendait.

Certains trouvent une porte, l'ouvrent et la franchissent pour voir où elle mène.

Une fois de l'autre côté, ils déambulent dans les salles en pierre, y trouvent des choses à regarder, des choses à toucher et des choses à lire. Ils trouvent des histoires cachées dans des recoins ou posées sur les tables, comme si elles étaient là depuis toujours et n'attendaient que leur lecteur.

Chaque visiteur trouvera un objet, un endroit ou une personne qui lui plaira. Un livre, une conversation ou un fauteuil douillet dans une alcôve bien entretenue. Quelqu'un lui servira un verre.

Il perdra la notion du temps.

Il arrive que des visiteurs se sentent écrasés, désorientés, abasourdis par l'étendue de ce qu'il y a à explorer, comme si l'espace se refermait sur leurs poumons, leur cœur et leurs pensées, alors ils rebrousseront chemin assez vite pour regagner la surface, les étoiles et l'air qu'ils connaissent, et beaucoup oublieront qu'un tel endroit existe, *a fortiori* qu'ils y ont pénétré eux-mêmes. Cela s'estompera comme un rêve. Ils n'ouvriront plus jamais leur porte. Peut-être même oublieront-ils qu'il y avait une porte.

Mais de telles réactions sont rares.

La plupart de ceux qui trouvent cet endroit l'ont cherché, même s'ils n'ont jamais su que c'était ça qu'ils cherchaient.

Et ils choisiront d'y rester un moment.

Quelques heures, quelques jours ou quelques semaines. Certains en partiront et reviendront, faisant de ce lieu leur refuge, leur retraite, leur sanctuaire. Vivant une double vie, à la fois dessus et dessous.

Quelques-uns ont construit leur habitation en surface autour de leur porte, afin de pouvoir la maintenir fermée, protégée, et d'empêcher quiconque de l'utiliser.

D'autres, une fois qu'ils ont franchi leur porte attitrée, ne veulent plus jamais retourner vers ce qu'ils ont quitté. La vie qu'ils ont laissée derrière eux devient le rêve, ils n'espèrent pas y revenir mais au contraire l'oublier.

Ces gens-là restent en bas, y élisent domicile, et ce sont eux qui commencent à façonner ce que cet espace deviendra pendant qu'ils l'habitent.

Ils vivent et travaillent. Ils consomment des œuvres d'art et des histoires et en créent de nouvelles à ajouter aux étagères et aux murs. Ils se trouvent des amis et des amants. Ils montent des spectacles, jouent à des jeux et nouent des liens de camaraderie qui finissent par former une communauté.

Ils organisent des festivals et des fêtes somptueuses. Les visiteurs ponctuels reviennent à l'occasion de ces événements, venant grossir la population résidente et animer même les pièces les plus calmes. La musique et les rires résonnent dans les salles de bal, jusqu'aux coins les plus reculés. Certains trempent les pieds dans la mer sans Étoiles après être descendus sur son rivage, enhardis par les réjouissances et le vin.

Même ceux qui d'ordinaire se terrent dans leur chambre et leurs livres émergent de leur solitude en pareilles occasions, certains se laissant persuader de se joindre aux festivités quand d'autres se contentent d'observer.

Le temps se consume alors dans la danse et la joie, après quoi ceux qui choisissent de repartir retrouvent le chemin de la sortie, chacun vers sa porte respective.

Ils font leurs adieux à ceux qui restent.

Ceux qui ont trouvé leur havre dans ce Port.

Ils ont cherché, trouvé, et c'est là qu'ils ont choisi de rester, qu'ils aient opté pour un chemin de dévouement ou simplement une résidence permanente.

C'est là qu'ils vivent et travaillent, qu'ils s'amusent et qu'ils aiment, et si le monde d'en haut leur manque, ils l'avouent rarement.

Leur monde est ici, sans étoiles et sacré.

Ils le croient étanche. Impénétrable et éternel.

Mais tout change avec le temps.

Zachary Ezra Rawlins arrive à l'Algonquin environ quatre minutes après avoir quitté sa chambre d'hôtel. Il aurait mis encore moins de temps s'il n'avait pas dû d'abord attendre l'ascenseur, puis laisser passer un taxi dans la rue.

La fête ne bat pas encore son plein mais est déjà bien animée. Le foyer est encombré d'une foule de gens qui attendent leur tour pour entrer. L'hôtel est de style plus classique que celui où loge Zachary et paraît particulièrement vieux jeu avec tout ce monde en tenue de soirée, les boiseries sombres et les plantes en pot à l'éclairage habilement tamisé.

Zachary revêt son masque pendant qu'il fait la queue. Une femme en robe noire distribue des masques blancs aux convives qui n'en ont pas et Zachary se félicite d'en avoir pris un, car les blancs sont en plastique et n'ont pas l'air très confortables, même si leur nombre, disséminés dans le foyer, produit un effet saisissant.

Il donne son nom à la dame au contrôle. Elle ne demande pas à voir son billet et il le range dans la poche de sa veste. Il laisse son manteau au vestiaire. On lui remet un bracelet en papier qui ressemble à la tranche d'un livre sur laquelle serait imprimée la date du jour au lieu d'un titre. On lui explique le fonctionnement du bar (boissons gratuites à volonté, pourboires appréciés), après quoi il est libre d'aller où il veut mais ne sait pas trop par où commencer.

Zachary erre comme un fantôme, pas mécontent d'avoir un masque qui lui permet de se cacher au grand jour.

À certains égards, cette fête ressemble à n'importe quelle soirée habillée, sur fond de bavardages, de tintements de verres et de musique qui monte *crescendo* sous les conversations, impulsant le rythme à tout le reste. Il y a dans une salle des gens affalés sur des fauteuils et agglutinés dans les coins ; une piste de danse déjà assez chargée dans une autre, où la musique a supplanté la discussion et insiste pour se faire entendre. On dirait une scène de fête dans un film, mais un film qui n'aurait pas tout à fait tranché la question de l'époque et de la longueur des robes. Il flotte en arrière-plan un léger sentiment de gêne, comme dans les mariages où les invités ne se connaissent pas, mais d'après l'expérience qu'en a Zachary, ça passe à mesure que la soirée et l'alcool progressent.

À d'autres égards cependant, cette fête ne ressemble à rien qu'il ait jamais vu. Le bar qui donne dans la salle principale est entièrement éclairé en bleu. Il n'y a pas énormément de déguisements littéraires évidents, mais il y a des lettres écarlates, des ailes de fée en pages de dictionnaire et un Edgar Allan Poe avec un faux corbeau sur l'épaule. Le sosie de Daisy Buchanan sirote un martini au bar. Une femme en petite robe noire a des poèmes d'Emily Dickinson imprimés sur ses bas. Un type en costume se promène avec une serviette de bain jetée sur l'épaule. Plusieurs personnes pourraient très bien coller dans des œuvres d'Austen ou de Dickens.

Quelqu'un dans un coin est déguisé en un auteur très reconnaissable ; à moins, songe Zachary en y regardant de plus près, que ce soit réellement cet auteur très reconnaissable, et il lui vient à l'esprit dans un éclair de panique que certains des écrivains dont il possède les livres sur ses étagères sont des vraies gens qui vont à des soirées.

Le déguisement qu'il préfère est celui d'une femme qui porte une longue robe blanche et une simple couronne dorée, une référence qu'il n'arrive pas à identifier jusqu'à ce qu'elle se retourne et qu'il aperçoive dans son dos deux oreilles pointues qui pendent à une capuche et une queue en fourrure qui se perd dans la traîne. Il se rappelle s'être déguisé lui-même en Max de *Max et les Maximonstres* quand il avait cinq ans, même si son costume était loin d'être aussi élégant.

Zachary traque les colliers en or mais n'en voit aucun avec une abeille, une clé ou une épée. La seule clé à l'horizon est censée donner l'impression d'être plantée dans la nuque de quelqu'un, ce qu'il reconnaît comme une fine allusion à une bande dessinée.

Il en vient à regretter que les personnes à qui il faudrait qu'il parle ne s'illuminent pas toutes seules ou n'aient pas de flèche qui les suive au-dessus de la tête ni d'options de dialogue entre lesquelles choisir. Ce n'est pas tout le temps qu'il aimerait que la vraie vie ressemble à un jeu vidéo, mais dans certaines situations ça pourrait être utile. Avancer par là. Parler à telle personne. Avoir le sentiment de progresser même si on ne sait pas exactement ce qu'on essaie d'atteindre.

Il est de plus en plus distrait par une foule de détails alors qu'il devrait se concentrer sur les bijoux. Il s'approche du bar et commande un des cocktails littéraires créés pour l'occasion, un Ophélie Noyée, à base de gin, de citron et de sirop de fenouil, servi avec un brin de romarin et une serviette en papier imprimée d'une citation d'*Hamlet* de circonstance. (« Voici du romarin, c'est pour le souvenir. Voici pour vous du fenouil et des ancolies. ») D'autres convives boivent des daiquiris façon Hemingway et des Vesper à la James Bond, garnis d'une spirale d'écorce de citron. Des flûtes de vin pétillant sont servies avec des rubans « Bois-moi » enroulés autour de leur pied.

Des bocaux remplis de touches de machine à écrire sont disposés sur les tables. Des bougies illuminent des photophores en verre enveloppés dans des pages de livres. Une des salles est décorée d'instruments d'écriture (stylos à plume, crayons, plumes d'oie) qui pendent du plafond à différentes hauteurs.

Une femme dans une robe à perles et un masque assorti est assise dans un coin derrière une machine à écrire, où elle tape des mini histoires sur des bouts de papier qu'elle distribue aux invités qui passent. Celle qu'elle tend à Zachary ressemble aux messages qu'on trouve dans les biscuits des restaurants chinois :

Il erre seul mais à l'abri dans sa solitude.
Égaré mais rassuré par son égarement.
Un manteau de perplexité sous lequel se cacher.

Il n'a pas réussi à passer inaperçu, même en faisant semblant d'être le fantôme de service. Il se demande si les masques rendent les gens plus audacieux, les incitent davantage à engager la conversation sous couvert d'anonymat. D'autres fantômes errants l'abordent avec une remarque ou une autre sur les boissons et l'ambiance générale. S'échanger ses mini histoires est apparemment un bon moyen de briser la glace, et il se retrouve à en lire plusieurs, dont une sur un hérisson astronome et une autre sur une maison construite au-dessus d'un ruisseau dont les clapotis résonnent dans toutes les pièces. Il entend dire que des gens racontent des histoires en tête à tête dans d'autres salles mais n'a encore trouvé personne qui en ait fait l'expérience. Il obtient la confirmation que c'est bel et bien ce fameux auteur là-bas à l'autre bout de la pièce, et d'ailleurs il y en a un autre juste là qu'il n'avait même pas remarqué.

Dans le bar bleu, il se met à parler cocktails avec un homme qui porte pour tout déguisement un des masques fournis par la maison et un badge « Hello, My Name Is... Godot » au revers de sa veste. Zachary note le nom d'un bourbon que lui recommande Godot au verso de son billet imprimé.

« Pardon, les interrompt une femme qui porte curieusement une robe bleu clair de petite fille et des chaussettes blanches jusqu'aux genoux. Vous n'auriez pas vu le chat ? »

Zachary s'aperçoit que c'est à lui qu'elle s'adresse. Il suppose qu'elle est déguisée en Alice au pays des merveilles version brune, jusqu'à ce qu'elle soit rejointe par une autre femme à la tenue identique, et alors il devient clair, quoique légèrement déroutant, que ce sont les jumelles de *Shining*.

« Le chat ? répète-t-il.

— L'hôtel a une chatte à demeure, explique la première. On la cherche depuis le début de la soirée, mais pour l'instant ça ne donne rien.

— Vous nous aidez ? » suggère son double, et Zachary accepte, bien que la proposition puisse paraître inquiétante compte tenu de leur déguisement.

Ils décident de se séparer afin de couvrir plus de terrain et les pas de Zachary le ramènent vers la piste de danse, où il s'arrête un instant pour écouter l'orchestre et essayer de reconnaître ce morceau de jazz qui lui rappelle quelque chose.

Il jette un coup d'œil dans la pénombre derrière l'orchestre, même s'il lui semble peu probable qu'un chat traîne ici avec le bruit qu'il y a.

On lui tape sur l'épaule.

La femme déguisée en Max, plus grande qu'il ne l'aurait cru avec sa couronne, se tient derrière lui.

« Vous ne voulez pas danser ? » propose-t-elle.

Dis quelque chose de flatteur, lui commande une voix dans sa tête.

« OK », prononce sa bouche, et la voix dans sa tête lève les bras de découragement, mais la reine des Maximonstres n'a pas l'air offusquée.

Les détails de son costume sont encore plus impressionnants de près. Son masque doré est assorti à sa couronne, tous deux simplement découpés dans du cuir, enduits d'une riche patine métallisée. Sous le masque, ses yeux sont soulignés d'un trait d'or et ses cils scintillent des mêmes paillettes dorées qui parsèment sa chevelure brune remontée sur sa tête, que Zachary soupçonne à présent d'être en fait une perruque. Les boutons blancs qui ferment sa robe sur le devant sont presque invisibles sur le tissu, cousus au fil d'or.

Même son parfum correspond à merveille à son personnage, une fragrance terreuse qui sent étonnamment à la fois la poussière et le sucre.

Au bout d'une minute à danser en silence pas si maladroitement que ça, une fois qu'il s'est souvenu de comment on conduisait et qu'il a trouvé le rythme du morceau (un standard de jazz qu'il connaît mais dont il a oublié le nom), Zachary décide qu'il devrait probablement dire quelque chose, et après avoir péniblement cherché une idée il finit par se rabattre sur la première qui lui est venue en la voyant un peu plus tôt.

« Votre déguisement de Max est mille fois supérieur à mon déguisement de Max. Heureusement que je ne l'ai pas mis, ça aurait été gênant. »

La femme sourit, d'un demi-sourire mystérieux que Zachary associe aux stars du cinéma muet.

« Vous n'imaginez pas combien de gens m'ont demandé en qui j'étais déguisée, répond-elle sans cacher sa déception.

— Les gens ne lisent plus, rétorque Zachary sur le même ton.

— Et vous, vous êtes déguisé en vous-même avec un masque, non ? demande-t-elle en baissant la voix.

— Plus ou moins. »

La reine des Maximonstres qui porte peut-être une perruque lui sourit. Un vrai sourire, cette fois.

« Plutôt plus, à mon avis, décrète-t-elle après examen. Qu'est-ce qui vous amène ici ce soir, à part votre amour de la littérature et des cocktails ? On dirait que vous cherchez quelqu'un.

— En quelque sorte, admet Zachary, qui l'avait presque oublié. Mais je ne crois pas qu'il soit là. »

Il la fait pivoter d'un coup, principalement pour éviter qu'ils se cognent à un autre couple, mais le tourbillon de sa robe accentue le mouvement de façon si spectaculaire que plusieurs danseurs autour d'eux s'arrêtent pour les regarder.

« Dommage, commente-t-elle. Cette personne s'est privée d'une soirée charmante en charmante compagnie, il me semble.

— Et je cherchais aussi le chat, ajoute Zachary, ce qui ne fait qu'accentuer le sourire de sa partenaire.

— Ah, Matilda ! Je l'ai aperçue tout à l'heure, mais je ne sais pas où elle est passée depuis. Il est parfois plus efficace de la laisser vous trouver elle-même, d'après mon expérience. »

Elle s'interrompt, puis reprend, dans un murmure mélancolique :

« Quel bonheur d'être un chat d'hôtel. Si seulement on pouvait tous avoir cette chance.

— Et vous, alors, qu'est-ce qui vous amène ? » demande à son tour Zachary.

La musique a changé et il perd l'équilibre quelques secondes, mais se rétablit heureusement sans lui marcher sur les pieds.

Mais avant que la femme puisse lui répondre, son regard est attiré par quelque chose dans le dos de Zachary. Elle se raidit, un changement qu'il sent davantage qu'il le voit, et il songe qu'elle est peut-être du genre à porter de nombreux masques différents.

« Excusez-moi un instant », dit-elle.

Elle pose une main sur le revers de la veste de Zachary, et quelqu'un sur le côté les prend en photo. La femme commence à s'éloigner, mais elle revient pour saluer Zachary d'une petite courbette, ou quelque chose entre une révérence et une courbette, ce qui paraît à la fois très solennel et grotesque, d'autant que c'est elle qui porte une couronne. Zachary lui retourne son geste du mieux qu'il peut et, tandis qu'elle disparaît dans la foule, quelqu'un non loin applaudit, comme s'ils faisaient partie d'un spectacle.

Le photographe s'approche de Zachary et lui demande leurs deux noms. Il répond qu'il préfère qu'ils soient désignés comme de simples « invités » si les images sont publiées quelque part, ce à quoi le photographe consent à contrecœur.

Zachary ressort se promener dans le foyer de l'hôtel, plus lentement à cause de la foule plus compacte qu'avant, avec un sentiment de déception qui monte en lui. Il se remet à guetter les bijoux, abeilles, clés ou épées. Un signe quelconque. Il aurait dû en porter lui-même, ou les dessiner sur sa main, ou trouver une pochette de costume à motif d'abeilles. Il se demande comment il a pu penser qu'il arriverait à repérer un inconnu particulier dans une soirée remplie d'inconnus.

Zachary cherche des yeux quelqu'un à qui il aurait déjà parlé, en se disant qu'il pourrait peut-être se renseigner nonchalamment sur… il ne sait plus très bien sur quoi, au fond. Il ne retrouve même pas sa Max dans la foule. Il tombe sur un bloc d'invités particulièrement dense (dont un dans un impressionnant pyjama de soie vert qui tient une rose sous une cloche vitrée) et se faufile derrière un poteau, se rapprochant du mur pour les contourner, mais pile à ce moment quelqu'un l'attrape par le bras et le tire par une porte.

La porte se referme derrière eux, étouffant le brouhaha de la fête et les plongeant dans le noir.

Il y a une présence dans l'obscurité avec lui ; la main qui l'a agrippé l'a relâché, mais quelqu'un se tient près de lui. Quelqu'un de plus grand, peut-être. Qui respire tout bas. Qui sent le citron, le cuir, et quelque chose que Zachary n'arrive pas à identifier mais qu'il trouve extrêmement attirant.

Puis une voix murmure à son oreille :

« Jadis, il y a fort longtemps, le Temps tomba amoureux du Destin. »

Une voix d'homme. Grave, mais avec une cadence légère, une voix de conteur. Zachary se fige et attend. L'oreille tendue.

« Ce qui, comme on peut l'imaginer, s'avéra problématique, continue la voix. Leur idylle perturbait le cours du temps. Emmêlait les fils de la destinée en nœuds inextricables. »

Une main dans son dos le pousse gentiment en avant et Zachary fait un premier pas hésitant dans le noir, puis un deuxième. Le conteur poursuit, le volume de sa voix désormais suffisamment haut pour remplir l'espace.

« Les étoiles observaient nerveusement les choses depuis les cieux, inquiètes de ce qui pourrait se passer. Qu'adviendrait-il des jours et des nuits si le Temps devait avoir le cœur brisé ? Quelles catastrophes risquaient de se produire si le même sort attendait le Destin lui-même ? »

Ils continuent à avancer dans un couloir obscur.

« Alors les étoiles conspirèrent pour séparer les deux amants. Pendant un moment, elles respirèrent mieux dans le ciel. Le Temps continua à couler comme il l'avait toujours fait, ou peut-être imperceptiblement plus lentement. Le Destin à tisser les chemins voués à se croiser, bien que peut-être un fil lui échappât çà et là. »

La main fait tourner Zachary dans une autre direction, toujours dans le noir. Entre les phrases, il perçoit encore le son de l'orchestre et de la fête, assourdi et distant.

« Mais au bout d'un moment, reprend le conteur, le Temps et le Destin finirent par se retrouver. »

La main se pose fermement sur l'épaule de Zachary pour arrêter sa progression. Le conteur se penche encore plus près.

« Dans les cieux, les étoiles soupiraient et papillotaient. Elles se faisaient du mauvais sang. Elles demandèrent conseil à la lune, qui à son tour convoqua le parlement des chouettes pour décider de la meilleure marche à suivre. »

Quelque part dans l'obscurité, un bruit de battement d'ailes, épais, proche, qui déplace l'air autour d'eux.

« Le parlement des chouettes se réunit et débattit de la question nuit après nuit. Elles discutaient et délibéraient tandis que le monde dormait autour d'elles, et le monde continuait à tourner, ignorant que des sujets d'une telle importance étaient en discussion pendant son sommeil. »

Dans le noir, la main guide celle de Zachary jusqu'à une poignée de porte. Zachary la tourne et la porte s'ouvre. Il croit apercevoir devant lui un fin croissant de lune, qui disparaît aussitôt.

« Le parlement des chouettes en arriva à la conclusion logique que, si le problème venait de la coalition de deux éléments, il fallait en supprimer un. Elles choisirent de conserver celui qu'elles jugeaient le plus important. »

La main pousse Zachary en avant. Une porte se ferme derrière lui. Il se demande si on l'a laissé seul, mais alors l'histoire continue tandis que la voix tourne autour de lui dans le noir.

« Le parlement des chouettes annonça sa décision aux étoiles, qui l'approuvèrent. La lune était contre, mais cette nuit-là était une nuit sans lune et elle ne put émettre son opinion. »

Zachary se souvient alors très nettement d'avoir vu la lune disparaître sous ses yeux quelques instants plus tôt, et l'histoire continue.

« La décision fut donc prise, et le Destin fut réduit en lambeaux. Dépecé par des dizaines de becs et de griffes. Ses cris résonnèrent jusqu'au plus profond des terres et jusqu'au plus haut des cieux, mais personne n'osa intervenir, à part une petite souris courageuse qui se glissa dans la mêlée, se faufilant ni vu ni connu au milieu du sang, des os et des plumes, et réussit à s'emparer du cœur du Destin pour le mettre à l'abri. »

À présent, une petite cavalcade comme des pattes de souris grimpe le long du bras de Zachary et passe sur son épaule. Il tressaille. Le mouvement s'arrête sur son cœur et le poids d'une main s'y pose un instant avant de s'écarter à nouveau. Un long silence s'ensuit.

« Quand la frénésie retomba, il ne restait plus rien du Destin. »

Une main gantée recouvre les yeux de Zachary, l'obscurité se fait plus chaude et plus noire, la voix plus proche.

« La chouette qui avait dévoré les yeux du Destin développa une vue formidable, plus acérée qu'il n'en avait jamais été donné à aucune créature mortelle jusque-là. Le parlement la couronna alors Roi des chouettes. »

La main reste sur les yeux de Zachary, mais une autre se pose brièvement sur sa tête.

« Dans les cieux, les étoiles scintillèrent de soulagement, mais la lune était pleine de chagrin. »

Nouveau silence. Plus long, celui-ci, et pendant cette interruption Zachary peut entendre sa propre respiration mêlée à celle du conteur. La main ne quitte pas ses yeux. L'odeur de cuir se mélange au citron, au tabac et à la sueur. Il commence à être tendu lorsque l'histoire reprend.

« Et ainsi le Temps se remet à couler comme il se doit, les événements qui autrefois étaient destinés à se produire sont laissés au hasard à la place, et le Hasard ne tombe jamais amoureux de personne pendant un long moment. »

Le conteur guide Zachary vers la droite, le forçant à redémarrer.

« Mais le monde est étrange et les fins n'en sont jamais vraiment, n'en déplaise aux étoiles. »

Ils s'arrêtent encore une fois.

« Il arrive, à l'occasion, que le Destin parvienne à se régénérer. »

Le bruit d'une porte qui s'ouvre devant lui, et Zachary est de nouveau poussé vers l'avant.

« Le Temps, lui, attend toujours », murmure la voix, un souffle tiède dans le cou de Zachary.

La main qui lui couvrait les yeux s'écarte et une porte se ferme dans son dos. Ébloui par la lumière, le cœur tambourinant à ses tempes, il regarde autour de lui et constate qu'il est de retour dans le foyer de l'hôtel, dans un coin à moitié caché par une plante verte.

Il entend une clé tourner dans la serrure derrière lui.

Quelque chose heurte sa cheville et, en baissant la tête, il voit une grosse chatte gris et blanc frotter son museau contre sa jambe.

Il se penche pour la caresser et ce n'est qu'à cet instant qu'il s'aperçoit que ses mains tremblent. Ce qui n'a pas l'air de gêner le félin, qui reste avec lui un moment avant de s'éloigner et de disparaître dans la pénombre.

Zachary retourne au bar, encore tout groggy après l'histoire qu'il vient d'entendre. Il essaie de se rappeler s'il l'avait déjà entendue mais il ne trouve pas, bien qu'elle lui paraisse familière, comme un mythe qu'il aurait lu quelque part et oublié ensuite. Le barman lui prépare un nouvel Ophélie Noyée mais s'excuse car ils sont à court de sirop de fenouil. Il a mis du miel à la place et ajouté un trait de prosecco. C'est encore meilleur comme ça.

Zachary cherche des yeux la femme déguisée en Max mais ne la voit pas.

Il s'assied au bar. Il se sent nul, et en même temps abasourdi par tout ce qui s'est passé lorsqu'il s'efforce de récapituler mentalement la soirée. *Ai bu du romarin pour le souvenir. Cherché un chat. Dansé avec la reine des Maximonstres. Un type qui sentait très bon m'a raconté une histoire dans le noir. Le chat m'a trouvé.*

Il tente de se remémorer le nom du bourbon que Godot a mentionné un peu plus tôt et sort son billet de la poche de sa veste.

Ce faisant, un rectangle en papier de la taille d'une carte de visite tombe de sa poche et tourbillonne jusqu'au sol.

Zachary le ramasse en essayant de se souvenir si quelqu'un avec qui il a parlé lui a donné sa carte.

Mais ce n'est pas une carte de visite. C'est un petit mot de deux lignes, écrites à la main.

Patience & Fortitude
À 1 heure. Apportez une fleur.

Zachary regarde sa montre : minuit quarante-deux.

Il retourne la carte.

Au verso se trouve une abeille.

DOUX CHAGRINS

Il y a trois chemins. Celui-ci en est un.

Aussi longtemps qu'il y a eu des abeilles, il y a eu des veilleurs.

On raconte qu'il n'y avait qu'un seul veilleur au début, mais à mesure que les histoires se sont multipliées, il en a fallu plus.

Les veilleurs étaient là avant les disciples, avant les gardiens.

Avant les veilleurs, il y avait les abeilles et les histoires. Bourdonnements et fredonnements.

Il y avait des veilleurs avant qu'il y ait des clés.

Ce qu'on oublie souvent, tant ils sont devenus synonymes les uns des autres.

On oublie aussi qu'il y avait autrefois une clé unique. Longue et fine, en fer, son anneau trempé dans l'or.

De nombreux doubles, mais un seul original. Les doubles portés au bout d'une chaîne autour du cou de chaque veilleur. Cognant si souvent sur leur poitrine que beaucoup gardaient l'empreinte de la clé gravée dans leur chair, le métal finissant par s'user contre la peau.

Voilà l'origine de la tradition. Personne ne s'en souvient, désormais. L'idée d'une marque sur la poitrine qui se fait jour à cause d'une marque sur la poitrine. Évident, jusqu'à ce que ce soit oublié.

Le rôle des veilleurs a changé avec le temps, plus que n'importe lequel des autres chemins. Les disciples allument leurs bougies. Les gardiens se déplacent, furtifs, aux aguets.

Les veilleurs veillaient autrefois uniquement sur leurs abeilles et leurs histoires.

Quand l'espace a commencé à s'agrandir, ils ont veillé sur les différentes salles, répartissant les histoires par genre, par longueur ou selon leur fantaisie propre. Ils ont creusé dans la roche des étagères pour les livres, construit des rayonnages en métal, des vitrines en verre et des tables pour les plus gros volumes. Des fauteuils et des coussins pour lire, des lampes pour s'éclairer. Ils ont ajouté de nouvelles salles chaque fois qu'il en manquait, des salles rondes avec un foyer au centre pour y raconter des histoires à voix haute. Des salles caverneuses à l'acoustique parfaite pour y jouer des histoires en danse ou en chanson. Des salles pour restaurer les livres, des salles pour en écrire, des salles vides utilisables en fonction des besoins.

Les veilleurs ont fabriqué des portes pour les salles et des clés pour les ouvrir ou les garder fermées. La même clé pour toutes les portes, au début.

Davantage de portes ont conduit à davantage de clés. À une époque, un veilleur pouvait identifier chaque porte, chaque salle, chaque livre, maintenant ce serait impossible. Alors ils se sont attribué des sections individuelles. Des ailes. Des niveaux. Un veilleur peut ne jamais rencontrer ses pairs. Ils se déplacent en cercles les uns autour des autres, parfois ils se croisent, parfois pas.

Ils ont leur clé marquée au fer rouge sur la peau pour qu'on puisse les reconnaître à tout moment comme des veilleurs. Pour leur rappeler qu'ils ont une responsabilité, même si leur clé (ou leurs clés) est pendue à un crochet sur un mur et non plus à leur cou.

La façon dont on devient veilleur a aussi changé.

Au début, ils étaient choisis et élevés pour devenir des veilleurs. Nés dans le Port ou amenés tout bébés, trop jeunes pour se souvenir du ciel, même en rêve. Dès leur plus tendre enfance, on leur apprenait ce qu'il fallait savoir sur les livres et les abeilles, et on leur donnait de petites clés en bois en guise de jouets.

Au bout d'un moment, il fut décidé que ce chemin, comme celui des disciples, devait être volontaire. Mais, contrairement aux disciples, les candidats reçoivent une formation. S'ils veulent continuer après la première phase de formation, ils entament la deuxième. Après la deuxième, ceux qui restent doivent encore en suivre une troisième.

Ceci est la troisième phase de formation.

Les veilleurs potentiels doivent choisir une histoire. Celle qu'ils veulent. Un conte, un mythe ou bien une anecdote sur une soirée un peu trop arrosée, du moment que ce n'est pas eux qui l'ont inventée.

(Beaucoup de ceux qui pensent au départ vouloir devenir des veilleurs sont en vérité des poètes.)

Ils étudient leur histoire pendant un an.

Ils doivent la savoir de mémoire. Plus que de mémoire, ils doivent la savoir par *cœur*. Pas pour pouvoir simplement en réciter les mots, mais pour les ressentir, sentir la forme de l'histoire alors qu'elle évolue, se soulève, retombe et accélère ou serpente jusqu'à son point d'orgue. Pour pouvoir se remémorer et raconter l'histoire de façon aussi intime que s'ils l'avaient vécue eux-mêmes et de façon aussi objective que s'ils y avaient joué chacun des rôles.

Après cette année d'étude, on les amène dans une pièce circulaire desservie par une seule porte. Deux chaises en bois simples attendent au milieu, face à face.

Des bougies constellent le mur incurvé telles des étoiles, fixées sur des chandeliers à des hauteurs aléatoires.

Chaque centimètre carré du mur qui n'est pas occupé par une bougie ou par l'encadrement de la porte est couvert de clés. Elles partent du sol et continuent au-delà des bougies les plus hautes pour disparaître dans la pénombre au-dessus. De longues clés en bronze et des petites en argent, des clés au panneton compliqué et d'autres à l'anneau richement ornementé. Beaucoup sont anciennes et ternies, mais la collection qu'elles forment à elles toutes chatoie et étincelle à la lueur des bougies.

Il y a là un double de toutes les clés du Port. S'il y a besoin d'en prendre une, une autre est aussitôt fabriquée à sa place pour qu'on n'en perde jamais aucune.

La seule clé qui n'a pas de double accroché dans cette pièce est celle qui en ouvre la porte.

C'est une pièce où il est difficile de garder sa concentration. À dessein.

Les veilleurs potentiels sont amenés dans cette pièce et invités à s'asseoir.

(La plupart choisissent la chaise tournée face à la porte. Ceux qui choisissent de s'asseoir dos à la porte réussissent presque toujours mieux.)

On les laisse seuls pendant une durée pouvant aller de quelques minutes à une heure.

Puis quelqu'un entre dans la pièce et s'assied en face d'eux.

Alors ils racontent leur histoire.

Ils peuvent la raconter de la manière qu'ils veulent. Ils n'ont pas le droit de quitter la pièce ni d'y introduire quoi que ce soit avec eux. Ni accessoires, ni notes.

Ils ne sont pas obligés de rester sur leur chaise, contrairement à leur unique auditeur.

Certains choisissent cependant de rester assis et de réciter, laissant leur voix faire le travail.

Mais un conteur plus animé peut par exemple se mettre debout sur sa chaise ou faire les cent pas dans la pièce.

Un jour, une candidate s'est levée, est allée se poster derrière la chaise de son juge, s'est penchée et lui a chuchoté toute l'histoire à l'oreille.

Un autre a chanté son histoire, une longue fable compliquée qui oscillait entre une douceur tendre et mélodieuse et des gémissements de douleur.

Une autre encore, se servant de sa chaise comme escabeau, a éteint toutes les bougies une par une au fil de son histoire, terminant son terrifiant récit dans le noir.

À la fin de l'histoire, l'auditeur repart.

Le candidat reste seul dans la pièce pendant une durée pouvant aller de quelques minutes à une heure.

Après quoi un veilleur vient à lui. Certains candidats sont alors remerciés pour leur travail et leur service, et congédiés.

Pour les autres, le veilleur demande au candidat de choisir une clé sur le mur. Celle qu'il veut.

Les clés ne sont pas étiquetées. Le choix se fait par envie, par intuition ou par caprice.

Puis le candidat retourne s'asseoir. On lui bande les yeux.

La clé qu'il a choisie est chauffée à la flamme avant d'être pressée sur sa poitrine. Laissant ainsi une cicatrice approximativement à l'endroit où la clé tomberait s'il la portait autour du cou.

Dans le noir, le nouveau veilleur se voit à l'intérieur de la pièce que sa clé ouvre. Puis, à mesure que la douleur s'estompe, il commence à voir toutes les pièces. Toutes les portes. Toutes les clés. Toutes les choses sur lesquelles il faut veiller.

Ceux qui deviennent veilleurs ne sont pas choisis parce qu'ils sont organisés, parce qu'ils ont le sens de la mécanique, qu'ils sont dévoués ou jugés plus méritants que les autres. Le dévouement sied aux disciples. Le mérite aux gardiens. Les veilleurs doivent avoir de l'ardeur et ne jamais la laisser flancher.

Ils sont choisis parce qu'ils comprennent pourquoi nous sommes là.

Pourquoi c'est important.

Parce qu'ils comprennent les histoires.

Ils sentent le bourdonnement des abeilles dans leurs veines.

Mais ça, c'était avant.

Maintenant, il n'y en a qu'un.

Zachary Ezra Rawlins regarde sa montre à trois reprises pendant qu'il attend de récupérer son manteau au vestiaire. Il relit le petit mot. *Patience & Fortitude. À 1 heure. Apportez une fleur.*

Il est sûr à quatre-vingt-quatorze pour cent que Patience et Fortitude sont les noms des deux lions qui gardent l'entrée de la New York Public Library, la célèbre bibliothèque à seulement quelques rues de là. Les six pour cent d'incertitude ne sont pas assez pour que ça vaille la peine d'envisager des possibilités alternatives, d'autant que les minutes ont l'air de s'être donné le mot pour passer beaucoup plus vite que d'habitude.

« Merci », dit-il à la fille qui lui apporte son manteau, avec apparemment un peu trop d'enthousiasme à en juger par la tête qu'elle fait et qu'on devine malgré le masque qui en cache la moitié, mais Zachary est déjà presque à l'autre bout du foyer.

Il s'arrête en se souvenant de l'unique instruction du message et prélève une fleur dans un bouquet près de la porte aussi discrètement que possible. C'est une fleur en papier, dont les pétales ont été découpés dans des pages de livres, mais, techniquement, c'est une fleur. Il faudra bien s'en contenter.

Il enlève son masque avant de sortir et le fourre dans la poche de son manteau. Il se sent bizarre avec le visage à découvert.

L'air du dehors l'agresse comme s'il avait pris un mur gelé en pleine face, mais tout à coup c'est autre chose qui l'agresse et le fait tomber à terre.

« Oh, pardon ! » s'exclame une voix au-dessus de lui.

Zachary relève la tête, hagard, les yeux brûlés par le froid, et dans le flou de son champ de vision post-cocktails il a l'impression que c'est un ours polaire qui lui parle.

Il cligne des yeux et le flou se dissipe un peu, transformant l'ours polaire en une femme aux cheveux blancs dans un manteau de fourrure tout aussi blanc qui lui tend une main gantée de blanc.

Zachary la saisit et laisse la femme-ours polaire l'aider à se relever.

« Mon pauvre, dit-elle en lui époussetant son manteau à petits coups de gants qui papillonnent autour de ses épaules et de son col en réussissant l'exploit de ne pas se salir eux-mêmes. Vous n'êtes pas blessé ? s'inquiète-t-elle avec une moue qui fait ressortir son rouge à lèvres écarlate. Je ne regardais pas où j'allais, idiote que je suis.

— Non, non, ça va, répond Zachary, des éclats de glace accrochés à son pantalon et une douleur sourde dans l'épaule. Et vous ? demande-t-il, bien que ni la femme ni son manteau ne semblent avoir une mèche de travers.

— Je suis indemne et tête en l'air, dit la femme en agitant de nouveau ses gants. Ça fait belle lurette qu'un homme n'était pas tombé à mes pieds dans quelque circonstance que ce soit, mon cher, alors je vous remercie pour ça.

— Je vous en prie », rétorque Zachary avec un sourire mécanique alors que sa douleur à l'épaule s'estompe.

Il a presque envie de demander à la femme si elle sort de la même soirée que lui, mais il a trop peur du temps qui file.

« Je vous souhaite une bonne nuit », conclut-il en la laissant dans le halo de lumière sous l'auvent de l'hôtel tandis qu'il s'éloigne dans la rue.

Il regarde à nouveau sa montre en tournant le coin de la 5e Avenue. Il n'a plus que quelques minutes.

Alors qu'il se rapproche de la bibliothèque en entendant les taxis jaunes filer sur la chaussée mouillée, son pilotage automatique commence à s'émousser. Il a les doigts gelés. Il baisse les yeux vers la fleur en papier désormais partiellement écrabouillée qu'il tient à la main. Il l'examine de plus près pour voir s'il parvient à deviner de quel livre sont faits les pétales, mais le texte est en italien.

Zachary ralentit l'allure quand il arrive en vue des marches de la bibliothèque. Malgré l'heure tardive, il y a encore des gens dehors. Un groupe en manteaux noirs rit et papote en attendant que le feu passe au vert pour pouvoir traverser la rue. Un couple s'embrasse contre un petit muret en pierre. Les marches elles-mêmes sont désertes et la bibliothèque fermée, mais les lions sont toujours là, fidèles à leur poste.

Zachary passe devant le premier – Fortitude, suppose-t-il – et s'arrête vers le milieu des marches, à égale distance entre les deux lions. Il regarde sa montre : 1 h 02.

A-t-il raté son rendez-vous, si tant est que c'en soit un, ou est-il censé attendre ?

J'aurais dû prendre un livre, songe-t-il comme chaque fois qu'il se retrouve à devoir patienter sans lecture, avant que la mémoire lui revienne.

Il plonge la main dans la poche intérieure de sa veste. Mais *Doux chagrins* n'y est plus.

Zachary fouille dans toutes ses autres poches pour en avoir le cœur net ; le livre a bel et bien disparu.

« C'est ça que vous cherchez ? » lui demande quelqu'un dans son dos.

Quelques marches plus haut sur le grand escalier de la bibliothèque se tient un homme vêtu d'un caban, le col remonté autour d'une grosse écharpe en laine. Ses cheveux bruns grisonnent aux tempes, encadrant un visage au sujet duquel on pourrait parler de beauté en y adjoignant les termes « sauvage » ou « non conventionnelle ». Il porte un pantalon noir habillé et des chaussures vernies mais Zachary ne se souvient pas de l'avoir vu à la fête.

Dans une de ses mains gantées de noir, il tient *Doux chagrins*.

« C'est vous qui me l'avez pris ? rétorque Zachary.

— Non, c'est quelqu'un d'autre qui vous l'a pris et je le lui ai repris », explique l'homme en descendant les marches pour s'arrêter au niveau de Zachary.

Avant même que le cerveau de Zachary ait le temps de la reconnaître, sa voix lui fait dresser les poils dans la nuque. Cet homme est le conteur.

« Il y a des gens qui vous suivent et qui veulent ce livre, poursuit-il. À l'heure qu'il est, ils pensent l'avoir. Nous avons donc devant nous une fenêtre de temps pendant laquelle ils ne vous suivront pas, fenêtre qui se refermera dans à peu près une demi-heure, quand ils s'apercevront que le livre a disparu. Redisparu. Suivez-moi. »

L'homme glisse *Doux chagrins* dans son manteau et se met à marcher, passant devant Patience avant de bifurquer vers le sud. Il ne se retourne pas. Zachary hésite et lui emboîte le pas.

« Qui êtes-vous ? demande-t-il après l'avoir rattrapé au coin de la rue.

— Vous n'avez qu'à m'appeler Dorian.

— C'est votre nom ?

— Ça change quelque chose ? »

Ils traversent la rue en silence.

« Et la fleur, c'est pour quoi ? s'enquiert Zachary en levant sa fleur en papier entre ses doigts quasi paralysés de froid.

— Je voulais voir si vous suivriez les instructions, répond Dorian. Ça passe, bien que ce ne soit pas une vraie fleur. Au moins vous êtes capable d'improviser. »

Dorian prend la fleur, la fait tournoyer un instant puis la coince dans une boutonnière de son manteau.

Zachary enfonce ses mains gelées dans ses poches.

« Vous ne m'avez même pas demandé qui j'étais, fait-il remarquer, troublé que quelqu'un puisse être aussi intrigant et exaspérant à la fois.

— Vous êtes Zachary Ezra Rawlins. Zachary, jamais Zach. Né le 11 mars 1990 à La Nouvelle-Orléans, en Louisiane. Vous avez déménagé dans le nord de l'État de New York en 2004 avec votre mère peu après le divorce de vos parents. Ça fait cinq ans et demi que vous êtes à la fac dans le Vermont, où vous préparez actuellement une thèse sur le genre et la narration dans les jeux vidéo modernes. Vous avez d'excellents résultats en classe. Vous êtes introverti et souffrez de légers problèmes d'anxiété. Il y a quelques personnes avec qui vous vous entendez bien sans que ce soit réellement des amis proches. Vous avez eu deux histoires d'amour sérieuses et les deux se sont mal finies. Un peu plus tôt cette semaine, vous avez emprunté un livre dans une bibliothèque, suite à quoi le livre en question a été indexé dans un système informatique qui l'a rendu traçable, et depuis lors le livre, et vous avec, êtes suivis. Vous n'êtes pas très difficile à suivre, mais en plus ils vous pistent grâce à votre téléphone et ils ont placé sur vous un mouchard que vous avez fort heureusement laissé à votre hôtel. Vous aimez les cocktails bien confectionnés, le chocolat issu du commerce équitable, et vous auriez sans doute dû mettre une écharpe. Je sais qui vous êtes.

— Vous avez oublié de dire que j'étais Poissons, grommelle Zachary en serrant les dents.

— Je pensais que c'était implicite avec la mention de votre date de naissance, rétorque Dorian avec un haussement d'épaules nonchalant. Je suis Taureau. Si on s'en sort, je devrais peut-être demander à votre mère de me faire mon thème astral.

— Que savez-vous de ma mère ? » s'agace Zachary.

Il est obligé de presser le pas pour ne pas se faire distancer par Dorian, et à chaque intersection il reçoit une nouvelle bourrasque d'air glacé qui pénètre à travers son manteau. Il a arrêté de lire le nom des rues mais il pense qu'ils se dirigent vers le sud-est.

« Madame Love Rawlins, conseillère spirituelle, déclare Dorian alors qu'ils bifurquent à nouveau. N'a vécu en Haïti que jusqu'à ses quatre ans mais simule parfois l'accent parce que ça plaît aux clients. Spécialisée en psychométrie mais s'essaie aussi aux tarots et aux feuilles de thé. Vous viviez au-dessus de sa boutique à La Nouvelle-Orléans. C'est là qu'était la porte que vous n'avez pas ouverte, non ? »

Zachary se demande comment il peut bien être au courant de la porte, mais alors la réponse lui apparaît, évidente.

« Vous avez lu le livre.

— J'ai feuilleté les premiers chapitres, si on peut appeler ça des chapitres. Je me demandais pourquoi vous aviez l'air d'y tenir autant, maintenant je comprends. Ils ne savent sans doute pas que vous êtes dedans, sans quoi ils s'intéresseraient davantage à vous au lieu d'être obnubilés par le livre comme ils le sont en ce moment.

— Qui sont-ils ? demande Zachary alors qu'ils tournent dans une artère plus large qu'il identifie comme Park Avenue.

— Un ramassis de salopards hargneux qui pensent faire le bien quand le *bien*, en l'occurrence, est une notion subjective, répond Dorian, manifestement remonté d'une façon qui laisse penser à Zachary que la hargne est peut-être personnelle et probablement réciproque. Je pourrais vous faire un cours d'histoire, mais pas maintenant, on n'a pas le temps.

— Et où allons-nous, comme ça ?

— Nous allons à leur QG nord-américain, qui se trouve par bonheur à quelques rues d'ici.

— Attendez, vous voulez dire qu'on va *chez eux* ? s'étonne Zachary. Je ne…

— La plupart ne seront pas là, ce qui sera à notre avantage. En arrivant, vous leur donnerez ceci. »

Dorian sort de son sac un livre qu'il tend à Zachary. Un autre livre, qui lui dit quelque chose. Épais, bleu, avec un dessin doré imprimé en creux sur la couverture. Un buste d'Arès.

Zachary tourne le livre pour lire le titre sur la tranche, même s'il sait déjà ce qu'il va y trouver : *Le Temps des fables ou les Beautés de la mythologie*. L'étiquette de la bibliothèque a été arrachée.

« Vous l'avez pris à la bibliothèque, dit Zachary, qui se rend compte trop tard de la platitude affligeante de sa remarque. Vous étiez là-bas.

— Exact. Dix points pour la maison Serdaigle. Même si ce n'était pas très malin de votre part de rassembler tous ces livres pour ensuite les laisser sans surveillance parce que vous aviez envie d'un muffin.

— C'était un muffin de qualité, rétorque Zachary, sur la défensive, et à sa grande surprise Dorian éclate de rire, un rire agréable, profond, qui le fait paraître un peu moins froid.

— Un muffin de qualité n'est jamais qu'un cupcake sans glaçage, fait observer Dorian avant de reprendre où il en était. Vous allez donc leur apporter ce livre.

— Ils ne vont pas se rendre compte que ce n'est pas celui qu'ils veulent ? »

Zachary ouvre le livre par la fin et s'aperçoit que le code-barres a également été arraché à l'intérieur de la quatrième de couverture, laissant apparaître dessous les initiales JSK écrites à même le papier.

« Les gens qui vous ont suivi s'en rendraient compte, répond Dorian, mais ils ne seront pas là. Ceux à qui ils ont confié la garde de leur collection sont des subalternes, pas assez haut placés pour savoir en détail quel livre est recherché par qui. Vous leur donnerez celui-là, vous en récupérerez un autre pour moi, et moi je vous rendrai ça. »

Il brandit à nouveau *Doux chagrins* et Zachary songe – une seconde trop tard – qu'il pourrait l'attraper et s'enfuir en courant. Mais il a trop froid aux mains pour les sortir de ses poches. Sans compter que cet homme, quel que soit son vrai nom, court sans doute plus vite que lui.

« Tout ce micmac de livres sert à quelque chose ? » demande Zachary.

Dorian range *Doux chagrins* dans son manteau.

« Aidez-moi avec ce micmac de livres, comme vous dites, et je vous emmènerai là-bas. »

Zachary n'a pas besoin de lui demander de clarifier ce qu'il entend par « là-bas », mais il ne sait pas non plus quoi répondre. Un néon clignotant se reflète sur la neige dans le caniveau devant eux, la faisant passer de grise à rouge à grise à nouveau.

« Ça existe en vrai, dit Zachary, sans que ce soit tout à fait une question.

— Bien sûr. Et vous le savez. Vous le sentez jusqu'au bout des ongles, sinon vous ne seriez pas là.

— Est-ce que… », commence-t-il, mais il se ravise avant d'avoir fini sa phrase.

Est-ce que c'est comme dans le livre ? Il meurt d'envie de le savoir, mais il soupçonne aussi que la réalité n'est jamais parfaitement retranscrite par les mots. Il y a toujours plus.

« Vous ne pourrez pas y accéder sans mon aide, poursuit Dorian alors qu'ils attendent que le petit bonhomme passe au vert pour traverser, bien qu'il n'y ait pas de voiture. À moins que vous ayez un arrangement que j'ignore avec Mirabel.

— Qui est Mirabel ? » demande Zachary tandis qu'ils se remettent en route.

Dorian s'arrête au beau milieu de la chaussée et se retourne vers Zachary en le dévisageant d'un regard incrédule surmonté de sourcils sceptiques.

« Quoi ? fait Zachary après que la pause a duré assez longtemps pour le mettre mal à l'aise.

— Vous ne… »

Dorian laisse sa phrase en suspens. Le haussement de sourcils sceptique se mue en une expression qui tient davantage de l'inquiétude, mais il pivote alors et se remet à marcher.

« On n'a pas le temps pour ça, assène-t-il. On y est presque. Je vais vous demander de m'écouter très attentivement et de suivre mes instructions.

— Pas d'improvisation ? ironise Zachary, d'un ton un peu plus acide qu'il l'aurait voulu.

— Seulement si vous n'avez pas d'autre option. Et arrêtez aussi de prêter vos stylos, au cas où vous vous demanderiez d'où sort le mouchard. Vous allez dire à la personne qui vous ouvrira la porte que vous avez quelque chose à déposer aux archives. Vous pouvez montrer le livre, mais sans jamais le lâcher. Si on ne vous laisse pas entrer immédiatement, dites que c'est Alex qui vous envoie.

— Qui est Alex ?

— Personne. C'est un code. Vous allez mettre ça et faire en sorte que ça se voie, mais sans trop attirer l'attention dessus, c'est un modèle plus ancien que celui qu'ils portent aujourd'hui, mais je n'ai rien trouvé de mieux. »

Dorian lui tend un pendentif en métal au bout d'une longue chaîne. Une épée en argent.

« On vous fera traverser un hall, puis monter un escalier jusqu'à un autre hall avec plusieurs portes fermées à clé. On vous en ouvrira une. Plus ou moins à cet instant, la sonnette de l'entrée retentira. Votre accompagnateur devra aller répondre. Assurez-lui que vous pouvez vous débrouiller tout seul pour le dépôt et sortir ensuite par l'arrière, c'est courant et ça ne paraîtra pas bizarre. Votre accompagnateur vous laissera seul.

— Comment pouvez-vous en être sûr ? » demande Zachary en passant la chaîne autour de son cou tandis qu'ils tournent de nouveau à angle droit.

Les rues alentour sont désormais plus résidentielles, bordées d'arbres, avec quelques magasins ou restaurants aux carrefours.

« Ils sont assez stricts sur leurs protocoles, mais certains sont plus stricts que d'autres, explique Dorian en pressant le pas. Toujours répondre à la sonnette est l'un des plus stricts et constituera une priorité. Il y aura dans la pièce des livres sur des étagères et dans des vitrines. Ce sont les vitrines qui vous intéressent. Dans l'une d'elles, vous trouverez un volume relié en cuir marron, avec de la dorure un peu ternie sur la tranche des pages.

Vous le reconnaîtrez. Vous échangerez la mythologie de Bulfinch avec ce livre, que vous glisserez sous votre manteau pendant que vous êtes encore dans la pièce, car il y a des caméras dans les couloirs. Mieux vaut garder la tête basse d'une manière générale, mais je ne crois pas que les gens derrière les écrans de surveillance seront capables de vous reconnaître d'après votre photo.

— Ils ont une photo de moi ? s'inquiète Zachary.

— Ils ont une vieille photo de classe qui ne vous ressemble plus du tout, ne vous en faites pas. Reprenez le même chemin qu'à l'aller, descendez l'escalier, mais quand vous arrivez en bas dans le hall principal, faites demi-tour pour passer derrière l'escalier. De là, vous pouvez descendre au sous-sol et sortir par la porte de derrière. Cette porte donne sur un jardin au fond duquel il y a une grille, sortez par la grille et tournez à droite. Continuez jusqu'au bout de la ruelle et vous déboucherez dans une rue. Je vous attendrai sur le trottoir d'en face. Dès que je vous verrai, je commencerai à marcher. Suivez-moi à distance sur cinq cents mètres et, quand vous êtes sûr que personne ne vous suit, vous pouvez me rattraper. Voilà, on y est, annonce Dorian en s'arrêtant derrière un arbre à l'angle de deux rues. Au milieu du bloc, sur la gauche, immeuble gris, porte noire, numéro 213. Vous avez des questions ?

— Oui, j'ai des questions, rétorque Zachary un peu trop vivement. Vous êtes qui, d'abord ? D'où vous sortez ? Pourquoi vous ne faites pas ça vous-même ? Qu'est-ce que ce livre a de si important, qui sont vraiment ces gens et qu'a fait la souris avec le cœur du Destin ? Qui est Mirabel et à quel moment de toutes ces activités clandestines je pourrai retourner à mon hôtel chercher mes yeux de rechange ? Mes lunettes. Mes binocles. »

Dorian soupire et se tourne vers Zachary, le visage mi-ombre, mi-lumière, et Zachary se rend compte qu'il est en réalité plus jeune qu'il n'en a l'air et que ne le laissent supposer ses tempes grisonnantes et ses fréquents froncements de sourcils.

« Pardonnez mon impatience », dit Dorian en baissant la voix et en se rapprochant de Zachary.

Il jette un rapide coup d'œil dans la rue avant de poursuivre.

« Vous et moi avons une destination commune et, avant de pouvoir m'y rendre, j'ai besoin de ce livre. Je ne peux pas le faire moi-même parce qu'ils me connaissent et que si je mets les pieds dans cet immeuble je n'en ressortirai jamais. Je vous demande votre aide parce que je suis enclin à croire que vous pourriez vouloir m'aider. S'il vous plaît. Je suis prêt à vous supplier s'il le faut. »

Pour la première fois, la voix de Dorian retrouve la qualité qu'elle avait dans le noir à la soirée, la cadence du conteur qui transforme ce coin de rue en un lieu sacré.

Dorian regarde Zachary dans les yeux, et l'espace d'un instant la sensation dans sa poitrine que Zachary prenait pour de la nervosité ressemble à tout autre chose, mais redevient aussitôt de la nervosité. Il a trop chaud.

Comme il ne sait pas quoi dire, il se contente de hocher la tête et de se mettre en marche, laissant Dorian dans la pénombre, le cœur battant la chamade, ses pieds le menant dans une rue déserte dont les immeubles en pierre sont éclairés par la lueur des réverbères et les flashes des guirlandes de Noël qui clignotent avec obstination dans les arbres.

Qu'est-ce que tu fais ? demande une voix dans sa tête, et il n'a pas de bonne réponse. Il ne sait ni quoi, ni pourquoi, ni même exactement où, car il a oublié de regarder le nom à l'angle de la rue. Il pourrait continuer à marcher, héler un taxi, rentrer à l'hôtel. Mais il veut récupérer son livre. Et il veut connaître la suite.

Une quête lui a été confiée et il la mènera à terme.

Certains immeubles ne sont pas clairement numérotés, si bien que Zachary ne peut pas vraiment garder le compte, mais il ne tarde pas à atteindre celui qu'il cherche. Il est différent de ceux qui l'entourent, sa façade en pierre est grise plutôt que brune, ses fenêtres sont protégées par des barreaux en fer forgé noirs. Il l'aurait pris pour une ambassade s'il y avait eu un drapeau, ou pour un club universitaire. Il a quelque chose de trop froid pour être une résidence privée.

Zachary se retourne pour jeter un coup d'œil au bout de la rue avant de gravir les marches du perron, mais si Dorian l'attend quelque part, il n'est pas visible. Zachary se repasse les instructions mentalement alors qu'il arrive devant la porte, craignant d'oublier quelque chose.

Le perron est éclairé par une seule ampoule dans une applique élaborée suspendue au-dessus d'une plaque en métal. Zachary se penche pour lire ce qui y est écrit.

Club des collectionneurs

Pas d'heures d'ouverture, ni aucune autre information. La vitre de l'imposte au-dessus de la porte est en verre dépoli, et la lumière est allumée à l'intérieur. La porte est noire, avec trois numéros dorés : 213. C'est bien là.

Zachary prend une grande inspiration et appuie sur la sonnette.

DOUX CHAGRINS

Villes perdues de miel et d'os.

Dans le tréfonds, il y a un homme perdu dans le temps.

Il a ouvert les mauvaises portes. Choisi les mauvais chemins.

S'est aventuré plus loin qu'il l'aurait dû.

Il cherche quelqu'un. Quelque chose. Quelqu'un. Il ne se rappelle pas qui est ce quelqu'un, il n'a pas la capacité, ici dans le tréfonds, où le temps est fragile, d'appréhender les pensées et les souvenirs et de s'y accrocher, de les trier afin de se remémorer plus que des bribes.

Parfois il s'arrête, et dans ces moments suspendus le souvenir qu'il a d'elle s'éclaircit assez pour qu'il voie son visage, ou des fragments de son visage. Mais cette brusque clarté le motive alors pour continuer et les fragments se disloquent à nouveau, et il se remet en marche sans savoir vers qui ou vers quoi il marche.

Il sait seulement qu'il ne l'a pas encore atteint.

Pas encore atteinte.

Qui ? Il lève les yeux vers le ciel, qui lui est caché par des strates de roche, de terre et d'histoires. Personne ne répond à sa question. Il perçoit un goutte-à-goutte qu'il prend pour de l'eau, mais aucun autre son. Puis il oublie de nouveau sa question.

Il descend des escaliers à moitié éboulés, trébuche sur des racines enchevêtrées. Il a depuis longtemps dépassé les dernières salles, avec portes et serrures, les endroits où les histoires se contentent de rester sur leurs étagères.

Il s'est arraché à des lianes bourgeonnant de fleurs remplies d'histoires. Il a traversé des montagnes de tasses à thé abandonnées avec des textes imprimés sur leur émail craquelé. Il a pataugé dans des flaques d'encre et laissé des empreintes formant dans son sillage des histoires sur la lecture desquelles il ne s'est pas retourné.

À présent il avance dans des tunnels sans aucune lumière au bout, en se dirigeant à tâtons le long de parois invisibles, jusqu'à se retrouver ailleurs, dans un autre temps, un autre espace.

Il passe sur des ponts brisés et sous des tours en ruine.

Il marche sur des os qu'il prend pour de la terre, et sur du néant qu'il prend pour des os.

Ses chaussures autrefois impeccables sont usées. Il s'est séparé de son manteau depuis un bout de temps.

Il ne se souvient pas de ce manteau, avec sa multitude de boutons. Le manteau, si les manteaux avaient la mémoire de ce genre de choses, se souviendrait de lui, mais d'ici à leurs retrouvailles le manteau appartiendra à quelqu'un d'autre.

Certains jours lucides, les souvenirs affluent dans sa tête sous forme de mots et d'images éparpillés. Son propre nom. Le ciel nocturne. Une pièce aux tentures de velours rouge. Une porte. Son père. Des livres, des centaines et des milliers de livres. Elle, avec un seul livre à la main. Ses yeux. Ses cheveux. Le bout de ses doigts.

Mais la plupart de ses souvenirs sont des histoires. Des morceaux d'histoires. Des errances aveugles et des amants maudits, de grandes aventures et des trésors cachés. Des rois fous et des sorcières énigmatiques.

Les choses qu'il a vues et entendues de ses propres yeux et oreilles se mélangent aux contes qu'il a lus ou entendus de ses propres yeux et oreilles. Les deux sont inséparables, ici-bas.

Il n'y a pas beaucoup de jours lucides. De nuits lucides.

C'est impossible de faire la différence, ici dans le tréfonds.

Jour ou nuit. Vérité ou fiction. Réel ou imaginaire.

Parfois il a l'impression d'avoir perdu sa propre histoire. D'avoir dégringolé de ses pages et atterri ici, entre-deux. Pourtant il reste dans son histoire. Il n'arrive pas à la quitter, même s'il y met toutes ses forces.

L'homme perdu dans le temps marche le long du rivage et ne lève pas les yeux pour voir l'absence d'étoiles. Il traverse des villes désertes de miel et d'os, arpente des rues qui résonnaient jadis de musique et de rires. Il s'attarde dans des temples abandonnés, allume des cierges pour des dieux oubliés et caresse les fossiles d'offrandes jamais reçues. Il dort dans des lits où personne n'a plus rêvé depuis des siècles, d'un sommeil profond, et ses propres rêves sont aussi insondables que ses pensées éveillées.

Au début, les abeilles le surveillaient. Elles le suivaient quand il marchait et rôdaient quand il dormait. Elles pensaient que c'était peut-être quelqu'un d'autre.

Mais c'est juste un garçon. Un homme. Quelque chose entre les deux.

À présent les abeilles l'ignorent. Elles vaquent à leurs affaires. Elles ont décidé qu'il n'y avait pas de quoi s'inquiéter pour un seul individu égaré. Mais même les abeilles se trompent de temps en temps.

Zachary Ezra Rawlins attend si longtemps dans le froid que c'est avec un doigt presque congelé qu'il sonne une deuxième fois à la porte du Club des collectionneurs. Il sait qu'il a réussi à sonner uniquement parce qu'il perçoit un carillon lointain à l'intérieur du bâtiment.

Au bout du second carillon, il entend quelqu'un bouger derrière la porte. Les cliquetis de plusieurs serrures.

Le battant s'entrouvre de quelques centimètres, maintenu par une chaîne en métal, mais dans l'entrebâillement une jeune femme lève les yeux vers lui. Elle est petite, plus jeune que Zachary mais pas au point d'être considérée comme une enfant, et elle lui rappelle quelqu'un, ou peut-être qu'elle a juste un visage passe-partout. Elle le regarde avec un mélange de méfiance et d'ennui. Apparemment, même les organisations clandestines bizarres ont des stagiaires à qui on refile les horaires pourris.

« Vous cherchez quelque chose ? grommelle-t-elle.

— Je, euh… Je dois déposer ça aux archives », dit Zachary en sortant partiellement de la poche de son manteau *Le Temps des fables ou les Beautés de la mythologie*.

La fille jette un coup d'œil au livre mais ne demande pas à le voir de plus près. Elle demande autre chose.

« Votre nom ? »

C'est une question à laquelle Zachary n'était pas préparé.

« Ça change quelque chose ? » rétorque-t-il dans sa meilleure imitation possible de Dorian.

Il écarte les pans de son manteau dans un geste qu'il espère nonchalant pour s'assurer que l'épée en argent soit bien visible.

La fille fronce les sourcils.

« Vous pouvez me laisser l'ouvrage, dit-elle, je ferai en sorte qu'il soit…

— C'est Alex qui m'envoie », la coupe Zachary.

L'expression de la fille change d'un coup. L'ennui se dissipe et c'est la circonspection qui prend le dessus.

« Une minute », répond-elle.

La porte se referme complètement et Zachary commence à paniquer, mais il se rend compte alors qu'elle est en train de détacher la chaîne. La porte se rouvre presque aussitôt.

La fille le fait entrer dans un petit vestibule dont les parois en verre dépoli l'empêchent de voir ce qui se trouve derrière. Il y a une autre porte sur le mur d'en face, elle aussi principalement constituée de verre dépoli. Ce sas d'accès semble être davantage une question de mystère que de sécurité.

La fille verrouille la porte d'entrée, remet la chaîne en place, puis se dépêche d'aller ouvrir la porte en verre. Elle est vêtue d'une longue robe bleue qui paraît simple et démodée, comme une toge, avec une encolure très haute et deux grandes poches sur les côtés. À son cou pend une chaîne en argent avec une épée, un modèle différent de celle de Zachary, plus fine et plus courte, mais similaire.

« Par là », dit-elle en poussant la porte en verre.

Est-ce que je dois faire mine de connaître les lieux ? Voilà qui aurait été une bonne question à poser à Dorian. Zachary devine que la réponse aurait été oui, vu qu'il est censé savoir comment sortir par-derrière. Du coup c'est d'autant plus difficile de ne pas écarquiller les yeux.

Le hall aux murs blancs est lumineux, haut de plafond, éclairé par une rangée de lustres en cristal qui vont du vestibule à l'escalier tout au fond, dont les marches sont recouvertes d'une moquette d'un bleu profond qui semble se déverser dans le hall telle une cascade, et que les reflets vacillants de la lumière font paraître encore plus liquide.

Mais ce que Zachary ne peut s'empêcher de fixer du regard, ce sont les boutons de porte qui pendent du plafond.

Accrochés par des rubans blancs à différentes hauteurs, il y en a en bronze, en cristal ou en ivoire sculpté. Certains sont rouillés au point d'avoir taché le ruban qui les retient. D'autres se sont couverts d'une patine vert-de-gris. Certains sont suspendus tout près du plafond, loin au-dessus de la tête de Zachary, et d'autres effleurent le sol. Certains sont cassés. Certains sont fixés à des plaques ornementales, d'autres sont de simples poignées, tous sans leur porte.

Chacun possède une étiquette, un bout de papier rectangulaire noué par une ficelle qui rappelle à Zachary les étiquettes qu'on fixe aux orteils des cadavres dans les morgues. Il ralentit pour pouvoir mieux regarder. Il entrevoit des noms de villes et des chiffres qui ressemblent à des latitudes et des longitudes. Au bas de chaque étiquette se trouve une date.

Alors qu'ils avancent dans le hall, l'air autour d'eux fait bouger les rubans, et les boutons de porte oscillent tout doucement, se cognant à leurs voisins dans une lugubre mélopée de tintements creux.

Il y en a des centaines. Voire des milliers.

Zachary et son accompagnatrice montent la cascade de marches en silence, tandis que l'écho des boutons de porte résonne derrière eux.

L'escalier se divise en deux volées qui tournent chacune dans une direction, et la fille prend celle de droite. Un plus gros lustre pend au centre des deux hélices, ses ampoules cachées derrière des pampilles en cristal.

Les deux volées de l'escalier débouchent dans le même hall à l'étage, celui-ci plus bas de plafond et sans poignées suspendues. En revanche il a des portes, peintes dans un noir mat qui contraste vivement avec le blanc des murs. Chaque porte est numérotée par un chiffre en bronze fixé en son milieu. Zachary constate en avançant que les nombres sont tous bas mais ne semblent pas se suivre. Ils passent devant la porte numéro 6, puis la 2, puis la 11.

Ils s'arrêtent devant une porte vers le fond du hall, près d'une des grandes fenêtres à barreaux qu'il voyait de la rue. La numéro 8. La fille sort de sa poche un petit trousseau de clés et l'ouvre.

Une sonnerie retentit à l'étage du dessous. La main de la fille hésite sur la poignée et Zachary peut lire le conflit qui se joue sur son visage : descendre ou rester.

Nouvelle sonnerie.

« Je peux me débrouiller, déclare Zachary. Je sortirai par-derrière. Pas de souci. »

Trop décontracté, pense-t-il, mais son accompagnatrice se mordille la lèvre et finit par hocher la tête.

« Merci, monsieur, répond-elle en rangeant les clés dans sa poche. Passez une bonne soirée. »

Elle repart d'un pas vif alors que la sonnerie insiste une troisième fois.

Zachary attend qu'elle soit arrivée jusqu'à l'escalier et pousse la porte.

La pièce est plus sombre que le hall, l'éclairage conçu d'une façon qu'il a parfois vue dans les musées, avec des angles soigneusement choisis pour chaque présentoir. Les bibliothèques le long des murs sont illuminées de l'intérieur, de sorte que les livres et les objets qu'elles contiennent paraissent luire, y compris ce qui ressemble à une véritable main humaine en suspension dans un bocal en verre, la paume vers l'extérieur comme en geste de salut. Deux longues vitrines occupent le centre de la pièce, éclairées elles aussi de l'intérieur si bien que les livres ont l'air d'y flotter. De lourds rideaux obstruent les fenêtres.

Zachary ne tarde pas à repérer l'ouvrage pour lequel il a été missionné ; il y a dix livres dans une vitrine, huit dans l'autre, et un seul est relié en cuir marron. La lumière fait briller la tranche anciennement dorée des pages, particulièrement les parties autour des coins qui ont conservé leur dorure. Heureusement, c'est l'un des plus petits volumes, il tiendra facilement dans une poche. D'autres sont plus gros et paraissent bien plus lourds.

Zachary inspecte la vitrine en essayant de se souvenir si les instructions précisaient la manière de l'ouvrir. Il ne voit ni charnières, ni loquet.

« Un casse-tête chinois », marmonne-t-il.

Il regarde de plus près. La vitrine est découpée en panneaux, chaque livre dans son propre compartiment transparent même si tous les compartiments sont collés les uns aux autres, séparés par des joints presque invisibles. Le livre marron occupe l'avant-dernière section sur la gauche. Il l'examine des deux côtés, puis rampe sous la table pour voir si elle s'ouvre par en dessous mais ne trouve rien. La base du meuble est épaisse, en métal.

Zachary se relève et scrute la vitrine. Les lumières sont forcément alimentées par des fils qui doivent bien aller quelque part, mais rien n'est visible de l'extérieur. Si les fils passent dans la table, peut-être que l'ensemble est électrique.

Il cherche des interrupteurs sur les murs. Celui près de la porte commande un lustre qu'il n'avait même pas remarqué dans la pénombre du plafond. Il est plus sobre que ceux du hall et n'apporte pas beaucoup d'éclairage.

Le mur côté fenêtres a des loquets compliqués mais rien d'autre. Zachary écarte un des rideaux et se retrouve devant une vitre qui donne sur le pignon en brique de l'immeuble voisin.

Il écarte l'autre rideau et découvre non pas une fenêtre mais un pan de mur avec une rangée d'interrupteurs.

« Ah ! » s'exclame-t-il à haute voix.

Il y a en tout huit interrupteurs dans ce qui ressemble à une boîte à fusibles, et aucun n'est étiqueté. Zachary actionne le premier et les lumières d'une des bibliothèques s'éteignent, faisant disparaître la main suspendue. Il le remonte et passe directement au huitième interrupteur, présumant que les six précédents correspondent aux étagères.

Les lumières s'éteignent cette fois dans une des vitrines, mais pas celle qu'il essaie d'ouvrir, l'autre, qui émet un grondement métallique. En allant l'inspecter de plus près, il s'aperçoit que la vitre est restée en place mais que la base s'est abaissée d'environ trente centimètres, permettant d'accéder aux livres à l'intérieur.

Zachary retourne aussitôt aux interrupteurs, remonte le huitième et coupe le septième. Double grondement métallique alors que les deux tables vibrent en même temps.

Le petit livre en cuir marron est désormais à portée de main et Zachary le sort de son compartiment. Il l'examine tout en se dirigeant de nouveau vers la boîte à fusibles. Il lui fait penser à *Doux chagrins* ; la qualité du cuir et l'absence totale d'inscription sur l'extérieur, ni titre ni nom d'auteur. Il l'ouvre et constate que les pages sont enluminées de magnifiques bordures et illustrations, mais le texte est en arabe. Il le referme et le glisse dans la poche de son manteau.

Zachary remonte l'interrupteur numéro 7.

Mais les lumières restent éteintes, la base de la table baissée. Le grondement est remplacé par un grincement strident.

Zachary coupe à nouveau l'interrupteur. Puis il se souvient.

Il sort de son manteau *Le Temps des fables ou les Beautés de la mythologie* et le pose à la place du petit livre marron avant de réessayer.

Cette fois les lumières se rallument et la vitrine coulisse dans un joyeux grondement pour se refermer sur les livres.

Zachary jette un œil à sa montre et se rend compte qu'il n'a aucune idée du temps qu'il a passé dans la pièce. Il remet le rideau en place, éteint le lustre et ressort sans bruit dans le hall.

Il referme la porte derrière lui le plus discrètement possible. Son accompagnatrice n'est pas dans les parages, mais il perçoit une voix à l'étage d'en dessous tandis qu'il se dirige vers l'escalier.

Alors qu'il est à mi-hauteur, là où les deux volées de marches se rejoignent, et qu'il s'apprête à tourner pour continuer à descendre vers le hall principal, la voix hausse le ton et il l'entend mieux.

« Non, vous ne comprenez pas, il est là *en ce moment* », dit l'accompagnatrice qui ne l'accompagne plus.

Silence. Zachary ralentit le pas et se penche par-dessus la rambarde tandis que la voix continue, de plus en plus tendue. Une porte est ouverte sur le côté du hall au bas de l'escalier. Il ne l'avait pas remarquée avant.

« Je crois qu'il en sait plus que ce qu'on pensait… Je ne sais pas s'il a le livre, je croyais… Je suis désolée.

Je n'ai pas… Je vous écoute, monsieur. Sous aucun prétexte, compris. »

À ses silences, Zachary devine qu'elle est au téléphone. Il descend le reste des marches le plus rapidement et silencieusement possible, en prenant garde de ne pas agiter les boutons de porte au bout de leurs rubans quand il arrive dans le hall. De là, il peut voir dans la pièce la fille qui se tient dos à lui, l'oreille collée au combiné d'un vieux téléphone noir à cadran posé sur un bureau en bois sombre. À côté du téléphone se trouvent une pelote de laine et une demi-écharpe au bout d'une paire d'aiguilles à tricoter, et Zachary comprend alors pourquoi la fille lui disait quelque chose.

Elle était au cours de Kat. La prétendue étudiante de lettres qui a passé la soirée à tricoter.

Zachary se faufile derrière l'escalier aussi furtivement qu'il peut et s'arrête une fois qu'il n'est plus en vue. La voix s'est tue mais il n'a pas entendu la fille raccrocher. Il continue le long de la base de l'escalier jusqu'à parvenir à une porte. Il l'ouvre tout doucement et tombe sur une étroite volée de marches en bois beaucoup moins ornementées qui mènent à l'étage du dessous.

Zachary referme la porte derrière lui et commence à descendre à pas de loup, en espérant à chaque marche qu'elle ne va pas craquer sous sa semelle. Environ à mi-chemin, il croit entendre le téléphone raccrocher, puis un bruit qui pourrait être celui de quelqu'un en train de monter l'escalier du dessus.

Il finit par déboucher dans une pièce sans éclairage, remplie de cartons, mais de la lumière filtre à travers une double porte en verre dépoli qu'il suppose être la sortie qu'il doit prendre. Il ne semble pas y en avoir d'autre, mais il regarde quand même pour vérifier.

La porte est fermée par plusieurs verrous qui, tous, s'ouvrent sans la moindre résistance, et en moins de temps qu'il l'aurait cru, Zachary se retrouve dehors dans le froid. Il s'est mis à neiger légèrement, des flocons étincelants tourbillonnent dans le vent autour de lui, dont beaucoup n'atteignent jamais le sol.

Une courte volée de marches descend vers un jardin fait essentiellement de glace et de roche, au fond duquel se dresse une grille en fer forgé noire dans le même style que les barreaux aux fenêtres. La ruelle est derrière. Zachary se met en marche vers la grille, plus lentement qu'il ne le voudrait, mais ses chaussures de soirée ne sont guère adaptées à la pierre glissante.

Une sirène de pompiers retentit au loin. Un klaxon s'en mêle.

Zachary brosse une couche de glace sur la poignée de la grille. Il commence à respirer un peu mieux.

« Vous partez déjà ? » demande une voix derrière lui.

Zachary se retourne, la main sur la poignée.

Debout sur les marches devant la double porte en verre se tient la femme-ours polaire, toujours dans son manteau de fourrure, qui ressemble encore plus – ou peut-être moins – à un ours quand elle lui sourit.

Zachary ne dit rien mais n'arrive pas à bouger.

« Restez donc boire un thé, suggère la femme, désinvolte et affable, faisant mine d'ignorer le fait qu'ils sont plantés sous la neige et qu'il est en train de s'enfuir dans la nuit avec un livre volé.

— Je dois vraiment y aller, répond Zachary en réprimant un fou rire nerveux.

— Monsieur Rawlins, reprend la femme en descendant d'une marche dans sa direction avant de s'arrêter à nouveau, je vous assure que vous vous méprenez. Quoi que vous pensiez qu'il se passe, quel que soit le camp auquel on vous a fait croire que vous apparteniez, vous faites erreur. Vous vous êtes retrouvé mêlé à quelque chose qui ne vous concerne pas. Venez donc vous mettre à l'abri du froid, nous partagerons une tasse de thé et une discussion courtoise, après quoi vous pourrez repartir tranquillement. Je vous paierai votre billet de train jusqu'au Vermont en gage de ma bonne volonté. Vous retournerez à vos études et nous ferons tous comme s'il ne s'était rien passé. »

Les pensées de Zachary fourmillent de questions et de débats. Que faire ? À qui se fier ? Comment s'est-il débrouillé en l'espace d'une seule soirée pour passer de l'innocence la plus totale à ce bourbier dans lequel il s'est empêtré ? Il n'a aucune raison de faire davantage confiance à Dorian qu'à cette femme. Et il n'a hélas pas assez de réponses à toutes ces questions.

Mais il en a au moins une, qui lui facilite la décision qu'il prend à cet instant dans la neige.

Il n'a pas l'intention de rentrer chez lui et de faire comme si de rien n'était. Pas après tout ça.

« Avec votre respect, permettez-moi de refuser », dit Zachary.

Il tire sur la grille, qui s'ouvre en grinçant et en projetant une pluie d'éclats de glace sur ses épaules. Il ne se retourne pas vers la femme sur le perron mais court dans la ruelle aussi vite que ses chaussures inconfortables le lui permettent.

Il y a une deuxième grille au bout de la ruelle, et tandis qu'il se débat avec la poignée, il repère Dorian sur le trottoir d'en face, adossé au mur d'un immeuble, éclairé par la lueur du bar encore ouvert au coin, plongé dans la lecture de *Doux chagrins* avec une mine interloquée.

Ignorant à la fois les consignes et la lumière du réverbère, Zachary traverse la rue déserte en courant.

« Je croyais vous avoir dit de…, commence Dorian, mais Zachary ne le laisse pas terminer.

— Je viens juste de décliner une invitation à un thé d'intimidation nocturne avec une dame en manteau de fourrure et je parie que vous savez qui c'est. En tout cas elle savait qui j'étais, alors je ne pense pas que tout ça soit aussi secret que vous l'espérez. »

Dorian range le livre dans son manteau et grommelle quelque chose dans une langue que Zachary ne reconnaît pas même s'il devine que le sens doit être globalement injurieux, puis Dorian se tourne vers la rue, la main levée. Zachary met un moment à comprendre qu'il hèle un taxi.

Avant que Zachary puisse demander où ils vont, Dorian le fait monter à l'arrière, et indique ensuite au chauffeur une adresse à l'angle de Central Park West et de la 77ᵉ Rue. Puis il soupire et se prend la tête entre les mains.

Zachary se retourne pour regarder par le pare-brise arrière alors que la voiture démarre. La tricoteuse se tient au coin de la rue, un manteau sombre passé sur sa robe. Il n'arrive pas à savoir si elle les a vus ou pas à cette distance.

« Vous avez le livre ? demande Dorian.

— Oui. Mais avant de vous le donner, vous allez m'expliquer pourquoi j'ai fait ça.

— Parce que je vous l'ai demandé gentiment, répond Dorian, et curieusement ça n'agace pas Zachary autant que ça le devrait. Et parce que ce livre est à moi, pas à eux, si tant est qu'un livre puisse appartenir à quiconque. Je vous ai rapporté votre livre, vous m'avez rapporté le mien. »

Zachary observe le visage de Dorian, qui regarde tomber la neige par la vitre. Il a l'air fatigué. D'une fatigue lasse, et peut-être un peu triste. La fleur en papier est toujours accrochée au revers de son manteau. Zachary décide de ne pas insister davantage sur le livre pour l'instant.

« On va où ? demande-t-il.

— Il faut qu'on arrive jusqu'à la porte.

— Il y a une porte ? Ici ?

— En principe, si Mirabel a rempli sa part du contrat et n'a pas été interrompue en cours de route. Mais il faut qu'on y soit avant eux.

— Pourquoi ? Eux aussi, ils essaient d'aller là-bas ?

— Pas que je sache, non. Mais ils ne veulent pas qu'on y aille, ils veulent que personne n'y aille plus. Vous savez combien il est facile de détruire une porte peinte ?

— Non, comment ?

— Il suffit de jeter de la peinture dessus, et ils ont toujours de la peinture sur eux. »

Zachary regarde les immeubles qui défilent derrière la vitre et les flocons qui commencent à s'accumuler sur les panneaux et les arbres. Il aperçoit l'Empire State Building, blanc et lumineux contre le ciel noir, et il se rend compte qu'il n'a aucune idée de l'heure qu'il est et qu'il s'en moque.

L'écran de télé au dos du siège devant eux débite les infos du jour et les sorties de films, et Zachary appuie sur un bouton pour couper le son, indifférent à tout ce qui peut bien se passer d'autre dans le monde, réel ou fictionnel.

« J'imagine qu'on n'a pas le temps de passer chercher mon sac à l'hôtel », dit-il, connaissant déjà la réponse.

Ça commence à être la guerre entre ses lentilles de contact et ses yeux.

« Je vous promets que vous retrouverez vos affaires dès que ce sera possible, répond Dorian. Je sais que vous devez vous poser beaucoup de questions, je ferai de mon mieux pour y répondre une fois qu'on sera hors de danger.

— Parce que là, on est en danger ?

— Sincèrement, je suis impressionné que vous vous en soyez sorti. Vous avez dû les prendre au moins partiellement par surprise. Sans quoi ils ne vous auraient jamais laissé repartir.

— Sous aucun prétexte », marmonne Zachary dans sa barbe en se souvenant des bribes du coup de fil qu'il a entendu.

Ils n'avaient évidemment pas prévu de le laisser repartir. Et il n'y avait probablement pas de thé non plus.

« Ils savaient qui j'étais depuis le début, dit-il à Dorian. La fille qui m'a ouvert est venue dans le Vermont en se faisant passer pour une étudiante. J'ai mis un moment avant de la reconnaître. »

Dorian fronce les sourcils mais ne dit rien.

Ils se taisent plusieurs minutes pendant que le taxi file dans les rues désertes.

« C'est Mirabel qui peint les portes ? finit par demander Zachary, jugeant la question pertinente.

— Oui », rétorque Dorian sans plus de détails.

Zachary lui jette un coup d'œil, mais il a le visage tourné vers la vitre, tandis qu'un de ses genoux tressaute nerveusement.

« Pourquoi vous pensiez que je la connaissais ? » s'enquiert Zachary.

Dorian se tourne vers lui.

« Parce que vous avez dansé avec elle à la fête », dit-il.

Zachary s'efforce de se remémorer sa conversation avec la femme déguisée en reine des Maximonstres, mais elle est floue et fragmentée dans son esprit.

Il est sur le point de demander à Dorian comment il la connaît quand le taxi ralentit et s'arrête.

« Ici, ça ira, merci », dit Dorian au chauffeur en lui tendant un billet et sans attendre la monnaie.

Zachary sort sur le trottoir, où il essaie de se repérer. Ils se sont fait déposer le long de Central Park, près d'une des grilles d'accès, fermée pour la nuit, et en face d'un grand bâtiment qu'il reconnaît.

« On va au musée ? risque-t-il.

— Non. »

Dorian laisse le taxi s'éloigner puis pivote et saute par-dessus le muret d'enceinte du parc.

« Dépêchez-vous ! lance-t-il à Zachary.

— Ce n'est pas fermé ? » s'inquiète ce dernier.

Mais Dorian est déjà en train de disparaître dans l'ombre des arbres enneigés.

Zachary escalade maladroitement le muret verglacé, manquant de perdre l'équilibre en retombant de l'autre côté, mais il parvient à se rétablir en s'aidant de ses deux mains, désormais couvertes de terre.

Il suit Dorian dans le parc, le long de sentiers sinueux où ils laissent leurs empreintes dans la neige fraîche immaculée. Entre les arbres, il aperçoit quelque chose qui ressemble à un château. Il en oublierait presque qu'ils sont en plein cœur de Manhattan.

Ils passent devant un panneau annonçant que ce coin de verdure givrée s'appelle le Shakespeare Garden, puis franchissent un petit pont qui enjambe une anse de la mare gelée, après quoi Dorian s'arrête.

« Il semblerait que la nuit tourne à notre avantage, déclare-t-il. On est arrivés les premiers. »

Il désigne une arche de pierre à moitié cachée dans la pénombre.

La porte peinte sous sa voûte est simple, moins ornementée que celle dont se souvient Zachary. On dirait juste une porte en bois brut, avec un bouton et des charnières en cuivre qui ont l'air de luire dans la nuit. La roche en dessous est trop irrégulière pour tromper qui que ce soit. Tout en haut semblent gravées des lettres que Zachary n'arrive pas à lire mais qui pourraient bien être du grec.

« Mignon, commente Dorian en déchiffrant l'inscription.

— Ça dit quoi ?

— "Connais-toi toi-même." Mirabel aime beaucoup les fioritures, mais je suis sidéré qu'elle ait eu le temps, par ce froid.

— C'est le début de la devise de la famille Rawlins, indique Zachary.

— Et la suite ?

— "Et apprends à souffrir."

— Vous devriez peut-être songer à modifier la fin, suggère Dorian. Après vous », ajoute-t-il en montrant la porte.

Zachary tend la main vers la poignée, pas certain de croire que tout ça n'est pas juste un canular bien ficelé, et il s'attend presque à ce que Dorian éclate de rire d'une seconde à l'autre, mais ses doigts se referment sur un solide en métal froid, rond et tridimensionnel. La boule tourne facilement et la porte s'ouvre vers l'intérieur, révélant une cavité bien plus vaste qu'elle devrait pouvoir l'être en réalité. Zachary se fige, les yeux écarquillés.

Puis il entend quelque chose – quelqu'un – derrière eux, un bruissement dans les arbres.

« Allez-y ! » s'exclame Dorian en le poussant vivement entre les omoplates, et Zachary trébuche à travers la porte au moment même où il sent quelque chose de mouillé lui éclabousser le dos et la nuque et lui dégouliner le long du bras.

Il baisse les yeux, craignant de découvrir du sang, mais son bras est en fait couvert de peinture pailletée, qui coule au bout de ses doigts comme des gouttelettes d'or fondu.

Et Dorian a disparu.

Derrière lui, ce qui était une porte béante quelques instants plus tôt est désormais une paroi de roche massive. Zachary la martèle de ses poings, laissant des traînées métalliques de peinture dorée sur la pierre noire et lisse.

« Dorian ! » crie-t-il, mais la seule réponse qu'il obtient est l'écho de sa propre voix.

Quand l'écho se tait, le silence est pesant. Plus de bruissements d'arbres, plus de pneus de voitures au loin suçant le bitume mouillé.

Zachary crie à nouveau, mais cette fois l'écho paraît mollasson, comme s'il savait que personne ne pouvait l'entendre, pas ici. Où que soit cet « ici ».

Zachary pivote sur lui-même et regarde autour de lui. Il se tient sur une plate-forme en pierre, dans un espace qui ressemble à une grotte. Un escalier en colimaçon est creusé à même la roche et s'enfonce vers le bas, où quelque chose émet une douce lumière chaude, comme un feu mais sans le vacillement.

Zachary s'éloigne de la paroi où se trouvait la porte et descend lentement les marches, laissant une traînée d'or dans son sillage.

Au pied des marches, parfaitement encastrée dans la roche, entre deux lanternes suspendues à des chaînes, se trouve une double porte dorée qui a tout l'air d'une porte d'ascenseur. Elle est recouverte de motifs élaborés, dont une abeille, une clé et une épée alignées le long de la jointure centrale.

Zachary pose la main dessus pour la toucher, s'attendant à ce que ce soit encore une habile illusion comme les autres portes peintes, mais l'ascenseur est froid et métallique, les motifs gravés clairement en relief sous le bout de ses doigts.

Voilà un moment signifiant, songe-t-il en entendant la voix de sa mère dans sa tête. Un moment qui change les moments qui vont suivre.

Il a l'impression que l'ascenseur l'observe. Pour voir ce qu'il va faire.

Doux chagrins ne mentionnait pas d'ascenseur.

Il se demande ce qu'il ne mentionnait pas d'autre.

Il se demande ce qui est arrivé à Dorian.

Sur un côté, sous une des lanternes, un unique bouton hexagonal sans aucune inscription, entouré de filigrane doré, est serti dans la roche tel un bijou.

Zachary appuie un doigt dessus et il s'illumine doucement.

Un grondement sourd s'enclenche quelque part en contrebas et enfle, de plus en plus fort. Zachary fait un pas en arrière. Les lanternes tremblent au bout de leur chaîne.

Brusquement, le bruit s'arrête.

Le bouton s'éteint.

Une petite sonnerie retentit derrière les portes.

Puis l'abeille, la clé et l'épée se fendent en deux alors que l'ascenseur s'ouvre.

DOUX CHAGRINS

... le Temps tomba amoureux du Destin.

Le pirate raconte à la fille non pas seulement l'histoire qu'elle lui a demandée, mais de nombreuses histoires. Des histoires qui s'imbriquent dans d'autres histoires et se diffractent en fragments de mythes perdus, légendes oubliées et émerveillements encore à venir, qui à leur tour se tissent et se recoupent jusqu'à boucler la boucle et revenir à deux individus qui se font face à travers des barreaux en fer, l'un qui raconte, l'autre qui écoute, sans plus aucun mot murmuré entre eux.

Le silence post-histoire est long et pesant.

« Merci », dit la fille tout doucement.

Le pirate accepte ses remerciements par un hochement de tête muet.

L'aube est presque là.

Le pirate retire ses doigts des cheveux de la fille. La fille se recule des barreaux.

Elle pose une main sur son cœur et se penche en une gracieuse révérence.

Le pirate imite son geste, tête courbée, main sur le cœur : la reconnaissance officielle que leur danse est finie.

Il prend son temps avant de redresser la tête, faisant durer le moment le plus longtemps possible.

Lorsqu'il relève les yeux, la fille s'est déjà détournée de lui pour marcher en silence jusqu'au mur opposé.

Elle tend la main vers la clé. Elle ne regarde ni dans la direction du garde, ni dans celle du pirate. C'est sa décision et elle n'a pas besoin de soutien extérieur pour la mettre en œuvre.

La fille retire la clé de son crochet. Elle fait bien attention de ne pas la laisser tinter contre son anneau ou cogner contre la pierre.

Elle retraverse la pièce avec la clé dans la main.

Le cliquetis de la clé dans la serrure de la cellule, et même le grincement de la grille, ne réveillent pas le garde.

Aucun mot n'est échangé tandis que la fille offre au pirate sa liberté et qu'il l'accepte. Comme ils gravissent les marches dans la pénombre, rien n'est dit de ce qui pourrait se passer après. De ce qui arrivera quand ils auront atteint la porte en haut. Des mers inconnues qui les attendent au-delà.

Juste avant qu'ils atteignent la porte, le pirate tire la fille à lui et colle ses lèvres contre les siennes. Il n'y a plus de barreaux entre eux, désormais, enlacés dans un escalier obscur avec uniquement le temps et le destin pour venir compliquer les choses.

C'est ici que nous les laissons – une fille et son

pirate, un pirate et sa sauveuse –, sur un baiser dans le noir avant qu'une porte s'ouvre.

Mais ce n'est pas là que leur histoire s'achève.

C'est seulement là qu'elle change.

Autre temps, autre lieu :
INTERLUDE I

La Nouvelle-Orléans, Louisiane,
quatorze ans plus tôt

L'aube est presque là. Une brume grisâtre repousse la noirceur de la nuit vers ce qui n'est pas encore tout à fait le jour, mais les lumières de la rue principale irradient jusque dans la ruelle, et on y voit largement assez pour peindre.

Elle a l'habitude de peindre en faible éclairage.

Il fait plus froid que ce à quoi elle s'attendait, et ses mitaines sont plus efficaces pour manier le pinceau que pour lui tenir chaud. Elle tire au maximum les manches de son sweatshirt, laissant des traces de peinture sur les poignets, mais à vrai dire ils étaient déjà maculés de taches de toutes les couleurs.

Elle ajoute une ligne d'ombre sous les panneaux en faux bois histoire de leur donner davantage de relief. Le plus gros du travail est fait, il était déjà fait alors que la nuit était encore nuit et ne songeait même pas à devenir aube, et elle pourrait s'arrêter là mais elle ne veut pas. Elle est fière de sa réalisation, c'est du bon boulot, et elle a envie de la fignoler encore un peu.

Elle change de pinceau, en choisit un plus fin parmi l'éventail planté dans sa queue-de-cheval, les mèches bleues de son épaisse chevelure noire disparaissant sous cette lumière particulière. Puis elle fouille sans faire de bruit dans le sac à dos posé à ses pieds et troque son pot de peinture grise contre un doré métallisé.

Les détails sont la partie qu'elle préfère : une ombre par-ci, un rehaut par-là, et tout à coup une image en deux dimensions acquiert de la profondeur.

Les poils de son minuscule pinceau déposent des pointes de doré sur le pommeau de l'épée, le panneton de la clé, les rayures de l'abeille, qui se mettent à scintiller dans l'obscurité à la place des étoiles faiblissantes.

Quand le bouton de la porte lui donne satisfaction, elle change à nouveau de pinceau pour appliquer les dernières touches.

Elle garde toujours la serrure pour la fin.

C'est un peu comme une signature : une serrure sur une porte sans clé. Un détail qui est là parce qu'il doit l'être, non par nécessité technique. Quelque chose qui crée une impression de complétude.

« C'est très joli », dit une voix dans son dos.

La fille sursaute et en lâche son pinceau, qui atterrit à ses pieds en éclaboussant au passage ses lacets du noir profond de la serrure. Elle se retourne. Une femme se tient derrière elle.

Elle pourrait s'enfuir en courant, mais elle ne sait pas dans quelle direction. Les rues lui paraissent différentes dans la lumière du presque jour.

Elle a oublié comment on disait « bonjour » dans cette langue-ci, et de toute façon elle hésite entre « bonjour » et « merci », alors elle ne dit rien.

La femme contemple la porte, pas la fille. Elle est vêtue d'un peignoir molletonné couleur pêche et tient à la main un mug sur lequel est écrit « Vraie sorcière ». Ses cheveux sont enturbannés dans un foulard arc-en-ciel. Elle a beaucoup de boucles d'oreilles. Et des tatouages sur les poignets : un soleil et une série de lunes. Elle est plus petite que la fille mais paraît plus grande, comme si elle prenait davantage de place dans la ruelle malgré sa petite taille. La fille se rétracte un peu plus dans son sweat à capuche.

« On n'a pas le droit de peindre sur ce mur, tu sais », reprend la femme avant de boire une gorgée de son mug.

La fille hoche la tête.

« Ce sera repeint très vite. »

La fille regarde la porte, puis de nouveau la femme, et hausse les épaules.

« Viens, je t'offre un café », propose la femme.

Elle pivote et s'éloigne dans la ruelle sans attendre la réponse.

La fille hésite, mais elle finit par planter son pinceau avec les autres dans sa queue-de-cheval, ramasser son sac et la suivre.

Une boutique forme l'angle de la ruelle et de la rue principale. Au centre de la vitrine est placardée une enseigne au néon dessinant une main levée avec un œil au milieu de la paume, éteinte et encadrée de deux pans de rideaux en velours qui cachent l'intérieur. La femme attend la fille sur le seuil en lui tenant la porte.

Un carillon retentit quand elle se referme derrière elles. La fille n'a jamais vu de boutique pareille, remplie de bougies et de meubles dépareillés. Des bouquets de sauge séchée attachés par des ficelles colorées pendent au plafond, au milieu de guirlandes lumineuses et de lanternes en papier. Une boule de cristal est posée sur une table à côté d'un paquet de cigarettes au clou de girofle. La fille se sent surveillée par la statue d'une divinité à tête d'ibis tandis qu'elle essaie de se caser dans un coin où elle ne gênerait pas.

« Assieds-toi », dit la femme en lui désignant une banquette en velours jonchée de foulards.

La fille s'exécute, cognant au passage un abat-jour, dont les franges continuent à danser une fois qu'elle est assise, son sac sur les genoux.

La femme revient avec deux mugs, le nouveau décoré d'une étoile à cinq branches entourée d'un cercle.

« Merci, dit la fille tout bas en attrapant le mug, qui lui réchauffe les mains.

— Ah, tu as une langue ! s'exclame la femme en prenant place à son tour dans un vieux fauteuil Chesterfield qui craque et soupire sous son poids. Tu t'appelles comment ? »

La fille reste muette. Elle boit une gorgée de café brûlant.

« Tu as besoin d'un endroit où dormir ? » demande la femme.

La fille secoue la tête.

« Tu es sûre ? »

Cette fois, elle hoche la tête.

« Je ne voulais pas te faire peur, tout à l'heure, poursuit la femme. Mais je me méfie un peu des gamins qui traînent dehors à des heures bizarres. »

Elle boit une gorgée de café.

« Elle est très belle, ta porte. Parfois les gens peignent des choses beaucoup moins agréables sur ce mur, parce qu'on raconte qu'une sorcière habite là. »

La fille fronce les sourcils, puis tend le doigt vers la femme, qui éclate de rire.

« Comment tu as deviné ? » lance-t-elle, et bien que la question ait l'air purement rhétorique, la fille montre quand même le mug : *Vraie sorcière.*

La femme rit de plus belle, et la fille finit par sourire. Faire rire une sorcière, c'est le genre de chose qui doit porter chance, non ?

« Je n'essaie pas de le cacher, comme tu vois, reprend la femme. Mais il y a des gamins qui racontent n'importe quoi, des histoires de démons et de malédictions, et les plus crédules les croient. On m'a jeté une pierre dans la vitrine il y a pas si longtemps. »

La fille lève les yeux vers la vitrine, dissimulée derrière les rideaux de velours, puis les baisse à nouveau vers ses mains. Parfois, elle a du mal à comprendre les gens. Elle a de la peinture sous les ongles.

« En fait, je lis l'avenir, explique la femme. C'est comme de lire un livre sur quelqu'un, sauf que moi, je lis un objet qui lui a appartenu. J'ai déjà lu des clés de voiture, des alliances. Un jour, j'ai lu une des manettes de jeu vidéo de mon fils. Ça ne lui a pas plu, mais de toute façon je le lis tout le temps, il est écrit partout sur le sol, le papier peint, le linge. Je pourrais sans doute lire tes pinceaux, par exemple. »

La main de la fille s'envole vers sa queue-de-cheval dans un réflexe protecteur.

« Seulement si tu as envie de savoir, *honey*. »

Ce petit mot affectueux fait changer l'expression de la fille. Elle le traduit plusieurs fois dans sa tête et se dit que la femme doit réellement être une sorcière pour sentir ce genre de choses.

La fille pose son mug sur la table et se lève, son sac à la main.

« Tu pars déjà ? » demande la femme, sans essayer de la retenir pour autant.

Elle pose son café à son tour et raccompagne la fille jusqu'à la porte.

« Si tu as besoin de quoi que ce soit, tu peux toujours revenir ici, quand tu veux. D'accord ? »

La fille semble sur le point de dire quelque chose, mais finalement non. À la place, elle jette un coup d'œil au panonceau en bois accroché à la porte par un ruban, sur lequel ont été peints à la main les mots « Conseillère spirituelle » et de petites étoiles.

« Tu pourras peut-être me peindre une nouvelle pancarte, la prochaine fois, commente la femme. Et tiens, prends ça », ajoute-t-elle en attrapant un jeu de tarot posé sur une étagère, suffisamment haute pour décourager les vols à l'étalage.

Elle-même ne lit que rarement les tarots, mais elle aime bien en offrir à l'improviste quand le moment lui semble opportun, comme c'est le cas à présent.

« Ce sont des cartes qui contiennent des histoires, explique-t-elle alors que la fille contemple le paquet dans sa main d'un air intrigué. Tu mélanges les images, et elles te racontent l'histoire. »

La fille sourit, d'abord à la femme, puis aux cartes qu'elle tient avec précaution dans le creux de sa paume, comme un petit animal. Elle pivote et commence à s'éloigner mais s'arrête brusquement après quelques pas et se retourne avant que la porte se soit refermée derrière elle.

« Merci, murmure-t-elle à nouveau, presque aussi bas que la première fois.

— De rien », répond la femme.

Et tandis que le soleil se lève, le chemin de la sorcière la ramène dans sa boutique et celui de la fille l'emmène ailleurs. Le carillon au-dessus de la porte scelle leur séparation d'un tintement.

À l'intérieur, la sorcière ramasse le mug de la fille. Rien ne l'oblige à le lire, mais elle est curieuse et légèrement inquiète du sort de cette gamine qui erre seule dans les rues.

Les images jaillissent aussitôt, avec plus de netteté que de coutume pour un objet qui n'a été tenu que quelques minutes. Plus d'images, plus de gens, plus d'endroits et plus de choses que ne devrait pouvoir en contenir une seule personne. Puis la sorcière se voit elle-même. Elle voit les cartons de déménagement, l'ouragan à la télé et la ferme blanche entourée d'arbres.

Elle lâche le mug vide, qui tombe par terre et se cogne contre un pied de la table, mais sans se briser.

Madame Love Rawlins ressort de la boutique, faisant à nouveau tinter le carillon de la porte. Elle regarde d'abord dans la rue déserte, puis elle tourne le coin pour aller voir dans la ruelle, où la porte peinte n'est pas encore sèche.

Mais la fille a disparu.

LIVRE II

FORTUNES ET FABLES

FORTUNES ET FABLES : LE MARCHAND D'ÉTOILES

Il était une fois un marchand qui parcourait le monde pour vendre des étoiles.

Il en avait de toutes sortes. Des étoiles déchues, des étoiles perdues et des fioles de poussière d'étoile. De délicats morceaux d'étoiles pendus à de fines chaînes à porter autour du cou, ou de spectaculaires spécimens à exposer sous verre. Des fragments d'étoiles qu'on achetait pour offrir à l'être aimé, tandis que la poussière était répandue sur des sites sacrés ou incorporée à des pâtes à gâteau pour jeter des sorts.

Le marchand transportait son stock d'une ville à l'autre dans un grand sac en toile brodé de constellations.

Ses prix étaient élevés, mais souvent négociables. On pouvait lui acheter des étoiles contre des pièces de monnaie, mais aussi contre des faveurs et des secrets, que de doux rêveurs gardaient dans l'espoir de croiser un jour la route du marchand d'étoiles.

De temps en temps, le marchand troquait des étoiles en échange d'un lit où dormir ou d'un moyen de transport. Il lui arrivait d'en céder contre une chambre dans une auberge, avec ou sans compagnie.

Par une nuit sans lune, le marchand d'étoiles s'arrêta dans une taverne afin de tuer le temps en attendant le retour du soleil. Comme il buvait du vin, assis devant la cheminée, il engagea la conversation avec un autre voyageur qui passait également la nuit là, même si leurs chemins devaient les mener dans des directions différentes dès le matin.

« À ceux qui cherchent, lança le marchand d'étoiles en levant son verre alors qu'on venait de les resservir.

— À ceux qui trouvent, répondit machinalement le voyageur. Qu'est-ce que vous vendez de beau ? ajouta-t-il en désignant le sac parsemé de constellations, car ils n'avaient pas encore abordé ce sujet.

— Des étoiles. Vous voulez les voir ? Je vous ferai une remise pour vous remercier d'être de si bonne compagnie. Je pourrais même vous montrer les pièces que je réserve d'ordinaire à mes meilleurs clients.

— Je n'aime pas les étoiles », rétorqua le voyageur.

Le marchand éclata de rire.

« Tout le monde aime les étoiles. Tout le monde rêve de saisir ce qui existe hors de sa portée. De tenir l'extraordinaire entre ses mains et de garder le merveilleux au fond de sa poche. »

Il y eut alors un silence, troublé uniquement par le crépitement du feu.

« Laissez-moi vous raconter une histoire, reprit le voyageur après cette pause.

— Faites, acquiesça le marchand d'étoiles en réclamant d'un geste qu'on vînt les resservir à nouveau.

— Jadis, il y a fort longtemps, commença le voyageur, le Temps tomba amoureux du Destin. Passionnément, éperdument amoureux. Les étoiles les observaient des cieux, inquiètes que le cours du temps s'en trouve perturbé, ou que les fils de la destinée s'emmêlent en nœuds inextricables. »

Le feu ponctuait le récit du voyageur de craquements et de chuintements nerveux.

« Alors les étoiles conspirèrent pour séparer les deux amants. Après ça, elles respirèrent mieux. Le Temps continua à couler comme il l'avait toujours fait, le Destin à tisser les chemins voués à se croiser, mais au bout d'un moment, le Temps et le Destin finirent par se retrouver…

— Naturellement, le coupa le marchand. Le Destin parvient toujours à ses fins.

— Pourtant, les étoiles refusèrent de s'avouer vaincues, reprit le voyageur. Elles accablèrent la lune de craintes et de griefs jusqu'à ce que cette dernière accepte de convoquer le parlement des chouettes. »

À ces mots, le marchand d'étoiles fronça les sourcils. Le parlement des chouettes était une vieille légende que les gens invoquaient comme une malédiction dans les contrées où il avait grandi, très loin de cette taverne. Écartez-vous du droit chemin et vous aurez affaire au parlement des chouettes. Le marchand tendit l'oreille pour écouter la suite du conte.

« Le parlement des chouettes conclut qu'il fallait supprimer un des deux éléments. Elles choisirent de conserver celui qu'elles jugeaient le plus important. Les étoiles se réjouirent en voyant le Destin réduit en lambeaux. Dépecé par des dizaines de becs et de griffes.

— Personne n'a essayé de les arrêter ? demanda le marchand.

— La lune l'aurait certainement fait, si elle avait été là. Mais les chouettes avaient choisi une nuit sans lune pour le sacrifice. Personne n'osa intervenir, à part une souris qui réussit à s'emparer du cœur du Destin pour le mettre à l'abri. »

Le voyageur s'interrompit le temps de boire une gorgée de vin.

« Les chouettes ne remarquèrent pas la souris, occupées qu'elles étaient à ripailler. Celle qui avait dévoré les yeux du Destin développa une vue formidable et fut couronnée Roi des chouettes. »

Il y eut un bruit à cet instant, dehors dans la nuit, qui pouvait être le vent ou bien un battement d'ailes.

Le voyageur attendit que ça passe avant de reprendre le fil de son histoire.

« Là-haut, dans les cieux, les étoiles se détendirent. Elles regardaient avec condescendance le Temps s'écouler, le cœur brisé de chagrin, et elles finirent par douter de tout ce qu'elles considéraient jusque-là comme vérité incontestable. Elles virent la couronne du Roi des chouettes passer de tête en tête telle une bénédiction ou au contraire une malédiction, car aucune créature mortelle ne devrait posséder une vue aussi perçante. Elles continuent pourtant à scintiller dans leur incertitude, jusqu'à cet instant même où nous sommes assis là, sous elles. »

Le voyageur se tut et termina son verre de vin. Il avait fini son histoire.

« Comme je vous disais, reprit-il, je n'aime pas les étoiles. Elles ne sont que fiel et regret. »

Le marchand d'étoiles ne dit rien. Son sac parsemé de constellations resta posé lourdement près du feu.

Le voyageur le remercia pour le vin et la compagnie, et le marchand lui retourna le compliment. Avant de se retirer, le voyageur se pencha pour lui murmurer une dernière chose à l'oreille.

« Il arrive, à l'occasion, que le Destin se régénère. Le Temps, lui, attend toujours. »

Le voyageur laissa le marchand seul, qui resta assis à contempler le feu en buvant son vin.

Au matin, quand les étoiles se furent enfuies sous l'œil vigilant du soleil, le marchand demanda si le voyageur était déjà reparti ou s'il aurait le temps de lui faire des adieux en bonne et due forme.

On l'informa poliment qu'il avait été l'unique client cette nuit-là.

Zachary Ezra Rawlins est assis sur une banquette en velours dans l'ascenseur le plus luxueux qu'il ait jamais vu, tout en se demandant si c'est réellement un ascenseur et non pas plutôt une pièce stationnaire maquillée en ascenseur, car il a l'impression d'être assis là depuis une éternité.

Il se demande aussi s'il est possible de devenir claustrophobe *ex abrupto*, tandis que ses lentilles de contact se chargent de lui rappeler pourquoi il les met si rarement. Le probable-ascenseur vrombit et est secoué de temps en temps de trépidations accompagnées d'un bruit de raclement, ce qui tendrait à prouver qu'il est bel et bien en mouvement. À en croire son estomac, Zachary se dit qu'il doit être en train de tomber en chute libre mais au ralenti, à moins qu'il soit juste beaucoup plus saoul qu'il ne le pense. Cocktails à réaction différée.

Le lustre pendu au-dessus de sa tête tressaute et chatoie, projetant des fragments de lumière sur l'intérieur légèrement baroque de la cabine, parois dorées et banquettes bordeaux ayant respectivement perdu une bonne partie de leur éclat et de leur velouté. Le motif abeille /clé /épée est répété sur les portes intérieures, mais il n'y a aucun autre ornement, aucune information numérique ni indication d'étage, pas même un bouton. Apparemment, on ne peut aller qu'à un endroit et il n'y est pas encore. La peinture dans son dos et sur son bras a commencé à sécher, laissant des écailles métalliques accrochées à son manteau et ses cheveux, incrustées sous ses ongles et lui picotant la nuque.

Zachary se sent à la fois trop réveillé et horriblement fatigué. Il bourdonne de la tête aux pieds, sans pouvoir dire si c'est l'ascenseur, l'alcool ou autre chose. Il se lève et se met à faire les cent pas, ou du moins autant de pas qu'on peut en faire dans un ascenseur, à savoir guère plus de deux dans un sens puis dans l'autre.

Peut-être que c'est le fait d'avoir enfin traversé une porte peinte et de ne pas te retrouver là où tu t'y attendais, lui suggère la voix dans sa tête.

Est-ce que je savais à quoi je m'attendais ? se demande Zachary.

Il arrête de bouger et se plante face à la porte. Il tend le bras pour la toucher, et sa main se pose sur le motif en forme de clé, qu'il sent vibrer sous ses doigts.

L'espace d'un instant, il a l'impression d'être un garçon de onze ans dans une ruelle, la porte devant lui peinte et non en métal. La musique jazz de la fête résonne encore dans sa tête, enveloppant tout d'un tempo endiablé, et soudain on dirait que l'ascenseur descend beaucoup, beaucoup plus vite.

Brusquement, il s'immobilise. Le lustre sursaute de surprise et émet une pluie de scintillement alors que les portes s'écartent.

Zachary avait tort de soupçonner qu'il faisait du surplace, car la pièce qui s'ouvre devant lui n'est pas l'espèce de grotte d'où il est parti. C'est une pièce lumineuse, avec un plafond à caissons voûté. Elle lui rappelle l'atrium de la bibliothèque universitaire, mais en plus petit. Les murs et toutes les surfaces sont faits d'un marbre opaque et translucide à la fois, dans plusieurs nuances de tons miel, sauf le sol en pierre, l'ascenseur et une autre porte à l'extrémité opposée. Il se trouve probablement à une distance aussi profonde sous la terre que pouvaient le laisser supposer la durée et la vitesse du trajet, même si la voix dans sa tête lui répète que c'est impossible. C'est trop silencieux. Il y a une pesanteur dans l'air, une sensation de poids au-dessus de lui.

Zachary sort de la cabine et les portes se referment dans son dos. Les borborygmes métalliques recommencent, signe que l'ascenseur a redémarré. Juste au-dessus se trouve un cadran en demi-lune sans chiffre, avec seulement une flèche dorée qui s'élève peu à peu.

Zachary se dirige vers la porte à l'autre bout de la pièce. C'est une grande porte, munie d'une poignée dorée, qui lui rappelle sa première porte peinte, mais en beaucoup plus haute, comme si elle avait grandi avec lui, et celle-ci n'est pas peinte mais en véritable bois sculpté. Bien que les dorures soient un peu ternies par endroits, l'abeille, la clé et l'épée restent parfaitement visibles.

Zachary retient sa respiration et tend la main vers la poignée. Elle est tiède et massive, mais quand il essaie de la tourner, elle ne bouge pas. Il réessaie, en vain. La porte est fermée à clé.

« Sérieux ? » lâche-t-il tout haut.

Il soupire et recule d'un pas. La porte a un trou de serrure et, bien qu'il se sente un peu ridicule, Zachary se penche pour regarder à travers. Il y a bien une pièce de l'autre côté, ça c'est sûr, mais à part un mouvement de lumière irrégulier, il ne discerne rien d'autre.

Zachary s'assied à même le sol, qui est en pierre polie, pas très confortable. Sous cet angle-là, il voit bien que la pierre est usée vers le centre de la porte. Beaucoup de pieds ont foulé ces lieux avant lui.

Réveille-toi, le secoue la voix dans sa tête. *D'habitude tu es plutôt doué pour ce genre de choses.*

Zachary se relève, laissant quelques flocons de peinture dorée derrière lui, et entreprend d'inspecter le reste de la pièce.

Il y a un bouton près de l'ascenseur, à moitié caché entre deux panneaux de marbre. Zachary appuie dessus sans en espérer aucun résultat, et c'est précisément ce qu'il obtient. Le bouton reste éteint, l'ascenseur silencieux.

Il s'attaque aux deux murs aveugles de part et d'autre de l'ascenseur et les trouve de meilleure volonté.

Au milieu du premier est creusée une niche à la hauteur qui pourrait être celle d'une fenêtre. Même à quelques pas de distance, il ne l'avait pas vue, tant elle se fond dans la brillance du marbre. Il y a à l'intérieur une petite dépression de la taille d'une cuvette, une sorte de bassin, comme une fontaine murale sans eau, dont les parois s'incurvent vers le fond jusqu'à un plan horizontal.

Au centre est posée une pochette noire.

Zachary la ramasse. Elle a un poids familier dans le creux de sa main. Sous la pochette, Zachary découvre un mot unique gravé dans la pierre.

Lancer

« Non mais c'est une blague », souffle Zachary en vidant le contenu de la pochette dans sa paume.

Six dés en pierre noire, dont chacune des six faces est illustrée non d'un chiffre ou de petits points mais d'un symbole gravé et rehaussé d'or. Il en tourne un entre ses doigts afin d'identifier les différents symboles. Il reconnaît l'abeille, la clé et l'épée, mais il y en a d'autres. Une couronne. Un cœur. Une plume.

Zachary pose la pochette de côté et secoue les dés dans sa main avant de les lâcher dans le bassin en pierre. Quand ils s'immobilisent, tous les symboles sont les mêmes. Six cœurs.

Il a tout juste le temps de les lire que le fond du bassin se dérobe, engloutissant les dés et la pochette.

Sans même prendre la peine d'aller vérifier si la porte s'ouvre, Zachary se dirige droit vers le mur opposé, où, sans surprise, il découvre une niche identique.

Elle renferme un petit verre à pied, du genre qu'on utilise pour boire des alcools forts ou des liqueurs, surmonté d'un couvercle en verre assorti comme certaines de ses tasses à thé les plus chics.

Zachary prend le verre. Cette fois encore, un mot unique est gravé dessous.

Boire

Le verre contient une toute petite quantité d'un liquide ambré, guère plus d'une gorgée.

Zachary retire le couvercle, qu'il pose près de l'inscription. Il renifle le liquide. Il s'en dégage une odeur sucrée de miel, mais aussi de fleur d'oranger, de vanille et d'épices.

Tout en se remémorant les nombreux contes de fées dans lesquels il est fortement déconseillé d'ingérer quoi que ce soit, surtout au royaume d'Hadès, Zachary se rend compte qu'il est littéralement assoiffé.

Il craint surtout de ne pas avoir le choix.

Il avale le liquide cul sec et repose le verre vide sur la pierre. Tous les goûts qu'il avait identifiés à l'odeur sont là, et d'autres encore – abricot, clou de girofle, crème –, sans compter un puissant relent d'alcool.

Il perd l'équilibre et il a à peine le temps de se dire que tout ça était vraiment une mauvaise idée, mais aussi vite que le verre disparaît dans le fond de la niche, c'est passé. Alors qu'il avait jusque-là l'impression que sa tête allait exploser, Zachary se sent tout à coup beaucoup plus réveillé et lucide.

Il retourne vers la porte et cette fois, quand il actionne la poignée, la serrure produit un cliquetis métallique et s'ouvre, lui accordant le passage.

La salle dans laquelle il pénètre ressemble à une cathédrale, mais circulaire. Ses plafonds immensément hauts, soutenus par des arcs-boutants, sont couverts de carreaux de faïence aux motifs élaborés qu'on retrouve également sur les six gros piliers, bien qu'il manque des carreaux ici ou là, surtout près de leur base où la pierre nue est visible par endroits. Le sol est lui aussi tapissé de carreaux usés au point de laisser apparaître la roche en dessous, principalement autour des pieds de Zachary et le long d'une boucle qui fait le tour de la pièce, avec une érosion particulièrement marquée au niveau des autres accès. Il y en a cinq en tout, sans compter la porte par laquelle il vient d'arriver. Quatre sont des porches voûtés qui donnent sur des couloirs obscurs partant dans plusieurs directions, mais pile en face de lui, derrière une grande porte en bois légèrement entrebâillée, s'échappe un peu de lumière.

Il y a beaucoup de lustres, certains suspendus à différentes hauteurs, pas toutes appropriées pour des lustres, d'autres posés à même le sol dans un fatras étincelant de métal et de cristal, leurs petites ampoules obscurcies ou carrément éteintes.

Le plus grand et le plus haut luminaire n'est pas un lustre mais une grappe de globes pendus dans un immense mobile fait d'anneaux et de barres en cuivre. En se tordant le cou, Zachary distingue des mains à l'extrémité des barres, des mains humaines moulées dans de l'or et pointant vers l'extérieur, chacune surmontée d'un carreau de faïence portant une combinaison de chiffres et d'étoiles. Au centre, pile au milieu de la pièce, une chaîne descend du plafond et se termine par un balancier qui pend à quelques centimètres du sol et oscille doucement dans une légère rotation.

Zachary se dit que tout ce machin est peut-être une maquette de l'univers, ou bien un genre d'horloge, mais il ne comprend absolument pas comment elle se lirait.

« Eh oh ! » lance-t-il tout haut.

Un craquement retentit dans un des tunnels, comme une porte qui s'ouvre, mais rien ne suit. Zachary fait le tour de la pièce en passant la tête dans les différents couloirs, qui sont remplis de livres empilés par terre ou alignés le long d'interminables étagères incurvées. Au bout d'un des couloirs, il aperçoit deux yeux luisants qui le fixent sans ciller, mais l'instant d'après ils ont disparu.

Zachary se concentre à nouveau sur le peut-être-univers, peut-être-horloge afin de l'examiner sous un autre angle. Une des plus petites barres bouge en rythme avec le balancier, et tandis qu'il essaie de voir si un des globes possède une ou plusieurs lunes, une voix résonne derrière lui.

« En quoi puis-je vous être utile, monsieur ? »

Zachary pivote si brusquement qu'il se fait mal au cou et grimace, et il n'arrive pas à savoir si l'homme qui l'observe avec une légère inquiétude réagit ainsi à son geste, à sa présence, ou aux deux.

Il y a donc quelqu'un d'autre que lui dans cet endroit. Cet endroit existe réellement.

Pour de vrai.

Zachary est aussitôt pris d'un fou rire quasi hystérique. Un gloussement nerveux qu'il ne parvient pas à réprimer. L'expression de l'homme passe d'une inquiétude légère à modérée.

Il donne au premier abord l'impression d'être très âgé, sans doute à cause de ses cheveux entièrement blancs, qu'il porte longs et coiffés en tresses impressionnantes. Mais Zachary cligne plusieurs fois des yeux et, quand ses lentilles de contact finissent de mauvaise grâce par bien vouloir faire le point, il s'aperçoit que l'homme a peut-être la cinquantaine, ou en tout cas bien moins que ses cheveux le laisseraient penser. Ses tresses sont par ailleurs parsemées de perles, qu'on ne voit que quand la lumière se reflète dessus. Il a les cils et les sourcils aussi noirs que ses yeux. Sa peau paraît foncée par contraste avec ses cheveux, mais elle est en vérité marron clair. Il porte des lunettes à monture métallique sur un nez chevalin et rappelle un peu à Zachary son prof de math de cinquième, mais avec une coiffure beaucoup plus cool et une toge d'un rouge profond brodé d'or, nouée par plusieurs tours de corde. Il a des bagues à une main, dont une qui ressemble à une chouette.

« En quoi puis-je vous être utile, monsieur ? » répète-t-il.

Mais Zachary ne peut s'arrêter de rire. Il ouvre la bouche pour dire quelque chose, n'importe quoi, et rien n'en sort. Ses genoux flanchent et il s'écroule au sol en un tas de manteau de laine et de peinture dorée, se retrouvant à hauteur d'yeux d'un chat roux dont le museau dépasse derrière la toge de l'homme et qui le dévisage de son regard ambré, ce qui rend la situation encore plus absurde, et si Zachary n'a jamais fait de crise de nerfs de sa vie, il faut croire qu'il y a un début à tout.

Homme et chat attendent patiemment, comme si les visiteurs hystériques couverts de peinture étaient leur lot quotidien.

« Je... », commence Zachary, mais il se rend compte qu'il n'a justement aucune idée de par où commencer.

Le carrelage sous lui est froid. Il se relève avec une telle lenteur et une telle maladresse qu'il s'attend presque à ce que l'homme lui tende une main pour l'aider, mais ce dernier garde les bras le long du corps, même si le chat, lui, fait quelques pas en avant pour venir renifler ses chaussures.

« Ce n'est pas un problème si vous avez besoin d'un peu de temps, dit l'homme, mais je crains que vous ne deviez faire demi-tour. Nous sommes fermés.

— Vous êtes *quoi* ? » s'exclame Zachary en retrouvant l'équilibre.

Mais alors le regard perçant de l'homme se pose sur un point près du troisième bouton de son manteau ouvert.

« Vous n'êtes pas censé être là, assène-t-il en regardant l'épée en argent qui pend à son cou.

— Ah, euh…, bredouille Zachary. C'est, euh… »

« Ce n'est pas à moi », essaie-t-il d'expliquer, mais l'homme est déjà en train de le raccompagner vers la porte et l'ascenseur.

« On me l'a donné pour… pour un déguisement. Je ne suis pas un des leurs.

— Ce n'est pas le genre de choses qu'ils distribuent à la ronde », objecte froidement l'homme.

Zachary ne sait pas quoi répondre, et les voilà presque arrivés à l'ascenseur. Il a compris que Dorian était sans doute un ancien membre de cette organisation qui collectionne les poignées de porte orphelines pour décorer son hall d'entrée à Manhattan, mais il ne sait pas trop si l'épée est celle de Dorian, ou bien une copie, ou autre chose encore. Il n'était pas préparé à devoir répondre d'un vol de bijoux dans une cathédrale souterraine en dehors des heures d'ouverture ou temporairement fermée pour travaux. Il n'était pas préparé à grand-chose de ce qui s'est passé depuis le début de la soirée, à part peut-être le trajet en taxi.

« Il s'est présenté sous le nom de Dorian, il m'a demandé de l'aider, je crois qu'il a des ennuis, et je ne sais pas qui sont les gens des épées », débite Zachary à la vitesse de l'éclair, mais sitôt qu'il prononce ces mots, ils sonnent comme des mensonges.

Apparemment, les gardiens ne fonctionnent pas comme *Doux chagrins* semblait le suggérer, bien qu'il soit presque sûr que c'est de ça qu'il s'agit.

L'homme ne dit rien, et après avoir poliment mais fermement ramené Zachary jusqu'à l'ascenseur, il tend sa main baguée vers le bouton hexagonal.

« Je vous souhaite bonne chance, à vous et votre ami, pour surmonter vos difficultés actuelles, mais je suis contraint d'insister », dit-il en désignant à nouveau le bouton.

Zachary appuie dessus en espérant que l'ascenseur sera toujours aussi lent, de façon à gagner du temps pour pouvoir expliquer ou comprendre ce qui se passe, mais le bouton ne réagit pas. Il ne s'allume pas, n'émet aucun son. Les portes restent fermées.

L'homme fronce les sourcils, en contemplant d'abord l'ascenseur, puis le manteau de Zachary. Ou plutôt, la peinture sur son manteau.

« La porte par laquelle vous êtes entré, demande-t-il, elle était peinte ?

— Oui, répond Zachary.

— Je déduis de l'état de votre manteau que cette porte n'est plus opérationnelle, n'est-ce pas ?

— J'ai l'impression qu'elle a plus ou moins disparu », confirme Zachary, qui a du mal à le croire lui-même alors qu'il y était.

L'homme ferme les yeux et soupire.

« Je l'avais prévenue que ce serait problématique », marmonne-t-il dans sa barbe.

Avant que Zachary ait le temps de lui demander de qui il parle, il ajoute :

« Qu'avez-vous tiré ?

— Pardon ?

— Aux dés, clarifie l'homme en montrant d'un geste gracieux le mur derrière lui. Vous avez fait quoi ?

— Ah, euh… six cœurs », dit Zachary en se demandant à nouveau ce que ça peut bien signifier, et si le fait d'avoir tiré six symboles identiques est une bonne ou une mauvaise chose.

L'homme le dévisage plus attentivement qu'il ne l'avait fait jusque-là, avec une expression intriguée qui se mue en une forme de reconnaissance, et bien qu'il ait l'air sur le point de poser une nouvelle question, il se contente finalement de dire :

« Si vous voulez bien me suivre. »

Il fait demi-tour et refranchit la porte en sens inverse. Zachary lui emboîte le pas avec l'impression satisfaite d'avoir réussi quelque chose. Au moins, il n'est pas obligé de repartir aussitôt après être arrivé.

Surtout qu'il n'est pas très sûr de savoir où il est exactement. Ce n'est pas ce à quoi il s'attendait, ce vaste espace plein de lustres avachis et de piles de livres poussiéreux. Pour commencer, il y a plus de carrelage. C'est plus majestueux, plus vieux, plus sombre, plus silencieux et plus intime qu'il l'imaginait, et il se rend compte à présent qu'il n'a jamais douté qu'il verrait cet endroit un jour, tout simplement parce que c'était sous-entendu dans *Doux chagrins*.

Pas encore, songe-t-il en regardant l'univers tourner au-dessus de sa tête avec ses mains pointées dans toutes les directions, et il se demande ce qu'il est censé faire maintenant qu'il est là.

« Je sais pourquoi vous êtes là, dit l'homme alors qu'ils passent devant le balancier, comme s'il lisait dans ses pensées.

— Ah bon ?

— Vous êtes là parce que vous voulez parcourir la mer sans Étoiles et respirer l'air hanté. »

Zachary marque un temps d'arrêt, à la fois saisi par la vérité rassurante de cette affirmation et troublé de ne pas en comprendre le sens.

« C'est ici, la mer sans Étoiles ? demande-t-il en rattrapant l'homme qui traverse l'immense hall en direction de l'extrémité opposée.

— Non, ici ce n'est qu'un Port. Et, comme je vous l'ai déjà indiqué, il est fermé.

— Vous devriez peut-être mettre une pancarte », rétorque Zachary du tac au tac.

Son commentaire lui vaut un regard plus cinglant qu'aucun de ses profs de math ne lui en a jamais décoché, et il marmonne des excuses.

Dans le sillage de l'homme et du chat roux qui a désormais rejoint le cortège, Zachary pénètre dans ce qui a tout l'air d'être un bureau, bien que ça ne ressemble à aucun bureau qu'il ait jamais vu. Les murs disparaissent entièrement derrière des étagères et des armoires de classement, avec leurs colonnes de petits tiroirs étiquetés. Le sol est recouvert de carreaux similaires à ceux du hall, particulièrement usés le long d'une ligne entre la porte et la table. L'éclairage provient d'une lampe de banquier en opaline verte et de guirlandes de lampions en papier accrochées sur le haut des étagères. Un phonographe diffuse à faible volume un disque de musique classique rayé. Une cheminée occupe la quasi-totalité du mur en face de la porte. Le feu à l'intérieur est bas et protégé par un paravent de soie, si bien qu'il émet une lueur vacillante couleur rouille. Juste à côté est appuyé un balai de paille à l'ancienne. Une épée – une grande et authentique épée – est accrochée au-dessus de la cheminée, sur laquelle sont disposés plusieurs livres, des bois de cerf, un autre chat (vivant mais assoupi) et des bocaux en verre de différentes tailles remplis de clés.

L'homme prend place derrière un vaste bureau couvert de papiers, de cahiers et d'encriers. Il a soudain l'air beaucoup plus à l'aise, contrairement à Zachary, qui se sent toujours aussi nerveux. Nerveux, et bizarrement plus saoul que quelques instants plus tôt.

« Donc, reprend l'homme tandis que le chat roux s'installe sur un coin du bureau et bâille en fixant Zachary de ses yeux ambrés. Où était votre porte ?

— À Central Park », répond Zachary.

Sa langue paraît lourde dans sa bouche, il a de plus en plus de mal à articuler.

« Elle a été détruite par les… par les gens de ce club, là, poursuit-il. Je crois que la femme-ours polaire en manteau de fourrure est leur chef. Elle m'a menacé d'un thé. Et le type qui se fait appeler Dorian, il est peut-être en danger, non ? Il m'a demandé d'aller récupérer ça dans leur quartier général, je ne sais pas pourquoi. »

Zachary sort le livre de son manteau et le tend à l'homme, qui le prend en fronçant les sourcils. Il l'ouvre, en feuillette quelques pages, et, vu à l'envers, Zachary a l'impression que le texte en arabe ressemble beaucoup à de l'anglais, mais c'est sans doute que ses yeux lui jouent des tours à cause de ses lentilles qui le grattent horriblement, à moins qu'il soit allergique aux chats, et l'homme referme le livre avant qu'il puisse en avoir le cœur net.

« La place de ce livre est ici, commente-t-il en le lui rendant. Merci de l'avoir rapporté. Vous pouvez le garder pour votre ami, si vous voulez. »

Zachary baisse les yeux vers le petit volume en cuir marron.

« Est-ce que quelqu'un ne devrait pas..., dit-il, presque pour lui-même. Je ne sais pas, lui porter secours ?

— Si, sans doute, répond l'homme. Vous ne pourrez pas repartir sans être accompagné, donc vous allez devoir attendre Mirabel pour remonter. Je peux vous trouver une chambre entre-temps, j'ai l'impression que vous avez besoin de repos. Il me faudrait juste quelques renseignements complémentaires. Nom ?

— Euh... Zachary. Zachary Ezra Rawlins, indique docilement Zachary au lieu de répondre par une des nombreuses questions qu'il se pose lui aussi.

— Ravi de faire votre connaissance, monsieur Rawlins », réplique l'homme en notant le nom de Zachary dans un des grands registres sur son bureau.

Il vérifie l'heure à sa montre à gousset et l'ajoute sur le registre.

« On m'appelle le Veilleur, reprend-il. Vous dites que votre accès temporaire était situé à Central Park, j'imagine que vous voulez parler de celui de Manhattan, New York, États-Unis d'Amérique ?

— Oui, ce Central Park-là.

— Parfait », acquiesce le Veilleur en inscrivant encore autre chose dans le registre.

Il annote aussi un document qui ressemble à une carte, puis se lève de son bureau et se dirige vers un des meubles à tiroirs derrière lui. Il en ouvre un, en sort quelque chose et se retourne pour le remettre à Zachary : un médaillon en or au bout d'une longue chaîne. Sur une face, il y a une abeille ; sur l'autre, un cœur.

« Si vous avez besoin de retrouver votre chemin jusqu'ici – la plupart appellent ça le Cœur –, ceci vous indiquera la direction. »

En ouvrant le médaillon, Zachary découvre une boussole avec un seul repère, là où devrait se trouver le nord, dont l'aiguille s'affole en tous sens.

« Aurez-vous besoin de connaître également la direction de La Mecque ? demande le Veilleur.

— Ah, non, mais merci quand même. Je suis agnostopaïen. »

Le Veilleur penche la tête d'un air intrigué.

« Spirituel, mais pas religieux », précise Zachary.

Il ne dit pas vraiment le fond de sa pensée, à savoir que son Église, ce sont les histoires qu'on écoute en retenant son souffle, les concerts à s'en faire péter les tympans d'extase et la maîtrise du combo parfait contre un boss de fin de niveau ; que sa religion se cache dans le silence de la neige fraîchement tombée, dans un cocktail soigneusement confectionné, ou entre les pages d'un livre, quelque part après le début mais avant la fin.

Il se demande ce qu'il y avait exactement dans ce truc qu'il a bu.

Le Veilleur hoche la tête, se tourne à nouveau vers les meubles de rangement et prend quelque chose dans un autre tiroir.

« Si vous voulez bien me suivre, monsieur Rawlins », dit-il en sortant de la pièce.

Zachary jette un regard au chat, mais le chat, indifférent, ferme les yeux et ne bouge pas.

Le Veilleur tire la porte du bureau derrière eux et s'engouffre dans un des couloirs remplis de livres. Là, on se sent davantage sous terre, c'est comme un tunnel au plafond bas et voûté, éclairé à intervalles par quelques bougies et lanternes sporadiques, dont les méandres ne semblent répondre à aucun schéma logique. Zachary se félicite d'avoir une boussole au bout du troisième virage dans ce qui ressemble à un labyrinthe de portes et de livres, où chaque couloir bifurque dans un autre et débouche dans de vastes salles avant de rejoindre à nouveau le tunnel principal. Partout, des livres s'entassent sur des étagères qui épousent les courbes de la roche, ou sur des tables, des buffets et des chaises, comme dans un magasin d'antiquités spécialisé dans la littérature. Ils passent devant un buste en marbre coiffé d'un haut-de-forme en soie, et devant un chat assoupi sur un fauteuil capitonné au fond d'une alcôve. Zachary s'attend à croiser d'autres gens, mais il n'y a personne. Peut-être que tout le monde dort et que le Veilleur est en service de nuit. Il doit être très tard, à présent.

Ils s'arrêtent devant une porte flanquée d'étagères constellées de petites lanternes lumineuses. Le Veilleur déverrouille la serrure et invite Zachary à entrer.

« Veuillez excuser l'état de... », commence-t-il avant de s'interrompre en découvrant avec un certain trouble une pièce qui n'appelle strictement aucune excuse.

C'est tout simplement la chambre d'hôtel la plus spectaculaire que Zachary puisse imaginer, mais dans une grotte. Il y a une débauche de velours, essentiellement vert foncé, que ce soit le revêtement des fauteuils ou les rideaux du lit à baldaquin, dont les draps ont été soigneusement rabattus. Il y a aussi un grand bureau et de multiples coins lecture. Le sol et les murs sont en pierre, qu'on aperçoit seulement par endroits entre les bibliothèques, les œuvres d'art encadrées et les tapis dépareillés. C'est infiniment cosy. Un feu brûle dans la cheminée. Les lampes de chevet sont allumées, comme si la chambre l'attendait.

« J'espère que ça vous conviendra, dit le Veilleur, bien que son trouble ne soit pas complètement dissipé.

— C'est génial, répond Zachary.

— La salle de bains est là, indique le Veilleur en désignant une porte au fond de la pièce. La Cuisine est accessible via le panneau près de la cheminée. L'intensité lumineuse dans le couloir augmentera progressivement le matin. Merci de ne pas nourrir les chats. Voici votre clé. »

Il remet à Zachary une clé, elle aussi au bout d'une longue chaîne.

« Si vous avez besoin de quoi que ce soit, n'hésitez pas à demander, vous savez où me trouver, ajoute-t-il en sortant de sa toge un stylo et un petit bout de papier rectangulaire sur lequel il note quelque chose. Bonne nuit, monsieur Rawlins, je vous souhaite un agréable séjour. »

Il glisse le rectangle de papier dans une petite plaque sur le mur à côté de la porte, salue Zachary d'une courbette et disparaît dans le couloir.

Zachary le regarde partir avant de se retourner pour voir ce qu'il a écrit. Sur un papier ivoire placé dans une plaque en cuivre, d'une écriture calligraphiée, il peut lire :

Z. Rawlins

Zachary referme la porte en se demandant combien de noms ont occupé cet emplacement avant le sien, et combien de temps s'est écoulé depuis le dernier. Après quelques secondes d'hésitation, il décide de donner un tour de clé.

Il pose le front contre la porte et laisse échapper un soupir.

Ça ne peut pas être vrai.

Alors c'est quoi ? demande la voix dans sa tête, et il n'a pas de réponse.

Il se débarrasse de son manteau maculé de peinture et le suspend au dossier d'une chaise. Puis il fonce à la salle de bains, prenant à peine le temps de remarquer le carrelage noir et blanc et la baignoire sur pieds avant de se laver les mains et d'enlever ses lentilles. Son reflet devient flou dans le miroir au-dessus du lavabo. Il jette ses lentilles à la poubelle et se demande brièvement comment il fera sans elles, mais il a des préoccupations plus urgentes.

Il regagne la chambre dans un brouillard, se déchausse en marchant et réussit à retirer sa veste de costume avant d'atteindre le lit, mais il s'endort avec le reste, englouti comme dans un nuage par les draps en lin et les coussins en laine d'agneau auxquels il s'abandonne volontiers, ses dernières pensées mêlant fugacement réflexions sur la soirée qui vient enfin de se terminer, questions et inquiétudes sur à peu près tout, depuis sa santé mentale jusqu'à la façon de nettoyer la peinture dans ses cheveux, et puis plus rien, juste le temps de se demander comment on fait pour s'endormir quand on est déjà en train de rêver.

FORTUNES ET FABLES : LE COLLECTIONNEUR DE CLÉS

Il était une fois un homme qui collectionnait les clés. Des clés anciennes, des clés neuves, des clés cassées. Des clés perdues, des clés volées et des clés passe-partout.

Il les mettait dans ses poches et les portait en pendentif au bout de chaînes qui cliquetaient quand il se promenait dans la ville.

Tout le monde en ville connaissait le collectionneur de clés.

Certains trouvaient sa manie bizarre, mais le collectionneur de clés avait un caractère avenant, une allure bonhomme et le sourire facile.

Quand des gens perdaient ou cassaient une clé, ils pouvaient aller le voir, et en général il leur dégottait une clé de rechange qui pouvait convenir. C'était souvent plus rapide que d'en faire refaire une.

Le collectionneur de clés avait toujours sous la main les clés de formes et de tailles les plus courantes, au cas où quelqu'un en cherche une pour une porte, un placard ou une commode.

Le collectionneur de clés n'était pas possessif avec ses clés. Il les donnait dès qu'elles pouvaient servir.

(Même si, la plupart du temps, les gens finissaient par se faire faire une nouvelle clé et par lui rendre celle qu'ils lui avaient empruntée.)

Les gens lui offraient en cadeau les clés qu'ils trouvaient ou qu'ils avaient en double pour compléter sa collection. Quand ils partaient en voyage, ils lui rapportaient des clés aux formes étranges et inhabituelles.

(On appelait cet homme le collectionneur de clés, même si dans les faits de nombreuses personnes contribuaient à la collecte.)

Au bout d'un moment, le collectionneur de clés se retrouva avec plus de clés qu'il pouvait en porter sur lui et commença à les exposer dans sa maison. Il les pendait à des rubans aux fenêtres comme des rideaux, les disposait dans sa bibliothèque et les encadrait aux murs. Quant aux plus délicates, il les conservait sous verre ou dans des écrins à bijoux. D'autres étaient regroupées avec des clés similaires, entassées dans des seaux ou des paniers.

Après de nombreuses années, toute la maison fut pleine à craquer. Il y en avait aussi dehors, pendues aux portes, aux fenêtres et aux avant-toits.

La maison du collectionneur de clés était facilement repérable depuis la route.

Un beau jour, on toqua à sa porte.

Le collectionneur de clés alla ouvrir et trouva sur le seuil une jolie femme vêtue d'une longue cape. Il ne l'avait jamais vue, pas plus que le genre de broderies qui ornaient les bords de sa cape : des fleurs en forme d'étoiles en fil doré sur fond noir, trop délicates pour voyager bien qu'elle ait sans doute fait une longue route pour arriver jusque-là. Ne voyant ni cheval ni calèche à côté d'elle, il supposa qu'elle avait dû les laisser à l'auberge, car nul ne passait dans cette ville sans s'arrêter une nuit à l'auberge, qui n'était pas loin.

« Il paraît que vous collectionnez les clés, dit la femme au collectionneur de clés.

— C'est vrai, confirma celui-ci, même si c'était évident : il y avait des clés pendues à l'auvent sous lequel ils se tenaient, sur les murs derrière lui, dans des bocaux, des coupes et des vases posés sur les tables.

— Je cherche justement quelque chose qui a été mis sous clé. Je me demande si une des vôtres pourrait m'y redonner accès.

— Je vous en prie, venez regarder », répondit le collectionneur en invitant la femme à entrer.

Il songea à lui demander quel genre de clé elle cherchait afin de pouvoir l'aider, mais il savait à quel point il est difficile de décrire une clé. Pour trouver une clé, il faut comprendre la serrure.

Alors le collectionneur laissa la femme fouiller chez lui. Il lui montra chaque pièce, chaque placard et chaque étagère. La cuisine, avec ses tasses à thé et ses verres à vin remplis de clés, à l'exception des quelques-uns dont il se servait régulièrement, qui attendaient, vides, de recevoir du thé ou du vin.

Le collectionneur de clés proposa une tasse de thé à la femme, mais elle déclina l'offre poliment. Il la laissa chercher toute seule et alla s'asseoir avec un livre au salon, où elle pourrait le trouver si elle en avait besoin.

Après plusieurs heures, la femme revint le voir.

« Elle n'est pas là, dit-elle. Merci de m'avoir laissée chercher.

— Il y a encore d'autres clés dans le jardin », indiqua le collectionneur, et il accompagna la femme dehors.

Le jardin était festonné de clés, pendues à des rubans dans un arc-en-ciel de couleurs. Des clés nouées aux branches des arbres, des bouquets de clés disposés dans des vases et des pots en terre vernis. Des cages à oiseaux sans oiseau, avec des clés accrochées à la minuscule balançoire à l'intérieur. Des clés serties dans les dalles des sentiers. Des piles de clés sous l'eau d'une fontaine gazouillante, comme autant de souhaits engloutis.

Le jour baissait, et le collectionneur de clés alluma les lanternes.

« C'est ravissant, ici », commenta la femme.

Et elle se mit à chercher parmi les clés du jardin, tenues par des statues ou entrelacées aux branches des buissons taillés. Elle s'arrêta devant un arbre qui commençait juste à fleurir et tendit la main vers une des nombreuses clés pendues à des rubans rouges.

« Cette clé pourrait correspondre à votre serrure ? demanda le collectionneur de clés.

— Plus que ça, répondit la femme. C'est ma clé. Je l'ai perdue il y a très longtemps. Je suis heureuse qu'elle ait trouvé son chemin jusqu'à vous.

— Et moi, je suis heureux de vous la rendre », déclara le collectionneur de clés.

Il leva le bras pour détacher la clé de l'arbre et la lui déposa dans le creux de la paume, encore au bout de son ruban.

« Comment pourrais-je vous remercier ? songea tout haut la femme.

— Nul besoin de me remercier. C'est un plaisir pour moi d'avoir pu vous aider à retrouver cette chose inaccessible.

— Oh, ce n'est pas une chose, rectifia la femme. C'est un endroit. »

Elle tendit la clé devant elle un peu plus haut que sa taille, au niveau où aurait pu se trouver une serrure s'il y avait eu une porte, et la clé disparut à moitié. La femme tourna la clé, et une porte invisible s'ouvrit au milieu du jardin du collectionneur. Elle la poussa complètement.

La clé et son ruban restèrent suspendus en l'air.

Le collectionneur de clés passa la tête par la porte et découvrit une pièce dorée avec de hautes fenêtres cintrées. Des dizaines de bougies étaient disposées sur des tables préparées pour un grand festin. Il entendit de la musique et des rires venir de quelque part. À travers les fenêtres, il aperçut des cascades et des montagnes, un ciel éclairé par deux lunes et des myriades d'étoiles qui se reflétaient dans une mer scintillante.

La femme franchit la porte, laissant traîner sa longue cape sur le carrelage doré.

Le collectionneur de clés la regardait du jardin.

La femme sortit la clé de la serrure.

Elle se retourna vers le collectionneur et lui fit signe de la suivre.

Le collectionneur de clés la rejoignit.

La porte se referma derrière lui.

Personne ne le revit jamais.

Zachary Ezra Rawlins se réveille très loin et il y a très longtemps, du moins c'est l'impression qu'il a.

Désorienté, vaseux, l'esprit en retard d'une seconde sur son corps, c'est comme s'il se mouvait dans de la boue transparente. Ou qu'il n'avait pas encore dessaoulé mais qu'il ne savait plus comment être saoul.

La seule fois où il s'est senti dans le même genre d'état, c'était un soir qu'il préférerait oublier, à base de trop de chardonnay, et c'est à ça qu'il associe cette sensation : un picotement acide, avec une touche boisée. Se relever sans avoir souvenir d'être tombé.

Il se frotte les yeux et balaie la pièce d'un regard flou, la trouve étonnamment grande, mais alors il se rappelle qu'il est à l'hôtel, et à mesure que les événements de la veille lui reviennent en mémoire, le brouillard de la pièce se dissipe et il se souvient qu'il n'est pas du tout à l'hôtel et il est saisi de panique.

Respire, lui conseille la voix dans sa tête, et il l'écoute, reconnaissant, s'efforçant de rester concentré sur ses inspirations et expirations successives.

Zachary ferme les yeux, mais la réalité s'insinue jusqu'à lui à travers ses autres sens. La chambre sent le feu de bois, le santal, et une autre odeur sombre, profonde, non identifiable. Il y a comme une sonnerie lointaine, sans doute ce qui l'a réveillé. Le lit et les oreillers sont moelleux comme des Chamallows. La curiosité et l'angoisse se livrent une guerre silencieuse, ce qui ne l'aide pas à respirer, mais alors qu'il oblige ses poumons à inhaler lentement et régulièrement, la curiosité finit par l'emporter et il rouvre les yeux.

La pièce est plus éclairée, à présent. De la lumière filtre du couloir à travers une imposte en verre ambré au-dessus de la porte. C'est une lumière qui correspond davantage à la fin d'après-midi qu'au matin. Il y a plus de choses dans la chambre que dans son souvenir ; même sans ses lunettes, il distingue le vieux tourne-disque près des fauteuils, les bougies dégoulinantes de cire sur la cheminée et une marine accrochée au mur juste au-dessus.

Zachary a beau se frotter les yeux, tout reste toujours aussi flou. Ne sachant que faire d'autre, il s'arrache à contrecœur à son lit Chamallow et entreprend un semblant de routine matinale.

Il retrouve ses vêtements en boule dans la salle de bains, raidis de peinture et de crasse, et se demande s'il y a un service de blanchisserie. Curieusement, ses problèmes de linge sale le ramènent à la réalité de la situation. Les rêves et les hallucinations ne se soucient sans doute pas de préoccupations aussi terre à terre. Il essaie de se souvenir d'un seul rêve dans lequel il se serait dit « J'ai besoin de nouvelles chaussettes », en vain.

Dans la salle de bains aussi, il y a des choses qu'il n'avait pas remarquées : une armoire de toilette en miroir renferme une brosse à dents, du dentifrice dans un tube en métal et plusieurs pots de crèmes et d'onguents soigneusement étiquetés, dont un après-rasage qui sent la cannelle et le bourbon.

Il y a une cabine de douche à côté de la baignoire et Zachary fait de son mieux pour éliminer les restes de peinture dorée dans ses cheveux et sur sa peau. Plusieurs coupelles élégantes contiennent des savons qui ont tous des odeurs boisées ou résineuses, comme si tout avait été étudié pour satisfaire ses préférences olfactives.

Enroulé dans une serviette, Zachary inspecte le reste de la chambre, à la recherche d'autre chose à se mettre que son costume plein de sueur et de peinture.

Il repère une armoire contre un mur, près d'une commode dépareillée. Non seulement il y découvre des choses à se mettre, mais il y a même du choix. Les tiroirs sont remplis de pulls, de chaussettes et de sous-vêtements, la penderie de chemises et de pantalons. Tout a l'air fait main, en fibres naturelles, sans aucune étiquette. Il enfile un pantalon en lin marron et une chemise vert mousse sans col, aux boutons en bois verni. Puis il prend un pull à torsades gris qui lui rappelle un de ses préférés. En bas de l'armoire se trouvent plusieurs paires de chaussures, qui bien sûr sont toutes à sa taille, ce qui l'ennuie davantage que les vêtements, car ces derniers ont pour la plupart des coupes amples et ajustables ; s'ils lui vont tous, ça pourrait être simplement parce qu'il a un gabarit standard, à peine plus fin que la moyenne. En revanche, les chaussures, ça fait peur. Il choisit une paire en daim marron qu'on pourrait croire taillée pour son pied.

Peut-être qu'ils ont des lutins qui mesurent les pieds et fabriquent des chaussures pendant que les hôtes dorment, suggère la voix dans sa tête.

Je croyais que tu étais la voix pragmatique de la raison, lui rétorque Zachary, sans obtenir de réponse.

Il passe autour de son cou la clé de la chambre, sa boussole et, après un instant d'hésitation, l'épée de Dorian. Il s'efforce de ne pas trop réfléchir à ce qui a pu se passer là-haut depuis qu'il est en bas et essaie de s'occuper l'esprit en observant la pièce autour de lui, bien qu'il n'y voie pas grand-chose. De près, cependant, il a une vision à peu près claire, même si cela suppose d'explorer les lieux pas à pas, d'absorber l'espace à petites gorgées.

Il attrape un livre sur une des étagères, et ça lui rappelle une histoire qui était sans doute un épisode de *La Quatrième Dimension* : tant de choses à lire, et pas de lunettes.

Il ouvre quand même le livre à une page au hasard, et les mots sont d'une netteté éclatante sur le papier.

Zachary relève la tête. Le lit, les tableaux aux murs, la cheminée, tout est noyé dans ce flou prononcé que son cocktail ophtalmologique de myopie et d'astigmatisme projette sur le monde. Il baisse de nouveau les yeux vers le livre entre ses mains.

C'est un volume de poésie. Dickinson, pense-t-il. Parfaitement lisible, les caractères nets et précis bien que la police soit petite, jusqu'aux minuscules points et aux microscopiques virgules.

Il repose ce livre et en prend un autre. Même chose : il est parfaitement lisible. Il le remet à sa place et se dirige vers le bureau, sur lequel est resté le petit livre en cuir marron qu'il est allé récupérer au Club des collectionneurs pour Dorian. Il veut voir si cette espèce de miracle fonctionnera aussi sur un texte en arabe et des illustrations, mais quand il ouvre le volume à la première page, non seulement les enluminures chantournées sont nettes, mais le titre est en anglais.

Fortunes et fables

y est-il écrit, de façon claire, évidente, dans une police alambiquée mais assurément en anglais. Peut-être n'a-t-il pas remarqué que c'était une édition bilingue, mais alors qu'il le feuillette du début à la fin, toutes les pages affichent le même alphabet familier.

Zachary repose le livre. Il a de nouveau la tête qui tourne. Il ne se rappelle pas quand il a mangé pour la dernière fois. Était-ce à la fête ? Pas plus tard que la veille au soir ? Il se souvient que le Veilleur a parlé d'une histoire de cuisine près de la cheminée.

À droite de la cheminée toujours floue (même si, à cette distance, il arrive à voir que le navire du tableau accroché au-dessus a pour capitaine et pour équipage des lapins, dans un paysage marin à part ça complètement réaliste), un panneau est encastré dans le mur en pierre, comme une porte de placard, avec un petit bouton à côté.

En l'ouvrant, Zachary découvre une cavité qui pourrait être un monte-plats, à l'intérieur de laquelle se trouvent une boîte et un petit livre épais avec une carte pliée en deux posée dessus. Zachary prend la carte.

Bonjour, monsieur Rawlins. Bienvenue.

Nous espérons que vous passez un agréable séjour.

Si vous désirez quelque collation que ce soit, n'hésitez pas à faire appel à notre système de room service. Il a été conçu pour être le plus efficace possible.

— Inscrivez votre demande sur une carte. Le livre contient une sélection de notre offre, mais ne vous laissez surtout pas limiter dans vos choix, nous serons ravis de vous préparer ce que bon vous semble dans toute la mesure du possible.

— Placez votre carte dans le monte-plats. Fermez la porte et appuyez sur le bouton pour transmettre votre demande à la Cuisine.

— Votre collation vous sera préparée et renvoyée par le monte-plats. Une sonnerie vous avertira de son arrivée.

— Veuillez nous retourner les restes par le même procédé quand vous aurez fini.

— D'autres points d'accès sont disponibles à certains endroits désignés du Port quand vous n'êtes pas dans vos appartements.

Si vous avez des questions, n'hésitez pas à les joindre à vos demandes et nous ferons de notre mieux pour y répondre.

Merci et, encore une fois, nous vous souhaitons un très agréable séjour.

— La Cuisine

Il y a dans la boîte un certain nombre de cartes vierges semblables à celle-ci et un stylo plume. Zachary feuillette le livre, qui contient le plus long menu qu'il ait jamais vu : des chapitres et des listes de plats et de boissons avec un système de classement à entrées multiples par styles, goûts, textures, températures et gastronomies régionales par continent.

Il referme le livre, prend une carte et, après réflexion, il écrit *Bonjour, merci de votre accueil* et demande un café crème avec du sucre accompagné soit d'un muffin, soit d'un croissant, selon ce qu'ils auront. Il place la carte dans le monte-plats, referme la porte et appuie sur le bouton. Celui-ci s'allume et il y a un léger bruit mécanique, version miniature du vrombissement de l'ascenseur.

Zachary se concentre à nouveau sur la disposition de la chambre et sur les livres, mais une minute plus tard une sonnerie retentit en provenance du monte-plats. Il l'ouvre en se demandant s'il s'y est mal pris ou s'ils sont par hasard à court de muffins et de croissants, mais il trouve à l'intérieur un plateau en argent garni d'un pot de café fumant, d'un mug vide, d'un sucrier et d'un petit pichet de lait (chaud), ainsi que d'une corbeille de viennoiseries tièdes (trois muffins de parfums différents, un croissant, un pain au chocolat et un genre de feuilleté visiblement à base de pomme et de fromage de chèvre). Il y a aussi une bouteille d'eau gazeuse bien fraîche, un verre et une serviette en tissu pliée avec une seule fleur jaune glissée à l'intérieur.

Une nouvelle carte l'informe que le muffin au citron et graines de pavot est sans gluten et que, s'il a des restrictions alimentaires, il est prié de le leur faire savoir. De même s'il souhaite de la confiture ou du miel.

Zachary se sert du café, y ajoute une goutte de lait et un sucre. Le café est plus fort que ce dont il a l'habitude, mais il est rond en bouche et délicieux, comme tout ce qu'il goûte dans la corbeille des merveilles. Même l'eau est particulièrement bonne, bien qu'il ait toujours pensé que l'eau pétillante faisait plus chic uniquement à cause des bulles.

Qu'est-ce que c'est que cet endroit ?

Zachary transporte jusqu'au bureau son café et ses viennoiseries (qui, bien que succulentes, n'en restent pas moins floues), en espérant que la caféine et les sucres lents l'aideront à avoir les idées plus claires. Il rouvre le livre de Dorian. Le feuillette tout doucement. Il contient des illustrations à l'ancienne, dont certaines en pleine page et en couleurs, magnifiques. D'après les titres des chapitres, on dirait un recueil de contes. Zachary lit quelques lignes de celui qui s'intitule « La Petite Fille et la Plume » avant de revenir au début mais, alors qu'il tourne les pages, une clé tombe de l'interstice entre la tranche du livre et la reliure en cuir et atterrit bruyamment sur le bureau.

C'est une clé longue et fine, de type passe-partout, avec une tête ronde et de petites dents simples. Elle est poisseuse, comme si elle avait été collée à l'intérieur de la tranche.

Zachary se demande si c'était le livre ou la clé que Dorian voulait récupérer. Ou les deux.

Il ouvre à nouveau le volume et lit la première histoire, laquelle comprend une version du même conte que celui que Dorian lui a raconté dans le noir à la fête. À son grand dam, cette version ne précise pas ce que la souris a fait du cœur du Destin. Cette lecture provoque chez Zachary un mélange d'émotions trop compliqué à gérer à une heure aussi matinale, aussi referme-t-il le livre avant d'enfiler cette nouvelle clé sur la même chaîne que celle de sa chambre et de passer le pull à col roulé gris par-dessus. La laine est si épaisse que les deux clés, la boussole et l'épée sont dissimulées sous les torsades, qui les empêchent par ailleurs de cliqueter entre elles. Il s'attendait à ce que le pull sente le cèdre, mais bizarrement il a une légère odeur de pancakes.

À tout hasard, Zachary rédige un petit mot à l'intention de la Cuisine pour se renseigner au sujet de la blanchisserie.

Envoyez-nous à votre convenance tout ce qui nécessite d'être lavé, monsieur Rawlins

reçoit-il aussitôt en réponse.

Zachary plie le plus soigneusement possible son costume peinturluré et l'envoie par le monte-plats.

Quelques secondes plus tard, la sonnerie retentit et, au point où il en est, Zachary ne serait pas surpris si ses vêtements étaient miraculeusement déjà propres, mais il trouve à la place tout ce qu'il avait par mégarde oublié dans ses poches : sa clé d'hôtel, son portefeuille et deux bouts de papier, à savoir la petite carte manuscrite de Dorian et son billet imprimé pour la soirée avec un mot griffonné au verso qui était autrefois le nom d'un bourbon et n'est désormais plus qu'une bavure illisible.

Zachary laisse tout sur la cheminée, sous l'équipage de lapins.

Il trouve une vieille sacoche en toile kaki, du genre besace militaire, avec plusieurs boucles en métal. Il y fourre *Fortunes et fables* ainsi qu'un muffin délicatement enveloppé dans la serviette en tissu puis, après avoir vaguement refait le lit, il sort de la chambre, ferme la porte à clé et tente de retrouver son chemin jusqu'à l'accueil. Le « Cœur », comme l'a appelé le Veilleur.

Au bout de trois embranchements, il se résout à consulter sa boussole. Les couloirs lui paraissent différents, mieux éclairés qu'avant. Il remarque des lampes coincées entre les livres, des guirlandes d'ampoules pendues aux plafonds. Des lumières qui ressemblent à des becs de gaz aux intersections. Il y a des escaliers, mais comme il ne se souvient pas d'en avoir emprunté à l'aller, il ne les prend pas. Il traverse une immense salle avec de longues tables et des petites lampes en opaline verte qui ressemble beaucoup à une salle de bibliothèque, si ce n'est que tout le sol est enfoncé pour former un bassin réfléchissant, avec des passerelles surélevées afin de pouvoir circuler au sec et rejoindre les îlots des tables. Il y croise un chat qui fixe intensément la surface de l'eau et, en suivant son regard, il découvre une carpe koï orange qui ondule, solitaire, sous l'œil attentif du félin.

Ce n'est pas ce que Zachary avait imaginé en lisant *Doux chagrins*.

Pour commencer, c'est beaucoup plus grand. On ne voit jamais très loin devant soi, mais ça donne une impression tentaculaire. Zachary ne saurait même pas comment décrire les lieux. C'est comme si un musée et une bibliothèque pleine à craquer avaient fusionné pour emménager dans les souterrains d'un métro.

Mais ça lui fait surtout penser au campus de sa fac : les interminables allées piétonnes qui relient les différents secteurs, les rayonnages de livres à perte de vue, et quelque chose sur lequel il n'arrive pas tout à fait à mettre le doigt, une sensation plus qu'un trait architectural. L'atmosphère studieuse d'un lieu d'érudition, d'histoires et de secrets.

Bien qu'il semble en être le seul étudiant. Ou du moins le seul qui ne soit pas un chat.

Après la salle de lecture au bassin-miroir et une galerie remplie exclusivement de livres à couverture bleue, Zachary bifurque une dernière fois et se retrouve dans le hall d'entrée cathédralesque, avec son horloge-univers. Les lustres brillent plus vivement, même si certains sont toujours avachis au sol. Ceux qui sont accrochés en hauteur pendent au bout de longues cordes et chaînes de couleur bleue, rouge ou verte, ce qu'il n'avait pas remarqué jusque-là. Les carreaux de faïence aussi paraissent plus colorés, bien que ternis et ébréchés. À certains endroits, on dirait qu'ils forment une fresque, mais il manque trop de morceaux pour en reconstituer le sujet. Le balancier oscille toujours au centre de la pièce. La porte qui mène au vestibule avec l'ascenseur est fermée, mais celle du bureau du Veilleur est ouverte, en grand cette fois-ci. Zachary aperçoit le chat roux sur un fauteuil, qui le fixe du regard.

« Bonjour, monsieur Rawlins, lance le Veilleur sans relever la tête, avant que Zachary ait eu le temps de frapper. J'espère que vous avez bien dormi.

— Très bien, merci », répond Zachary.

Il a des dizaines de questions à poser, mais il faut bien commencer quelque part.

« Où est passé tout le monde ? demande-t-il.

— Vous êtes le seul hôte en ce moment, indique le Veilleur sans s'arrêter d'écrire.

— Mais il n'y a pas de… de résidents ?

— Pas actuellement, non. Avez-vous besoin d'autre chose ? »

Le Veilleur n'a toujours pas quitté son cahier des yeux, alors Zachary tente une requête beaucoup plus précise.

« C'est un peu une bouteille à la mer, mais vous n'auriez pas des lunettes de vue qui traînent quelque part ? »

Cette fois, le Veilleur dresse la tête et pose son stylo.

« Oh, je suis confus, dit-il, avant de se lever et de traverser la pièce vers une des nombreuses colonnes de tiroirs. Vous auriez dû m'en parler dès hier soir, je devrais pouvoir vous trouver quelque chose. Myopie ou presbytie ?

— Myopie, avec un astigmatisme aux deux yeux, mais une forte correction de myopie m'aiderait déjà beaucoup. »

Après avoir ouvert divers tiroirs, le Veilleur tend à Zachary une petite boîte renfermant plusieurs paires de lunettes, la plupart à fine monture métallique, mais quelques-unes à bords plus épais et une seule en écaille.

« Avec un peu de chance, vous trouverez là votre bonheur », dit le Veilleur en retournant à son bureau et à ses écritures pendant que Zachary essaie différentes paires.

La première est trop serrée, mais plusieurs autres lui vont et sont étonnamment proches de sa correction. Il jette son dévolu sur une monture couleur cuivre à verres rectangulaires.

« Celles-ci seront parfaites, merci, dit-il en rendant la boîte au Veilleur.

— Vous pouvez sans problème les garder pendant la durée de votre séjour. Y a-t-il autre chose que je puisse faire pour vous ?

— Est-ce que… Est-ce que Mirabel est revenue ? » s'enquiert Zachary.

Une expression qui pourrait être un léger agacement vacille sur le visage du Veilleur, mais de façon si fugace que Zachary n'en est pas sûr. Peut-être n'est-il pas en très bons termes avec Mirabel.

« Pas encore, répond-il d'un ton impassible. Mais sentez-vous libre d'explorer les lieux à votre guise en attendant. Je vous demande seulement que toutes les portes fermées à clé le restent. Je lui… je la préviendrai de votre présence dès son arrivée.

— Merci.

— Je vous souhaite une excellente journée, monsieur Rawlins. »

Zachary comprend qu'il est ainsi congédié et ressort dans le hall, dont il peut mieux voir les détails maintenant qu'il a des lunettes. Ce n'est pas loin d'être une ruine, en fait. Qui tient encore debout par la grâce de planètes en rotation, de balanciers d'horloges, de vœux pieux et de bouts de ficelles.

Une part de lui voudrait interroger le Veilleur, mais il préfère y aller doucement vu leur interaction de la veille. Peut-être que Mirabel se montrera plus diserte sur… sur tout, à vrai dire. Si tant est qu'elle réapparaisse un jour. Il se souvient de la reine des Maximonstres à la soirée et il a du mal à l'imaginer ici.

Zachary décide de repartir par un couloir différent, où des livres s'empilent dans des cases irrégulières creusées à même la roche, à côté de tasses à thé, de bouteilles et de crayons de couleur dépareillés. Il y a aussi des tableaux aux murs, dont un certain nombre ont l'air d'avoir été exécutés par le même artiste qui a peint les lapins pirates dans sa chambre, hautement réalistes mais avec quelques détails fantastiques. L'un est le portrait d'un jeune homme vêtu d'un manteau dont les très nombreux boutons sont tous des montres miniatures, du col aux poignets, chacune indiquant une heure différente. Un autre représente une forêt au clair de lune dont tous les arbres sont dénudés sauf un, couvert de feuilles dorées. Un troisième est une nature morte de fruits et de vin, mais les pommes sont sculptées en cages à barreaux, avec de minuscules oiseaux rouges à l'intérieur.

Zachary essaie d'ouvrir quelques portes sur lesquelles il n'y a rien d'écrit, mais la plupart sont fermées à clé.

Il se demande où est la maison de poupées, si elle existe vraiment.

Quasiment au même instant, il remarque une poupée sur une étagère.

Une seule poupée en bois toute ronde, sur laquelle est peinte une robe étoilée. Elle a les paupières closes, mais sa bouche, dessinée d'un simple trait, esquisse un sourire, quelques touches de peinture suffisant à créer une expression de sérénité pleine d'attente ; un peu comme quand on ferme les yeux avant de souffler les bougies d'un gâteau d'anniversaire. Le style de la poupée lui rappelle la collection de *kokeshi* japonaises de sa mère, mais il repère alors une fente habilement dissimulée autour de sa taille et se rend compte que c'est plutôt le principe d'une *matriochka* russe. Il fait prudemment coulisser les deux moitiés de la figurine pour séparer le haut du bas.

À l'intérieur de la dame en robe étoilée se trouve une chouette.

À l'intérieur de la chouette, une autre femme, celle-ci entièrement vêtue d'or, les yeux ouverts.

À l'intérieur de la deuxième femme, c'est un chat, les yeux du même doré que la poupée précédente.

À l'intérieur du chat, il y a une petite fille aux longs cheveux bouclés, vêtue d'une robe bleu ciel, les yeux ouverts mais qui regardent sur le côté, plus intéressée par quelque chose d'autre que la personne qui la contemple.

La plus petite poupée est une abeille, grandeur nature.

Quelque chose bouge au bout du couloir, là où la roche est drapée de rideaux en velours rouge, quelque chose de plus gros qu'un chat, mais quand Zachary relève la tête, il n'y a rien. Après avoir refermé les poupées une à une, séparément, il les repose en ligne sur l'étagère plutôt que de les laisser toutes prisonnières d'un seul corps, puis continue son chemin.

Il y a tellement de bougies que l'odeur de la cire d'abeille imprègne tout, douce et sucrée, se mêlant à celle du papier, du cuir et de la roche, avec un arrière-goût de fumée. *Qui s'occupe d'allumer tout ça s'il n'y a personne d'autre que moi ?* se demande Zachary en passant devant un candélabre dans lequel se consument plus d'une douzaine de cierges, dont la cire dégoulinante s'accumule sur une surface en pierre où ont visiblement déjà dégouliné des centaines et des centaines de bougies.

Une porte s'ouvre sur une pièce circulaire aux murs finement sculptés. Elle est éclairée par une seule lampe posée à même le sol et, tandis que Zachary en fait le tour, la lumière lui révèle différents fragments des gravures, à la fois des images et du texte, mais il ne peut lire l'histoire en entier.

Il poursuit le long du couloir, jusqu'à ce que celui-ci débouche sur un jardin surmonté d'un immense plafond de marbre similaire à celui devant l'ascenseur, qui baigne d'une clarté proche de la lumière naturelle des piles de livres abandonnés sur des bancs, des fontaines ou au pied de statues. L'une d'elles représente un renard, une autre ressemble à un tas précaire de boules de neige. Au centre de la salle, un espace partiellement clos lui fait penser à un salon de thé. À l'intérieur, il y a des bancs et une statue grandeur nature d'une femme assise sur une chaise en pierre. Sa robe se répand autour de la chaise en un plissé parfaitement réaliste et partout, sur ses genoux, ses bras, fourrées dans les plis de ses vêtements et les boucles de ses cheveux, des abeilles. Les abeilles sont taillées dans une pierre de couleur différente de leur maîtresse, un ton plus chaud, et semblent être des pièces individuelles. Zachary en prend une et la repose. La femme a les yeux baissés, les mains sur les cuisses, paumes vers le haut, comme si elle lisait un livre invisible.

À ses pieds, entouré d'abeilles et placé là comme une offrande, se trouve un verre à demi rempli d'un liquide sombre.

« J'étais sûre que j'allais encore le rater », dit quelqu'un dans le dos de Zachary.

Il se retourne. S'il n'avait pas reconnu sa voix, il ne se serait jamais douté que ça puisse être la même femme qu'à la soirée costumée. Sans sa perruque brune, elle a les cheveux épais, ondulés et teints dans un dégradé de rose qui va du grenade aux racines jusqu'à un rose pastel aux épaules. Elle a des traces de paillettes dorées autour de ses yeux noirs. Elle est plus âgée qu'il ne l'aurait cru ; il lui avait donné quelques années de plus que lui, mais c'est sans doute davantage. Elle porte un jean, de grandes bottes noires à lacets et un pull écru qui paraît avoir passé le moins de temps possible dans la transition de mouton à vêtement, pourtant l'ensemble renvoie une impression d'élégance naturelle. Elle a plusieurs chaînes autour du cou, auxquelles pendent diverses clés, le même médaillon que la boussole de Zachary et quelque chose qui ressemble à un crâne d'oisillon moulé dans de l'argent. D'une certaine manière, même sans sa queue en fourrure, elle a toujours un air de Max.

« Rater quoi ? demande Zachary.

— Tous les ans, à peu près à cette époque, quelqu'un lui laisse un verre de vin, explique la femme aux cheveux roses en désignant le verre aux pieds de la statue. Je n'ai jamais vu qui c'était, et ce n'est pas faute d'avoir essayé. Encore une année sans percer le mystère.

— Vous êtes Mirabel.

— Ma réputation me précède, rétorque Mirabel. J'ai toujours rêvé de prononcer cette phrase. Nous ne nous sommes pas vraiment présentés, n'est-ce pas ? Vous êtes Zachary Ezra Rawlins et je vais vous appeler Ezra, parce que ça me plaît.

— Si vous m'appelez Ezra, je vous appelle Max.

— Ça marche, approuve-t-elle avec son demi-sourire de star de cinéma. J'ai récupéré vos affaires à votre hôtel, Ezra. J'ai tout laissé au bureau avant de venir vous chercher, donc il y a probablement un chat assis dessus à l'heure qu'il est. J'ai aussi rendu votre chambre au susdit hôtel, et je vous dois une danse puisque nous avons été interrompus. Vous êtes bien installés, vous et votre ami ?

— Dorian ?

— Il vous a dit qu'il s'appelait *Dorian* ? Oscar Wilde doit se retourner dans sa tombe. Je le trouvais déjà assez mélodramatique avec ses haussements de sourcils à tort et à travers et sa moue boudeuse. Moi, il m'a dit de l'appeler M. Smith, il doit bien vous aimer.

— Quel que soit son vrai nom, il n'est pas là, réplique Zachary. Ces gens l'ont capturé. »

Le sourire de Mirabel s'évanouit, et son inquiétude instantanée ravive celle que Zachary s'était efforcé de chasser de son esprit.

« Qui l'a capturé ? demande-t-elle, bien qu'il sente qu'elle le sait déjà.

— Les gens avec la peinture et les toges, là, le Club des collectionneurs ou je ne sais pas quoi. *Eux* », ajoute-t-il en tirant l'épée en argent de sous son pull.

Comme le pendentif s'accroche dans la laine, Zachary laisse échapper un juron et se rend compte qu'il est plus nerveux qu'il veut bien se l'avouer.

Mirabel ne dit rien mais regarde d'un air préoccupé la statue de la femme derrière lui, avec ses abeilles et son absence de livre.

« Vous croyez qu'il est déjà mort ? demande Zachary, même s'il craint d'entendre la réponse.

— S'il est encore en vie, c'est pour une seule raison, marmonne Mirabel, les yeux toujours rivés sur la statue.

— À savoir ?

— Ils l'utilisent comme appât. »

Alors elle marche jusqu'à la statue, ramasse le mystérieux verre de vin, le contemple un moment puis le porte à ses lèvres et le vide d'un seul trait. Elle le repose par terre et se retourne vers Zachary.

« Si on allait le délivrer, Ezra ? »

FORTUNES ET FABLES : LA PETITE FILLE ET LA PLUME

Il était une fois une princesse qui refusa d'épouser le prince à qui elle était destinée. Elle fut reniée par sa famille et contrainte de quitter son royaume, troquant ses bijoux et la longueur de ses cheveux pour acheter son passage dans le royaume voisin, puis le suivant, et enfin le pays encore au-delà, qui n'avait pas de roi et où elle choisit de rester.

Comme elle savait coudre, elle ouvrit une échoppe dans une petite ville qui n'avait pas de couturière. Personne ne savait qu'elle avait été princesse, mais c'était le genre d'endroit où l'on ne posait pas de question sur le passé des gens.

« Ce pays n'a-t-il jamais eu de roi ? demanda-t-elle un jour à l'une de ses plus fidèles clientes, une vieille femme qui vivait là depuis de nombreuses années mais n'y voyait plus assez clair pour repriser elle-même ses vêtements.

— Oh, si, répondit la femme. Et il en a toujours un.

— Ah bon ? s'étonna la princesse, qui n'en avait encore jamais entendu parler.

— Le Roi des chouettes, expliqua la femme. Il vit dans la montagne de l'autre côté du lac. Il voit l'avenir. »

La princesse comprit que la vieille femme plaisantait, car il n'y avait rien dans la montagne de l'autre côté du lac, à part des arbres, de la neige et des loups. Cette histoire de Roi des chouettes devait être un conte pour enfants, comme le Chevalier du vent ou la mer sans Étoiles. Et elle ne posa plus de questions sur cette ancienne monarchie.

Au bout de plusieurs années, la princesse devint très proche du forgeron, et quelque temps après ils se marièrent. Un soir, tard dans la nuit, elle lui raconta qu'elle avait été princesse, elle lui parla du château dans lequel elle avait grandi, des petits chiens qui dormaient sur des coussins en soie brodés et du prince du royaume voisin au visage de musaraigne qu'elle avait refusé d'épouser.

Son forgeron éclata de rire et ne voulut pas la croire. Il lui rétorqua qu'elle aurait dû être barde et non couturière et l'embrassa sur la courbe entre la taille et la hanche, mais après ça il se mit à l'appeler Princesse.

Ils eurent un enfant, une petite fille aux yeux immenses et aux braillements sonores. La sage-femme confia qu'elle n'avait jamais entendu de bébé crier aussi fort. Elle naquit par une nuit sans lune, ce qui portait malheur.

Une semaine plus tard, le forgeron mourut.

La princesse s'inquiéta alors comme elle ne s'était jamais inquiétée jusque-là du mauvais sort, des malédictions et de l'avenir de son enfant. Elle demanda conseil à la vieille femme, et la vieille femme lui suggéra d'emmener le nouveau-né au Roi des chouettes, qui voyait ces choses-là. Si c'était un enfant maudit, il saurait quoi faire.

La princesse trouva ce conseil ridicule mais, comme la fillette grandissait, il lui arrivait de pousser des hurlements pour rien ou de rester de longues heures à regarder dans le vide avec ses grands yeux.

« Princesse ! dit un jour la fillette à sa mère alors qu'elle commençait à peine à balbutier. Princesse ! répéta-t-elle en tapotant le genou de sa mère avec sa petite main potelée.

— Qui t'a appris ce mot ? demanda la princesse.

— Papa », lui répondit sa fille.

Alors la princesse emmena l'enfant voir le Roi des chouettes.

Elle prit un chariot jusqu'au pied de la montagne de l'autre côté du lac et, de là, elle entreprit de grimper le vieux sentier, malgré les mises en garde du cocher. L'ascension était longue, mais c'était une belle journée et les loups dormaient, à moins que les loups fussent seulement quelque chose dont les gens parlaient mais qui n'existait pas. La princesse s'arrêtait de temps en temps pour se reposer, et la fillette jouait dans la neige. Le sentier était difficile à voir par endroits, mais il était balisé de petits tas de pierres et de fanions délavés dont on aurait dit qu'ils avaient été autrefois couleur or.

Au bout d'un moment, la princesse et sa fille atteignirent une clairière entièrement cachée sous une haute canopée.

Il y avait au centre une structure qui jadis avait pu être un château mais qui était désormais une ruine, toutes ses tourelles brisées sauf une, ses murs écroulés, mangés par le lierre.

Les lanternes qui flanquaient la porte étaient allumées.

À l'intérieur, le château ressemblait beaucoup à celui où avait vécu la princesse par le passé, en plus sombre et plus poussiéreux. Des tapisseries ornées de griffons, de fleurs et d'abeilles recouvraient les murs.

« Reste ici », ordonna la princesse à la fillette en la posant sur un tapis crasseux entouré de meubles qui avaient peut-être en leur temps été majestueux et imposants.

Tandis que sa mère allait explorer l'étage au-dessus, la fillette s'occupa en inventant des histoires à partir des tapisseries et en parlant aux fantômes, car le château en était plein et, comme ils n'avaient pas vu d'enfant depuis un moment, ils s'étaient massés autour d'elle.

Soudain, un éclat doré attira son attention. Elle trottina jusqu'à l'objet brillant et les fantômes la regardèrent ramasser une plume solitaire, émerveillés qu'une si petite fille sache manipuler un tel talisman. Mais la fillette ne savait pas ce que signifiaient les mots « manipuler » ou « talisman », aussi elle ignora les fantômes et commença par essayer de manger la plume, puis la mit dans sa poche après avoir constaté que ça ne se mangeait pas.

Pendant ce temps, la princesse trouva dans la seule tour encore debout une porte marquée d'une couronne.

Elle la poussa et découvrit une pièce plongée dans la pénombre, éclairée uniquement par quelques rayons de soleil qui filtraient par une ouverture en hauteur et dessinaient un rond de lumière au centre du pavement en pierre. La princesse s'avança dans la pièce et s'arrêta dans la lumière.

« Que souhaites-tu ? demanda une voix qui sortait des ténèbres tout autour d'elle.

— Je souhaite connaître l'avenir de ma fille, répondit la princesse en se disant que ce n'était pas tout à fait la bonne réponse, car au fond elle avait bien d'autres souhaits, mais c'était pour ça qu'elle était venue, alors c'est ce qu'elle demanda.

— Amène-moi l'enfant », dit la voix.

La princesse alla chercher la fillette, qui pleura quand on l'arracha à ses nouveaux amis fantômes mais battit des mains en riant quand elle vit qu'ils les suivaient en cortège dans l'escalier.

La princesse porta l'enfant jusque dans la pièce de la tour.

« Seule », exigea la voix des ténèbres.

La princesse hésita mais finit par poser la fillette dans la lumière et ressortit dans le couloir où elle attendit nerveusement, entourée de fantômes qu'elle ne pouvait pas voir, même quand ils la tapotaient gentiment sur l'épaule en lui disant de ne pas s'en faire.

Dans la pièce, la petite fille scrutait les ténèbres, et les ténèbres la scrutaient en retour.

Du coin de pénombre qu'elle fixait du regard sortit une longue silhouette avec un corps d'homme et une tête de chouette. Deux grands yeux ronds se baissèrent vers elle.

« Bonjour, dit la fillette.

— Bonjour », répondit le Roi des chouettes.

Au bout d'un moment, la porte s'ouvrit et la princesse revint dans la pièce, où elle trouva sa fille assise seule dans la flaque de lumière.

« Cette enfant n'a pas d'avenir », annoncèrent les ténèbres.

La princesse contempla sa fille en fronçant les sourcils, ne sachant plus trop quelle réponse elle avait espéré entendre à part celle-là. Pour la première fois, elle regretta d'avoir quitté son royaume et de ne pas avoir fait des choix différents.

Peut-être pouvait-elle laisser l'enfant là, dans ce château, et dire aux gens de la ville qu'elle avait été ravie par les loups. Elle pourrait faire ses bagages, partir ailleurs et recommencer une nouvelle vie.

« Promets-moi une chose, dirent les ténèbres à la princesse.

— Ce que vous voulez, répondit la princesse en le regrettant aussitôt.

— Ramène-la-moi quand elle sera grande. »

La princesse hocha la tête en soupirant et repartit avec l'enfant, malgré ses protestations. Elles redescendirent de la montagne et regagnèrent leur petite maison.

Au cours des années qui suivirent, il arrivait parfois à la princesse de repenser à sa promesse, parfois de l'oublier, et parfois de se demander si tout ça n'était pas un rêve. Sa fille n'était pas une enfant maudite, finalement ; elle ne criait plus que très rarement, ne restait plus à regarder dans le vide et semblait avoir plus de chance que la moyenne.

(La petite fille avait une marque comme une cicatrice en forme de plume entre la taille et la hanche, mais sa mère ne se souvenait plus d'où elle venait ni depuis combien de temps elle l'avait.)

Les fois où la princesse pensait que le souvenir du château et de la promesse était vrai, elle se disait qu'un jour elle remonterait dans la montagne avec sa fille, et que s'il n'y avait rien là-haut ça leur ferait une jolie promenade, et que s'il y avait un château elle verrait bien quoi faire le moment venu.

Avant que la fillette soit grande, la princesse tomba malade et mourut.

Peu de temps après, sa fille disparut. Personne en ville ne s'en étonna.

« Elle a toujours été sauvage », disaient les femmes qui avaient vécu assez longtemps pour être de vieilles femmes.

Le monde n'est plus aujourd'hui ce qu'il était à l'époque, mais dans cette ville près du lac, on continue à raconter des histoires sur le château dans la montagne.

Dans un de ces contes, une fille retrouve le chemin d'un château dont elle se souvient à moitié et qu'elle croyait avoir rêvé. Quand elle arrive, il est vide.

Dans une autre version, une fille retrouve le chemin d'un château dont elle se souvient à moitié et qu'elle croyait être un rêve. Elle frappe à la porte.

La porte s'écarte pour la laisser entrer, ouverte en grand par des fantômes qu'elle ne peut plus voir.

La porte se referme derrière elle et personne n'entend plus jamais parler d'elle.

Dans la version la moins connue, une fille retrouve le chemin d'un château dont elle se souvient à moitié, comme dans un rêve, un endroit où elle était promise à revenir bien que la promesse n'eût pas été faite par elle.

Les lanternes sont allumées pour son arrivée.

La porte s'ouvre avant qu'elle ait frappé.

Elle monte un escalier qui lui semble familier et dont elle sait très bien qu'elle ne l'a pas rêvé. Elle longe un couloir qu'elle a déjà emprunté une fois par le passé.

La porte marquée d'une couronne est ouverte. La fille entre dans la pièce.

« Tu es revenue », disent les ténèbres.

La fille ne répond pas. C'est cette partie-là de ce qui n'était pas un rêve qui l'a le plus hantée, plus que les fantômes. Cette pièce. Cette voix.

Mais elle n'a pas peur.

Des ténèbres sort l'homme à tête de chouette. Il n'est pas aussi grand que dans son souvenir.

« Bonjour, dit la fille.

— Bonjour », répond le Roi des chouettes.

Ils se regardent en silence pendant un moment. Les fantômes les observent du pas de la porte en se demandant ce qui va se passer, émerveillés par la plume dans son cœur, que la fille ne voit pas, bien qu'elle la sente palpiter.

« Reste ici trois nuits, dit le Roi des chouettes à la fille qui n'est plus une enfant.

— Et ensuite, vous me laisserez partir ? demande-t-elle, même si ce n'est pas du tout ce qu'elle voulait dire.

— Ensuite tu n'auras plus envie de partir », répond le Roi des chouettes, et tout le monde sait que le Roi des chouettes dit toujours la vérité.

La fille passe une première nuit au château, puis une deuxième. À la fin de la deuxième nuit, elle voit à nouveau les fantômes. À la fin de la troisième, elle n'a plus envie de partir, car qui voudrait quitter sa maison une fois qu'il l'a trouvée ?

C'est là qu'elle est toujours, encore aujourd'hui.

Zachary Ezra Rawlins suit Mirabel le long de couloirs qui bifurquent abruptement entre des salles qu'il n'avait pas encore remarquées, franchit des portes dont il ne s'était pas aperçu que c'en étaient. Il ralentit alors qu'ils passent sur un sol en verre, sous lequel on peut voir une autre salle remplie de livres, mais il presse ensuite le pas pour la rattraper. Ils sont de retour dans le Cœur en moitié moins de temps que Zachary ne s'y attendait et Mirabel se dirige non pas vers l'ascenseur comme il l'aurait cru, mais vers un des lustres avachis, auquel sont pendues une veste en cuir gris délavé et une sacoche noire.

« J'ai besoin d'un manteau ? » s'enquiert Zachary en voyant Mirabel enfiler sa veste.

Il se demande s'il ne devrait pas aller chercher dans sa chambre son manteau maculé de peinture et se rend compte qu'il a oublié de l'envoyer à la Cuisine pour le faire nettoyer.

Un *miaou* résonne sur sa gauche et, en tournant la tête, Zachary découvre le chat roux assis devant la porte grande ouverte du bureau. Derrière lui, le Veilleur est toujours en train d'écrire, bien que, malgré le mouvement continu de son stylo sur le papier, il les observe attentivement par-dessus le bord de ses lunettes. Zachary a presque envie de lui faire coucou, mais il se ravise.

« Ah, fait Mirabel, ignorant à la fois chat et Veilleur et toisant le pantalon en lin et le pull à col roulé de Zachary. Sans doute, oui. On va vous en trouver un. En revanche, vous devriez laisser votre sac. »

Zachary pose son sac par terre tandis que Mirabel s'engouffre dans le couloir le plus proche de l'ascenseur et ouvre une porte qui donne sur un immense cagibi où s'entassent dans un bazar indescriptible manteaux, bonnets et machines à écrire, boîtes de crayons, stylos et morceaux de vieilles statues cassées. Elle attrape une parka en laine vert bouteille avec des renforts marron aux coudes qu'elle extrait du chaos tel un trésor déniché au fond d'une friperie et la tend à Zachary en enjambant lestement un buste délabré posé au sol, dont l'unique œil en plâtre lorgne ses bottes d'un air triste.

« Ça devrait vous aller », dit-elle, et bien sûr ça lui va.

Mirabel passe ensuite la porte qui mène à l'antichambre luminescente. Elle appuie sur le bouton de l'ascenseur, qui s'allume docilement. La flèche pointe son nez vers le bas.

« Vous l'avez bu ? demande-t-elle à Zachary pendant qu'ils attendent.

— J'ai *quoi* ? »

Elle lui montre du doigt la niche où se trouvait le petit verre de liquide, en face des dés.

« Vous l'avez bu ? répète-t-elle.

— Ah… Oui, oui, je l'ai bu.

— Parfait, approuve Mirabel.
— Pourquoi ? J'avais le choix ?
— Vous auriez pu le vider quelque part, ou déplacer le verre à l'autre bout de la pièce, ou je ne sais quoi d'autre. Mais personne n'est jamais resté sans l'avoir bu. »

L'ascenseur émet une petite sonnerie et les portes s'écartent.

« Et vous, qu'est-ce que vous en avez fait ? » demande Zachary.

Mirabel prend place sur une des banquettes en velours, et il s'assied en face d'elle. Il est à peu près sûr que c'est le même ascenseur, mais il est à peu près sûr aussi d'avoir mis de la peinture dorée partout, or les banquettes sont toujours aussi élimées mais sans la moindre tache.

« Moi ? rétorque Mirabel. Rien.
— Vous l'avez laissé où il était ?
— Non, je n'ai jamais rien fait de tout ça. Ni les dés, ni le verre. L'examen d'entrée.
— Comment vous vous êtes débrouillée ?
— Je suis née ici.
— Vraiment ?
— Non, pas vraiment. Je suis sortie d'un œuf en or qu'un chat des forêts norvégiennes avait couvé pendant dix-huit lunes. Ce chat m'en veut encore. »

Elle s'interrompt une seconde avant d'ajouter :

« Oui, *vraiment*.
— Pardon, dit Zachary. Tout ça est un peu… ça fait beaucoup.
— Non, c'est moi qui vous demande pardon. Je pourrais vous dire que je suis désolée que vous vous

retrouviez mêlé à tout ça mais, pour être honnête, je ne suis pas mécontente d'avoir de la compagnie. »

Elle sort un étui à cigarettes de son sac, l'ouvre et le tend à Zachary qui, avant de pouvoir objecter qu'il ne fume pas, se rend compte que l'étui est en fait rempli de petits bonbons ronds, chacun d'une couleur différente.

« Vous voulez une histoire ? Ça vous fera peut-être du bien, et elles ne marchent que quand on est dans l'ascenseur.

— Vous plaisantez ? » s'étonne Zachary.

Il prend une petite pastille vert pâle qui pourrait être à la menthe. Mirabel lui sourit et range l'étui sans en avoir pris une elle-même.

Zachary dépose le bonbon sur sa langue. Il avait raison, menthe. Non, acier. Acier froid.

L'histoire se déroule davantage dans sa tête que dans ses oreilles, il y a des mots sans y en avoir vraiment, des images, des sensations et des goûts qui changent et évoluent depuis la menthe et le métal du début pour devenir sang, sucre et air d'été. Et ça s'arrête.

« Qu'est-ce que c'était que ce truc ? demande Zachary.

— Une histoire, répond Mirabel. Vous pouvez essayer de me la raconter, mais je sais qu'elles sont dures à traduire.

— C'était..., commence Zachary en essayant de résumer cette brève et étrange expérience qui a bel et bien laissé une histoire dans sa tête, comme un conte dont il se souviendrait vaguement. Il y avait un chevalier, du genre sans peur et sans reproche. Beaucoup de gens l'aimaient, mais lui n'aimait jamais personne en retour, et comme tous les cœurs qu'il brisait le culpabilisaient, il se gravait un cœur sur la peau chaque fois qu'il en brisait un. Des rangées et des rangées de cœurs balafrées sur les bras, les jambes et le torse. Et puis il rencontrait quelqu'un qu'il n'attendait pas et… je… je ne me souviens pas de la suite.

— Des chevaliers qui brisent des cœurs et des cœurs qui brisent des chevaliers, dit Mirabel.

— Vous la connaissiez ?

— Non, elles sont toutes différentes. Mais elles ont des éléments en commun. Toutes les histoires ont des éléments en commun, quelle que soit la forme qu'elles prennent. Quelque chose était, et puis quelque chose a changé. Toute histoire est un changement, après tout.

— Où vous les avez eues, celles-là ?

— J'en ai trouvé un plein bocal il y a des années. J'aime bien les avoir à portée de main, c'est comme de toujours avoir un livre sur soi, ce que je fais aussi, d'ailleurs. »

Zachary regarde cette femme mystère aux cheveux roses, tandis que le chevalier et ses cœurs s'attardent sur sa langue.

« C'est quoi, tout ça ? demande-t-il en faisant globalement référence à tout ce qu'il a vu, tout depuis le début, certain qu'elle comprendra.

— Je n'aurai jamais de réponse satisfaisante à cette question, Ezra, dit-elle avec un sourire triste. C'est le terrier du lapin. Vous voulez connaître le secret de la survie une fois que vous êtes tombé dans le terrier du lapin ? »

Zachary hoche la tête et Mirabel se penche vers lui. Elle a les yeux cerclés d'or.

« Devenir un lapin », chuchote-t-elle.

Zachary la dévisage longuement, et au bout d'un moment, il s'aperçoit qu'il se sent un peu plus calme.

« C'est vous qui avez peint ma porte à La Nouvelle-Orléans, dit-il. Quand j'étais petit.

— Oui. Mais je pensais que vous l'ouvririez. C'est un test décisif : si vous y croyez assez pour essayer d'ouvrir une porte peinte, vous êtes plus susceptible de croire à ce vers quoi elle vous mènera. »

L'ascenseur s'immobilise dans une secousse.

« C'était rapide », commente Zachary.

Si sa notion du temps n'est pas totalement déréglée, sa propre descente a mis au moins trois fois plus longtemps. Ou peut-être que son bonbon-histoire a fondu beaucoup plus lentement dans sa bouche qu'il l'imaginait.

« Je lui ai dit qu'on était pressés », explique Mirabel.

L'ascenseur s'ouvre sur ce qui semble être le même escalier en colimaçon creusé dans la roche que celui dont Zachary se souvient.

« Question, dit-il.

— Vous risquez d'en avoir beaucoup, rétorque Mirabel alors qu'ils commencent à grimper. Vous devriez peut-être les noter au fur et à mesure.

— On est où, là, exactement ?

— Entre-deux. Nous ne sommes pas encore à New York, si c'est ce que vous voulez savoir. Mais on n'est plus *là-bas* non plus. C'est un prolongement de l'ascenseur. À une époque, il y avait juste un escalier, et il fallait tout descendre à pied. Ou alors on tombait. Ou il y avait simplement une porte. Je ne sais pas, il y a très peu d'archives. Parfois il n'y a pas d'escalier du tout, mais ça fait quand même un moment que l'ascenseur est en fonction. Un peu comme un tesseract, mais pour l'espace au lieu du temps. À moins que les tesseracts marchent pour les deux ? Je ne m'en souviens plus, j'ai honte. »

Ils s'arrêtent devant une porte tout en haut des marches, encastrée dans la roche. Une simple porte en bois, rien d'extraordinaire, sans fioriture. Mirabel sort une des clés autour de son cou et l'insère dans la serrure.

« J'espère qu'ils n'ont pas remis d'étagère devant, dit-elle en la poussant de quelques centimètres avant de passer la tête dans l'entrebâillement puis de l'ouvrir pour de bon. Vite ! » souffle-t-elle à Zachary.

Elle le tire par le bras et referme la porte derrière lui. Quand il se retourne, il n'y a pas de porte, juste un mur.

« Cherchez bien », insiste Mirabel.

Alors Zachary parvient à distinguer de fines lignes au crayon, pas plus épaisses que des fissures dans la peinture, qui dessinent les contours de la porte, ainsi qu'une ombre subtile qui pourrait être une tache et qui forme la poignée, juste au-dessus d'une marque plus nette qui ressemble à un trou de serrure.

« C'est une porte, ça ? demande-t-il.

— C'est une porte incognito, pour les urgences. Je pense que personne ne la trouvera, mais je la ferme toujours à clé quand même. Ça m'étonne qu'ils ne l'aient pas encore repérée mais, comme je suis là très souvent, ils pensent sans doute que je viens pour les livres. Les endroits à livres ont tendance à être plus réceptifs aux portes, j'imagine que c'est à cause de la forte concentration d'histoires au mètre carré. »

Zachary regarde autour de lui. Ce pan de mur nu est coincé entre de hautes bibliothèques en bois pleines à craquer de livres. Certaines portent des petits panneaux rouges qui lui rappellent quelque chose sans qu'il sache bien pourquoi. Mirabel lui fait signe de la suivre et, alors qu'ils émergent des rayonnages et débouchent dans une plus grande salle avec des tables chargées de livres et de vinyles festonnées des mêmes panneaux rouges où quelques personnes sont en train de feuilleter des ouvrages en silence, il comprend pourquoi cet endroit lui semble familier.

« On est à la librairie Strand ? demande-t-il tandis qu'ils montent un large escalier.

— Comment vous avez deviné ? Peut-être à cause de cette grande banderole rouge où il y a marqué “Strand” et “Dix-huit miles de livres” ? D'ailleurs, cette quantification me paraît inexacte, je suis sûre qu'il y a plus que ça. »

Zachary reconnaît en effet le rez-de-chaussée, plus animé, de la célèbre librairie new-yorkaise, avec ses tables de nouveautés, de best-sellers et des coups de cœur des libraires (il a toujours aimé ce principe de coups de cœur). Il est frappé de constater une certaine ressemblance avec le dédale regorgeant de livres quelque part en dessous, bien qu'à plus petite échelle. Un peu comme une odeur furtive peut vous rappeler un goût lointain sans pour autant vous en livrer la véritable expérience.

Ils se faufilent entre les tables, les clients et la longue file d'attente devant les caisses, mais bientôt ils sont dehors sur le trottoir dans un vent glacial et Zachary a très envie de retourner à l'intérieur, parce que c'est là que sont les livres mais aussi parce que les pantalons en lin ne sont pas faits pour la neige et le froid de janvier.

« Ça ne devrait pas être trop loin à pied, dit Mirabel. Désolée qu'il fasse si poésie aujourd'hui.

— Si *quoi* ? demande Zachary, pas sûr d'avoir bien entendu.

— Poésie, répète Mirabel. Le temps. On dirait un poème. Où chaque mot est plus d'une chose à la fois et tout est métaphore. Où le sens est condensé dans le rythme, les sonorités et les espaces entre les phrases. Tout est intense et mordant, comme le froid et le vent.

— Vous pourriez simplement dire qu'il fait froid.

— Je pourrais, oui. »

La lumière rasante dans les rues est celle d'une fin d'après-midi. Ils remontent Broadway et longent Union Square en slalomant tant bien que mal entre les piétons, puis tournent à droite, après quoi Zachary perd ses points de repère familiers, et sa carte mentale de Manhattan se dissout en un quadrillage de rues perpendiculaires qui finit par se déliter entre le néant et le fleuve. Mirabel est plus douée que lui en slalom.

« On doit d'abord faire une étape ici, annonce-t-elle en s'arrêtant devant la porte vitrée d'un magasin qu'elle tient ouverte pour laisser sortir un couple emmitouflé dans des couches et des couches de manteaux et d'écharpes.

— Vous êtes sérieuse ? s'exclame Zachary en levant les yeux vers l'hégémonique sirène verte de l'enseigne. On s'arrête pour un *café* ?

— La caféine est une arme importante de mon arsenal, rétorque Mirabel tandis qu'ils entrent et se mettent dans la queue. Vous voulez quoi ? »

Zachary soupire.

« C'est moi qui paie », insiste Mirabel en lui donnant une petite tape sur le bras.

Il ne se souvient pas de l'avoir vue enfiler ces mitaines en laine, et ses propres doigts frigorifiés lui font une crise de jalousie.

« Un grand thé vert matcha latte au lait écrémé, répond Zachary, forcé de reconnaître à contrecœur qu'une boisson chaude n'est pas une si mauvaise idée compte tenu de la froide poésie qu'il fait dehors.

— D'accord », acquiesce Mirabel avec un hochement de tête songeur, comme si elle le jugeait à l'aune de sa commande Starbucks, sans qu'il sache ce que le matcha peut bien dire de lui.

Tout a l'air normal : faire la queue pour boire un café, le sol trempé de neige fondue. La vitrine remplie de pâtisseries soigneusement étiquetées. Les gens assis aux tables, le nez sur leur ordinateur.

Trop normal. C'est déconcertant, au point de lui faire tourner la tête. Peut-être qu'une fois qu'on a mis les pieds au pays des merveilles, on est censé y rester pour toujours, parce que plus rien ne sera jamais pareil dans le vrai monde, l'autre monde, le monde d'après. Le monde au-delà. Il se demande si les peut-être étudiants ou peut-être écrivains qui tapent sur leur ordinateur le croiraient s'il leur racontait qu'il y a un trésor souterrain de livres et d'histoires sous leurs pieds. Sans doute pas. Lui-même n'y croirait pas. D'ailleurs il n'est pas sûr d'y croire. La seule chose qui l'empêche de mettre tout ça sur le compte d'une hallucination extraordinaire, c'est la femme aux cheveux roses à côté de lui. Il observe la nuque de Mirabel pendant qu'elle examine un présentoir de mugs isothermes. Elle a de multiples anneaux d'argent en piercing, et une cicatrice derrière une oreille, une fine ligne de deux ou trois centimètres. On commence à voir sa couleur de cheveux naturelle aux racines, un châtain foncé proche de la perruque qu'elle portait à la fête, et Zachary se demande si elle s'était déguisée en elle-même. Il essaie de se souvenir s'il l'a vue parler avec d'autres gens. Si elle a interagi avec quelqu'un d'autre que lui.

Il n'a quand même pas pu inventer tous ces détails *ex nihilo*. Et les femmes imaginaires ne peuvent sans doute pas commander un café chez Starbucks.

C'est donc un soulagement quand la fille derrière le comptoir regarde Mirabel dans les yeux et lui demande ce qu'elle désire.

« Une voie lactée au miel, extra-large, sans mousse », déclare Mirabel.

Et bien que Zachary ne soit pas certain d'avoir bien entendu, la vendeuse tape la commande sur son écran sans hésitation.

« Et un grand thé vert matcha latte au lait écrémé, ajoute Mirabel.

— Un prénom ? demande la vendeuse.

— Zelda. »

La fille lui annonce le total et Mirabel paie en liquide, reversant la monnaie dans le pot des pourboires. Zachary la suit à l'autre bout du comptoir.

« Qu'est-ce que vous avez commandé ? s'enquiert-il.

— Un renseignement, rétorque Mirabel sans plus d'explications. Les gens ne profitent pas assez du menu secret, vous avez remarqué ?

— Je ne fréquente que des petits cafés indépendants où le menu est écrit à la craie sur des tableaux noirs pleins d'autodérision.

— Pourtant, vous savez très exactement quoi commander au pied levé chez Starbucks.

— Zelda ! lance la barista en posant deux gobelets sur le comptoir.

— C'est *Zelda* pour la princesse ou pour Fitzgerald ? demande Zachary pendant que Mirabel récupère les boissons.

— Un peu des deux, répond-elle en lui tendant la plus petite. Allez, venez, retournons affronter la poésie. »

Dehors, il fait encore plus sombre et plus froid qu'avant. Zachary s'agrippe à son gobelet et avale une gorgée brûlante de mousse verte.

« En vrai, qu'est-ce que vous avez pris ? insiste-t-il alors que Mirabel commence à marcher.

— En gros, c'est un thé Earl Grey avec du lait de soja, du miel et de la vanille. Mais voilà pourquoi j'ai pris ça, dit-elle en levant son gobelet pour que Zachary puisse voir le numéro à six chiffres noté dessous au marqueur : *721909*.

— Ça veut dire quoi ?

— Vous verrez. »

Le jour baisse à vue d'œil, le ciel n'est plus qu'un rougeoiement.

« Comment vous connaissez Dorian ? » demande Zachary en essayant de faire le tri dans ses questions et en songeant qu'il devrait peut-être en effet s'acheter un carnet ou quelque chose pour les noter, car elles se bousculent sans arrêt dans sa tête.

Il boit une deuxième gorgée de son latte, qui refroidit à vitesse grand V.

« Il a essayé de me tuer un jour, répond Mirabel.

— Il a *quoi* ? »

Mirabel s'arrête au milieu du trottoir.

« Voilà, on y est », annonce-t-elle.

Zachary n'avait même pas reconnu la rue bordée d'arbres. L'immeuble du Club des collectionneurs paraît normal et accueillant, peut-être juste un peu lugubre, mais c'est surtout lié à l'absence de passage dans ce tronçon précis de la rue.

« Vous avez fini avec ça ? » vérifie Mirabel en désignant son latte.

Zachary boit une dernière gorgée avant de le lui tendre. Elle plante leurs deux gobelets vides dans une congère au pied des marches du perron.

« Il y a un autre endroit qui s'appelle aussi le Club des collectionneurs, pas loin d'ici, fait remarquer Mirabel alors qu'ils montent l'escalier.

— Ah bon ? rétorque Zachary, en regrettant de ne pas lui avoir demandé plus tôt si elle avait un plan.

— Mais c'est pour les collectionneurs de timbres », poursuit-elle.

Elle tourne la poignée de la porte et, à la grande surprise de Zachary, celle-ci s'ouvre. Le vestibule est plongé dans le noir, à part une diode rouge sur le mur à côté d'un petit écran. Un système d'alarme.

Mirabel tape 7-2-1-9-0-9 sur le clavier.

La diode passe au vert.

Mirabel ouvre la deuxième porte.

Le hall est sombre, seule un peu de lumière violacée filtre par les hautes fenêtres, teintant de bleu pâle les rubans des poignées suspendues. Il y en a davantage que dans le souvenir de Zachary.

Il voudrait demander à Mirabel comment elle a fait pour commander le code de l'alarme chez Starbucks, et aussi ce qu'elle entend précisément par « Il a essayé de me tuer un jour », mais il se dit que le silence est sans doute préférable. Alors Mirabel tire sur un des rubans et l'arrache de l'endroit où il était fixé au plafond, et il tombe au sol dans un fracas de poignées qui s'entrechoquent, une cacophonie de tintements graves, comme une volée de cloches.

Tant pis pour le silence.

« Vous auriez pu sonner à la porte, commente Zachary.

— Certes, mais ils ne nous auraient pas laissés entrer. »

Mirabel attrape une des poignées – en cuivre, recouverte d'une patine verdâtre – et jette un coup d'œil à son étiquette : *Tofino, Colombie-Britannique, Canada, 8/7/05.*

« Et ils ne mettent l'alarme que quand personne n'est de garde », ajoute-t-elle.

Tandis qu'ils avancent dans le hall, elle laisse courir ses doigts sur les rubans comme sur les cordes d'une harpe.

« Vous imaginez, toutes ces portes ? dit-elle.

— Non », répond honnêtement Zachary.

Il y en a trop. Il lit d'autres étiquettes au passage : *Bombay, Inde, 2/12/13 ; Helsinki, Finlande, 9/2/10 ; Tunis, Tunisie, 1/4/01.*

« La plupart étaient déjà perdues avant d'avoir été fermées, si vous voyez ce que je veux dire, indique

Mirabel. Oubliées. Le temps a causé autant de dégâts qu'eux, ils se contentent juste de finir le boulot.

— Elles sont toutes là ?

— Ils ont des bâtiments similaires au Caire et à Tokyo, bien que je ne croie pas qu'il y ait de répartition géographique stricte. Les poignées que vous voyez là sont décoratives, tout le reste est dans des caisses. Tout ce qu'ils n'ont pas pu brûler. »

Elle a l'air si triste que Zachary ne sait pas quoi répondre. Ils s'engagent dans l'escalier sans rien dire. Les dernières lueurs du couchant s'insinuent par les fenêtres au-dessus d'eux.

« Comment savez-vous qu'il est là, au fait ? » s'inquiète Zachary, qui se demande tout à coup si c'est bien une opération de sauvetage ou si Mirabel a d'autres raisons de vouloir s'introduire ici clandestinement.

Il commence à trouver bizarre qu'il n'y ait personne. Une aubaine un peu trop grosse.

« Vous avez peur que ce soit un piège, Ezra ? lui répond Mirabel alors qu'ils arrivent sur le palier intermédiaire.

— Et vous, *Max* ? rétorque Zachary.

— Je suis sûre qu'on est beaucoup trop intelligents pour ça », dit-elle.

Mais soudain elle se fige tandis qu'ils approchent de la dernière marche.

Zachary suit son regard vers quelque chose devant eux dans le hall du premier étage, une ombre dans le demi-jour. Une ombre qui est manifestement le corps de Dorian, suspendu au plafond et exposé comme les poignées du rez-de-chaussée, ligoté dans un lacis de rubans pâles.

FORTUNES ET FABLES : L'AUBERGE DU BOUT DU MONDE

Un aubergiste tenait une auberge à un carrefour particulièrement inhospitalier. Il y avait un village un peu plus haut dans la montagne, et des villes dans d'autres directions, la plupart desservies par de meilleures routes que celle-là, surtout l'hiver, mais l'aubergiste laissait ses lanternes allumées pour les voyageurs toute l'année. L'été, l'auberge était pleine à craquer et couverte de vigne vierge, mais dans ces contrées les hivers étaient longs.

L'aubergiste était veuf et sans enfants, si bien qu'il passait désormais le plus clair de son temps seul à l'auberge. Il lui arrivait de s'aventurer jusqu'au village pour se ravitailler ou boire un verre à la taverne, mais au fil des années il le faisait de moins en moins souvent, car chaque fois il tombait sur quelqu'un qui lui suggérait avec les meilleures intentions du monde telle femme disponible ou tel homme disponible, ou plusieurs combinaisons à la fois de bons partis parmi les villageois, et l'aubergiste finissait son verre, remerciait ses amis et rentrait seul à son auberge.

Arriva un hiver où les tempêtes furent plus violentes que ce qu'on avait vu depuis des années. Aucun voyageur n'osait braver les routes. L'aubergiste s'efforçait pourtant de garder ses lanternes allumées malgré le vent qui les éteignait continuellement, et s'assurait qu'il y ait toujours du feu dans la grande cheminée pour que la fumée soit visible, du moins si le vent ne l'emportait pas elle aussi.

Les nuits étaient longues et les tempêtes féroces. Les routes de montagne étaient englouties sous la neige. L'aubergiste ne pouvait se rendre au village, mais il avait des provisions d'avance. Il cuisinait des soupes et des ragoûts. Il restait près du feu à lire des livres qu'il voulait lire depuis longtemps. Il tenait ses chambres prêtes pour des voyageurs qui ne venaient pas. Il buvait du whiskey et du vin. Lisait encore d'autres livres. Au fil du temps et des tempêtes, il se résolut à n'entretenir plus que quelques chambres, les plus proches du feu. Lui-même dormait parfois dans un fauteuil devant la cheminée au lieu de se retirer dans sa chambre, ce qu'il n'aurait jamais osé faire quand il avait des clients. Mais il n'y avait pas de client, juste le vent et le froid, et l'auberge commença à ressembler de plus en plus à une maison, et l'aubergiste se rendit compte qu'elle lui paraissait bien plus vide comme maison que comme auberge, mais il ne s'appesantit pas sur cette pensée.

Une nuit, alors qu'il s'était assoupi dans son fauteuil près du feu, une coupe de vin à ses pieds et un livre ouvert sur les genoux, on frappa à la porte.

Au début, l'aubergiste désormais réveillé pensa que c'était le vent, car ce dernier avait passé une bonne partie de l'hiver à cogner aux portes, aux fenêtres et au toit, mais les coups recommencèrent, trop réguliers pour être l'œuvre du vent.

L'aubergiste alla ouvrir la porte, un exploit qui lui prit plus de temps que d'ordinaire à cause de toute la glace qui insistait pour la maintenir fermée. Lorsqu'elle céda enfin, ce fut le vent qui s'engouffra le premier, entraînant une bourrasque de neige derrière lui, et après la neige vint le voyageur.

L'aubergiste n'eut que le temps d'apercevoir une grande houppelande à capuche avant de s'escrimer à refermer la porte, aux prises avec le vent qui ne l'entendait pas de cette oreille. Il fit une remarque sur le mauvais temps, mais le vent couvrit sa voix de ses hurlements indignés, enragé qu'on ne le laisse pas entrer.

Lorsque enfin la porte fut fermée, les verrous poussés et la barre placée en travers pour plus de précaution, l'aubergiste se retourna afin d'accueillir le voyageur en bonne et due forme.

Il n'aurait su dire, en voyant la femme qui se tenait devant lui, à quoi il s'attendait de la part de quelqu'un d'assez courageux ou inconscient pour parcourir les routes par ce temps-là, mais certainement pas à ça. Pas à une femme pâle comme la lune, aux yeux aussi foncés que sa cape noire comme la nuit, les lèvres bleuies de froid. L'aubergiste la dévisagea, bouche bée, aucune de ses salutations habituelles ou remarques affables destinées aux nouveaux arrivants ne lui venant à l'esprit.

La femme voulut dire quelque chose – peut-être justement une formule de salutation, peut-être un commentaire sur les intempéries, peut-être un souhait ou un avertissement –, mais sa phrase se perdit dans un bégaiement et, sans un mot, l'aubergiste se hâta de l'emmener près du feu pour la réchauffer.

Il l'installa dans son propre fauteuil, lui prit sa cape détrempée, soulagé de voir qu'elle en portait une autre en dessous, aussi blanche que la neige à laquelle elle venait d'échapper. Il lui apporta une tasse de thé bien chaud et remit des bûches dans le foyer pendant que le vent continuait à hurler dehors.

Peu à peu, les tremblements de la femme s'atténuèrent. Elle but son thé en contemplant les flammes et, avant que l'aubergiste ait pu lui poser aucune des nombreuses questions qui le taraudaient, elle s'était endormie.

Il resta debout à la regarder. On aurait dit un fantôme, aussi blême que sa cape. À deux reprises, il dut vérifier qu'elle respirait toujours.

Il se demanda s'il n'était pas en train de rêver, mais ses mains étaient encore gelées d'avoir ouvert la porte, et une petite égratignure le démangeait à l'endroit où un des verrous lui avait mordu le doigt. Il était bel et bien réveillé, même si tout ça était aussi étrange qu'un rêve.

Pendant que la femme dormait, l'aubergiste s'affaira à préparer la chambre la plus proche, bien qu'au vrai elle fût déjà prête. Il alluma un feu dans sa petite cheminée et ajouta un autre édredon sur le lit. Il mit une marmite de soupe à mijoter et du pain à réchauffer pour que la femme ait de quoi manger au réveil si elle le souhaitait. Il songea à la transporter dans la chambre, mais il faisait meilleur près du feu, alors il se contenta de l'envelopper d'une couverture supplémentaire.

Après quoi, faute d'autre occupation, l'aubergiste resta de nouveau à la regarder. Elle n'était pas de la première jeunesse, sa chevelure était émaillée de mèches argentées. Elle ne portait ni bague ni alliance indiquant qu'elle fût mariée ou promise à rien ni personne d'autre qu'elle-même. Ses lèvres avaient retrouvé leur couleur, et l'aubergiste se surprit à les contempler si souvent qu'il alla se resservir une coupe de vin afin d'occuper ses pensées ailleurs. (En vain.) Au bout d'un moment, il s'endormit lui aussi dans l'autre fauteuil devant la cheminée.

Lorsqu'il rouvrit les yeux, il faisait encore noir, sans qu'il pût dire si c'était la nuit, ou bien le jour étouffé par la neige et la tempête. Le feu brûlait encore mais le fauteuil à côté du sien était vide.

« Je ne voulais pas vous réveiller », dit une voix derrière lui.

En se retournant, il vit la femme qui s'était levée, son teint de lune un peu moins pâle qu'avant, plus grande que dans son souvenir. Elle parlait avec un accent qu'il ne parvenait pas à resituer bien qu'il ait entendu des accents de nombreux pays au cours de sa vie.

« Je suis désolé, répondit-il, s'excusant à la fois de s'être assoupi et d'avoir manqué à son devoir d'hospitalité. Votre chambre est... »

Mais il s'interrompit car, en tournant les yeux vers la porte de ladite chambre, il s'aperçut qu'elle avait déjà posé sa cape près du feu et transféré au pied du lit le sac qu'il avait laissé à côté du fauteuil.

« Je l'ai trouvée, merci, répondit la femme. Pour être honnête, je ne pensais pas qu'il y aurait quelqu'un ici. Il n'y avait pas de lanternes et, de la route, je ne voyais pas la lueur du feu. »

L'aubergiste avait pour règle de ne pas se mêler des affaires de ses clients, mais cette fois il ne put s'en empêcher.

« Que faisiez-vous dehors par un temps pareil ? » s'enquit-il.

La femme lui sourit, un sourire d'excuse, et il comprit à ce sourire qu'elle n'était pas une voyageuse imprudente, même s'il aurait pu s'en douter du simple fait qu'elle soit arrivée saine et sauve jusque-là.

« Je suis censée retrouver quelqu'un ici, dans cette auberge, à ce carrefour, dit-elle. C'est un rendez-vous fixé de longue date, je ne crois pas que la tempête était prévue.

— Vous êtes ma seule hôte actuellement », l'informa l'aubergiste.

La femme fronça les sourcils, mais ce fut fugace, à peine quelques secondes.

« Puis-je attendre ici ? demanda-t-elle. J'ai de quoi payer la chambre.

— Je vous conseillerais d'attendre de toutes les façons, compte tenu de la tempête, rétorqua l'aubergiste, et le vent poussa un hurlement d'approbation. Nul paiement ne sera nécessaire. »

La femme fronça à nouveau les sourcils, plus longtemps cette fois, mais ensuite elle hocha la tête.

Comme l'aubergiste s'apprêtait à lui demander son nom, une bourrasque fit battre les volets et ouvrit les fenêtres en grand, provoquant un tourbillon de neige dans le salon et agaçant le feu. La femme aida l'aubergiste à les refermer. En plongeant son regard dans les ténèbres déchaînées du dehors, il se demanda comment quiconque avait bien pu y cheminer.

Quand les fenêtres furent barricadées et le feu ravivé, l'aubergiste alla chercher de la soupe, du pain chaud et du vin. Ils s'assirent devant la cheminée et mangèrent ensemble en parlant de livres, et la femme posa des questions sur l'auberge (depuis combien de temps elle existait, depuis quand en était-il le tenancier, combien de chambres y avait-il, combien de chauves-souris au grenier), mais l'aubergiste, regrettant déjà son attitude antérieure, ne demanda rien de personnel à la femme, et elle ne se livra que très peu de son propre chef.

Ils continuèrent à parler longtemps après que la soupe et le pain furent finis, et une deuxième bouteille de vin ouverte. Le vent se calma pour tendre l'oreille.

L'aubergiste eut alors l'impression qu'il n'y avait plus de monde extérieur, plus de vent ni de tempête, plus de jour ni de nuit. Il n'y avait que cette pièce, ce feu et cette femme, et ça lui allait très bien.

Après un temps considérable, la femme suggéra, d'un ton hésitant, qu'elle devrait peut-être dormir dans un lit plutôt qu'un fauteuil, et l'aubergiste lui souhaita bonne nuit bien qu'il ne sût pas si c'était la nuit ou le jour et que l'obscurité dehors se refusât à tout commentaire sur le sujet.

La femme lui sourit avant de fermer la porte de sa chambre, et à cet instant, de l'autre côté de la porte, l'aubergiste se sentit vraiment seul pour la première fois dans cet endroit.

Il resta un long moment assis près du feu, perdu dans ses pensées, tenant un livre ouvert qu'il ne lut pas, puis se retira à son tour dans sa chambre et dormit d'un sommeil sans rêves.

Le jour suivant (si c'était le jour) s'écoula de façon fort agréable. La voyageuse aida l'aubergiste à faire cuire du pain et lui montra comment confectionner un type de brioches qu'il n'avait jamais vu nulle part, en forme de petits croissants. Ils se racontèrent des histoires à travers des nuages de farine. Des contes, des mythes, de vieilles légendes. L'aubergiste raconta à la femme comment le vent parcourt la montagne de haut en bas à la recherche de quelque chose qu'il a perdu et lui expliqua que, d'après cette histoire, ses hurlements sont des cris de chagrin et des appels désespérés pour le retrouver.

« Qu'est-ce qu'il a perdu ? » demanda la femme.

L'aubergiste haussa les épaules.

« Il y a plusieurs versions, dit-il. Dans certaines, il a perdu le lac qui occupait autrefois le fond de la vallée, là où maintenant coule une rivière. Dans d'autres, il a perdu quelqu'un qu'il aimait, et il gémit parce qu'aucun mortel ne peut aimer le vent comme le vent l'aime en retour. Dans la version la plus répandue, il a juste perdu son chemin, car la position de ces montagnes et de cette vallée est inhabituelle, si bien que le vent est désorienté et hurle à cause de ça.

— Laquelle est la vraie, d'après vous ? demanda la femme, et l'aubergiste prit un instant pour réfléchir avant de répondre.

— Je crois que c'est simplement le vent qui hurle comme il hurlera toujours tant qu'il y aura des montagnes et des vallées dans lesquelles hurler, et je crois que les gens aiment inventer des histoires pour expliquer ces choses-là.

— Pour expliquer aux enfants qu'il n'y a rien à craindre dans ce bruit, juste de la tristesse.

— J'imagine.

— Alors pourquoi croyez-vous que ces histoires continuent à être racontées une fois que les enfants sont grands ? » demanda la femme.

Comme l'aubergiste n'avait pas de réponse satisfaisante à cette question, il lui en posa une autre.

« Avez-vous aussi des histoires pour expliquer ce genre de choses, là d'où vous venez ? » voulut-il savoir, en se gardant une fois encore de lui demander où c'était. Il n'arrivait toujours pas à reconnaître son accent et n'avait jamais rencontré personne qui parlât la langue locale avec les mêmes inflexions mélodieuses.

« On raconte parfois une histoire sur la lune quand elle n'est pas visible dans le ciel, dit la femme.

— Ici aussi, renchérit l'aubergiste, et la femme sourit.

— Est-ce qu'il y a aussi quelque chose pour expliquer où va le soleil quand il n'est pas là ? s'enquit la femme, et l'aubergiste secoua la tête.

— D'où je viens, on a une histoire là-dessus, reprit la femme, concentrée sur le pétrissage de la pâte, le mouvement régulier de ses mains dans la farine. On raconte que tous les cent ans – dans certaines versions c'est cinq cents, ou mille – le soleil disparaît du ciel diurne en même temps que la lune disparaît de la nuit. On dit que leur absence est coordonnée afin qu'ils puissent se retrouver dans un lieu secret, à l'abri des étoiles, pour parler de l'état du monde et comparer ce que chacun a vu au cours des cent, cinq cents ou mille dernières années. Ils se rencontrent, discutent et se séparent à nouveau pour reprendre leurs places respectives dans le ciel jusqu'à leur prochain rendez-vous. »

L'histoire en rappela une autre à l'aubergiste, similaire, si bien qu'il posa une question qu'il regretta aussitôt.

« Ils sont amants ? » demanda-t-il.

Les joues de la femme rougirent. Il était sur le point de s'excuser lorsqu'elle poursuivit.

« Dans certaines versions, oui, dit-elle. Bien que, si l'histoire était vraie, j'imagine qu'ils auraient trop à discuter pour qu'il leur reste du temps à consacrer à ce genre de choses. »

L'aubergiste éclata de rire et la femme leva vers lui des yeux étonnés, mais ensuite elle rit à son tour et ils continuèrent à se raconter des histoires en pétrissant le pain, et le vent s'enroula autour de l'auberge pour les écouter, oubliant un moment ce qu'il avait perdu.

Trois jours passèrent. Dehors, la tempête faisait toujours rage. Bien au chaud, l'aubergiste et la voyageuse occupaient le temps avec des histoires, des repas et des coupes remplies et reremplies de vin.

Le quatrième jour, on frappa à la porte. L'aubergiste alla ouvrir. La femme resta assise près du feu.

Le vent était plus calme, désormais, et seule une petite quantité de neige s'engouffra derrière ce second voyageur. Les flocons fondirent dès que la porte fut refermée.

La remarque de l'aubergiste sur le mauvais temps mourut sur ses lèvres quand il se retourna vers le nouveau venu.

Ce voyageur portait une cape dont la couleur fanée avait dû autrefois être un or flamboyant. Elle brillait encore par endroits. Ce voyageur était une femme à la peau brune et aux yeux clairs. L'aubergiste n'avait jamais vu aucune femme avec les cheveux aussi courts, mais eux aussi avaient une teinte proche du doré. Elle ne paraissait pas sensible au froid.

« J'ai rendez-vous ici avec quelqu'un », déclara-t-elle.

Sa voix était profonde et sucrée comme le miel.

L'aubergiste lui désigna d'un hochement de menton le feu à l'autre bout de la salle.

« Merci », dit la femme.

Il l'aida à ôter sa cape de ses épaules, dégoulinante de neige fondue, et la lui prit pour la mettre à sécher. Elle aussi portait une autre cape en dessous, adaptée au climat, celle-ci d'un or un peu passé.

La femme marcha jusqu'à la cheminée et s'assit dans le deuxième fauteuil. L'aubergiste était trop loin pour les entendre, mais il ne lui sembla pas y avoir de salutations, leur conversation s'engagea directement.

Elles continuèrent à parler pendant un moment. Au bout d'une heure, l'aubergiste prépara une assiette de pain, de fromage et de fruits secs qu'il apporta aux deux femmes, avec une bouteille de vin et deux coupes. Elles s'interrompirent en l'entendant approcher.

« Merci », dit la première alors qu'il plaçait la nourriture et le vin sur une table près des fauteuils.

Elle laissa sa main posée sur la sienne quelques instants. Jamais elle ne l'avait touché ainsi jusque-là et, incapable de prononcer le moindre mot, il se contenta d'un hochement de tête avant de les laisser à leur conversation. L'autre femme sourit, sans que l'aubergiste pût dire ce qui l'amusait.

Il les laissa parler. Elles ne quittèrent pas leurs fauteuils. Dehors, le vent était muet.

L'aubergiste se tenait assis à l'autre bout du salon, suffisamment près pour qu'elles puissent lui faire signe si elles avaient besoin de lui, mais suffisamment loin pour ne pas entendre un seul mot de ce qu'elles se disaient. Il se prépara une assiette à son tour, à laquelle il ne toucha presque pas, sauf la petite brioche en croissant qui fondit sur sa langue. Il essaya de lire, mais il n'arrivait pas à rester concentré sur plus d'une page d'affilée. Il avait dû s'écouler des heures et des heures. Dehors, la lumière n'avait pas changé.

L'aubergiste s'endormit, ou pensa s'être endormi. Il cligna des yeux, et dehors il faisait nuit. Il fut réveillé par le bruit de la seconde femme qui se levait de son fauteuil.

Elle embrassa la première sur la joue et retraversa le salon.

« Je vous remercie de votre hospitalité, dit-elle à l'aubergiste quand elle arriva devant lui.

— Vous ne dormez pas ici ? s'étonna-t-il.

— Non, je dois partir », répondit la femme.

L'aubergiste alla chercher sa cape dorée, parfaitement sèche et tiède entre ses mains. Il la lui mit sur les épaules et l'aida à en attacher les agrafes, et de nouveau elle lui sourit, d'un sourire chaud et agréable.

Elle parut alors sur le point de lui dire quelque chose, peut-être un avertissement ou un souhait, mais finalement elle ne dit rien et lui sourit une dernière fois tandis qu'il lui ouvrait la porte et qu'elle repartait dans la nuit.

L'aubergiste la suivit du regard jusqu'à ce qu'il ne puisse plus la voir (ce qui ne fut pas long), après quoi il referma et verrouilla la porte. Le vent se remit à hurler.

L'aubergiste retourna vers la cheminée, vers la femme aux cheveux bruns assise devant, et c'est à cet instant seulement qu'il s'aperçut qu'il ne connaissait pas son nom.

« Je vais devoir partir au matin, annonça-t-elle sans lever les yeux vers lui. Je voudrais vous régler la chambre.

— Vous pourriez rester », répondit l'aubergiste.

Il s'appuya sur le côté du fauteuil. Elle regarda ses doigts et, de nouveau, posa la main sur la sienne.

« J'aimerais pouvoir », murmura-t-elle.

L'aubergiste lui prit la main et la porta à ses lèvres.

« Restez avec moi, souffla-t-il dans sa paume. Restons ensemble.

— Je vais devoir partir au matin », répéta la femme.

Une larme roula sur sa joue.

« Par ce temps, qui peut dire quand c'est le matin ? » rétorqua l'aubergiste, et la femme sourit.

Elle se leva de son fauteuil, prit l'aubergiste par la main et l'entraîna dans sa chambre et dans son lit, et le vent se mit à tourner en hurlant autour de l'auberge, acclamant les amours naissantes et pleurant les amours perdues.

Car nul mortel ne peut aimer la lune. Du moins pas pour longtemps.

Zachary Ezra Rawlins est à peu près sûr d'avoir reçu un coup à l'arrière du crâne, même s'il se souvient surtout du choc de son front contre les marches, et même si c'est là que la douleur est la plus criante alors qu'il reprend conscience. Il est aussi à peu près sûr d'avoir entendu Mirabel dire quelque chose sur le fait que quelqu'un respirait encore, bien qu'à présent il ne sache plus trop de qui elle parlait.

À vrai dire, il n'est pas sûr de grand-chose, si ce n'est qu'il a mal à la tête, très mal.

Et qu'il est de toute évidence ligoté à une chaise.

Une jolie chaise, avec un haut dossier et des accoudoirs auxquels les bras de Zachary sont présentement ficelés par des cordons, eux-mêmes d'assez bonne qualité : des cordons noirs qui font plusieurs tours entre ses poignets et ses coudes. Ses jambes aussi sont attachées, mais il ne peut pas les voir sous la table.

C'est une longue table de salle à manger en bois foncé, située dans une pièce sombre qu'il suppose être quelque part à l'intérieur du Club des collectionneurs, vu la hauteur du plafond et les moulures. Seule la table est éclairée, par une rangée de spots encastrés au plafond qui projettent des ronds de lumière uniformes sur toute la longueur du plateau, à l'extrémité duquel se trouve une chaise vide tapissée de velours bleu marine, sans doute la même que celle à laquelle il est attaché car c'est visiblement le genre de pièce à avoir des chaises assorties.

Il perçoit à travers sa migraine un fond de musique classique à faible volume. Vivaldi, peut-être. Il n'arrive pas à savoir où sont les enceintes. Ou s'il n'y a pas d'enceintes et si la musique s'échappe d'une autre pièce. À moins que Vivaldi ne soit que le fruit de son imagination, une complication musicale hallucinatoire faisant suite à un léger traumatisme crânien. Il ne se souvient pas de ce qui s'est passé, ni de comment il s'est retrouvé à ce dîner de velours bleu sans autre convive ni dîner.

« Je vois que vous êtes revenu nous rendre visite, monsieur Rawlins. »

La voix lui parvient de tous les côtés à la fois. Enceintes. Et caméras.

Zachary creuse sa tête endolorie pour trouver quelque chose à dire sans trahir sa nervosité.

« J'avais cru comprendre qu'il y aurait du thé. »

Pas de réponse. Zachary fixe des yeux la chaise vide en face de lui. Il n'entend plus que Vivaldi et rien d'autre. En principe, Manhattan ne devrait pas être aussi calme. Il se demande où est Mirabel, si elle est dans une autre pièce, ligotée à une autre chaise. Il se demande si Dorian est en vie, ce qui paraît peu probable, et il se rend compte qu'il n'a pas envie d'y penser. Il s'aperçoit aussi qu'il a faim, ou soif, ou les deux, d'ailleurs quelle heure est-il, au juste ? En tout cas il aurait mieux fait de ne pas s'en apercevoir, car à présent sa faim fraîchement démasquée le ronge, disputant son attention à sa migraine carabinée. Une mèche de cheveux lui tombe sur le front et il essaie de l'écarter avec force mouvements de tête inventifs, mais elle reste là, accrochée au bord de ses lunettes d'emprunt. Il se demande si Kat a terminé son écharpe Serdaigle, et s'il reverra Kat un jour, et combien de temps il faudra avant que quelqu'un à la fac songe à s'inquiéter de son sort. Une semaine ? Deux ? Plus ? Kat pensera qu'il a décidé de prolonger son séjour à New York, et personne d'autre ne s'apercevra de rien jusqu'à la reprise des cours. Les dangers de vivre en quasi ermite. Il y a probablement des baignoires remplies de soude quelque part dans ce building.

Il est en plein débat avec la voix dans sa tête pour savoir si sa mère *saura* s'il meurt, à cause de l'instinct maternel et aussi de ses dons de voyance, quand une porte s'ouvre dans son dos.

La fille de l'autre soir, celle qui s'est fait passer pour une gentille étudiante tricoteuse au cours de Kat, entre avec un plateau en argent qu'elle pose sur la table. Elle ne dit rien, elle ne le regarde même pas, et repart comme elle est arrivée.

Zachary fixe le plateau sans pouvoir l'atteindre, les mains toujours attachées à la chaise.

Sur le plateau se trouve une théière. Une grosse théière en fonte trapue posée sur un réchaud à bougie, avec deux tasses en céramique à côté.

La porte à l'autre bout de la pièce s'ouvre et Zachary n'est pas surpris de voir entrer la femme-ours polaire, bien qu'elle se soit débarrassée de son manteau de fourrure. Elle est désormais vêtue d'un tailleur blanc qui lui donne une allure très david-bowesque malgré ses cheveux argent et son teint mat. Elle a même les yeux vairons, l'un marron foncé, l'autre d'un bleu clair déconcertant. Ses cheveux sont relevés en chignon, son rouge à lèvres écarlate impeccable et vaguement menaçant par son petit côté rétro. Elle a aussi une cravate, avec un nœud parfait comme Zachary n'a jamais réussi à en faire lui-même, et ce détail l'agace plus que tout le reste.

« Bonsoir, monsieur Rawlins », lance-t-elle en s'arrêtant juste à côté de lui.

Il s'attend presque à ce qu'elle lui dise de ne pas se lever. Elle lui sourit, d'un sourire avenant qui aurait pu le mettre à l'aise s'il n'était pas déjà très au-delà du malaise.

« Nous n'avons pas été convenablement présentés. Je m'appelle Allegra Cavallo. »

Elle se penche pour attraper la théière, remplit les deux tasses de thé vert fumant et la repose sur son réchaud.

« Vous êtes droitier, n'est-ce pas ? demande-t-elle.

— Oui », répond Zachary.

Allegra sort alors un petit couteau de sa veste, dont elle fait glisser la lame sur les cordons de son bras gauche.

« Si vous essayez de vous détacher l'autre main ou de vous enfuir d'une manière ou d'une autre, vous perdrez cette main-là, dit-elle en appuyant la pointe du couteau sur le dos de son poignet gauche. Vous comprenez ?

— Oui. »

Après quoi elle insère la lame entre le cordon et l'accoudoir et lui libère le bras en deux vives incisions, le cordon tombant en petites boucles sur le sol.

Allegra range le couteau dans sa poche et prend une des deux tasses de thé. Elle longe toute la table pour aller s'asseoir sur la chaise à l'autre bout.

Zachary ne bouge pas.

« Vous devez avoir soif, dit-elle. Le thé n'est pas empoisonné, si vous vous attendiez à une tactique aussi mesquine. Vous noterez que je me suis servie avec la même théière, ajoute-t-elle en buvant ostensiblement une gorgée. C'est du thé bio. »

Zachary soulève sa tasse de la main gauche et son épaule proteste de douleur, venant compléter la liste de ses blessures. Il boit une gorgée. Un thé vert herbeux, presque amer mais pas tout à fait. Il a sur la langue un chevalier au cœur brisé. Aux cœurs brisés, pluriel. Mal à la tête. Mal au cœur. Quelque chose. Il repose sa tasse.

Allegra l'observe du bout de la table avec un intérêt appuyé, comme on regarderait un tigre dans un zoo, ou peut-être comme le tigre regarde les touristes.

« Vous ne m'aimez pas, n'est-ce pas, monsieur Rawlins ? demande-t-elle.

— Vous m'avez ligoté à une chaise.

— Je vous ai *fait* ligoter, je ne vous ai pas ligoté moi-même. Je vous ai aussi donné du thé. L'un n'annule-t-il pas l'autre ? »

Zachary garde le silence. Au bout d'un moment, elle poursuit.

« Je crains de vous avoir donné une première impression négative. En vous renversant dans la neige. La première impression est tellement importante. Avec les deux autres, vous avez eu des rencontres beaucoup plus cinématographiques, pas étonnant que vous les préfériez à moi. Vous m'avez cataloguée comme la méchante de l'histoire.

— Vous m'avez ligoté à une chaise, répète Zachary.

— Ma fête vous a plu ? demande Allegra.

— Pardon ?

— À l'Algonquin. Vous n'avez pas fait attention à ce qui était écrit en tout petit. La fête était organisée par une fondation caritative que je gère. Elle promeut l'alphabétisation des enfants défavorisés dans le monde, construit des bibliothèques, offre des bourses à de jeunes écrivains. Nous travaillons aussi à améliorer les bibliothèques de prison. Cette soirée est notre gala de bienfaisance annuel. Il y a toujours des invités surprises, c'est quasiment une tradition. »

Zachary boit son thé en silence. Il se souvient en effet que la fête avait quelque chose à voir avec une ONG littéraire.

« Si je comprends bien, vous fermez une bibliothèque pour en ouvrir d'autres ? répond-il en reposant sa tasse.

— Cet endroit n'est pas une bibliothèque, rétorque sèchement Allegra. Dans aucun sens du terme. Ce n'est pas un sous-sol d'Alexandrie, si c'est ce que vous aviez en tête. C'est bien plus ancien que ça. Il n'existe pas de concept capable de l'appréhender dans sa totalité, dans aucune langue. Les gens se laissent enfermer à toujours vouloir nommer les choses.

— Vous enlevez les portes.

— Je protège les choses, monsieur Rawlins.

— Quel est l'intérêt d'une bibliothèque-musée si personne ne peut lire les livres ?

— La préservation, réplique Allegra. Vous pensez que je veux la cacher, c'est ça ? Je la protège. De… d'un monde devenu trop dangereux pour elle. Vous imaginez ce qui pourrait arriver si ça se savait ? Qu'un tel endroit existe, accessible de presque partout ? Qu'un endroit *magique*, faute d'un meilleur terme, s'étend sous nos pieds ? Ce qui pourrait arriver une fois qu'il y aura des posts sur des blogs, des hashtags et des touristes ? Mais je m'emballe. Vous m'avez volé quelque chose, monsieur Rawlins. »

Zachary ne dit rien. C'est davantage un constat qu'une accusation, donc il ne proteste pas.

« Savez-vous pourquoi il voulait ce volume en particulier ? demande Allegra. Le livre pour lequel il vous a obligé à vous introduire ici en usant de mensonge ? Probablement pas, il n'a jamais été du genre à divulguer plus d'informations que nécessaire. »

Zachary secoue la tête.

« Ou peut-être qu'il ne voulait pas avouer son propre sentimentalisme, continue Allegra. Une fois que les membres de notre ordre ont fini leur initiation, on leur remet en cadeau le premier livre qu'ils ont jamais protégé, lors de leur toute première épreuve. La plupart ne se souviennent pas des détails, mais lui si. Il se souvenait du livre, je veux dire. Il y a quelques années, nous avons modifié cette pratique afin de conserver les livres ici ou dans un de nos autres bureaux. Quel gâchis de savoir qu'il ne le récupérera jamais après s'être donné autant de mal.

— Vous êtes des gardiens », déclare Zachary, et Allegra ouvre de grands yeux.

Il espère avoir mis la bonne intonation sur le mot pour qu'elle croie que c'était juste une observation et non un recoupement.

« Nous avons eu bien des noms différents au fil des années, commente Allegra, et Zachary réprime un soupir de soulagement. Savez-vous en quoi consiste notre rôle ?

— À garder ?

— Vous êtes impertinent, monsieur Rawlins. Vous pensez sans doute que ça vous donne du charme. Plus probablement, vous utilisez l'humour comme mécanisme de défense car vous êtes moins sûr de vous que ce que vous aimeriez faire croire.

— Donc, vous êtes des gardiens mais vous ne... *gardez* pas ?

— Qu'est-ce qui vous intéresse, dans la vie ? demande Allegra. Vos livres et vos jeux, n'est-ce pas ? Vos histoires. »

Zachary hausse les épaules d'une façon qu'il espère évasive.

Allegra repose sa tasse et se lève de sa chaise. Elle s'éloigne de la table et disparaît dans la pénombre sur le côté de la pièce. Au son, Zachary devine qu'elle est peut-être en train d'ouvrir un placard. Le bruit se répète puis s'arrête, et Allegra revient dans la lumière autour de la table, les spots accrochant de nouveau son tailleur blanc au point qu'il brille presque.

Elle tend le bras et pose quelque chose sur la table, tout juste hors de portée de Zachary. Il ne voit pas ce que c'est jusqu'à ce qu'elle retire sa main.

C'est un œuf.

« Je vais vous confier un secret, monsieur Rawlins. Je suis d'accord avec vous. »

Zachary se tait, ne voyant pas vraiment à quoi elle fait référence.

« Une histoire est comme un œuf, un univers contenu dans le véhicule qu'il s'est choisi. L'étincelle de quelque chose de nouveau et de différent, mais déjà pleinement formé et fragile. Qui a besoin d'être protégé. Vous aussi, vous avez envie de le protéger, mais ça va plus loin que ça. Vous avez envie d'en faire partie, je le vois dans vos yeux. Il fut un temps où je recherchais les gens comme vous, j'ai le nez pour repérer ce désir-là. Vous voulez être à l'intérieur de l'histoire, pas l'observer de l'extérieur. Vous voulez être dans sa coquille. Et la seule façon de faire ça, c'est de la casser. Mais si elle se casse, elle n'existe plus. »

Allegra tend la main et la laisse en suspens juste au-dessus de l'œuf, qu'elle plonge ainsi dans l'ombre. Elle pourrait l'écraser d'un simple geste. Elle porte une chevalière en argent à l'index. Zachary se demande ce qu'il y a exactement à l'intérieur de cet œuf particulier, mais la main d'Allegra ne bouge pas.

« Nous empêchons l'œuf de se casser, poursuit-elle.

— Je ne suis plus très sûr de suivre vos métaphores », répond Zachary, le regard rivé sur l'œuf au milieu de la table.

Allegra retire sa main et l'œuf réapparaît dans la lumière. Zachary a l'impression de distinguer une infime fêlure sur le côté, mais c'est peut-être dans son imagination.

« J'essaie de vous expliquer quelque chose, monsieur Rawlins, reprend Allegra en s'éloignant à nouveau dans la pénombre. Il peut vous falloir un certain temps avant de le comprendre pleinement. Il y a eu un moment dans l'histoire où il existait des gardes et des guides au sein de cet espace que vous avez brièvement visité, mais cette époque est révolue. Ce système comportait des failles. Nous en avons maintenant un nouveau. Et je vous demanderai respectueusement de bien vouloir vous plier à ce nouvel ordre.

— Qu'est-ce que ça veut dire ? demande Zachary, mais avant qu'il ait terminé sa phrase, Allegra lui tire violemment la tête en arrière par les cheveux et il sent la pointe du couteau posée derrière son oreille droite.

— Vous aviez un autre livre, déclare Allegra d'une voix calme. Un livre que vous avez trouvé à la bibliothèque de votre école. Où est-il ? »

Elle formule sa question avec une légèreté chantante, sur le même ton qu'elle pourrait employer pour lui proposer du miel dans son thé. La bougie sous la théière vacille, crachote et s'éteint.

« Je ne sais pas », répond Zachary en s'efforçant de ne pas bouger la tête.

Sa panique montante est teintée de confusion. C'est Dorian qui avait *Doux chagrins*. Peut-être n'ont-ils pas assez bien fouillé Zachary pour repérer les clés sous son pull-over géant, mais ils ont forcément trouvé le livre sur Dorian… ou sur son cadavre. Zachary déglutit péniblement et sent dans sa gorge le goût amer du thé vert au cœur brisé. Il concentre son regard sur l'œuf au milieu de la table. *Dites-moi que ce n'est pas vrai*, pense-t-il, mais la pointe du couteau qui appuie sur sa peau lui dit plutôt le contraire.

« Vous l'avez laissé en bas ? insiste Allegra. J'ai besoin de savoir.

— Je vous ai déjà répondu, je n'en sais rien. Je l'avais, mais je… je l'ai perdu.

— Quel dommage. Même si, du coup, j'imagine que plus rien ne vous retient ici. Vous pourriez très bien rentrer dans le Vermont.

— Je pourrais », acquiesce Zachary.

Rentrer chez lui paraît soudain une option séduisante dans la mesure où il préfère quand même sortir d'ici la tête basse que les pieds devant, ce qui commence à ressembler à une réelle possibilité.

« Je pourrais aussi ne rien dire à personne, reprend-il. Ni sur ce club, ni sur cet autre endroit qui défie la nomenclature. Peut-être que rien de tout ça n'est jamais arrivé. Peut-être que j'ai tout inventé. Je bois beaucoup. »

Tu en fais trop, l'avertit la voix dans sa tête. Le couteau s'enfonce un peu plus dans la peau derrière son oreille. Il ne sait pas si c'est du sang ou de la sueur qui lui dégouline dans le cou.

« Je ne vous crois pas, monsieur Rawlins. Je pourrais vous trancher la main pour vous prouver que je prends cette affaire au sérieux. Avez-vous remarqué le nombre d'histoires qui comportent des mains perdues ou mutilées ? Vous seriez en bonne compagnie. Mais je pense que nous pouvons parvenir à un accord sans recourir à de telles extrémités, vous ne croyez pas ? »

Zachary opine timidement du chef. Il se souvient de la main dans le bocal en verre et se demande si son ancien propriétaire a jadis occupé cette chaise. Le couteau s'écarte.

Allegra reste postée derrière son épaule.

« Vous allez me dire tout ce que vous vous rappelez au sujet de ce livre. Vous allez coucher sur le papier les moindres détails dont vous arrivez à vous souvenir, de son contenu à sa reliure, et quand vous aurez terminé, je vous mettrai dans un train pour le Vermont et vous ne poserez plus jamais les pieds sur cette île qu'on appelle Manhattan. Vous ne parlerez à personne du Port, de ce building et de cette conversation, ni des gens que vous avez rencontrés ou de ce livre. Dans le cas contraire, si vous écrivez, twittez ou ne serait-ce que murmurez les mots « mer sans Étoiles » lors d'une soirée trop arrosée au fond d'un pub obscur, je me verrai dans l'obligation de passer un coup de fil au sniper que j'ai positionné à portée de fusil de la ferme de votre mère.

— À *qui* ? parvient à articuler Zachary malgré la sécheresse de papier de verre dans sa gorge.

— Vous m'avez très bien entendue, réplique Allegra. C'est une jolie maison. Le jardin est charmant, avec ce treillage, ça doit être magnifique au printemps. Ce serait regrettable de devoir briser une de ces fenêtres à vitraux. »

Elle lui tend un objet sous le nez. Un téléphone qui affiche la photo d'une maison couverte de neige. La ferme de sa mère. Les guirlandes lumineuses œcuméniques sont encore accrochées à l'auvent.

« J'ai pensé que vous auriez besoin d'un petit encouragement supplémentaire, explique Allegra en reprenant le téléphone et en s'éloignant à nouveau vers le bout de la table. D'une pression sur quelque chose qui vous est cher. Vous n'avez pas vraiment eu le temps de vous attacher aux deux autres, tout enjôlé que vous soyez.

Et je me suis dit que votre mère serait un meilleur point de pression que votre père, avec sa nouvelle famille revue et améliorée. Il faudrait éliminer toute la maisonnée, dans ce cas. Une explosion au gaz, peut-être.

— Vous n'iriez quand même pas jusqu'à... », commence Zachary.

Mais il s'interrompt. Après tout, il n'a aucune idée de jusqu'où cette femme serait capable d'aller ou pas.

« Il y a déjà eu des pertes par le passé, déclare-t-elle avec douceur. Il y en aura d'autres. Nous parlons d'une chose importante. Plus importante que ma vie et la vôtre. Vous et moi sommes des notes de bas de page, nous ne manquerons à personne si nous ne faisons pas partie de cette histoire. Nous sommes à l'extérieur de l'œuf, c'est comme ça. »

Elle esquisse un sourire qui ne se reflète pas dans son regard, et lève sa tasse vers ses lèvres.

« Cet œuf est rempli d'or », murmure Zachary en le regardant plus attentivement.

Ce qu'il avait pris pour une fêlure était un cheveu sur le verre de ses lunettes.

« Qu'est-ce que vous dites ? » demande Allegra, la tasse en suspens, mais alors les lumières s'éteignent.

FORTUNES ET FABLES : LES TROIS ÉPÉES

Cette épée était la plus extraordinaire que le forgeron ait jamais fabriquée après des années à forger les plus magnifiques épées aux quatre coins du pays. Il n'y avait pas consacré un temps extravagant, il n'avait pas employé les matériaux les plus nobles, pourtant cette épée était une arme d'un calibre qui surpassait toutes ses espérances.

Elle n'avait pas été réalisée à l'intention d'un client particulier, et le forgeron se trouva fort désemparé lorsqu'il essaya de décider qu'en faire. Il aurait pu la garder pour lui, mais il était plus doué pour façonner des épées que pour s'en servir. Il répugnait à la vendre, même s'il savait pouvoir en tirer un bon prix.

Alors le forgeron fit ce qu'il faisait toujours quand il se sentait indécis : il alla consulter le devin local.

Il y avait de nombreux devins dans les contrées voisines, qui étaient aveugles mais capables de voir, bien qu'ils ne puissent faire usage de leurs yeux, des choses que personne d'autre ne voyait.

Le devin local était simplement myope.

On le trouvait souvent à la taverne, à une table isolée dans le fond de la salle, où il lisait l'avenir des objets ou des gens en échange d'un verre.

(Il savait mieux lire l'avenir des objets que celui des gens.)

Le forgeron et le devin étaient de grands amis depuis des années. Parfois, le premier demandait au second de lire ses épées.

Il se rendit à la taverne avec sa nouvelle épée et paya un verre au devin.

« À ceux qui cherchent, lança le devin en levant son verre.

— À ceux qui trouvent », répondit le forgeron en l'imitant.

Ils parlèrent de l'actualité, de la politique et du temps qu'il faisait avant que le forgeron lui montre son épée.

Le devin l'examina longuement. Il réclama un autre verre, que le forgeron lui apporta.

Après l'avoir bu en entier, le devin rendit l'épée à son ami.

« Cette épée tuera le roi, déclara-t-il.

— Qu'est-ce que ça veut dire ? » demanda le forgeron.

Le devin haussa les épaules.

« Elle tuera le roi », répéta-t-il sans plus de précisions.

Le forgeron rangea l'épée et ils passèrent le reste de la soirée à parler d'autres choses.

Le lendemain, le forgeron se demanda que faire de cette épée, sachant que le devin se trompait rarement.

Il n'avait pas envie d'être responsable de l'arme qui tuerait le roi, bien qu'il ait déjà fabriqué par le passé maintes et maintes épées qui avaient tué maintes et maintes personnes.

Il songea à la détruire mais ne put se résoudre à détruire un si bel ouvrage.

Après mûre réflexion, il en forgea deux autres, strictement identiques et indifférenciables de la première. Lui-même ne pouvait pas les distinguer.

Tandis qu'il œuvrait à leur confection, il reçut quantité d'offres de clients qui souhaitaient les acheter, mais il les refusa toutes.

Finalement, le forgeron remit une des épées à chacun de ses trois enfants, sans savoir lequel avait reçu celle qui tuerait le roi, et il n'y pensa plus car aucun de ses enfants n'était capable d'une chose pareille, et dans l'hypothèse où l'une des épées viendrait à tomber dans d'autres mains, cela deviendrait alors une question de destin et de temps, or le Destin comme le Temps peuvent bien tuer autant de rois qu'il leur plaît, et finiront d'ailleurs par les tuer tous.

Le forgeron ne répéta à personne ce que le devin lui avait dit, et il vécut en gardant son secret jusqu'à la fin de ses jours.

Le fils cadet prit son épée et partit à l'aventure. Ce n'était pas un très bon aventurier et il se laissait souvent distraire à visiter des villages inconnus, rencontrer de nouvelles personnes et goûter des mets exotiques. Son épée quittait rarement son fourreau. Un jour, dans un village, il fit la connaissance d'un homme pour lequel il se prit d'affection. Cet homme avait une passion pour les bagues. Alors le fils cadet apporta son épée inusitée à un forgeron et la fit fondre, puis engagea un joaillier pour façonner des bagues à partir du métal fondu. Il offrit à l'homme une bague chaque année pendant toutes les années qu'ils passèrent ensemble. Il y avait un grand nombre de bagues.

Le fils aîné resta au pays très longtemps et se servit de son épée pour se battre en duel. C'était un excellent duelliste et il gagna beaucoup d'argent. Avec ses économies, il décida un jour de partir en mer et il emporta son épée en espérant pouvoir apprendre et s'améliorer durant son voyage. Il prit des leçons auprès de l'équipage du navire, s'entraînant sur le pont lorsque les vents étaient cléments, mais un beau jour il fut désarmé trop près du bastingage. Son épée tomba à la mer et coula jusqu'au fond, où elle s'empala dans le corail et le sable. Elle y est toujours.

L'enfant du milieu, la seule fille, conservait son épée dans une vitrine de sa bibliothèque. Elle prétendait que c'était décoratif, un souvenir de son père qui avait été un grand forgeron, et qu'elle ne s'en servait jamais. C'était faux. Elle la sortait souvent de sa vitrine quand elle était seule, tard le soir, et s'entraînait à la manier. Son frère lui avait appris à se battre en duel, mais elle n'avait jamais utilisé cette épée-là pour des duels. Elle l'astiquait régulièrement, en connaissait chaque centimètre carré, chaque rayure. Ses doigts la démangeaient quand ils ne pouvaient la toucher. La sensation de l'épée dans sa paume lui était si familière qu'elle l'emportait même dans ses rêves.

Un soir, elle s'endormit dans son fauteuil près de la cheminée de la bibliothèque. Bien que l'épée fût toujours dans sa vitrine, elle l'avait à la main quand elle commença à rêver.

Dans son rêve, elle marchait à travers une forêt de cerisiers dont les branches étaient lourdes de fleurs, illuminées de lanternes et chargées de livres.

Elle sentait de nombreux regards braqués sur elle mais ne voyait personne. Des pétales voltigeaient autour d'elle comme des flocons de neige.

Elle arriva à un endroit où un gros arbre avait été abattu. Il ne restait plus qu'une souche, entourée de bougies, sur laquelle étaient empilés des livres, et par-dessus les livres était posée une ruche. La ruche dégoulinait de miel qui coulait sur les livres et la souche, bien qu'aucune abeille ne soit visible.

Il y avait seulement une grosse chouette, perchée au sommet de la ruche. Une chouette blanc et marron coiffée d'une couronne dorée. Ses plumes se hérissèrent quand la fille du forgeron approcha.

« Tu es venue pour me tuer, déclara le Roi des chouettes.

— Ah bon ? s'étonna la fille du forgeron.

— Ils trouvent toujours un moyen pour me tuer. Ils m'ont trouvé ici, même en rêve.

— Qui ça ? demanda la fille du forgeron, mais le Roi des chouettes ne répondit pas à sa question.

— Un nouveau roi viendra prendre ma place. Vas-y. C'est ton rôle. »

La fille du forgeron n'avait aucune envie de tuer la chouette, mais apparemment le destin en avait décidé ainsi. Elle ne comprenait pas, mais c'était un rêve, et dans les rêves ces choses-là ont un sens.

La fille du forgeron coupa la tête du Roi des chouettes. D'un seul coup agile, maîtrisé, elle trancha les plumes et les os.

La couronne tomba de la tête coupée et roula au sol jusqu'à ses pieds.

La fille du forgeron se pencha pour la ramasser, mais l'objet se désintégra sous ses doigts, ne laissant rien qu'une fine poussière dorée.

Alors elle se réveilla, toujours dans le fauteuil près du feu dans sa bibliothèque.

Sur la vitrine, désormais vide, où d'habitude elle rangeait son épée était juchée une chouette blanc et marron.

La chouette demeura avec elle pour le restant de ses jours.

Zachary Ezra Rawlins est assis dans le noir, immobile. Il entend toujours Vivaldi, bien qu'il ne se souvienne pas s'il y avait de la musique tout du long pendant la conversation et le thé. Il y a un bruit de raclement, sans doute Allegra qui recule sa chaise de la table. Zachary attend désespérément que ses yeux s'accoutument, mais il ne se passe rien, l'obscurité est solide et épaisse, comme si on lui avait mis un bandeau sur le visage.

Là, c'était clairement le bruit d'une porte qui s'ouvre, et il suppose qu'Allegra l'a abandonné, ligoté à sa chaise, mais survient alors un autre bruit, celui d'un choc suffisamment fort contre le bout de la table pour se réverbérer jusqu'à lui, suivi du son de quelque chose qui tombe par terre et d'une tasse qui se brise.

Puis des pas qui s'approchent.

Zachary essaie en vain de retenir sa respiration.

Les pas s'arrêtent à côté de sa chaise et quelqu'un lui chuchote à l'oreille :

« Vous ne pensiez quand même pas que j'allais la laisser vous assommer de son baratin, Ezra ?

— Qu'est-ce qui se pa…, commence Zachary, mais Mirabel l'interrompt d'un murmure.

— Chhh. Peut-être qu'ils enregistrent. J'ai trouvé les lumières, mais l'audio et les caméras sont sur un réseau différent. L'opération de sauvetage se déroule plus ou moins comme prévu, merci d'avoir fait diversion. »

Un mouvement le long de son bras droit tranche le cordon à son poignet et Mirabel tire sa chaise en arrière afin qu'il puisse se détacher les pieds.

Elle doit avoir une bonne vision de nuit, car dans le noir elle l'attrape par la main, et bien qu'il sache qu'il a la paume en sueur, il s'en moque. Il lui presse la main d'un petit coup sec auquel elle répond de la même façon, et s'il faut choisir un camp dans toute cette affaire il est plutôt content d'être dans celui de la reine des Maximonstres.

Les fenêtres du palier laissent filtrer à peine assez de lumière du dehors pour y voir quelque chose.

Mirabel le guide tandis qu'ils descendent l'escalier et font le tour jusqu'à celui du sous-sol, et Zachary est vaguement soulagé de savoir où il va bien qu'il n'y voie presque rien. Ce ne sont qu'ombres après ombres, avec de temps en temps un éclat de rose violacé des cheveux de Mirabel. Mais quand ils atteignent le sous-sol, ils ne sortent pas par le jardin de glace ; Mirabel l'entraîne dans la direction opposée, vers les entrailles de la maison.

« Où… », bredouille-t-il, mais elle le fait taire à nouveau.

Ils tournent dans un couloir, perdant la lumière du jardin pour replonger dans le noir, et soudain, quelque part, Mirabel ouvre une porte.

Au début, Zachary pense que c'est peut-être une de *ses* portes, mais une fois que ses yeux se sont habitués il se rend compte qu'ils sont toujours au Club des collectionneurs. La pièce est plus petite que celles aux étages supérieurs, sans fenêtres, éclairée par une vieille lampe à huile posée sur une pile de cartons, dont la flamme vacillante illumine des murs couverts de tableaux encadrés, comme un petit musée désaffecté.

Dorian est affalé par terre près des cartons, évanoui mais manifestement vivant, et Zachary sent quelque chose se desserrer dans son cœur sans même avoir eu conscience qu'il était serré, constat qui l'agace légèrement, mais alors son regard est attiré par une autre porte qui se dresse au centre de la pièce, dans son cadre, sans aucun mur autour pour la soutenir. Elle doit être fixée au sol d'une manière ou d'une autre, mais il y a du vide au-dessus et des deux côtés, au-delà duquel d'autres cartons sont visibles, contre le mur du fond.

« J'étais sûre qu'ils en avaient gardé une, murmure Mirabel. Je le sentais au fond de moi mais je ne pouvais pas la trouver puisque je ne savais pas où elle était. Je me demande où ils l'ont prise, ce n'est pas une des anciennes portes de New York. »

La porte a l'air vieille, avec un motif clouté le long des bords, un lourd heurtoir rond tenu entre les mâchoires d'un tigre et une poignée ondulée. On dirait une porte de château. Le cadre ne colle pas, il a une finition plus brillante. Une vieille porte dans un chambranle neuf.

« Elle va fonctionner ? demande Zachary.

— Il n'y a qu'une façon de le savoir. »

Mirabel ouvre la porte en la tirant vers elle et, au lieu des cartons et du mur du fond, apparaît une caverne tapissée de lanternes. Cet entre-deux-là n'a pas d'escalier ; c'est directement la porte de l'ascenseur qui les attend en face, plus loin que ça devrait être possible.

Zachary fait le tour de la porte. De derrière, c'est juste un cadre à la verticale, à travers lequel il voit Mirabel. Mais quand il revient devant, la caverne et l'ascenseur réapparaissent, clairs comme le jour.

« Magique, souffle-t-il.

— Ezra, je vais vous demander de croire à beaucoup de choses impossibles, mais j'aimerais que vous vous absteniez d'employer ce genre de gros mot.

— D'accord, répond-il, en songeant que de toute façon ce "gros mot" est loin de pouvoir expliquer tout ce qui se passe en ce moment.

— Vous voulez bien m'aider avec lui ? demande Mirabel en s'approchant de Dorian. Il est lourd. »

Ils le soulèvent à deux, chacun par un bras. Zachary a déjà joué à ce petit jeu avec plus d'un camarade en état d'ébriété avancée, mais cette fois c'est différent, le véritable poids mort d'un homme plutôt grand et totalement inconscient. Malgré ça, il sent toujours aussi bon. Mirabel a plus de force que lui, mais ensemble ils arrivent tant bien que mal à maintenir Dorian debout, ses richelieus éraflés traînant par terre.

Au passage, Zachary jette un coup d'œil à un des tableaux sur le mur et reconnaît les lieux qui y sont figurés : des étagères de livres le long d'un tunnel, dans lequel une femme en robe longue s'éloigne, de dos, tenant à la main une lampe à huile qui ressemble beaucoup à celle posée juste à côté sur un carton.

Le tableau voisin est également une représentation d'une non-bibliothèque souterraine familière : un segment de couloir incurvé au fond duquel des silhouettes entravent la lumière qui provient de derrière le virage, projetant des ombres sur les livres tout en restant elles-mêmes hors champ. Le tableau d'en dessous est similaire, une alcôve occupée par un fauteuil vide et une lampe, dans une pénombre mouchetée d'or.

Puis ils franchissent la porte et, à la place des tableaux, Zachary voit maintenant une paroi rocheuse.

Ils traînent Dorian jusqu'à l'ascenseur.

Il y a du bruit derrière eux et Zachary se dit, trop tard, qu'il aurait dû fermer la porte. C'est un bruit de pas. Quelque chose qui tombe. Une porte qui claque au loin. Puis la petite sonnerie de l'ascenseur, et leur salut a soudain des airs de cuivre et de velours élimé.

Il est plus facile d'allonger Dorian au sol que sur une des banquettes. L'ascenseur reste ouvert, en attente.

Mirabel se retourne et jette un regard à l'autre bout de la caverne, vers la porte toujours béante qui donne sur le Club des collectionneurs.

« Vous me faites confiance, Ezra ? demande-t-elle.

— Oui, répond Zachary sans prendre le temps de vraiment réfléchir à la question.

— Un jour, je vous rappellerai que vous avez dit ça. »

Mirabel plonge la main dans son sac et en sort un objet métallique que Zachary met un moment avant d'identifier comme un revolver. Un tout petit revolver mignon, du genre qu'une femme fatale pourrait coincer dans son porte-jarretelles dans un type d'histoire différent.

Mirabel tend le bras et vise à travers la porte la lampe posée sur sa pile de cartons.

Zachary la regarde exploser dans une pluie de verre et d'huile, et aussitôt les flammes se propagent, dévorant cartons, papier peint et tableaux, puis sa vue est obstruée par les portes de l'ascenseur qui se ferment, et il sent qu'ils commencent à descendre.

FORTUNES ET FABLES : LA SCULPTRICE D'HISTOIRES

Il était une fois une femme qui sculptait des histoires.

Elle les sculptait dans toutes sortes de matériaux. Au début, elle travaillait la neige, la fumée ou les nuages, car leurs récits étaient temporaires, fugaces. Évanouis en quelques instants, visibles et lisibles uniquement par ceux qui passaient par là dans les minutes entre leur confection et leur désintégration, ce qui lui convenait bien. Ça ne laissait pas le temps de chipoter sur les détails ou les imperfections. Les histoires ne duraient pas assez pour être remises en cause, disséquées, critiquées, que ce soit par elle ou par d'autres. Elles étaient, puis elles n'étaient plus. Beaucoup n'étaient jamais lues avant de cesser d'exister, mais la sculptrice s'en souvenait.

Des histoires d'amour passionnées glissées dans les interstices entre les gouttes de pluie, qui disparaissaient avec la fin de l'orage.

Des tragédies subtilement infiltrées dans des bouteilles de vin et bues pensivement, avec mélancolie et assortiment de fromages.

Des contes de fées en sable et coquillages sur la grève, lentement balayés par le ressac.

La sculptrice finit par acquérir une renommée et par attirer les foules avec ses histoires, auxquelles on venait assister comme à des représentations de théâtre pendant qu'elles étaient gravées puis qu'elles fondaient, s'effritaient ou se dissipaient dans la brise. Elle travaillait la lumière, l'ombre, la glace, le feu, et un jour elle sculpta même une histoire avec des cheveux qu'elle avait cueillis un par un sur la tête de chaque spectateur puis tissés ensemble.

Les gens la suppliaient de sculpter des œuvres plus pérennes. Les musées lui réclamaient des expositions qui puissent durer plus de quelques minutes ou quelques heures.

La sculptrice céda peu à peu.

Elle se mit à sculpter des histoires dans de la cire qu'elle posait sur des braises chaudes pour qu'elles fondent, coulent et se consument.

Elle agença des volontaires en mélis-mélos de corps entortillés, de jambes et de bras entrelacés, qui duraient aussi longtemps que leurs éléments vivants pouvaient le supporter, l'histoire changeant selon chaque angle de vue, et rechangeant encore à mesure que les modèles fatiguaient, que des mains glissaient sur des cuisses en rebondissements peu subtils.

Elle tricota des mythes en laine assez petits pour être conservés dans une poche, même si, quand ils étaient lus trop souvent, ils s'effilochaient et se débobinaient.

Elle entraîna des abeilles à construire des rayons sur des cadres complexes formant des villes entières peuplées d'habitants mielleux et de drames amers.

Elle sculpta des histoires dans des arbres soigneusement cultivés, histoires qui continuaient à pousser et à se déployer longtemps après avoir été abandonnées à elles-mêmes, contrôlant désormais leur propre cours.

Mais les gens voulaient à tout prix des histoires qu'ils pourraient garder.

La sculptrice expérimenta. Elle construisit des lanternes en métal avec de minuscules manivelles qu'on pouvait tourner pour projeter des contes sur les murs en plaçant une bougie à l'intérieur. Elle étudia un temps auprès d'un horloger et fabriqua des feuilletons qu'on pouvait porter sur soi comme une montre à gousset et remonter, bien qu'au bout d'un moment leurs ressorts finissent par s'user.

Ça ne la dérangeait plus que ses histoires durent. Que certains les apprécient et d'autres non, car c'est la nature même d'une histoire. Toutes les histoires ne parlent pas à tous les auditeurs, mais chaque auditeur peut en trouver une qui lui parle, à un endroit donné, à un moment donné. Sous une forme ou une autre.

C'est seulement des années plus tard que la sculptrice consentit à travailler la pierre.

Au début, ce fut difficile, mais peu à peu elle apprit à dialoguer avec la pierre, à la manipuler, à discerner les histoires qu'elle avait envie de raconter et à la sculpter aussi facilement qu'elle sculptait autrefois la pluie, l'herbe et les nuages.

Elle grava des visions dans du marbre, avec des parties mobiles et des traits qu'on aurait dits vivants. Des casse-tête et des énigmes insolubles, des possibilités de fin multiples, dissimulées et invisibles. Des pièces immuables et d'autres en mouvement perpétuel qui finiraient par s'éroder jusqu'à la ruine.

Elle sculpta ses rêves, ses désirs, ses peurs et ses cauchemars et les laissa se mélanger.

Les musées lui réclamaient des expositions à cor et à cri, mais elle préférait montrer son travail dans des librairies ou des bibliothèques, sur des montagnes et des plages.

Elle ne s'y déplaçait presque jamais en personne et, les rares fois où elle le faisait, c'était de façon anonyme, mêlée à la foule, mais certains la reconnaissaient et saluaient discrètement sa présence par un hochement de tête ou un verre levé. Quelques-uns venaient lui parler de sujets autres que les histoires exposées, ou lui raconter leurs propres histoires, ou échanger des remarques sur le temps qu'il faisait.

Un jour, lors d'une de ces expositions, un homme resta discuter avec elle une fois la foule dispersée, un homme qui ressemblait plutôt à une souris, silencieux et nerveux, un monde à lui seul, retranché et secret, qui parlait d'une voix douce et délicate.

« Accepteriez-vous de cacher quelque chose pour moi dans une histoire ? demanda l'homme-souris à la sculptrice. C'est… c'est une chose recherchée par d'autres, qui seraient prêts à mettre l'univers sens dessus dessous pour la trouver. »

C'était une dangereuse requête, et la sculptrice exigea trois nuits pour peser sa réponse.

La première nuit, elle ne réfléchit pas à la question mais se concentra sur son travail, son repos et les petites choses qui la rendaient heureuse : le miel dans son thé, les étoiles dans le ciel nocturne, les draps de lin sur son lit.

La deuxième nuit, elle demanda conseil à la mer, car la mer cache de nombreuses choses dans ses profondeurs, mais celle-ci resta muette.

La troisième nuit, elle ne dormit pas et construisit une histoire dans sa tête capable de cacher n'importe quoi, plus profondément qu'aucune chose n'avait jamais été cachée jusque-là, même dans les profondeurs de la mer.

Après trois nuits, l'homme-souris revint la voir.

« Je ferai ce que vous m'avez demandé, lui dit la sculptrice, mais je ne souhaite pas savoir ce que vous désirez cacher. Je vous donnerai une boîte à cet effet. Est-ce que ça tiendra dans une boîte ? »

L'homme hocha la tête et remercia la sculptrice.

« Ne me remerciez pas encore, répondit-elle. Il me faudra un an pour la terminer. Revenez alors avec votre trésor. »

L'homme fronça les sourcils mais accepta.

« Ce n'est pas un trésor dans le sens traditionnel », précisa-t-il, et il lui déposa un baiser sur la main, sachant qu'il n'aurait jamais les moyens de la rémunérer pour ce service, après quoi il la laissa travailler.

La sculptrice trima une année durant. Elle refusa toutes les autres requêtes et commandes. Elle créa non pas une histoire, mais plusieurs. Des histoires dans des histoires. Des énigmes, des fausses pistes et des fausses fins, en pierre, en cire et en fumée. Elle fabriqua des serrures dont elle détruisit les clés. Elle trama les récits de ce qui devait arriver, de ce qui pourrait arriver, de ce qui était déjà arrivé et de ce qui n'arriverait jamais et les enchevêtra.

Elle introduisit de la permanence dans son œuvre, et de la pierre dans ses œuvres de jeunesse, mélangea des éléments qui résisteraient à l'épreuve du temps à d'autres qui pourraient disparaître aussitôt qu'ils seraient finis.

Au bout d'une année, l'homme revint.

La sculptrice lui remit une boîte magnifiquement gravée et décorée.

L'homme plaça à l'intérieur le précieux objet qu'il avait besoin de cacher. La sculptrice ne lui montra ni comment la fermer, ni comment la rouvrir. Elle était seule à le savoir.

« Merci », dit l'homme, et cette fois il lui déposa un baiser sur les lèvres en guise de rémunération, car c'était ce qu'il avait de mieux à offrir.

Elle accepta cette rétribution, qu'elle jugea équitable.

La sculptrice n'entendit plus jamais parler de l'homme après qu'il fut parti. L'histoire resta en place.

Bien des années plus tard, ceux qui cherchaient la chose qui avait été cachée retrouvèrent la sculptrice.

Quand ils comprirent ce qu'elle avait fait, ils lui coupèrent les mains.

Autre temps, autre lieu :
INTERLUDE II

Une ville désormais oubliée, il y a très, très longtemps

Le pirate (qui reste une métaphore mais aussi une personne et a parfois du mal à incarner les deux à la fois) se tient sur le rivage, d'où il regarde les navires voguer sur la mer sans Étoiles au large de ce Port.

Il permet à son esprit de s'imaginer à bord d'un de ces bateaux avec la fille qui se trouve à ses côtés, naviguant encore plus loin vers l'horizon et vers l'avenir, loin de ce Port, pour en gagner un autre. Il se l'imagine si clairement qu'il en vient presque à croire que ça va arriver. Il se voit, loin de cet endroit, libéré de ses règles et de ses contraintes, plus lié à rien d'autre qu'elle.

Il peut presque voir les étoiles.

Il serre la fille contre lui pour la réchauffer. Il lui embrasse l'épaule, feignant de croire qu'il l'aura avec lui pour la vie entière quand en vérité il ne leur reste plus que quelques minutes à passer ensemble.

Ce que le pirate voit dans sa tête ne se passe pas dans cette ville-ci. Ne se passe pas bientôt.

Les navires sont très loin du rivage. Derrière le pirate et la fille, les cloches sonnent déjà l'alarme.

Le pirate sait, bien qu'il n'ait pas envie de se l'avouer, y compris à lui-même, qu'ils ont encore beaucoup de chemin à faire.

La fille (qui est aussi une métaphore, une métaphore en perpétuelle mutation qui ne prend la forme d'une fille que de temps en temps) le sait également, elle le sait même mieux que lui, mais ils ne parlent pas de ces choses-là.

Ce n'est pas la première fois qu'ils se tiennent tous les deux sur ce rivage. Et ce ne sera pas la dernière.

C'est une histoire qu'ils vont revivre encore et encore, ensemble et chacun de leur côté.

La cage qui les contient tous les deux est une très grande cage qui n'a pas de clé.

Pas encore.

La fille tire le pirate dans la pénombre, à l'abri des lueurs de la mer sans Étoiles, afin de profiter au mieux des quelques instants qu'il leur reste ensemble avant que le temps et le destin ne s'en mêlent.

Afin de lui donner à se souvenir d'un peu plus d'elle.

Après qu'ils ont été découverts, alors que la fille affronte la mort les yeux grands ouverts et les oreilles remplies des cris de son amant, juste avant d'être une nouvelle fois engloutie par les ténèbres sans étoiles, elle peut voir les océans de temps qui s'étalent entre ce moment et leur liberté, vastes et clairs.

Et elle voit un chemin pour les traverser.

LIVRE III

LA BALLADE DE SIMON ET ELEANOR

LA BALLADE DE SIMON ET ELEANOR

nommer les choses, première partie

La fillette dévisage tour à tour de ses grands yeux marron chaque personne qui vient l'observer. Un sombre halo de cheveux frisés entoure sa tête, quelques feuilles mortes éparses cachées à l'intérieur. Elle tient à la main un heurtoir de porte de la même façon qu'un jeune bambin pourrait tenir un hochet ou un jouet. Elle le serre fort. Jalousement.

On l'a installée sur un fauteuil dans une des galeries, comme si elle-même était une œuvre d'art. Ses pieds ne touchent pas le sol. Sa tête a été auscultée et quelques inquiétudes formulées au sujet de ses blessures, bien qu'elle ne saigne pas. Une ecchymose est en train d'éclore près de sa tempe, une tache verdâtre qui s'étend sur le brun de sa peau. Ça n'a pas l'air de la gêner. On lui donne une assiette de minuscules gâteaux qu'elle mange par petites bouchées sérieuses.

On lui demande son prénom. Elle ne semble pas comprendre ce qu'on lui dit. S'ensuit un débat sur la façon dont les traductions peuvent marcher pour quelqu'un d'aussi jeune (peu se souviennent de la dernière fois qu'il y a eu un enfant dans cet endroit), mais elle comprend d'autres questions : elle hoche la tête quand on lui demande si elle a faim ou soif. Elle sourit lorsque quelqu'un lui apporte une vieille peluche, un lapin au poil élimé et aux oreilles tombantes. C'est seulement quand on lui tend le lapin qu'elle lâche son heurtoir, agrippant la peluche avec la même intensité.

Elle ne se souvient ni de son prénom, ni de son âge, ni de rien au sujet de sa famille. Quand on lui demande comment elle est arrivée là, elle brandit le heurtoir avec de la pitié dans les yeux, tant la réponse est évidente et les gens autour d'elle peu perspicaces.

On analyse tout ce qui la concerne dans les moindres détails, de la marque de ses chaussures à son accent lorsqu'on parvient péniblement à lui arracher quelques mots ou phrases isolés, mais elle ne parle que très rarement et la seule chose sur laquelle tout le monde réussit à se mettre d'accord, c'est qu'on distingue une pointe d'Australie ou peut-être de Nouvelle-Zélande, même si d'aucuns maintiennent que le léger accent qui mâtine son anglais provient d'Afrique du Sud. Il y a dans tous ces pays un certain nombre d'anciennes portes non référencées. La fillette ne fournit aucune information géographique fiable. Elle se souvient de gens, de fées et de dragons avec la même netteté. De grands immeubles, de petits immeubles, de forêts et de champs. Elle décrit des étendues d'eau de taille indéterminée, qui pourraient aussi bien être des lacs, des océans ou des baignoires. Rien qui permette de deviner sa provenance.

Tout au long des investigations, il est une vérité qui demeure implicite : on pourra difficilement la renvoyer d'où elle est tombée si sa porte n'existe plus.

On évoque la possibilité de la faire passer par une autre porte, mais personne dans la population décroissante des résidents n'est volontaire pour une telle mission, et la fillette n'a pas l'air malheureuse. Elle ne se plaint pas. Ne demande pas à rentrer chez elle. Ne pleure pas en réclamant ses parents, où qu'ils soient.

On lui attribue une chambre où tout est trop grand pour elle. On lui trouve des vêtements qui lui vont à peu près, et un des groupes de tricot lui confectionne des pulls et des chaussettes en laine de toutes les couleurs. On nettoie ses chaussures, qui resteront son unique paire jusqu'à devenir vraiment trop petites, les semelles en caoutchouc trouées par l'usure, rafistolées et de nouveau trouées.

On l'appelle « la petite fille », « l'enfant » ou « l'orpheline », même si les résidents les plus à cheval sur la sémantique font remarquer que ses parents ne sont pas morts, du moins pas à leur connaissance, de sorte que le terme « orpheline » est inexact.

Finalement on l'appelle Eleanor, et certains affirment après coup qu'elle a été baptisée ainsi en l'honneur de la reine Aliénor d'Aquitaine tandis que d'autres disent que ce choix a été inspiré par un personnage de Jane Austen, et d'autres encore qu'un jour où on lui demandait son prénom elle a répondu quelque chose comme « Ellie » ou « Allira ». (En vérité, la personne qui a suggéré ce nom l'a emprunté à un roman de Shirley Jackson mais a préféré ne pas le mentionner en raison du destin funeste de cette autre Eleanor fictionnelle.)

« A-t-elle enfin un nom ? demande le Veilleur sans lever les yeux de son bureau, son stylo toujours en mouvement sur la page.

— Les gens ont pris l'habitude de l'appeler Eleanor », l'informe la peintre.

Le Veilleur pose son stylo et soupire.

« Eleanor », répète-t-il en appuyant sur les deux dernières syllabes, qui sonnent comme un nouveau soupir.

Il ramasse son stylo et se remet à écrire, le tout sans même un regard vers la peintre.

La peintre n'insiste pas. Elle se dit que ce prénom revêt peut-être un sens particulier pour lui. Elle ne le connaît pas depuis très longtemps et décide de ne pas s'en mêler.

Ce Port sur la mer sans Étoiles absorbe la fillette, qui est tombée par les restes d'une porte, de la même façon que le tapis forestier a digéré la porte en question : elle se fond dans le paysage. Parfois, on la remarque. Le plus souvent, on l'ignore. On la laisse livrée à elle-même.

Personne ne s'occupe d'elle. Tout le monde suppose que quelqu'un d'autre le fera, si bien que personne ne le fait. Ils sont tous absorbés par leur travail, leurs propres drames intimes. Ils observent, questionnent et même participent, mais jamais très longtemps. Pas plus de quelques instants, disséminés çà et là comme des feuilles mortes au long d'une enfance.

Ce premier jour, sur le fauteuil mais avant le lapin, Eleanor ne répond qu'à une question de façon intelligible, quand on lui demande ce qu'elle faisait toute seule dehors.

« J'explorais », dit-elle.

Et elle estime qu'elle le fait plutôt bien.

Zachary Ezra Rawlins se trouve dans un ascenseur en compagnie d'une femme aux cheveux roses tenant à la main un revolver qui vient selon toute probabilité d'allumer un incendie criminel en plus des crimes déjà commis plus tôt dans la journée et d'un homme inconscient qui pourrait bien être l'auteur d'une tentative d'assassinat, et sa tête sur le point d'exploser ne parvient pas à décider s'il a plutôt besoin d'une sieste ou d'un verre, ni à comprendre pourquoi exactement il se sent plus à l'aise maintenant dans cet ascenseur en présence de ces deux personnes que les fois précédentes.

« Qu'est-ce que..., commence-t-il, mais comme il ne sait pas comment finir sa question à Mirabel, il la complète par un geste de la main englobant à la fois le revolver et les portes de l'ascenseur.

— Ça va neutraliser leur porte, et avec un peu de chance ils mettront un moment à en localiser une autre. Ne me regardez pas comme ça.

— Vous me visez avec une arme à feu, rétorque Zachary.

— Oh, pardon ! s'exclame Mirabel en baissant les yeux vers sa main avant de ranger le revolver dans son sac. C'est une antiquité à un coup, il est vide. Vous saignez. »

Elle sort de sa poche un mouchoir en tissu imprimé de petites horloges et en tamponne le cou de Zachary juste derrière son oreille. Le mouchoir réapparaît plus sanguinolent que Zachary s'y attendait.

« Ce n'est pas si grave, le rassure-t-elle. Tenez, laissez ça appuyé dessus, on désinfectera plus tard. Vous aurez peut-être une cicatrice, mais comme ça on sera jumeaux. »

Elle soulève ses cheveux pour lui montrer la cicatrice derrière son oreille, qu'il avait déjà remarquée, et il n'a pas besoin de lui demander comment elle s'est fait ça.

« Qu'est-ce qui se passe, au juste ? l'interroge Zachary.

— C'est une question compliquée, Ezra, lui répond Mirabel. Vous m'avez l'air très tendu. J'en déduis que votre pause thé n'était pas particulièrement agréable.

— Allegra a menacé de s'en prendre à ma mère », dit Zachary.

Il a le sentiment que Mirabel essaie de le distraire pour qu'il reste calme.

« C'est tout à fait son genre, en effet, acquiesce-t-elle.

— Elle était sérieuse, non ?

— Oui, mais cette menace était liée au fait de ne parler de notre destination à personne, n'est-ce pas ? »

Zachary hoche la tête.

« Elle a ses priorités. Vous devriez peut-être rester quelques jours en bas, et moi je remonterai en éclaireuse. Allegra ne fera rien à moins de sentir qu'elle n'a pas le choix. Elle a eu plusieurs occasions de se débarrasser de nous trois, et nous sommes toujours vivants et en pleine forme. Enfin, presque, ajoute-t-elle en regardant Dorian.

— Mais elle peut vraiment tuer des gens ? demande Zachary.

— Elle engage des hommes de main pour faire le sale boulot à sa place. En voilà un beau spécimen, ajoute-t-elle en tapotant la jambe de Dorian du bout de sa botte.

— Vous plaisantez ?

— Vous voulez une autre petite histoire ? propose Mirabel en fouillant dans son sac.

— Non, je ne veux pas d'autre petite histoire », réplique Zachary.

Mais à l'instant où il prononce ces mots, le goût du chevalier et de ses cœurs brisés revient sur sa langue et il se remémore de nouveaux détails : les motifs gravés sur l'armure du chevalier, le jasmin en fleur dans le soir d'été. C'est confus dans sa tête, comme un souvenir ou un rêve englué dans du sucre. Curieusement, ça l'apaise.

Zachary se laisse aller en arrière sur la banquette en velours fatigué et appuie la tête contre la paroi de l'ascenseur. Il la sent vibrer. Le balancement du lustre lui donne mal au cœur, si bien qu'il préfère fermer les yeux.

« Alors racontez-moi une histoire, dit Mirabel, le tirant de sa somnolence nauséeuse. Vous n'avez qu'à commencer par votre commencement et me raconter comment on en est arrivés là. Vous pouvez sauter le prologue de l'enfance, je le connais déjà. »

Zachary laisse échapper un soupir.

« J'ai trouvé un livre, choisit-il comme point de départ après avoir rembobiné le film dans sa tête et s'être arrêté sur *Doux chagrins*. À la bibliothèque.

— Quel livre ? » demande Mirabel.

Zachary hésite, mais finit par lui retracer l'enchaînement qui l'a conduit de la découverte du livre à la fête costumée. Un bref résumé des jours précédents, et il est déçu de constater le peu de temps que ça lui prend et le faible intérêt que ça revêt une fois distillé en une succession de micro-événements.

« Et ce livre, alors, qu'est-ce qu'il est devenu ? demande Mirabel quand il a fini.

— Je croyais que c'était lui qui l'avait », dit Zachary en baissant les yeux vers Dorian.

Il a l'air désormais davantage assoupi qu'évanoui, la tête posée sur le bord de la banquette en velours.

Mirabel entreprend de lui faire les poches et en sort un trousseau de clés, un stylo bille, un fin portefeuille en cuir contenant une grosse somme d'argent liquide, une carte de la New York Public Library au nom de David Smith ainsi que plusieurs cartes de visite portant divers autres noms et professions et quelques-unes vierges frappées d'un logo en forme d'abeille. Pas de cartes de crédit, pas de papiers d'identité. Pas de livre.

Mirabel prélève quelques billets dans le portefeuille et remet tout le reste dans ses poches.

« Vous faites quoi, là ? demande Zachary.

— Après tout ce qu'on a enduré pour le sauver, il peut bien nous payer nos cafés. Ah non, c'est vrai qu'on a pris du thé tous les deux. Bref, quoi qu'il en soit, c'est sa tournée.

— À votre avis, qu'est-ce qu'ils lui ont fait ?

— Je pense qu'ils ont dû l'interroger et ne pas obtenir les réponses qu'ils voulaient, alors ils l'ont drogué et suspendu au plafond pour un effet plus théâtral en attendant qu'on débarque. Je verrai ce que je peux faire pour lui quand on sera en bas. »

Juste à cet instant, l'ascenseur s'arrête et les portes s'ouvrent sur la même antichambre que la fois d'avant. Zachary a du mal à décrire le sentiment que lui procure cette arrivée ; il se dit juste que si l'appartement au-dessus de la boutique de sa mère à La Nouvelle-Orléans existait encore, le revoir pourrait lui faire le même effet, sans qu'il sache bien si c'est de la nostalgie ou de la désorientation. Il s'efforce de ne pas trop y penser, car ça lui fait mal à la tête.

Zachary et Mirabel soulèvent Dorian par le même système bancal de répartition du poids que précédemment. Dorian ne leur est d'aucune aide. Zachary entend l'ascenseur se refermer derrière eux et retourner vaquer à ce qui l'occupe en temps normal quand il n'est pas réquisitionné par des hommes inconscients, des filles aux cheveux roses et des touristes paumés.

Après avoir traversé la pièce, Mirabel tend la main vers la poignée, transférant davantage de poids sur Zachary. La poignée ne bouge pas.

« Bon sang », souffle Mirabel.

Elle ferme les yeux et penche la tête en arrière, comme si elle essayait d'entendre quelque chose.

« Qu'est-ce qui se passe ? demande Zachary, qui suppose qu'une des nombreuses clés qu'elle a autour du cou pourra résoudre le problème.

— C'est la première fois qu'il vient, dit-elle en désignant Dorian d'un hochement de menton. Il est nouveau.

— Ah bon ? s'étonne Zachary, mais Mirabel continue.

— Il doit passer l'examen d'entrée.

— Avec les dés et le verre ? Comment voulez-vous qu'il fasse ça ?

— C'est nous qui allons le faire à sa place, par procuration.

— Comment ça, par pro…, commence Zachary, mais il comprend ce qu'elle veut dire avant d'avoir fini sa phrase et la laisse en suspens.

— Je fais un côté et vous l'autre, ça vous va ? propose Mirabel.

— D'accord. »

Il lui laisse le soin de maintenir Dorian plus ou moins droit et se retourne vers les deux niches. Il choisit le côté avec les dés, en partie parce qu'il a plus d'expérience en lancers de dés qu'en breuvages mystères, et en partie parce qu'il estime avoir son compte de breuvages mystères pour la journée.

« Concentrez-vous bien en pensant que vous le faites pour lui et pas pour vous », précise Mirabel alors qu'il arrive devant la petite alcôve, où les dés ont été remis dans leur pochette.

Zachary tend la main vers la pochette et la manque, visant à côté. Il doit être plus fatigué qu'il ne le pense. Il réessaie, et cette fois attrape la pochette, la vide dans sa paume et fait rouler les dés entre ses doigts. Il ne sait pas grand-chose de Dorian, il ne connaît même pas son vrai nom, mais il ferme les yeux et convoque mentalement les quelques images qu'il a de lui : une déambulation dans des rues enneigées, la fleur en papier à son revers, l'odeur de citron et de tabac dans le noir à la fête, un souffle dans son cou. Après quoi il lance les dés et rouvre les yeux.

Les cubes en mouvement sont encore flous, mais ensuite ils se stabilisent.

Une clé. Une abeille. Une épée. Une couronne. Un cœur. Une plume.

Avant même que le dernier soit complètement immobile, le fond de la niche se dérobe et les dés disparaissent dans les ténèbres.

« Qu'est-ce qu'il a eu ? demande Mirabel. Attendez, laissez-moi deviner : des épées et… des clés, peut-être ?

— Un de chaque, répond Zachary. Enfin, je crois, à moins qu'il y ait plus de six symboles.

— Hmm », fait Mirabel d'un ton que Zachary ne parvient pas à interpréter.

Elle lui confie la charge de Dorian, qui paraît soudain beaucoup plus présent avec ce léger parfum citronné et le souvenir tout frais de l'histoire dans le noir. Zachary ne se rappelait pas qu'il faisait aussi chaud là-dessous. Il s'aperçoit qu'il a dû perdre quelque part le manteau qu'on lui avait prêté.

À l'autre bout de la pièce, Mirabel soulève le petit verre et l'examine attentivement avant de lui ôter son couvercle et de le boire. Elle frissonne et le repose dans la niche.

« Il avait quel goût, le vôtre ? demande-t-elle à Zachary en soutenant de nouveau Dorian sous l'épaule.

— Euh… Miel, épices, vanille et fleur d'oranger, répond Zachary en essayant de se souvenir de son cocktail de bienvenue, bien que cette simple énumération ne lui rende pas justice. Avec une note alcoolisée, ajoute-t-il. Pourquoi ?

— Celui-là avait un goût de vin, de sel et de fumée, dit Mirabel. Mais je suis sûre qu'il l'aurait bu. Voyons si ça a marché. »

Cette fois, la porte s'ouvre.

Le soulagement de Zachary est de courte durée quand, en pénétrant dans le hall gigantesque, il prend conscience du chemin qu'il leur reste à parcourir.

« Maintenant, il faut l'enregistrer, déclare Mirabel. Et après, on ira se boire un verre pour de vrai. On l'a bien mérité. »

Leur traversée jusqu'au bureau du Veilleur attire l'attention de quelques chats curieux qui pointent le museau derrière des piles de livres ou des lustres effondrés.

« Attendez-moi là, décrète Mirabel en transférant une fois de plus tout le poids de Dorian sur l'épaule de Zachary, qui de nouveau le trouve étonnamment lourd et plus *je-ne-sais-quoi* qu'il ne veut se l'avouer. Quinte flush, c'est ça ?

— Je ne crois pas que ce terme puisse s'appliquer aux dés. »

Mirabel hausse les épaules et disparaît dans le bureau du Veilleur.

Zachary n'entend quasiment rien de leur conversation, juste des bribes de phrases d'où il ressort clairement que c'est davantage une dispute qu'une discussion, puis la porte se rouvre d'un coup sec et le Veilleur marche droit sur lui.

Sans même un regard vers Zachary, il soulève la tête de Dorian et écarte ses cheveux poivre et sel de son front pour examiner son visage. Une inspection bien plus poussée que celle dont a fait l'objet Zachary lui-même.

« C'est vous qui avez lancé les dés à sa place ? s'enquiert le Veilleur.

— Oui.

— Vous les avez lancés *spécifiquement* pour lui, vous ne vous êtes pas contenté de les laisser rouler ?

— Euh… oui. Il ne fallait pas ? demande-t-il, moitié à l'intention du Veilleur, moitié de Mirabel qui les a rejoints avec les sacs de Zachary en bandoulière, une boussole ainsi qu'une clé qu'elle tient à la main au bout de leurs chaînes respectives.

— Disons que c'est… inhabituel », rétorque le Veilleur sans plus de précisions.

Ayant visiblement fini son inspection, il lâche la tête de Dorian, qui retombe sur l'épaule de Zachary. Sans un mot de plus, le Veilleur tourne les talons, passe devant Mirabel, regagne son bureau et ferme la porte derrière lui. Mirabel et lui échangent un regard appuyé quand ils se croisent, mais Zachary ne voit que le côté de Mirabel, et son expression ne lui permet pas d'en savoir davantage.

« Quel est le problème ? lui demande-t-il en la débarrassant de ses sacs pour qu'elle puisse de nouveau l'aider à porter Dorian.

— Je ne sais pas trop, répond-elle. Entorse au règlement plus lancer de dés à faible probabilité, peut-être. Allez, emmenons-le dans sa chambre. Faites attention à ne pas trébucher sur un chat. »

Ils empruntent des couloirs que Zachary n'a encore jamais vus (l'un entièrement peint couleur cuivre, un autre où des livres sont suspendus à des cordages), certains trop étroits pour y passer à trois de front, si bien qu'ils doivent marcher en crabe. Tout paraît plus grand et plus étrange que dans son souvenir. Plus d'ombres menaçantes, plus de salles et de livres dans lesquels se perdre. Les couloirs semblent être mouvants, sinuer dans tous les sens tels des serpents, et Zachary doit garder les yeux rivés sur le sol devant eux pour ne pas perdre l'équilibre.

Ils arrivent dans une salle où sont disséminées des tables et des chaises de bistro, toutes noires, jonchées de livres dorés sur tranche. Lové sur une des tables, un petit chat tigré argenté aux oreilles rabattues et aux yeux jaunes les regarde bizarrement. Le carrelage noir et or du sol dessine des motifs qui ressemblent à du lierre. Certaines lianes carrelées grimpent le long des murs, recouvrant la roche jusqu'au plafond voûté. Mirabel sort une clé et ouvre une porte entre deux vrilles. Derrière se trouve une chambre similaire à celle de Zachary, mais dans les tons bleus, avec des meubles en laque noire. Un mélange entre un style Art déco et le genre de chambre où on s'attendrait à ce qu'il flotte une odeur de cigare, et d'ailleurs ça sent un peu le cigare maintenant qu'il y pense. On aperçoit des bouts du carrelage en damier entre les tapis bleu marine. Le feu est allumé dans la petite cheminée cintrée. Plusieurs ampoules à filament pendent directement du plafond, sans abat-jour, et brillent faiblement.

Zachary et Mirabel déposent Dorian parmi une montagne d'oreillers bleus sur un lit dont la tête se déploie en éventail, et Zachary se sent à nouveau pris de vertiges, sans compter qu'il a des crampes terribles aux

bras. À en croire la moue que fait Mirabel en se massant l'épaule, c'est sans doute pareil pour elle.

« Il faudrait qu'on instaure une règle sur les évanouissements, déclare-t-elle. Ou alors il nous faudrait des brouettes. »

Elle se dirige vers un panneau dans le mur près de la cheminée. Zachary devine ce que c'est, bien que ce modèle-là ait une porte plus lisse et plus épurée que celle de son propre monte-plats.

« Vous voulez bien lui enlever ses chaussures et son manteau ? » suggère-t-elle tandis qu'elle griffonne quelque chose sur un bout de papier.

Zachary retire à Dorian ses richelieus éraflés, révélant des chaussettes en laine violettes à orteils séparés. Il le débarrasse ensuite délicatement de son manteau et remarque au passage la fleur en papier à son revers, passablement écrabouillée. Tandis qu'il pose le manteau sur une chaise, il essaie de la défroisser et s'aperçoit qu'il arrive à la lire, bien qu'il se souvienne que le texte était en italien.

Ne crains rien ; notre destin ne peut nous être ravi ;
c'est un cadeau.

Il cherche comment interroger Mirabel sur ce mystère des traductions automatiques sans utiliser de « gros mot », mais alors que le texte fluctue sous ses yeux de l'anglais à l'italien, ses vertiges s'intensifient. Il relève la tête et la pièce ondule autour de lui, comme s'il était sous l'eau en plus d'être sous terre. Il perd l'équilibre, tend une main vers le mur pour se stabiliser et le rate.

Mirabel se retourne au son de la lampe qu'il renverse.
« Vous n'avez rien bu pendant que vous étiez ligoté, si ? » demande-t-elle.

Zachary essaie de lui répondre mais s'écroule par terre à la place.

LA BALLADE DE SIMON ET ELEANOR

une petite fille n'est pas un lapin,
un lapin n'est pas une petite fille

La fillette au masque de lapin déambule dans les couloirs du Port. Elle ouvre des portes, rampe sous des tables et reste plantée immobile au milieu des pièces, le regard dans le vide, parfois pendant très longtemps.

Elle fait peur à ceux qui tombent sur elle par hasard, bien que cela se produise rarement.

Son masque est un bel objet, ancien et probablement vénitien, même si personne ne se souvient de son origine. Un petit nez rose pâle entouré de moustaches parfaitement réalistes et de filigrane doré. Les oreilles se dressent au-dessus de sa tête et la font paraître plus grande qu'elle n'est, et un léger chatoiement rosé à l'intérieur donne l'impression qu'elle est toujours à l'écoute, à l'affût du moindre bruit susceptible de rompre le lourd manteau de silence qui pèse en ce temps-là sur cet endroit.

Elle s'y est habituée, maintenant, à cet endroit. Elle sait comment marcher tout doucement, sur la pointe des pieds, pour empêcher ses pas de résonner, une technique qu'elle a empruntée aux chats même si elle ne pourra jamais être aussi féline qu'eux.

Elle porte un pantalon trop court et un pull trop grand. Elle trimballe une musette ayant jadis appartenu à un soldat, mort depuis belle lurette et qui n'aurait jamais pu se douter que son sac finirait sur les frêles épaules d'une fillette déguisée en lapin qui explore des salles souterraines où on lui a expressément interdit d'entrer.

Elle a dans sa musette une gourde d'eau, un paquet de biscuits soigneusement emballés, un télescope à la lentille rayée, un cahier presque vierge, plusieurs stylos et un certain nombre d'étoiles en papier qu'elle a fabriquées en pliant des pages de cahier remplies de ses cauchemars.

Elle dépose ses étoiles dans des recoins inaccessibles, laissant ses peurs derrière des étagères ou cachées dans le fond de vases, éparpillées en constellations secrètes.

(Elle fait la même chose avec les livres, dont elle arrache les pages qui ne lui plaisent pas pour les reléguer dans les ténèbres, à leur juste place.)

(Les chats jouent avec les étoiles, déplaçant à petits coups de pattes les mauvais rêves ou la prose déplaisante d'une cachette à une autre, modifiant l'agencement des constellations.)

La fillette oublie ses rêves aussitôt qu'elle s'en sépare, ce qui vient nourrir la longue liste des choses qu'elle a oubliées : à quelle heure elle est censée se coucher ; où est-ce qu'elle met les livres qu'elle commence sans les finir ; le temps d'avant qu'elle arrive ici. Pour l'essentiel.

Du temps d'avant, elle se rappelle la forêt avec les arbres et les oiseaux. Elle se revoit immergée dans une baignoire pleine d'eau, les yeux levés vers un plafond plat et blanc, différent des plafonds d'ici.

C'est comme de se souvenir d'une autre petite fille. Une petite fille dans un livre qu'elle aurait lu, et non celle qu'elle a été.

Désormais elle est quelqu'un d'autre, avec un autre nom, dans un autre endroit.

La Eleanor lapin est différente de la Eleanor normale.

La Eleanor normale se réveille au milieu de la nuit et oublie où elle est. Elle oublie la différence entre les choses qui se sont passées, les choses qu'elle a lues dans des livres et les choses dont elle pense qu'elles se sont passées mais en fait peut-être pas. La Eleanor normale dort parfois dans sa baignoire plutôt que dans son lit.

Mais elle préfère être un lapin. Elle enlève rarement son masque.

Elle ouvre des portes qu'on lui a interdit d'ouvrir et découvre des pièces avec des murs qui racontent des histoires, des pièces avec des coussins pour la sieste brodés de berceuses, des pièces avec des chats, ou encore la pièce avec les chouettes qu'elle n'a trouvée qu'une seule fois et plus jamais, et une porte qu'elle n'a pas encore réussi à ouvrir, dans la salle brûlée.

La salle brûlée, elle l'a trouvée parce que quelqu'un avait mis une bibliothèque devant, assez haute pour empêcher les grandes personnes de passer, mais pas les petites filles lapins, si bien qu'elle a pu se glisser par-dessous.

Dans cette salle, il y avait des livres calcinés, de la poussière noire et quelque chose qui avait peut-être été un chat autrefois mais ne l'était plus.

Et une porte.

Une porte toute simple, ornée en son centre d'une plume en cuivre brillante, un peu plus haut que la tête de la fillette.

La porte était la seule chose dans la pièce qui ne soit pas couverte de poussière noire.

La fillette pensa qu'elle était peut-être cachée derrière un mur qui avait brûlé avec le reste de la pièce, tout en se demandant pourquoi on cacherait une porte derrière un mur.

La porte ne voulait pas s'ouvrir.

Quand Eleanor renonça et rentra dans sa chambre, à bout de patience et tenaillée par la faim, la peintre la trouva couverte de suie et lui fit prendre un bain, mais elle ne comprit pas d'où elle venait car la peintre n'était pas encore là au temps de l'incendie.

À présent, Eleanor ne cesse de retourner voir la porte.

Elle s'assied devant et la regarde.

Elle essaie de chuchoter par le trou de la serrure mais n'obtient jamais de réponse.

Elle grignote des biscuits dans le noir. Elle n'est pas obligée d'enlever son masque de lapin car il ne couvre pas sa bouche, une des nombreuses raisons qui font de ce masque le meilleur du monde.

Elle pose la tête contre le sol, ce qui la fait éternuer, mais dans cette position elle peut voir un infime rai de lumière sous la porte.

Une ombre passe de l'autre côté et disparaît aussitôt. Comme quand les chats passent dans le couloir devant sa chambre la nuit.

Eleanor colle une oreille à la porte mais n'entend rien. Pas même un chat.

Elle sort de son sac un cahier et un stylo.

Elle se demande quoi écrire et note finalement un message simple. Elle décide d'abord de ne pas le signer puis change d'avis et dessine une petite tête de lapin dans un coin. Les oreilles ne sont pas de la même taille, mais on comprend que c'est un lapin et c'est ce qui compte.

Elle arrache la page et la plie en appuyant bien pour l'aplatir au maximum.

Elle fourre le papier sous la porte. Il reste coincé au milieu. Elle pousse encore un peu et il glisse dans la pièce voisine.

Eleanor attend mais il ne se passe rien, et comme ce rien devient vite ennuyeux, elle s'en va.

Eleanor est dans une autre pièce, en train de donner un biscuit à un chat, le petit mot quasi oublié, quand la porte s'ouvre. Un rectangle de lumière se répand dans l'espace noir de suie.

La porte reste ouverte un moment, puis se referme doucement.

Zachary Ezra Rawlins se réveille à moitié, sous l'eau, avec un goût de miel dans la bouche qui le fait tousser.

« Qu'est-ce que vous avez bu ? »

Il entend la voix de Mirabel au loin, mais quand il cligne des yeux il se rend compte qu'elle n'est qu'à quelques centimètres de son visage, le regard rivé sur lui, floue, ses cheveux à contre-jour formant un halo rose. Il n'a plus ses lunettes.

« Qu'est-ce que vous avez bu ? » répète la Mirabel subaquatique floue.

Zachary se demande si les sirènes ont les cheveux roses.

« Elle m'a servi un thé, dit-il, ses mots d'une lenteur aussi sirupeuse que le miel. Un thé d'intimidité.

— Et vous l'avez *bu* ? s'exclame Mirabel, incrédule, tandis que Zachary croit hocher la tête. Tenez, reprenez de ça. »

Elle porte quelque chose à ses lèvres qui pourrait être un bol et qui contient assurément du miel. Du miel et peut-être de la cannelle et du clou de girofle. C'est tout juste assez liquide pour être buvable, on dirait un sirop de Noël antitussif. *Toujours l'hiver, jamais Noël*, songe Zachary façon Narnia avant une nouvelle quinte de toux, mais alors la princesse Chewing-Gum – non, Mirabel – le force à en boire davantage.

« Je n'arrive pas à croire que vous ayez pu être aussi naïf, dit-elle.

— Elle en a bu la première, proteste Zachary, cette fois avec une élocution presque normale. Elle a servi deux tasses.

— Et elle a choisi celle qu'elle vous a donnée, je parie. Le poison était dans la tasse, pas dans le thé. Vous l'avez bue en entier ?

— Je ne crois pas, non. »

La pièce devient plus nette. Il n'a pas perdu ses lunettes, finalement, elles sont sur son nez. La sensation subaquatique s'estompe. Il est assis sur un fauteuil dans la chambre Art déco de Dorian. Dorian dort sur le lit.

« Pendant combien de temps j'ai été dans les… », commence-t-il, mais il ne trouve pas le mot pour terminer sa question, même s'il sait que c'est un mot court, d'une syllabe. Tom ? Gommes ?

« Quelques minutes, répond Mirabel. Vous devriez finir de boire ça. »

Pommes. Voilà le mot. Sale petit mot sournois. Zachary reprend une gorgée de sirop. Il ne se souvient plus s'il aime le miel ou pas.

Derrière lui, le monte-plats carillonne et Mirabel va voir ce que c'est. Elle revient avec un plateau sur lequel sont disposées différentes fioles et coupelles ainsi qu'un gant de toilette et une boîte d'allumettes.

« Allumez ça et mettez-le sur la table de nuit, s'il vous plaît », lui indique-t-elle en lui tendant un cône d'encens sur un brûleur en céramique.

Dès qu'il essaie d'enflammer une allumette, Zachary comprend que c'était un test : sa coordination ne fonctionne plus. Il lui faut trois tentatives avant d'y arriver.

En approchant la flamme de l'encens, il se souvient du nombre de fois où il a accompli ce même geste pour sa mère. Il se concentre pour ne pas trembler, ce qui s'avère plus difficile que prévu, et laisse la pointe de l'encens prendre feu avant de souffler dessus pour la réduire à une braise incandescente, dont l'odeur dense et immédiate ne lui est pas familière. Sucrée mais mentholée.

« Qu'est-ce que c'est ? » demande-t-il en posant sur la table de nuit le brûleur dont les volutes de fumée enveloppent aussitôt le lit.

Ses mains tremblent moins mais il se rassied quand même et boit une nouvelle gorgée de mixture au miel. Il pense qu'il aime le miel, finalement.

« Aucune idée », rétorque Mirabel.

Elle verse un liquide sur le gant de toilette et le place sur le front de Dorian.

« La Cuisine a ses propres remèdes maison, en principe ils sont plutôt efficaces. Vous avez entendu parler de la Cuisine, n'est-ce pas ?

— Nous avons été présentés, oui.

— En général, ils ne mettent pas d'encens, sauf dans les cas sérieux. Peut-être que c'est pour vous deux, dit-elle en se tournant vers Dorian avec une moue soucieuse.

— Pourquoi est-ce qu'Allegra aurait voulu m'empoisonner ? s'enquiert Zachary.

— Deux possibilités. Un, elle comptait vous droguer et vous renvoyer dans le Vermont pour que vous vous réveilliez avec une amnésie légère et que, si vous vous souveniez de quoi que ce soit, vous pensiez avoir rêvé.

— Deux ?

— Elle voulait vous tuer.

— Génial. Et ça, c'est un antidote ?

— Je n'ai jamais vu aucun poison que ça ne réussisse à neutraliser. Vous vous sentez déjà mieux, non ?

— Juste un peu vaseux, confirme Zachary. Vous dites que Dorian a essayé de vous tuer ?

— Ça n'a pas marché », répond Mirabel, et avant que Zachary puisse lui demander davantage de détails, quelqu'un frappe au chambranle de la porte restée ouverte.

Zachary s'attend à voir le Veilleur, mais c'est une jeune femme qui se tient sur le seuil, l'air inquiet. Pas très grande, elle doit avoir plus ou moins son âge, les yeux pétillants et des cheveux bruns sagement coiffés en tresses autour de son visage et laissés lâches à l'arrière. Elle porte le même genre de toge que le Veilleur en version ivoire, mais plus sobre, à part les fines broderies ton sur ton aux poignets, autour du col et sur l'ourlet du bas. Elle jette à Zachary un regard interrogateur puis se tourne vers Mirabel en faisant pivoter sa main gauche vers l'extérieur, paume vers le haut. Zachary n'a pas besoin de traduction pour comprendre qu'elle demande ce qui se passe.

« On a eu quelques aventures, Rhyme, dit Mirabel, et la jeune fille fronce les sourcils. Une périlleuse opération commando, un kidnapping, un thé, un incendie, et les deux tiers de nos troupes empoisonnées. À part ça, je te présente Zachary. Zachary, voici Rhyme. »

Machinalement, Zachary pose deux doigts sur ses lèvres et incline la tête en guise de salutation, car il suppose que cette jeune fille est une disciple et il se souvient du geste qu'il a lu dans *Doux chagrins*. Aussitôt, il se sent ridicule, mais les yeux de Rhyme s'illuminent et son trouble disparaît. Elle place une paume sur son sternum et incline la tête à son tour.

« D'accord, j'ai l'impression que vous allez bien vous entendre, tous les deux », déclare Mirabel en lançant un drôle de regard à Zachary avant de se concentrer à nouveau sur Dorian.

Elle tend une main afin d'attirer à elle les fumerolles de l'encens, qui s'enroulent autour de ses doigts et coulent le long de son bras.

« Rhyme et vous avez quelque chose en commun, ajoute Mirabel à l'intention de Zachary. Rhyme a trouvé une porte peinte quand elle était petite, sauf qu'elle, elle l'a ouverte. C'était il y a… quoi ? Huit ans ? »

Rhyme secoue la tête et montre ses dix doigts.

« Ça ne nous rajeunit pas, soupire Mirabel.

— Tu n'es jamais rentrée chez toi ? » demande Zachary, et il regrette immédiatement sa question en voyant le visage de Rhyme s'assombrir.

Mirabel intervient avant qu'il ait le temps de s'excuser.

« Tout va bien, Rhyme ? » s'enquiert-elle.

Rhyme mime à nouveau quelque chose, que cette fois Zachary n'arrive pas à interpréter. Une ondulation des doigts qui se propage d'une main à l'autre. Mirabel, en revanche, a l'air de comprendre.

« Oui, je l'ai, dit-elle, avant de s'adresser à Zachary : Vous voulez bien nous excuser un moment, Ezra ? S'il n'est pas réveillé d'ici à ce que le cône d'encens s'éteigne, allumez-en un autre, d'accord ? Je reviens.

— D'accord », répond-il.

Mirabel sort de la chambre derrière Rhyme en récupérant son sac sur une chaise au passage. Zachary essaie de se souvenir s'il paraissait contenir quelque chose de lourd et volumineux précédemment, parce que maintenant, c'est le cas. Mais Mirabel et son sac ont disparu avant qu'il puisse bien voir.

Seul avec Dorian, Zachary s'occupe en regardant les volutes d'encens flotter dans la pièce. Elles forment un tourbillon au-dessus des oreillers et montent vers le plafond. Zachary tente de reproduire le geste gracieux qu'a eu Mirabel pour orienter la fumée dans la bonne direction, mais elle s'accroche à son bras et lui grimpe jusqu'à l'épaule et la tête. Son épaule ne lui fait plus mal, bien qu'il ne se rappelle pas depuis quand.

Il se penche vers Dorian afin d'ajuster le gant sur son front. Les deux premiers boutons de sa chemise sont défaits, c'est sans doute Mirabel qui les a ouverts pour qu'il puisse mieux respirer. Les yeux de Zachary font des allers-retours entre les volutes de fumée et le col de Dorian, jusqu'à ce que sa curiosité l'emporte.

Il a l'impression de commettre une intrusion, même s'il ne s'agit que de quelques centimètres de tissu. Pourtant, Zachary défait le troisième bouton avec appréhension, en se demandant comment Dorian réagirait s'il lui expliquait qu'il cherchait juste son épée.

L'absence d'épée tatouée sur la poitrine de Dorian est à la fois une surprise et une déception. Zachary avait surtout envie de voir à quoi ça ressemblait, plus que de vérifier s'il y en avait une ou pas. Son indiscrétion a révélé quelques centimètres carrés supplémentaires de torse musclé passablement velu, plusieurs hématomes, mais pas d'encre, rien qui permette de l'identifier comme un gardien. Peut-être cette tradition n'a-t-elle plus cours, remplacée par des épées en argent comme celle qu'il a sous son pull. Quelle est la part de vérité et de fiction dans *Doux chagrins*, et quelle proportion a simplement changé avec le temps ?

Zachary reboutonne d'un cran la chemise de Dorian, et remarque alors qu'à défaut d'épée sur le torse, il semble avoir un tatouage dans le dos et le cou, dont il n'arrive à distinguer que le peu qui dépasse sur son épaule, des formes comme des branchages.

Il se demande quelle est la différence entre veiller sur une personne sans connaissance et regarder quelqu'un dormir, et il se dit qu'il devrait peut-être bouquiner. La Cuisine pourrait sans doute lui préparer quelque chose à boire, mais il n'a pas soif, ni faim, aussi curieux que ça puisse paraître.

Il se lève de son fauteuil, soulagé de constater que ça ne ravive pas sa sensation de vertige subaquatique, et va chercher ses affaires à l'endroit où Mirabel les a déposées, près de la porte. Il a enfin récupéré son sac de voyage. Il en sort son téléphone, dont la batterie est bien entendu à plat, même si de toute façon il doute qu'il aurait eu du réseau. Il le remet dans le sac et prend dans sa sacoche le petit volume de contes en cuir marron.

Zachary retourne s'installer dans le fauteuil près du lit et commence à lire. Il est plongé dans une histoire d'aubergiste et de tempête de neige si captivante qu'il entend presque le vent souffler quand il s'aperçoit que le cône d'encens s'est éteint.

Il pose *Fortunes et fables* sur la table de nuit le temps d'en allumer un autre. La fumée semble attirée par le livre.

« Toi, au moins, tu as récupéré ton livre, remarque-t-il à voix haute. Moi pas. »

Il se dit finalement qu'il va peut-être commander à boire, ne serait-ce qu'un verre d'eau pour faire passer le goût de miel dans sa bouche, et il se dirige vers le monte-plats afin de rédiger sa demande. Il a la main sur le stylo lorsqu'il entend la voix de Dorian derrière lui, ensommeillée mais claire.

« J'ai mis ton livre dans ton manteau. »

LA BALLADE DE SIMON ET ELEANOR

au mauvais moment ne veut pas dire
sous une mauvaise étoile

Simon est fils unique, mais son prénom lui vient d'un frère aîné mort à la naissance. Simon est un remplaçant. Il se demande parfois s'il vit la vie de quelqu'un d'autre, s'il porte les chaussures et le nom de quelqu'un d'autre.

Simon habite avec son oncle (le frère de sa défunte mère) et sa tante, qui lui rappellent constamment qu'il n'est pas leur fils. Le spectre de sa mère plane sur lui. Son oncle ne parle d'elle que lorsqu'il a bu (c'est aussi les seules fois où il traite Simon de bâtard), mais il boit souvent. Jocelyn Keating est qualifiée de tout et n'importe quoi, de traînée à sorcière. Simon n'a pas assez de souvenirs de sa mère pour savoir si c'était ou pas une sorcière. Il a osé suggérer un jour qu'il n'était peut-être pas un bâtard, puisque personne n'est sûr de ses origines mais que sa mère est restée suffisamment longtemps avec l'homme qui pourrait être son père pour qu'il y ait deux Simon, de sorte qu'ils ont très bien pu être mariés en secret, mais ça lui a valu un verre de vin jeté à la figure (mal lancé). Son oncle ne se souvient pas de l'échange qui a suivi. C'est une domestique qui a nettoyé le verre brisé.

Le jour de ses dix-huit ans, Simon se voit remettre une enveloppe. Le cachet en cire représente une chouette et le papier est jauni par le temps. Au recto de l'enveloppe est écrit :

Pour Simon Jonathan Keating
à l'occasion du dix-huitième anniversaire
de sa naissance

Elle était conservée jusque-là dans le coffre d'une banque quelque part, lui explique son oncle. Livrée le matin même.

« Ce n'est pas mon anniversaire, fait remarquer Simon.

— On n'a jamais été sûrs de ta date de naissance, rétorque son oncle avec un pragmatisme blasé. Apparemment, c'est aujourd'hui. Tous mes vœux. »

Il laisse Simon seul avec l'enveloppe.

Elle est lourde. Il y a plus qu'une lettre à l'intérieur. Simon rompt le cachet, étonné que son oncle ne l'ait pas déjà fait à sa place.

Il espère que sa mère lui a écrit un message, qu'elle va lui parler à travers le temps.

Ce n'est pas une lettre.

Il n'y a sur la feuille ni formule de politesse, ni signature. Juste une adresse. Quelque part à la campagne.

Et une clé.

Simon retourne la feuille et trouve deux autres mots au verso.

mémoriser & brûler

Il relit l'adresse. Regarde la clé. Relit le recto de l'enveloppe.

Quelqu'un lui a légué une maison de campagne. Ou une grange. Ou un coffre-fort dans un champ.

Simon relit l'adresse une troisième fois, puis une quatrième. Il ferme les yeux, se la récite mentalement et vérifie qu'il a bon, la relit une dernière fois pour la forme et jette le papier au feu.

« Qu'est-ce qu'il y avait dans cette enveloppe ? lui demande son oncle au dîner, d'un ton faussement détaché.

— Juste une clé, répond Simon.

— Une clé ?

— Une clé. Un souvenir, j'imagine.

— Hrumpf, grommelle son oncle dans son verre de vin.

— Je vais peut-être aller voir mes camarades d'école à la campagne le week-end prochain », annonce Simon l'air de rien.

Sa tante répond par un commentaire météorologique, son oncle par un nouveau *hrumpf*, et une interminable semaine plus tard Simon est dans un train avec la clé dans sa poche. Le regard fixé sur la vitre, il se répète l'adresse en boucle dans la tête.

À la gare, il demande son chemin et on lui indique une route qui serpente entre des champs déserts.

Il ne voit pas le petit cottage avant d'être pile devant. Il est dissimulé derrière une jungle de ronces et de lierre, un jardin en friche qui a presque englouti la maison qu'il entoure. Un muret en pierre le sépare de la route.

Comme la grille est bloquée par la rouille, Simon escalade le muret, malgré les épines qui s'accrochent à son pantalon. Il arrache un rideau de lierre pour pouvoir accéder à la porte du cottage.

Il introduit la clé dans la serrure. Elle tourne facilement, mais pénétrer à l'intérieur est une autre affaire. Il doit encore pousser, écarter et dégager une forêt de lianes avant de convaincre enfin la porte de s'ouvrir.

Simon éternue en entrant dans la maison. Chacun de ses pas soulève un nuage de poussière qui flotte dans la lumière rasante de la fin de journée, parmi les ombres feuillues qui rampent en travers du sol.

Une vrille de lierre plus tenace que les autres s'est frayé un chemin par la fente d'une fenêtre et s'est enroulée autour d'un pied de table. Simon ouvre la fenêtre, faisant entrer une bouffée d'air frais et de lumière.

Des tasses à thé sont empilées dans un vaisselier. Une bouilloire est pendue près de la cheminée. Les meubles (une table et des chaises, deux fauteuils au coin du feu et un lit en cuivre terni) sont jonchés de livres et de papiers.

Simon ouvre un livre au hasard et trouve le nom de sa mère inscrit à l'intérieur de la couverture. *Jocelyn Simone Keating*. Il ne connaissait pas son deuxième prénom. Il comprend soudain d'où vient le sien. Il n'est pas certain d'aimer ce cottage, mais apparemment il est à lui, désormais, que ça lui plaise ou non.

Simon ouvre une deuxième fenêtre en aussi grand que le lierre le lui permet. Il trouve un balai dans un coin et le passe pour essayer de chasser le plus de poussière possible tandis que le jour baisse.

Il n'a pas vraiment de plan, ce qui à présent lui paraît stupide.

Il s'imaginait qu'il trouverait quelqu'un en arrivant. Sa mère, peut-être. Surprise, pas morte ! Les sorcières peuvent être assez dures à tuer s'il se souvient bien des histoires de son enfance. Ça pourrait passer pour un cottage de sorcière. Une sorcière bibliophile et amatrice de thé.

Ce serait plus facile de balayer s'il évacuait la poussière par la porte de derrière, alors il tourne le verrou, la tire et se retrouve non pas face au champ qui jouxte la maison mais en haut d'un escalier en colimaçon.

Simon lève les yeux vers la fenêtre obstruée de lierre juste à droite de la porte et regarde dehors, dans le soleil couchant.

Il regarde à nouveau l'espace qui s'ouvre derrière la porte : c'est beaucoup plus profond que le mur, ça dépasse largement l'épaisseur de la fenêtre.

Il y a de la lumière en bas de l'escalier.

Balai en main, Simon descend et se retrouve devant une grille en fer flanquée de deux lanternes allumées, comme une cage encastrée dans la roche.

Il ouvre la cage et entre à l'intérieur. Il y a un levier en cuivre. Il le tire.

La porte se referme en coulissant. Simon jette un coup d'œil à la lanterne suspendue au plafond, et la cage s'enfonce sous terre.

Simon reste médusé, son balai à la main, jusqu'à ce que la cage s'immobilise dans une secousse. La porte s'ouvre.

Simon débouche dans une pièce luminescente où se trouvent deux piédestaux et une large porte.

Sur chaque piédestal est posée une coupe. Les deux coupes sont accompagnées d'instructions.

Simon boit le contenu de la première, qui a un goût de myrtille, de clou de girofle et d'air nocturne.

Il prend les dés dans la seconde et les fait rouler sur le piédestal, après quoi les deux blocs de pierre se rétractent dans le sol.

La porte s'ouvre sur une vaste pièce hexagonale au centre de laquelle oscille un balancier. Il brille dans la lumière dansante de nombreuses lampes accrochées aux parois de différents couloirs qui disparaissent à perte de vue.

Partout, il y a des livres.

« En quoi puis-je vous être utile, monsieur ? »

En se retournant, Simon découvre un homme aux longs cheveux blancs, debout dans l'embrasure d'une porte. De plus loin lui parviennent des rires et des bribes de musique.

« Où est-on ? » demande Simon.

L'homme le dévisage, puis jette un coup d'œil au balai dans sa main.

« Si vous voulez bien me suivre, monsieur, dit-il en lui faisant signe d'avancer.

— C'est une bibliothèque ? s'enquiert Simon en regardant le nombre de livres autour de lui.

— En quelque sorte. »

Simon suit l'homme dans une pièce où trône un bureau couvert de papiers et de livres. Les murs sont occupés par des rangées de petits tiroirs à poignées métalliques et étiquettes manuscrites. Un chat lové sur le bureau dresse la tête à son approche.

« La première visite peut être déconcertante, dit l'homme en ouvrant un registre et en trempant une plume dans un encrier. Par quelle porte êtes-vous entré ?

— Quelle porte ? » répète Simon.

L'homme hoche la tête.

« C'est… c'était dans un cottage non loin d'Oxford. Quelqu'un m'avait laissé la clé. »

L'homme, qui avait commencé à écrire dans son registre, s'interrompt et relève les yeux.

« Vous êtes le fils de Jocelyn Keating ? demande-t-il.

— Oui, répond Simon avec un peu trop d'empressement. Vous la connaissiez ?

— Je l'ai connue, oui. Toutes mes condoléances.

— C'était une sorcière ? poursuit Simon en jetant un regard en coin au chat sur le bureau.

— Si tel était le cas, elle ne m'a pas fait part de cette information. Votre nom complet, monsieur Keating ?

— Simon Jonathan Keating. »

L'homme l'inscrit dans le registre.

« Vous pouvez m'appeler le Veilleur, déclare l'homme. Qu'avez-vous tiré ?

— Pardon ?

— Aux dés. Dans l'antichambre.

— Ah, c'étaient tous des petites couronnes », répond Simon.

Il a essayé de voir les autres symboles mais n'a eu le temps de reconnaître qu'un cœur et une plume.

« Tous ? » vérifie le Veilleur.

Simon hoche la tête.

Le Veilleur fronce les sourcils et note quelque chose dans son registre. Sa plume crisse sur le papier et le chat tend une patte pour essayer de l'attraper.

Le Veilleur repose sa plume, au grand dam du chat, et se dirige vers un placard à l'autre bout de la pièce.

« Les premières fois, il est recommandé de ne pas faire de trop long séjour, mais vous êtes le bienvenu dès que vous voulez revenir, explique le Veilleur avant de remettre à Simon un médaillon au bout d'une chaîne. Ceci vous indiquera la direction de l'entrée si vous vous perdez. Et l'ascenseur vous ramènera à votre cottage. »

Simon regarde l'aiguille de la boussole s'agiter dans sa main. *Mon cottage*, songe-t-il.

« Merci, dit-il au Veilleur.

— N'hésitez pas à me solliciter si je puis vous être d'une quelconque assistance.

— Je peux laisser ça là ? demande Simon en montrant son balai.

— Bien entendu, monsieur Keating », répond le Veilleur en lui désignant le mur près de la porte.

Simon y appuie le balai et le Veilleur retourne à son bureau. Le chat s'étire.

En sortant de la pièce, Simon contemple le balancier.

Il se demande s'il n'est pas en train de rêver.

Il prend un livre sur une pile près du mur et le repose aussitôt. Il s'aventure dans une galerie tapissée d'étagères incurvées du sol au plafond, si bien qu'il est entièrement entouré de livres, comme dans un tunnel. Il ne comprend pas comment font ceux au-dessus de sa tête pour ne pas tomber.

Il essaie d'ouvrir des portes. Certaines sont fermées à clé mais beaucoup ne le sont pas et donnent sur des salles remplies de livres ainsi que de fauteuils, de bureaux et de tables où sont disposés des encriers, des bouteilles de vin et d'eau-de-vie. Le nombre même de livres l'intimide. Il ne sait pas comment quiconque pourrait en choisir un parmi tout ça.

Il entend davantage de gens qu'il n'en voit, des bruits de pas et des murmures, proches mais invisibles. Il croise une silhouette en toge blanche en train d'allumer des bougies, et une femme si absorbée dans sa lecture qu'elle ne relève pas la tête quand il passe.

Il traverse une salle pleine de tableaux qui représentent tous des constructions impossibles. Des châteaux flottants. Des manoirs croisés avec des navires. Des villes creusées dans des falaises. Les livres autour semblent tous être des ouvrages d'architecture. Un couloir le mène à un amphithéâtre où des comédiens ont l'air de répéter une pièce de Shakespeare. Il reconnaît *Le Roi Lear*, même si les rôles ont été inversés, de sorte qu'il y a trois fils et leur vieille mère qui sombre dans la folie. Simon reste un moment à les regarder avant de continuer sa déambulation.

Quelqu'un joue de la musique quelque part, du piano. Il essaie de suivre le son mais ne parvient pas à en localiser la source.

C'est alors qu'une porte attire son regard. Une armoire débordant de livres a été placée partiellement en travers, la laissant à demi cachée, ou à demi trouvée.

Sur la porte est apposée une plaque en cuivre qui a la forme d'un cœur en flammes.

La poignée tourne facilement quand Simon tente de l'ouvrir.

Une longue table en bois trône au centre de la pièce, jonchée de papiers, de livres et d'encriers, mais d'une façon qui invite au travail et non qui suggère un travail interrompu. Des coussins sont éparpillés au sol et sur une méridienne, également occupée par un chat noir qui se redresse, s'étire et bondit à terre avant de s'enfuir par la porte que Simon vient d'ouvrir.

« De rien, surtout ! » lui lance ce dernier, mais le chat ne répond pas et Simon concentre à nouveau son attention sur la pièce désormais sans un chat.

Il y a le long des murs cinq autres portes, chacune marquée d'un symbole différent. Simon referme celle par où il vient d'arriver et y découvre le même cœur enflammé que de l'autre côté. Les autres ont respectivement une clé, une couronne, une épée, une abeille et une plume.

Entre les portes se dressent des colonnes et d'étroites étagères suspendues au plafond comme des balançoires, sur lesquelles les livres sont empilés à plat. Simon ne comprend pas comment on peut atteindre les plus hautes d'entre elles, jusqu'à ce qu'il se rende compte qu'un système de poulies permet de les monter ou de les baisser.

Il y a une lanterne au-dessus de chaque porte. Toutes sont allumées à part celle de la porte avec la clé, complètement éteinte, et celle de la porte avec la plume, qui ne luit que faiblement.

Un bout de papier dépasse de sous cette même porte.

Simon le ramasse. Il est recouvert d'une fine couche de suie qui lui noircit les doigts. Les mots sur la page sont tracés d'une écriture tremblée, enfantine.

Bonjour.
Il y a quelqu'un derrière cette porte
ou bien vous êtes un chat ?

Dessous, un petit dessin représente un lapin.

Simon essaie d'appuyer sur la poignée. Elle lui résiste. Il inspecte la serrure de plus près et trouve un loquet qu'il tourne avant de réessayer. Cette fois, la porte s'ouvre.

Elle donne sur une pièce sombre aux murs nus. Il n'y a personne. Simon passe la tête par la porte pour regarder derrière mais ne voit que du noir.

Perplexe, il referme la porte.

Retourne la feuille de papier.

Prend une plume sur la table, la trempe dans un encrier et rédige une réponse.

Je ne suis pas un chat.

Il plie le papier et le glisse sous la porte. Il attend. Rouvre la porte.

Le mot n'est plus là.

Il referme.

Dirige son attention vers une des étagères.

Derrière lui, la porte s'ouvre en grand. Simon laisse échapper un cri de surprise.

Dans l'embrasure se tient une jeune femme dont les cheveux châtains forment une masse de boucles et de tresses autour d'oreilles de lapin en filigrane d'argent. Elle est vêtue d'une étrange chemise en maille et d'une jupe scandaleusement courte sur un pantalon bleu et des bottes hautes. Elle a de grands yeux pétillants.

« Qui es-tu ? » demande cette fille qui vient d'apparaître de nulle part.

Le papier est serré dans sa main.

« Simon, dit-il. Et toi ? »

La fille réfléchit plus longtemps que lui à la question, la tête penchée, ses oreilles de lapin inclinées vers la porte avec l'épée.

« Lenore », répond Eleanor, ce qui est à peine un mensonge.

Elle a lu ce prénom dans un poème un jour et l'a trouvé plus joli qu'Eleanor, malgré la ressemblance. Et puis, comme personne ne lui demande jamais son nom, c'est une bonne occasion d'en tester un nouveau.

« D'où tu sors ? demande Simon.

— De la salle brûlée, dit-elle, comme si c'était une explication suffisante. C'est toi qui as écrit ça ? » ajoute-t-elle en brandissant le papier.

Simon hoche la tête.

« Quand ?

— Il y a quelques minutes. C'était de toi, le message au verso ? » demande-t-il, bien que l'écriture lui paraisse trop enfantine pour que ce soit le cas, mais il est troublé par les oreilles de lapin.

Eleanor retourne la feuille et contemple les lettres maladroites, le lapin approximatif.

« J'ai écrit ça il y a huit ans, déclare-t-elle.

— Pourquoi avoir glissé sous la porte un message qui date d'aussi longtemps ?

— Je l'ai mis sous la porte tout de suite après l'avoir écrit, rectifie Eleanor. Je ne comprends pas. »

Les sourcils froncés, elle referme la porte marquée d'une plume et traverse la pièce. Quelque part dans l'intervalle, Simon remarque qu'elle est plutôt jolie, malgré sa tenue excentrique. Elle a les yeux foncés, presque noirs, la peau mate, et quelque chose d'exotique dans les traits du visage. On pourrait difficilement faire plus différent des filles que sa tante lui fait parfois défiler sous le nez. Il essaie d'imaginer de quoi elle aurait l'air en robe, puis de quoi elle aurait l'air sans robe, et il est pris d'une quinte de toux, gêné.

Eleanor observe toutes les portes une par une.

« Je ne comprends pas », répète-t-elle dans sa barbe.

Elle se retourne alors et regarde à nouveau Simon. Non, elle le dévisage, l'examine de la tête aux pieds.

« Il y a des abeilles par ici ? lui demande-t-elle en allant voir par elle-même derrière les étagères et sous les coussins.

— Pas à ma connaissance, répond Simon en jetant un coup d'œil sous la table par réflexe. Il y avait un chat tout à l'heure, mais il est parti.

— Comment tu es arrivé là ? l'interroge-t-elle en se penchant à son tour pour croiser son regard sous la table. En bas, je veux dire, dans cet endroit en général, pas dans cette pièce.

— Par une porte, dans un cottage…

— Tu as une porte ? » le coupe Eleanor.

Elle s'assied par terre en tailleur au milieu des chaises et le fixe d'un regard admiratif.

« Elle n'est pas vraiment à moi », précise Simon.

Quoique peut-être que si, puisque le cottage est à lui. Curieux héritage. Il s'assied également par terre en écartant une chaise entre eux, de sorte qu'ils se retrouvent face à face dans une forêt de pieds de chaises avec une table pour canopée.

« Je croyais qu'il ne restait presque aucune porte », lui confie Eleanor.

Simon lui parle de sa mère, de l'enveloppe, de la clé et du cottage. Elle l'écoute attentivement et il incorpore le plus de détails possible. Le cachet de cire sur l'enveloppe. Le lierre sur le cottage. Elle fait une drôle de tête quand il décrit l'ascenseur-cage mais elle ne l'interrompt pas.

« Ta mère est venue ici ? lui demande-t-elle lorsque son récit est parvenu jusqu'à la pièce où ils se trouvent à présent.

— Apparemment. »

Simon se dit que c'est peut-être mieux qu'une lettre, d'avoir des espaces qu'elle a occupés et des livres qu'elle a lus.

« Elle était comment ? s'enquiert Eleanor.

— Je ne m'en souviens pas, répond Simon, qui s'empresse de changer de sujet. C'est la première fois que je vois une fille en pantalon, dit-il en espérant qu'elle ne le prendra pas mal.

— Avec une robe, je ne peux pas escalader, explique Eleanor comme si ça allait de soi.

— L'escalade, ce n'est pas pour les filles.

— Tout est pour les filles. »

Elle a une expression tellement sérieuse que ça le force à réfléchir à ce qu'elle vient de dire. Cela va à l'encontre de tout ce que son oncle a toujours affirmé au sujet des filles, mais peut-être que son oncle ne s'y connaît pas autant en filles qu'il le prétend, et sa tante a des idées très arrêtées sur ce qui convient ou pas à une jeune femme.

Il se demande s'il a atterri quelque part où les filles ne jouent pas de petits jeux, où il n'y a pas de règles tacites à suivre. Pas d'attentes. Pas de chaperon. Il se demande si sa mère était comme ça. Et ce qui fait d'une femme une sorcière.

Ils continuent à se lancer des questions tour à tour, parfois tellement à la suite qu'il a l'impression de devoir jongler pour répondre à l'une, puis à l'autre, puis à d'autres encore entre les deux. Simon lui raconte des choses qu'il n'a jamais racontées à personne. Il lui confie des peurs, lui expose des inquiétudes, des pensées qui coulent de ses lèvres qu'il n'a jamais osé formuler tout haut, mais c'est différent ici, avec elle.

Elle lui parle de cet endroit. Des livres, des pièces et des chats. Elle a un petit pot de miel dans son sac et le lui fait goûter. Il s'attendait à un goût sucré mais c'est bien plus que ça, riche, doré et fumé.

Simon ne trouve plus ses mots, il lèche le miel sur ses doigts, traversé par des sensations qu'il n'arrive pas à exprimer et dont il est sûr qu'elles seraient déplacées s'il y arrivait.

Eleanor ne sait que penser de ce garçon avec sa chemise à jabot et sa veste boutonnée. Est-ce un garçon ou un homme ? Elle n'est pas certaine de connaître la différence. Il a une curieuse façon de prononcer les *r*. Elle ne saurait dire s'il est beau ou pas, elle n'a pas beaucoup de références en la matière, mais elle aime son visage. Il respire la franchise. Peut-être qu'il n'a aucun secret. Il a les yeux marron mais les cheveux blonds, et elle a lu tellement de livres où les cheveux blonds allaient avec des yeux bleus qu'elle trouve ça incongru. D'ailleurs son visage est bien davantage que la simple couleur de ses yeux et de ses cheveux, elle se demande pourquoi les livres ne décrivent pas la courbe du nez ou la longueur des cils. Elle étudie la forme de ses lèvres. Peut-être qu'un visage est trop difficile à traduire en mots.

Eleanor tend le bras pour lui toucher les cheveux. Il paraît si surpris qu'elle retire sa main.

« Je suis désolée, dit-elle.

— Non, ça va. »

Simon prend sa main dans la sienne. Il a les doigts chauds et poisseux de miel. Elle sent son cœur battre trop vite. Elle essaie de se souvenir de livres avec des garçons en chemise à jabot pour savoir comment se comporter. Les seules choses qui lui reviennent, ce sont la valse, qui ne paraît pas très à propos, et la broderie, à laquelle elle ne connaît rien. Sans doute qu'elle ne devrait pas le fixer comme ça mais il la fixe aussi alors elle n'arrête pas.

Ils continuent à discuter, assis main dans la main. Eleanor lui dessine du bout des doigts des petits cercles dans le creux de la paume pendant qu'ils parlent du Port, des couloirs, des pièces, des chats.

Des livres.

« Tu as un préféré ? » lui demande Simon.

Eleanor réfléchit. C'est une question qu'on ne lui a jamais posée, mais il se trouve qu'un livre lui vient à l'esprit.

« Je… Oui. J'en ai un. C'est… »

Elle s'interrompt.

« Tu as envie de le lire ? » lui propose-t-elle au lieu d'essayer de le lui expliquer.

Les livres sont toujours mieux quand on les lit soi-même.

« J'aimerais beaucoup, répond Simon.

— Je peux te le prêter, comme ça tu pourras le lire et après on pourra en parler. S'il t'a plu. Ou s'il ne t'a pas plu, j'aimerais savoir pourquoi, exactement. Il est dans ma chambre, tu m'accompagnes ?

— Bien sûr. »

Eleanor rouvre la porte marquée d'une plume.

« Je suis désolée qu'il fasse aussi noir », dit-elle.

Elle sort de son sac un cylindre en métal et appuie sur quelque chose qui en fait jaillir une très forte lumière, constante et blanche. Elle s'en sert pour éclairer l'obscurité et Simon aperçoit les ruines de la pièce voisine, les livres calcinés. Il y a une odeur de fumée.

Eleanor quitte la pièce où ils sont et pénètre dans l'autre.

Simon la suit et se heurte aussitôt à un mur. Quand les trente-six chandelles s'estompent derrière ses paupières, il se trouve à nouveau devant le même gouffre noir que la première fois, la salle brûlée et la fille toutes les deux disparues.

Simon tend la main dans le noir, mais elle se cogne à une surface solide.

Il tambourine dessus, comme si le noir était une porte.

« Lenore ? » crie-t-il.

Elle va revenir, se dit-il. Elle va aller chercher le livre et revenir. S'il ne peut pas la suivre, il n'a qu'à l'attendre.

Il referme la porte et se frotte le front.

Il décide de s'occuper en passant les étagères en revue. Il reconnaît des livres de Keats et de Dante, mais les autres noms ne lui sont pas familiers. Ses pensées ne cessent de le ramener vers la fille.

Il promène ses doigts sur les coussins en velours empilés sur la méridienne.

La porte à la plume s'ouvre et Eleanor entre, un livre à la main. Elle a changé de tenue, elle est maintenant vêtue d'une tunique bleu foncé qui lui découvre les épaules et d'un long foulard rose enroulé autour du cou.

Elle sursaute en croisant son regard, et la porte claque derrière elle. Elle le fixe, les yeux écarquillés.

« Qu'est-ce qui s'est passé ? s'enquiert Simon.

— Je suis partie combien de temps ? demande-t-elle.

— Quelques instants, suppose Simon, qui n'a pas pensé à mesurer l'heure, distrait par ses pensées. Pas plus de dix minutes, sans doute. »

Eleanor lâche le livre, qui s'ouvre en tombant et se referme en atterrissant à ses pieds. Elle se plaque les deux mains sur la bouche et Simon, ne sachant que faire, ramasse le livre et examine avec curiosité sa tranche dorée.

« Qu'est-ce qu'il y a ? s'inquiète-t-il en résistant à l'envie de commencer à le feuilleter bien que ce soit très tentant.

— Six mois », murmure Eleanor.

Simon ne comprend pas. Il la dévisage en haussant un sourcil et Eleanor le foudroie du regard.

« Six mois, répète-t-elle, plus fort cette fois. Ça fait six mois que cette pièce est vide chaque fois que j'ouvre la porte, et aujourd'hui te revoilà. »

Simon éclate de rire malgré la mine sérieuse d'Eleanor.

« C'est absurde, dit-il.

— C'est la vérité.

— Ça ne veut rien dire. Tu te moques de moi. On ne peut pas s'absenter quelques instants et prétendre avoir disparu pendant des mois. Regarde, je te montre. »

Simon se tourne vers la porte marquée du cœur et sort dans le couloir, le livre à la main.

« Viens voir, lance-t-il en se retournant vers la pièce, mais elle est vide. Lenore ? »

Simon revient dans la pièce. Il n'y a personne. Il regarde le livre dans sa main. Ferme la porte et la rouvre.

Il n'a pas pu inventer cette fille.

En outre, s'il n'y a pas eu de fille, d'où vient ce livre ?

Il le soupèse dans sa paume.

Il commence à le lire, parce que lire lui calme les nerfs.

Il attend que la porte se rouvre, mais elle reste close.

Zachary Ezra Rawlins retrouve *Doux chagrins* exactement où Dorian avait dit qu'il serait, dans la poche de son manteau éclaboussé de peinture, sur le dossier d'une chaise dans sa chambre où il l'avait laissé en arrivant.

Il ne l'avait même pas remarqué. Le livre est assez petit pour être glissé dans la poche d'un manteau sans que le détenteur du manteau s'en rende compte, surtout si ledit détenteur est frigorifié, ivre et désorienté. Zachary se dit qu'il devrait quand même s'en souvenir. Cette intimité ratée le contrarie.

C'est la première occasion qu'il a de revenir dans sa chambre après qui sait combien d'heures à veiller sur Dorian, bien que celui-ci n'ait pas dit un mot de plus pendant que Zachary lisait à ses côtés son livre de contes, de plus en plus déconcerté par les références à la mer sans Étoiles et à ce qui semble être plusieurs Rois des chouettes différents. Rhyme est venue le relayer mais il n'a pas compris quand elle a essayé de lui expliquer où était partie Mirabel, et il n'a pensé qu'après coup qu'il aurait dû lui demander de le lui écrire, même s'il n'est pas sûr que ce soit autorisé.

Sa chambre lui paraît confortable et familière, un feu brûle à nouveau joyeusement dans la cheminée. Le lit a été fait. La Cuisine lui a renvoyé ses vêtements nettoyés, y compris son costume, immaculé et impeccablement plié.

Il leur expédie le manteau qu'il avait oublié pour voir s'ils peuvent faire quelque chose, et décide par la même occasion de commander à manger.

Quelques instants plus tard, la petite sonnerie retentit et il s'aperçoit que la Cuisine n'a pas lésiné sur les quantités en réponse à sa demande, certes imprécise, de « raviolis à gogo », puisqu'il se retrouve face à un assortiment aussi délicieux que ridiculement vaste de raviolis chinois. Il y en a de toutes sortes, présentés à l'unité dans des coupelles individuelles sous cloche, certains accompagnés d'une sauce pour les tremper. Chaque cloche en céramique est décorée d'une scène peinte représentant le même personnage en voyage dans différents environnements. Une forêt remplie d'oiseaux. Le sommet d'une montagne. Une ville de nuit.

Zachary ne parvient même pas à visiter la moitié des destinations et décide de laisser le reste des raviolis au chaud sous leurs cloches respectives.

Il entame sur une étagère une collection des bouteilles d'eau gazeuse en verre bleu. Peut-être qu'il pourra trouver des bougies à mettre dedans. Il n'est pas contre l'idée de prendre un peu ses aises tant qu'il est là. Il se sent déjà à l'aise. Du moins si on fait abstraction des moments où il a besoin d'aller s'allonger sur le carrelage de la salle de bains pour prendre de grandes inspirations.

Maintenant qu'il a récupéré son sac, il a de nouveau accès à ses propres habits, mais ils sont moins bien que ceux de la chambre. Même la comparaison entre ses lunettes habituelles et celles qu'on lui a prêtées donne un léger avantage aux secondes, que Zachary décide donc de continuer à porter également.

Il trouve une prise électrique près d'une des lampes et y branche son téléphone sans grande conviction.

Il s'assied devant la cheminée pour pouvoir feuilleter *Doux chagrins*, soulagé de l'avoir retrouvé. Il manque plus de pages que dans son souvenir. Peut-être qu'il devrait le montrer à Mirabel. Il s'arrête sur le passage avec le fils de la voyante. *Pas encore.* Voilà, il y est, maintenant. Il est arrivé jusqu'au Port même s'il n'a pas trouvé la mer sans Étoiles. Et après ?

Il pourrait éventuellement remonter la trace du livre lui-même. Où était-il avant ? Il se rappelle vaguement l'indice que lui avait donné la bibliothécaire. De la collection privée de… quelqu'un. Il ferme les yeux pour tenter de se remémorer le bout de papier qu'Elena lui a remis après le cours de Kat : une donation de… la fondation quelque chose… Bon sang ! Il y avait un J, croit-il se souvenir. Peut-être.

Keating. Le nom de famille lui revient mais il a oublié les initiales devant. Il n'arrive pas à croire qu'il n'ait pas pris ce papier avec lui.

Une chose est sûre : ce n'est pas en restant ici qu'il va comprendre ce qu'il est censé faire maintenant, sauf s'il est censé faire une sieste.

Zachary met *Doux chagrins* dans sa sacoche, renvoie ses plats à la Cuisine et demande une pomme en dessert (il reçoit une coupe en argent remplie de pommes jaunes mouchetées de petites taches rosées), après quoi il repart explorer le tréfonds du Port.

Il essaie de se passer de sa boussole mais du coup n'a aucune idée de la direction qu'il prend chaque fois qu'il bifurque. Il tombe sur une salle remplie de tables et de fauteuils, certains dans des alcôves individuelles le long des murs, d'autres dans un large espace vide au centre duquel gargouille une fontaine.

Il y a des pièces de monnaie au fond de l'eau, dont il reconnaît quelques-unes, comme un cimetière de vœux sous la surface bouillonnante. Il songe à la fontaine pleine de clés et au collectionneur dans le livre de Dorian et se demande ce qu'il est devenu.

Personne ne le revit jamais.

Est-ce que quelqu'un se demande déjà ce que *lui* est devenu ? Sans doute pas.

De derrière la fontaine part une galerie au plafond nettement plus bas, dont l'accès est obstrué par des étagères et un fauteuil. Il doit déplacer celui-ci pour pouvoir passer. La galerie, faiblement éclairée, présente des portes fermées des deux côtés, et en avançant Zachary comprend ce qu'elle a d'étrange. Ce n'est pas tant l'absence de livres et de chats que le fait que les portes de part et d'autre n'aient pas de poignée. Seulement des serrures. Il s'arrête devant l'une et la pousse, mais elle ne bouge pas. Un examen plus attentif de son chambranle en bois révèle des traces noires de brûlure sur les bords. Il plane dans l'air une légère odeur de fumée, comme longtemps après qu'un incendie a été éteint. On distingue l'endroit où devait autrefois se trouver la poignée, dont l'absence a été colmatée par un bouchon en bois intact, non brûlé. Quelque chose bouge à nouveau dans la pénombre au bout du couloir, trop gros pour être un chat, mais quand Zachary relève la tête, il n'y a rien.

Il revient sur ses pas en direction de la fontaine et choisit une autre galerie. Elle est mieux éclairée que la précédente, mais ici « éclairé » reste un terme relatif. La plupart du temps, il y a juste assez de lumière pour pouvoir lire, guère plus.

Il déambule sans but en se retenant d'aller prendre des nouvelles de Dorian, légèrement agacé que son esprit soit autant accaparé par ça (par *lui*).

En passant devant un tableau qui représente une bougie, il jurerait d'avoir vu la flamme vaciller, alors il s'approche pour en avoir le cœur net et s'aperçoit que ce n'est pas un tableau mais un simple cadre accroché au mur autour d'une étagère sur laquelle est posée une bougie dans un chandelier. Il se demande qui l'a allumée.

Un *miaou* derrière lui le tire de sa rêverie. Zachary se retourne et découvre un chat persan qui le fixe d'un regard noir, son museau aplati froncé en une moue sceptique.

« C'est quoi ton problème ? demande-t-il au chat.

— Miaaouuugrrr, rétorque ce dernier en un miaulement-grognement hybride insinuant qu'il a tellement de problèmes qu'il ne sait par où commencer.

— Je compatis », répond Zachary.

Il observe à nouveau la bougie qui danse dans son cadre et la souffle.

Aussitôt, le cadre vibre et s'abaisse. C'est toute la moitié inférieure du mur qui coulisse, en fait, pour s'enfoncer dans le sol. Ça s'arrête lorsque le bas du cadre touche le carrelage, la bougie éteinte se retrouvant à hauteur d'yeux de chat.

À la place du cadre, il y a désormais un trou rectangulaire dans le mur. Zachary jette un regard au chat, qui s'intéresse surtout à la bougie, cherchant à attraper à coups de patte une volute de fumée.

L'ouverture est suffisamment large pour que Zachary s'y introduise, mais il n'y a pas assez de lumière. La principale source d'éclairage est une lampe à franges posée sur une table au bout du couloir. Zachary la tire aussi près du trou que le fil le lui permet, en se demandant comment peut bien marcher l'électricité ici-bas et ce qui se passerait si elle sautait.

La lampe consent à se rapprocher de l'ouverture mais pas à passer à travers. Zachary la pose au sol et l'incline – les franges réjouissent le chat – de façon qu'elle éclaire l'autre côté. Il enjambe le faux tableau et s'engouffre dans le trou.

Ses semelles crissent sur des choses par terre connues de l'obscurité seule, et Zachary se dit que c'est sans doute mieux comme ça. La lampe remplit sa fonction à merveille, mais il faut du temps avant que ses yeux s'accoutument. Il remonte ses lunettes d'emprunt sur son nez et s'aperçoit que si la pièce ne s'illumine pas davantage, c'est que tout à l'intérieur est brûlé.

Ce qu'il avait pris pour de la poussière est de la cendre, recouvrant les reliques de ce qui a été, et Zachary reconnaît précisément ce qui a été, jadis, un temps indéterminable avant son arrivée.

Il ne reste plus du bureau au centre de la pièce et de la maison de poupées dessus qu'un tas de décombres carbonisés.

La maison s'est effondrée sur elle-même, le toit s'est affaissé sur les pièces en dessous. Ses habitants et tous les alentours ne sont plus que des souvenirs. Toute la pièce est remplie de papier noirci et d'objets brûlés méconnaissables.

Zachary lève le bras pour toucher une unique étoile suspendue au plafond par un fil miraculeusement intact et elle tombe sur le sol, perdue dans les ténèbres.

« Même les empires minuscules s'écroulent », commente Zachary, en partie pour lui-même et en partie pour le chat qui l'observe du couloir par-dessus le rebord du cadre.

En guise de réponse, ce dernier se laisse retomber à terre.

Zachary écrase sous ses pas des morceaux de bois calcinés et les débris d'un monde qui n'est plus. Il s'approche de la maison. La charnière qui permettait autrefois de la déplier en deux est intacte, mais quand il veut l'ouvrir, elle se disloque et la façade s'abat sur la table, laissant l'intérieur exposé à la vue de tous.

L'intérieur n'a pas été aussi ravagé que le reste de la pièce, mais il est brûlé et bruni. On ne distingue plus les chambres à coucher de la cuisine et du salon. Le grenier s'est effondré sur l'étage du dessous, emportant la majeure partie du toit avec lui.

Zachary repère quelque chose dans une des pièces. Il l'attrape et le sort des ruines.

Une poupée. Il frotte la suie dessus avec son pull et la soulève dans la lumière. C'est une poupée de sexe féminin, peut-être la fille de la famille d'origine, en porcelaine peinte. Fendillée, mais pas cassée.

Zachary la repose, debout, dans les cendres de sa maison.

Il aurait rêvé de la voir telle qu'elle était. La maison, mais aussi le quartier autour et la ville de l'autre côté de la mer. La multitude d'ajouts et d'histoires entrecroisées. Il aurait voulu lui-même y apporter quelque chose, peut-être. Laisser sa propre trace. Il n'avait pas conscience d'en avoir envie à ce point jusqu'à être confronté à la réalité du fait qu'il ne le pourra plus. Il n'arrive pas à décider s'il est triste, en colère ou déçu.

Le temps passe. Les choses changent.

Il balaie la pièce du regard, la pièce qui ne contient désormais plus qu'une unique poupée debout dans les décombres de son monde. Il y a des fils qui pendent du plafond là où étaient peut-être accrochées naguère des étoiles ou des planètes, comme des filaments de toiles d'araignées. Il se rend compte à présent que d'autres choses ont survécu à l'incendie qui a consumé la pièce. Un bateau naufragé dans le coin qui était jadis un océan, un segment de chemin de fer le long du bord de la table, une horloge de parquet à moitié défenestrée dans une des pièces de la maison, et un cerf, noir des bois aux sabots mais à part ça intact, qui le fixe de ses deux minuscules billes de verre depuis une étagère.

Les lambeaux du papier peint forment des frisettes sur les murs, comme l'écorce d'un bouleau. À côté de l'étagère avec le cerf se trouve une porte sans poignée et Zachary se demande si c'est celle devant laquelle il s'est arrêté un peu plus tôt.

La pièce lui fait soudain l'effet d'un tombeau, l'odeur de fumée et de papier brûlé semble plus forte qu'avant.

Dans le couloir, la lampe dégringole, soit de son propre chef, soit aidée par le chat. L'ampoule éclate avec un petit claquement sec et emporte avec elle le peu de lumière qu'il y avait, laissant Zachary seul dans le noir au milieu des restes calcinés d'un univers miniature.

Il ferme les yeux et compte à rebours à partir de dix.

Quelque part au fond de lui, il s'attend à les rouvrir et à se retrouver dans le Vermont, mais il est exactement au même endroit que dix secondes plus tôt, sauf qu'à présent il voit une toute petite lueur pour le guider.

Il ressort par l'ouverture dans le mur en prenant garde de ne pas trébucher sur la lampe cassée. Il la repose sur la table où il l'a prise et fait de son mieux pour dégager le passage des éclats de verre.

Quelques bougies votives sont intercalées sur les rayonnages entre les livres et il en utilise une afin de rallumer celle du tableau. Le cadre remonte à sa place sitôt que la flamme brûle, les restes de l'univers de poupées à nouveau prisonniers derrière le mur.

« Miaou, lance le chat persan, soudain de retour à ses pieds.

— Coucou, lui répond Zachary. Je vais continuer par là, ajoute-t-il en tendant le doigt vers la gauche, une décision qu'il prend à l'instant même où il la formule. Tu peux m'accompagner si tu veux, sinon c'est pas grave. Vis ta vie. »

Le chat le contemple un moment et remue la queue.

Le couloir qui part sur la gauche est court, sombre, et débouche dans une salle entourée de cariatides en marbre qui soutiennent le plafond par groupes de deux ou trois, même si dans leurs contorsions dénudées les statues paraissent plus concentrées les unes sur les autres que sur leur fonction architecturale.

Le plafond doré est incrusté de dizaines de minuscules lumières qui nimbent d'un halo chaleureux l'orgie de marbre froid sous elles.

Zachary jette un coup d'œil par-dessus son épaule et constate que le chat l'a suivi, mais dès que Zachary le regarde il s'arrête et se lèche une patte d'un air nonchalant, comme s'il ne le suivait pas du tout mais se trouvait par hasard aller dans la même direction.

Un autre couloir part de la salle des colonnes, flanqué de deux statues, l'une qui regarde vers la pièce, l'autre qui s'en détourne en se cachant les yeux.

Le chat a trouvé quelque chose par terre qu'il balade à petits coups de patte et regarde glisser sur le sol devant lui. Mais l'objet perd vite de son attrait et le chat lui donne une dernière taloche avant de passer son chemin. Zachary va voir ce que c'est et découvre une étoile en origami avec une branche tordue. Il la met dans sa poche.

Au bout d'un moment, il finit par déboucher dans le Cœur, plus ou moins par accident. La porte du bureau est ouverte mais le Veilleur ne relève pas la tête jusqu'à ce que Zachary toque.

« Bonjour, monsieur Rawlins, dit-il. Comment vous sentez-vous ?

— Mieux, merci.

— Et votre ami ?

— Il dort, mais ça a l'air d'aller. Et, euh… j'ai cassé une lampe, dans un des couloirs. Je peux ramasser les bouts de verre si vous avez un balai ou quelque chose. »

Son regard tombe justement sur un vieux balai de paille posé dans un coin.

« Ce ne sera pas nécessaire, rétorque le Veilleur. Je vais charger quelqu'un de s'en occuper. Quel couloir ?

— Par là, un peu plus loin, explique Zachary en indiquant la direction par laquelle il est arrivé. À côté d'un cadre de tableau avec une vraie bougie à l'intérieur.

— Je vois », répond le Veilleur en notant quelque chose.

Son ton est juste assez bizarre pour que Zachary décide d'en savoir plus, en se disant qu'il est peut-être d'ailleurs un peu trop poli d'une manière générale.

« Qu'est-ce qui s'est passé dans la pièce de la maison de poupées ? demande-t-il.

— Il y a eu un incendie, explique le Veilleur sans lever les yeux, visiblement pas étonné que Zachary en ait trouvé l'accès.

— Ça, j'avais compris. Provoqué par quoi ?

— Une accumulation de circonstances imprévues, dit le Veilleur. Un accident, ajoute-t-il comme Zachary ne réagit pas. Je ne peux pas vous donner davantage de détails car je n'en ai pas été le témoin direct. Y a-t-il autre chose que je puisse faire pour vous ?

— Où est passé tout le monde ? demande Zachary d'un ton ostensiblement agacé, mais le Veilleur n'interrompt pas pour autant son travail.

— Vous et moi sommes ici, votre ami est dans sa chambre, Rhyme est sans doute à ses côtés ou en train de s'acquitter de ses obligations, et j'ignore où se trouve Mirabel, elle ne me tient pas au courant de ses faits et gestes.

— C'est tout ? s'étonne Zachary. On est cinq ? Plus les chats ?

— Tout à fait, monsieur Rawlins. Vous souhaiteriez avoir un chiffre pour les chats ? Il ne sera peut-être pas exact, ils sont difficiles à compter.

— Non, ça ira, répond Zachary. Mais où... où sont passés les autres ? »

Le Veilleur marque une pause et le regarde. Il a l'air plus vieux, ou plus triste, Zachary n'arrive pas à trancher. Peut-être les deux.

« Si vous faites référence à nos anciens résidents, certains sont partis. Certains sont morts. Certains sont retournés à l'endroit d'où ils venaient, d'autres se sont mis en quête d'un nouvel endroit et je leur souhaite de l'avoir trouvé. Quant à ceux qui sont restés, vous les connaissez déjà.

— Et vous, pourquoi vous êtes resté ?

— Je reste parce que c'est mon travail, monsieur Rawlins. Ma vocation, mon devoir, ma raison d'être. Vous, pourquoi êtes-vous là ? »

Parce qu'un livre disait que j'étais censé y être, songe Zachary. *Parce que j'ai peur de remonter à cause des foldingues en manteau de fourrure qui conservent des mains coupées dans des bocaux. Parce que je n'ai pas encore résolu l'énigme même si je ne sais pas de quelle énigme il s'agit.*

Parce que je me sens plus vivant ici que là-haut.

« Je suis ici pour parcourir la mer sans Étoiles et respirer l'air hanté », dit-il, et cette citation lui vaut un sourire du Veilleur.

Il fait plus jeune quand il sourit.

« Je vous souhaite bonne chance dans votre projet, répond-il. Y a-t-il autre chose que je puisse faire pour vous ?

— Parmi les anciens résidents, y en avait-il un dénommé Keating ? » demande Zachary.

Le visage du Veilleur revêt alors une expression que Zachary n'arrive pas à interpréter.

« Nous avons eu plusieurs individus portant ce nom parmi nos hôtes, indique-t-il.

— Est-ce que… est-ce que l'un d'entre eux possédait une bibliothèque ? Là-haut ?

— Pas à ma connaissance.

— Quand étaient-ils ici ?

— Il y a très longtemps, monsieur Rawlins. Avant votre naissance.

— Ah », fait Zachary.

Il essaie de penser à d'autres questions mais ne sait plus quoi demander. Il a *Doux chagrins* dans son sac, il pourrait le montrer au Veilleur, mais quelque chose le fait hésiter. Il se sent fatigué, tout à coup, et tandis qu'une bougie crachote sur le bureau, l'odeur de la fumée le renvoie à la maison de poupées et à la destruction de l'univers, et il se dit qu'il devrait peut-être aller s'allonger.

« Vous allez bien ? s'inquiète le Veilleur.

— Oui, ça va, répond Zachary, bien qu'il sente que c'est un mensonge. Merci. »

Il rebrousse chemin dans des couloirs qui lui paraissent soudain plus sombres et plus vides. La sensation d'être sous terre l'oppresse. Tellement de roche entre ici et le ciel. Tellement de poids suspendu au-dessus de sa tête.

Il arrive enfin devant sa chambre, qui lui apparaît comme une bulle protectrice, mais dès qu'il en franchit le seuil il marche sur quelque chose qui a été glissé sous sa porte.

Il déplace le bout de sa chaussure. Dessous se trouve une feuille de papier pliée en deux.

Zachary se baisse pour la ramasser. Il y a un Z sur l'extérieur, un Z un peu sophistiqué, avec un trait horizontal au milieu. Visiblement, ça lui est bien destiné.

L'intérieur contient quatre lignes de texte, d'une écriture qu'il ne reconnaît pas. Ça ne ressemble ni à une lettre ni à un petit mot personnel. Il pense que c'est peut-être un extrait d'un poème ou d'une histoire.

Ou une énigme.

La Reine des abeilles vous attend
Avec des contes à raconter cachés dedans
Apportez-lui une clé qui jamais n'a été forgée
Et une autre faite d'or en totalité

LA BALLADE DE SIMON ET ELEANOR

emprunt de livre

Simon sait qu'il s'est écoulé plusieurs heures. Il est fatigué, il a faim et il se souvient qu'il avait justement emporté de quoi manger mais qu'il a laissé son sac dans le cottage et pris un balai à la place, ce qui ne lui paraît à présent pas très judicieux. Il ne croit pas Lenore quand elle dit que tellement de temps a passé, mais elle n'est toujours pas revenue, et maintenant il est à moitié endormi, et le livre qu'elle lui a laissé est vraiment bizarre et Simon n'est pas sûr que tout ça lui plaise beaucoup.

Il songe à sa mère, qui a caché un endroit pareil dans un cottage à la campagne.

À contrecœur, il suit sa boussole pour retrouver son chemin jusqu'au hall d'entrée.

Il essaie d'ouvrir la porte qui mène à la cage par laquelle il est arrivé, mais elle est fermée à clé.

Il réessaie en appuyant plus fort sur la poignée.

« Vous ne pouvez pas prendre ça avec vous », dit une voix dans son dos.

Il se retourne et découvre le Veilleur debout devant la porte ouverte de son bureau, derrière le balancier. Simon met un moment à comprendre qu'il parle du livre dans sa main.

« Je voulais le lire », explique-t-il, bien que ça semble évident.

Que pourrait-il vouloir faire d'autre avec un livre ? Même si ce n'est pas tout à fait vrai. Il veut faire plus que simplement le lire. Il veut l'étudier. Il veut le savourer. Il veut s'en servir comme d'une fenêtre pour voir à l'intérieur de quelqu'un d'autre. Il veut emporter ce livre chez lui, dans sa vie, dans son lit, parce qu'il ne peut pas en faire autant avec la fille qui le lui a donné.

Il doit y avoir ici un protocole de prêt officiel, pense-t-il.

« Je voudrais emprunter ce livre, si c'est possible, reprend-il.

— Vous devez laisser quelque chose en échange », lui répond le Veilleur.

Simon fronce les sourcils, puis tend le doigt vers le balai toujours posé près de la porte du bureau.

« Est-ce que ça pourrait faire l'affaire ? »

Le Veilleur contemple le balai et hoche la tête.

Il va chercher un bout de papier sur son bureau, y inscrit le nom de Simon et l'accroche au balai. Le chat lové sur la table bâille et Simon bâille en retour.

« Le titre de l'ouvrage ? » demande le Veilleur.

Simon baisse les yeux vers le livre entre ses mains, bien qu'il connaisse déjà la réponse.

« *Doux chagrins*, dit-il. Il n'y a pas de nom d'auteur. »

Le Veilleur relève la tête.

« Je peux voir ça ? » s'étonne-t-il.

Simon lui tend le volume.

Le Veilleur l'examine, en scrute la couverture et les pages de garde.

« Où l'avez-vous trouvé ? s'enquiert-il.

— C'est Lenore qui me l'a donné, répond Simon en supposant qu'il n'a pas besoin de préciser qui est Lenore, car ce n'est pas quelqu'un qui s'oublie facilement. Elle dit que c'est son livre préféré. »

Le Veilleur a une expression étrange tandis qu'il rend le livre à Simon.

« Merci, dit ce dernier, soulagé de l'avoir récupéré.

— Votre boussole », réplique le Veilleur en tendant une paume ouverte.

Simon le dévisage quelques secondes sans comprendre avant d'enlever la chaîne dorée autour de son cou. Il est tenté de lui demander si quelque chose ne va pas, ou de l'interroger au sujet de Lenore, ou de lui poser une des nombreuses autres questions qui le taraudent, mais il ne parvient à en formuler aucune.

« Bonne nuit », dit-il à la place.

Le Veilleur lui répond par un signe de tête et cette fois, quand Simon essaie de sortir, la porte s'ouvre sans rechigner.

Il s'endort debout dans la cage pendant qu'elle monte, et se réveille à moitié quand elle s'arrête dans une secousse.

La pièce caverneuse éclairée par les deux lanternes est la même qu'avant, la porte en haut de l'escalier toujours ouverte.

L'intérieur du cottage est illuminé par le clair de lune. Simon n'arrive pas à savoir quelle heure il peut être. Il fait froid et il est trop fatigué pour allumer un feu, mais heureusement il a son manteau.

Il s'écroule sur le lit sans l'avoir débarrassé des livres qu'il y avait dessus, *Doux chagrins* toujours dans la main.

Il le lâche malgré lui pendant son sommeil.

Simon se réveille désorienté, avec des bleus en forme de livres sur tout le dos. Il ne se rappelle pas où il est ni comment il est arrivé là. La lumière du matin filtre à travers les trouées du lierre. Une fenêtre restée ouverte oscille dans le vent en grinçant sur ses gonds.

Le souvenir de la clé, du cottage et du train remonte à la surface de ses pensées brumeuses. Il a dû s'endormir. Il a fait un rêve des plus étranges.

Il essaie d'ouvrir la porte de derrière mais elle est coincée, sans doute par les broussailles dehors.

Il allume un feu dans la cheminée.

Il ne sait pas quoi faire de cet endroit, de ces livres, de ces choses que vraisemblablement sa mère lui a léguées.

Il trouve une longue malle derrière le lit. La serrure est bloquée par la rouille, mais de toute façon les charnières aussi, et finalement un bon coup avec le talon de sa botte suffit à les faire sauter. L'intérieur est rempli de papiers jaunis et de livres. Un des documents est l'acte de propriété du cottage établi à son nom, qui inclut une importante superficie de terrain autour. Il fouille dans ce qui reste, à la recherche d'une éventuelle lettre de sa mère, déçu qu'elle ait pu anticiper son dix-huitième anniversaire et sa découverte de cet endroit sans jamais s'adresser à lui personnellement, mais la plupart des autres papiers sont inintelligibles : des bribes de notes qui ressemblent à des contes de fées, de longues divagations sur la réincarnation, les clés et le destin. La seule lettre qu'il trouve n'est pas de sa mère mais adressée à elle, une ardente missive signée d'un certain Asim. L'idée effleure Simon que ça pourrait bien être son père.

Il se demande tout à coup si sa mère savait qu'elle allait mourir. Si elle avait préparé tout ça en prévision de son absence. Il n'y avait jamais pensé jusque-là et cette hypothèse ne lui plaît pas.

Il a maintenant un héritage. Un héritage poussiéreux, étouffé de livres et de lierre, mais quelque chose à lui.

Il se demande s'il pourrait vivre ici. S'il en aurait envie. Peut-être avec des tapis, de meilleures chaises et un vrai lit.

Il commence à trier les livres en faisant plusieurs piles sur la table : les mythes et les fables d'un côté, l'histoire et la géographie de l'autre, et ce qu'il n'arrive pas à identifier au milieu. Il y a des volumes de cartographie et d'autres écrits dans des langues qu'il ne peut pas lire. Plusieurs sont marqués d'annotations et de symboles : des couronnes, des épées, des dessins de chouettes.

Il repère près du lit un petit volume moins poussiéreux que la moyenne, et quand il le reconnaît, il le lâche aussitôt. Le livre retombe dans le tas avec les autres, à peine différenciable du reste.

Ce n'était pas un rêve.

Si le livre n'était pas un rêve, alors la fille non plus.

Simon retourne jusqu'à la porte de derrière et la pousse de toutes ses forces. Donne de grands coups dedans. Met tout son poids dans son épaule pour l'enfoncer, et elle finit par céder.

L'escalier est toujours là. Les lanternes en bas.

La cage métallique qui l'attend.

La descente est d'une lenteur horripilante.

Il n'y a pas de piédestaux dans l'antichambre cette fois-ci. La porte le laisse entrer sans résistance.

Le bureau du Veilleur est fermé. Simon l'entend s'ouvrir derrière lui alors qu'il s'engouffre dans un couloir, mais il ne se retourne pas.

Il a du mal à retrouver la porte marquée du cœur en flammes sans sa boussole. Il se trompe de chemin et revient sans arrêt sur ses pas. Il monte des escaliers dont les marches sont faites de livres.

Finalement, il reconnaît un croisement familier, puis le recoin sombre et la porte avec le cœur.

La pièce de l'autre côté est déserte.

Il essaie la porte avec la plume mais cette fois encore elle ne s'ouvre que sur du néant. Il la referme.

La fille pourrait revenir à tout moment.

Ou jamais.

Simon fait les cent pas autour de la table. Quand il en a assez, il s'assied sur la méridienne après l'avoir tournée face à la porte. Il se demande combien de temps le chat qui était là avait dû attendre dans cette pièce avant que quelqu'un ouvre une porte pour le libérer, et comment il s'était retrouvé là au départ.

Il en a assez d'être assis et se remet à tourner en rond.

Il attrape une plume sur la table et songe à écrire une lettre qu'il glisserait sous la porte.

Il se demande quoi écrire qui puisse servir à quelque chose. Il croit comprendre maintenant pourquoi sa mère ne lui a pas laissé de lettre. Il ne peut même pas dire à Lenore quel jour et à quelle heure il est venu l'attendre puisqu'il n'a rien pour mesurer le temps. Il prend conscience de la difficulté d'évaluer le cours du temps sans lumière du jour.

Il repose la plume.

Il se demande quelle est la durée acceptable pour attendre une fille qui peut ou pas n'avoir été qu'un rêve. Il se demande s'il peut avoir rêvé une fille dans un endroit qui existe pour de vrai, ou si l'endroit aussi est un rêve, mais il commence à avoir mal à la tête et se dit qu'il ferait mieux de se trouver quelque chose à lire au lieu de continuer à cogiter.

Il regrette d'avoir laissé *Doux chagrins* dans le cottage. Il parcourt les livres sur les étagères. La plupart lui sont inconnus et lui paraissent étranges. Un gros volume noir avec des notes de bas de page et un corbeau sur la couverture attire son attention plus que les autres, et très vite il est si captivé par l'histoire de ces deux magiciens anglais qu'il perd complètement la notion du temps.

Soudain la porte avec la plume s'ouvre, et elle est là.

Simon pose son livre. Il n'attend pas qu'elle dise quoi que ce soit. Il ne peut pas attendre, il a trop peur qu'elle disparaisse à nouveau et ne revienne jamais. Il franchit la distance jusqu'à elle le plus vite qu'il peut et l'embrasse désespérément, goulûment, et au bout d'un moment elle aussi l'embrasse avec la même fougue.

Les baisers, songe Eleanor, *sont beaucoup mieux en vrai que dans les livres.*

Ils se déshabillent mutuellement par couches successives. Il maudit les boucles et les fermoirs étranges de ses vêtements tandis qu'elle rit du nombre de boutons sur les siens.

Il lui laisse ses oreilles de lapin.

C'est plus facile d'être amoureux derrière des portes fermées. D'avoir le monde entier en une seule pièce. Une seule personne. L'univers condensé, intensifié et embrasé. Éclatant, vivant, électrique.

Mais aucune porte ne peut rester fermée à jamais.

Zachary Ezra Rawlins se tient devant la statue d'une femme couverte d'abeilles et se demande s'il faut forcément une couronne pour faire une reine.

C'est la seule hypothèse qui lui vienne à l'esprit pour la Reine des abeilles de la nouvelle quête qui lui a été donnée (*Est-ce une quête secondaire ou principale ?* réfléchit la voix dans sa tête), mais il ne voit pas comment lui donner des clés. Il a examiné la statue en marbre sous toutes ses coutures pour y repérer d'éventuels trous de serrure mais n'a trouvé que des lézardes, et de toute façon il n'a pas de clés à lui donner. Il sèche sur le « jamais n'a été forgée » et il ne sait pas trop où trouver une clé en or. Peut-être qu'il devrait fouiller tous les bocaux dans le bureau du Veilleur, ou bien localiser la salle des clés dont il est question dans *Doux chagrins*, et il songe alors que les clés dans les bocaux viennent peut-être de là, désormais stockées à l'accueil.

Il a inspecté toutes les abeilles une par une, exploré la totalité de la chaise en marbre sur laquelle la femme est assise, en vain. Peut-être y a-t-il une autre femme quelque part qui règne sur les abeilles. Ces dernières ne font même pas partie de la statue, elles sont sculptées dans une pierre différente, plus chaude, d'une couleur miel *ad hoc*, et elles sont amovibles. Elles viennent peut-être toutes d'ailleurs. Certaines ont bougé depuis la première fois que Zachary a vu cette statue.

Il dépose une abeille dans chaque paume ouverte de la femme et la laisse à ses pensées, quelles que puissent être les pensées d'une statue quand elle est seule, sous terre et recouverte d'abeilles.

Il choisit une galerie qu'il n'a encore jamais prise, s'arrête devant une machine qui ressemble à un distributeur de boules de chewing-gum vintage rempli de sphères métalliques de plusieurs couleurs. Zachary tourne la jolie poignée en fer forgé et la machine lui délivre une boule en cuivre. Elle est plus lourde qu'il n'y paraît et, une fois qu'il a compris comment l'ouvrir, il trouve à l'intérieur un minuscule rouleau de papier qui se débobine comme une bande de téléscripteur sur lequel est imprimée une histoire étonnamment longue d'amours perdues, de châteaux et de destins croisés.

Zachary fourre dans sa sacoche la boule de cuivre vide et l'histoire à présent tout emmêlée et continue à suivre le couloir jusqu'à atteindre un grand escalier qui descend vers un vaste espace. Une immense salle de bal, résolument déserte. Il essaie d'imaginer combien de gens il faudrait pour la remplir de danseurs et d'allégresse. Elle est plus haute que le Cœur, son plafond vertigineux disparaissant dans des ténèbres qu'on pourrait confondre avec le ciel nocturne. Il y a plusieurs cheminées des deux côtés, dont une seule est allumée, le reste de l'éclairage provenant de lanternes pendues à des chaînes le long des murs. Zachary se demande si c'est

Rhyme qui les allume pour le cas où quelqu'un passerait dans la pièce, ou voudrait danser, ou si elles s'allument toutes seules, prises d'une impatience enflammée.

Alors qu'il déambule dans la salle, Zachary sent plus que jamais qu'il a raté quelque chose. Il est arrivé trop tard, la fête est finie. S'il avait ouvert cette porte peinte il y a des années, aurait-ce quand même été trop tard ? Probablement.

Il y a une porte sur le mur opposé, après les cheminées et derrière un court portique à arcades. Zachary l'ouvre et tombe sur quelqu'un d'autre dans ce grand vide de lendemain de fête.

Mirabel est recroquevillée parmi des rangées de casiers à bouteilles dans une niche qui ressemble à une fenêtre, mais sans fenêtre, sur le mur d'une cave où il y a plus de vin qu'il n'en faudrait pour toutes les fêtes qui n'ont pas lieu dans la salle de bal voisine. Elle est vêtue d'une robe noire à manches longues qu'on pourrait sans doute qualifier de moulante si elle n'était pas aussi volumineuse. Le tissu dissimule ses jambes, les casiers à bouteilles sous elle et une partie du sol. Mirabel a un verre de vin pétillant dans une main et le nez plongé dans un livre dont Zachary parvient à déchiffrer le titre en approchant : *Un raccourci dans le temps*.

« Ça m'énervait de ne pas me souvenir des détails sur les tesseracts, déclare-t-elle sans lever les yeux. Vous serez peut-être intéressé d'apprendre que les dégâts causés par un incendie d'origine électrique dans le sous-sol d'un club privé de Manhattan ont été importants mais maîtrisés et que le feu ne s'est pas propagé aux bâtiments voisins. Ils ne vont peut-être même pas devoir démolir l'immeuble. »

Elle pose son livre à cheval sur une bouteille de vin histoire de ne pas perdre sa page et regarde Zachary.

« L'immeuble était apparemment inoccupé au moment des faits, poursuit-elle. J'aimerais savoir où se trouve Allegra avant de vous ramener là-haut, si ça ne vous ennuie pas. »

Zachary songe que ça ne change probablement rien que ça l'ennuie ou pas, et constate une fois de plus qu'il n'est pas très pressé de remonter à la surface.

« Qui est la Reine des abeilles ? » demande-t-il de but en blanc.

Mirabel le dévisage d'un air suffisamment interrogateur pour qu'il soit sûr que ce n'est pas elle qui a rédigé le mot glissé sous sa porte, mais ensuite elle hausse les épaules et désigne quelque chose derrière lui.

Zachary se retourne. Il y a de longues tables en bois et des bancs disposés entre les casiers à bouteilles, et d'autres niches creusées dans les murs en pierre, dont la plus grande renferme l'imposant tableau que Mirabel lui indique.

C'est le portrait d'une femme dans une robe décolletée rouge vin, qui tient une grenade dans une main et une épée dans l'autre. Le fond est un noir texturé, toute la lumière provenant du personnage lui-même. On dirait presque un tableau de Rembrandt, vu la façon dont la femme luit dans la pénombre. Son visage est entièrement caché par un essaim d'abeilles. Quelques-unes se sont aventurées plus bas pour explorer la grenade.

« Qui est-ce ? s'enquiert Zachary.

— Je n'en sais pas plus que vous, répond Mirabel. Mais elle a un côté Perséphone.

— La reine des Enfers », murmure Zachary en fixant le tableau sans arriver à voir comment il pourrait lui donner des clés.

Dommage que la grenade n'ait pas une serrure dessinée dessus, ce serait original et ça tomberait à pic.

« Vous avez des lettres, Ezra, observe Mirabel en se laissant glisser de son perchoir.

— J'ai des mythes, rectifie Zachary. Quand j'étais petit, je pensais qu'Isis, Hécate et tous les orishas étaient des copains de ma mère. Des vraies gens, je veux dire. J'imagine que, d'une certaine façon, ils l'étaient. Ou qu'ils le sont toujours. Enfin bref. »

Mirabel attrape une bouteille de champagne ouverte dans un seau à glace sur une des tables. Elle la brandit en l'air et en propose à Zachary.

« Je suis plutôt cocktails, dit-il, même s'il trouve aussi que le vin pétillant est un breuvage intemporel et s'il apprécie le style de Mirabel.

— Quel est votre péché mignon ? demande-t-elle en se resservant. Je vous dois toujours un verre, et une danse, et d'autres choses encore, j'en suis sûre.

— Le sidecar, sans sucre », répond Zachary, troublé par le paquet de cartes posé à côté du champagne.

Mirabel se dirige d'un pas chaloupé vers le mur en face du tableau, traînant sa longue robe derrière elle. Elle tapote un endroit du mur qui s'ouvre et révèle un monte-plats secret.

Zachary s'approche du jeu de cartes.

« C'est à vous ? demande-t-il.

— Je les bats de façon compulsive plus que je ne sais les lire, confie-t-elle. Ça m'étonne qu'il n'y en ait pas plus par ici, en gros ce sont des histoires en morceaux qu'on peut réorganiser comme on veut. »

Zachary en retourne une au hasard. Il s'attend à une des figures de tarot qu'il connaît bien, mais l'image sur la carte est étrange : un croquis anatomique en noir et blanc entouré d'un tourbillon de sang à l'aquarelle.

Le Poumon.

Le titre correspond bien à l'illustration : un seul poumon, pas une paire. Le tourbillon de sang a l'air en mouvement, comme s'il pénétrait dans le poumon d'un côté et en ressortait de l'autre.

Zachary repose la carte sur le dessus de la pile.

Le monte-plats émet une petite sonnerie qui le fait sursauter.

« Votre mère lit les cartes ? l'interroge Mirabel en lui tendant une coupe dont le bord n'est ostensiblement pas sucré.

— Parfois. Les gens sont demandeurs, en général, alors il lui arrive d'étaler des cartes devant elle quand elle lit l'avenir, mais la plupart du temps elle tient des objets dans la main et en retire des impressions. Ça s'appelle la psychométrie.

— Elle mesure les âmes.

— En quelque sorte, si vous aimez les traductions littérales. »

Zachary boit une gorgée de son sidecar. C'est peut-être bien le plus parfait qu'il ait jamais goûté de sa vie et il se demande pourquoi la perfection s'avère aussi déconcertante.

« La Cuisine est un excellent mixologue, commente Mirabel en réponse à sa litanie d'expressions faciales. Comme je vous disais, il vaudrait mieux que vous fassiez le mort un moment, sans mauvais jeu de mots. Vous allez bien trouver ici quelque chose pour vous occuper. Ou quelqu'un, d'ailleurs, ajoute-t-elle sans lui laisser le temps de protester. Dire que si vous aviez choisi un livre différent à la bibliothèque, vous ne seriez pas là… Je suis désolée que vous l'ayez perdu.

— Oh, intervient Zachary, en fait je l'ai toujours eu. Dorian l'avait mis dans mon manteau. »

Il sort *Doux chagrins* de sa sacoche et le tend à Mirabel.

« Vous savez d'où il vient ? demande-t-il.

— Ça pourrait être un des livres des Archives, dit-elle en le feuilletant rapidement. Je n'en suis pas sûre, seuls les disciples ont accès aux Archives. Rhyme en saurait sans doute plus, mais elle ne vous dira rien, elle prend son serment très au sérieux.

— Qui l'a écrit ? s'enquiert Zachary. Pourquoi je suis dedans ?

— S'il vient des Archives, c'est qu'il a été écrit ici-bas. J'ai entendu dire que les ouvrages conservés aux Archives n'étaient pas exactement chronologiques. Quelqu'un a dû le sortir et le monter là-haut. C'est peut-être pour ça qu'Allegra le cherchait. Elle aime bien que les choses restent sous clé.

— C'est ça qu'elle essaie de faire, tout mettre sous clé ?

— Elle pense que si c'est fermé, ça restera à l'abri.

— À l'abri de quoi ? » demande Zachary.

Mirabel hausse les épaules.

« Des gens ? Du progrès ? Du temps ? Je ne sais pas. Sans moi, elle y serait peut-être arrivée. À une époque, il n'y avait que des vraies portes, et elle en a fermé des centaines avant que je me rende compte que je pouvais en peindre de nouvelles, et maintenant elle essaie de fermer celles-là aussi. De tout fermer hermétiquement pour le protéger.

— Elle m'a beaucoup parlé d'œufs et de les empêcher de se casser.

— Quand un œuf se casse, il devient davantage qu'il n'était, déclare Mirabel après un instant de réflexion. Et qu'est-ce qu'un œuf, sinon quelque chose qui attend d'être cassé ?

— Je pense que l'œuf était une métaphore.

— On ne fait pas d'omelette sans casser quelques métaphores », conclut Mirabel.

Elle referme *Doux chagrins* et le rend à Zachary.

« S'il provient en effet des Archives, ajoute-t-elle, je ne pense pas que Rhyme verrait d'inconvénient à ce que vous le gardiez, du moment qu'il reste en bas. »

Alors qu'elle se tourne pour se resservir du champagne, Zachary remarque un nouveau venu parmi les nombreux colliers qu'elle porte autour du cou.

Une série de trois chaînes en dégradé avec une épée dorée très similaire à celle qu'il porte lui-même, accompagnée d'une clé et d'une abeille.

« C'est un collier en or ? » demande Zachary en lui montrant du doigt la clé.

Mirabel lui jette un regard interloqué et baisse les yeux vers le pendentif en question.

« Je crois. Plaqué or, en tout cas.

— Vous le portiez à la fête de l'an dernier ?

— Oui, c'est d'ailleurs vous qui me l'avez rappelé quand vous m'avez raconté votre histoire dans l'ascenseur. Je suis contente qu'il ait pu servir. Les bijoux ne sont jamais aussi beaux que lorsqu'ils sont utiles.

— Je peux... je peux vous emprunter la clé ?

— Vous n'avez pas déjà assez de colifichets comme ça ? rétorque Mirabel en regardant sa boussole, ses deux clés et l'épée de Dorian qu'il porte comme un talisman.

— C'est l'hôpital qui se moque de la charité. »

Mirabel fronce les sourcils et boit une gorgée de champagne, mais ensuite elle passe les mains dans sa nuque pour défaire le fermoir. Elle démêle la clé de ses autres pendentifs et la lui tend.

« Vous n'allez pas la faire fondre, hein ?

— Bien sûr que non. Je vous la rendrai. »

Zachary la met dans sa sacoche.

« Qu'est-ce que vous manigancez, Ezra ? demande Mirabel, et il est sur le point de tout lui dire, mais quelque chose l'arrête.

— Je ne sais pas encore. Je vous tiendrai au courant quand ce sera plus clair.

— Volontiers », répond-elle avec un sourire intrigué.

Zachary attrape le verre de champagne qu'elle a posé sur la table et en boit une gorgée. Il a un goût de soleil hivernal et de neige fondue, les bulles éclatantes, vives et énergiques.

Il y a une histoire dans chaque bulle de chaque bouteille, de chaque verre et de chaque gorgée.

Et quand le vin sera bu, les histoires resteront.

Zachary n'est pas sûr que ce soit la voix normale dans sa tête qui lui parle, ou une autre qui n'a rien à voir. Peut-être que le champagne de Mirabel est fait d'histoires, comme son étrange petite boîte en fer remplie de faux bonbons.

Zachary n'est plus sûr de rien.

Il n'est même pas sûr que ça le dérange de n'être sûr de rien.

Il avale d'un trait le reste de son sidecar pour faire passer les voix des histoires et, à la place, il se retrouve avec une question sur la langue.

« Max, où est la mer ?

— La quoi ?

— La *mer*. La mer sans Étoiles, l'étendue d'eau dont cet endroit est un Port.

— Ah », fait Mirabel en plongeant le nez dans son verre pétillant.

Zachary s'attend à ce qu'elle lui dise que la mer sans Étoiles est une fable pour les enfants, ou un état d'esprit, ou qu'il n'y a pas de mer sans Étoiles et qu'il n'y en a jamais eu, mais non. Elle se lève et annonce : « Par là. »

Elle attrape la bouteille sur la table et sort de la cave à vin en direction de la salle de bal. Zachary la suit en laissant son verre vide à côté d'un paquet de cartes qui lui raconteraient toute l'histoire s'il les étalait dans le bon ordre.

Mirabel s'engouffre sous les arcades près de la porte de la cave, où il fait si sombre que Zachary n'avait pas remarqué les marches tout au bout. Il ne voit pas à plus d'un mètre devant lui tandis qu'il les descend après Mirabel, en veillant à rester deux marches derrière elle pour ne pas se prendre les pieds dans sa robe, et même à cette courte distance elle disparaît presque dans le noir.

« Il y a beaucoup à descendre ? » veut-il demander, mais les ténèbres saisissent à la volée le début de sa phrase et le lui renvoient à la figure : *Ya ya ya ya ya ya.*

Les ténèbres, comprend-il alors, sont très, très vastes.

L'escalier se termine devant un long parapet sculpté dans la roche, avec de courtes colonnes qui s'élèvent du sol en pierre brute.

Zachary se retourne et aperçoit tout en haut six arcades de lumière qui les fixent dans le noir.

« Et donc on voudrait voir la mer », chantonne Mirabel en s'approchant du parapet, sans que Zachary sache si c'est à lui qu'elle s'adresse, ou à elle-même, ou aux ténèbres qui vraisemblablement sont une grotte.

Mer mère mer mère mer, répond la grotte.

« Elle est où ? » demande Zachary.

Mirabel se penche par-dessus le parapet. Zachary la rejoint et regarde vers le bas.

La lumière de la salle de bal vient taper sur un pan de la paroi rocheuse avant que celle-ci plonge dans le noir et le néant. Zachary y distingue tout juste leurs deux silhouettes en ombres chinoises, mais la lumière n'effleure rien qui ressemble à de l'eau ou des vagues.

« C'est profond ? » reprend-il.

En réponse à sa question, Mirabel jette la bouteille de champagne dans le vide. Zachary attend qu'elle se brise contre la roche ou dans la mer à laquelle il ne croit pas, mais ni l'un ni l'autre ne se produit. Il continue d'attendre. Et d'attendre.

Mirabel sirote son verre.

Après un temps qu'il serait plus opportun de mesurer en minutes qu'en secondes, un bruit infime résonne très très loin en contrebas, si loin que Zachary ne saurait dire si c'est un bruit de verre brisé ou pas. L'écho le reprend sans grand enthousiasme et le renvoie partiellement, comme s'il ne voyait pas l'intérêt de se décarcasser pour transporter un si petit son sur une si grande distance.

« La mer sans Étoiles », annonce Mirabel en désignant d'un geste à la fois l'abîme sous eux et les ténèbres au-dessus, en effet dépourvues d'étoiles.

Ne sachant quoi dire, Zachary laisse son regard se perdre dans le néant.

« Il y avait des plages, dans le temps, raconte Mirabel. Les gens dansaient dans les vagues pendant les fêtes.

— Qu'est-ce qui s'est passé ?

— Elle a baissé.

— Et c'est… c'est pour ça que les gens sont partis, ou bien elle a baissé parce qu'ils sont partis ?

— Ni l'un ni l'autre. Les deux. Vous pouvez toujours essayer d'identifier un moment particulier qui a sonné le début de l'exode, mais je pense que c'est juste le temps. Les anciennes portes tombaient déjà en ruine bien avant qu'Allegra et sa clique ne commencent à les démolir et à exposer leurs poignées comme des trophées de chasse. Les lieux changent. Les gens changent. »

Elle boit une gorgée de son champagne et Zachary se demande si elle pense à quelqu'un de précis, mais il ne lui pose pas la question.

« Ce n'est plus ce que c'était, poursuit-elle. Mais ne vous en voulez pas d'avoir raté l'âge d'or. L'âge d'or était révolu et la marée déjà basse longtemps avant que je sois née.

— Mais dans le livre…, commence Zachary sans vraiment savoir ce qu'il va dire.

— Un livre est toujours une interprétation, le coupe Mirabel. Vous voudriez que cet endroit soit comme il était dans le livre, mais dans le livre ce n'est pas un endroit, c'est juste des mots. L'endroit dans votre imagination est là où vous aimeriez aller, et cet endroit est imaginaire. Ça, c'est réel », dit-elle en posant la main sur le parapet devant eux.

La pierre est fendue près de ses doigts, une fissure qui court jusqu'au sol et disparaît dans une colonne.

« Vous pouvez écrire toutes les pages que vous voulez, les mots ne seront jamais l'endroit lui-même. Et puis de toute façon, c'est ce que *c'était*, pas ce que *c'est*.

— Ça pourrait le redevenir, non ? suggère Zachary. Si on réparait les portes, les gens reviendraient.

— J'apprécie ce "on", Ezra. Mais je fais ça depuis des années. Les gens viennent mais ne restent pas. La seule qui soit jamais restée, c'est Rhyme.

— D'après le Veilleur, tous les anciens résidents sont partis ou bien morts.

— Ou alors ils ont disparu.

— Disparu ? répète Zachary, et la caverne autour d'eux décompose le mot en fragments et choisit son préféré : *paru, paru, paru*.

— Faites-moi plaisir, Ezra, dit Mirabel. Ne descendez pas trop bas. »

Elle pivote, lui dépose un baiser sur la joue et remonte l'escalier.

Zachary jette un dernier coup d'œil vers les ténèbres et lui emboîte le pas.

Il sait que leur conversation est terminée avant d'atteindre le haut des marches, mais elle le salue d'un petit toast avec son verre vide alors qu'il la dépasse et qu'il continue dans la salle de bal.

Il sent son regard dans son dos mais ne se retourne pas. Au milieu de l'immense parquet désert, il exécute une petite pirouette et l'entend rire derrière lui.

Il a brusquement l'impression que tout va bien, même dans le grand vide de cette salle et le crépitement d'une seule cheminée au lieu de dix.

Peut-être que tout est en train de brûler, a brûlé, va brûler.

Peut-être qu'il ne devrait jamais rien boire ici-bas, par principe.

Peut-être, pense-t-il tandis qu'il remonte l'escalier à l'extrémité de la salle de bal, qu'il y a ici plus de mystères et d'énigmes qu'il ne pourra jamais espérer en résoudre.

Juste au moment où il atteint le haut des marches, une ombre passe au bout du couloir et il reconnaît Rhyme à sa coiffure. Il essaie de la rattraper mais elle parvient à toujours garder une longueur d'avance.

Il la regarde baisser l'intensité de certaines lampes et en ignorer d'autres.

Curieux d'une manière générale et plus particulièrement de savoir où va Rhyme quand elle n'erre pas dans les couloirs pour allumer ou éteindre des bougies, Zachary continue à la suivre à bonne distance.

Il la suit dans une galerie remplie de gravures délicates et d'imposantes statues qui lui tendent des cierges au bout de leurs mains en marbre.

Tout à coup, Rhyme s'arrête net et Zachary se retranche dans une alcôve sombre, tapi derrière la statue grandeur nature d'un satyre et d'une nymphe figés dans une étreinte spectaculairement acrobatique. Il arrive à voir Rhyme par une percée entre une cuisse et un bras. Elle s'est immobilisée devant un mur en pierre sculpté. Elle lève le bras, pose quelque chose contre le mur, et celui-ci s'ouvre en deux.

Rhyme pénètre à l'intérieur et le mur coulisse à nouveau afin de se refermer derrière elle, comme celui derrière le tableau à la bougie.

Zachary s'approche pour regarder de plus près, mais il ne distingue pas la porte maintenant que le mur a repris son apparence initiale. Les motifs sculptés dans la pierre sont des lianes, des fleurs et des abeilles.

Des abeilles.

Tous les motifs sont en relief, sauf les abeilles, qui sont gravées en creux, dessinant de petites cavités dans la pierre d'une précision remarquable.

Zachary essaie de se rappeler à quelle hauteur Rhyme a touché le mur et repère un creux isolé.

Elle devait avoir une abeille à insérer dedans. Comme une clé.

Peut-être est-ce l'accès aux Archives réservé aux disciples dont Mirabel a parlé.

Le mur se remet à coulisser et Zachary retourne se cacher précipitamment derrière la statue.

Rhyme ressort par l'ouverture et touche le même endroit du mur. Elle a en effet quelque chose dans la main, quelque chose de petit et métallique qui pourrait bien avoir une forme d'abeille.

Dans l'autre main, elle tient un livre.

Rhyme attend que la porte se referme, puis elle se retourne. Elle jette un regard appuyé en direction de la statue de la nymphe et du satyre en brandissant le livre en évidence, après quoi elle le pose sur une table.

Rhyme regarde à nouveau la statue avec insistance et repart.

Zachary va récupérer le livre. Il se demande si ce rebondissement inattendu est le signe qu'il est devenu meilleur ou pire en filature.

C'est un petit livre doré sur tranche. Il ressemble à *Doux chagrins*, mais sa reliure est bleu foncé. Il ne porte aucune indication ni sur la couverture ni au dos, d'ailleurs il n'y a aucun moyen de discerner l'une de l'autre.

Le texte à l'intérieur est manuscrit. Zachary pense d'abord que c'est peut-être un journal, mais il voit ensuite que la première page porte un titre.

La Ballade de Simon et Eleanor

à peu près pareil qu'en surface. Mais il y a des… endroits… plus éloignés et plus profonds qu'ici où le temps est moins fiable.

— Qu'est-ce que ça signifie ? demande Simon.

— Ça signifie que, si vous avez croisé quelqu'un dont je n'ai aucune trace de mon côté, c'est parce que cette personne n'est pas encore arrivée, explique le Veilleur. Dans le temps, ajoute-t-il pour clarifier.

— C'est absurde.

— L'absurdité de la chose ne la rend pas moins vraie.

— Laissez-moi retourner dans cette pièce, monsieur, s'il vous plaît », l'implore Simon.

Il ne sait pas quoi faire de cette histoire de temps, il veut juste retrouver Lenore.

« Je vous en supplie.

— Je ne peux pas. Je suis navré, monsieur Keating, mais je ne peux pas. Cette porte a été fermée.

— Rouvrez-la, dans ce cas.

— Vous m'avez mal compris. Ce n'est pas une question de verrou ni de serrure. Elle a été *fermée*. Elle ne s'ouvrira plus, avec aucune clé. C'était une précaution nécessaire.

— Alors comment je peux la retrouver ? s'enquiert Simon.

— Vous pouvez attendre, suggère le Veilleur. Mais peut-être que c'est une durée au-delà de toute attente, je ne saurais le dire. »

Simon reste muet. Le Veilleur se met à redresser une pile de livres sur son bureau. Il époussette la page de son registre ouverte devant lui.

« Vous ne me croirez sans doute pas, monsieur Keating, mais je comprends ce que vous ressentez. »

Simon continue à protester et à argumenter avec le Veilleur, mais c'est la discussion la plus exaspérante qu'il ait jamais eue car rien de ce qu'il dit, rien de ce qu'il fait, y compris donner des coups de pied dans des chaises et jeter des livres à terre, n'a la moindre incidence sur le calme impassible de son interlocuteur.

« On ne peut rien y faire », se contente de répéter ce dernier.

On dirait qu'il a très envie d'une tasse de thé mais qu'il ne veut pas laisser Simon livré à lui-même.

« Vous avez dû tomber sur une faille temporelle, dit-il. Ce sont des phénomènes instables qu'il convient d'éliminer.

— J'étais dans le futur ? » demande Simon, qui s'efforce de comprendre.

Une bibliothèque souterraine clandestine est une chose, voyager dans le temps en est une autre.

« Peut-être, répond le Veilleur. Plus probablement, vous aviez tous les deux pénétré dans un espace qui s'était détaché des frontières du temps. Un endroit où le temps n'existe pas.

— Je ne comprends pas. »

Le Veilleur laisse échapper un soupir.

« Imaginez le temps comme une rivière, dit-il en traçant une ligne dans l'air, et les bagues à ses doigts scintillent dans la lumière. La rivière coule dans une direction. S'il y a un bras secondaire le long de cette rivière, l'eau à l'intérieur ne coule pas de la même façon que celle du cours principal. L'eau du bras ne suit pas les mêmes règles. Vous avez trouvé un bras secondaire. À un moment, à des mois voire des années d'aujourd'hui, cette jeune femme dont vous parlez trouve le même bras secondaire. Vous êtes tous les deux sortis du flot du temps et avez pénétré dans un autre espace. Un espace où aucun de vous deux n'était à sa place.

— Et il y a d'autres espaces comme celui-là ? D'autres bras secondaires ?

— Vous avez des idées déraisonnables, j'en ai peur.

— Donc il y a un moyen de la retrouver. C'est *possible.*

— Je vous conseille de rentrer chez vous, monsieur Keating. Quoi que vous cherchiez ici, vous ne le trouverez pas. »

Simon prend un air renfrogné. Il jette un regard autour de lui, vers les tiroirs en bois avec leurs poignées en cuivre, les fauteuils en cuir et leurs élégants coussins. Plusieurs chaînes avec des boussoles en pendentif s'entassent dans une coupe sur le bureau. Son balai, le balai de sa mère, est posé contre le mur près de la porte. Un chat est lové sur un des coussins comme s'il dormait, mais il a un œil à demi ouvert et fixé sur Simon.

« Je vous remercie de ce conseil, monsieur, dit Simon au Veilleur. Mais je ne vais pas le suivre. »

Il attrape une des boussoles dans la coupe, tourne les talons et s'éloigne d'un pas vif mais sans courir. Il s'enfonce de plus en plus profondément vers la mer sans Étoiles et ne se retourne qu'une seule fois, pour s'assurer que le Veilleur ne le suit pas. Il n'y a derrière lui que des livres et des ombres.

Simon consulte sa boussole et continue à marcher, bien que l'aiguille lui indique avec insistance la direction inverse. Il marche en laissant le Cœur derrière lui pour aller droit vers l'inconnu.

Vers là où le temps est moins fiable.

Zachary Ezra Rawlins est assis sur un vieux canapé en cuir flétri loin sous la surface de la terre, à une heure sans doute très avancée de la nuit, devant un feu de cheminée crépitant, plongé dans un livre.

L'ouvrage que lui a laissé Rhyme est entièrement manuscrit. Il n'a pour l'instant réussi à en déchiffrer que quelques pages. C'est lent, de lire un livre manuscrit. Sans compter qu'il ne sait pas bien dans quelle langue il est écrit. S'il laisse son regard se perdre dans le vague, les lettres sous ses yeux se brouillent en un texte qu'il ne reconnaît même pas comme une langue existante, ce qui est générateur à la fois de migraine et de frustration. Il pose le livre et approche une lampe pour mieux voir.

Il essaie de comprendre comment ce nouveau volume est relié à tout le reste. Il est sûr que la fille qui est aussi un lapin est la même que celle qui est tombée par le souvenir d'une porte dans *Doux chagrins*, et à présent le récit vient de quitter le Port sur la mer sans Étoiles pour introduire un dénommé Keating.

Zachary bâille. S'il veut le lire en entier, il va lui falloir de la caféine.

Comme le stylo avec lequel il écrit d'habitude à la Cuisine s'est égaré, probablement suite à l'ingérence d'un chat, il se met en quête d'un autre. Il y en a généralement plusieurs sur le dessus de la cheminée, sous les lapins pirates. Il déplace une bougie et une étoile en papier, et quelque chose tombe par terre.

Il se baisse pour ramasser la clé magnétique de sa chambre d'hôtel et sa main se fige à mi-hauteur.

Eh ben, t'auras mis le temps, lui fait remarquer la voix dans sa tête.

Zachary hésite, tiraillé entre tous les mystères qui réclament son attention pour être éclaircis.

Il glisse la carte en plastique dans sa poche et sort de sa chambre.

Les couloirs sont plongés dans l'obscurité, il doit être plus tard qu'il le pense. Il essaie de se rappeler comment atteindre sa destination, se trompe de chemin et se retrouve dans une salle carrelée qu'il reconnaît. Il s'arrête devant une porte à peine visible dans le noir. Il hésite un moment devant, indécis. On aperçoit dessous un rai de lumière.

Zachary frappe un coup à la porte de Dorian, puis un deuxième, et il est sur le point de faire demi-tour lorsqu'elle s'ouvre en grand.

Dorian le regarde – sans pour autant avoir l'air de le voir –, les yeux écarquillés de fatigue, et Zachary pense qu'il dormait peut-être mais se rend compte alors qu'il est entièrement habillé, si ce n'est qu'il a mal boutonné sa chemise et qu'il est pieds nus, un verre de scotch à la main.

« "Tu es venue pour me tuer", dit Dorian.

— Je… *hein* ? répond Zachary, mais Dorian poursuit sans s'arrêter, pris dans son histoire.

— … déclara le Roi des chouettes. "Ah bon ?" s'étonna la fille du forgeron.

— Tu es complètement bourré ou quoi ? demande Zachary en repérant derrière Dorian la bouteille presque vide sur le bureau.

— "Ils trouvent toujours un moyen pour me tuer. Ils m'ont trouvé ici, même en rêve." »

En prononçant le mot « ici », Dorian pivote pour retourner dans sa chambre, et le scotch dans son verre le suit avec une demi-seconde de retard, se renversant à moitié par terre.

« D'accord, fait Zachary, donc tu *es* complètement bourré. »

Il entre à son tour dans la chambre tandis que Dorian continue à raconter son histoire, s'adressant à la fois à son nouvel auditeur et à la pièce en général. Zachary aperçoit *Fortunes et fables* sur le bureau à côté de la bouteille de scotch et constate qu'il est ouvert à la page du conte sur les trois épées, illustré par un dessin d'une chouette perchée sur une pile de livres elle-même posée sur une souche d'arbre entourée de bougies, l'artiste ayant omis l'étage de la ruche.

« "Un nouveau roi viendra prendre ma place", dit Dorian. "Vas-y. C'est ton rôle." »

Il brandit son verre en l'air et Zachary en profite pour le lui confisquer et le poser sur le bureau, hors de sa portée.

Zachary espérait secrètement avoir droit à une nouvelle séance de conte en tête à tête avec Dorian, mais ce n'est pas comme ça qu'il se l'imaginait. Il reste là à le regarder et à l'écouter, jusqu'à la décapitation de la chouette et la désintégration de la couronne, et malgré les bizarreries du récit et l'état du narrateur, ça lui paraît soudain réel, plus réel maintenant que lorsqu'il a lu les mêmes mots sur le papier. Comme si tout ça s'était véritablement produit dans un passé lointain.

« Alors elle se réveilla, toujours dans le fauteuil près du feu dans sa bibliothèque. »

Dorian ponctue sa phrase en se laissant tomber dans son propre fauteuil près du feu. Sa tête roule en arrière contre le dossier, ses yeux se ferment et restent fermés.

Zachary s'approche pour vérifier qu'il va bien, mais dès qu'il arrive près de lui, Dorian se redresse brusquement et reprend où il en était.

« Sur la vitrine, désormais vide, où d'habitude elle rangeait son épée était juchée une chouette blanc et marron. »

Dorian tend le doigt vers les étagères derrière Zachary, qui se retourne en s'attendant à y trouver une chouette, et c'est le cas. Au milieu des livres trône un petit tableau représentant une chouette surmontée d'une couronne dorée qui flotte au-dessus de sa tête.

« La chouette demeura avec elle pour le restant de ses jours », chuchote Dorian à l'oreille de Zachary avant de basculer de nouveau en arrière.

Même dans cet état d'ébriété, c'est un excellent conteur.

« Qui est le Roi des chouettes, en vrai ? demande Zachary après un bref silence réglementaire.

— Chhh, rétorque Dorian en lui posant une main sur les lèvres pour le faire taire. On ne peut pas encore le savoir. Quand on le saura, ça voudra dire qu'on est arrivés à la fin de l'histoire. »

Ses doigts s'attardent un instant sur la bouche de Zachary avant de retomber ; un instant qui sent le scotch, la sueur et les pages tournées.

Dorian garde la tête renversée contre le haut dossier du fauteuil et la séance de conte nocturne est terminée.

Zachary comprend que c'est le moment de partir. Il ramasse en passant le verre de scotch presque vide sur le bureau et boit ce qu'il en reste, en partie pour que Dorian ne le finisse pas lui-même s'il se réveille car il a probablement assez bu, mais surtout parce que Zachary a envie d'avoir le même goût que Dorian dans la bouche. Un goût moelleux, fumé et un peu mélancolique.

Il ferme la porte en faisant le moins de bruit possible et laisse Dorian presque endormi sur son fauteuil près du feu dans son petit coin personnel de cette quasi-bibliothèque, regrettant qu'il n'y ait pas de chat dans les parages pour veiller sur lui.

Zachary ne sait pas bien où il va, même si sa destination est très claire dans sa tête, ou du moins l'était quand il a quitté sa chambre il y a… combien de temps, déjà ? Le temps narratif de Dorian a perturbé sa notion du temps réel. Peut-être qu'il voulait juste un peu de compagnie, en fait.

Quand il arrive dans le Cœur, il y fait plus sombre que jamais, seules quelques ampoules çà et là sont allumées sur les différents lustres.

La porte du bureau est entrebâillée, laissant échapper une fine lame de lumière qui vient trancher l'obscurité ambiante.

Zachary perçoit des voix à l'intérieur et se rend compte que, curieusement, il n'a jamais surpris de conversation nulle part ici-bas, pas plus qu'il n'a jamais pensé qu'on pouvait entendre les siennes, malgré les interminables couloirs, galeries et les multiples recoins qu'on croirait faits exprès pour écouter aux portes.

Il s'approche car c'est de toute façon la direction dans laquelle il allait, en se demandant si une indiscrétion involontaire en est quand même une.

« Ça ne marchera pas », dit le Veilleur.

Il parle à voix basse, sur un ton que Zachary ne lui connaît pas, sans le côté cérémonieux qu'il a d'ordinaire.

« Tu n'en sais rien, réplique la voix de Mirabel.

— Et toi, qu'est-ce que tu en sais ? lui rétorque le Veilleur.

— Il a le livre », répond Mirabel, et le Veilleur dit autre chose, mais Zachary ne l'entend pas.

Il se rapproche de la porte, tapi dans la pénombre, tendant franchement l'oreille, désormais. Il ne voit qu'une section du bureau : un fragment des étagères et une partie des livres, le coin de la table, la queue du chat roux. Des ombres interceptent le faisceau des lampes, faisant basculer des pans entiers de la pièce de l'obscurité à la lumière et inversement. Il entend à nouveau la voix du Veilleur.

« Tu n'aurais pas dû y aller, dit-il. Tu n'aurais pas dû mêler Allegra à…

— Allegra s'en mêlait déjà, le coupe Mirabel. Allegra s'en mêle depuis qu'elle s'est mise à fermer des portes, et des possibilités du même coup. On est à deux doigts de…

— Raison de plus pour ne pas la provoquer.

— Je n'avais pas le choix. On avait besoin de lui, on avait besoin de *ça* (Zachary voit un bout du bras de Mirabel qui bouge pour indiquer quelque chose à l'autre bout de la pièce, mais il ne voit pas quoi), et on a récupéré le livre. Tu as jeté l'éponge, c'est ça ? »

La pause qui suit dure si longtemps que Zachary se demande s'il y a une deuxième porte par laquelle Mirabel a pu sortir, mais alors la voix du Veilleur finit par rompre le silence, plus douce, presque chuchotée.

« Je ne veux pas te perdre encore une fois. »

Surpris, Zachary se décale légèrement, et le fragment qu'il aperçoit de la pièce se décale avec lui.

La nuque de Mirabel, assise sur un coin du bureau, dos à la porte. Le Veilleur debout devant elle, qui lui passe une main dans le cou et sur l'épaule pour baisser la manche de sa robe avant d'effleurer du bout des lèvres sa peau nouvellement dénudée.

« Peut-être que cette fois, ce sera différent », répond Mirabel dans un souffle.

Le chat roux miaule en direction de la porte et Zachary s'éloigne à la hâte vers le couloir le plus proche, continuant jusqu'à ce qu'il soit sûr que personne ne l'a suivi, frappé de constater combien il est facile de ne pas voir les choses même quand elles se déroulent sous votre nez.

Il jette un regard par-dessus son épaule et là, au milieu du couloir, se tient son ami persan au museau aplati.

« Tu as envie de me tenir compagnie ? » demande-t-il d'une voix empreinte de tristesse.

Une part de lui voudrait retourner se coucher, une autre voudrait aller se pelotonner dans un fauteuil à côté de Dorian, et une troisième ne sait pas ce qu'elle veut.

Le chat s'étire, s'approche et s'arrête à ses pieds, levant vers lui des yeux remplis d'espoir.

« D'accord, déclare Zachary, et avec le chat dans son sillage il traverse une succession de galeries et de pièces remplies des histoires d'autres gens, jusqu'à ce qu'ils atteignent le jardin aux statues. Je crois que j'ai compris », annonce-t-il à son félin compagnon.

Ce dernier ne répond pas, absorbé dans l'observation d'une statue de renard plus ou moins de sa taille, figé en plein bond et balayant le sol de ses multiples queues.

Zachary, lui, s'intéresse à une autre sculpture.

Debout devant la femme aux abeilles, il se demande de quel artiste elle est l'œuvre. Il se demande dans combien de recoins ici-bas ses abeilles se sont dispersées, transportées au fond de poches ou aidées dans leur voyage par des chats.

Il se demande si personne l'a jamais regardée en se disant qu'elle attendait peut-être autre chose qu'un livre sur ses paumes ouvertes.

Si elle a déjà eu une couronne.

Qui lui a laissé ce verre de vin.

Zachary dépose la clé en or du collier de Mirabel dans la main droite de la statue.

La clé magnétique de sa chambre d'hôtel dans sa main gauche.

Rien ne se passe.

Il soupire.

Il est sur le point d'interroger son ami pour savoir s'il a faim tout en se remémorant la consigne de « ne pas nourrir les chats » quand le vrombissement commence.

Il vient de l'intérieur de la statue. Une sorte de bourdonnement sourd.

Les doigts en pierre de la femme se mettent à bouger pour se refermer autour des clés. Une seule abeille roule de son bras et tombe à terre.

Il y a ensuite comme un raclement, suivi d'un fracas mécanique.

Mais la statue, poings fermés, ne bouge plus.

Zachary lui touche une main. Elle est serrée autour de la clé comme si elle avait été sculptée dans cette position.

Rien d'autre n'a changé, pourtant il y a eu ce bruit.

Zachary fait le tour de la statue.

Le bas de la chaise en pierre s'est enfoncé dans le sol.

La statue est creuse.

Il y a un escalier sous elle.

Au bas de l'escalier brille une lumière.

Zachary se retourne vers le chat, lové sous les pattes en marbre du renard bondissant, parmi une multitude de queues. La seule qui remue est celle du chat.

Ce dernier adresse un miaulement à Zachary.

Peut-être que tous les moments ont leur signification.

Quelque part.

Zachary Ezra Rawlins s'engouffre à l'intérieur de la Reine des abeilles et descend encore plus bas dans les profondeurs.

LA BALLADE DE SIMON ET ELEANOR

nommer les choses, deuxième partie

Eleanor ne sait pas quoi faire du bébé.

Le bébé pleure, mange, pleure encore et parfois dort. Ni l'ordre ni la durée de ces diverses activités n'ont de progression logique.

Elle pensait que le Veilleur l'aiderait davantage, mais ce n'est pas le cas. Il n'aime pas ce bébé. Il l'appelle « l'enfant », jamais par son nom, bien que sur ce point ce soit elle la fautive, car elle ne lui a pas encore donné de nom.

(Eleanor elle-même a été pendant très longtemps « l'enfant ». Elle ne sait pas quand ça s'est arrêté, ni ce qu'elle est maintenant si tant est qu'elle soit autre chose.)

Le bébé n'a pas besoin de nom. Il n'y a pas d'autres bébés avec lesquels on pourrait le confondre. C'est le seul. Il est spécial. Unique. C'est « le bébé ». Parfois « l'enfant », mais c'est bel et bien un bébé.

Avant sa naissance, Eleanor a lu tous les livres qu'elle a pu trouver sur les bébés, mais les livres ne l'ont pas vraiment préparée à la réalité. Les livres ne crient pas, ne pleurnichent pas, ne gigotent pas et ne vous regardent pas avec de grands yeux ronds.

Elle pose des questions au Veilleur mais il n'y répond pas. Il laisse la porte de son bureau fermée. Elle demande à la peintre et aux poètes, qui l'aident pendant quelques heures d'affilée, la peintre plus que les poètes, lui permettant de s'abandonner à de trop brèves phases de sommeil sans rêves, mais au bout du compte c'est toujours le bébé et elle, en tête à tête.

Elle envoie des messages à la Cuisine.

Elle n'est pas sûre que la Cuisine répondra. Il lui arrivait de lui écrire des petits mots quand elle était plus jeune, et elle ne répondait pas toujours. Quand elle écrivait « Bonjour », la Cuisine écrivait « Bonjour » en retour et répondait à ses questions, mais une fois Eleanor a demandé qui c'était là-dessous qui faisait à manger, préparait et réparait les choses, et ce mot est resté sans réponse.

Elle envoie sa première requête relative au bébé avec appréhension, soulagée quand la petite lumière s'allume.

La Cuisine lui fournit d'excellentes réponses à ses questions. Des listes détaillées de choses à essayer. Des encouragements et des suggestions poliment formulés.

La Cuisine envoie des biberons de lait chaud pour le bébé et des cupcakes pour Eleanor.

La Cuisine lui suggère de lire des histoires au bébé et Eleanor s'en veut de ne pas y avoir pensé plus tôt. Elle regrette d'avoir donné *Doux chagrins*, maintenant il lui manque. Elle regrette d'en avoir arraché autant de pages, tous les passages qui ne lui plaisaient pas quand elle l'a lu pour la première fois. Elle se demande s'ils lui plairaient davantage à présent si elle pouvait les relire, mais ils sont perdus à jamais, pliés en étoiles et semés dans des coins sombres, comme ses anciens cauchemars. Elle essaie de se souvenir pourquoi ils ne lui plaisaient pas. Il y avait l'histoire du cerf dans la neige qui lui serrait le cœur, et puis le passage où la mer montait, et celui où quelqu'un perdait un œil mais elle ne se rappelle pas qui. Maintenant elle se dit que c'est ridicule d'être contrariée par le destin de personnages imaginaires au point d'arracher des pages et de les cacher, mais à l'époque ça lui paraissait sensé. Tout cet endroit lui paraissait plus sensé quand elle était un lapin et qu'elle s'y faufilait les yeux fermés, comme si le monde lui appartenait. Elle ne se rappelle pas quand ça a changé.

Peut-être qu'elle est elle-même une page qui a été arrachée d'une histoire, pliée en étoile et jetée aux oubliettes.

Peut-être qu'elle ne devrait pas voler des livres dans des archives secrètes juste pour en arracher les pages et ensuite les offrir à d'autres, mais il est trop tard à présent pour rien y changer, et un livre adoré l'est toujours autant même s'il a été volé au départ, puis qu'il est devenu incomplet, puis perdu.

Eleanor se souvient suffisamment bien de *Doux chagrins* pour en raconter des passages entiers au bébé : les histoires du pirate, de la maison de poupées, celle sur la petite fille tombée par une porte qui lui paraît si familière qu'elle a parfois l'impression de l'avoir vécue elle-même, bien qu'elle l'ait lue tellement de fois que c'est presque comme si elle l'avait vécue.

La Cuisine lui envoie un lapin en peluche marron au poil tout doux et aux oreilles tombantes.

Cette peluche a l'air de plaire au bébé plus que le reste.

Entre le lapin et les histoires, Eleanor réussit à trouver un peu de calme, même si c'est souvent temporaire.

Simon lui manque. Elle ne pleure plus, bien qu'elle ait passé des nuits et des jours à sangloter quand elle a compris qu'elle ne pourrait pas retourner dans cette pièce et que, même si elle y arrivait, elle ne reverrait jamais Simon.

Elle sait qu'elle ne le reverra jamais car le Veilleur le lui a dit. Elle ne le reverra jamais car Simon ne l'a jamais revue. Le Veilleur le sait parce qu'il était là. A toujours été là. Il a grommelé quelque chose au sujet du temps et l'a congédiée d'un geste.

Eleanor pense que le Veilleur comprend le passé mieux qu'il ne comprend l'avenir.

Elle ne s'est jamais sentie à sa place ici, et maintenant elle le ressent doublement.

Elle cherche les traits de Simon dans le visage du bébé mais n'en trouve que de vagues réminiscences. Le bébé a les mêmes cheveux bruns qu'elle, bien qu'il ait la peau claire quand il ne crie pas. Elle aurait tellement voulu qu'il soit blond comme Simon. Hélas, dans aucun livre il n'est dit que les cheveux d'un enfant peuvent passer du brun à autre chose avec le temps. Il arrive que les yeux changent de teinte, mais pour l'instant ils restent fermés si souvent qu'Eleanor n'est même pas sûre de leur couleur.

Il faudrait lui choisir un nom.

Ça lui paraît une responsabilité trop lourde, de donner un nom à quelqu'un.

« Comment je pourrais l'appeler ? » écrit-elle à la Cuisine.

Quand la petite lumière s'allume et qu'Eleanor ouvre la porte du monte-plats, il n'y a ni plateau ni carte à l'intérieur, juste un bout de papier qu'on dirait déchiré d'un livre, avec un seul mot écrit dessus.

Mirabel

Autre temps, autre lieu : INTERLUDE III

Vermont, deux semaines plus tôt

Les ampoules à filament qui illuminent le bar brillent si faiblement qu'on dirait que l'intérieur et ses occupants sont éclairés à la bougie. Il y a aussi de la lumière qui entre par la vitrine malgré l'heure tardive car, en se réfléchissant sur la neige, les réverbères produisent un éclat qui ferait presque passer la nuit pour le jour.

Un homme qui ne s'appelle pas Dorian est assis seul à une table dans un coin, dos au mur. Le mur en question arbore une ramure de cerf, un faisan empaillé et le portrait d'un jeune homme pendu pour trahison lors d'une guerre dont aucun vivant ne se souvient aujourd'hui. L'homme encore vivant assis sous le tableau est tourné face au reste de la salle d'une façon pouvant laisser penser qu'il observe tout l'espace et non une seule table en particulier.

Une personne en particulier.

Le cocktail qu'il sirote à petites gorgées lui a été suggéré par la serveuse quand il lui a demandé quelque chose à base de scotch. Il en a oublié le nom astucieux mais il y a du sirop d'érable dans l'équation.

Il a un livre entre les mains mais il ne le lit pas (il l'a déjà lu). Ça lui permet juste de garder les yeux rivés dans la direction d'une table de trois personnes à l'autre bout de la salle, sa vue seulement gênée de temps en temps par un client qui s'attarde au comptoir, constitué d'une énorme plaque de marbre qui semble avoir été récupérée dans un bâtiment beaucoup plus ancien.

Deux jeunes femmes (dont l'une qu'il a déjà vue le matin même dans la neige) et un homme à peine plus âgé. Il s'est posé des questions au début sur la nature de leurs relations, mais plus il les suit et les observe, plus il voit de choses et plus il a envie d'en savoir.

Ce sont les deux filles qui sont en couple, s'il déchiffre bien la gestuelle et le jeu des regards. Il surprend une main posée sur une cuisse qui confirme ses intuitions et il est assez content de lui, malgré le fait qu'il a déjà joué à ça par le passé, à de nombreuses reprises, dans de nombreux bars, et que ça fait belle lurette qu'il n'a plus matière à se vanter de cette compétence mûrement développée. Il est doué pour ça. Il l'a toujours été. Pour lire dans les gens comme dans des livres ouverts à l'autre bout de pièces mal éclairées.

Les deux femmes, il les lit sans problème. Celle avec les cheveux très courts parle vite, accentue ses propos par des mouvements des mains, jette de fréquents coups d'œil au reste de la salle. L'autre est plus réservée, à l'aise et détendue, elle s'est déchaussée sous la table et Dorian l'envie momentanément. Elle se sent chez elle dans cet endroit, avec ces gens, bien qu'elle les écoute avec beaucoup d'attention. Elle connaît les deux autres, mais pas aussi bien qu'elle voudrait.

Et puis il y a l'homme.

Il le voit de trois quarts, son profil attrape la lumière chaque fois qu'il porte son verre à ses lèvres mais son expression se perd entièrement dès qu'il tourne la tête, ne formant plus qu'un halo sombre de boucles mouillées par la neige.

Dorian s'attendait à un gamin. Un étudiant. Un ramassis de clichés universitaires. C'est un homme. Un jeune homme, mais un homme. Un homme intrigant. Un homme qui étudie les jeux vidéo, aussi curieux que ça puisse être.

En le regardant à présent, Dorian s'y perd un peu. Il n'arrive pas à lire les données élémentaires de l'homme en face de lui. Dans un premier temps, il a pensé *phobie sociale* et *ermite*, mais ce n'est pas ça qu'il a sous les yeux. Sa timidité est juste une légère gêne qui s'est évaporée à la moitié du premier verre. Il écoute davantage qu'il ne parle, mais quand il parle il n'a pas l'air spécialement mal à l'aise. Il remonte de temps en temps ses lunettes sur son nez et semble boire un sidecar, bien qu'il ait dû demander qu'on le lui serve dans un verre sans sucre.

Un homme qu'il n'arrive pas à lire. C'est aussi contrariant que d'avoir un livre sans pouvoir le toucher. Une frustration qui ne lui est que trop familière.

« C'est bien, comme bouquin ? »

Dorian relève la tête et s'aperçoit que la serveuse est en train de lui remplir son verre d'eau. Sans doute est-elle venue vérifier le niveau de son cocktail : à moitié vide ou à moitié plein, selon votre degré d'optimisme.

Il jette un coup d'œil au livre qu'il a dans les mains : *Le Maître des illusions*. Il a longtemps secrètement espéré une relation d'une même intensité que celles décrites entre ces pages, sans les meurtres et les bacchanales, mais il ne l'a jamais trouvée et il a maintenant atteint un âge où c'est sans doute trop tard. Il a déjà lu ce livre sept fois, ce qu'il se garde de dire à la serveuse.

« Très bien, répond-il simplement.

— J'ai commencé celui avec l'oiseau, là, mais je n'ai pas réussi à rentrer dedans.

— Celui-ci est meilleur », lui assure Dorian, avec suffisamment de distance pour couper court à toute tentative de flirt.

Le sourire de la serveuse perd une partie de sa chaleur, mais pas toute.

« C'est bon à savoir, dit-elle. Faites-moi signe si vous voulez autre chose. »

Dorian acquiesce d'un hochement de tête et concentre à nouveau son attention juste au-dessus des pages de son livre. Il pense que le groupe qu'il surveille n'en est pas au même stade d'intimité que les personnages de ce roman, mais il y a quelque chose. Comme si chacun séparément était capable de cette intensité – le meurtre en moins – mais que ce n'était pas la bonne combinaison. Pas tout à fait. Il observe leur table, observe les gestes des mains et l'arrivée des plats qu'ils ont commandés, observe quelque chose qui les fait rire tous les trois et sourit malgré lui avant de cacher son sourire dans son verre.

Régulièrement, il balaie du regard le reste de la salle. Pas mal de monde, sans doute parce qu'il n'y a pas tellement de bars dans cette petite ville. Au-dessus du comptoir est suspendue une enseigne représentant un griffon tel qu'imaginé par Tenniel pour ses illustrations d'*Alice au pays des merveilles*, et il se demande s'il existe des bars qui portent le nom de la Simili-Tortue.

Sous l'enseigne, mêlée à d'autres clients, une fille dont le visage lui rappelle vaguement quelque chose lève la main comme pour attirer l'attention du barman, mais alors que son bras passe au-dessus d'un plateau de consommations prêtes à être servies en salle, Dorian comprend le sens de son geste. Une traînée de poudre presque invisible se répand dans le sidecar sans sucre juste en dessous et se dissout dans le liquide.

La fille repart sans avoir eu l'attention du barman, se glissant d'abord dans un petit groupe anonyme de buveurs, puis par la porte. Ne jamais s'attarder sur place. Il connaît la chanson. Il lui est arrivé quelques fois d'enfreindre cette règle-là, pour être sûr. Ces nouvelles recrues ne prennent pas le temps de voir les nuances dans les directives. Une certitude vaut bien de contourner quelques règles.

Il pourrait laisser passer.

Il a lui-même exécuté des actions similaires, très souvent. Voire pire. Il repense à la dernière fois – la *dernière*, pour de vrai – et ses mains se mettent à trembler. L'espace d'un instant, il est dans une autre ville, dans la pénombre d'une chambre d'hôtel, et tout ce qu'il croyait savoir est faux, son monde bascule, et puis il se ressaisit. Il pose son livre.

Il se demande si la poudre dans ce verre-ci est celle qui provoque juste une légère amnésie ou la version plus radicale. L'une comme l'autre serait indétectable, plongerait son destinataire dans les vapes au bout d'une heure ou deux, après quoi il perdrait connaissance et se réveillerait soit avec une gueule de bois terrible, soit pas du tout.

Dorian se lève de sa chaise au moment où une serveuse attrape le plateau et, le temps qu'il l'atteigne, il a décrété que c'était sans doute la version radicale et que, de toute façon, ça ne changeait rien.

C'est très simple de rentrer dans la serveuse, de renverser le plateau et tout son contenu qui explose par terre, de s'excuser pour cette maladresse feinte, de proposer son aide et de se faire rembarrer, de regagner sa table comme si ça avait toujours été sa destination et non son point de départ.

Comment est-il possible que tout l'ait conduit à ça ? Un seul livre, un seul homme. Des années de mystère et d'ennui, et maintenant voilà que les choses insistent pour arriver toutes en même temps.

Il est déjà trop intéressé. Il le sait.

Pourquoi fallait-il qu'il soit intéressant ?

Le jeune homme intéressant-contre-toute-attente se lève de sa table et laisse les deux femmes bavarder entre elles. Il se dirige vers le fond de la salle et quelque chose change sur son visage dès qu'il n'est plus visible d'elles. Une expression non pas éméchée mais rêveuse, un air de ne pas être tout à fait là, perdu dans ses pensées, avec peut-être une once d'inquiétude. *De plus en plus mieux !* comme dirait Alice.

Dorian jette un coup d'œil à la table qu'il vient de quitter et s'aperçoit qu'une des deux filles le fixe. Elle détourne aussitôt les yeux et continue à parler en écrivant quelque chose sur une serviette en papier. Mais elle l'a vu. Elle l'a regardé regarder.

Il est temps de partir.

Il range son livre et glisse sous son verre de quoi régler son unique cocktail ainsi qu'un généreux pourboire. Il est déjà dehors dans la neige où il s'efforce d'éviter la lumière des réverbères quand Zachary Ezra Rawlins revient à sa table.

Dorian le voit de là où il est, une vague ombre floue derrière le givre de la vitrine, mais distincte des autres ombres qui se meuvent autour de lui.

Il sait qu'il ne devrait pas être là. Il aurait dû tout arrêter il y a un an, après une nuit différente dans une ville différente où rien ne s'est déroulé comme prévu.

Combien de drames se jouent autour de nous pile à cet instant ?

De nouveau, ses mains se mettent à trembler et il les enfonce dans les poches de son manteau.

Quelque chose s'est brisé alors, mais maintenant il est là. Il ne sait pas où aller d'autre. Quoi faire d'autre.

Il pourrait partir. Fuir. Continuer à fuir. À se cacher. Il pourrait oublier tout ça. Ce livre, son livre, la mer sans Étoiles, tout.

Il pourrait.

Mais il ne le fera pas.

Alors qu'il est debout dans la neige, les doigts tremblants, presque congelés, et les idées réchauffées par l'alcool, à regarder Zachary derrière la vitre, Dorian ne pense pas à tout ce qui est inévitablement sur le point de se produire.

Il pense : *Laissez-moi vous raconter une histoire.*

LIVRE IV

ÉCRIT DANS LES ÉTOILES

une étoile en papier pliée
dans une page arrachée à un livre

Il y a un cerf dans la neige.

Un clin d'œil, et il disparaît.

Était-ce vraiment un cerf, ou était-ce autre chose ?

Était-ce un sentiment non dit, un chemin non pris ou une porte non ouverte ?

Ou bien était-ce un cerf, aperçu entre les arbres puis plus là, sans avoir déplacé une seule branche dans son départ ?

Le cerf est un coup non tiré. Une occasion manquée.

Volée comme un baiser.

En ces temps nouveaux et distraits, avec leurs façons différentes, parfois le cerf s'attardera un instant de plus.

Il attend, alors qu'autrefois il n'attendait jamais, il n'aurait jamais songé à attendre ni attendu de songer.

À présent il attend.

Que quelqu'un tire le coup. Que quelqu'un lui transperce le cœur.

Pour savoir qu'on ne l'oubliera pas.

Zachary Ezra Rawlins descend un étroit escalier sous une statue, suivi de près par un chat persan. Les marches sous ses semelles sont inégales et irrégulières, l'une d'elles s'effondre quand il pose le pied dessus et il en dévale trois d'un coup, écartant les bras pour garder l'équilibre.

Derrière lui, le chat miaule et franchit gracieusement les décombres de la marche cassée, s'arrêtant de nouveau quand il a rejoint Zachary.

« Frimeur », lui lance ce dernier.

Le chat ne répond pas.

Frimeur, répète une voix quelque part en contrebas. Un écho, pense Zachary. Net, décalé, un écho. C'est tout.

Il y croit presque, en plus, mais le chat plaque ses oreilles en arrière et crache en direction des ténèbres, et de nouveau Zachary ne sait plus ce qu'il faut croire.

Il descend prudemment les dernières marches, soulagé de voir que le chat continue avec lui.

Sur une saillie tout en bas est posée une lampe, une lampe avec une anse qui aurait pu jadis renfermer un génie mais n'est actuellement occupée que par un peu d'huile enflammée. Elle est entourée de cordes et de poulies, ainsi que d'un mécanisme qui ressemble à une pierre à briquet près de la flamme. Elle a dû s'allumer automatiquement quand la porte s'est ouverte.

La lampe étant l'unique source de lumière alentour, Zachary la saisit par son anse recourbée. Au moment où il la soulève, le disque doré sur lequel elle reposait s'élève et les cordes et poulies se mettent à bouger. Des cliquetis étouffés résonnent à l'intérieur des murs, puis il y a une étincelle dans le noir. Une autre lampe s'est allumée tout au fond d'un couloir obscur, un vif point lumineux comme une luciole qui montrerait la voie.

Zachary avance dans le couloir, la lampe à la main, le chat sur les talons.

À mi-chemin, la flamme ricoche sur une clé pendue par un anneau à un crochet sur le mur.

Zachary la prend.

« Miaouuu », commente le chat en signe d'approbation, de désaccord ou d'indifférence.

Zachary continue avec la clé et la lampe, suivi du chat et des ténèbres.

Quasiment au bout du couloir, une niche contient une deuxième lampe similaire.

Juste après, Zachary distingue une porte voûtée en pierre, parfaitement lisse et uniforme, à l'exception d'un trou de serrure.

Il insère la clé dedans, et elle tourne avec un léger déclic. Zachary pousse sur la pierre et la porte s'ouvre.

Sa lampe et celle dans la niche vacillent.

Le chat crache de plus belle en direction de l'obscurité devant eux et détale en sens inverse dans le couloir.

Zachary l'entend grimper l'escalier à toute allure, il entend les pierres écroulées de la marche cassée s'écrouler davantage, puis plus rien.

Il prend une grande inspiration et s'engouffre dans la pièce.

Ça sent la poussière et le sucre, comme le parfum de Mirabel.

La lumière de la lampe éclaire des pans de colonnes en pierre et de murs gravés.

Devant lui se dresse un piédestal avec un disque doré dessus.

Zachary pose la lampe sur le disque, qui s'abaisse sous son poids. S'ensuit une série de bruits métalliques.

Partout dans la pièce, des lampes suspendues aux colonnes s'allument. Quelques-unes restent éteintes, peut-être à court d'huile.

Au-delà des colonnes, les parois sont creusées de longues alcôves horizontales. Zachary se demande pourquoi cet endroit lui paraît familier, et il voit alors dépasser d'un de ces renfoncements obscurs une main de squelette.

C'est une crypte.

L'espace d'un instant, il est pris d'une furieuse envie de fuir en courant, comme le chat.

Mais il reste.

Quelqu'un a voulu qu'il voie ça.

Quelqu'un – ou quelque chose – pense qu'il doit être là.

Zachary ferme les yeux, se ressaisit et entreprend d'explorer la pièce.

Il commence par ses occupants.

Au début, il pense que ce sont peut-être des momies, mais en s'approchant il constate que les bandelettes de tissu qui enveloppent les corps de façon lâche sont couvertes de texte. La plupart se sont desséchées et décomposées au même titre que leur propriétaire, mais certaines sont encore lisibles.

chante tout haut quand elle pense que personne n'écoute

lit et relit les mêmes livres indéfiniment jusqu'à en connaître intimement chaque page

marche pieds nus dans les couloirs, aussi discret qu'un chat

a le rire facile et serein, comme si l'univers entier le réjouissait

Les corps sont emmaillotés dans des souvenirs. Les souvenirs de ce qu'ils étaient de leur vivant.

Zachary lit ce qu'il peut lire sans les déranger. Les bouts de phrases qui s'effilochent et les sentiments qui prennent la lumière.

il n'avait plus envie d'être là

est-il écrit sur une bande autour d'un poignet qui n'est désormais plus que des os, et Zachary se demande si ça veut vraiment dire ce qu'il imagine.

Dans une des alcôves, il y a une urne. Elle n'a pas de souvenirs avec elle.

Les autres sont vides.

Zachary s'intéresse à présent au reste de la pièce. Certaines colonnes ont de petites niches creusées dans leur fût, une surface inclinée comme un pupitre intégré sous leur lampe.

Sur l'un d'eux est posé un livre qui a l'air extrêmement vieux. Il n'a pas de couverture, juste des pages vaguement reliées entre elles.

Zachary s'en empare aussi précautionneusement que possible.

Le parchemin s'effrite entre ses mains et se désagrège en fragments sur le pupitre.

Zachary soupire, et son souffle emporte d'autres fragments qui se répandent sur le sol en pierre à ses pieds.

Il essaie de ne pas trop culpabiliser. Peut-être que ce livre, comme les gens autour de lui, n'était déjà plus là.

Il baisse les yeux vers ce qu'il reste du livre éparpillé par terre et tente de déchiffrer quelque chose, mais ce ne sont que des bribes.

Il ne reconnaît qu'un seul mot.

Bonjour

Zachary cligne des yeux et se tourne vers un autre fragment de papier.

Fils, y a-t-il écrit.

Il tend la main vers un troisième fragment, assez gros pour qu'il puisse le ramasser.

de la voy-

Le papier se transforme en poussière entre ses doigts mais les mots restent gravés dans sa tête.

Zachary se penche pour lire un autre bout de parchemin, même s'il sait déjà ce qu'il va y trouver.

an

te

Zachary ferme les yeux et attend le *Dites-moi que ce n'est pas vrai* de la voix dans sa tête, mais cette dernière reste muette. Elle sait que c'est vrai, et il le sait aussi.

Zachary rouvre les yeux. Il se baisse et fouille par terre dans les débris du livre détruit, se concentrant au hasard sur les fragments de texte à mesure qu'il les trouve.

il y a trois
choses perdues
dans le temps

Il continue à chercher alors que le livre ne cesse de se détériorer. Les seuls morceaux qu'il parvient encore à repérer sont des mots isolés.

épée
livre
homme

Les mots disparaissent presque aussitôt qu'il les lit, jusqu'à ce qu'il n'en reste plus que deux dans la poussière.

trouver
homme

Zachary cherche des éclaircissements supplémentaires dans le tas de papier désagrégé, mais la séance de bibliomancie est terminée. Ce livre qui n'a plus forme de livre n'a rien d'autre à lui dire.

Il s'époussette les mains afin d'en éliminer les résidus de papier prophétique. *Trouver homme*. Il songe à l'homme perdu dans le temps dans *Doux chagrins*. Comment s'y prend-on pour obéir aux instructions de fantômes de livres anciens et retrouver quelqu'un qui s'est perdu dans le temps ? Il regarde autour de lui des corps qui ne se donnent pas la peine de le regarder en retour, privés de regard depuis belle lurette.

Zachary récupère la lampe sur le piédestal et toutes les autres lumières s'éteignent en même temps.

Il ressort par la porte, s'arrête pour retirer la clé de la serrure.

La porte claque derrière lui.

Le couloir lui semble plus long qu'à l'aller.

Zachary replace la clé sur son crochet et la lampe sur son socle. Elle s'encastre dans son logement et la lumière au fond du couloir disparaît.

Le bout du couloir se perd désormais dans l'obscurité, mais vers le milieu, les dernières lueurs de la lampe esquissent les contours d'une forme dans le noir, quelqu'un qui se tient là et l'observe.

Zachary cligne des yeux et la silhouette n'est plus là.

Il remonte l'escalier quatre à quatre sans oser se retourner, et manque de trébucher sur le chat persan qui l'attend patiemment en haut des marches.

une étoile en papier avec une branche tordue

Cauchemar numéro 113 :

Je suis assise dans un très grand fauteuil et je ne peux pas en bouger. Mes bras sont ligotés aux accoudoirs mais je n'ai plus de mains. Autour de moi, des gens sans visage me font avaler des bouts de papier sur lesquels sont écrites toutes les choses que je suis censée être, mais ils ne me demandent jamais ce que je suis.

Zachary Ezra Rawlins est à mi-chemin de l'ascenseur, à mi-chemin de rentrer dans le Vermont, dans son université, de reprendre sa thèse et sa vie normale, à mi-chemin d'oublier que tout ça soit jamais arrivé, et puis tiens, peut-être qu'il pourrait prendre le chat avec lui, et un jour il se convaincra que tout cet univers merveilleux de bibliothèque souterraine était un pur fantasme, un fantasme qu'il s'est raconté si souvent pour expliquer le pedigree du chat qu'il a fini par y croire, alors que ce matou n'était jamais qu'un chat errant à la face aplatie qui l'a suivi jusque chez lui, où que soit « chez lui ».

Et puis il se souvient que la porte par laquelle il est entré la dernière fois, au sous-sol du Club des collectionneurs, a été incendiée et sans doute mise hors d'usage.

Alors, à mi-chemin de l'ascenseur, toujours avec le chat dans son sillage, Zachary fait demi-tour et regagne sa chambre.

Au centre de sa porte est collé un Post-it, de couleur bleu pastel plutôt que le jaune traditionnel.

D'une fine écriture appliquée, il y est noté : *Tout ce que vous devez savoir vous a été donné.*

Zachary décolle le petit mot. Il le lit quatre fois, le retourne, mais il n'y a rien au verso. Il le relit encore une fois, sceptique quant à cette assertion, et entre dans sa chambre, où un feu crépite dans la cheminée.

Le chat s'engouffre à sa suite. Zachary ferme la porte à clé derrière eux.

Il colle le Post-it sur le cadre du tableau des lapins pirates.

Regarde ses poignets.

Il n'avait plus envie d'être là.

Il essaie de se souvenir de la dernière fois qu'il a parlé à quelqu'un qui n'était pas un chat. Était-ce son tête-à-tête alcoolisé avec Dorian quelques heures plus tôt ? Est-ce même véritablement arrivé ? Il ne sait plus.

Peut-être qu'il est juste fatigué. Quelle est la différence entre être fatigué et avoir sommeil ? Il se met en pyjama et s'installe devant la cheminée. Le chat persan se blottit au bout du lit, réussissant à le réconforter sans rien dire. Tout ce confort ne devrait pas lui sembler aussi inconfortable.

Zachary contemple les flammes et se remémore la silhouette sombre au milieu du couloir, qui le fixait dans cet espace rempli de squelettes.

Peut-être que ton esprit te joue des tours, lui suggère la voix dans sa tête.

« Je croyais que c'était toi, mon esprit », rétorque Zachary tout haut, et sur le lit le chat remue, s'étire et se rendort.

La voix dans sa tête ne répond pas.

Zachary a soudain très envie de quelqu'un à qui parler, en revanche il n'a pas envie de quitter sa chambre. Il songe à envoyer un texto à Kat, parce qu'elle est du genre à se coucher à pas d'heure, mais il ne voit pas bien ce qu'il lui dirait. *Salut K, suis coincé dans un cachot au fond d'une bibliothèque souterraine, sinon il neige toujours ?*

Il retrouve son téléphone, qui est partiellement rechargé, pas autant qu'il devrait, vu le temps qu'il est resté branché, mais assez pour se rallumer.

La photo de la fête à l'Algonquin qu'il a enregistrée est toujours là, et maintenant il est clair que la femme masquée qu'on aperçoit dessus est Mirabel, et encore plus clair que l'homme avec qui elle parle est Dorian. Il se demande de quoi ils pouvaient bien bavarder il y a un an, sans parvenir à décider s'il a vraiment envie de le savoir ou pas.

Il n'a pas d'appel en absence, mais trois textos. Un de Kat avec une photo de son écharpe terminée, un de sa mère qui lui rappelle que Mercure va bientôt rétrograder, et un message laconique d'un numéro inconnu :

Soyez prudent, monsieur Rawlins.

Zachary éteint le téléphone. De toute façon, il n'a pas de réseau.

Il va chercher un stylo sur le bureau et griffonne deux mots sur une carte.

Bonjour, Cuisine.

Il la pose dans le monte-plats et l'expédie, et il a presque réussi à se persuader que la Cuisine, les squelettes enveloppés d'histoires, cet endroit lui-même, Mirabel, Dorian, la chambre dans laquelle il se trouve et même son pyjama ne sont que les produits de son imagination lorsque la petite sonnerie retentit.

Bonjour, monsieur Rawlins, en quoi pouvons-nous vous être utiles ?

Zachary réfléchit un long moment avant de rédiger une réponse.

C'est vrai, tout ça ? écrit-il.

Ça paraît un peu vague, mais il l'envoie quand même.

Le monte-plats carillonne quelques instants plus tard et, à l'intérieur, à côté d'une nouvelle carte, se trouvent un mug fumant et une assiette coiffée d'une cloche en argent.

Zachary commence par lire le mot.

Bien sûr que c'est vrai, monsieur Rawlins. Nous espérons que vous vous sentirez mieux très vite.

Le mug est rempli de lait de coco tiède assaisonné de curcuma, de poivre noir et de miel.

Sous la cloche en argent, Zachary découvre six petits cupcakes au glaçage impeccable.

Merci, Cuisine, écrit-il.

Il prend le mug et les cupcakes et retourne s'asseoir devant la cheminée.

Le chat s'étire et vient le rejoindre, reniflant les gâteaux et léchant le glaçage sur ses doigts.

Zachary n'a pas souvenir de s'être assoupi. Il se réveille pourtant recroquevillé sur une pile de coussins devant le feu mourant, le chat persan lové au creux de son bras. Il n'a aucune idée de combien de temps il a dormi. Qu'est-ce que le temps, de toute façon ?

« Qu'est-ce que le temps, de toute façon ? » demande-t-il au chat.

Ce dernier bâille.

Le monte-plats sonne, la petite lumière à côté s'allume, et Zachary ne se rappelle pas qu'il ait encore jamais sonné de son propre chef.

Bonjour, monsieur Rawlins, dit la petite carte à l'intérieur. *Nous espérons que vous avez bien dormi.*

Il y a aussi un pot de café, une omelette, deux tranches de pain au levain grillées, un beurrier en céramique avec un morceau de beurre saupoudré de gros sel et nappé d'un filet de miel, et une corbeille de mandarines.

Zachary s'apprête à écrire un petit mot de remerciement, mais exprime finalement un autre sentiment à la place.

Je t'aime, Cuisine.

Il n'attendait pas de réponse, pourtant un petit *ding-dong* retentit.

Merci, monsieur Rawlins. Nous vous aimons beaucoup aussi.

Zachary prend son petit déjeuner (il partage son omelette avec le chat, oubliant la règle qui interdit de le nourrir et qu'il a d'ailleurs déjà enfreinte avec de la crème au beurre la veille au soir) et réfléchit, les idées plus claires qu'avant.

« Si tu étais un homme perdu dans le temps, tu serais où ? » demande-t-il au chat.

Le chat le fixe du regard.

Tout ce que vous devez savoir vous a été donné.

« Ah, d'accord », souffle Zachary alors qu'il a brusquement un déclic.

Il cherche parmi les livres près de la cheminée pour retrouver celui que Rhyme lui a donné et le feuillette jusqu'à l'endroit où il en était. Il l'emporte sur le bureau, approche une lampe pour mieux voir et le chat vient s'installer sur ses genoux en ronronnant. Zachary épluche une mandarine et la mange par petits quartiers de soleil tout en lisant.

Il lit, fronce les sourcils, continue à lire, et puis il tourne une page et c'est fini. Les pages suivantes sont vierges. L'histoire, le récit – il ne sait pas comment appeler ça – s'arrête en plein milieu.

Zachary se souvient de l'homme perdu dans le temps qui errait à travers des villes de miel et d'os dans *Doux chagrins*, de la référence à la mer sans Étoiles dans *Fortunes et fables*, et il se demande si toutes ces histoires n'en forment au fond qu'une seule. Il se demande où peut bien être passé Simon à présent et comment faire pour le trouver. Il se demande où est la salle brûlée et d'où sort le balai dans le bureau du Veilleur. Il se demande ce qui arrive, précisément, au fils de la voyante.

Sur le coin du bureau est posée l'étoile en origami qu'il a ramassée. Il la prend et l'examine de plus près. Il y a quelque chose écrit dessus.

Zachary déplie l'étoile, qui éclôt en une longue bande de papier.

Les mots dessus sont si petits qu'ils semblent murmurés :

Cauchemar numéro 83 :

Je marche dans un endroit très très sombre et quelque chose de gros et gluant ondule dans le noir si près de moi que je pourrais le toucher en tendant la main, mais si je touche la chose gluante elle saura que je suis là et elle me mangera très lentement.

Zachary laisse le cauchemar retomber sur le bureau et reprend le livre. Il l'ouvre à la dernière page écrite et la relit, s'arrêtant sur le tout dernier mot du texte inachevé.

Il soulève gentiment le chat de ses genoux et le dépose par terre, fourre dans sa sacoche le livre et un briquet de façon à ne pas se retrouver une nouvelle fois coincé dans le noir et enfile ses chaussures. Il passe un pull-over bordeaux sur son pyjama et part à la recherche de Mirabel.

contenu fusionné de plusieurs étoiles en papier (dont une en partie mordillée par un chat)

Il arrive de temps en temps qu'un disciple choisisse de renoncer à autre chose qu'à sa langue lorsqu'il prête serment.

Ces disciples sont rares. Aucun ne se souvient de la précédente exception avant lui. Et aucun ne sert assez longtemps pour connaître la suivante.

La peintre s'est perdue.

Elle pense (à tort) que choisir ce chemin (un chemin, n'importe lequel) la rapprochera de cet endroit qu'elle a jadis tant aimé, cet endroit qui s'est modifié autour d'elle comme le temps modifie tout.

Elle espère raviver des flammes éteintes depuis longtemps.

Retrouver quelque chose qu'elle a perdu et qu'elle ne peut nommer mais dont elle ressent le manque comme une faim dévorante.

La peintre prend sa décision sans en parler à personne. Seule son unique élève remarque son absence mais ne s'en inquiète pas plus que ça, ayant appris depuis belle lurette que parfois les gens disparaissent comme des lapins dans des chapeaux, et que parfois ils reviennent, parfois pas.

Les disciples autorisent cette rare concession car leurs effectifs sont en baisse.

La peintre occupe sa période de solitude et de méditation à trier ses pertes et ses regrets en essayant de déterminer s'il y a jamais rien eu qu'elle aurait pu faire pour en empêcher certains ou s'ils sont simplement passés sur sa vie telles des vagues sur le rivage.

Elle pense que si, à tout moment de sa période d'enfermement, elle a une idée pour un nouveau tableau, elle refusera ce chemin, retournera à sa peinture et laissera les abeilles trouver quelqu'un d'autre pour les servir.

Mais il n'y a pas de nouvelles idées. Seulement des anciennes, déjà ressassées encore et encore dans sa tête. Seulement du sûr et du connu, des choses qu'elle a produites et reproduites si souvent à coups de pinceau qu'elle n'y voit plus que du vide.

Elle envisage d'essayer l'écriture, mais elle a toujours été plus à l'aise avec les images que les mots.

Quand la porte se rouvre, bien plus tôt qu'elle ne s'y attendait, elle accepte son abeille sans hésitation.

Le disciple et la peintre empruntent des couloirs déserts jusqu'à une porte anonyme. Seul un chat les voit passer à ce moment et, bien qu'il reconnaisse cette erreur pour ce qu'elle est, il ne s'en mêle pas. Ce n'est pas dans les habitudes des chats de se mêler du destin.

La peintre pensait sacrifier ses deux yeux, mais on ne lui en prend qu'un.

Un, ce sera déjà bien assez.

Alors que les images inondent son champ de vision, s'enchaînant avec un tel niveau de détail qu'elle ne peut pas les séparer les unes des autres, alors qu'elle ne peut espérer en capturer ne serait-ce que des fragments sur la toile – et bien que ça la démange de ne pas avoir ses pinceaux sous la main –, elle se rend compte que ce chemin n'était pas fait pour elle.

Mais il est trop tard à présent pour en choisir un autre.

Zachary Ezra Rawlins parcourt les couloirs du Port et s'aperçoit qu'en fait il ne sait pas où se trouve la chambre de Mirabel, n'ayant pas songé à lui poser la question. Il traverse l'immense salle de bal jusqu'à l'endroit où il l'a vue pour la dernière fois, mais la cave à vin est déserte. Seul le tableau de la femme au visage enveloppé d'un essaim d'abeilles trône sur les casiers à bouteilles et, avant de repartir, Zachary en choisit une qui lui paraît intéressante et la glisse dans son sac, un vin rouge sans nom dont l'étiquette représente une lanterne et deux clés croisées.

Il prend un escalier différent pour remonter de la salle de bal et ne sait plus où il est. Il s'est de nouveau égaré en territoire inconnu.

Il s'arrête, pour essayer de retrouver ses repères, près d'une alcôve de lecture tapissée de livres et agrémentée d'un seul fauteuil et d'une table basse fabriquée à partir d'un tronçon de colonne cassée. Une tasse est posée dessus, dans laquelle une bougie allumée a pris la place du thé.

Entre les rayonnages de livres, il remarque une petite plaque en cuivre avec un bouton, comme un interrupteur à l'ancienne. Il appuie dessus.

Les étagères s'écartent, révélant une pièce cachée.

Il faudrait une éternité pour découvrir tous les secrets ici, commente la voix dans sa tête. *Pour résoudre une fraction de tous les mystères.* Zachary ne la contredit pas.

La pièce devant lui semble tout droit sortie d'un vieux manoir, ou d'un roman policier historique. Du lambris foncé et des lampes en opaline verte. Des canapés en cuir, des tapis orientaux qui se chevauchent les uns les autres et des murs couverts de bibliothèques, dont celle qui a coulissé pour laisser passer Zachary. Entre les bibliothèques, il y a des peintures encadrées éclairées par des petits spots de musée et une porte en bonne et due forme, ouverte, qui donne sur un couloir.

Sur le mur d'en face est accroché un immense tableau. Un paysage de forêt nocturne, un croissant de lune visible à travers les branches, mais au milieu des arbres se dresse une gigantesque cage à oiseaux, si grande que sur son perchoir se trouve non pas un volatile mais un homme, assis de dos dans sa prison solitaire.

Les arbres autour de la cage sont truffés de clés et d'étoiles pendues aux branches par des rubans, cachées dans des nids ou tombées au sol. Le style rappelle à Zachary les lapins pirates de sa chambre. Peut-être les deux œuvres ont-elles été peintes par le même artiste. Et la femme aux abeilles de la cave à vin aussi, d'ailleurs.

Dorian est debout devant le tableau et le contemple. Il se retourne quand la bibliothèque se referme derrière Zachary. Il porte un manteau sans col en feutrine bleu nuit, coupé à la perfection pour lui, garni de boutons en bois ou peut-être en os taillés en forme d'étoiles, si bien qu'il est assorti au tableau. Son pantalon est coordonné au manteau, mais il est pieds nus.

« Tu es là, dit-il, en parlant manifestement de l'endroit en général plus que du fait que Zachary soit apparu dans cette pièce en particulier.

— Oui.

— Je croyais t'avoir rêvé. »

Zachary ne sait pas comment réagir à cette remarque et il est soulagé lorsque Dorian concentre de nouveau son attention sur le tableau. Sans doute pense-t-il aussi que la séance de conte alcoolisée était un rêve, et ça vaut peut-être mieux ainsi. Zachary avance dans la pièce et va se poster à côté de lui. Ils observent tous les deux l'homme dans sa cage.

« J'ai l'impression d'avoir déjà vu ça quelque part, commente Dorian.

— Ça me fait penser au jardin du collectionneur de clés, dans ton livre, répond Zachary, et comme Dorian se tourne vers lui, l'air étonné, il ajoute : Je l'ai lu. Désolé. »

Il s'excuse par automatisme, pourtant il ne regrette rien.

« Tu n'as pas à être désolé, rétorque Dorian.

— Comment tu te sens ? s'enquiert Zachary.

— Comme si j'étais en train de perdre la raison, mais au ralenti, avec une sorte de beauté douloureuse.

— Ouais, je vois. Donc *mieux*, en somme. »

Dorian sourit, et Zachary se demande comment le sourire de quelqu'un peut vous manquer quand vous ne l'avez vu qu'une fois.

« Oui, *mieux*. Merci.

— Tu n'as pas de chaussures.

— Je hais les chaussures.

— La haine est une émotion un peu forte pour un accessoire vestimentaire, non ?

— La plupart de mes émotions sont fortes », réplique Dorian.

Encore une fois, Zachary ne sait comment réagir, mais Dorian lui épargne cette question en se rapprochant de lui de façon aussi soudaine qu'inattendue et en posant une main sur sa poitrine, juste au-dessus du cœur. Zachary met un moment à comprendre ce qu'il fait : il cherche à confirmer sa matérialité. Zachary se dit que ça ne doit pas être facile de percevoir un pouls à travers un pull.

« Tu es vraiment là, murmure Dorian. On est tous les deux vraiment là. »

Ne sachant que dire, Zachary se contente de hocher la tête alors qu'ils se fixent du regard. Il y a dans le marron des yeux de Dorian une chaleur qu'il n'avait pas remarquée jusque-là. Et une cicatrice au-dessus de son sourcil gauche. Tant de morceaux dans une personne. Tant de petites histoires et si peu d'occasions de les lire. *J'aimerais juste pouvoir te regarder* passerait pour une requête complètement loufoque.

Zachary voit les yeux de Dorian se déplacer sur sa peau de façon similaire, et il se demande combien de leurs pensées se rejoignent.

Dorian retire sa main et baisse la tête en soupirant.

« Tu es en pyjama ? s'étonne-t-il.

— Oui », confesse Zachary en s'apercevant qu'en effet il porte toujours son pyjama bleu à rayures.

Il éclate de rire devant l'absurdité de la situation et, après une brève hésitation, Dorian se joint à lui.

Quelque chose change avec ce rire, quelque chose se perd, autre chose se crée, et bien que Zachary ne puisse mettre des mots sur ce qui vient de se passer, il y a désormais entre eux une aisance qui n'était pas là avant.

« Qu'est-ce que tu fabriquais devant cette bibliothèque ? l'interroge Dorian.

— J'essayais de comprendre ce que je suis censé faire maintenant. Je voulais voir Mirabel mais je ne l'ai pas trouvée, ensuite je me suis perdu, alors j'ai cherché quelque chose de familier et je suis tombé sur toi.

— Je te suis familier ? » demande Dorian.

Zachary a envie de lui répondre *Oui, oui tu m'es incroyablement familier et je ne comprends pas pourquoi*, mais ça ferait trop de vérité d'un coup, alors il se contente de dire à la place :

« Si tu étais un homme perdu dans le temps, tu serais où ?

— Je serais *quand*, tu veux dire, non ?

— Aussi, oui », concède Zachary en souriant, bien qu'il soit en train de prendre conscience que toute cette quête consistant à retrouver un homme perdu dans le temps risque d'être beaucoup plus compliquée qu'il le pensait.

Il se tourne à nouveau vers le tableau, songeur.

« Et toi, comment tu te sens ? lui demande Dorian en réponse à la contrariété inquiète qui se lit probablement sur son visage.

— Comme si j'avais déjà perdu la raison et que la vie post-raison était une succession d'énigmes incompréhensibles. »

Zachary contemple l'homme dans sa cage. La cage paraît réelle, son cadenas lourd, accroché à une chaîne glissée entre les barreaux. Elle paraît assez réelle pour donner envie de la toucher. Pour tromper l'œil.

L'espace d'un instant, il retrouve la sensation qu'il a eue, enfant, debout devant une porte peinte qu'il ne va pas oser ouvrir. Quelle est la différence entre une porte et une cage ? Entre *pas encore* et *trop tard* ?

« Quel genre d'énigmes ? s'enquiert Dorian.

— Depuis que je suis arrivé ici, ce n'est que petits mots, indices et mystères. D'abord il y a eu la Reine des abeilles, mais elle m'a juste mené à une crypte secrète remplie de gens morts enveloppés de souvenirs où mon chat m'a abandonné et où un livre m'a dit qu'il y avait trois choses perdues dans le temps. Pas la peine de me regarder comme ça.

— Un livre t'a dit ?

— Il s'est désagrégé en petits fragments d'instructions mais je ne sais pas ce que ça signifie et comme j'étais entouré de cadavres je n'avais pas spécialement envie de traîner là pour essayer de comprendre, et puis de toute façon le livre s'était volatilisé. Ah, et aussi, j'ai vu un fantôme dans le couloir juste après. Enfin, je crois. Peut-être.

— Tu es sûr que tu n'as pas ima... »

Zachary le coupe avant qu'il ait pu prononcer le mot.

« Tu crois que j'invente, c'est ça ? Nous sommes dans une bibliothèque souterraine, tu as vu des portes peintes sur des murs s'ouvrir et tu crois que *j'imagine* de la bibliomancie et des peut-être-fantômes ?

— Je ne sais pas, murmure Dorian. Je ne sais pas ce que je dois croire ou pas. »

Ils restent un long moment à se regarder droit dans les yeux dans un silence lourd de plusieurs types de tension jusqu'à ce que Zachary n'en puisse plus.

« Assieds-toi », dit-il en désignant un des canapés en cuir près d'une liseuse avec un abat-jour en opaline verte.

Il s'attend à ce que Dorian proteste, mais non, il va s'asseoir comme le lui a ordonné Zachary et ne dit rien, docile bien que son expression trahisse un léger agacement.

« Finis de lire ça, reprend Zachary en sortant *Doux chagrins* de son sac pour le lui tendre. Et après, lis celui-là, ajoute-t-il en posant *La Ballade de Simon et Eleanor* sur une table voisine. Tu as ton livre avec toi ? »

Dorian sort *Fortunes et fables* de la poche de son manteau.

« Tu ne pourras pas le li... »

Il s'interrompt alors que Zachary lui prend le livre.

« Tu dis que tu l'as déjà lu ?

— Oui, confirme Zachary. Mais ça ne pourra pas me faire de mal de le relire. Quoi ? fait-il en voyant la mine interdite de Dorian.

— À ma connaissance, tu parles uniquement anglais et français, non ?

— Je ne dirais pas que je "parle" français », nuance Zachary, dont la colère s'est vite dissipée.

Il va lui-même s'asseoir sur l'autre canapé et ouvre prudemment *Fortunes et fables*.

« Les livres se traduisent tout seuls ici-bas, explique-t-il. Je crois que les paroles aussi, mais je n'ai parlé aux gens qu'en anglais ou en langage des signes. Remarque, maintenant que j'y pense, le Veilleur ne me parle sans doute pas en anglais, c'était présomptueux de ma part.

— Comment c'est possible ? s'extasie Dorian.

— Comment quoi que ce soit de tout ça est possible ? Je ne comprends même pas les propriétés physiques des étagères.

— Je t'ai posé cette question en mandarin.

— Tu parles mandarin ?

— Je parle beaucoup de langues », dit Dorian, et en se concentrant sur les mouvements de ses lèvres, Zachary s'aperçoit qu'ils ne collent pas tout à fait aux mots qu'il entend, comme quand les traductions des livres se brouillent un instant avant de redevenir nettes.

Zachary n'aurait peut-être même pas décelé ce léger décalage s'il ne l'avait pas cherché.

« Ça aussi, tu l'as dit en mandarin ? vérifie-t-il.

— Je l'ai dit en ourdou.

— Ah oui, tu parles vraiment beaucoup de langues. »

Dorian laisse échapper un soupir, baisse les yeux vers le livre entre ses mains, puis les tourne vers l'homme dans la cage sur le mur, puis de nouveau vers Zachary.

« On dirait que tu as envie de partir, observe Zachary, et l'expression de Dorian se mue aussitôt en surprise.

— Je n'ai nulle part où aller », répond-il, et il soutient un moment le regard de Zachary avant de se plonger dans *Doux chagrins*.

Zachary est au milieu de *Fortunes et fables* en train de se demander s'il y a plusieurs Rois des chouettes quand Dorian relève brusquement la tête.

« Ce… ce petit garçon dans la bibliothèque, avec la femme au foulard vert. C'est moi, dit-il.

— Tu réagis beaucoup plus calmement que moi au fait de lire ta propre histoire dans un livre, fait remarquer Zachary.

— Comment… », balbutie Dorian, mais sa phrase reste en suspens alors qu'il continue à lire.

Une minute plus tard, il ajoute :

« C'est seulement cet extrait au début. Je n'ai jamais passé aucune des autres épreuves.

— Mais tu as été gardien, pourtant.

— Non, j'étais membre très haut placé du Club des collectionneurs, corrige Dorian sans quitter le livre des yeux. Même si je suppose que le club est une évolution de tout ça. Il y a des… similitudes. »

Dorian lève la tête et balaie la pièce du regard, les bibliothèques le long des murs, le tableau, la porte qui donne sur le couloir. Un chat passe devant sans même leur jeter un coup d'œil.

« Allegra disait toujours qu'il fallait attendre que ce soit sûr et sécurisé, reprend-il. Elle me l'a répété pendant des années et je l'ai crue. “Sûr et sécurisé” était un objectif en constante évolution. Toujours plus de portes à fermer, plus d'individus problématiques à éliminer. Toujours *bientôt*, jamais *maintenant*.

— C'est ce que croient tous les membres du Club des collectionneurs ?

— Que s'ils font ce qu'Allegra leur dit pendant assez longtemps, ils gagneront leur place dans un paradis qui est, comme l'a supposé Borges, une sorte de bibliothèque ? Oui, c'est ce qu'ils croient.

— On dirait une secte », commente Zachary.

À sa grande surprise, Dorian éclate de rire.

« C'est vrai, reconnaît-il.

— Toi aussi, tu y croyais ? » demande Zachary.

Dorian réfléchit avant de répondre.

« Oui. J'y croyais. Dur comme fer. Animé par cette foi, j'ai accepté beaucoup de choses, et puis est arrivée une nuit qui m'a fait tout remettre en question, alors je me suis enfui. J'ai disparu. Ils ne l'ont pas bien pris. Ils ont gelé mes cartes sous tous mes différents noms, ont fait en sorte que certaines versions de moi n'existent plus et en ont placé d'autres sur des listes de surveillance, des listes d'interdiction de vol, toutes sortes de listes. Mais j'avais une grande quantité de liquide sur moi et j'étais à Manhattan. C'est facile de disparaître à Manhattan. Il me suffisait de me balader dans Midtown en costume cravate et je me fondais dans la foule, même si en général j'allais à la bibliothèque.

— Qu'est-ce qui t'a fait changer d'avis ?

— Pas "quoi". *Qui*. C'est Mirabel qui m'a fait changer d'avis », déclare Dorian, et avant que Zachary puisse lui demander davantage de détails, Dorian se replonge dans son livre, mettant clairement et délibérément fin à la conversation.

Ils continuent à lire en silence pendant un moment. Zachary lui jette des regards en coin de temps en temps, essayant de deviner où il en est en fonction de ses expressions faciales.

Finalement, Dorian referme *Doux chagrins* et le pose sur la table. Les sourcils froncés, il tend la main en avant et Zachary lui donne *La Ballade de Simon et Eleanor* sans un mot, après quoi ils se remettent à lire chacun de son côté.

Zachary est perdu dans un conte et se demande dans quelle sorte de boîte la sculptrice d'histoires a bien pu cacher ce qu'il suppose être le cœur du Destin lorsque Dorian termine son livre.

Peu à peu, ils essaient de faire le tri entre les mille questions qu'ils se posent. Chaque fois qu'ils arrivent à établir un lien entre un élément d'un livre et d'un autre, il y en a autant qui ne collent pas. Certaines histoires semblent être totalement autonomes et lointaines, d'autres explicitement connectées à celle dans laquelle ils sont désormais tous les deux empêtrés ensemble.

« Il y avait..., commence Dorian, mais il marque une pause et, quand il reprend, ce n'est pas à Zachary qu'il s'adresse mais à l'homme sur le mur. Il y avait une organisation qu'on appelait la fondation Keating. Jamais en public, c'était une appellation interne. Je n'ai jamais su d'où ça venait, on n'a jamais eu personne du nom de Keating, mais ça ne peut pas être une coïncidence.

— À la bibliothèque de ma fac, ce livre était répertorié comme une donation de la fondation Keating, indique Zachary en montrant *Doux chagrins*. Quelle relation entretenait-elle avec le Club des collectionneurs ?

— Elle travaillait en opposition. C'était... une cible à éliminer. »

Dorian s'interrompt. Il se lève et se met à faire les cent pas dans la pièce, et soudain Zachary a la sensation que la cage du tableau ne se limite pas à ce mur.

« Répète-moi ce que t'a dit le livre de la crypte, déjà, demande Dorian en s'arrêtant pour attraper *La Ballade de Simon et Eleanor* qu'il feuillette ensuite en marchant.

— Il y a trois choses perdues dans le temps. Un livre, une épée et un homme. *Doux chagrins* doit être le livre, puisque Eleanor l'a donné à Simon et qu'après il a passé, quoi, une centaine d'années à la surface ? Les instructions disaient "trouver homme", et non "trouver homme et épée", alors peut-être que l'épée aussi a déjà été récupérée. Il y en a une dans le bureau du Veilleur, accrochée bien en évidence.

— Simon est l'homme perdu dans le temps, affirme Dorian.

— Sans doute. Celui de *Doux chagrins* a aussi un manteau avec des boutons. »

Dorian ramasse *Doux chagrins* pour pouvoir faire des allers-retours entre les deux livres.

« À ton avis, qui est le pirate ? demande-t-il.

— Je pense que le pirate est une métaphore.

— Une métaphore de quoi ?

— Je ne sais pas », concède Zachary.

Il se retourne en soupirant vers l'homme dans sa cage peinte, entouré d'innombrables clés.

« Et la peintre ? ajoute Dorian au moment où la voix dans la tête de Zachary pose exactement la même question.

— Je ne sais pas, répète Zachary. J'ai vu pas mal de tableaux qui sont probablement du même artiste. J'en ai un avec des lapins pirates dans ma chambre.

— Je peux le voir ?

— Bien sûr. »

Zachary range *Doux chagrins* et *La Ballade de Simon et Eleanor* dans son sac, Dorian *Fortunes et fables* dans sa poche, et ils ressortent par le couloir, que Zachary reconnaît vaguement ; un genre de tunnel où les étagères s'incurvent à chaque virage.

« Tu as beaucoup visité ? demande Zachary en voyant Dorian ralentir à plusieurs reprises pour admirer le décor.

— Seulement quelques salles, répond ce dernier, les yeux rivés au sol, qui dans cette pièce se trouve être en verre, si bien qu'on aperçoit dessous une autre salle divisée par des paravents amovibles sur lesquels sont imprimées des histoires, bien que sous cet angle ça ressemble surtout à l'histoire d'un chat dans un labyrinthe. Les seules personnes que j'ai croisées, c'est toi et cette fille-ange en toge blanche qui ne parle pas.

— Rhyme, devine Zachary. C'est une disciple.

— Elle a une langue ?

— Je ne lui ai pas demandé, je me suis dit que ce serait déplacé. »

Dorian s'arrête devant un télescope très ornementé posé près d'un fauteuil. Il est pointé vers une fenêtre percée dans le mur en pierre à côté. Dorian ouvre la fenêtre, qui donne essentiellement sur du noir, avec un léger halo lumineux au loin.

Il revient se placer derrière le télescope et pose son œil sur l'oculaire. Zachary voit un sourire jouer au coin de ses lèvres. Au bout d'un moment, il s'écarte et lui fait signe de prendre sa place.

Une fois que ses yeux se sont accoutumés aux lunettes-plus-télescope, Zachary arrive à distinguer quelque chose. Au-delà d'une immense obscurité caverneuse, il y a des fenêtres qui donnent sur d'autres pièces, quelque part ailleurs dans le Port, creusées dans une paroi rocheuse accidentée qui plonge dans les ténèbres, et sur l'étendue de pierre éclairée gît l'épave d'un imposant navire. Sa coque est fendue en deux, la mer lui ayant été retirée sous la quille. Un pavillon en loques pend mollement à son mât. Le pont est jonché de centaines de livres.

« Tu crois qu'il y avait des sirènes ici ? murmure Dorian, la voix presque contre l'oreille de Zachary. Dont les chants conduisaient les marins au naufrage ? »

Zachary ferme les yeux et essaie d'imaginer ce navire sur une mer.

Il se retourne en s'attendant à trouver Dorian tout près de lui, mais celui-ci est déjà reparti dans le couloir.

« Je peux te poser une question ? demande Zachary après l'avoir rattrapé.

— Bien sûr.

— Pourquoi tu m'as aidé, quand on était à New York ? »

C'est quelque chose qu'il n'a pas réussi à comprendre, il se dit qu'il doit forcément y avoir une autre raison que juste celle de récupérer son livre.

« Parce que j'en avais envie, déclare Dorian. J'ai passé une bonne partie de ma vie à faire ce que d'autres gens voulaient pour moi et non ce que je voulais moi-même, et j'essaie que ça change. Prendre des décisions sur un coup de tête. Marcher pieds nus. Ça fait du bien à un point qui est presque terrifiant. »

Quelques bifurcations et une salle pleine de vitraux-histoires plus tard, ils arrivent devant la chambre de Zachary. Ce dernier tend la main pour ouvrir la porte, mais elle est fermée à clé. Il avait oublié qu'il l'avait fermée, et il sort sa panoplie de clés de sous son pull.

« Tu l'as gardée », observe Dorian en voyant l'épée en argent.

Zachary ne sait pas quoi répondre à ça, sinon une lapalissade pour confirmer qu'en effet il l'a gardée et qu'il ne l'enlève même quasiment jamais, mais dès qu'il ouvre la porte il est distrait par le gémissement indigné du chat persan qu'il a par mégarde enfermé à l'intérieur.

« Oh, pardon », lance-t-il au chat.

Le chat ne dit rien et se contente de se faufiler entre ses jambes avant de s'éloigner dans le couloir.

« Ça fait longtemps qu'il était là ? s'inquiète Dorian.

— Deux heures, je dirais.

— Au moins, il ne manquait pas de confort », commente Dorian en parcourant la pièce du regard.

Puis il se tourne vers le tableau au-dessus de la cheminée. On dirait une marine traditionnelle, avec des nuages menaçants et une mer démontée, parfaitement réaliste si ce n'était les pirates lapinesques sur le pont du navire.

« Tu crois que c'est une coïncidence ? demande-t-il. D'un côté une fillette qui se prend pour un lapin et qui connaît une peintre, de l'autre un tableau avec des lapins ?

— Tu penses qu'elle les a peints pour Eleanor ?

— Je pense que c'est une possibilité, acquiesce Dorian. Je pense qu'il y a une histoire là-dessous.

— Je pense qu'il y a beaucoup d'histoires sous beaucoup de choses ici », renchérit Zachary.

Alors qu'il pose son sac par terre, la bouteille de vin cogne contre le sol en pierre. Zachary la sort, époussette la lanterne et les clés de l'étiquette en se demandant qui a bien pu mettre ce vin en bouteille et depuis combien de temps il est dans la cave à attendre que quelqu'un le boive. Pourquoi pas maintenant ?

Zachary examine le bouchon en liège et fronce les sourcils.

« Pas de commentaire, d'accord ? prévient-il en attrapant un stylo sur le bureau dont il se sert pour enfoncer le bouchon à l'intérieur de la bouteille, une astuce à laquelle il a eu recours bien des fois quand il était jeune étudiant et n'avait pas les ustensiles appropriés.

— On aurait pu trouver un tire-bouchon quelque part, déplore Dorian en observant cette technique inélégante.

— Je t'ai connu plus admiratif de mes capacités d'improvisation », rétorque Zachary en brandissant la bouteille ouverte avec succès.

Dorian rit tandis que Zachary boit une gorgée de vin au goulot. Il aurait sans doute été meilleur après décantation et servi dans des verres, mais il est généreux, chaleureux, brillant. Lumineux, en quelque sorte, comme la lanterne de son étiquette. Il ne murmure pas des vers ni des histoires sur sa langue ou dans sa tête, heureusement, mais il a un goût plus ancien qu'une histoire. Il a un goût de mythe.

Zachary tend la bouteille à Dorian, qui la prend en laissant ses doigts s'attarder sur ceux de Zachary.

« C'est toi qui es revenu me chercher, non ? demande soudain Dorian. Pardon de ne pas t'en avoir parlé plus tôt, tout est encore assez brumeux.

— C'est surtout Mirabel. J'ai joué les seconds couteaux, mais très vite je me suis retrouvé ligoté à une chaise et drogué. »

Ça lui semble très loin, maintenant, bien que ce soit pourtant récent.

« Mais je suis guéri, ajoute-t-il.

— Merci, dit Dorian. Rien ne t'obligeait à faire ça. Tu ne me devais rien et je… merci. J'ai bien cru que je ne me réveillerais jamais, et finalement je me suis réveillé ici.

— De rien, répond Zachary, ne sachant quoi dire d'autre.

— C'était il y a combien de temps ? Quatre jours ? Cinq ? Une semaine ? Ça me paraît plus. »

Zachary reste muet, n'ayant pas de réponse à cette question. Il a le sentiment que ça pourrait faire une semaine, ou une vie entière, ou quelques instants. Il pense *J'ai l'impression de te connaître depuis toujours*, mais il ne le dit pas, si bien qu'ils restent simplement à se regarder en silence, sans avoir besoin de mots.

« Où tu as trouvé ça ? finit par demander Dorian après avoir goûté le vin.

— Dans la cave. C'est tout au bout de la salle de bal, après l'endroit par où on accédait autrefois à la mer sans Étoiles. »

Dorian le dévisage avec mille questions dans les yeux, mais au lieu de les lui poser, il boit une deuxième gorgée de vin et lui rend la bouteille.

« Ça devait être quelque chose d'extraordinaire, à la grande époque, dit-il.

— À ton avis, pourquoi les gens venaient ici ? » l'interroge Zachary.

Il boit à son tour une gorgée de mythe avant de passer de nouveau la bouteille à Dorian, incapable de dire s'il a la tête qui tourne et le cœur qui palpite à cause du vin ou de la façon dont les doigts de Dorian effleurent les siens.

« Je pense que les gens venaient ici pour les mêmes raisons que nous, répond Dorian. En quête de quelque chose. Même si on ne sait pas ce que c'est. Quelque chose de plus. De quoi s'émerveiller. Un lieu où se sentir à sa place. Nous sommes là pour déambuler dans les histoires d'autres gens, en quête de la nôtre. À ceux qui cherchent, conclut-il en inclinant la bouteille vers Zachary.

— À ceux qui trouvent, réplique Zachary en imitant son geste après l'avoir reprise.

— J'aime bien l'idée que tu aies lu mon livre, commente Dorian. Merci encore de m'avoir aidé à le récupérer.

— Je t'en prie.

— C'est étrange, non ? D'être amoureux d'un livre. Quand les mots sur les pages te deviennent si précieux que tu as l'impression qu'ils font partie de ta propre vie, parce que c'est effectivement le cas. C'est agréable de savoir que quelqu'un a enfin lu ces histoires que je connais si intimement. Laquelle tu as préférée ? »

Zachary réfléchit à la question tout en s'interrogeant sur l'emploi particulier du mot « intimement ». Il se repasse mentalement les différents contes, et des bouts d'images lui reviennent alors qu'il s'autorise à les considérer comme de simples histoires au lieu d'essayer de les disséquer pour en percer les secrets. Il regarde la bouteille dans sa main, les clés et la lanterne, et songe aux devins dans les tavernes et au vin partagé dans des auberges sous la neige.

« Je ne sais pas, dit-il. J'ai bien aimé celle avec les épées. La plupart étaient plutôt tristes. Je crois que ma préférée est celle de l'aubergiste et de la lune, mais j'espérais... »

Zachary s'interrompt, ne sachant pas très bien ce qu'il en espérait. *Plus*, peut-être. Il tend la bouteille à Dorian.

« Tu espérais une fin plus joyeuse ?

— Non... pas forcément plus joyeuse. J'avais envie que ça continue. J'avais envie de savoir ce qui allait se passer après, que la lune trouve un moyen de revenir même si elle ne pouvait pas rester. Toutes ces histoires sont comme ça, on dirait que ce sont des fragments d'histoires plus vastes. Comme s'il y avait beaucoup de choses qui n'étaient pas racontées. »

Dorian hoche la tête d'un air songeur.

« C'est une armoire ? s'enquiert-il tout à coup en désignant le meuble de l'autre côté de la pièce.

— Oui, répond Zachary, décontenancé par cette question prosaïque.

— Tu l'as inspectée ?

— Comment ça ? rétorque Zachary, mais il comprend en voyant la mine incrédule de Dorian. Ah. Non. Non, je ne l'ai pas inspectée. »

C'est, pense-t-il alors, la seule armoire en bonne et due forme qu'il ait jamais eue, et après le temps considérable qu'il a passé enfermé dans des placards, au propre comme au figuré, il n'arrive pas à croire qu'il n'ait pas encore vérifié si celle-ci cachait une porte pour Narnia.

Dorian lui confie la bouteille de vin et se dirige vers l'armoire.

« Je n'ai jamais été un grand fan de Narnia, avoue-t-il en caressant les portes en bois sculptées. Trop d'allégories directes à mon goût. Même si je dois reconnaître qu'il y a un certain romantisme. La neige. Le gentil faune. »

Il ouvre les portes et sourit, bien que Zachary ne puisse dire ce qui le fait sourire.

Il tend un bras afin d'écarter les rangs suspendus de lin et de cachemire, lentement, délicatement. Faisant durer son geste plutôt que de se précipiter pour toucher directement le fond de l'armoire. Prenant son temps.

Il n'a même pas besoin de mots pour raconter une histoire, fait remarquer une voix quelque part dans la tête de Zachary, et soudain il donnerait tout pour être à la place de ce pull sur lequel Dorian a la main posée, et il est si troublé par cette idée qu'il met un moment à s'apercevoir que Dorian est entré dans l'armoire et a disparu.

une étoile en papier qui a été si malmenée
par le temps et les circonstances
qu'on reconnaît à peine
la forme d'une étoile

Un homme momentanément trouvé dans le temps court dans un couloir et se fraie de nouveau un chemin hors du temps.

Un candélabre qui tombe n'a rien d'inhabituel. Les disciples les repèrent à l'avance, ils ont un moyen de savoir quand une flamme risque de basculer. Il existe des méthodes pour éviter les accidents.

Les disciples ne peuvent prédire les actions d'un homme qui s'est perdu dans le temps. Ils ne peuvent pas savoir où et quand il apparaîtra. Ils ne sont pas là quand et où il apparaît.

Il n'y a pas autant de disciples qu'autrefois et ils sont tous, à cet instant précis, occupés ailleurs.

Le feu couve d'abord, puis prend, arrachant les livres à leurs étagères en chiffonnades de papier, réduisant les bougies à des flaques de cire en fusion.

Il se propage dans les couloirs, engloutissant tout comme une vague sur son passage.

Il trouve la pièce avec la maison de poupées et la dévore, un univers entier parti en fumée.

Les poupées voient juste une vive clarté, puis plus rien.

Zachary Ezra Rawlins contemple l'intérieur d'une armoire qui ne contient qu'un grand nombre de pulls, de chemises et de pantalons en lin, et il se remet à douter de sa santé mentale.

« Dorian ? » dit-il.

Il doit être caché dans le noir, recroquevillé sous les vêtements suspendus comme l'a fait Zachary lui-même si souvent, seul dans sa bulle, compact et oublié.

Zachary passe une main entre les pulls et les chemises en se demandant pourquoi il considérerait que l'ombre n'est qu'ombre dans un endroit où tant de choses sont plus que ce qu'elles paraissent, et là où ses doigts devraient toucher une paroi en bois, ils ne touchent rien.

Il rit, mais son rire reste coincé dans sa gorge. Il entre dans l'armoire pour avancer le bras plus loin, et il n'y a toujours que du vide là où le fond du meuble est censé être, et même au-delà, là où sa main aurait dû rencontrer le mur.

Il fait un pas de plus, puis un autre, il sent le frôlement du cachemire dans son dos. La lumière provenant de sa chambre diminue rapidement. Il tend un bras sur le côté et heurte une surface en pierre légèrement voûtée. Un tunnel, peut-être.

Zachary continue d'avancer. Il tâtonne dans l'obscurité et soudain une main attrape la sienne.

« Voyons voir où ça va, d'accord ? » lui murmure Dorian à l'oreille.

Zachary s'agrippe à la main de Dorian et, ainsi accrochés l'un à l'autre, ils suivent le tunnel qui bientôt tourne et débouche dans une autre pièce.

Elle est éclairée par une unique bougie, placée devant un miroir de sorte que sa flamme est dédoublée.

« Je ne crois pas que ce soit Narnia », constate Dorian.

Zachary laisse ses yeux s'accoutumer à la lumière. Dorian a raison, ce n'est pas Narnia. C'est une pièce entourée de portes.

Sur chacune sont gravées des images. Zachary marche vers la plus proche, perdant la main de Dorian au passage, ce qu'il regrette, mais la curiosité est trop forte.

La gravure sur cette porte représente une petite fille qui tient une lanterne à bout de bras sur un fond de ciel sombre grouillant de créatures ailées qui la menacent de leurs cris et de leurs griffes.

« Je propose qu'on n'ouvre pas celle-là, déclare Zachary.

— D'accord », approuve Dorian.

Ils passent de porte en porte. Ici une ville hérissée de tours en torsades, là une île sous un clair de lune.

Sur une des portes, un personnage derrière des barreaux tend le bras vers un autre dans une cage séparée, et ça rappelle à Zachary le pirate dans la cave.

Il s'apprête à l'ouvrir, mais Dorian attire son attention vers une autre porte.

Celle-ci représente une grande fête. Des dizaines de silhouettes sans visage qui dansent sous des banderoles et des lanternes. Sur une des banderoles est gravée une ribambelle de lunes, une pleine lune au centre entourée de quartiers croissants et décroissants de part et d'autre.

Dorian ouvre la porte. Derrière, c'est le noir complet. Il la franchit.

Zachary le suit mais, dès qu'il passe la porte à son tour, Dorian n'est plus là.

« Dorian ? » appelle-t-il.

Il se retourne vers la pièce aux multiples portes, mais elle aussi a disparu.

Quand il pivote à nouveau, il est dans un couloir bien éclairé dont les parois sont tapissées de livres.

Deux femmes en robe longue le dépassent en riant, clairement plus intéressées l'une par l'autre que par lui.

« Hé ho ! » leur crie Zachary, mais elles ne s'arrêtent pas.

Il regarde derrière lui. Il n'y a plus de porte, seulement des livres. De hautes bibliothèques dans lesquelles les ouvrages s'empilent et s'entassent de façon désordonnée, certains ouverts. Une collection visiblement très consultée. Quelques étagères plus loin, un beau jeune homme aux cheveux d'un roux si éclatant qu'il confine au rouge feuillette un des volumes.

« Excusez-moi », dit Zachary, mais l'homme ne lève pas les yeux de son livre.

Zachary tend la main pour lui tapoter l'épaule et le tissu lui paraît bizarre sous ses doigts, à la fois là et pas là. C'est davantage l'*idée* de toucher l'épaule d'un homme en veste de costume que la sensation elle-même. L'équivalent tactile d'un film mal doublé. Surpris, Zachary retire vivement sa main.

L'homme aux cheveux roux relève la tête, mais sans vraiment le regarder en face.

« Vous êtes là pour la fête ? dit-il.

— Quelle fête ? demande Zachary, mais avant que l'homme ait pu lui répondre, ils sont interrompus.

— Winston ! » s'écrie une voix masculine qui vient d'un peu plus loin dans le couloir, dans la direction qu'ont prise les deux femmes en robe longue.

Le rouquin repose son livre et salue Zachary d'une petite courbette avant d'aller rejoindre la voix.

« Je crois que je viens de voir un fantôme », l'entend glisser Zachary à son compagnon d'un ton nonchalant, avant que les deux hommes disparaissent dans le couloir.

Zachary regarde ses mains. Elles ont l'air d'être comme d'habitude. Il saisit le livre que l'homme a rangé dans la bibliothèque, et ce dernier lui fait l'effet de n'être pas complètement solide entre ses doigts, comme si son cerveau lui disait qu'il tenait un livre sans qu'il y en ait réellement un.

Pourtant, il y en a un. Il l'ouvre et, à son grand étonnement, il reconnaît les fragments de poésie sur la page. Sappho.

Oui,
quelqu'un plus tard
se souviendra de nous

Zachary ferme le livre, le repose sur l'étagère et, tandis que le transfert de poids n'a pas exactement lieu au même instant que son geste, il se surprend déjà à anticiper ces légers décalages sensoriels.

Des rires fusent dans une autre pièce. Il entend de la musique au loin. Indubitablement, il est dans le Port qu'il connaît sur la mer sans Étoiles, mais tout est vivant et animé. Il y a un monde fou.

Il passe devant quelque chose qu'il prend d'abord pour la statue dorée d'une femme nue, jusqu'à ce qu'elle bouge et qu'il se rende compte que le doré est en fait méticuleusement peint sur une véritable femme nue. Elle lui effleure le bras quand il la dépasse, laissant des traînées de poudre d'or sur sa manche.

Alors qu'il continue d'avancer, peu d'autres personnes interagissent avec lui, mais toutes ont l'air de voir qu'il est là. Elles se décalent pour le laisser passer. Il croise de plus en plus de gens à mesure qu'il progresse, et tout à coup il comprend où ils vont tous.

Après un dernier virage, il débouche au sommet du large escalier qui descend vers la salle de bal. Il est festonné de lanternes et de guirlandes en papier couleur or. Des cascades de confettis dorés recouvrent les marches en pierre. Ils s'accrochent aux ourlets des robes et aux revers des pantalons, virevoltant et tourbillonnant dans le sillage de la foule.

Zachary se laisse porter par le flot des invités. La salle de bal dans laquelle ils pénètrent lui est à la fois familière et complètement inattendue.

Cet espace qu'il ne connaît que vide et abandonné grouille de monde. Tous les lustres sont allumés, projetant leurs lumières dansantes sur la salle. Le plafond est tapissé de ballons gonflables métallisés d'où pendent de longs rubans scintillants, et en se rapprochant Zachary constate qu'ils sont lestés de perles. Tout est ondulant, chatoyant et doré. Ça sent le miel et l'encens, le musc, la sueur et le vin.

La réalité virtuelle n'est pas si réelle que ça tant qu'elle ne sent rien, commente une voix dans sa tête.

Les rideaux de rubans forment comme un labyrinthe, le volume immense de la pièce divisé et fragmenté par ces murs presque transparents qui créent une multitude de recoins : des boudoirs et alcôves improvisés, meublés de fauteuils, de tapis aux couleurs flamboyantes, de tables drapées de soie d'un bleu nuit profond constellé d'étoiles, couvertes de plats en cuivre et de vases, croulant sous les vins, les fromages et les fruits.

À côté de lui, une femme en toge de disciple, les cheveux enroulés dans un turban, tient une grande coupe remplie d'un liquide doré dans laquelle les invités plongent les mains et les ressortent enduites d'or, qui coule le long de leurs bras et sur leurs manches. Zachary remarque des traces de doigts dorées derrière des oreilles, sur des nuques, des empreintes suggestives au bord de décolletés ou sur des hanches.

Plus près du centre de la salle, les rideaux de rubans s'espacent, laissant la pièce se déployer dans toute sa vastitude. Une piste de danse occupe presque toute la place, jusqu'aux arcades à l'autre bout.

Zachary longe la salle par le côté. Les danseurs tournoient si près de lui qu'il sent la caresse des robes contre ses jambes. Il atteint l'imposante cheminée principale, couverte de bougies, que ce soit à l'intérieur du foyer ou alignées sur la tablette, dégoulinant en flaques de cire sur la pierre. Entre les bougies sont disposées des bouteilles remplies de sable doré et d'eau, contenant de minuscules poissons blancs à la queue en éventail qui brillent comme des flammes dans la lumière. Sur le mur au-dessus sont peints des emblèmes : une pleine lune flanquée de quartiers croissants et décroissants.

Un mouvement près de la main de Zachary attire son attention et, quand il baisse les yeux, il s'aperçoit que quelqu'un lui a glissé un papier dans la paume. Il balaie du regard les personnes autour de lui, mais toutes sont absorbées dans leur monde.

Il déplie le papier, qui contient un texte griffonné à l'encre dorée.

La lune n'avait jamais demandé de faveur à la Mort ni au Temps, mais il y avait une chose qu'elle souhaitait, qu'elle voulait, qu'elle désirait plus ardemment qu'elle n'avait jamais rien désiré jusque-là.

Un endroit lui était devenu précieux, et une personne à cet endroit encore davantage.

La lune y retournait aussi souvent que possible, dans des moments volés de temps emprunté.

Elle avait trouvé un amour impossible.

Elle résolut de chercher une façon de le garder.

Zachary scrute la marée de gens qui dansent, boivent et rient autour de lui. Il ne voit Dorian nulle part, pourtant c'est sans doute lui qui a écrit ça, donc il ne doit pas être loin. Zachary replie le papier, range le fragment d'histoire dans sa poche et continue à explorer la salle de bal.

Après la cheminée, une femme en tailleur se tient derrière une longue table couverte de bouteilles où elle verse et mélange des liqueurs qu'elle distribue aux convives dans des verres délicats. Zachary la regarde travailler, combinant des liquides qui fument, moussent et changent de couleur, passant du translucide au doré puis au rouge et au noir avant de redevenir diaphanes.

Il l'entend souhaiter à quelqu'un une heureuse nouvelle année lunaire alors qu'elle lui tend une coupe coiffée d'une fine feuille d'or qu'il faudra briser pour pouvoir consommer la boisson. Mais Zachary passe son chemin sans attendre.

Dans un coin à l'écart, un homme dessine sur le sol des motifs complexes avec du sable noir, gris, ivoire et doré, des cercles concentriques comme des mandalas dont le premier représente des silhouettes dansantes, des ballons et un grand feu, entouré d'un cercle plus large de chats et d'un autre encore plus large d'abeilles. Il trace les détails dans le sable avec la pointe d'une plume. Zachary s'avance pour mieux voir mais, dès qu'il a fini, l'homme balaie tout et recommence.

Non loin, une femme vêtue de rubans et rien d'autre se prélasse sur un divan. Les rubans sont décorés de poèmes qui s'enroulent autour de sa gorge, de sa taille, entre ses jambes. De nombreux admirateurs se massent autour d'elle pour la lire, mais elle rappelle trop à Zachary les corps dans la crypte et il est sur le point de faire demi-tour quand une des lignes de texte attire son regard.

La lune alla d'abord parler à la Mort.

Zachary s'approche afin de lire la suite de l'histoire, qui continue le long du bras de la femme et autour de son poignet.

Elle lui demanda si elle accepterait d'épargner une âme, une seule.

La Mort aurait volontiers accordé à la lune n'importe quelle faveur en son pouvoir, car la Mort est plus que généreuse. C'était un cadeau simple, facile à offrir.

Le ruban s'arrête là, dans une boucle autour de l'annulaire de la femme. Zachary essaie d'en lire d'autres, mais il n'est plus question de la lune.

En continuant à déambuler, Zachary découvre une autre partie de la salle où des centaines de livres pendent du plafond, accrochés par le dos de leur reliure et ouverts comme des ailes d'oiseau. Il lève le bras pour en toucher un juste au-dessus de sa tête et les pages frissonnent sous ses doigts. Toute la nuée de livres se réorganise, changeant de formation comme un vol d'oies.

Zachary croit apercevoir Dorian à l'autre bout de la piste de danse et tente de se frayer un chemin dans cette direction. Il se laisse porter par la foule. Il y a tellement de monde. Personne ne lui adresse davantage qu'un coup d'œil, mais il a moins l'impression d'être un fantôme qu'avant, l'espace et les gens autour de lui paraissent plus tangibles. Il sent presque la main qui effleure la sienne.

« Ah, te voilà », dit une voix à côté de lui, mais ce n'est pas Dorian, c'est le jeune homme roux du début.

Il s'est débarrassé de sa veste et il a les bras couverts d'or jusqu'au bout des ongles. Zachary pense qu'il a dû mal entendre et que l'homme parle à quelqu'un d'autre, mais c'est bien lui qu'il regarde.

« Quand es-tu ? demande l'homme.

— Pardon ? fait Zachary, toujours pas sûr que c'est à lui qu'il s'adresse.

— Tu n'es pas maintenant », commente le rouquin en lui posant une paume dorée sur la joue.

Cette fois Zachary la sent, la sent vraiment, et il est si surpris qu'il en perd la parole. Le jeune homme l'attrape par le coude pour l'attirer sur la piste de danse, mais les ondulations de la masse mouvante autour d'eux les séparent, et l'homme disparaît à nouveau.

Zachary essaie de regagner le bord de la pièce, à l'écart de la foule. Il pensait que les musiciens étaient dans son dos, mais voilà que la flûte est désormais devant lui et qu'il y a des tambours quelque part sur sa gauche. Les lumières sont plus basses, peut-être que les ballons descendent petit à petit, l'espace lui paraît se rétrécir alors qu'il se dirige vers la périphérie. Il aperçoit en passant une robe dorée abandonnée sur un fauteuil, comme une mue de serpent.

Quand Zachary atteint le mur, il constate que celui-ci est couvert de texte, tracé au pinceau en lettres d'or sur la pierre sombre. Les mots sont difficiles à déchiffrer, le pigment métallique accrochant trop ou trop peu la lumière.

Zachary suit le déroulement de l'histoire le long du mur.

La lune alla parler au Temps.

(Cela faisait une éternité qu'ils ne s'étaient pas vus.)

La lune lui demanda de laisser indemnes un endroit et une âme.

La réponse du Temps se fit attendre. Lorsqu'il la donna enfin, elle était assortie d'une condition.

Le Temps était d'accord pour aider la lune uniquement si la lune à son tour aidait le Temps à trouver une façon de retenir le Destin.

La lune le lui promit, bien qu'elle ne sût pas encore comment réparer ce qui avait été cassé.

Ainsi le Temps accepta-t-il de garder un endroit caché, à l'abri des étoiles.

Désormais, dans ce lieu, les jours et les nuits s'écoulent différemment. Étrangement, lentement. Langoureux et savoureux.

C'est là que s'arrêtent les mots sur le mur. Zachary se retourne vers la fête, regarde les ballons qui flottent autour des lustres, les danseurs qui virevoltent, une fille en train de peindre des lignes de prose sur la peau d'une autre fille avec de la peinture dorée, sans doute la même qui a précédemment été empruntée pour écrire sur le mur. Un homme passe devant lui avec un plateau de petits gâteaux dont le glaçage est orné de poèmes. Quelqu'un lui tend un verre de vin, mais tout de suite après le verre n'est plus là et il ne se rappelle pas où il est passé.

Zachary parcourt la foule du regard à la recherche de Dorian. Il se demande s'il a réussi il ne sait comment à se perdre dans le temps, qui s'écoule désormais de façon étrange et lente, et, si c'est le cas, ce qu'il est censé faire pour en sortir. Ses yeux tombent alors sur un homme à l'autre bout de la pièce, également appuyé contre le mur, un homme avec des tresses blanches sophistiquées qui ont été trempées dans l'or, mais à part ça le Veilleur est exactement tel que Zachary le connaît. Ni plus jeune ni plus vieux d'un seul jour. Il observe quelqu'un dans la foule, mais Zachary ne voit pas qui. Il a beau chercher des indices pour essayer de savoir à quelle époque ils peuvent être, les tenues et les modes sont si variées que c'est difficile à deviner. Les années 1920 ? 1930 ? Il se demande si le Veilleur peut le voir, il se demande quel âge il a et qui il fixe si intensément.

En suivant la direction de son regard, il s'engouffre sous une arcade et débouche en haut d'un escalier illuminé de bougies et de lanternes qui projettent des reflets dorés mouvants et chatoyants sur les vagues qui s'étalent dans l'obscurité.

Zachary s'arrête et contemple la surface étincelante de la mer sans Étoiles. Il fait un pas en avant, un deuxième, mais quelqu'un le tire alors en arrière. Un bras s'enroule autour de son torse et une main lui couvre les yeux, apaisant les remous des vagues et tamisant la lumière dorée des flammes.

Une voix qu'il reconnaîtrait entre mille chuchote à son oreille :

« Et voilà comment la lune trouva le moyen de conserver son amour. »

Dorian le ramène vers la piste de danse. Zachary sent la marée humaine autour d'eux même si, toujours privé de regard, il ne peut pas la voir, mais il la sent vraiment, sans aucun décalage, bien qu'à cet instant tous ses sens soient tendus vers la voix dans son oreille et le souffle dans son cou, laissant Dorian les emmener, lui et l'histoire, où bon lui semblera.

« Une auberge qui se tenait autrefois à un certain carrefour se situe désormais ailleurs, poursuit Dorian, dans un endroit plus profond et plus sombre où peu de gens la trouveront jamais, sur les rivages de la mer sans Étoiles. »

Dorian ôte sa main des yeux de Zachary et lui fait faire un demi-tour sur lui-même, de sorte qu'à présent ils dansent face à face au centre de la foule. Les cheveux de Dorian sont striés de traînées d'or qui descendent jusque dans son cou et sur l'épaule de son manteau.

« Elle y est toujours, dit-il, et il marque une pause si longue que Zachary pense que l'histoire est terminée, mais alors Dorian se penche encore plus près de lui. C'est là que va la lune quand on ne la voit plus dans le ciel. »

Il murmure lentement chaque mot contre les lèvres de Zachary.

Alors que ce dernier se rapproche pour abolir la distance infime qui les sépare encore, un immense craquement retentit, comme un coup de tonnerre. Le sol tremble sous leurs pieds. Dorian perd l'équilibre et Zachary le retient par le bras pour l'empêcher de s'écrouler sur un autre danseur, mais il n'y a pas d'autres danseurs. Il n'y a personne. Pas de ballons, pas de fête, pas de salle de bal.

Ils sont tous les deux dans une pièce vide devant une porte sculptée qui s'est décrochée de ses gonds, les festivités représentées dessus figées et brisées.

Avant que Zachary puisse comprendre ce qui s'est passé, une deuxième explosion suit la première, faisant pleuvoir une avalanche de pierres sur leurs têtes.

une étoile en papier maculée de peinture dorée

La mer sans Étoiles est en train de monter.

Les chouettes regardent les marées changer, lentement au début.

Elles volent au-dessus de vagues qui se brisent désormais sur des rivages longtemps abandonnés.

Elles poussent des cris d'avertissement et d'exaltation. Le temps est venu. Elles l'ont tellement attendu.

Elles ululent et jubilent jusqu'à ce que la mer soit si haute qu'elles aussi doivent trouver un abri.

La mer sans Étoiles continue à monter.

Maintenant elle envahit le Port, arrachant les livres à leurs étagères et engloutissant le Cœur.

La fin est proche.

Voici qu'arrive le Roi des chouettes, qui apporte l'avenir sur ses ailes.

Zachary Ezra Rawlins dégringole à travers un rideau de cachemire et de lin, emportant au passage quelques pulls et chemises alors que Dorian et lui plongent dans l'armoire juste au moment où le tunnel s'effondre derrière eux dans un nuage de poussière.

Dans sa chambre, la plupart des livres sont tombés des étagères. La bouteille de vin abandonnée s'est vidée sur le bureau. Les lapins pirates sont naufragés sur le sol près de la cheminée.

Une nouvelle secousse fait basculer l'armoire et Zachary se précipite vers la porte, Dorian sur les talons. Il a tout juste le temps d'attraper son sac et de le passer en bandoulière.

Il se dirige vers le Cœur, ne sachant où aller d'autre, en se demandant dans quel endroit on est censé se réfugier lors d'un tremblement de terre quand on est sous terre.

Les secousses cessent mais les dégâts sont évidents. Ils trébuchent sur des meubles et des étagères renversés, s'arrêtent pour libérer un chat coincé sous une table écroulée. Le matou déguerpit sans les remercier.

« Je ne pensais pas qu'elle le ferait réellement, murmure Dorian en regardant le chat sauter par-dessus un candélabre tombé au sol qui se répand en une flaque de cire.

— Qu'elle ferait quoi ? » demande Zachary, mais un grand fracas résonne alors devant eux et ils reprennent leur course, dans la direction inverse du chat, ce que Zachary interprète silencieusement comme un mauvais signe.

Juste avant qu'ils atteignent le Cœur, où quelqu'un hurle sans que Zachary puisse discerner ses mots à cause d'un pilonnement métallique incessant, Dorian le tire en arrière et tend un bras contre le mur pour lui barrer la route.

« Il faut que tu saches quelque chose », dit-il.

Un autre grondement retentit dans le Cœur et Zachary se tord le cou afin d'essayer de voir d'où ça vient, mais Dorian l'attrape par le menton pour l'obliger à tourner la tête vers lui avant d'enfoncer les doigts dans ses cheveux.

D'une voix si douce que Zachary l'entend à peine dans le vacarme ambiant, Dorian reprend :

« Il faut que tu saches que ce que je ressens pour toi est réel. Parce que je pense que tu ressens la même chose. J'ai déjà beaucoup perdu, je n'ai pas envie de perdre ça aussi.

— Quoi ? » fait Zachary, pas sûr d'avoir bien entendu et avide d'informations plus précises sur le genre de sentiments auxquels il fait allusion.

Il se demande aussi pourquoi Dorian a choisi ce moment particulièrement inopportun pour avoir cette conversation, mais il s'avère que ce n'est pas du tout une conversation, car Dorian soutient son regard pendant encore quelques secondes à peine avant de le lâcher et de repartir.

Zachary reste plaqué contre le mur, abasourdi. D'autres livres tombent d'étagères voisines alors que le sol se remet à trembler.

« Mais qu'est-ce qui se passe ? » demande-t-il tout haut, et personne, pas même la voix dans sa tête, n'a de réponse.

Zachary ajuste son sac sur son épaule et rattrape Dorian.

Alors qu'ils débouchent dans le Cœur, l'origine du bruit métallique est claire : l'horloge-univers s'est effondrée et son balancier continue à osciller librement en s'entortillant dans les grands anneaux en métal, qui montent et descendent à intervalles irréguliers et se fracassent contre le sol, réduisant en poussière des carreaux de faïence déjà fissurés. Les mains dorées sont intactes mais, à présent, l'une penche vers le carrelage fendu au sol tandis qu'une autre désigne de façon accusatrice le tas de pierres à l'endroit où se trouvait jusqu'ici la porte menant à l'ascenseur.

Les hurlements s'intensifient, en provenance du bureau du Veilleur. En voyant Dorian contempler avec effarement l'horloge à moitié détruite, Zachary prend conscience qu'il n'aura jamais eu la chance de voir le Cœur tel qu'il était avant, et tout ce qui se passe autour d'eux lui paraît soudain terriblement injuste. L'espace d'un instant – d'un instant seulement –, il regrette qu'ils soient jamais venus ici.

La voix du Veilleur est la première qui devient distinctement audible.

« Je n'ai rien *autorisé*, dit-il – ou plutôt hurle-t-il – à quelqu'un que Zachary ne voit pas. Je comprends…

— Non, tu ne comprends pas, l'interrompt une voix, que Zachary reconnaît davantage parce que Dorian se fige à ses côtés que parce qu'il se souvient du timbre d'Allegra. Moi, je comprends car j'ai vu où tout ça allait mener et je ne le laisserai pas advenir », rétorque Allegra avant d'apparaître devant eux sur le seuil de la porte dans son manteau de fourrure, son rouge à lèvres écarlate tordu en un rictus.

Le Veilleur la rejoint, sa toge couverte de poussière.

« Je vois que vous êtes toujours en vie, monsieur Rawlins, constate-t-elle calmement, d'un ton détaché, comme si elle n'était pas en train de hurler quelques secondes plus tôt, comme s'ils n'étaient pas entourés d'un chaos de métal assourdissant et de pages volantes arrachées à leur reliure. Je connais quelqu'un qui serait ravi de l'apprendre.

— Quoi ? » demande Zachary, même si en vérité il veut dire *qui*.

Mais de toute façon sa question est étouffée par le tintamarre derrière eux, et Allegra n'y répond pas.

Pendant un instant, elle promène son regard entre Dorian et lui, son unique œil bleu plus vif que dans le souvenir de Zachary, et il a l'impression d'être regardé, d'être véritablement *vu* pour la première fois, mais ça ne dure pas.

« Vous ne savez même pas, reprend-elle sans que Zachary sache si elle s'adresse à lui ou à Dorian, vous n'avez aucune idée de pourquoi vous êtes là. »

Ou peut-être aux deux, pense-t-il alors que, d'un coup, elle se tourne franchement vers Dorian.

« Toi et moi avons encore des choses à régler.

— Je n'ai rien à te dire, répond Dorian, et l'univers ponctue sa réplique d'un violent choc sur le carrelage.

— Qu'est-ce qui te fait croire que je veux *parler* ? » rétorque-t-elle.

Elle s'avance vers Dorian et c'est seulement quand ils sont presque nez à nez que Zachary aperçoit le revolver dans sa main, partiellement dissimulé par la manche de son manteau de fourrure.

Le Veilleur réagit avant que Zachary puisse comprendre ce qui se passe. Il attrape le poignet d'Allegra et lui tire le bras en arrière puis lui arrache le revolver, mais pas avant qu'elle ait eu le temps d'appuyer sur la détente. La balle fuse vers le haut au lieu d'atteindre la cible qu'elle visait, à savoir le cœur de Dorian.

Elle ricoche sur une des mains dorées suspendues au-dessus de leurs têtes, qu'elle fait valdinguer, basculer en arrière et s'écraser au sol.

La balle finit sa course dans le mur, au centre d'un panneau carrelé qui représentait jadis une cellule de prison avec une fille d'un côté des barreaux et un pirate de l'autre, mais il est désormais tellement craquelé et décoloré que les dégâts supplémentaires causés par ce petit bout de métal sont indiscernables de ceux causés par le temps.

Le mécanisme qui faisait tourner les planètes continue de se fracasser au sol, et cette fois le carrelage succombe à l'impact. La pierre dessous s'ouvre en une fissure qui s'élargit et laisse apparaître non pas une nouvelle salle remplie de livres comme Zachary s'y attendrait, mais une grotte, une caverne béante qui plonge beaucoup plus bas, beaucoup, beaucoup plus bas dans le noir et les ténèbres.

Tu as oublié qu'on était sous terre, lui fait remarquer la voix dans sa tête. *Tu as oublié ce que ça voulait dire*, ajoute-t-elle, et il n'est plus si sûr que la voix soit vraiment dans sa tête.

Le balancier s'échappe de l'enchevêtrement de métal et tombe dans le vide.

Zachary guette l'instant où il s'écrasera au fond, se remémorant la bouteille de champagne de Mirabel, mais il n'entend rien.

La fissure se transforme très vite en brèche, crevasse, gouffre, avalant la pierre, les carreaux, les planètes, les lustres brisés et les livres, s'approchant comme une onde de l'endroit où ils se tiennent.

Zachary fait un pas en arrière pour se retrancher dans l'embrasure de la porte du bureau. Le Veilleur lui pose une main sur le bras afin de le stabiliser et, alors qu'en réalité tout ce qui suit ne dure que quelques secondes, il a l'impression de le voir au ralenti.

Allegra dérape tandis que le sol s'effrite sous ses talons au moment où le bord de la fissure atteint ses pieds, et elle cherche n'importe quoi pour se rattraper dans sa chute.

Ses doigts se referment sur la feutrine bleu nuit du manteau boutonné d'étoiles de Dorian, entraînant avec elle à la fois le manteau et l'homme qui le porte.

Pendant une fraction de seconde alors qu'ils basculent tous les deux dans l'abîme, Zachary croise le regard de Dorian et il se souvient de la phrase qu'il a prononcée quelques minutes plus tôt.

Je n'ai pas envie de perdre ça.

Puis Dorian disparaît et le Veilleur retient Zachary pour l'empêcher de plonger dans le vide tandis qu'il hurle vers les ténèbres béantes.

une étoile en papier qui a été dépliée
et repliée en une minuscule licorne,
mais la licorne se souvient du temps où elle était étoile,
et d'un temps encore plus ancien
où elle faisait partie d'un livre,
et parfois la licorne rêve au temps
d'avant qu'elle soit un livre,
quand elle était un arbre,
et au temps d'encore beaucoup plus longtemps avant,
quand c'était une autre sorte d'étoile

Le fils de la voyante marche dans la neige.

Il porte une épée qui a été façonnée par un très grand forgeron, bien avant sa naissance.

(Les sœurs de cette épée sont toutes les deux perdues, l'une détruite par le feu afin de devenir quelque chose de nouveau, l'autre coulée au fond des mers et oubliée.)

L'épée est rangée dans un fourreau ayant jadis appartenu à une aventurière qui a péri dans une tentative pour protéger son bien-aimé. À la fois son épée et son amour se sont perdus avec le reste de son histoire.

(Il fut un temps où l'on chantait des chansons sur cette aventurière, mais leurs couplets ne recelaient qu'une infime part de vérité.)

Ainsi paré de grande histoire et de légende, le fils de la voyante a les yeux rivés sur une lumière à l'horizon.

Il pense qu'il y est presque, mais il a encore bien du chemin à parcourir.

Autre temps, autre lieu :
INTERLUDE IV

En (route vers la) Sardaigne, Italie,
vingt ans plus tôt

C'est un mardi que la peintre fait ses valises et s'en va, avec l'intention de ne jamais revenir. Personne ne se souvient ensuite que c'était un mardi, et seuls quelques-uns se souviennent de son départ tout court. Ce n'est qu'un des nombreux départs qui ont lieu pendant les années autour de ce mardi. Ils commencent à se confondre longtemps avant que quiconque ose employer le mot « exode ».

La peintre elle-même sait à peine quel jour, quel mois ou quelle année on est. Pour elle, ce jour est marqué par sa signification et non par ses détails. C'est l'aboutissement de mois (d'années) à observer, à peindre et à essayer de comprendre, et maintenant qu'elle comprend elle ne peut plus se contenter d'observer et de peindre.

Personne ne relève la tête lorsqu'elle passe avec son manteau et sa valise. Elle ne s'arrête qu'une fois, devant une porte précise où elle laisse ses pigments et ses pinceaux. Elle dépose la boîte par terre sans faire de bruit. Elle ne frappe pas à la porte. Un petit chat gris la regarde.

« Vérifie bien qu'elle la récupère », dit la peintre au chat, qui vient docilement s'asseoir sur la boîte dans une attitude protectrice mais aussi pré-siestale.

La peintre regrettera ce geste par la suite, mais ça ne fait pas partie des choses qu'elle avait vues venir.

Elle emprunte des chemins détournés pour arriver jusqu'au Cœur. Elle connaît les raccourcis, elle pourrait les prendre les yeux fermés. Elle pourrait s'orienter n'importe où ici au toucher, à l'odeur, ou grâce à quelque chose de plus profond qui guide ses pas. Elle traverse une dernière fois ses salles préférées. Elle redresse des cadres de guingois, arrange des piles de livres. Elle trouve une boîte d'allumettes à côté d'un candélabre et la met dans sa poche. Elle fait un ultime crochet par la galerie des murmures, qui lui raconte une histoire de deux sœurs lancées dans deux quêtes séparées, de bague perdue, d'amour trouvé, et il n'y a pas vraiment de résolution à la fin mais c'est rarement le cas dans les histoires murmurées.

En arrivant dans le Cœur, la peintre aperçoit le Veilleur derrière son bureau, mais il reste concentré sur son travail. Elle songe un instant à lui demander de trouver un endroit pour accrocher le tableau qu'elle a laissé dans son atelier, tout juste terminé, mais elle se ravise. Elle sait que quelqu'un tombera dessus et l'accrochera. Elle le voit déjà, sur un mur, entouré de livres.

Elle ignore qui sont les personnages de ce tableau, bien qu'elle les ait vus à de nombreuses reprises sous forme d'images fractionnées et de visions imprécises. Une part d'elle espère qu'ils n'existent pas, mais une autre sait qu'ils existent ou existeront. Ils sont là dans l'histoire de cet endroit, pour l'instant.

La peintre jette un dernier regard à l'horloge-univers qui palpite délicatement. D'un œil, elle la voit rutilante et parfaite, chacune de ses pièces dans son rôle. De l'autre œil, elle est brisée et en flammes.

Une main dorée lui indique la direction de la sortie.

Si elle veut pouvoir changer l'histoire, c'est ici que ça commence.

(Le Veilleur relèvera la tête au son de la porte qui se referme derrière elle, mais il ne comprendra qui est parti que bien plus tard.)

La peintre passe devant la niche dans l'antichambre où elle a lancé les dés la première fois qu'elle est arrivée. Que des épées et des couronnes.

Elle voit d'autres épées et d'autres couronnes à présent. Une couronne dorée dans une pièce noire de monde. Une très vieille épée sur un rivage sombre, rouge de sang. Elle a terriblement envie de retourner à ses pinceaux, mais elle ne peut pas peindre toutes les choses qu'elle voit. Jamais elle ne pourra toutes les peindre. Elle a essayé. Il n'y a pas assez de temps ni assez de peinture.

La peintre appuie sur le bouton de l'ascenseur et il s'ouvre aussitôt, comme s'il l'attendait. Elle le laisse l'emporter.

Déjà, son œil visionnaire se brouille. Les images s'estompent. C'est un grand soulagement et c'est terrifiant à la fois.

Le temps que l'ascenseur la dépose dans une grotte familière éclairée par une seule lanterne, il n'y a plus que de la brume. Les images, les événements et les visages qui la hantent depuis des années ont disparu.

À présent elle distingue à peine les contours de la porte dans la roche devant elle.

Elle ne s'est jamais vue partir. Elle a juré jadis de ne jamais partir. Elle a prêté serment, un serment qu'elle est pourtant sur le point de trahir de façon irrémédiable. L'accomplissement de cette chose impossible lui donne du courage.

Si elle peut changer cet élément de l'histoire, elle peut changer le reste aussi.

Elle peut changer le destin de cet endroit.

Elle tourne la poignée et pousse la porte.

Cette dernière s'ouvre sur une plage de sable au clair de lune. La porte est en bois, et si elle fut peinte un jour, le sable et le vent ont concouru à la remettre à nu. Elle est cachée dans le flanc d'une falaise, derrière des rochers. Cela fait des années que tous ceux qui la voient la prennent pour un morceau de bois flotté, depuis la dernière fois que la peintre est venue, avant qu'on l'ait jamais appelée la peintre, quand elle était juste Allegra, une jeune femme qui avait trouvé une porte, y était entrée et n'en était plus ressortie. Jusqu'à maintenant.

Allegra balaie des yeux la plage déserte. Il y a trop de ciel. Le ressac répétitif des vagues sur la grève est le seul bruit. L'odeur est oppressante, le sel, la mer et le vent venant lui fouetter le visage dans de violents assauts de nostalgie et de regret.

Elle referme la porte derrière elle, laissant ses doigts s'attarder sur la surface polie par le temps, lisse, douce et fraîche.

Allegra pose sa valise sur le sable. Puis son manteau de fourrure, l'air de la nuit étant trop lourd et trop chaud pour le garder.

Elle recule d'un pas. Elle lève le talon de sa botte et donne un grand coup de pied dans la porte. Fort, assez pour fendre le bois usé.

Elle recommence.

Quand elle a fait autant de dégâts qu'elle pouvait avec ses chaussures, elle trouve une pierre qu'elle fracasse dessus. Le bois craque et se fissure en éclats, lui tailladant les mains, plantant des échardes sous sa peau.

Au bout du compte, ce n'est plus qu'un amas de bois et non une porte. Avec rien d'autre derrière que de la roche.

Il ne reste que la poignée, tombée dans le sable, et des débris de bois qui furent jadis une porte, et avant ça un arbre, et qui ne sont plus rien.

Allegra prend les allumettes dans son manteau, enflamme l'ancienne porte et la regarde brûler.

Si elle parvient à empêcher quiconque d'entrer, elle peut empêcher les choses qu'elle a vues de se produire. L'objet à l'intérieur du bocal dans sa valise (un objet qu'elle a vu et peint avant de comprendre ce que c'était et bien avant qu'il devienne un objet dans un bocal) sera sa garantie. Sans portes, elle peut empêcher le retour du livre et tout ce qui s'ensuivrait.

Elle sait combien de portes il y a.

Elle sait que toute porte peut être fermée.

Allegra soupèse la poignée dans sa main. Elle envisage de la jeter à la mer, mais finalement elle la range dans sa valise, avec le bocal, voulant conserver avec elle la moindre relique qui lui reste de cet endroit.

Puis Allegra Cavallo se laisse tomber à genoux sur une plage déserte le long d'une mer étoilée et fond en larmes.

LIVRE V

LE ROI DES CHOUETTES

Zachary Ezra Rawlins sent qu'on le tire en arrière, qu'on l'éloigne de la crevasse qui a fendu en deux le Cœur de ce Port et qu'on le traîne dans le bureau du Veilleur, où le sol est resté intact. Ses pieds glissent sur les carreaux cassés.

« Asseyez-vous », dit le Veilleur en l'obligeant à s'installer dans le fauteuil derrière le bureau.

Zachary tente de se relever, mais le Veilleur le maintient assis de force.

« Respirez, lui conseille le Veilleur, sauf que Zachary ne se souvient pas comment on fait. *Respirez* », répète le Veilleur, et Zachary prend une lente inspiration syncopée après l'autre.

Il ne comprend pas que le Veilleur puisse être aussi calme. Il ne comprend rien de ce qui est en train de se passer, mais il continue à respirer et, une fois qu'il a retrouvé son souffle, le Veilleur le lâche et il reste dans le fauteuil.

Le Veilleur attrape une bouteille sur une étagère, remplit un verre d'un liquide transparent et le pose devant Zachary.

« Buvez ça », ordonne-t-il.

Il lui laisse la bouteille et s'éloigne. Il n'ajoute pas « Ça vous fera du bien », et Zachary ne croit pas, ici et maintenant dans ce fauteuil, que rien pourra jamais lui faire de bien, mais il le boit quand même et tousse.

Ça ne lui fait pas de bien.

Ça fait juste que tout lui paraît plus net, plus clair, pire.

Il repose le verre à côté du cahier du Veilleur en essayant de se concentrer sur quelque chose, n'importe quoi d'autre que les épouvantables derniers instants qui tournent en boucle dans sa tête. Ses yeux tombent sur le cahier ouvert devant lui et il se met à lire, une page, puis une autre.

« Ce sont des lettres d'amour », dit-il avec surprise, à lui-même autant qu'au Veilleur, qui ne réagit pas.

Zachary continue à lire. Certaines sont des poèmes, d'autres de la prose, mais chaque phrase est passionnée, explicite et clairement rédigée à l'intention ou à propos de Mirabel.

Il tourne la tête vers le Veilleur, qui se tient dans l'embrasure de la porte et contemple le gouffre dans lequel tout l'univers a sombré, à l'exception d'une seule étoile qui pendille au plafond avec un air de défi.

Le Veilleur donne un coup si violent dans le chambranle que le bois se fissure, et Zachary se rend compte que son calme apparent cache en fait une rage à peine contenue.

Il regarde le Veilleur soupirer et poser une main sur le montant de la porte. La fissure se répare toute seule, petit à petit, jusqu'à ce qu'on ne voie plus qu'une infime lézarde.

Les pierres dans le Cœur commencent à gronder et à bouger. Des bouts de roche brisée avancent au-dessus du trou béant, reconstruisant le sol morceau par morceau.

Le Veilleur revient chercher la bouteille sur le bureau.

« Mirabel était dans l'antichambre », dit-il, répondant à la question que Zachary n'osait pas lui poser.

Il se sert un verre avant d'ajouter :

« Je ne pourrai pas récupérer son corps ou ce qu'il en reste avant que les décombres soient déblayés. Les réparations prendront du temps. »

Zachary voudrait dire quelque chose, n'importe quoi, mais il n'y arrive pas, et à la place il pose la tête sur le bureau pour essayer de réfléchir.

Pourquoi ne sont-ils plus que tous les deux dans cette pièce remplie de chagrin et de livres ? Pourquoi tout ce qui paraissait jusqu'ici endommagé est-il désormais cassé, et pourquoi le sol semble-t-il être la seule chose réparable ? Où est passé le chat roux ?

« Où est Rhyme ? demande finalement Zachary quand il a retrouvé sa voix.

— Sans doute en sécurité quelque part. Elle a dû l'entendre arriver. Je crois qu'elle a essayé de me prévenir, mais je n'ai pas compris sur le moment. »

Zachary ne demande pas au Veilleur de le resservir, mais celui-ci le fait quand même.

Alors que Zachary veut attraper son verre, sa main se referme sur un objet juste à côté, un dé, plus ancien que ceux de l'examen d'entrée, mais avec les mêmes symboles gravés sur ses six faces. Il le ramasse et le fait rouler sur le bureau.

Comme il s'y attendait, il s'arrête sur le cœur.

Des chevaliers qui brisent des cœurs et des cœurs qui brisent des chevaliers.

« Que signifient les cœurs ? s'enquiert-il.

— Historiquement, les dés servaient à voir ce que le destin avait à dire sur les nouveaux arrivants, explique le Veilleur. À une époque, les résultats permettaient d'évaluer leur potentiel pour chaque chemin. Les cœurs désignaient les poètes, ceux qui ont le cœur ouvert et enflammé. Bien avant cela, les dés étaient utilisés par les conteurs, pour orienter une histoire vers l'amour, la tragédie ou le mystère. Leur fonction a changé au cours du temps, mais il y avait des abeilles avant qu'il y ait des disciples, des épées avant qu'il y ait des gardiens, et tous ces symboles étaient là bien avant d'être gravés sur les faces d'un dé.

— Il y a plus de trois chemins, alors.

— Nous avons chacun notre propre chemin, monsieur Rawlins. Les symboles sont là comme une interprétation, pas une définition. »

Zachary songe aux abeilles, aux clés, aux portes, aux livres et aux ascenseurs, se repassant mentalement le chemin qui l'a amené dans cette pièce et ce fauteuil. Plus il remonte dans le temps, plus il pense que c'était peut-être déjà trop tard avant même que ça ait commencé.

« Vous avez essayé de le sauver, dit-il au Veilleur. Quand Allegra s'apprêtait à tirer sur Dorian, vous l'en avez empêchée.

— Je ne voulais pas que vous souffriez comme je souffre, monsieur Rawlins. Je pensais pouvoir nous épargner le moment que nous sommes en train de vivre. Je regrette de ne pas y être parvenu. J'ai ressenti ce que vous ressentez des myriades de fois. Ça ne s'arrange pas avec le temps. Ça devient juste familier.

— Vous l'avez déjà perdue par le passé », devine Zachary.

Il commence à comprendre, même s'il n'est pas encore sûr d'y croire.

« Un nombre incalculable de fois, confirme le Veilleur. Je la perds, que ce soit dû aux circonstances, à la Mort ou à ma propre stupidité, les années passent et elle finit par revenir. Cette fois-ci elle était convaincue que quelque chose avait changé, elle ne m'a jamais dit pourquoi.

— Mais… », commence Zachary avant de s'interrompre, distrait par le souvenir de la voix de Dorian dans son oreille.

(*Il arrive, à l'occasion, que le Destin parvienne à se régénérer. Le Temps, lui, attend toujours.*)

« La personne que vous avez connue sous le nom de Mirabel, poursuit le Veilleur. Non, pardon, vous l'appeliez Max, n'est-ce pas ? Elle a vécu dans différents vaisseaux au fil des siècles. Parfois elle s'en souvient, parfois… Sa dernière incarnation avant celle-ci s'appelait Sivía. Elle était littéralement trempée quand elle est sortie de l'ascenseur, vous m'avez fait penser à elle la première fois que vous êtes arrivé, dégoulinant de peinture. Il devait pleuvoir autour de Reykjavik ce soir-là, je ne lui ai jamais posé la question. Je ne l'ai pas reconnue au début. Je la reconnais rarement, et après coup je me demande toujours comment j'ai pu être aussi aveugle. À la fin, c'est chaque fois pareil : je la perds. Sivía aussi pensait que ça pouvait changer. »

Il se tait et plonge le nez dans son verre. Zachary attend un moment avant de lui demander :

« Qu'est-ce qui lui est arrivé ?

— Elle est morte. Il y a eu un incendie. C'était le premier incendie ici, et comme par hasard elle était en plein milieu. J'ai ramassé ce que j'ai pu pour l'amener dans la crypte, mais c'était difficile de séparer ce qui était jadis une femme des débris de livres et de chats. Après ça, j'ai pensé qu'elle ne reviendrait peut-être pas. Tout a changé après l'incendie. Lentement d'abord, mais ensuite les portes ont commencé à se fermer les unes après les autres jusqu'à ce que je sois sûr qu'elle ne pourrait plus jamais revenir même si elle le voulait, et puis un jour j'ai levé la tête et elle était là.

— Et vous, depuis combien de temps êtes-vous là ? » demande Zachary en dévisageant l'homme en face de lui.

Il pense aux pirates métaphoriques dans des cages en sous-sol, au Temps, au Destin, aux salles brûlées. Il se souvient de la fois où il a aperçu le Veilleur dans la salle de bal dorée. C'est exactement le même à présent. Avec plus de perles dans les cheveux.

« J'ai toujours été là », répond le Veilleur.

Il pose son verre sur le bureau, ramasse le dé et le garde dans la main.

« J'étais là avant même qu'il y ait un *là*, reprend-il en lançant le dé sur la table mais sans le regarder rouler. Venez, je voudrais vous montrer quelque chose. »

Il se dirige vers le fond de la pièce, vers une porte que Zachary n'avait jamais remarquée, coincée entre deux hautes bibliothèques.

Zachary baisse les yeux vers le dé sur le bureau.

Le symbole sur la face du haut est une clé, bien qu'il ne sache pas ce qu'elle est censée ouvrir ou fermer. Il se lève et constate que ses jambes le soutiennent mieux qu'il l'aurait imaginé. Il jette un coup d'œil vers le Cœur, dont le sol est toujours en train de se rapiécer peu à peu. En rejoignant le Veilleur, il s'arrête un instant devant une étagère sur laquelle est posé un bocal qu'il croit reconnaître, avec une main en suspension à l'intérieur qui semble lui adresser un bonjour, un au revoir ou quelque autre manifestation. Il se souvient du sac de Mirabel qui paraissait contenir quelque chose de lourd après leur évasion du Club des collectionneurs et il se demande brièvement à qui appartenait cette main avant de finir dans un bocal. Puis il passe dans la pièce attenante au bureau.

Le Veilleur allume une lampe, éclairant une chambre plus petite que celle de Zachary, ou peut-être si chargée de livres et d'œuvres d'art qu'elle a l'air plus petite. Le lit dans un coin est lui aussi couvert de livres. Il y en a dans la bibliothèque sur deux rangées de profondeur, empilés sur toutes les surfaces disponibles et sur la majeure partie du sol. Zachary cherche des yeux le chat roux mais ne le trouve pas.

Il marque une pause devant une étagère occupée par des cahiers identiques à celui sur le bureau du Veilleur. Ils ont tous un nom sur la tranche. *Lin, Grace, Asha, Étienne.* Beaucoup de ces noms ont plus d'un cahier. Plusieurs *Sivía* sont suivies par une série de *Mirabel.*

Zachary se retourne vers le Veilleur, qui est en train d'allumer d'autres lampes, pour l'interroger là-dessus, mais sa question meurt sur ses lèvres.

Sur le mur derrière le Veilleur est accroché un très grand tableau.

Zachary pense d'abord que c'est un miroir, car il se voit dedans, mais quand il se rapproche le Zachary du tableau demeure immobile, bien qu'il soit peint avec un tel réalisme qu'on s'attendrait à ce qu'il respire.

C'est un portrait grandeur nature. Le Zachary du tableau est face à face avec le vrai Zachary, dans les mêmes chaussures en daim, le même pantalon de pyjama bleu qui, en peinture à l'huile, réussit l'exploit d'avoir l'air élégant et classique. Mais le Zachary du tableau est torse nu, avec une épée dans une main, qu'il laisse pendre vers le bas, et une plume dans l'autre, qu'il brandit en l'air.

Dorian se tient derrière lui, penché en avant pour lui murmurer quelque chose à l'oreille. Il a un bras enroulé autour de son ventre, paume tournée vers le haut et couverte d'abeilles qui dansent sur ses doigts et grouillent sur son poignet. Son autre main, tendue sur le côté, est drapée de dizaines de chaînes d'où pendent des dizaines de clés.

Au-dessus de leurs têtes flotte une couronne dorée, se détachant sur un vaste ciel nocturne constellé d'étoiles.

Tout est d'un réalisme confondant, si ce n'est que la poitrine de Zachary est fendue en deux, laissant voir son cœur à l'intérieur et le ciel étoilé derrière. À moins que ce soit le cœur de Dorian. Ou des deux. Quoi qu'il en soit, il est représenté avec une précision anatomique parfaite, jusqu'aux artères et à l'aorte, mais il est peint en doré métallisé et entouré de flammes, brillant comme une lanterne et projetant des scintillements de lumière sur les abeilles, les clés, l'épée et leurs deux visages.

« Qu'est-ce que c'est ? demande Zachary au Veilleur.

— C'est la dernière œuvre qu'a réalisée Allegra ici.

— Allegra est la peintre, murmure Zachary en se remémorant la pièce au sous-sol du Club des collectionneurs remplie de tableaux du Port. Quand est-ce qu'elle a peint ça ?

— Il y a vingt ans.

— Comment est-ce possible ?

— Je pensais que le fils d'une voyante n'aurait pas besoin de poser une telle question.

— Mais..., bredouille Zachary, l'esprit confus. Ma mère n'a pas de... »

Il s'interrompt. Peut-être que sa mère a des visions aussi claires mais qu'elle ne les peint pas. Il n'en a jamais parlé avec elle.

C'est encore plus étrange que d'avoir lu sa propre histoire dans *Doux chagrins*. Sans doute parce qu'il peut seulement supposer qu'il est le petit garçon du livre, alors qu'il est assurément, indubitablement, l'homme du tableau.

« Vous nous connaissiez, dit-il en regardant de nouveau la version peinte de Dorian et en se souvenant de la façon dont le Veilleur l'a inspecté quand ils sont descendus avec lui.

— Je connaissais vos visages, nuance le Veilleur. J'ai eu ce tableau sous les yeux pendant des années. Je savais que vous risquiez d'arriver un jour ou l'autre, mais je ne savais pas si ce serait au bout de plusieurs mois, plusieurs décennies ou plusieurs siècles.

— Vous auriez toujours été là même après des siècles, n'est-ce pas ? demande Zachary.

— Je ne pourrai partir que lorsque cet endroit n'existera plus, monsieur Rawlins. Puissions-nous tous les deux ne pas voir ce jour.

— Et maintenant, qu'est-ce qui se passe ?

— J'aimerais pouvoir vous le dire. Je n'en sais rien. »

Zachary contemple à nouveau le tableau, les abeilles, l'épée, les clés, le cœur doré, son regard contournant d'abord puis revenant inévitablement sur le visage de Dorian.

« *Il a essayé de me tuer un jour* », dit Zachary en se souvenant des paroles de Mirabel sur un trottoir enneigé il y a une éternité.

Et plus tard, quand il lui a demandé des précisions : *Ça n'a pas marché.*

« Je crains de ne plus vous suivre, répond le Veilleur.

— Je crois que quelque chose a changé », annonce Zachary en tentant de mettre de l'ordre dans le bouillonnement de ses pensées.

Soudain il y a un bruit derrière eux, et le Veilleur relève la tête. Ses yeux s'écarquillent. Un cri muet se forme sur ses lèvres, et sa main chargée de bagues vient se plaquer sur sa bouche.

Zachary se retourne, et bien qu'il s'attende à ce qu'il voit, Mirabel est quand même une surprise, debout dans l'embrasure de la porte, couverte de poussière et tenant le chat roux entre les bras.

« Toute histoire est un changement, Ezra, déclare Mirabel. Je pensais vous l'avoir déjà dit. »

Dorian tombe.

Il tombe depuis un bon moment, depuis beaucoup plus longtemps que n'importe quelle durée crédible pour une distance quantifiable.

Il a perdu la trace d'Allegra. Elle a d'abord été un poids agrippé à son manteau, puis une traînée blanche, puis plus rien, emportée sous une avalanche de pierres, de carreaux et de métal doré. Un anneau sans doute arraché à une planète a heurté l'épaule de Dorian avec une telle violence qu'il est sûr qu'elle est cassée, mais après ça il n'y a plus eu que du noir et le vent de sa propre chute, et maintenant il est seul et il continue à tomber.

Il ne se rappelle pas exactement ce qui s'est passé. Il se souvient d'une fissure dans le sol, et juste après il n'y avait plus de sol, rien qu'un chaos fracassant.

Il se souvient de l'expression sur le visage de Zachary, vraisemblablement la même que sur le sien. Un mélange de surprise, de confusion et d'horreur. Puis Zachary a disparu. En une seconde. Moins.

Dorian se dit que tout ça lui paraîtrait encore plus bizarre si ce n'était pas une sensation presque familière, puisque voilà maintenant plus d'un an qu'il tombe et que ça n'a fait que devenir littéral.

Ou peut-être qu'il tombe depuis toujours.

Il ne sait plus où est le bas ni le haut. La chute libre lui donne le tournis et il a l'impression que sa poitrine va exploser s'il ne se rappelle pas comment respirer, mais respirer s'avère très compliqué. *Je ne dois pas être bien loin du centre de la Terre*, songe-t-il à la manière d'Alice.

Soudain, il aperçoit une lumière dans une direction qui est probablement le bas. Elle est faible mais elle se rapproche à plus grande vitesse qu'il ne l'aurait jamais cru possible.

Les pensées se bousculent dans son esprit, trop nombreuses pour que l'une s'impose, comme si elles se disputaient le privilège d'être la dernière. Il pense que, s'il est sur le point de mourir, il aurait dû commencer plus tôt à rassembler ses dernières pensées. Il pense à Zachary et regrette un tas de choses qu'il n'a pas dites ni faites. Des livres qu'il n'a pas lus. Des histoires qu'il n'a pas racontées. Des décisions qu'il n'a pas prises.

Il pense à la nuit avec Mirabel qui a tout changé, mais ça, il n'est pas sûr de le regretter, même maintenant.

Il pensait qu'il aurait quand même fini par savoir ce dont il est sûr avant que tout s'arrête, mais non.

La lumière dessous se rapproche. Il tombe à travers une caverne dont le sol est luminescent. Les pensées de Dorian deviennent des flashes. Des images et des sensations. Des trottoirs bondés et des taxis jaunes. Des livres qui lui ont paru plus vrais que des gens.

Des chambres d'hôtel, des aéroports, la grande salle de lecture de la New York Public Library. Debout dans la neige à regarder son avenir derrière la vitrine d'un bar. Une chouette coiffée d'une couronne. Une salle de bal dorée. Un presque baiser.

L'ultime pensée qui traverse l'esprit de Dorian avant qu'il atteigne le sol illuminé sous lui, tandis qu'il se contorsionne pour essayer d'atterrir pieds nus les premiers, la pensée qui remporte le titre de dernière pensée d'une longue chute pensive est : *Peut-être que la mer sans Étoiles n'est pas juste une fable pour les enfants.*

Peut-être, *peut-être* que sous lui, il y aura de l'eau.

Mais alors que la chute touche à sa fin et que Dorian s'écrase dans la mer sans Étoiles, il constate que non, ce n'est pas de l'eau.

C'est du miel.

Zachary Ezra Rawlins regarde Mirabel d'un air ébahi alors qu'elle se tient contre toute attente sur le pas de la porte. Elle est enrobée de poussière, de la roche pulvérisée qui recouvre ses cheveux et ses vêtements. Une manche de sa veste est déchirée. Du sang perle aux jointures de ses doigts et le long d'une entaille dans son cou, mais à part ça elle n'a pas l'air blessée.

Mirabel pose le chat roux par terre. Il se frotte contre ses jambes, avant de retourner s'installer sur son fauteuil préféré.

Le Veilleur murmure quelque chose dans sa barbe puis marche vers elle en slalomant entre les piles de livres sans jamais la quitter des yeux.

En les voyant se dévorer du regard, Zachary a soudain l'impression de s'immiscer dans l'histoire d'amour de quelqu'un d'autre.

Quand il arrive devant Mirabel, le Veilleur la serre dans une étreinte si fougueuse que Zachary se détourne, mais ce faisant il se retrouve de nouveau nez à nez avec le tableau, si bien qu'il préfère fermer les yeux. L'espace d'un instant, il ressent, avec force et acuité, dans l'air même de ses poumons, ce que c'est précisément que de perdre, trouver et perdre à nouveau, encore, encore et encore.

« On n'a pas le temps pour ça. »

Zachary rouvre les yeux au son de la voix de Mirabel, juste au moment où elle pivote et ressort dans le bureau. Le Veilleur la suit.

Zachary hésite une seconde et les rejoint. Du seuil de la pièce, il regarde Mirabel pousser du pied le fauteuil de bureau en direction de la cheminée. Un des bocaux posés dessus se renverse et se vide de ses clés.

« Tu ne pensais pas que j'avais un plan, dit Mirabel en grimpant sur le fauteuil. Il y a toujours eu un plan, les gens y ont travaillé pendant des siècles. Il y a simplement eu quelques… complications dans son exécution. Ezra, vous en êtes ? » lance-t-elle sans regarder Zachary.

Quasi simultanément, le Veilleur demande : « Vous allez où ? », et leurs deux phrases se chevauchent pour former un *Vous en êtes où ?* que Zachary estime être aussi une excellente question.

« Il faut qu'on aille secourir le petit ami d'Ezra puisque, apparemment, c'est notre lot », explique Mirabel au Veilleur.

Elle arrache l'épée de ses fixations au-dessus de la cheminée. Un second bocal de clés vole en éclats et se répand au sol.

« Mirabel… », commence à protester le Veilleur, mais aussitôt elle brandit l'épée et la pointe vers lui.

À la façon qu'elle a de la manier, il est évident qu'elle sait s'en servir.

« Arrête, s'il te plaît, dit-elle, comme un avertissement et un souhait à la fois. Je t'aime, mais je ne vais pas rester ici à attendre les bras croisés que cette histoire change. Je vais la faire changer. »

Elle soutient son regard, l'épée toujours tendue vers lui, et après une longue conversation muette, elle baisse l'arme et la tend à Zachary.

« Prenez ceci.

— "C'est dangereux d'aller seul" », ajoute Zachary du tac au tac, en songeant à la fameuse réplique de *La Légende de Zelda*.

Il s'en empare. C'est une fine épée à double tranchant qui serait sans doute plus à sa place dans un musée, même si, au fond, c'est presque le cas. La garde est ornée d'arabesques élaborées, le cuir de la poignée est usé et Zachary devine qu'elle a été utilisée à de nombreuses reprises, par de nombreuses mains. Elle est toujours bien aiguisée.

Elle est identique à l'épée qu'il porte dans le tableau, bien que celle du tableau ait été polie. Elle est plus lourde qu'elle en a l'air.

« Il faut que je me change, annonce Mirabel en descendant du fauteuil et en s'époussetant les manches, fronçant les sourcils quand elle découvre que l'une est déchirée. Donnez-moi une minute et retrouvez-moi devant l'ascenseur, Ezra. »

Elle n'attend pas la réponse de Zachary avant de partir, et n'adresse pas un mot de plus au Veilleur.

Celui-ci continue longuement de fixer la porte par où elle vient de disparaître. Zachary le regarde regarder le vide qu'elle a laissé.

« Vous êtes le pirate », déclare-t-il.

Toutes les histoires sont une seule et même histoire.

« Le pirate de la cave, reprend-il. Dans le livre. Mirabel est la fille qui vous a sauvé. »

Le Veilleur se retourne vers lui.

« C'était il y a très longtemps, dit-il. Dans un Port plus ancien. Et "pirate" n'est pas une bonne traduction. "Brigand" serait sans doute plus proche. On m'appelait le Maître du Port, jusqu'à ce qu'il soit décidé que les Ports ne devaient pas avoir de maîtres.

— Et qu'est-ce qui s'est passé ? » demande Zachary.

Il se pose cette question depuis la première fois qu'il a lu *Doux chagrins. Ce n'est pas là que leur histoire s'achève.* Manifestement.

« Nous n'avons pas été très loin. Ils l'ont exécutée à ma place. Ils l'ont noyée dans la mer sans Étoiles. Ils m'ont forcé à regarder. »

Le Veilleur pose une main chargée de bagues sur le front de Zachary, et ce contact est celui de quelqu'un – ou de quelque chose – bien plus ancien qu'il aurait jamais pu l'imaginer. La sensation se diffuse comme une onde jusqu'à la pointe de ses orteils, ondulant et bourdonnant sur sa peau.

« Puissent les dieux vous bénir et vous protéger, monsieur Rawlins », dit le Veilleur après avoir retiré sa main.

Zachary hoche la tête, ramasse son sac et sort du bureau avec l'épée.

Il évite les parties du sol qui sont toujours en train de s'auto-réparer assidûment, marchant le long des bords de la pièce, sans se retourner, sans baisser les yeux, regardant uniquement devant lui, vers la porte brisée qui mène à l'ascenseur.

Mirabel se tient au milieu de l'antichambre. Elle ébouriffe ses cheveux emmêlés, qui retrouvent de plus franches nuances de rose. Elle s'est nettoyé le visage et a passé le même pull écru moutonneux qu'elle portait la première fois que Zachary l'a vue déguisée en elle-même.

« Il vous a béni, non ? demande-t-elle.

— Oui, confirme Zachary, qui sent encore sa peau bourdonner.

— Ça devrait aider. Et on va avoir besoin de toute l'aide disponible.

— Qu'est-ce qui s'est passé ? » s'enquiert Zachary en regardant le chaos autour d'eux.

Les panneaux de marbre luminescent sont fendus, certains complètement démolis. De la fumée s'échappe de l'ascenseur.

Mirabel contemple les débris éboulés au sol et pousse quelque chose de la pointe de sa botte. Les dés à ses pieds roulent sans jamais s'immobiliser. Ils tombent dans une fissure et disparaissent.

« Il s'est passé qu'Allegra est devenue suffisamment prête à tout pour tenter de fermer la porte de l'intérieur, explique-t-elle. Vous aimez cet endroit, Ezra ?

— Oui », répond Zachary, décontenancé.

Mais il se rend compte que, quand il dit oui, il ne veut pas parler de cet endroit tel qu'il est à présent, avec ses salles vides et son univers cassé. Il veut parler de l'endroit que c'était avant, quand il était encore vivant. Il veut parler d'une salle de bal noire de monde. D'une multitude de gens à la recherche de choses qu'ils ne sauraient même pas nommer, et qu'ils trouvent dans des histoires écrites et effacées, ou les uns dans les autres.

« Pas autant qu'Allegra, rétorque Mirabel. Ma mère s'est volatilisée quand j'avais cinq ans, et après sa disparition c'est Allegra qui m'a élevée. Elle m'a appris à peindre. Elle est partie quand j'avais quatorze ans et a commencé ses efforts pour tout verrouiller. Lorsque je me suis mise à peindre des portes en espérant réussir à refaire entrer quelqu'un, n'importe qui, elle a essayé de me faire tuer, à maintes reprises, parce qu'elle me voyait comme un danger. »

Elle se tait, et Zachary ne sait pas quoi dire. Il a encore la tête embrouillée par trop d'histoires et trop de sentiments compliqués.

Il a une occasion, là. Une occasion de lui dire qu'il est désolé, parce que c'est le cas, mais ça lui paraît dérisoire. Ou alors il pourrait lui prendre la main sans rien dire et laisser son geste parler à sa place, mais sa main est trop loin.

Alors Zachary ne fait rien et l'occasion passe.

« Il faut qu'on y aille, reprend Mirabel. On a des choses à faire. Comment votre mère appelle ça, déjà ? Un moment signifiant ? Je l'ai rencontrée une fois, elle m'a offert un café.

— Pardon ? » s'exclame Zachary.

Mais Mirabel ne répond pas. Elle se dirige vers l'ascenseur. Les portes s'écartent toutes seules devant elle. La cabine s'est enfoncée de plusieurs centimètres sous le niveau du sol, et s'enfonce encore un peu plus quand Mirabel pénètre à l'intérieur.

« Vous avez dit que vous me faisiez confiance, lui rappelle-t-elle lorsqu'elle le voit hésiter.

— C'est vrai », reconnaît Zachary en entrant prudemment dans l'ascenseur.

Le sol de la cabine lui paraît instable sous ses pieds, l'épée lourde dans sa main. La sensation de bourdonnement a cessé. Il se sent étrangement calme. Il est prêt à jouer de nouveau les seconds couteaux pour ce qui les attend à présent.

« On va où, Max ? demande-t-il.

— On descend », déclare Mirabel.

Elle recule d'un pas, prend son élan et donne un violent coup de pied dans la paroi latérale.

L'ascenseur tressaille, s'enfonce de quelques centimètres supplémentaires, et le calme de Zachary s'évapore tandis qu'ils tombent brusquement en chute libre.

Dorian coule dans une mer de miel, entraîné vers le fond par un courant sirupeux. C'est trop épais pour qu'il puisse nager, ça s'accroche à ses vêtements et l'aspire vers le bas. Une noyade sucrée.

Ça ne figure même pas dans la liste des cent premières façons dont il s'attendait à mourir.

Bien qu'il ne voie pas la surface, il lève quand même le bras, étirant les doigts aussi loin que possible dans la direction qu'il pense être le haut, mais il n'arrive pas à savoir s'il sent de l'air autour, à quelle profondeur il se trouve.

Quelle mort stupide et poétique, songe-t-il, et à cet instant quelqu'un le tire par la main.

On le sort de la mer et on le hisse par-dessus quelque chose qui ressemble à un mur, après quoi on le dépose sur une surface lisse et dure qui n'a pas l'air stable.

Dorian essaie d'articuler sa gratitude, mais en ouvrant la bouche il s'étouffe avec le magma visqueux.

« Restez assis », ordonne une voix près de son oreille.

Les mots lui parviennent étouffés et distants. Il ne peut toujours pas ouvrir les yeux, mais il sent qu'on le pousse en arrière, le dos contre un mur. Chaque respiration est un gargouillis sucré, et la surface sur laquelle il se trouve est mouvante. Les sons filtrés par ses oreilles bouchées sont irréguliers et stridents. Quelque chose s'agrippe violemment à son épaule, comme des serres. Il se protège la tête entre les bras, mais ça rend sa respiration trop difficile. Il se frotte le visage, réussit à enlever une partie mais pas la totalité du miel, et il respire un peu mieux. Quelque chose plane au-dessus de lui.

Soudain, la surface sur laquelle il est assis bascule sur le côté, et il glisse. Lorsqu'elle se redresse, les bruits stridents se sont arrêtés. Dorian tousse et quelqu'un lui met un chiffon dans la main. Il s'essuie le visage avec, suffisamment pour pouvoir ouvrir les yeux et commencer à comprendre ce qu'il a devant lui.

Il est sur un bateau. Un navire. Non, un bateau. Un bateau qui aspire à être un navire, avec des dizaines de minuscules lanternes accrochées le long de sa multitude de voiles sombres. Peut-être est-ce véritablement un navire digne de ce nom. Quelqu'un l'aide à enlever son manteau englué de miel.

« Elles sont parties pour l'instant, mais elles vont revenir », dit une voix, plus claire à présent.

Dorian se tourne pour mieux observer sa sauveuse alors qu'elle secoue son manteau aux boutons étoilés par-dessus le bastingage, laissant le miel s'égoutter dans la mer.

Ses cheveux sont un enchevêtrement de boucles et de tresses brunes retenues en arrière par une bande de soie rouge. Elle a la peau marron clair et des taches de rousseur sur le haut du nez. Ses yeux foncés sont cerclés de traits noirs et or qui relèvent davantage de la peinture de guerre que du maquillage. Elle porte des lanières de cuir marron attachées comme un gilet sur ce qui a pu jadis être un pull mais n'est plus désormais qu'un tour de cou plongeant, avec des poignets qui lui sont reliés par des mailles distendues et des bouts de fil, laissant à nu la majeure partie de ses épaules et le haut de ses bras, ainsi qu'une large cicatrice autour de son triceps gauche. Sa jupe volumineuse, remontée en volants bouffant comme un parachute, presque décolorée, forme un nuage pâle sur ses bottes noires.

Elle suspend le manteau au bastingage pour qu'il finisse de s'égoutter tout seul, après s'être assurée qu'il était suffisamment bien accroché pour ne pas tomber.

« Qui est parti ? » veut demander Dorian, mais il n'arrive à prononcer que le *qui* avant de s'étouffer à nouveau.

La femme lui tend une gourde et, quand il la porte à ses lèvres, l'eau lui paraît le breuvage le plus délicieux qu'il ait jamais goûté.

La femme le considère d'un air apitoyé et lui tend un autre chiffon.

« Merci », dit-il en le lui échangeant contre la gourde. Le mot semble coller à ses lèvres.

« Les chouettes sont parties, explique la femme. Elles sont venues voir ce qui se passait. Elles aiment être au courant quand les choses changent. »

Puis elle va s'affairer à l'autre bout du pont, laissant Dorian reprendre ses esprits. Des guirlandes de lanternes lumineuses s'enroulent autour du mât, sur le fond rouge vin des voiles. Les illuminations se poursuivent telles des lucioles tout le long du bastingage et montent un peu plus haut à l'avant, où se dresse une figure de proue sculptée représentant un lapin dont les deux oreilles sont plaquées en arrière sur les flancs du navire.

Dorian prend de longues et profondes inspirations, chacune moins sucrée que la précédente. Pas encore mort, finalement. Son épaule ne lui fait plus mal. Il baisse les yeux pour inspecter son torse et ses bras nus, certain qu'il doit avoir des blessures résiduelles, au moins quelques égratignures, mais il n'a rien.

Enfin, presque rien.

Sur sa poitrine, au niveau du sternum, est tatouée une épée. Un genre de cimeterre, avec une lame recourbée. Sa poignée couleur or brille d'un éclat métallique irréel sous sa peau.

Dorian a de nouveau du mal à respirer. Il se lève, s'appuie au bastingage et contemple la mer sans Étoiles. Des morceaux de l'horloge-univers s'enfoncent lentement dans le miel. Une main dorée pointe désespérément vers le haut avant de disparaître sous ses yeux. La caverne s'étire dans le noir, à peine éclairée par le halo luminescent de la mer. Des ombres bougent au loin, comme des battements d'ailes.

Ses cheveux et son pantalon dégoulinent de miel, formant des flaques autour de ses pieds nus. Il se décale et sent le plancher tiède du pont sous ses orteils.

Il marche vers la proue du navire, dans la direction où est partie la femme qu'il suppose être son capitaine.

Il la trouve assise près d'une forme couverte d'un drap de la même soie rouge que celle des voiles.

« Ah », fait-il lorsqu'il comprend de quoi il s'agit.

Il lui est difficile de mettre des mots sur ce qu'il ressent devant le cadavre d'Allegra.

« Vous la connaissiez ? demande la capitaine.

— Oui », répond Dorian.

Il ne précise pas qu'il a connu cette femme pendant la moitié de son existence, qu'elle était ce qui se rapprochait le plus d'une mère pour lui, qu'il l'aimait et la détestait à parts égales, qu'à peine quelques instants plus tôt il aurait pu la tuer de ses propres mains, et que la perte qu'il éprouve à présent est pourtant plus profonde qu'il ne saurait se l'expliquer. Il se sent désormais sans attaches. Il se sent perdu. Il se sent libre.

« Comment s'appelait-elle ? demande la capitaine.

— Allegra, dit Dorian, en s'apercevant qu'il ne sait même pas si c'était son vrai nom.

— On l'appelait la peintre, rétorque la capitaine. Ses cheveux n'étaient pas comme ça, à l'époque, ajoute-t-elle en caressant une de ses boucles argentées.

— Vous l'avez connue ?

— Elle me laissait parfois jouer avec sa peinture quand j'étais un lapin. Mais je n'ai jamais été très douée.

— Quand vous étiez quoi ?

— J'ai été un lapin, avant. Mais plus maintenant. Je n'en ai plus besoin. Il n'est jamais trop tard pour changer ce que vous êtes, j'ai mis longtemps avant de le comprendre.

— Comment vous vous appelez ? » demande Dorian, bien qu'il le sache déjà : il ne doit pas y avoir beaucoup d'anciens lapins dans les parages.

La capitaine le regarde en fronçant les sourcils. C'est clairement une question qu'on ne lui a pas posée depuis un moment, et elle réfléchit avant d'y répondre.

« Les gens m'appelaient Eleanor, là-haut. Mais ce n'est pas mon nom. »

Dorian la fixe intensément. Elle n'est pas assez vieille pour être la mère de Mirabel. Loin de là. Elle est peut-être même plus jeune qu'elle. Mais elle lui ressemble, les yeux et la forme du visage. Il se demande comment fonctionne le temps ici-bas.

« Et vous, comment vous vous appelez ? s'enquiert Eleanor.

— Dorian », dit-il.

C'est le nom qui lui semble sonner le plus juste de tous ceux qu'il a jamais utilisés. Il commence à l'aimer.

Eleanor le regarde et hoche la tête, avant de se tourner de nouveau vers Allegra.

Allegra a les yeux fermés. Une longue plaie lui entaille le crâne et descend jusque dans son cou, bien qu'il n'y ait pas beaucoup de sang. Elle a le corps couvert de miel, qui colle à la soie, son manteau de fourrure s'étant perdu quelque part dans la mer. Dorian se rend compte de la chance qu'il a eue de survivre à sa chute. Il se demande s'il croit à la chance. Le col du chemisier d'Allegra est suffisamment ouvert pour que Dorian cherche des yeux l'épée tatouée sur sa poitrine, mais il n'y a pas d'épée. Juste une délicate cicatrice en forme d'abeille.

Eleanor dépose un baiser sur son front avant de remonter le drap de soie sur son visage.

Elle se lève et regarde Dorian.

« Je peux vous y emmener, si c'est là que vous allez, dit-elle en tendant un doigt vers lui. Je sais où c'est.

— M'emmener où ? demande Dorian.

— L'endroit que vous avez dans le dos. »

Instinctivement, Dorian pose une main sur son épaule pour toucher le haut du tatouage très élaboré et très réel qui occupe toute la surface de son dos. Les branches d'un arbre, la canopée d'une forêt de cerisiers scintillante de lanternes et de lumières, bien que tout ça ne soit qu'une toile de fond pour la pièce maîtresse au centre : une souche d'arbre couverte de livres dégoulinant de miel, sous une ruche sur laquelle est perchée une chouette coiffée d'une couronne.

Zachary Ezra Rawlins danse. La salle de bal est bondée, la musique trop forte, mais il se sent bien ici, il y a une aisance, une fluidité constante dans le mouvement. Ses partenaires ne cessent de changer, tous masqués.

Autour de lui, tout est doré, scintillant et beau.

« Ezra. »

Il entend la voix de Mirabel, trop douce et lointaine alors que son visage est si près.

« Ezra, revenez », dit-elle.

Il n'a pas envie de revenir. La fête vient à peine de commencer. Les secrets sont là. Les réponses sont là. Encore une danse et il aura tout compris, par pitié, juste une.

Une bourrasque le sépare brusquement de son partenaire et il n'arrive pas à en attraper un autre. Des doigts enduits d'or glissent entre les siens. La musique faiblit.

La fête s'estompe, balayée dans un souffle, et devant ses yeux Mirabel devient presque nette, le visage à quelques centimètres du sien. Il cligne des paupières en essayant de se rappeler où ils sont mais s'aperçoit qu'il n'en a pas la moindre idée.

« Qu'est-ce qui s'est passé ? » demande-t-il.

Le monde est flou et tournoie autour de lui comme s'il était encore en train de danser, bien qu'il se rende compte qu'en réalité il est couché sur un sol dur.

« Vous avez perdu connaissance, explique Mirabel. C'est sans doute l'impact qui vous a coupé la respiration. Ça n'a pas vraiment été un atterrissage en douceur. »

Elle lui montre un amas de métal non loin. Ce qu'il reste de l'ascenseur.

« Tenez, reprend-elle, je vous les ai enlevées pour les besoins de l'assistance respiratoire, mais elles sont restées intactes. »

Elle lui tend ses lunettes.

Zachary se redresse en position assise et les chausse.

L'ascenseur s'est écrasé au sol d'une telle façon qu'il est surpris qu'ils aient – ou du moins qu'*il* ait – survécu à la chute. Peut-être que la bénédiction du Veilleur a joué et que les dieux s'en sont mêlés, car il n'y a même pas de cage d'ascenseur au-dessus, seulement une vaste caverne béante.

Mirabel l'aide à se relever.

Ils sont dans une cour entourée de six grandes arcades en pierre autoportées, la plupart cassées, mais celles qui tiennent encore debout ont des symboles gravés sur leur clé de voûte. Zachary ne distingue qu'un cœur et une couronne, mais il devine le reste. Au-delà des arcades s'étendent les ruines de ce qui fut autrefois une ville.

Le seul mot qui lui vient à l'esprit tandis qu'il parcourt du regard les bâtiments autour d'eux est

« antique », mais c'est un antique indéterminé, un genre d'hallucination architecturale de pierre, d'ivoire et d'or. De colonnes, d'obélisques et de toits en pagode. Tout est miroitant, comme si la ville entière et la caverne qui la contient avaient été enrobées d'une couche de cristal. Des mosaïques tapissent les murs et le sol sous ses pieds, bien que la majeure partie du sol disparaisse en fait sous les livres. Des piles et des piles de livres, partout, abandonnés par ceux qui étaient jadis là pour les lire.

La caverne est gigantesque, elle englobe aisément la totalité de la ville. Sur les parois les plus lointaines, des escaliers, des routes et des tours éclairées comme des phares sont creusés dans la falaise. Même si ce ne sont que des fanaux isolés, tout luit. L'ensemble paraît bien trop vaste pour être sous terre. Trop vaste, trop complexe et trop oublié.

Un feu brûle près de l'ascenseur dans une structure qui ressemble à une fontaine, mais dans laquelle couleraient des flammes à la place de l'eau, avec des coupelles de feu réparties telles les pampilles d'un lustre en cristal, bien que seules quelques-unes soient allumées. Il y a plusieurs fontaines similaires dans la cour, mais les autres sont éteintes.

Zachary ramasse un livre au hasard, lourd et compact entre ses mains, les pages scellées par une matière poisseuse qui s'avère être du miel.

« Villes perdues de miel et d'os, commente-t-il.

— Techniquement, c'est un Port, même si la plupart des Ports ressemblent à des villes, clarifie Mirabel tandis que Zachary repose le livre illisible par terre. Je me souviens de cette cour, c'était le Cœur de ce

Port. Ils suspendaient des lanternes aux arcades pendant les fêtes.

— Vous vous *souvenez* ? s'étonne Zachary en contemplant la ville déserte dans laquelle, à l'évidence, personne n'a mis les pieds depuis très, très longtemps.

— Je me souvenais de mille autres vies avant de savoir parler, dit Mirabel. Certaines se sont effacées de ma mémoire avec le temps, et la plupart me font l'effet de rêves à moitié oubliés, mais je reconnais les lieux où j'ai déjà été quand je m'y trouve. Un peu comme si j'étais hantée par mon propre fantôme. »

Zachary l'observe pendant qu'elle balaie des yeux les bâtiments détruits. Il essaie de savoir si elle lui paraît plus ou moins réelle ici que quand elle faisait la queue dans un café en plein Manhattan, mais il ne parvient pas à trancher. Elle a l'air pareille, juste avec un peu plus d'ecchymoses, de poussière et de fatigue. Les lueurs du feu jouent sur ses cheveux, leur prêtant des nuances de rouge et de violet sans jamais les laisser se décider pour une seule couleur.

« Qu'est-ce qui est arrivé à ce Port ? » demande-t-il en s'efforçant de mettre de l'ordre dans ses pensées, une partie de son esprit toujours en train de virevolter dans une salle de bal dorée.

Il pousse du pied un autre livre, qui refuse de s'ouvrir, ses pages irrémédiablement collées.

« La mer est montée, explique Mirabel. C'est le cours historique des choses. Un Port sombre et un autre ouvre un peu plus haut. Ils s'adaptent aux fluctuations de la mer. Elle n'avait encore jamais baissé, mais je suppose que même une mer peut se sentir négligée. Personne ne faisait plus attention à elle, alors elle s'est retirée dans les profondeurs d'où elle venait. Regardez, on voit encore où étaient les canaux, dit-elle en lui montrant un endroit où plusieurs ponts enjambent une étendue de néant.

— Mais… où est la mer à présent ? s'enquiert Zachary en se demandant jusqu'où descend le néant.

— Elle doit être plus bas. Beaucoup plus bas que ce à quoi je m'attendais. Ce Port est l'un des plus profonds. Je ne sais pas ce qu'on trouvera si on doit descendre encore. »

Zachary contemple les ruines jonchées de livres d'une ville autrefois engloutie. Il essaie de l'imaginer remplie de gens, et l'espace d'un instant il y arrive, il voit des rues noires de monde, des lumières jusqu'à l'horizon, et puis ça redevient des débris inertes.

Il n'a jamais été au début de cette histoire. Cette histoire est beaucoup, beaucoup plus vieille que lui.

« J'ai vécu trois vies dans ce Port, poursuit Mirabel. Dans la première, je suis morte quand j'avais neuf ans. Je n'avais qu'une idée en tête, c'était d'aller aux fêtes pour voir les gens danser, mais mes parents me disaient que je devais attendre d'avoir dix ans, et finalement je n'ai jamais eu dix ans, pas dans cette vie-là. Dans la suivante, j'ai atteint l'âge de soixante-dix-huit ans et j'ai dansé tout mon saoul, mais je ne pouvais pas être immortelle tant que je n'étais pas conçue hors du temps. Les gens qui croyaient aux mythes anciens ont essayé de construire un endroit où ça puisse se produire. Ils ont multiplié les tentatives, Port après Port. Ils ont transmis toutes sortes de conseils et de théories à leurs successeurs. Ils ont trimé, ici-bas et à la surface, et ils se sont appelés d'une multitude de noms au fil des siècles, même quand leur nombre diminuait. Dernièrement, ils portaient le nom de ma grand-mère.

— La fondation Keating », comprend Zachary.

Mirabel acquiesce.

« La plupart sont morts avant que je puisse les remercier. Et pendant tout ce temps, personne n'a jamais réfléchi à ce qui se passerait après. Personne n'a songé aux conséquences ni aux répercussions. »

Mirabel récupère l'épée à l'endroit où elle est tombée. Elle lui fait faire une agile petite pirouette. Dans ses mains, on la croirait légère comme une plume. Elle continue à la faire tournoyer en parlant.

« Je… enfin, un ancien moi a volé ça dans un musée en la cachant dans le dos d'une grande robe très inconfortable. C'était avant les détecteurs de métaux, et les gardiens ne contrôlent pas le dos des robes des dames, en règle générale. Merci à vous d'avoir rapporté le livre, il était perdu depuis très longtemps.

— C'est ça qu'on est venus faire ici ? demande Zachary. Rapporter des objets perdus ?

— Je vous ai dit, on est venus secourir votre petit ami. Une fois de plus.

— Pourquoi ai-je comme l'intuition que ce n'est pas… Attendez, se reprend Zachary, vous aviez vu le tableau.

— Bien sûr. J'ai passé beaucoup de temps dans un lit qui lui fait face. C'est l'un des meilleurs d'Allegra. J'en ai fait une étude au fusain, un jour, mais je n'ai jamais pu réussir votre visage.

— C'est pour ça que vous nous vouliez tous les deux ici. Parce qu'on est dans ce tableau. »

Mirabel lui répond par un timide haussement d'épaules qui suggère qu'il n'a peut-être pas tort.

« Ce n'est pas le destin, ça, proteste Zachary. C'est… de l'histoire de l'art.

— Qui vous a parlé de destin ? rétorque Mirabel, mais elle sourit en le disant, de ce demi-sourire glamour de star du cinéma muet qui fait presque peur dans la lueur du feu.

— Vous n'êtes pas… ? » commence Zachary.

Mais il s'interrompt car *Vous n'êtes pas le Destin ?* paraît vraiment une question trop absurde, même quand on est en train de bavarder tranquillement de vies antérieures et malgré le fait qu'il est déjà quasiment convaincu que la femme en face de lui est bel et bien, aussi fou que ça puisse sembler, le Destin. Il la dévisage attentivement. Elle a l'air d'une personne normale. À moins qu'elle soit comme les portes qu'elle peint : une imitation tellement précise qu'elle réussit à tromper l'œil. Les reflets changeants de la lumière n'éclairent que des petits bouts d'elle, et le reste disparaît dans l'ombre. Elle le regarde fixement de ses yeux noirs cernés de coulures de mascara et il ne sait plus quoi penser. Ni quoi demander.

« Qu'est-ce que vous êtes ? » choisit-il finalement, et il le regrette aussitôt.

Le sourire de Mirabel s'évanouit. Elle fait un pas vers lui et se retrouve tout près, trop près. Quelque chose change dans son visage, comme si elle avait ôté un masque invisible, un déguisement de cheveux roses et d'ironie narquoise aussi factice qu'une couronne et une queue en fourrure lors d'une lointaine soirée costumée. Zachary essaie de se rappeler s'il a déjà ressenti avec elle la même indicible présence ancestrale qu'avec le Veilleur, et quelque part il sait qu'elle a toujours été là, et que son sourire mystérieux est plus ancien que la plus ancienne des stars de cinéma. Elle se penche si près de lui qu'elle pourrait l'embrasser, et sa voix est basse et posée quand elle parle.

« Je suis beaucoup de choses, Ezra. Mais je ne suis pas la raison pour laquelle vous n'avez pas ouvert cette porte.

— Hein ? fait Zachary, même s'il est certain d'avoir déjà compris ce qu'elle voulait dire.

— C'est votre faute si vous n'avez pas ouvert cette foutue porte quand vous aviez je ne sais quel âge, votre faute et celle de personne d'autre. Ni la mienne, ni celle de ceux qui ont peint par-dessus. La vôtre. C'est vous qui avez décidé de ne pas l'ouvrir. Alors n'allez pas vous inventer une mythologie bidon qui vous permette de me mettre vos problèmes sur le dos. J'en ai déjà assez comme ça.

— Nous ne sommes pas là pour retrouver Dorian, nous sommes là pour retrouver Simon, n'est-ce pas ? rétorque Zachary. C'est lui, la dernière chose perdue dans le temps.

— Vous êtes là parce que j'ai besoin de vous pour faire quelque chose que je ne peux pas faire », rectifie Mirabel.

Elle lui tend l'épée, pommeau en avant, l'obligeant à la prendre. Il la trouve encore plus lourde que dans son souvenir.

« Et vous êtes là parce que vous m'avez suivie, ajoute-t-elle. Vous n'étiez pas obligé.

— Je n'étais *pas* obligé ?

— Non. Vous avez peut-être envie de croire le contraire, ou que c'est ce que vous étiez *censé* faire, mais vous avez toujours eu le choix. Vous n'aimez pas choisir, pas vrai ? Vous ne faites jamais rien tant que quelqu'un ou quelque chose d'autre ne vous a pas dit que vous pouviez. Vous n'aviez même pas décidé de venir ici jusqu'à ce qu'un livre vous en donne la permission. Vous seriez encore en train de vous apitoyer sur votre sort dans le bureau du Veilleur si je ne vous avais pas traîné avec moi.

— Je ne me..., commence à protester Zachary, vexé par ces attaques et les vérités qu'elles recèlent, mais Mirabel le coupe.

— Taisez-vous, dit-elle en levant une main et en regardant loin derrière lui.

— Ne me parlez... »

Mais il se retourne pour voir ce qu'elle regarde, et il s'interrompt.

Une ombre comme un nuage d'orage avance dans leur direction, accompagnée d'un bruit de vent. Les flammes de la fontaine de feu chancellent.

Le nuage grossit, le bruit enfle, et Zachary comprend de quoi il s'agit.

Ce n'est pas un bruit de vent, mais des battements d'ailes.

Zachary Ezra Rawlins n'a vu qu'une seule fois une chouette autrement qu'empaillée, non loin de la ferme de sa mère, un soir de printemps juste avant le crépuscule, perchée sur un câble téléphonique au bord de la route. Il avait ralenti en passant devant car il n'y avait pas d'autres voitures et il voulait vérifier que c'était bien une chouette et pas un autre oiseau de proie.

La chouette l'avait dévisagé avec ses gros yeux – de chouette, incontestablement –, et Zachary avait soutenu son regard jusqu'à ce qu'une autre voiture arrive derrière lui, alors il était reparti et la chouette était restée à le fixer jusqu'à ce qu'il disparaisse.

Cette fois, ce sont beaucoup, beaucoup de chouettes qui le fixent avec des dizaines et des dizaines d'yeux, et elles se rapprochent. Une ombre faite d'ailes et de griffes qui s'abat sur eux. Des chouettes qui plongent en piqué et filent à travers les rues, perturbant les os et la poussière.

Le feu vacille dans l'air changeant, crachote, faiblit, assombrit encore plus les ombres, et le nuage de chouettes consume d'abord une rue, puis une autre à mesure qu'il progresse.

Zachary sent la main de Mirabel se poser sur son bras, mais il n'arrive pas à détacher son regard des dizaines – non, centaines – d'yeux qui les observent d'en haut.

« Ezra, dit Mirabel en lui serrant le bras. Courez. »

L'espace d'une seconde, Zachary demeure pétrifié, mais ensuite quelque chose dans son cerveau parvient à réagir à la voix de Mirabel et à suivre son instruction. Il attrape son sac par terre et fonce dans la direction inverse des ténèbres et des yeux.

Zachary court sous les arcades, vers les bâtiments, s'engouffre dans la première rue qu'il trouve, trébuchant sur des livres, chancelant, s'efforçant de ne perdre ni son sac ni l'épée. Il entend Mirabel derrière lui, dont les pas martèlent le sol une fraction de seconde après les siens, mais il n'ose pas se tourner pour la regarder.

Arrivé à une fourche, il hésite, mais la main de Mirabel dans son dos le pousse vers la gauche et Zachary court dans une autre rue sombre où il ne voit pas à plus de deux mètres devant lui.

Il bifurque une nouvelle fois et l'écho de ses pas se tait. Il jette un coup d'œil derrière lui : Mirabel n'est plus là.

Zachary se fige, partagé entre l'idée de rebrousser chemin pour la retrouver et celle de continuer en avant.

Alors les ombres autour de lui se mettent à bouger. Les cavités des fenêtres et des portes des deux côtés de la rue sont peuplées d'ailes et d'yeux.

Zachary titube en arrière, tombe, lâche son épée. Le sol en pierre lui écorche les paumes tandis qu'il essaie d'amortir sa chute.

Les chouettes sont juste au-dessus de lui, il ne peut pas voir combien dans l'obscurité. L'une lui agrippe la main, enfonce ses serres dans sa peau.

Zachary ramasse l'épée et donne de grands coups en l'air à l'aveuglette, il sent la lame heurter des plumes et des griffes, fendre des os et de la chair. Les hurlements stridents qui suivent sont assourdissants, mais les chouettes battent en retraite suffisamment longtemps pour qu'il puisse se relever, malgré ses semelles qui glissent sur la pierre ensanglantée.

Il court aussi vite qu'il le peut, sans se retourner. Comme il n'a aucun sens de l'orientation dans ce labyrinthe de rues, il s'en remet à ses oreilles, cherchant à s'éloigner du bruit des ailes.

Il alterne les virages à gauche, à droite, débouche sur une route qui le conduit vers un pont enjambant un néant tout au fond duquel semble luire quelque chose de doré, mais Zachary n'a pas le temps de regarder. Il traverse le pont et de l'autre côté il n'y a ni route, ni sentier, juste un vide derrière lequel commence un escalier en ruine dont les premières marches ont disparu et qui démarre au-dessus de sa tête avant de continuer à monter.

Zachary se retourne. La ville semble déserte, mais ensuite les chouettes apparaissent, une, puis encore une autre et une autre, jusqu'à ne plus former qu'une masse indifférenciée d'ailes, d'yeux et de serres.

Elles sont plus nombreuses qu'il l'aurait cru possible, et elles avancent si rapidement qu'il ne voit pas comment quiconque pourrait jamais les distancer, pourquoi Mirabel et lui se sont même donné la peine d'essayer.

Zachary regarde les marches au-dessus de lui. Elles ont l'air solides, creusées à même la roche. Elles ne sont pas si hautes. Le fossé entre elles et lui n'est pas si large. Il pourrait les atteindre. Il lance l'épée sur la plus basse et elle y reste, apparemment stable.

Zachary prend une grande inspiration et bondit vers le haut, une main trouvant prise sur le bord de la marche tandis que l'autre atterrit sur l'épée, mais alors l'épée glisse et emporte avec elle la prise qu'il avait.

Et ainsi l'épée arrache-t-elle Zachary Ezra Rawlins à cet escalier en ruine dans une ville oubliée pour le précipiter dans les ténèbres en dessous.

Dorian n'a pas souvent eu l'occasion d'être entièrement couvert de miel, si bien qu'il ne s'était jamais rendu compte à quel point ça pouvait pénétrer absolument partout et être dur à enlever. Il remplit un nouveau seau d'eau froide aux tonneaux conservés dans la soute du navire et se la verse sur la tête, frissonnant tandis qu'elle cascade sur sa peau.

S'il croyait rêver, le choc du froid aurait pu le réveiller, mais Dorian sait qu'il ne rêve pas. Il le sait au plus profond de lui-même.

Après avoir éliminé le plus de miel possible, il se rhabille, sans boutonner les étoiles de son manteau. *Fortunes et fables* est toujours dans la poche intérieure, s'étant miraculeusement sorti de ces péripéties indemne et in-miellé.

Dorian tente de recoiffer ses cheveux encore poisseux et grisonnants. Il se sent trop vieux pour toutes ces merveilles et se demande à quel moment il est passé de jeune, loyal et obéissant à désorienté, indécis et plus tout jeune, mais en fait il sait exactement quand car ce moment le hante encore.

Il remonte sur le pont. Le bateau navigue à présent dans un autre système de cavernes, où la roche est incrustée de cristaux semblables à du quartz ou de la citrine. Les stalactites sont sculptées de motifs représentant des lianes, des étoiles et des diamants. L'espace n'est éclairé que par les lanternes du bateau et la douce luminescence de la mer.

Alors que le navire glisse en silence, Dorian aperçoit en passant d'autres cavernes, d'autres embranchements. Des escaliers et de hautes arches à moitié effondrées. Des statues brisées et des sculptures élaborées. Des ruines souterraines délicatement illuminées par le miel. Au loin, une chute d'eau – une chute de miel – ruisselle et bouillonne sur les rochers. Il y a un monde sous le monde sous le monde. Ou du moins il y en avait un.

Eleanor se tient sur le gaillard d'arrière, où elle ajuste une série d'instruments que Dorian ne reconnaît pas, mais il faut sans doute une certaine créativité pour gouverner un navire comme celui-ci. Il y en a un qui ressemble à une guirlande de sabliers. Un autre, à une boussole en forme de globe, qui indique le haut et le bas en plus des points cardinaux habituels.

« Ça va mieux ? demande-t-elle en le voyant approcher avec ses cheveux mouillés.

— Beaucoup mieux, merci, répond Dorian. Je peux vous poser une question ?

— Vous pouvez, mais je n'aurai peut-être pas la réponse ou, si j'en ai une, ça peut ne pas être la bonne. Les questions et les réponses ne s'emboîtent pas toujours comme les pièces d'un puzzle.

— Je n'avais pas ça quand j'étais là-haut, dit Dorian en montrant l'épée tatouée sur son torse.

— Ce n'est pas une question.

— Comment est-ce que je l'ai maintenant ?

— Est-ce que vous avez *pensé* que vous l'aviez ? Ces choses-là peuvent se mélanger, ici. Vous avez sûrement pensé qu'elle devrait y être, donc maintenant elle y est. C'est sans doute que vous êtes un excellent conteur, parce que d'habitude ça prend plus longtemps. Mais c'est vrai que vous avez passé un bon moment dans la mer, et ça aussi, ça peut jouer.

— C'était juste une idée, tempère Dorian en se remémorant sa réaction à la lecture du livre de Zachary, quand il a découvert ce qu'avaient été autrefois les gardiens et qu'il s'est amusé à essayer d'imaginer à quoi aurait ressemblé son épée s'il avait été un véritable gardien et non une pâle imitation.

— C'est une histoire que vous vous êtes racontée, explique Eleanor. La mer vous a entendu la raconter, et maintenant elle est là. C'est comme ça que ça marche. En général, il faut que ce soit quelque chose de personnel, une histoire que vous avez dans la peau, mais maintenant j'y arrive même avec le bateau. Je me suis beaucoup entraînée.

— Vous avez fait apparaître ce bateau par la force de votre volonté ?

— J'en ai trouvé des morceaux et je me suis raconté l'histoire du reste, et au bout du compte ils ont fini par être les mêmes, les morceaux trouvés et les morceaux inventés. Il est capable de se gouverner tout seul, mais je dois lui dire où aller et redresser un peu le cap de temps en temps. Je peux changer les voiles, mais elles aiment bien être de cette couleur. Elles vous plaisent ? »

Dorian lève les yeux vers les voiles, et l'espace d'un instant elles s'éclaircissent avant de reprendre leur teinte rouge profond.

« Oui, elles me plaisent, dit-il.

— Merci. Le tatouage dans votre dos, vous l'aviez déjà là-haut ?

— Oui.

— Vous avez eu mal ?

— Très », confirme Dorian.

Il se souvient encore des heures interminables qu'il a passées dans ce salon de tatouage qui sentait le café et l'encens et diffusait du bon vieux rock suffisamment fort pour couvrir le vrombissement des aiguilles. Il avait photocopié l'illustration en pleine page des années plus tôt pour l'accrocher à un mur, sans imaginer qu'il perdrait le livre un jour, et pendant cette période où c'était tout ce qui lui restait de *Fortunes et fables* il avait voulu l'avoir plus proche que sur un mur, là où personne ne pourrait la lui enlever.

« C'est quelque chose d'important pour vous, non ? demande Eleanor.

— En effet.

— Parfois les choses importantes font mal. »

Dorian sourit à cette assertion, en dépit ou à cause de sa justesse.

« Ça va nous prendre un moment pour y arriver, prévient-elle en réglant sa boussole-globe et en passant une corde autour de la roue du gouvernail.

— Je ne crois pas que j'aie compris où on allait, confesse Dorian.

— Oh. Je peux vous montrer. »

Après un dernier coup d'œil à la boussole, Eleanor le conduit à l'étage du dessous, dans sa cabine de capitaine. Il y a au centre une longue table couverte de bougies en cire d'abeille. Dans un coin, des fauteuils en cuir se blottissent près d'un poêle ventripotent dont le tuyau traverse le plafond pour sortir sur le pont. La paroi du fond est percée de hublots en vitraux multicolores. Toutes sortes de cordes et de rubans ainsi qu'un grand hamac chargé de couvertures pendent aux poutres. Un lapin en peluche affublé d'un bandeau de pirate et d'une épée est posé sur une étagère, en compagnie de divers autres objets. Un crâne et sa ramure. Des pots en terre remplis de crayons et de stylos, des encriers et des pinceaux. Des guirlandes de plumes sont accrochées aux murs et volettent avec les mouvements de l'air.

Eleanor se dirige vers l'extrémité de la table. Entre les bougies se trouve une pile de feuilles de papier, toutes de tailles, de formes et de textures différentes. Certaines sont transparentes. La plupart ont des lignes et des annotations.

« C'est difficile de cartographier un endroit qui change, explique-t-elle. La carte doit changer en même temps. »

Elle attrape un coin de la pile et l'attache à un crochet qui pend au bout d'une corde fixée au plafond. Elle fait la même chose avec les trois autres coins, tourne une poulie sur le mur et les morceaux de la carte se soulèvent, reliés les uns aux autres par des rubans et de la ficelle. Ils se déploient par strates successives, comme les étages d'une pièce montée. Les étages du haut sont remplis de livres. Dorian identifie la salle de bal, puis le

Cœur (symbolisé par une petite perle rouge en forme de cœur et les restes d'une montre), et dessous une longue colonne de vide qui traverse de multiples couches. Tout en bas, c'est un labyrinthe de cavernes, de routes et de tunnels. En y regardant de plus près, Dorian distingue des formes en papier découpé qui représentent des statues, des bâtiments et des arbres. Les étages inférieurs sont sillonnés de serpentins de soie dorée, dont l'un sur lequel est épinglé un minuscule bateau. La soie déborde par tous les côtés et pend jusqu'à la surface de la table, où elle s'étale en ondulations, entourée de châteaux et de tours en papier.

« C'est la mer ? demande Dorian en touchant le tissu doré.

— C'est plus facile de dire "mer" que "réseau compliqué de rivières et de lacs", n'est-ce pas ? rétorque Eleanor. Tout est connecté, mais il y a différentes poches. Nous sommes actuellement dans l'une des plus hautes. Ensuite ça descend par là, ajoute-t-elle en montrant les niveaux inférieurs, qui ne sont pas aussi détaillés que le reste de la carte. Mais c'est dangereux là-bas si vous n'êtes pas une chouette, ça change trop. Ça, c'est juste la partie que j'ai pu voir de mes yeux.

— Ça continue jusqu'où ? » s'enquiert Dorian.

Eleanor hausse les épaules.

« Je ne suis encore jamais arrivée au bout. Nous sommes ici, dit-elle en désignant le petit bateau sur une des vagues dorées au centre. Nous allons continuer par là, puis tourner ici, poursuit-elle en indiquant deux volutes de soie qui rebiquent vers le haut, et ensuite je pourrai vous laisser là, conclut-elle en posant le doigt sur une série d'arbres en papier.

— Comment je peux remonter là ? » demande Dorian en montrant le Cœur.

Eleanor examine un moment la carte, puis fait le tour de la table. Elle tend la main vers l'autre extrémité de la forêt.

« Si vous ressortez par ici et qu'après vous allez par là, dit-elle en lui signalant un chemin qui part derrière les arbres, vous devriez pouvoir trouver l'auberge. »

Dorian repère un bâtiment avec une toute petite lanterne.

« Depuis l'auberge, en principe vous pourrez changer de route et monter jusqu'ici. »

Elle l'attire vers un coin de la carte et lui indique les chemins les plus proches du Port.

« À partir de là, votre boussole devrait fonctionner à nouveau, et elle vous ramènera toujours ici », *ici* étant le Cœur.

Dorian baisse les yeux vers la chaîne autour de son cou à laquelle pendent la clé de sa chambre et le médaillon-boussole. Il ouvre ce dernier et un peu de miel s'en écoule, mais l'aiguille tournoie frénétiquement, incapable de s'orienter.

« C'est à ça que ça sert ? » s'étonne-t-il.

Personne le lui avait encore expliqué.

« Ce ne sera pas pareil quand vous y retournerez, prévient Eleanor. Parfois on ne peut pas retourner dans le même endroit qu'avant, on est obligé d'aller dans les nouveaux.

— Ce n'est pas *l'endroit* que je cherche à retrouver, rectifie Dorian. C'est une personne. »

L'affirmer tout haut lui donne du courage.

« Les gens changent aussi, vous savez.

— Je le sais », dit-il en hochant la tête.

Il n'a pas envie d'y penser. Il a toujours rêvé de découvrir cet endroit, mais c'est seulement une fois sur place qu'il a compris que l'endroit était juste une façon d'accéder à la personne, et maintenant il les a perdus tous les deux.

« Vous êtes peut-être déjà parti depuis très longtemps, insiste Eleanor. Le temps est différent, ici-bas. Il passe plus lentement. Parfois il ne passe pas de façon linéaire et il saute dans tous les sens.

— Est-ce que nous sommes perdus dans le temps ?

— Vous, peut-être. Moi, je ne suis pas perdue.

— Qu'est-ce que vous faites ici ? » demande Dorian.

Eleanor réfléchit en contemplant la carte étagée.

« Pendant un moment, je cherchais quelqu'un, mais je ne l'ai pas trouvé et après je me suis mise à me chercher moi-même. Maintenant que je me suis trouvée, j'ai recommencé à explorer. C'est ce que je faisais au départ, avant de faire quoi que ce soit d'autre, et je crois que c'est ce que j'étais censée faire tout du long. Ça vous paraît bizarre ?

— Ça me paraît être une grande aventure. »

Eleanor esquisse un sourire. Elle a le même sourire que Mirabel. Dorian se demande ce qui est arrivé à Simon, maintenant qu'il comprend combien on peut perdre d'espace et de temps ici-bas. Il s'efforce de ne pas penser au temps qui a déjà pu s'écouler là-haut depuis qu'il est là. Eleanor entreprend de replier la carte, le Cœur venant se rabattre sur la mer sans Étoiles.

« Nous allons arriver dans un joli endroit pour un adieu, dit-elle. Si vous êtes prêt. »

Dorian hoche la tête et ils remontent tous les deux sur le pont. Ils se trouvent désormais dans une caverne différente, dont les parois sont creusées de très grandes niches contenant chacune une imposante statue. Il y en a six au total, et elles ont toutes un objet dans la main, bien que plusieurs soient cassées et que toutes soient recouvertes de miel cristallisé.

« Où sommes-nous ? demande Dorian alors qu'ils marchent vers la proue.

— Dans une partie d'un ancien Port, répond Eleanor. Le niveau de la mer était plus haut la dernière fois que je suis venue, il faudra que je mette à jour ma carte. J'ai pensé que ça lui plairait, ici. Elle m'a dit un jour que les gens qui mouraient sous terre étaient censés être rendus à la mer sans Étoiles, parce que c'est de là que viennent toutes les histoires, et que toute fin est un commencement. Alors je lui ai demandé ce qu'on faisait des gens qui étaient nés ici et elle m'a répondu qu'elle n'en savait rien. Si toute fin est un commencement, est-ce que tout commencement est aussi une fin ?

— Peut-être, murmure Dorian en regardant le corps d'Allegra enroulé dans de la soie et attaché par des cordes à une porte en bois.

— C'est tout ce que j'avais aux bonnes dimensions, explique Eleanor.

— C'est plutôt adapté », lui assure Dorian.

Ensemble, ils soulèvent la porte et la font doucement basculer par-dessus la rambarde jusqu'à ce qu'elle touche la surface de la mer. Les bords s'enfoncent dans le miel, mais la porte flotte.

Une fois qu'elle s'est éloignée à une certaine distance du navire, Eleanor grimpe sur le bastingage et en jette une des lanternes en papier. Elle atterrit sur les pieds d'Allegra et se renverse, la bougie à l'intérieur mettant d'abord le feu à sa coquille en papier, puis à la soie et aux cordes.

La porte et son occupante, toutes les deux en flammes, dérivent de plus en plus loin du navire.

Dorian et Eleanor regardent en silence, debout côte à côte sur le pont.

« Vous voulez dire quelques mots ? » suggère Eleanor.

Dorian contemple le corps en feu de la femme qui lui a volé son nom et sa vie en échange de mille promesses qu'elle n'a jamais tenues. La femme qui l'a recueilli quand il était jeune, perdu et seul, qui lui a donné un but et l'a mis sur un chemin qui s'est révélé plus étrange et surprenant que ce qu'on lui avait fait croire. Une femme en qui il avait une confiance aveugle jusqu'à un an plus tôt, et qui très récemment lui aurait tiré une balle dans le cœur si le temps et le destin n'étaient pas intervenus.

« Non, je ne veux rien dire de spécial », répond-il.

Eleanor le dévisage d'un air interloqué, mais finalement elle hoche la tête et se tourne à nouveau vers tribord, observant pendant un long moment les flammes à présent lointaines avant de prendre la parole.

« Merci de m'avoir vue alors que les regards des autres glissaient sur moi comme si j'étais un fantôme », déclare-t-elle, et Dorian se surprend à réprimer un sanglot.

Eleanor recouvre sa main sur la rambarde, et ils restent ainsi sans rien dire longtemps après que la lueur du feu a disparu à l'horizon, tandis que le navire continue à voguer vers sa destination.

La porte enflammée illumine sur son passage les visages des antiques statues.

Ce ne sont que les reproductions en pierre de ceux qui ont jadis habité cet endroit, mais elles reconnaissent l'une des leurs et la saluent en silence alors qu'Allegra Cavallo est rendue à la mer sans Étoiles.

Zachary Ezra Rawlins aperçoit au-dessus de lui le faible halo de lumière d'une ville oubliée qu'il croyait être à une distance déjà très profonde sous terre, et qu'il regarde à présent de beaucoup, beaucoup plus bas.

Quel est le contraire de la peur de l'altitude ? La peur des profondeurs ?

Il distingue une falaise, une ombre qui s'élève jusqu'au halo. Il n'y a presque pas de lumière là où il a atterri, l'équivalent d'un clair de lune dans des tons un peu plus chauds.

Il ne se souvient pas de l'atterrissage, seulement de la glissade, puis de continuer à glisser, et d'avoir déjà atterri.

Il a échoué sur un tas de rochers. Il a mal à une jambe mais semble n'avoir rien de cassé, pas même ses indestructibles lunettes.

Zachary tend un bras à tâtons pour essayer de trouver un appui et de se relever, et ses doigts se referment sur une main.

Il se rétracte précipitamment.

Il réessaie, timidement, et la main est toujours là, pétrifiée, jaillissant du tas de rochers qui n'est pas du tout un tas de rochers : à côté de la main se trouve une jambe, puis une forme sphérique comme une demi-tête. Alors qu'il parvient enfin à se lever, Zachary pose les doigts sur une hanche disloquée.

Il est dans une mer de statues brisées.

Un bras non loin brandit une torche. Éteinte, mais une vraie torche apparemment, pas sculptée dans la pierre. Zachary s'en approche prudemment et l'arrache à la main de la statue.

Il pose l'épée à ses pieds et cherche dans sa sacoche le briquet qu'il se félicite d'avoir pensé à emporter.

Il doit s'y reprendre à plusieurs fois mais il finit par réussir à enflammer la torche. Elle lui donne tout juste assez de lumière pour se diriger, bien qu'il ne sache pas du tout quelle direction prendre. Il se laisse guider par la pesanteur et décide de suivre la pente au petit bonheur, là où il arrivera le plus facilement à poser les pieds.

Il a du mal à porter à la fois la torche et l'épée sur cette surface accidentée, mais il n'ose en abandonner aucune. Il a besoin de la première pour s'éclairer et la seconde lui semble… importante. Les débris de statues branlent sous ses pas, créant de mini éboulements. Il dérape, lâche son épée et, en tendant la main pour se rattraper, il tombe sur quelque chose de moins dur que la pierre.

Le crâne sous sa paume n'est pas sculpté dans de l'ivoire ou du marbre. C'est de l'os, encore accroché au peu de chair qui lui reste. Les doigts de Zachary s'emmêlent dans une touffe de cheveux et il les retire vivement.

Il pose la torche dans la main tendue d'une statue qui semblait n'attendre que ça et se penche pour regarder de plus près quelque chose qu'il n'est pas sûr d'avoir envie de voir.

Le corps qui n'est presque plus qu'un squelette est enfoui parmi les statues. Si Zachary était passé deux mètres plus à gauche ou à droite, il ne l'aurait pas remarqué, bien qu'à présent il perçoive une odeur de décomposition.

Ce cadavre n'est pas enveloppé de souvenirs. Il porte des lambeaux de vêtements désagrégés. La personne qu'ils habillaient autrefois n'est plus là et a emporté ses histoires avec elle, laissant uniquement ses os, ses bottes et un fourreau de cuir en bandoulière, qui ne contient plus l'épée pour laquelle il était fait.

Zachary hésite, tiraillé entre l'évidente utilité du fourreau et la quantité de macchabées qu'il devra triturer afin de l'obtenir. Après un bref débat intérieur il retient sa respiration et dégrafe maladroitement la boucle de la ceinture, provoquant un glissement d'os, de putréfaction et de liquides non identifiés.

Il a soudain la prémonition que c'est ce qui finira par advenir de lui ici-bas, mais il la chasse de son esprit aussi vigoureusement que possible et se concentre pour achever de dégager le fourreau et son baudrier.

Le fourreau s'avère adapté à l'épée, pas à la perfection, mais suffisamment pour lui éviter de devoir la porter à la main. Il lui faut une minute avant de comprendre comment enfiler le harnais sur son gros pull, mais finalement l'épée se stabilise dans son dos.

« Merci », dit Zachary au cadavre.

Le cadavre ne répond pas, silencieusement satisfait d'avoir pu se rendre utile.

Zachary se remet en route en s'efforçant de ne pas trébucher sur les statues. C'est plus facile, à présent. Il peut passer la torche d'une main à l'autre pour soulager son bras.

Les débris deviennent de plus en plus petits, et pour finir il n'a plus que du gravier sous les pieds. Le champ de marbre se mue en quelque chose qui pourrait être un sentier.

Le sentier se mue en tunnel.

Zachary a l'impression que sa torche faiblit.

Il ne sait pas depuis combien de temps il marche. Il se demande si on est toujours en janvier, si quelque part au-dessus il neige encore.

Il n'entend que ses pas, sa respiration, les pulsations de son cœur et les crépitements de sa torche qui est clairement en train de faiblir, ce qui est décevant car il avait espéré que ce serait une torche magique à la flamme éternelle et non un modèle commun.

Il perçoit soudain un bruit à l'origine duquel il n'est pas. Un mouvement sur le sol.

Le bruit continue, de plus en plus fort. Quelque chose de massif bouge à proximité. Derrière lui, et maintenant à côté de lui.

Zachary pivote et lève la tête alors que la lumière de sa torche éclaire un gros œil noir, entouré de fourrure. L'œil le regarde placidement et cligne.

Zachary tend la main pour caresser la fourrure, d'une douceur inouïe. Il sent une respiration sous sa paume, un pouls tonitruant comme un grondement de tonnerre, puis la créature cligne à nouveau de l'œil et s'en va, lui laissant juste le temps d'apercevoir ses deux longues oreilles et sa queue touffue.

Zachary regarde disparaître dans l'obscurité le lapin blanc géant.

Est-ce que tout ça a vraiment commencé avec un livre ?

Ou est-ce bien plus ancien que ça ? Est-ce que tout ce qui l'a amené jusqu'ici ne serait pas beaucoup, beaucoup plus ancien ?

Il essaie de retracer les différents moments, de comprendre ce qu'ils ont pu signifier.

Plus rien ne signifie rien ici.

La voix est comme un murmure fait de vent.

« Quoi ? » demande Zachary tout haut.

« Quoi ? » lui répond l'écho, en boucle.

Tu arrives trop tard. Ça ne sert à rien de continuer.

Zachary passe une main dans son dos, tire l'épée de son fourreau et la brandit vers les ténèbres.

Tu es déjà mort, tu sais.

Zachary s'arrête et tend l'oreille, même s'il n'a pas envie d'entendre ça.

Tu es sorti marcher trop tôt un matin, tu t'es effondré de fatigue et de stress et tu es mort d'hypothermie. Mais ton corps a été enseveli sous la neige, personne ne te trouvera avant la fonte du printemps. Il y a tellement de neige. Tes amis te croient disparu alors qu'en fait tu es juste sous leurs pieds.

« Ce n'est pas vrai », rétorque Zachary, d'un ton moins assuré qu'il le voudrait.

Tu as raison, ce n'est pas vrai. Tu n'as pas d'amis. Et tout ça n'est que le produit de ton imagination. Une piètre tentative de ton cerveau pour se protéger. En se racontant une histoire d'amour, d'aventure et de mystère. Toutes ces choses que tu aurais voulues dans ta vie mais que tu étais trop occupé par tes jeux vidéo et tes lectures pour aller chercher. Tu as gâché ta vie et maintenant elle touche à sa fin, voilà pourquoi tu es là.

« La ferme », lance Zachary aux ténèbres.

Il comptait le crier, mais ses mots sont faiblards, pas même assez forts pour susciter un écho.

Tu sais que c'est vrai. Tu le crois, parce que c'est bien plus crédible que toute cette fantasmagorie abracadabrante. Tu fais semblant. Tu as imaginé ces gens et ces endroits. Tu t'es inventé une histoire à dormir debout parce que tu as trop peur de la vérité.

La lumière de la torche faiblit. Un froid comme de la neige parcourt sa peau.

Laisse tomber. Tu ne trouveras jamais le chemin de la sortie. Il n'y a pas de sortie. Tu es arrivé à la fin. Game over.

Zachary se force à continuer de marcher. Il ne voit plus où va le sentier. Il se concentre sur un pas puis un autre. Il frissonne.

Abandonne. C'est plus facile d'abandonner. Ce sera plus chaud.

La torche s'éteint.

Tu n'as pas à avoir peur de mourir puisque tu es déjà mort.

Zachary essaie d'avancer, mais il ne voit rien.

Tu es mort. Tu as péri. Tu n'as plus de points de vie. Tu as eu ta chance. Tu as joué ta partie. Et tu as perdu.

Zachary s'écroule à genoux. Il a cru avoir une épée, pourquoi aurait-il une épée ? C'est ridicule.

C'est ridicule. Ça n'a pas de sens. Il est temps que tu arrêtes de fantasmer sur des épées imaginaires, des voyages dans le temps, des hommes qui ne te mentent pas, des chouettes couronnées et la mer sans Étoiles. Aucune de ces choses n'existe. Tu les as inventées. Tout ça est dans ta tête. Tu peux t'arrêter de marcher. Il n'y a nulle part où aller. Tu es fatigué de marcher.

Il est fatigué de marcher. Fatigué d'essayer. Il ne sait même pas ce qu'il veut, ce qu'il est censé chercher.

Tu ne sais pas ce que tu veux. Tu ne l'as jamais su et tu ne le sauras jamais. C'est terminé. Tu as atteint la fin.

Il y a une main sur le bras de Zachary. Il pense qu'il y a une main sur son bras. Peut-être.

« N'écoutez pas », dit une voix différente près de son oreille.

Il ne reconnaît ni cette voix, ni son accent. Peut-être anglais, irlandais, écossais, ou quelque chose comme ça. Zachary est aussi nul en accents que pour tout le reste.

« Ce sont des mensonges, continue la voix. N'écoutez pas. »

Zachary ne sait pas quelle voix croire, même si les accents anglo-irlando-écossais ont tendance à faire officiel et important et que l'autre voix n'avait pas d'accent, mais peut-être qu'il n'y a pas de voix du tout et qu'il devrait juste se reposer un peu. Il essaie de s'allonger par terre, mais quelqu'un le tire par le bras.

« On ne peut pas rester ici », insiste une des deux voix, la britannique.

Tu t'es imaginé un sauveur tellement tu as envie d'y croire. C'est pathétique.

La main lui lâche le bras. Il n'y a jamais eu de main, il n'y a jamais rien eu.

Soudain, un éclat de lumière, un faisceau qui balaie l'obscurité. Pendant une seconde, il y a un tunnel, un sentier, deux immenses portes en bois au loin, et de nouveau les ténèbres.

Tu es un petit homme triste et sans importance. Rien de tout ça n'a d'importance. Rien de ce que tu pourras faire n'aura d'impact sur quoi que ce soit. On t'a déjà oublié. Reste ici. Repose-toi.

« Levez-vous », ordonne l'autre voix, et la main est là à nouveau, qui traîne Zachary vers l'avant.

Zachary se relève tant bien que mal. L'épée dans son poing cogne contre son tibia.

Il a bel et bien une épée.

Non.

La voix des ténèbres change. Avant, elle était calme. Maintenant, elle est en colère.

Non, répètent les ténèbres tandis que Zachary s'efforce d'avancer, et quelqu'un – *quelque chose* – l'agrippe par les chevilles et s'enroule autour de ses mollets pour essayer de le refaire tomber.

« Par ici », dit l'autre voix, d'un ton plus pressant désormais, en le tirant en avant.

Zachary suit, mais chacun de ses pas se heurte à une résistance croissante du sol. Il voudrait courir, il arrive à peine à marcher.

Il resserre ses doigts sur le pommeau de l'épée. Il se concentre sur la main qui lui tient le bras et pas sur les autres choses qui s'entortillent autour de ses jambes, de son cou, bien qu'elles lui paraissent tout aussi réelles.

Il n'est pas seul. Tout ça existe pour de vrai.

Il a une épée, il est dans une caverne sous une ville abandonnée quelque part à proximité de la mer sans Étoiles et il a perdu la trace du Destin, et peut-être qu'il n'y voit rien mais il y croit encore, nom d'un chien.

Ses pieds bougent plus vite à présent, un pas, puis un autre, puis un autre, même si la chose dans les ténèbres continue à les suivre tandis qu'ils marchent sur un sentier qui soudain se termine devant ce qui ressemble à un mur.

« Attendez », dit la voix qui n'est pas les ténèbres.

La main quitte le bras de Zachary, remplacée par quelque chose qui n'est pas une main, quelque chose de lourd et froid qui s'agrippe à son épaule.

Devant lui, un rai de lumière jaillit d'une porte ouverte.

Les ténèbres produisent un horrible son qui n'est pas un cri, mais c'est le mot le plus proche que trouve Zachary pour décrire la terreur stridente qui hurle dans sa tête et autour.

C'est tellement fort qu'il titube, et les ténèbres lui sautent dessus, s'accrochent à ses chaussures et l'aspirent par les jambes pour le tirer en arrière. Il perd l'équilibre et tombe sur le dos en essayant de se retenir à son épée.

Quelqu'un l'attrape sous les aisselles et le traîne vers la lumière. Zachary n'arrive pas à savoir qui est le plus fort, de l'homme ou des ténèbres, mais d'un bras il se cramponne à son sauveur tandis que de l'autre il donne des coups d'épée dans le noir.

Tu ne sais même pas pourquoi tu es là, lui sifflent les ténèbres alors que Zachary est tiré dans la lumière, et les voix résonnent en même temps dans ses oreilles et sa tête. *Tu te fais manipuler*...

La double porte se referme, étouffant les voix, mais elle continue à trembler et vibrer sous les assauts de la chose de l'autre côté qui essaie d'entrer.

« Aidez-moi avec ça », dit l'homme en s'appuyant de tout son poids sur un des battants pour tenter de le maintenir fermé.

Zachary cligne des yeux, il a du mal à s'habituer à la lumière mais il discerne la lourde barre en bois avec laquelle l'homme se débat. Il se relève, l'attrape par l'autre bout et l'insère dans les crochets métalliques en travers des deux portes.

Une fois la barre en place, la porte est solidement fermée.

Zachary pose le front contre le bois et s'efforce de retrouver une respiration régulière. La porte est massive, sculptée, et lui paraît de plus en plus réelle et présente sous sa peau à chaque seconde qui passe. Il est vivant. Il est là. Pour de vrai.

Zachary laisse échapper un soupir et se tourne afin d'observer l'espace dans lequel il vient de pénétrer, ainsi que l'homme qui se tient à côté de lui.

C'est un temple. Cette double porte est l'une des quatre qui mènent à un atrium central ouvert. Il s'élève à perte de vue, en étages ceints de marches et de balcons en bois. L'éclairage provient de coupelles de feu suspendues, dont la lueur mouvante est accentuée par les bougies posées sur toutes les surfaces en guise d'offrandes, dont la cire dégouline sur les autels sculptés et les épaules comme les paumes tendues des statues. De longues banderoles faites de pages de livres accrochées à des ficelles pavoisent les balcons, libérées de leur reliure.

Au sein de ce sanctuaire de lumière, Zachary Ezra Rawlins et Simon Jonathan Keating se dévisagent dans un silence incertain.

Ça s'est avéré plus facile qu'il l'aurait cru, de la reconnaître parmi les invités masqués de la fête. D'engager la conversation puis de la faire monter en puissance. De l'inviter dans sa chambre d'hôtel quelques étages plus haut, réservée sous un faux nom.

Il s'attendait à ce qu'elle soit plus méfiante.

Il attendait beaucoup de choses de cette soirée qui ne se sont finalement pas produites.

Arriver jusque-là a été si facile que ça le titille, encore plus maintenant qu'ils se sont éloignés du brouhaha et de la musique de la fête. C'était *trop* facile. Trop facile de l'identifier avec son abeille, sa clé et son épée pendues à son cou de façon si flagrante et criarde. Trop facile de nouer la conversation. Trop facile de l'attirer dans un endroit sans témoins à part la ville derrière la vitre, trop absorbée par ses propres préoccupations pour remarquer quoi que ce soit.

Tout a été trop facile, et cette facilité le gêne.

Mais maintenant c'est aussi trop tard.

Maintenant elle est debout devant la fenêtre, bien que la vue n'ait rien d'exceptionnel. Un bout de l'hôtel de l'autre côté de la rue, un coin de ciel nocturne sans la moindre étoile visible.

« Ça ne vous arrive jamais de penser à combien d'histoires simultanées se déroulent sous nos yeux ? dit-elle en posant un doigt sur la vitre. Combien de drames se jouent autour de nous pile à cet instant ? Je me demande le nombre de pages qu'il faudrait pour les consigner dans un livre. Il faudrait sans doute une bibliothèque entière pour contenir une seule soirée à Manhattan. Une seule heure. Une seule minute. »

Il se dit alors qu'elle sait pourquoi il est là, que c'est pour ça que c'était si facile et qu'il ne peut plus se permettre d'hésiter.

Il y a une part de lui qui aimerait bien prolonger cette petite comédie, continuer à jouer ce rôle et à porter ce masque.

Il se rend compte qu'il a envie de parler avec elle. Il est distrait par sa question et il se surprend à penser à tous les autres gens dans cette ville, toutes les histoires qui remplissent cette rue, ce pâté de maisons, cet hôtel. Cette chambre.

Mais il a un boulot à faire.

Il sort l'arme de sa poche alors qu'il s'approche d'elle.

Elle se retourne et le regarde avec une expression qu'il n'arrive pas à déchiffrer. Elle lui pose une main sur la joue.

Il sait exactement où est son cœur avant de frapper. Il n'a même pas besoin de détacher les yeux des siens, son geste est tellement rodé que c'est presque un automatisme, un talent si aguerri qu'il n'a pas besoin de réfléchir, même si en l'occurrence ça le dérange de ne pas réfléchir.

Voilà, c'est fait. Il a une main plaquée contre le décolleté de sa robe et l'autre dans son dos pour l'empêcher de tomber ou de se dégager. De loin, vu à travers la vitre, ça pourrait paraître romantique, la longue et fine aiguille transperçant son cœur, un détail perdu dans une étreinte.

Il attend que son souffle se suspende, que son cœur s'arrête.

Il ne s'arrête pas.

Son cœur continue à battre. Il le sent sous ses doigts, obstiné et tenace.

Elle continue à le regarder, bien que l'expression dans ses yeux ait changé et qu'à présent il la comprenne. Jusque-là, elle le jaugeait. Maintenant il a été jaugé, trouvé décevant, et sa déception est aussi visible et manifeste que le cœur qui bat toujours sous sa main et le sang qui coule sur ses doigts.

Elle soupire.

Elle se penche en avant, contre lui, pressant son cœur tambourinant contre ses doigts, et son souffle, sa peau, tout en elle est si incroyablement vivant entre ses bras qu'il en est terrifié.

Elle lève une main et, d'un geste calme et nonchalant, lui ôte son masque. Elle le laisse tomber par terre tandis qu'elle le regarde droit dans les yeux.

« Je suis tellement fatiguée de la romance de la fille morte, dit-elle. Pas vous ? »

Dorian se réveille en sursaut.

Il est dans un fauteuil dans la cabine du capitaine d'un bateau pirate qui navigue sur une mer de miel.

Il s'efforce de convaincre son esprit que c'est la chambre d'hôtel new-yorkaise qui était un rêve.

« Vous avez fait un cauchemar ? demande Eleanor, en train d'affiner ses cartes à l'autre bout de la pièce. À une époque, quand je faisais des cauchemars, je les notais sur des feuilles de papier que je pliais en étoiles, et ensuite je les jetais pour m'en débarrasser. Quelquefois, ça marchait.

— Celui-là, je ne m'en débarrasserai jamais, répond Dorian.

— Parfois, ils restent », concède Eleanor avec un hochement de tête.

Elle modifie une des volutes de soie dorée et replie la carte.

« Nous y sommes presque », déclare-t-elle avant de remonter sur le pont.

Dorian s'attarde encore un instant dans le souvenir d'une chambre d'hôtel avant de la rejoindre. Il prend la besace qu'elle lui a donnée, avec quelques objets potentiellement utiles à l'intérieur, dont une gourde pleine d'eau, même si Eleanor affirme qu'il a passé suffisamment de temps dans le miel pour ne pas avoir faim ni soif pendant un bon moment. Il y a aussi un canif, un bout de corde et une boîte d'allumettes.

Par miracle, elle a trouvé une paire de bottes à sa taille, hautes, à revers, qui font très pirate. Elles sont presque confortables. Entre ça et son manteau à boutons étoilés, on dirait qu'il sort tout droit d'un conte de fées. Peut-être que c'est le cas.

Il monte sur le pont et se fige dans ses bottes à la vue du paysage qu'il découvre.

La caverne est entièrement occupée par une dense forêt de cerisiers en fleur, qui avance jusqu'au bord de la rivière. Des racines enchevêtrées plongent sous la surface du miel, tandis que des pétales égarés sont emportés par le courant.

« C'est beau, non ? dit Eleanor.

— C'est magnifique, acquiesce Dorian, bien que ce mot à lui seul ne puisse traduire l'émotion que lui procure la vue de cet endroit qu'il chérit depuis tant d'années.

— Je ne vais pas pouvoir m'arrêter longtemps avec ce courant, prévient Eleanor. Vous êtes prêt ?

— Je crois.

— Quand vous aurez trouvé l'auberge, passez le bonjour de ma part à l'aubergiste, dit Eleanor.

— Promis, répond Dorian, et parce qu'il sait qu'il n'aura peut-être pas de prochaine occasion, il ajoute : Je connais votre fille.

— Mirabel ?

— Oui.

— Ce n'est pas ma fille.

— Ah bon ?

— Tout simplement parce que ce n'est pas une personne, précise Eleanor. C'est quelque chose d'autre incarné sous les traits d'une personne, comme le Veilleur. Vous le savez, n'est-ce pas ?

— Oui », reconnaît Dorian, même s'il n'aurait pas su l'expliquer aussi simplement.

Le rêve qui était un souvenir défile à nouveau dans sa tête, cette fois jusqu'au bout de cette nuit qu'ils ont passée ensemble dans un bar d'hôtel alors que son monde se fissurait et s'effondrait et que Mirabel en ramassait les morceaux au fond d'un verre de martini. Il se demande parfois ce qui se serait passé, ce qu'il aurait peut-être fait, si elle n'était pas restée avec lui.

« Je pense que ça doit être dur de ne pas être une personne quand vous êtes coincé à l'intérieur d'une personne, médite Eleanor. Elle m'a toujours paru très en colère contre tout. Comment elle est, maintenant ? »

Dorian ne sait que répondre à cette question. Il sent vibrer sous ses doigts un pouls imaginaire. L'espace d'un instant, tandis qu'il revoit l'image de cette personne qui n'est pas une personne, il a l'impression de percevoir à nouveau ce qu'il a perçu en elle ce soir-là, et sous toute la terreur, l'incrédulité et la surprise, il y a un calme absolu.

« Je crois qu'elle n'est plus en colère », dit-il à Eleanor, bien qu'au moment même où il prononce ces mots, il songe que c'est peut-être de l'ordre du calme dans la tempête.

Eleanor réfléchit un moment puis hoche la tête, visiblement satisfaite.

Dorian voudrait bien lui donner quelque chose en échange du transport, pour la remercier de sa gentillesse. Et de lui avoir sauvé la vie. Une habitude qui se transmet de mère en fille, apparemment.

Il n'a qu'une chose à lui offrir et il se rend compte à présent que c'était le fait que le livre ne soit pas lu qui le dérangeait, plus que de ne pas l'avoir en sa possession. En outre, il le porte constamment en lui, à l'encre sur son dos et en pensée dans sa tête.

Dorian sort *Fortunes et fables* de la poche de son manteau.

« J’aimerais vous donner ça, dit-il en le tendant à Eleanor.

— Il est important pour vous, répond-elle, davantage comme une affirmation qu’une question.

— Oui. »

Eleanor tourne le livre entre ses mains et le considère en fronçant les sourcils.

« J’ai offert à quelqu’un un livre qui était important pour moi, il y a longtemps, dit-elle. Je ne l’ai jamais récupéré. Celui-ci, je vous le rendrai un jour, d’accord ?

— Du moment que vous le lisez d’abord.

— Promis. J’espère que vous trouverez la personne que vous cherchez.

— Merci, capitaine, répond Dorian. Je vous souhaite de nombreuses aventures à venir. »

Il lui fait une petite courbette, elle rit, et c’est là que leurs chemins se séparent afin que chacun puisse continuer son histoire.

Le débarquement de Dorian requiert une habile manœuvre de cordages et un saut soigneusement dosé, après quoi il regarde le navire rapetisser depuis le rivage.

De là, il peut lire la devise gravée sur sa coque :

Chercher & Trouver

Le navire n’est bientôt plus qu’un point lumineux à l’horizon, puis il disparaît et Dorian est seul.

Il se tourne vers la forêt.

Il n’a jamais vu de cerisiers aussi grands, noueux et menaçants, avec des branches entortillées dans toutes les directions, certaines assez hautes pour chatouiller le plafond rocheux de la caverne, d’autres assez basses pour qu’on puisse les toucher, toutes lourdes de milliers de fleurs roses. Les racines et les troncs percent le sol en pierre qui se fissure tout autour.

Des lanternes en papier sont pendues aux branches, dont certaines à des hauteurs vertigineuses, constellant la canopée telles des étoiles. Elles se balancent doucement bien qu'il n'y ait pas de vent.

En pénétrant dans la forêt, Dorian repère çà et là des souches entre les arbres. Certaines sont couvertes de bougies allumées qui dégoulinent par terre. D'autres supportent des piles de livres. Dorian tend la main pour en attraper un mais constate que les livres sont eux-mêmes en bois, taillés dans la masse du tronc et peints.

Des fleurs volettent autour de lui. Un sentier a été dégagé et balisé par un marquage au pied des arbres, des pierres plates calées entre leurs racines sur lesquelles brûle chaque fois une seule bougie. Dorian le suit et, très vite, il ne voit plus la mer sans Étoiles, n'entend plus le ressac des vagues sur le rivage.

Un pétale isolé tourbillonne et atterrit sur sa main, où il fond comme un flocon de neige au contact de sa peau.

Tandis que Dorian marche, les fleurs continuent à tomber, quelques pétales à la fois, mais ensuite elles commencent à s'accumuler et à recouvrir le sentier.

Il ne saurait dire à quel moment précis elles se transforment de fleurs en neige.

Ses bottes laissent des traces dedans. Il y a de moins en moins de lumières pour indiquer le chemin. La neige de pétales tombe de plus en plus dru, éteignant la flamme des bougies. Il fait plus froid, à présent, les flocons sont glacés sur sa peau.

L'obscurité s'épaissit rapidement. Dorian ne voit plus rien.

Il fait encore un pas, puis un autre, ses bottes s'enfoncent profondément dans la neige.

Il y a un bruit. Au début il pense que c'est le vent, mais c'est plus régulier, comme une respiration. Quelque chose bouge à côté de lui, puis devant lui. Il ne voit rien, l'obscurité est totale.

Il s'arrête. Prudemment, il fouille à tâtons dans sa besace, et ses doigts se referment sur la boîte d'allumettes.

Il essaie d'en enflammer une à l'aveuglette. La première tombe de sa main tremblante. Il prend une grande inspiration, se calme et réessaie.

L'allumette s'embrase, produisant une brève lueur flageolante qui dure le temps d'une flamme.

Un homme se tient dans la neige devant Dorian. Plus grand que lui, plus mince, mais plus large d'épaules. Sur les larges épaules repose une tête de chouette, qui le dévisage de ses gros yeux ronds.

La tête de chouette s'incline pour le regarder.

Ses gros yeux ronds clignent.

La flamme arrive au bout du bâtonnet, vacille et s'éteint.

L'obscurité enveloppe à nouveau Dorian.

Zachary Ezra Rawlins s'est maintes fois représenté des personnages de livres, sans jamais penser qu'il se retrouverait un jour nez à nez avec l'un d'entre eux, et bien qu'il ait toujours su que Simon Keating était une vraie personne et non un personnage de fiction, il s'était quand même fait une image de lui dans sa tête qui n'a rien à voir avec la personne qu'il a à présent sous les yeux.

Cet homme est plus vieux que le garçon de dix-huit ans que Zachary s'était imaginé, même si, au fond, qu'est-ce que l'âge pour quelqu'un qui est perdu dans le temps ? Zachary lui donnerait plutôt la trentaine. Il a les yeux foncés, de longs cheveux blond filasse attachés en queue-de-cheval avec des plumes plantées dedans. Sa chemise à jabot qui a peut-être jadis été blanche est désormais grise, mais son gilet s'en est mieux sorti, plusieurs boutons manquants ayant été remplacés par des nœuds de ficelle. Il porte une bande de cuir qui fait deux fois le tour de sa taille, comme une double ceinture, à laquelle pendent plusieurs objets, dont un couteau et une boucle de corde. D'autres bandes de cuir et de tissu sont enroulées autour de ses genoux, de ses coudes et de sa main droite.

Il n'a pas de main gauche, elle a été coupée au niveau du poignet. Le moignon de son bras est lui aussi enveloppé et protégé, et la surface de peau qu'on aperçoit au-dessus, tout comme une partie de son cou, a clairement été sévèrement brûlée par le passé.

« Vous les entendez encore ? » demande Simon.

Zachary secoue la tête, autant pour en chasser le souvenir des voix que pour répondre à la question. Il a dû lâcher sa torche à un moment, bien que maintenant il ne soit plus sûr d'en avoir jamais eu une. Il essaie de se rappeler, et les seules choses qui lui reviennent sont des statues, du noir et un lapin géant.

Il lève la tête vers des effigies qui pendant des siècles ont eu sous les yeux des cérémonies et des adorateurs, puis du vide, et après le vide leur vue a été engloutie sous la mer de miel, et quand la mer s'est retirée et que la lumière est revenue elles ont d'abord vu un seul homme, et maintenant deux.

« C'étaient des mensonges, assure Simon à Zachary en désignant la porte d'un hochement de menton. Heureusement que je vous ai entendu.

— Merci, répond Zachary.

— Oubliez-les, lui conseille Simon. Laissez-les glisser sur vous et oubliez-les. »

Simon s'éloigne pour permettre à Zachary de reprendre ses esprits. Il tremble encore mais il commence à se calmer, et il essaie d'embrasser du regard ce qu'il a devant lui, autour de lui et au-dessus de lui.

Il y a des dizaines de statues géantes en pierre. Certaines ont des têtes d'animaux, d'autres n'ont plus de tête du tout. Elles sont réparties dans l'espace d'une façon qui paraît si naturelle que Zachary ne serait pas surpris de les voir bouger, d'ailleurs peut-être qu'elles bougent, très, très lentement.

Entre leurs bras, leurs jambes, leurs couronnes et leurs ramures sont tendus des cordes, des rubans et des fils qui relient les statues aux balcons et aux portes et auxquels sont accrochés des pages de livres, des clés, des plumes et des os. Une longue ribambelle de lunes en cuivre pend au centre de l'atrium. Certaines cordes sont garnies d'engrenages et de poulies.

Deux des statues sont si massives que les balcons sont construits autour d'elles, un de chaque côté. Elles se font face, surplombant tous les autres drames qui se déroulent sous forme de pierre, de papier ou de chair et d'os.

La plus proche est exécutée avec une telle richesse de détails et de précision que Zachary reconnaît le Veilleur, même si une partie de son visage est dissimulée par des guirlandes de papier et la courbe d'un croissant de lune. Ses mains sont tendues dans un geste familier, paumes tournées vers le haut comme s'il attendait qu'on y dépose un livre géant, mais ce sont à la place des rubans rouges, de longues bandes de soie couleur sang qui sont enroulées autour de ses doigts et de ses poignets et de là partent vers l'extérieur pour le raccorder aux balcons, aux portes et à l'autre statue en face de lui.

Cette dernière ne ressemble pas à Mirabel mais c'est clairement elle qu'elle est censée représenter, ou une de ses précédentes incarnations. Les mêmes rubans rouges sont accrochés à ses poignets, font des boucles autour de son cou et dégoulinent jusqu'au sol où ils se répandent à ses pieds comme une flaque de sang. *Salut, Max*, pense Zachary, et la statue tourne imperceptiblement la tête pour le regarder de ses grands yeux vides.

« Vous êtes blessé ? » demande Simon alors que Zachary recule en titubant et se rattrape à un autel derrière lui, dont la surface est douce sous sa main, la pierre recouverte par des couches et des couches de cire fondue.

Zachary secoue la tête en réponse à la question, bien qu'il n'en soit pas certain. Il sent encore le poids des ténèbres dans ses poumons et ses chaussures. Peut-être qu'il devrait s'asseoir. Il essaie de se souvenir comment. Les rubans qui ondulent près de lui ont des mots écrits dessus qu'il n'arrive pas à lire, prières, supplications ou légendes. Souhaits ou avertissements.

« Je suis…, commence Zachary, mais il ne sait pas comment terminer sa phrase, il ne sait pas ce qu'il est, là, maintenant.

— Lequel des deux êtes-vous ? l'interroge Simon en l'observant attentivement. Le cœur ou la plume ? Vous portez l'épée, mais pas les étoiles. C'est troublant. Vous ne devriez pas être là. Vous étiez censé être ailleurs. »

Zachary ouvre la bouche pour lui demander de quoi il parle, au juste, mais au lieu de ça il dit la seule chose vers laquelle ses pensées ne cessent de le ramener :

« J'ai vu un lapin.

— Vous avez vu… »

Simon le regarde d'un air bizarre et Zachary n'est pas sûr d'avoir prononcé correctement tant il a l'impression que ses pensées sont détachées de son corps.

« Un lapin, répète-t-il, si lentement que le mot lui paraît encore une fois déformé. Très grand. Comme un éléphant mais… en lapin.

— Le lièvre céleste n'est pas un *lapin*, le corrige Simon avant de tourner son attention vers les cordages et le gréement au-dessus de leurs têtes. Si vous avez vu le lièvre, ça veut dire que la lune est là. Il est plus tard que ce que je pensais. Le Roi des chouettes va arriver.

— Attendez, euh…, bredouille Zachary, avant de se rabattre sur une question qu'il a déjà posée par le passé. Qui est le Roi des chouettes ?

— La couronne passe de l'un à l'autre, répond Simon, occupé à ajuster des cordes d'une seule main avec des gestes aguerris. Elle passe d'histoire en histoire. Il y a eu de nombreux rois des chouettes, avec leurs couronnes et leurs griffes.

— Qui est le Roi des chouettes en ce moment ? précise Zachary.

— Le Roi des chouettes n'est pas un "qui". Pas toujours. Pas dans cette histoire-ci. Vous confondez ce qui est et ce qui a été. »

Simon laisse échapper un soupir et cesse de s'agiter le temps d'expliquer les choses à Zachary, de façon hésitante, en cherchant ses mots.

« Le Roi des chouettes est… un phénomène. Le futur qui se brise sur le présent comme une vague. Ses ailes battent dans les interstices entre les choix, avant les décisions, annonçant un changement qui vient… le genre de changement qu'on attend longtemps, le changement prédit par les prophéties et les mauvais présages, écrit dans les étoiles.

— Qui sont les étoiles ? »

C'est une question à laquelle Zachary a déjà pensé, mais qu'il n'a jamais posée à voix haute, même s'il n'est pas encore sûr d'avoir bien compris si le Roi des chouettes était une personne, un oiseau ou un phénomène météorologique.

Simon le dévisage d'un air incrédule.

« *Nous* sommes les étoiles, finit-il par répondre, comme si c'était l'évidence même. Nous sommes tous faits d'histoires et de poussière d'étoile. »

Il se tourne pour aller détacher une corde d'un des crochets près du mur. Il tire dessus et, beaucoup plus haut, des poulies et des engrenages se mettent en mouvement. Une forme en croissant pivote sur elle-même et disparaît.

« Il y a quelque chose qui ne va pas, commente-t-il en tirant sur une autre corde, qui fait bouger les pages de livres volantes. Des portes se ferment, emportant des possibilités avec elles. L'histoire s'écrit même quand elle ne sait pas où elle va, et maintenant quelqu'un d'autre la suit, la lit, pour chercher le dénouement.

— Quoi ? demande Zachary, mais peut-être qu'il voulait dire *qui*, il n'arrive plus à se souvenir de la différence.

— L'histoire, répète Simon comme si ça répondait à la question plutôt que d'en créer de nouvelles. J'étais dans l'histoire, ensuite je me suis égaré et j'ai trouvé cet endroit où je pouvais écouter au lieu d'être lu. Tout me murmure l'histoire ici, la mer et les abeilles murmurent, et moi j'écoute et j'essaie de comprendre la forme qu'elle a. D'où elle vient et où elle va. De nouvelles histoires s'imbriquent dans les anciennes. Les très vieilles histoires que les flammes murmurent aux papillons de nuit. Celle-ci est usée jusqu'à la corde aux endroits où elle a déjà été racontée et re-racontée. Il y a des trous dans lesquels on peut tomber. J'ai essayé de la consigner, mais j'ai échoué. »

Simon balaie d'un grand geste les statues, les rubans, les cordes, les pages et les clés.

« Vous voulez dire que c'est…, commence Zachary.

— C'est l'histoire, termine Simon à sa place. Si vous restez ici assez longtemps, vous l'entendrez bourdonner. J'en capture autant que je peux. Ça atténue le bruit. »

Zachary regarde de plus près. À l'intérieur des rubans, des cordes, des engrenages et des clés, il y a d'autres choses qui ondulent, miroitent et scintillent dans la lumière des flammes :

Une épée et une couronne entourées d'un essaim d'abeilles en papier.

Un navire sans mer. Une bibliothèque. Une ville. Un feu. Un gouffre rempli d'os et de rêves. Un personnage en manteau de fourrure sur une plage. Une forme qui ressemble à un nuage ou à une petite voiture bleue. Un cerisier dont les fleurs sont des pages de livres.

Les clés et les rubans remuent, et les images à l'intérieur deviennent plus nettes, trop nettes pour être tramées dans du fil et du papier.

Des lianes s'introduisent par des fenêtres pour venir s'enrouler autour d'un chat roux endormi dans le bureau du Veilleur. Deux femmes assises à une table de pique-nique boivent et discutent sous les étoiles. Derrière elles, un garçon se tient devant une porte peinte qui ne s'ouvrira jamais.

Zachary la regarde sous un autre angle et, l'espace d'un instant, toute cette structure éphémère lui semble être une énorme chouette qui englobe la pièce, puis, dans un battement de pages, elle se disloque à nouveau en fragments d'histoire. Le changement de point de vue apporte à la fois du plus et du moins. Des silhouettes qui étaient entrelacées sont désormais séparées. Quelque part, il neige. Il y a une auberge à un carrefour et quelqu'un marche vers elle.

Il y a une porte dans la lune.

« L'histoire est en train de changer. »

La voix de Simon fait sursauter Zachary, tant il était absorbé par les images mouvantes. Mais quand il regarde à nouveau, il ne voit plus qu'un enchevêtrement de papier, de métal et de tissu.

« Elle bouge trop vite, reprend Simon. Les événements se chevauchent.

— Je croyais que le temps n'était pas…, commence Zachary, mais il s'interrompt, ne sachant pas vraiment ce que le temps n'était pas, ne sera pas, ni ce qu'il est. Je croyais que le temps était différent, ici.

— Nous avançons à des rythmes différents mais nous allons tous vers l'avenir, explique Simon. Elle la retenait comme un souffle, et maintenant elle n'est plus là. Je ne pensais pas que ça arriverait.

— Qui ? demande Zachary, mais Simon ne répond pas, occupé à tirer d'autres cordes avec son unique main.

— L'œuf est en train de se fêler, dit-il. S'est fêlé. Va se fêler. »

Au-dessus d'eux, une série de clés dégringolent, tintant les unes contre les autres comme un carillon.

« Bientôt, le dragon viendra manger le monde, poursuit Simon, avant de se tourner vers Zachary. Vous ne devriez pas être là. L'histoire vous a suivi ici. C'est ici qu'ils veulent que vous soyez.

— Qui ? » demande à nouveau Zachary, et cette fois Simon semble avoir entendu sa question.

Il se penche en avant et chuchote, comme s'il craignait que quelqu'un d'autre puisse l'entendre.

« Ce sont des dieux dont les mythes ont été perdus, et qui s'en écrivent de nouveaux. Ça y est, vous entendez le bourdonnement ? »

À ces mots, l'air change. Une brise tourbillonne dans la pièce, faisant voler les pages et les rubans et éteignant un certain nombre de bougies. Simon se hâte de les rallumer tandis que l'atrium plonge dans la pénombre.

Zachary fait quelques pas en arrière pour le laisser passer et se cogne contre la statue d'un guerrier casqué monté sur un griffon, figé en plein assaut vers un ennemi invisible, épée dégainée et ailes écartées.

Perchée sur l'épée de la statue, une petite chouette le contemple de haut.

Par réflexe, Zachary passe la main dans son dos pour dégainer sa propre épée, mais il l'a laissée par terre quelque part. La chouette continue de le fixer. Elle est toute petite, une boule de plumes avec deux yeux. Elle tient un objet agrippé dans ses serres.

« Pourquoi donc craindre ce qui nous guide ? » demande calmement Simon sans se retourner, concentré sur l'allumage des bougies.

La pièce retrouve un peu de lumière.

« Les chouettes ont toujours fait avancer l'histoire, poursuit-il. C'est leur rôle. Celle-ci attendait depuis longtemps l'arrivée de quelqu'un. J'aurais dû deviner. »

Il s'éloigne en marmonnant dans sa barbe.

La petite chouette dépose aux pieds de Zachary l'objet qu'elle conservait dans ses griffes.

Zachary baisse les yeux.

Sur le sol en pierre, au bout de sa chaussure, se trouve une étoile en origami.

La chouette s'envole et va se percher sur la balustrade d'un balcon, d'où elle continue à observer Zachary. Comme il ne bouge pas, elle l'encourage d'un ululement impatient.

Zachary ramasse l'étoile en papier. Il y a du texte imprimé dessus. Un texte qui lui paraît familier. Il se demande combien de temps les chats se sont amusés à la ballotter dans les couloirs avant qu'elle dévale jusqu'à l'endroit où la chouette a bien pu la récupérer. Avant qu'elle se fraie un chemin jusqu'à ici et maintenant.

Zachary déplie l'étoile et la lit.

La Porte dans la Lune

Le fils de la voyante se tient devant six portes,

Zachary Ezra Rawlins contemple des mots qu'il rêvait de pouvoir lire un jour, ivre de joie d'avoir enfin trouvé une autre phrase qui commence par « Le fils de la voyante » dans une police à empattements familière sur une page arrachée d'un livre avant d'avoir été transformée en étoile et de lui avoir été offerte par une petite chouette, puis il s'arrête.

La chouette lui lance un ululement depuis le balcon.

Il n'est pas prêt. Il n'a pas envie de savoir.

Pas encore.

Il replie la page en étoile et la met dans sa poche sans en avoir lu davantage que les premiers mots.

Trois choses perdues dans le temps. Toutes réunies là. *Doux chagrins* dans son sac, l'épée un peu plus loin par terre, Simon à l'autre bout de la pièce.

Zachary aurait cru qu'il se serait passé quelque chose maintenant que les trois sont au même endroit, mais non, rien. Pas ici, en tout cas. Peut-être qu'elles sont encore perdues, sauf que maintenant il est lui aussi perdu avec elles.

Trouver homme.

Il l'a trouvé. Et après ?

Zachary regarde Simon, toujours en train de rallumer des bougies sur les autels et les marches d'escalier. Le sol est couvert de cire d'abeille. Sur certaines parties, on dirait des rayons de miel, si ce n'est que les hexagones ont été déformés par le temps et les pas.

Alors que la luminosité augmente, Zachary distingue des aménagements plus récents qui ont été apportés à cet ancien temple. Une niche destinée aux offrandes renferme désormais un tas de couvertures. Des bocaux sont empilés au sol, visiblement transférés d'un endroit moins cireux. C'est là qu'a vécu l'homme perdu dans le temps, caché pendant des semaines, des mois ou des siècles.

Zachary rejoint Simon et le suit tandis qu'il termine sa tournée d'allumage.

« Vous êtes des mots sur le papier, murmure Simon, à l'intention de Zachary ou peut-être des mots au-dessus d'eux, accrochés à leurs bouts de papier respectifs. Faites attention aux histoires que vous vous racontez.

— Qu'est-ce que vous voulez dire ? » s'enquiert Zachary en repensant aux voix dans le noir et en se demandant si c'étaient justement de telles histoires.

Simon sursaute au son de sa voix et se retourne vers lui, surpris.

« Bonjour, le salue-t-il à nouveau. Vous êtes ici pour lire ? Je croyais jadis que j'étais ici pour lire et ne pas être lu, mais l'histoire a changé.

— Changé comment ? »

Simon le dévisage d'un air hébété.

« Comment l'histoire a-t-elle changé ? précise Zachary en désignant autour d'eux les pages et les statues, inquiet de l'attitude de Simon et encore plus de la façon dont tout ne cesse de se répéter et de s'embrouiller au lieu de s'éclaircir.

— Elle s'est brisée, répond Simon, sans expliquer en quoi ça consiste, exactement. (Peut-être est-ce comme de briser une promesse ?) Ses bords sont coupants.

— Comment peut-on la réparer ? demande Zachary.

— Ça ne se répare pas. On ne peut que continuer à avancer dans la brisure. Tenez, regardez, dit-il en montrant quelque chose dans l'histoire que Zachary ne peut pas voir. Vous avec votre bien-aimé et votre épée. La mer va monter. Il y a un chat qui vous cherche.

— Un chat ? »

Zachary lève les yeux vers la chouette et, si les chouettes pouvaient hausser les épaules, c'est ce qu'elle ferait, mais comme elles ne le peuvent pas, en tout cas pas de façon claire, elle s'ébroue à la place.

« Tant de symboles alors qu'à la fin et au début il n'y a jamais que des abeilles », commente Simon.

Zachary soupire et ramasse son épée. Tant de symboles. *Les symboles sont là comme une interprétation, pas une définition*, se rappelle-t-il. L'épée lui paraît plus légère, à présent, à moins qu'il ne se soit simplement habitué à son poids. Il la remet dans son fourreau.

« Il faut que je retrouve Mirabel », déclare-t-il.

Simon le regarde sans avoir l'air de comprendre.

« *Elle*, insiste Zachary en tendant un bras vers la statue. Votre... »

Il s'interrompt, craignant que, si Simon ne sait pas que Mirabel est sa fille, cette révélation soit trop brutale.

« Mirabel..., reprend-il. Le Destin, ou je ne sais pas trop quoi. Sa dernière incarnation a les cheveux roses et elle traîne généralement dans le Port supérieur. Je ne sais pas si vous pouvez la voir dans l'histoire, mais c'est mon amie et elle est ici quelque part. Je dois la retrouver. »

Zachary songe qu'il a dorénavant plus d'une personne à trouver, mais il n'a pas envie de penser à ça. De penser à lui. Même si le prénom qui n'est sans doute pas son vrai nom tourne en boucle comme un mantra dans sa tête. *Dorian Dorian Dorian.*

« Ce n'est pas votre amie, assène Simon, venant semer la confusion dans les pensées de Zachary, venant semer la confusion dans tout son être. La maîtresse de la maison des livres. Si elle vous a abandonné, c'est qu'elle le voulait.

— Quoi ? » fait Zachary, mais Simon continue à s'affairer autour des statues, à tirer d'autres cordes, d'autres rubans, les pages et les objets suspendus au-dessus d'eux pris dans un tourbillon.

La chouette pousse un cri, s'élance du balcon et vient se poser sur l'épaule de Zachary.

« Vous n'auriez pas dû amener l'histoire ici, l'admoneste Simon. Je me tiens à l'écart de l'histoire, je ne suis plus censé être dedans. Chaque fois que j'ai essayé d'y retourner, ça n'a produit que de la douleur. »

Simon regarde le moignon de son bras gauche.

« Une fois, je suis retourné dans l'histoire et ça s'est fini dans les flammes. La dernière fois que je m'en suis approché, une femme qui avait un seul œil bleu vif m'a tranché la main et m'a averti de ne jamais revenir.

— Allegra », devine Zachary.

Il se souvient de la main dans le bocal. Peut-être était-ce une garantie, pour garder un bout de Simon avant qu'il se perde à jamais, ou peut-être simplement sa technique d'intimidation standard menée au-delà de l'intimidation.

« Elle nous a quittés, maintenant, déclare Simon.

— Attendez, elle nous a quittés, genre pour de bon, ou genre perdue ? demande Zachary, mais Simon ne précise pas.

— Vous devriez venir avec moi, répond-il à la place. Il faut qu'on parte avant d'être emportés par la mer.

— Est-ce que ça dit que je pars avec vous ? » s'informe Zachary en désignant – de la main droite, pour ne pas déranger la chouette sur son épaule gauche – les rubans, poulies et clés autour d'eux.

Suivre des instructions disséminées dans une sculpture mobile géante ne paraît guère plus efficace que de les recevoir des pages d'un livre.

Il n'a pas l'intention de retourner dans les ténèbres, mais il y a plusieurs issues possibles pour sortir de là.

Simon lève les yeux vers l'histoire et la scrute comme s'il cherchait une étoile particulière dans un ciel immense.

« Je ne sais pas lequel vous êtes, dit-il à Zachary.

— Je suis Zachary. Le fils de la voyante. J'ai besoin de savoir ce que je dois faire maintenant, s'il vous plaît, Simon. »

Simon se tourne vers lui et le dévisage d'un air interrogateur. Non, pas interrogateur. D'un air vide.

« Qui est Simon ? demande-t-il.

— Oh, fait Zachary. *Oh.* »

Voilà ce que c'est d'être un homme perdu dans le temps. D'avoir égaré sa propre identité à travers les siècles. De voir, mais de ne pas se souvenir, même de son prénom.

À moins d'avoir quelque chose pour se le rappeler.

« Tenez, dit Zachary en fouillant dans son sac. Vous devriez garder ça. » Il lui tend *La Ballade de Simon et Eleanor.*

Simon contemple le livre d'un air hésitant, comme si une histoire encore sagement enchâssée dans sa reliure était un objet des plus inhabituels, mais il finit par accepter le cadeau.

« Nous sommes des mots sur le papier, murmure-t-il en retournant le livre entre ses mains. Nous approchons de la fin.

— Ça vous aidera peut-être à retrouver la mémoire », suggère Zachary.

Simon ouvre le livre et le referme aussitôt.

« Nous n'avons pas le temps pour ça. Je vais monter, on sera plus en sécurité là-haut quand ça commencera. »

Il se dirige vers une des autres doubles portes et ouvre un battant. Le chemin qui s'étire derrière est éclairé, mais il revient quand même chercher une torche dans la main d'une statue.

« Vous venez avec moi ? » demande-t-il à Zachary.

La chouette enfonce ses minuscules serres dans l'épaule de Zachary, sans qu'il comprenne si ce geste est censé l'encourager ou le dissuader.

Il balaie des yeux l'histoire où il s'est retrouvé propulsé, au centre de laquelle manque désormais la lune. Il regarde les statues de Mirabel et du Veilleur, et de bien d'autres personnages dont il ne connaît pas les noms mais qui ont dû jouer un rôle dans ce récit à un moment ou un autre. Il se demande combien de gens sont déjà passés par là, ont déjà respiré cet air qui sent le miel et la fumée, et si certains se sont sentis comme il se sent à présent : incertain, apeuré et incapable de savoir quelle est la bonne décision, si tant est qu'il y en ait une.

Zachary se tourne vers Simon.

La seule réponse qu'il a est en fait une question.

« Dans quelle direction se trouve la mer sans Étoiles ? »

Dorian est debout dans la neige, dans le noir, et il ne tremble pas seulement à cause du froid.

Il a laissé tomber ses allumettes.

Il ne voit plus rien, à part les yeux de la chouette qui le regardent. Il ne savait pas qu'on pouvait se sentir aussi nu alors qu'on est tout habillé et dans le noir.

Dorian prend une grande inspiration, ferme les paupières et tend une main tremblante en avant, paume vers le haut. Une offrande. Une proposition.

Il attend, dans le silence uniquement rompu par le bruit d'une respiration régulière. Il garde la main tendue.

Une autre main s'en empare, de longs doigts se referment sur les siens, avec douceur mais fermeté.

La main le tire en avant.

Ils marchent un bon moment, Dorian avançant un pas après l'autre, ralenti par la neige, se laissant guider par l'homme à la tête de chouette, priant pour qu'il l'emmène dans la bonne direction. L'obscurité semble sans fin.

Puis, soudain, une lumière.

Si faible que Dorian pense que c'est peut-être dans son imagination, mais plus ils s'approchent, plus elle brille.

Le souffle régulier de la respiration à côté de lui s'arrête, emporté par le vent.

Les doigts auxquels il s'agrippait se volatilisent. D'une seconde à l'autre, la main qui tenait la sienne n'est plus là.

Dorian essaie d'exprimer sa gratitude, mais ses lèvres refusent de former le moindre mot dans ce froid. Alors il le pense le plus fort possible en espérant que quelqu'un l'entendra.

Il continue à marcher vers la lumière. De plus près, il s'aperçoit qu'il y en a deux.

Deux lanternes allumées de part et d'autre d'une porte.

Il ne discerne pas le reste de la maison, mais il y a un heurtoir en forme de croissant de lune au centre de la porte bleu nuit. Dorian le soulève d'une main quasi gelée et frappe.

Le vent le pousse à l'intérieur dès que la porte s'ouvre.

L'espace dans lequel il pénètre est l'antithèse de ce qu'il vient de quitter, et cette chaleur lumineuse efface aussitôt la froide obscurité. Un vaste salon rempli de livres et de bougies, des poutres en bois et des fenêtres couvertes de givre. Ça sent le vin chaud et le pain tout juste sorti du four. C'est réconfortant comme aucun mot ne saurait le décrire. On dirait un câlin, si un câlin pouvait être un endroit.

« Bienvenue, voyageur », lui lance une voix profonde.

Derrière lui, un homme à la carrure massive et à la barbe impressionnante se débat avec le vent pour barricader la porte. Si cet endroit était une personne, ce serait cet homme, le réconfort en chair et en os, et Dorian doit se retenir pour ne pas lui tomber dans les bras en soupirant.

Il voudrait le saluer à son tour, mais il a encore trop froid pour parler.

« Quel temps épouvantable pour voyager », commente l'aubergiste, et il entraîne Dorian vers une énorme cheminée en pierre qui occupe presque tout le mur du fond.

Il l'installe dans un fauteuil et le débarrasse de sa besace, qu'il dépose par terre, bien en vue. Il semble hésiter à lui prendre aussi son manteau mais se ravise et se contente de lui enlever ses bottes trempées de neige pour les mettre à sécher devant le feu. Puis il disparaît et revient avec une couverture qu'il lui pose sur les genoux, ainsi qu'un ustensile rempli de braises qu'il place sous le fauteuil. Il lui enroule autour du cou un châle tout chaud et lui tend un bol fumant.

« Merci », parvient à articuler Dorian en attrapant le bol entre ses mains tremblantes.

Il boit une gorgée et ne sent pas de goût mais ça le réchauffe et c'est tout ce qui compte.

« On va vous dégeler bien vite, ne vous en faites pas », promet l'aubergiste.

Et c'est vrai, la chaleur de la boisson, du feu et de l'endroit commence à pénétrer en lui, et le froid à se dissiper.

Dorian écoute le vent hurler dehors, en se demandant ce qu'il dit, si c'est un souhait ou un avertissement. Les flammes dansent joyeusement dans la cheminée.

C'est étrange, songe Dorian, de se retrouver dans un lieu qu'on a imaginé mille fois, et de constater qu'il est tout ce qu'on avait pensé qu'il serait, et plus. Plus de détails. Plus de sensations. C'est encore plus étrange que ce lieu soit rempli de choses qu'il n'a jamais imaginées, comme si cette auberge avait été sortie de son esprit et enjolivée par un autre conteur anonyme.

Mais il commence à s'habituer à l'étrangeté.

L'aubergiste lui apporte un deuxième bol et un deuxième châle tout chaud pour remplacer le premier.

Dorian déboutonne les étoiles de son manteau afin de mieux garder la chaleur contre sa peau.

En baissant les yeux, l'aubergiste remarque l'épée tatouée sur son torse et, surpris, a un mouvement de recul.

« Ah, dit-il, c'est vous. J'ai quelque chose à vous donner.

— Quoi ? demande Dorian.

— Ma femme m'a laissé quelque chose pour vous, avec des instructions au cas où vous arriveriez pendant une de ses absences.

— Comment savez-vous que c'est pour moi ? s'enquiert Dorian, la langue encore un peu engourdie.

— Elle m'a dit qu'un jour un homme viendrait, portant une épée et vêtu d'étoiles. Elle m'a donné quelque chose en me recommandant de le garder sous clé jusqu'à votre arrivée, et maintenant vous êtes là. Elle a précisé que vous ne seriez peut-être pas au courant que vous le cherchiez.

— Je ne comprends pas, admet Dorian, et l'aubergiste éclate de rire.

— Je ne comprends pas toujours non plus, dit-il. Mais je crois. Je dois admettre que je pensais que vous auriez une véritable épée, pas un dessin. »

L'aubergiste tire une chaîne du col de sa chemise. Au bout pend une clé.

Il soulève une pierre sur le sol de la cheminée devant le feu, révélant un compartiment secret fermé par une serrure compliquée. Il l'ouvre avec la clé et plonge la main à l'intérieur.

Il en sort une petite boîte carrée. Il souffle dessus pour disperser la couche de poussière et de cendres puis l'essuie avec un mouchoir qu'il avait dans la poche avant de la tendre à Dorian.

Dorian la prend, déconcerté.

C'est une magnifique boîte en os incrustée de filigrane d'or. Sur le dessus, deux clés croisées sont entourées d'étoiles, tandis que les côtés sont décorés d'abeilles, d'épées, de plumes et d'une seule couronne dorée.

« Depuis combien de temps avez-vous ça ? » demande Dorian.

L'aubergiste sourit.

« Depuis très longtemps. Ne me demandez pas d'essayer de calculer, je n'ai plus aucune horloge ici. »

Dorian contemple la boîte, lourde et massive entre ses mains.

« Vous dites que votre femme vous l'a laissée pour que vous me la donniez ? » vérifie-t-il, et l'aubergiste hoche la tête.

Dorian promène ses doigts sur une série de lunes dorées le long du bord. Une pleine lune, une lune gibbeuse, puis un quartier, un croissant, puis plus rien, et la même chose dans l'autre sens. Il se demande s'il y a une différence entre fiction et réalité, ici-bas.

« Votre femme, c'est la lune ?

— La lune est un caillou dans le ciel, s'esclaffe l'aubergiste. Ma femme est ma femme. Dommage qu'elle ne soit pas là, elle aurait beaucoup aimé vous rencontrer.

— C'est réciproque », répond Dorian.

Il se penche à nouveau sur la boîte entre ses mains. Il ne semble pas y avoir de couvercle. Les motifs en or se répètent sur tout le pourtour et il ne voit ni charnière ni jointure. Juste la lune qui croît et décroît à répétition. Dorian la caresse de ses doigts encore gelés en se demandant combien de temps il reste jusqu'à la nouvelle lune, jusqu'à ce que la femme de l'aubergiste soit de retour, et soudain il s'arrête.

Une des pleines lunes sur ce qu'il suppose être le dessus de la boîte a une empreinte en creux, une forme hexagonale dissimulée dans sa rondeur, qu'il perçoit au toucher plus qu'il ne la voit.

Ce n'est pas une serrure, mais on doit pouvoir y mettre quelque chose.

Il regrette que Zachary ne soit pas là, parce qu'il serait sans doute meilleur que lui pour résoudre ce genre d'énigme, et pour un tas d'autres raisons.

Qu'est-ce qu'il manque ? songe-t-il en examinant la boîte. Il y a des chouettes et des chats cachés dans les interstices entre les motifs en or. Il y a des étoiles et des formes qui pourraient être des portes. Dorian repense à toutes ses histoires. Qu'est-ce qui n'est pas là et qui devrait y être ?

Ça lui vient tout à coup, simple et évident.

« Vous avez une souris ? » demande-t-il à l'aubergiste.

Ce dernier le dévisage un instant d'un air intrigué, puis il rit.

« Venez avec moi », dit-il.

Dorian, déjà bien réchauffé par rapport au moment où il est arrivé, hoche la tête et se lève en posant la boîte sur une table près du fauteuil.

L'aubergiste traverse tout le salon.

« Cette auberge était ailleurs, dans le temps, explique-t-il. Peu de choses ont changé à l'intérieur, mais un jour j'ai avoué à ma femme que parfois les souris me manquaient. Elles boulottaient mes sacs de farine et planquaient des graines dans mes tasses à thé, c'était horripilant mais je m'y étais habitué, et une fois qu'elles n'étaient plus là je me suis rendu compte qu'elles me manquaient. Alors elle m'en apporte. »

Il s'arrête devant un placard coincé entre deux bibliothèques et l'ouvre.

Les étagères à l'intérieur sont couvertes de petites souris en argent, certaines qui dansent, d'autres qui dorment ou qui grignotent de minuscules morceaux de fromage doré. L'une brandit une microscopique épée en or. Un chevalier miniature.

C'est celle-là que Dorian choisit. Elle est fixée sur un petit socle hexagonal.

« Je peux ? demande-t-il à l'aubergiste.

— Bien sûr. »

Dorian revient jusqu'au fauteuil avec la souris-chevalier et la place dans la forme en creux sur le dessus de la boîte. Elle s'encastre à la perfection.

Il la fait tourner, et le couvercle caché se déverrouille dans un déclic.

« Ta-da ! » s'exclame l'aubergiste d'un air ravi.

Dorian pose la souris en argent sur la table.

Il soulève le couvercle de la boîte.

À l'intérieur se trouve un cœur humain battant.

Zachary Ezra Rawlins, quand il était petit, jouait souvent avec les cristaux de la vaste collection de sa mère. Il les regardait, les tenait devant la lumière pour y observer les inclusions, les fêlures et les plaies causées puis cicatrisées par le temps, imaginant des mondes à l'intérieur des pierres, des royaumes et des univers entiers au creux de ses paumes.

Mais les espaces qu'il se figurait ne sont rien comparés aux cavernes cristallines qu'il traverse à présent une torche à la main pour s'éclairer et une chouette perchée sur l'épaule, qui enfonce ses griffes dans son pull.

Chaque fois qu'il hésite à un carrefour, la chouette s'envole en éclaireuse puis revient lui faire son rapport sous forme d'indiscernables signaux, clignements de paupières, froufrous de plumes ou ululements que Zachary fait semblant de comprendre, et ainsi continuent-ils à avancer tous les deux. Simon l'a prévenu que la mer était loin, mais il a omis de préciser que le chemin était à ce point obscur et sinueux.

Et voilà que cet homme pas tout à fait perdu dans le temps et son compagnon à plumes arrivent devant un feu de camp, une vive flambée parfaitement bien bâtie, qui paraît les attendre. À côté se dresse une grande tente en toile qui a l'air d'avoir hébergé de nombreux voyageurs avant eux, dans des lieux au climat bien plus hostile. L'intérieur est lumineux et accueillant.

La tente est immense, assez haute pour que Zachary puisse s'y tenir debout et s'y déplacer. Il y a des coussins et des couvertures qui semblent avoir été volés à d'autres endroits et d'autres époques, disposés ici afin de procurer un répit au voyageur de passage fatigué. Trop de couleur pour un environnement si monochrome. Il y a même un piquet dehors pour qu'il puisse déposer sa torche, et autre chose pendu dessous.

Un manteau. Un très vieux manteau avec d'innombrables boutons.

Zachary ôte son pull-over malmené par les dernières péripéties et enfile prudemment le manteau perdu de Simon. Les boutons sont ornés d'armoiries, même si, dans la lumière, il ne distingue guère plus qu'une poignée d'étoiles.

Le manteau est plus chaud que son pull. Il est un peu trop large aux épaules, mais ça ne fait rien. Zachary accroche en échange son pull sur le piquet.

Tandis qu'il boutonne son nouveau vieux manteau, la chouette revient se jucher sur son perchoir favori, et ensemble ils partent à la découverte de la tente.

Sur une table à l'intérieur est disposé un modeste banquet.

Une coupe pleine de fruits : pommes, raisins, figues et grenades. Une miche de pain ronde et croustillante. Un coquelet rôti.

Il y a des bouteilles de vin et des bouteilles de mystère. Des gobelets d'argent ternis qui n'attendent que d'être remplis. Des pots de confiture et de miel. Un petit objet soigneusement emballé dans du papier qui se révèle être une souris morte.

« Je pense que c'est pour toi », dit Zachary, mais la chouette a déjà fondu sur sa friandise et se retourne vers lui avec la queue qui pend du bec.

De l'autre côté de la tente, une seconde table est couverte d'objets non comestibles, joliment présentés sur une nappe brodée d'or.

Un canif. Un briquet. Un grappin. Une pelote de ficelle. Deux dagues identiques. Une couverture en laine roulée de façon compacte. Une gourde vide. Une petite lanterne en métal percée de trous en forme d'étoile. Une paire de gants en cuir. Un bout de corde. Un rouleau de parchemin qui ressemble à une carte. Un arc en bois et des flèches dans un carquois. Une loupe.

Il a la place pour en emporter quelques-uns dans son sac, mais pas tous.

« Gestion des stocks », marmonne-t-il dans sa barbe.

Au centre de la table est posé un petit mot plié en deux. Zachary le ramasse et le déplie.

quand vous serez prêt
choisissez une porte

Zachary parcourt la tente du regard. Il n'y a pas de portes, seulement le rabat par lequel il est entré, maintenu ouvert par des cordons.

Il va récupérer sa torche sur le piquet et ressort dans la caverne pour continuer le chemin au-delà de la tente, qui bientôt s'arrête abruptement au pied d'un mur cristallin.

Dans ce mur sont creusées des portes.

L'une est marquée d'une abeille. Une autre d'une clé. Puis d'une épée, d'une couronne, d'un cœur et d'une plume, bien qu'elles ne soient pas dans le même ordre que d'habitude. La couronne est à la fin. L'abeille au centre, près du cœur.

Le fils de la voyante se tient devant six portes, sans savoir laquelle choisir.

Zachary laisse échapper un soupir et retourne sous la tente. Il pose la torche, attrape une bouteille de vin par bonheur déjà ouverte et se sert un gobelet. On lui a fourni un endroit où faire une pause avant de poursuivre et il a bien l'intention d'en profiter, même si ça ressemble fort à des répits virtuels qu'il a longuement pratiqués : rien de tel qu'un trop grand nombre de potions de vie placées juste avant une porte pour signifier un danger imminent.

Il contemple les objets sur la table en essayant de décider lesquels prendre et commence par récapituler ce qu'il a déjà :

Une épée avec fourreau.

Une petite chouette de compagnie présentement en train de déchiqueter de ses griffes un coussin en soie.

Plusieurs chaînes autour du cou, une première avec une boussole dont l'aiguille à l'heure actuelle ne fait que tourner sur elle-même, une deuxième avec une petite épée en argent, et une dernière avec deux clés : celle de sa chambre et la fine clé qui est tombée de *Fortunes et fables* et sur laquelle il n'a finalement jamais eu l'occasion d'interroger Dorian.

Zachary passe alors à l'inventaire de son sac pour penser à quelqu'un ou quelque chose, n'importe quoi d'autre.

Il y trouve *Doux chagrins*, d'une familiarité rassurante. Un briquet. Un stylo plume qu'il ne se rappelle pas du tout avoir mis dans ce sac, et un muffin sans gluten au citron et graines de pavot enveloppé dans une serviette en papier et néanmoins très écrabouillé.

Il abandonne le muffin sur la table de victuailles et entreprend de dépecer le coquelet, qui, miraculeusement, est encore chaud. Pourquoi Mirabel ne l'a-t-elle pas attendu si elle est passée là si récemment ? À moins qu'il n'ait atterri dans une poche hors du temps où la nourriture reste perpétuellement chaude. Il se prépare un assortiment sur une assiette en argent, tire un coussin près du feu et s'assied. La chouette le rejoint en se dandinant et se perche non loin.

Zachary réfléchit aux choix qui s'offrent à lui en mâchonnant pensivement une aile de coquelet rôti, et il se demande tout à coup s'il est injurieux de manger un volatile en présence d'un autre. Mais il se souvient alors que Kat lui a raconté un jour avoir assisté au meurtre d'un pigeon par une mouette et il en déduit que ça doit aller.

Tout en sirotant son vin, il soupèse ses options, son avenir, son passé et son histoire. Le chemin qu'il a fait. La distance inconnue qu'il lui reste à parcourir.

Zachary sort l'étoile en papier de sa poche. Il la tourne dans sa main, la fait danser sur ses doigts.

Il ne l'a pas lue.

Pas encore.

La chouette lui lance un ululement.

Le fils de la voyante jette l'étoile en papier avec son avenir écrit dessus dans le feu de camp.

Les flammes la consument, calcinant et racornissant le papier jusqu'à ce que ce ne soit plus une étoile et que les mots qu'elle contenait soient perdus à jamais.

Zachary se relève et va chercher le rouleau de parchemin sur la table des objets. C'est une carte, grossièrement tracée, où figurent un cercle d'arbres et deux carrés qui représentent peut-être des bâtiments. Un chemin est indiqué, partant d'un des carrés jusqu'à un point dans la forêt environnante. Ça ne paraît pas franchement utile.

Il la repose, prend à la place le canif, le briquet pour en avoir un de rechange, la corde, les gants, et met le tout dans son sac. Après réflexion, il ajoute la ficelle.

« Prête ? » lance-t-il à sa chouette.

Celle-ci répond en sortant de la tente pour s'envoler dans l'obscurité.

Zachary attrape la torche et la rejoint devant le mur de portes.

Ce sont de grandes portes, sculptées dans une pierre plus foncée que le cristal qui les entoure. Les symboles sur chacune sont peints en or.

Ça commence à faire beaucoup de portes.

Zachary n'en peut plus des portes.

Il s'éloigne avec sa torche pour explorer les ténèbres, loin des portes et de la tente, parmi une architecture oubliée de cristaux déchiquetés. Il amène la lumière dans des endroits qui ont perdu l'habitude d'être éclairés et l'acceptent comme un rêve à peine remémoré.

Il finit par trouver ce qu'il cherche.

Sur le mur, la trace infime d'une ligne. Un mètre plus loin, une autre.

Quelqu'un a esquissé l'idée d'une porte sur la paroi de la caverne.

Zachary approche sa torche. Le cristal boit la lumière, assez pour lui permettre de voir la forme ébauchée d'une poignée.

Le fils de la voyante se tient devant une nouvelle porte dessinée sur un nouveau mur.

Un homme qui est déjà si loin dans une histoire n'a plus que son propre chemin à suivre. Il existait de nombreux chemins autrefois, dans un temps qui appartient au passé, révolu depuis maints et maints kilomètres, maintes et maintes pages. À présent, il ne reste à Zachary Ezra Rawlins qu'un seul chemin possible.

Le chemin qui conduit vers la fin.

Autre temps, autre lieu :
INTERLUDE V

Vallée de l'Hudson, État de New York,
deux ans plus tard

La voiture paraît plus vieille qu'elle ne l'est, peinte et repeinte à la va-comme-je-te-pousse, actuellement bleu ciel et constellée de toute une panoplie d'autocollants militants (un drapeau arc-en-ciel, un signe égale, un poisson sur pattes, le mot *Resist*). Elle remonte le chemin sinueux avec une certaine hésitation, pas sûre d'avoir trouvé la bonne adresse car le GPS lui a joué des tours, incapable de localiser les satellites, perdant le signal et se voyant accabler de moult injures inventives.

La voiture s'arrête devant la maison. Elle attend, observant la ferme blanche et la grange voisine, badigeonnée d'un indigo intense plutôt que du rouge traditionnel.

La portière du conducteur s'ouvre et une jeune femme descend. Elle porte un trench-coat orange vif, trop chaud pour le temps quasi estival. Ses cheveux sont coupés très court et décolorés en une teinte incertaine qui ne s'est pas complètement décidée pour le blond. Elle enlève ses lunettes de soleil rondes et regarde autour d'elle pour essayer de savoir si elle est au bon endroit.

Le bleu du ciel est assorti à la voiture, parsemé de petits nuages floconneux. L'allée qui mène au perron est bordée de fleurs jaunes et roses, et l'auvent de la maison festonné de carillons à vent et de prismes en verre pendus à des ficelles qui projettent des arcs-en-ciel de lumière sur la façade blanche.

La porte d'entrée est ouverte mais protégée par un écran moustiquaire qui, lui, est verrouillé. Sur un panonceau en bois fatigué ont été peintes à la main des étoiles et des lettres formées par les volutes de fumée qui s'échappent d'une petite tasse de café : « CONSEILLÈRE SPIRITUELLE ». Il n'y a pas de sonnette. La jeune femme toque au chambranle de la porte.

« Youhou ! crie-t-elle. Y a quelqu'un ? Madame Rawlins ? C'est Kat Hawkins, vous m'avez dit que je pouvais passer aujourd'hui. »

Kat recule d'un pas et lève les yeux. C'est forcément la bonne maison. Il ne doit pas y avoir des tonnes de fermes de conseillères spirituelles. Elle tourne la tête vers la grange et aperçoit la queue d'un lapin juste au moment où il disparaît dans les fleurs. Elle est en train de se demander s'il ne faut pas qu'elle fasse le tour par-derrière quand la porte s'ouvre.

« Bonjour, Miss Kitty Kat », lui lance la femme devant elle.

Kat s'est déjà imaginé à plusieurs reprises la mère de Zachary, mais jamais telle qu'elle se trouve à présent sous ses yeux : une petite femme pulpeuse en salopette, une masse de cheveux crépus sur la tête, enroulés dans un turban à motifs cachemire. Son visage est à la fois ridé et jeune, tout rond, avec de grands yeux soulignés d'eye-liner vert à paillettes. Elle a un soleil tatoué sur un poignet, une triple lune sur l'autre.

Elle enveloppe Kat dans une plus large étreinte que celle-ci aurait pu s'y attendre de la part d'une si petite personne.

« Ravie de vous rencontrer enfin, madame Rawlins, dit Kat, mais Madame Love Rawlins secoue la tête.

Mademoiselle, pas madame, corrige-t-elle. Et pas pour toi, *honey*. Tu peux m'appeler Love, Momma, comme tu veux.

— Je vous ai apporté des cookies », déclare Kat en lui montrant une boîte.

Madame Love Rawlins éclate de rire et la fait entrer dans la maison. Les murs du vestibule sont couverts de tableaux et de photographies, et Kat s'arrête un instant devant celle d'un petit garçon aux boucles brunes avec une mine sérieuse et des lunettes trop grandes pour lui. Les pièces suivantes sont peintes en Technicolor et garnies d'un bric-à-brac de meubles dépareillés. Des cristaux de toutes les couleurs dessinent des motifs sur les tables et les murs. Elles passent sous une pancarte qui proclame que « Rien ne repose, tout remue, tout vibre », franchissent un rideau de perles et arrivent dans une cuisine occupée par un poêle antique et un barzoï assoupi que Madame Love Rawlins présente à Kat sous le nom d'Horatio avant de la faire asseoir devant une tasse de café, tandis qu'elle transfère les cookies au citron en forme d'abeille de leur boîte en plastique à une assiette en porcelaine à fleurs.

« Vous n'êtes pas... »

Kat s'interrompt, craignant que sa question soit déplacée, mais maintenant qu'elle a commencé, autant finir.

« Vous n'êtes pas inquiète ? »

Madame Love Rawlins boit une gorgée de son café en regardant Kat par-dessus le bord de sa tasse. Un regard éloquent, qui en dit plus que les mots qu'elle prononce ensuite. Et Kat le comprend. C'est un avertissement. Apparemment, ce n'est encore pas prudent d'en parler. Kat se demande si quelqu'un a prévenu Madame Love Rawlins que tout était fini, et si elle aussi a eu l'impression que c'était un mensonge quand elle l'a entendu.

« Ce qui doit se passer se passera que je m'inquiète ou pas, répond-elle après avoir reposé sa tasse. Et ça se passera aussi que *tu* t'inquiètes ou pas. »

Mais Kat s'inquiète. Bien sûr qu'elle s'inquiète. Elle porte son inquiétude comme un manteau qu'elle n'enlève jamais. Elle s'inquiète pour Zachary, et pour d'autres choses dont elle ne peut clairement pas parler, même ici, perdue dans les collines au milieu des arbres, entourée de cristaux, d'amulettes protectrices et d'un chien de garde inattentif. Elle prend un cookie dans l'assiette et en croque une aile au miel et au citron en se demandant si Madame Love Rawlins est au courant pour les abeilles. Puis elle lui annonce quelque chose qu'elle n'a encore dit à personne.

« J'ai créé un jeu pour lui. Dans le cadre de ma thèse. Vous savez, parfois, quand un écrivain dit qu'il a écrit un livre pour un seul lecteur ? Eh ben c'est comme si j'avais créé un jeu pour un seul joueur. Beaucoup de gens y ont joué, depuis, mais je crois que personne ne l'a vraiment compris, pas comme lui le comprendrait. Au début, j'ai commencé à l'écrire dans un cahier un peu comme un truc-dont-vous-êtes-le-héros, une suite de mini légendes et d'histoires à l'intérieur d'autres histoires, avec des fins multiples. Et puis j'ai transformé ça en fiction interactive, avec plus de complexité et plus d'options, et c'est là que j'en suis pour l'instant mais la boîte qui m'a embauchée voudrait peut-être que je continue à le développer pour en faire un jeu vidéo en bonne et due forme. »

Kat se tait, le nez dans son café, en pensant aux choix, au mouvement, au destin.

« Et tu ne crois pas qu'il pourra y jouer un jour », commente Madame Love Rawlins.

Kat hausse les épaules.

« Il sera content d'y jouer quand il reviendra, ajoute la voyante.

— J'allais vous demander comment vous savez qu'il va revenir, mais après je me suis souvenue de ce que vous faisiez comme métier, dit Kat, et Madame Love Rawlins éclate de rire.

— Je ne *sais* pas, nuance-t-elle. Je sens. Ce n'est pas pareil. Je peux me tromper, seul l'avenir le dira. La dernière fois que j'ai parlé à Zachary, j'ai senti qu'il partait quelque part pour faire le point dans sa tête. C'est plus long que je l'aurais cru. »

Elle se tourne vers la fenêtre, pensive, pendant si longtemps que Kat se demande si elle a oublié sa présence, mais ensuite elle reprend.

« Il y a des années, je me suis fait tirer les cartes par une excellente cartomancienne. Je n'en ai pas pensé grand-chose sur le moment, j'étais jeune et plus préoccupée par mon futur immédiat que par le long terme, mais au fil du temps je me suis rendu compte qu'elle avait vu juste. Tout ce qu'elle m'a annoncé ce jour-là a fini par se réaliser, sauf une chose, et je n'ai pas de raison de croire qu'elle se serait trompée sur une chose alors qu'elle avait raison sur tout le reste.

— Quelle était cette chose ? demande Kat.

— Elle m'a dit que j'aurais deux fils. J'ai eu Zachary, et pendant des années après j'ai pensé qu'elle était peut-être mauvaise en math, ou qu'il avait peut-être eu un jumeau avant sa naissance, mais ensuite j'ai compris, et j'aurais dû le comprendre plus tôt. Je sais qu'il va revenir parce que je n'ai pas encore rencontré mon gendre. »

Kat sourit. Cette vision la rend heureuse, si simple et pragmatique, si tolérante alors qu'avec ses parents à elle, tout est une lutte permanente. Mais elle n'est pas sûre d'y croire. Ce serait chouette de pouvoir y croire.

Madame Love Rawlins l'interroge sur ses projets et Kat lui parle du poste qu'elle a accepté au Canada, lui explique qu'elle va partir en voiture et faire étape à Toronto pour passer quelques jours chez des amis. Les amis sont une fiction qu'elle a inventée pour ne pas dire qu'elle va visiter en solo une ville qu'elle ne connaît pas, mais Madame Love Rawlins s'abstient de tout commentaire. Kat aborde le sujet de la réalité virtuelle et, comme elle mentionne son projet avec les odeurs, Madame Love Rawlins lui sort sa collection d'huiles essentielles maison et elles se mettent à renifler des flacons tout en échangeant sur la mémoire et l'aromathérapie.

Elles déchargent les affaires de Zachary du coffre de la petite voiture bleu ciel, en faisant plusieurs allers-retours jusqu'à une des chambres vides à l'étage.

Seule dans la pièce après le dernier trajet, Kat sort de son sac une écharpe rayée. Depuis le moment où elle l'a tricotée, ses sentiments ont changé par rapport au fait de classer les personnalités en « maisons » codées par couleurs et simplificatrices, mais elle aime toujours les rayures. À côté de l'écharpe, elle laisse aussi une clé USB sur laquelle elle a écrit *<3 K* au marqueur indélébile argenté.

Kat sort ensuite de son sac un cahier bleu canard qu'elle pose sur le bureau, mais finalement elle se ravise et le récupère. Elle se retourne vers l'escalier, en bas duquel elle entend Madame Love Rawlins se déplacer de pièce en pièce, le bruit du rideau de perles comme de la pluie.

Kat remet le cahier dans son sac. Elle n'est pas prête à s'en séparer. Pas encore.

Dehors, sur le perron, Madame Love Rawlins lui offre une fiole d'huile de citrus (pour la clarté mentale) et une nouvelle étreinte.

Alors qu'elle s'apprête à partir, la voyante retient le visage de Kat entre ses mains et la regarde dans les yeux.

« Sois courageuse, dit-elle. Audacieuse. Effrontée. Reste fidèle à toi-même. Toute âme qui en vaut la peine prendra le package comme il est et comme il évoluera. Ne perds pas de temps avec des gens qui ne te croient pas quand tu leur dis ce que tu ressens. Ce mardi de septembre, quand tu auras l'impression de n'avoir personne à qui parler, tu m'appelles, d'accord ? J'attendrai près du téléphone. Et respecte les limites de vitesse autour de Buffalo. »

Kat hoche la tête et Madame Love Rawlins se hisse sur la pointe des pieds pour l'embrasser sur le front. Kat essaie de toutes ses forces de ne pas pleurer et y parvient jusqu'à ce qu'elle soit informée qu'elle est la bienvenue pour Thanksgiving, ou le Thanksgiving canadien, et toute autre célébration hivernale de son choix parce que, quoi qu'il arrive, il y aura toujours, toujours ici une fête pour le solstice d'hiver.

« Tu penses que tu n'as plus de chez-toi, mais c'est faux, compris ? »

Kat ne peut retenir les quelques larmes qui réussissent à s'échapper, mais elle tousse, respire un grand bol d'air printanier et opine en silence. Elle se sent différente de quand elle est arrivée. L'espace d'un instant, tandis qu'elle marche vers sa voiture, elle croit, elle croit sincèrement que cette femme voit plus de choses que les autres, plus loin, plus profond, et si elle croit que Zachary est vivant, alors Kat le croit aussi.

Elle met ses lunettes de soleil et allume le moteur.

Madame Love Rawlins la regarde s'éloigner en agitant la main sur le perron, puis elle rentre dans la maison, embrasse le bout de ses doigts et les presse sur la photo du petit garçon bouclé avant de retourner se servir un café dans la cuisine. Le barzoï s'étire.

La voiture bleu ciel redescend le chemin sinueux et prend celui de son avenir.

LIVRE VI

LE JOURNAL SECRET DE KATRINA HAWKINS

Extrait du Journal secret de Katrina Hawkins

Bon, on va donc faire ça à la main, parce que je n'ai plus confiance dans Internet.

Non pas que j'aie jamais eu confiance dans Internet.

Mais là ça devient super bizarre.

Non pas que ça l'était pas avant.

Enfin bref.

Je vais noter ici tout ce que j'ai appris jusqu'à maintenant, histoire de ne pas tout perdre une deuxième fois. J'ai imprimé les notes de mon ordi, j'ai supprimé les dossiers, mais je vais les retranscrire ici avant de tout passer à la déchiqueteuse.

Je ne sais pas comment, ils ont réussi à effacer le contenu de mon téléphone, donc ces notes-là sont perdues à jamais et sans doute en partie oubliées. Je vais essayer de les reconstituer sur la base de mes souvenirs, dans l'ordre chronologique autant que faire se peut.

Je me suis ouvert une ligne secrète pour les urgences.

Je veux pouvoir conserver le maximum de choses dans un seul endroit portatif que je pourrai avoir tout le temps sur moi.

Donc à nous deux, cahier !

J'espère que j'arriverai à relire mon écriture.

J'espère que, où que tout ça me mène, ça en vaudra la peine.

Un jour ou l'autre.

Pour info : quand un individu majeur disparaît dans la nature et qu'il n'y a pas de raison de suspecter un acte criminel, personne ne s'amuse à retrouver sa trace ni à mener l'enquête.

Alors je l'ai fait.

En partie parce que ça commençait à m'énerver d'entendre tout le monde répéter en soupirant que « ça arrive tout le temps », et en partie parce que je pense que je suis celle qui a le plus vu Z pendant ses derniers jours.

Les flics voulaient savoir pourquoi Z était à NY et je savais que c'était à cause de cette soirée déguisée (je le leur ai dit, ils m'ont répondu qu'ils allaient se renseigner mais je ne sais pas s'ils l'ont fait, parce qu'ils m'ont regardée d'un air sceptique quand j'ai ajouté que Z avait emprunté mon masque), mais comme ça paraissait vraiment un truc improvisé de dernière minute j'ai essayé de retrouver ce qu'il avait fait les deux ou trois jours avant.

Il avait l'air… je ne sais pas. Lui-même, mais en plus extrême. Comme s'il était là et pas là en même temps. Je n'arrête pas de repenser à cette conversation qu'on a eue dehors dans la neige quand je lui ai demandé de venir coanimer mon cours. J'avais eu un sentiment… bizarre. Il avait l'air préoccupé par quelque chose et je comptais lui en reparler mais ensuite, quand on est sortis après le cours, Lexi était là tout le temps et je sais qu'il ne la connaît pas assez pour avoir ce genre de conversation devant elle.

Les flics n'aiment pas trop le côté « préoccupé par quelque chose » quand vous ne pouvez pas nommer le quelque chose.

Ça sonne creux. Tout le monde est préoccupé, non ?

Ils n'ont pas non plus aimé que ma réponse à « Sur quoi portaient vos échanges de textos ? » soit « L'écharpe Harry Potter que je lui ai tricotée ».

« Vous n'êtes pas un peu trop vieille pour ça ? » m'a rétorqué l'un d'eux, sur un ton qui voulait clairement dire *Tu es bien trop vieille pour ça, espèce de milléniale attardée.*

J'ai haussé les épaules.

Je regrette d'avoir haussé les épaules.

« Vous le connaissez bien ? » m'ont-ils demandé au commissariat autour d'un thé tiédasse dans un gobelet jetable pas écolo du tout avec le sachet encore dedans qui essayait – en vain – d'avoir un goût d'autre chose que de tisane au foin.

Ça veut dire quoi, bien connaître quelqu'un ? On avait quelques cours en commun, et de toute façon tout le milieu des jeux vidéo se connaît plus ou moins. Parfois on buvait des coups ensemble dans des bars ou à la cafète. On parlait de jeux, de cocktails, de bouquins, du fait d'être enfant unique et de ne pas le vivre mal même si les gens avaient l'air de penser qu'on devrait.

J'avais envie de leur répondre que je connaissais Z suffisamment bien pour lui demander un service ou lui en rendre un. Je savais les cocktails qu'il commanderait sur un menu, et que s'il n'y avait rien d'intéressant il prendrait un sidecar. Je savais qu'on avait la même opinion sur le fait que les jeux peuvent être bien davantage que juste tirer sur des trucs, que les jeux peuvent être absolument tout, y compris tirer sur des trucs. Parfois il sortait danser avec moi le mardi soir parce qu'on préférait tous les deux quand les boîtes n'étaient pas trop bondées, et je savais que c'était un très bon danseur mais qu'il fallait lui faire boire au moins deux verres avant de pouvoir le traîner sur la piste. Je savais qu'il lisait des tonnes de romans, qu'il était féministe et que, si je le croisais sur le campus avant 8 heures du mat, c'était sans doute qu'il ne s'était pas encore couché. Je savais qu'on était pile à ce moment charnière où on passe de copains comme ça à « le jour où tu tues quelqu'un, j'arrive avec la pelle » mais qu'on n'y était pas tout à fait non plus, comme si on avait encore besoin d'accomplir une quête secondaire ensemble et de gagner quelques points supplémentaires d'approbation réciproque, et qu'après ce serait quelque chose d'un peu plus naturel, mais on n'avait pas encore complètement pigé la dynamique de notre amitié.

« On était amis », j'ai répondu, et ça m'a paru à la fois faux et juste.

Ils m'ont demandé s'il avait quelqu'un dans sa vie et j'ai dit que je ne pensais pas, du coup ils ont eu l'air de ne plus me croire sur cette histoire d'amitié, parce qu'une amie est censée savoir ce genre de choses. J'ai failli leur parler de ce gars du MIT avec qui il avait eu une rupture houleuse (il portait un nom de ville, genre Cleveland ou Austin), mais je me suis abstenue parce que ça remonte à une éternité et je suis presque sûre que c'était surtout à cause de la distance, et en plus je ne voyais pas trop le rapport.

Ils m'ont demandé si je pensais qu'il pouvait avoir fait une bêtise – une bêtise genre se jeter du haut d'un pont – et j'ai dit non, même si au fond je pense qu'on est tous la plupart du temps à deux doigts de se jeter du haut de quelque chose et qu'on ne sait jamais dans quelle direction le jour d'après va nous pousser.

Ils m'ont demandé mon numéro mais ils ne m'ont pas recontactée.

J'ai téléphoné deux ou trois fois et j'ai laissé des messages pour voir s'ils avaient du nouveau.

Personne ne m'a jamais rappelée.

Le fils de la voyante se tient dans un champ couvert de neige. La neige continue à tomber de façon clairsemée, elle s'accroche à ses lunettes et dans ses cheveux. Autour du champ, il y a des arbres, saupoudrés d'un glacis de flocons blancs. Le ciel nocturne est nuageux mais la lune et les étoiles cachées derrière irradient doucement.

Zachary se retourne et il y a une porte derrière lui, un rectangle qui tient debout tout seul au milieu du champ et qui donne sur une caverne de cristal. Tout au fond, il aperçoit la lueur vacillante d'un feu de camp, qui se réverbère sur la neige, mais la torche que Zachary avait à la main à peine quelques secondes plus tôt a disparu, tout comme sa chouette.

L'air dans ses poumons est vif, mordant, difficile à respirer.

Tout lui paraît trop. Trop grand et trop ouvert. Trop froid et trop étrange.

Une lumière brille au loin et, tandis que Zachary s'en approche, elle se démultiplie en dizaines de petites loupiotes accrochées à la façade d'un bâtiment on ne peut plus familier. Un panache de fumée s'échappe de la cheminée et se fraie un chemin vers les étoiles entre les flocons.

Il était là il n'y a pas très longtemps. Était-ce seulement quelques semaines plus tôt ? Peut-être. Peut-être pas. C'est toujours pareil, année après année.

Zachary Ezra Rawlins passe devant la grange indigo qui a l'air noire dans la nuit et monte les marches enneigées du perron de la ferme de sa mère. Il s'arrête sous l'auvent, frigorifié et désorienté. Il a une épée attachée dans le dos dans un antique fourreau en cuir. Il porte un très vieux manteau qui a été perdu dans le temps et retrouvé.

Il n'arrive pas à croire que Mirabel l'ait renvoyé chez lui.

Pourtant, c'est bien là qu'il est. Il sent la neige sur sa peau, les planches usées sous ses pieds. Des guirlandes clignotent autour des poteaux en bois de l'auvent. Le sol est jonché de branchages sacrés noués de rubans argentés et de coupelles laissées dehors à l'intention des fées.

Derrière l'odeur de neige, il perçoit celle du feu qui brûle dans la cheminée et des cookies à la cannelle sans doute tout juste sortis du four.

Toutes les lumières sont allumées à l'intérieur. La maison est pleine de gens. Des rires. Des tintements de verres. De la musique, le jazz reconnaissable de Vince Guaraldi.

Les vitres sont couvertes de givre. La fête est un halo de lumière et de couleur divisé en rectangles.

Zachary regarde en direction de la grange et de la prairie. Des voitures sont garées tout le long de l'allée, certaines qu'il reconnaît, d'autres pas.

À l'orée du bois, au-delà de la grange, un cerf le fixe à travers la neige.

« Ah, te voilà, lance une voix dans son dos, et Zachary est parcouru de sueurs froides et chaudes en même temps. Je te cherchais. »

Le cerf disparaît entre les arbres. Zachary se retourne vers la voix.

Dorian se tient à ses côtés sur le perron. Il s'est coupé les cheveux. Il a l'air moins fatigué. Il porte un pull avec une tête de renne et des flocons de neige qui parvient à être à la fois joyeusement ironique et incroyablement flatteur. Il est en chaussettes de laine rayées, sans chaussures.

Il tient à la main un verre de scotch avec des glaçons en forme d'étoiles.

« Qu'est-ce que tu as fait de ton pull ? lui demande-t-il. Je croyais que la règle était qu'on devait le garder même une fois le vainqueur du concours de pulls moches désigné. »

Zachary le dévisage, bouche bée. Son cerveau n'arrive pas à concevoir la présence de cette personne familière dans ce cadre tout aussi familier mais complètement distinct.

« Ça va ? s'inquiète Dorian.

— Comment tu as atterri là ? réplique Zachary quand il a retrouvé sa voix.

— J'ai été invité. L'invitation arrive à nos deux noms depuis plusieurs années maintenant, tu sais bien. »

Zachary se tourne à nouveau vers la porte dans le champ, mais il ne la voit plus. On dirait qu'elle n'a jamais existé. Comme si tout n'avait été qu'un rêve. Une aventure qu'il se serait imaginée.

Il se demande si ce n'est pas plutôt maintenant qu'il est en train de rêver, mais il ne se rappelle pas s'être endormi.

« Où est-ce qu'on s'est rencontrés ? » lance-t-il à l'homme qui se tient à côté de lui.

Dorian le regarde d'un air soupçonneux mais daigne finalement lui répondre.

« À Manhattan. Dans une soirée à l'hôtel Algonquin. Après ça on a marché dans la neige et on a fini dans un de ces pseudo-speakeasies mal éclairés où on a parlé jusqu'à l'aube, et puis je t'ai raccompagné à ton hôtel comme un vrai gentleman. C'est un test ?

— C'était quand ?

— Il y a bientôt quatre ans. Tu voudrais qu'on y retourne ? On pourrait fêter notre anniversaire là-bas.

— Qu'est-ce que… Qu'est-ce que tu fais dans la vie ? »

L'expression de Dorian passe brièvement du scepticisme à l'inquiétude, mais il continue à se plier au jeu.

« Aux dernières nouvelles, j'étais éditeur, même si maintenant je regrette de te l'avoir dit parce que, si tu l'avais oublié, j'aurais peut-être réussi à te piéger pour que tu acceptes enfin de me montrer ce fameux projet dont tu ne sais pas trop si c'est un livre ou un jeu, celui avec le pirate. C'est bon, j'ai passé le test ? On se les pèle dehors.

— Ça ne peut pas être vrai », marmonne Zachary en tendant la main vers la rampe du perron, n'osant pas toucher la personne à côté de lui.

La rampe est solide sous ses doigts, la neige fond doucement au contact de sa peau et l'engourdit légèrement.

Tout, ici, semble lui causer un léger engourdissement.

« Tu as bu trop de punch ? Kat avait pourtant prévenu qu'elle l'avait chargé, c'est pour ça que je m'en suis tenu à ça, déclare Dorian en levant son verre de scotch.

— Où est passée Mirabel ? s'enquiert Zachary.

— C'est qui, Mirabel ?

— Je ne sais pas », répond Zachary.

C'est la vérité. Il ne sait pas. Pas totalement. Peut-être qu'il l'a inventée. Fabriquée à base de mythe et de teinture rose. Elle serait là si elle existait, sa mère l'aimerait beaucoup.

L'inquiétude revient sur le visage de Dorian, surtout dans les sourcils.

« Tu nous refais une crise ? demande-t-il.

— Je *quoi* ? »

Dorian plonge le nez dans son verre et marque une trop longue pause avant de reprendre la parole. Quand il le fait, c'est avec des mots calmes, un ton posé et aguerri.

« Tu as eu par le passé de la difficulté à séparer la réalité de la fiction, dit-il. Parfois tu as des crises pendant lesquelles tu ne te souviens pas de certaines choses, ou tu te souviens d'autres choses qui ne sont jamais arrivées. Ça faisait longtemps que tu n'en avais pas eu. Je pensais que ton nouveau traitement aidait, mais peut-être…

— Je n'ai pas de crises », le coupe Zachary, mais il parvient à peine à articuler.

Sa respiration est de plus en plus laborieuse, à chaque souffle il a l'impression d'inhaler de la confusion et de la glace. Ses mains tremblent.

« C'est toujours pire en hiver, fait observer Dorian. Ça va passer.

— Je… », bafouille Zachary sans réussir à aller plus loin.

Il ne tient plus sur ses jambes, le sol lui paraît instable sous ses pieds. Il a du mal à séparer la fiction de la réalité.

« Je ne…

— Viens, mon amour, rentrons. »

Dorian se penche pour l'embrasser. Son geste est naturel, décontracté, comme s'il l'avait déjà fait des milliers de fois.

« C'est une histoire, murmure Zachary contre les lèvres de Dorian juste avant qu'elles se posent sur les siennes. Une histoire que je me raconte. »

Il lève une main encore tremblante et repousse le visage de Dorian. Il a l'air vrai. Vrai, concret, naturel et familier. Ce serait plus facile s'il n'avait pas l'air si vrai.

Le brouhaha et la musique venant de la maison s'estompent, comme si quelqu'un ou quelque chose avait baissé le son d'ambiance.

« Tu es en pyjama ? » demande l'idée de Dorian.

Zachary lève les yeux vers le ciel. Les nuages se sont dissipés. Il ne neige plus.

La lune le regarde.

« Tu n'es pas censée être là ! lui crie Zachary. Moi non plus, je ne suis pas censé être là », ajoute-t-il pour lui-même.

Il se tourne à nouveau vers l'idée de Dorian déguisée en son cavalier à la fête que donne chaque année sa mère en l'honneur du solstice d'hiver, idée qui l'enchante presque autant qu'elle le terrifie, et dit :

« Je suis désolé, mais je vais devoir partir.

— Qu'est-ce que tu racontes ?

— J'adorerais pouvoir être ici. En tout cas dans une version différente d'"ici". Et je crois que je suis peut-être bien amoureux de toi, mais tout ça n'est pas réellement en train d'arriver, alors il faut que je parte. »

Zachary pivote et rebrousse chemin.

« *Peut-être* bien ? » s'insurge Dorian.

Zachary résiste à la tentation de jeter un coup d'œil derrière lui. Ce n'est pas vraiment Dorian, se répète-t-il.

Il continue à marcher, bien qu'une part de lui ait terriblement envie de rester. Il continue dans la neige illuminée par le clair de lune, en s'éloignant de la maison même s'il a l'impression de reculer. Peut-être était-ce un test. Reculer pour mieux avancer.

Il se dirige vers la porte au milieu du champ mais, en approchant, il se rend compte qu'il n'y a plus de porte.

Juste de la neige. De la neige à perte de vue, jusqu'au bois.

Zachary se souvient de la carte qu'il a choisi de ne pas inclure dans son paquetage. Deux bâtiments entourés d'une forêt. Sauf qu'il ne voit plus la ferme, il sait seulement dans quelle direction elle devrait être, si tant est qu'elle soit là tout court. Il essaie de se rappeler dans quel sens pointait la flèche sur la carte, quelle partie du bois elle indiquait, ou même où était le cerf qu'il a vu, mais il n'y arrive pas et décide qu'il s'en fiche.

Si c'est une histoire qu'il se raconte à lui-même, il n'a qu'à se raconter qu'il continue à marcher.

Qu'il s'éloigne de là.

Il lève la tête vers le ciel constellé d'étoiles. La lune le regarde toujours.

Zachary soutient son regard.

« On n'est pas censés être là ! » lui hurle-t-il à nouveau.

La lune ne dit rien.

Elle ne fait qu'observer.

Curieuse de voir la suite.

Extrait du Journal secret de Katrina Hawkins

J'ai raconté un pipeau au département informatique comme quoi mon copain avait disparu et que j'avais « accidentellement » effacé son dernier mail, et j'ai dû carrément en venir aux larmes mais ils ont fini par accepter de consulter l'adresse universitaire de Z vu que les flics ne s'en donnaient pas la peine. Rien après le jour de sa disparition, mais surtout, rien avant non plus. Rien de tout le mois de janvier, ce qui est super bizarre. J'étais sûre et certaine qu'on s'était échangé des mails sur je sais plus quoi la première semaine, et ensuite je lui ai forwardé mon planning de cours de l'inter-semestre pour qu'il l'ait.

J'ai vérifié ma propre inbox et je n'ai strictement rien de Z depuis des mois alors que je *sais* qu'il devrait y avoir quelque chose.

J'ai fouillé dans sa chambre. J'ai attendu qu'il n'y ait personne à son étage. Sa serrure était facile à crocheter, toutes les serrures intérieures du campus sont merdiques.

Son ordinateur était là, je l'ai allumé mais il avait été restauré à la configuration d'usine par défaut. Il n'était même plus protégé par un mot de passe. Ses dossiers ont disparu, ses jeux ont disparu, l'excellent fond d'écran *Blade Runner* qu'il avait, *pfuit*. Remplacé par la sempiternelle prairie verte sur fond de ciel bleu.

Tout ça ne me paraît pas normal.

J'ai cherché les livres qu'il avait empruntés à la bibliothèque mais je n'en ai trouvé aucun, peut-être qu'il les a emportés à NY. Il avait toujours une pile de livres de la bibli.

La seule chose un peu étrange que j'aie trouvée, c'est un petit bout de papier sous son lit. Il était planqué sous une chaussette donc facile à rater (Z devait faire des lessives genre tous les deux jours, même les serpillières étaient propres), mais c'était clairement le même papier que le bloc sur son bureau.

Il était couvert de griffonnages incohérents, comme s'il avait pris des notes en faisant autre chose. La plupart sont illisibles, mais il y a un dessin au milieu. Enfin, trois dessins.

Une abeille, une clé et une épée.

Alignées à la verticale, au centre d'un rectangle qui pourrait ressembler à une porte, ou peut-être que c'est juste un rectangle, Z n'est pas un très grand artiste. L'abeille, on dirait plutôt une mouche, mais comme elle a des rayures je suppose que c'est censé être une abeille.

Ça m'a eu l'air potentiellement important, alors je l'ai mis dans ma poche.

Et puis j'ai volé sa PS4.

Je parie qu'ils n'ont pas pensé à effacer ça.

Z n'était apparemment pas assez malin pour laisser des indices cachés dans les parties sauvegardées sur sa PS4. Ou alors il n'a pas eu le temps, la présence d'esprit ou je ne sais quoi, mais quand même. Grosse déception de détective en herbe.

Rien non plus sur le PSN.

Peut-être que lui aussi avait un cahier secret quelque part. Si c'est le cas, il l'a sans doute avec lui.

Il me semble que, dans les mystères de fiction, il y a plus d'indices que ça. Ou en tout cas, des indices qui conduisent à d'autres indices. J'espérais une piste, et tout ce que j'ai ce sont ces pauvres trucs en vrac qui ne forment même pas un début de quoi que ce soit.

Je ne sais pas ce que je m'attendais à trouver, peut-être un message qu'il aurait envoyé à quelqu'un en lui parlant de ses plans, quelque chose comme ça. S'il avait un plan. Ce qui n'est même pas sûr.

J'ai identifié l'ONG qui organisait la soirée à laquelle Z est allé – je travaille sur l'hypothèse qu'il est bel et bien allé à cette soirée, je sais qu'il s'est présenté à son hôtel parce que, ça, les flics l'ont vérifié, comme quoi ils ne servent pas complètement à rien –, mais c'est une ONG bizarre.

Ils donnent/lèvent une tonne d'argent pour tout un tas de trucs littéraires, dont beaucoup ont l'air cool, mais quand j'essaie de remonter à la source, ou même à une personne – un P-DG, quelque chose –, ça tourne en rond : chaque ONG fait partie d'une autre, qui est répertoriée comme une filiale d'une autre encore, mais c'est comme le ruban de Möbius, on revient toujours au point de départ. Ça ressemble à une couverture pour du blanchiment, pourtant quand j'ai appelé quelques-uns des bénéficiaires ils m'ont tous confirmé avoir reçu des dons, sans toutefois pouvoir me donner aucune autre info.

Alors j'ai continué à creuser. J'ai trouvé une pelletée d'adresses et j'ai essayé quelques numéros de téléphone. L'un m'a plongée dans les limbes d'une annonce de messagerie, un autre n'était plus attribué.

L'adresse la plus proche que j'ai dénichée au fin fond d'une sous-page d'une sous-page d'un des sites Internet (un de ceux qui n'étaient même pas référencés sur les moteurs de recherche, d'ailleurs, tellement planqué qu'on aurait dit qu'il n'était surtout pas censé être trouvable) était à Manhattan.

J'ai regardé ce que c'était.

Le bâtiment a brûlé genre deux jours après cette fameuse soirée.

Ça ne peut pas être une coïncidence.

Je suis à Manhattan.

J'ai pris des photos de l'immeuble, tout est barricadé. La structure a l'air d'avoir tenu le coup, mais les vitres ont sauté et la fumée a fait beaucoup de dégâts. C'est dommage, l'immeuble est plutôt joli.

Il y a une plaque qui indique « CLUB DES COLLECTIONNEURS ». Une dame est sortie d'un des bâtiments en face pour promener son chien et je lui ai demandé ce qui s'était passé, elle m'a dit que c'était un feu d'origine électrique et elle a commencé à se lamenter sur la vétusté des installations dans les vieux immeubles pendant que son carlin (Balthazar) inspectait mes chaussures. J'ai voulu savoir quel genre de club c'était et elle m'a répondu qu'elle pensait que c'était un club privé mais qu'elle n'en savait pas plus. Elle disait qu'elle voyait des gens entrer et sortir, mais pas très souvent. Qu'ils recevaient beaucoup de livraisons. Mais ensuite elle a eu l'air de regretter de m'avoir dit tout ça, ce que je peux comprendre parce que ça fait vraiment nana qui épie ses voisins par la fenêtre. Soit ça, soit elle m'a trouvée bizarre de poser autant de questions (deux !) sur un immeuble incendié, en tout cas elle a foutu le camp avec son clebs. Peut-être qu'elle m'a prise pour une apprentie pyromane.

J'ai cherché sur Internet « Club des collectionneurs », mais c'est trop générique pour donner quoi que ce soit d'intéressant. Il y a bien un club de collectionneurs de timbres qui se fait appeler comme ça à quelques rues de là, mais rien ne semble relier ce nom à cette adresse, en tout cas en apparence.

J'ai examiné la ruelle derrière le bâtiment et tous ses points d'accès, en réussissant à ne pas avoir l'air de fouiner. J'ai gardé ma capuche et je ne me suis pas arrêtée parce qu'il y avait des caméras, mais j'ai quand même pu bien observer l'arrière de l'immeuble. Il n'est pas aussi profond que ses voisins, si bien qu'il est prolongé par un jardin fermé par une grille, où la neige était immaculée même si, sur la façade, les vitres étaient aussi détruites qu'à l'avant, et toutes les portes étaient murées.

La grille était en fer forgé assez travaillé, et à l'endroit où les deux battants se rejoignent, au milieu de toutes les volutes décoratives, il y avait une épée.

Je ne pense pas non plus que ce soit une coïncidence.

Je ne suis pas sûre de croire encore aux coïncidences.

Après ça, j'ai marché longtemps. J'ai déambulé au hasard et je me suis retrouvée à la librairie Strand. Bizarrement, je ne pouvais pas m'empêcher de penser que j'allais tomber sur Z. Genre, il aurait perdu la notion du temps à force de traîner dans les rayonnages et ne se serait pas rendu compte du nombre de jours qui étaient passés.

Je suis restée un bon moment dans ce sous-sol à l'odeur de renfermé et j'avais constamment l'impression que quelqu'un m'observait, ou qu'il y avait quelque chose pas loin et que j'étais en train de passer à côté. C'est idiot, mais je me disais que le bouquin qu'il me fallait était là, quelque part, et que si je fermais les yeux et que je tendais la main vers une étagère au pif, mes doigts se poseraient dessus.

J'ai essayé deux ou trois fois mais ça n'a pas marché.

Tous les livres étaient juste des livres.

Je me suis posée au Lantern's Keep et, après avoir soumis le serveur à un interrogatoire en règle pour choisir mon cocktail (il m'a demandé si je travaillais dans un bar, j'ai été obligée de lui répondre que je buvais juste beaucoup), j'ai utilisé le WiFi-qui-n'est-pas-celui-de-mon-hôtel pour faire une plongée profonde dans le Darknet, et je suis tombée sur un site complotiste qui apparemment était fréquenté par des gens bien organisés puisqu'ils arrivaient à discréditer tous les messages postés sur le forum, genre, dans les vingt minutes.

Je me suis inscrite sous une fausse adresse mail, et j'ai juste posté ça :

Cherche infos sur :
Abeille
Clé
Épée

J'ai oublié de faire une capture d'écran, comme une conne. Mais j'ai eu trois réponses en dix minutes, l'une me traitant de troll, l'autre qui consistait en une série de sept points d'interrogation, la troisième en un émoji haussant les épaules.

Cinq minutes plus tard, mon post était supprimé et j'avais deux messages privés dans ma boîte personnelle.

Le premier venait d'un des administrateurs et disait juste : « Arrête. »

J'ai répondu que ce n'était pas du spam, juste une question.

L'admin m'a re-répondu en disant : « Je sais. Mais arrête. T'amuse pas à ça. »

Le second message, en provenance d'un compte qui n'avait jamais rien posté sur le forum, avec un nom d'utilisateur alphanumérique sans queue ni tête, disait :

Couronne
Cœur
Plume

Le Roi des chouettes arrive.

Le fils de la voyante marche dans la neige en parlant à la lune. Il lui demande de lui montrer le chemin, de lui fournir un signe, ou de lui faire savoir, d'une façon ou d'une autre, que tout ira bien, même si c'est un mensonge. Mais la lune ne dit rien et Zachary continue à avancer tant bien que mal au milieu de la neige qui s'accroche aux jambes de son pyjama et pénètre dans ses chaussures.

Il lui reproche de rester là à briller sans rien faire et puis il s'excuse, car qui est-il pour juger des actions ou de l'inaction de la lune ?

La forêt qu'il aperçoit à l'horizon semble ne jamais se rapprocher, quelle que soit la distance parcourue. Il aurait déjà dû l'atteindre, depuis le temps.

Zachary sait, malgré la présence de la lune et des étoiles, qu'il est toujours très loin sous la surface de la terre. Il sent le poids qui pèse au-dessus de lui.

Après ce qui lui paraît une éternité sans le moindre progrès, il s'arrête pour chercher dans son sac quelque chose, n'importe quoi, qui pourrait lui être utile. Ses doigts se referment sur un livre et il arrête de chercher.

Il sort *Doux chagrins* mais ne l'ouvre pas, il se contente de le garder un moment à la main avant de le ranger dans la poche de son manteau, afin de l'avoir au plus près de lui.

Délesté de tous ses livres, le sac lui semble soudain plus lourd. Il ne contient désormais que des choses superflues.

Aucun de ces objets ne pourra l'aider. Pas ici.

Zachary lâche le sac et l'abandonne dans la neige.

Il entortille ses doigts dans les chaînes autour de son cou, avec leurs pendentifs et cette boussole incapable à l'heure qu'il est de lui indiquer la moindre direction.

Il s'y accroche tout en continuant à marcher, plus léger à présent qu'il n'a plus que son livre et son épée à porter.

Comme il aimerait que Dorian soit réellement là ! C'est ce qu'il désire plus que tout, presque plus que de savoir que faire et où aller.

« Si Dorian est ici quelque part, je veux le voir, déclare Zachary à la lune. Tout de suite. »

La lune ne répond pas.

(Elle n'a répondu à aucune de ses requêtes.)

Pendant qu'il marche, ses pensées ne cessent de le ramener à l'endroit qu'il vient de quitter, cette fête imaginaire et l'effet que ça lui a fait de voir cette histoire dans laquelle il s'est retrouvé se fondre dans sa vie normale et y combler les vides.

Il entend des pas derrière lui. Quelqu'un qui court, le son amorti par la neige. Zachary se fige. Une main le saisit par le bras.

Zachary pivote d'un coup en dégainant l'épée de son fourreau pour tenir à distance cette nouvelle hallucination.

« Zachary, c'est moi », dit Dorian en levant les mains en l'air dans un geste défensif.

Il est exactement tel que Zachary s'en souvient : les cheveux plus longs, vêtu de son manteau aux boutons étoilés, si ce n'est qu'il est maintenant couvert de neige.

« Où va la lune quand elle n'est pas dans le ciel ? » demande Zachary sans baisser la garde.

Et il sait au sourire qu'il obtient en réponse que ce n'est pas un fantasme, mais bel et bien Dorian. Là et pas là. À côté de lui dans la neige sous le clair de lune et en même temps ailleurs, mais Dorian. Il le sait jusqu'au bout de ses orteils presque congelés.

« Dans une auberge qui se trouvait jadis à un carrefour et qui est maintenant ici avec tout ça, dit Dorian en balayant d'un geste la neige et les étoiles. C'est là que je suis aussi. Je crois que je dors peut-être. J'étais en train de regarder par la fenêtre en pensant à toi, et ensuite je t'ai vu et je me suis retrouvé ici. Mais je ne me rappelle pas avoir quitté l'auberge. »

Zachary baisse son épée.

« Je croyais t'avoir perdu », souffle-t-il.

Dorian l'attrape à nouveau par le bras et l'attire jusqu'à lui, posant le front contre le sien. Il est à la fois chaud et froid, réel et pas réel.

Cette personne est un endroit dans lequel Zachary pourrait avoir envie de se perdre sans jamais qu'on le retrouve.

Il se remet à neiger.

« Toi aussi, tu es tout en bas, non ? demande Dorian. Dans le monde sous le monde sous le monde ?

— J'ai pris l'ascenseur avec Max – enfin, Mirabel – après que tu es tombé. Maintenant je suis encore plus bas que ça, quelque part sous une ville de miel et d'os. J'ai traversé une porte. Ça, il faudrait que j'arrête. Et j'ai perdu ma chouette.

— Tu crois que tu pourrais trouver l'auberge, de là où tu es ?

— Je ne sais pas. Je ne dois plus être très loin de la mer sans Étoiles. Toi et moi ne sommes peut-être même plus dans le même temps. Si jamais… si jamais il m'arrive quelque chose…

— Tais-toi, l'interrompt Dorian. Il est hors de question que ceci soit nos adieux. Je vais te retrouver. On va se retrouver et on va s'en sortir ensemble. Tu n'as peut-être personne avec toi, mais tu n'es pas tout seul.

— *C'est dangereux d'aller seul* », répond Zachary par automatisme, et aussi en partie pour stopper les larmes qui lui piquent les yeux en plus de la neige.

Il range l'épée dans son fourreau et décroche le tout de son baudrier.

« Tiens, prends ça », dit-il en la donnant à Dorian.

Ça lui paraît la meilleure chose à faire. Dorian sait sans doute comment s'en servir.

Dorian accepte l'épée et commence à dire quelque chose, mais brusquement il se volatilise, dans un battement de cils. Il était là, il n'y est plus. Il n'y a même pas de traces de pas dans la neige. Aucune indication qu'il ait jamais été là.

Si ce n'est que l'épée a disparu. Tout comme la lune, cachée derrière les nuages.

La neige est plus légère à présent, les flocons flottent presque. On dirait du polystyrène.

Zachary tend le bras juste pour vérifier qu'il n'y a rien à toucher. La neige s'enroule autour de sa main et se glisse dans la manche de son manteau hérité.

Dorian était là, songe-t-il pour se donner du courage. *Il est ici quelque part, vivant, et je ne suis pas tout seul.*

Il prend une grande inspiration. L'air n'est plus aussi froid.

Un bruit ténu résonne non loin. Zachary sursaute et aperçoit le cerf qui l'observe fixement. D'assez près pour qu'on discerne les nuages de sa respiration.

Ses bois sont dorés et hérissés de bougies, enchevêtrés telle une couronne de flammes et de cire.

Zachary regarde le cerf et le cerf le regarde, ses yeux comme deux billes de verre noires.

Pendant un moment, ni l'un ni l'autre ne bouge.

Puis le cerf se détourne et part en direction des arbres.

Zachary le suit.

Ils arrivent à l'orée du bois plus vite qu'il l'aurait cru. La lumière de la lune, ou des étoiles, ou une lumière artificielle imaginaire filtre à travers les branches, bien que l'obscurité reste épaisse. La neige paraît plus bleue que blanche et les arbres eux-mêmes sont dorés. Zachary s'arrête pour examiner un tronc de plus près et se rend compte que son écorce est entièrement couverte de délicates feuilles d'or.

Il continue à suivre le cerf à travers les arbres d'aussi près que possible, même si parfois ce n'est guère plus qu'une lueur qui brille devant lui. Bientôt, il ne voit plus du tout le champ, englouti par cette forêt dorée à la fois ténébreuse et profonde.

Les arbres sont de plus en plus gros, de plus en plus hauts. Le sol devient instable et, comme Zachary écarte la neige du bout de sa chaussure, il s'aperçoit que dessous ce n'est pas de la terre mais des clés, un océan de clés qui tangue sous ses pas.

Le cerf le conduit jusqu'à une clairière, où les arbres s'écartent pour révéler une trouée de ciel étoilé. La lune n'est plus là et, quand Zachary baisse la tête, le cerf aussi l'a abandonné.

Les arbres autour de la clairière sont drapés de rubans. Noirs, blancs, or, enroulés autour des branches et des troncs, emmêlés dans la neige.

À tous ces rubans pendent des clés.

De petites clés, de longues clés et de grosses clés lourdes. Des clés ornementées, des clés simples et des clés cassées. Elles s'accumulent au creux des branches ou se balancent librement, leurs rubans se croisent, s'entortillent, s'agrippent les uns aux autres.

Au centre de la clairière, une silhouette est assise sur une chaise, tournant le dos à Zachary. Le regard rivé vers la forêt. Bien qu'il ait du mal à voir dans la pénombre, il croit discerner un infime chatoiement de rose.

« Max », dit-il, mais elle ne se retourne pas.

Il s'approche d'elle, mais la neige le ralentit, il ne peut avancer qu'à tout petits pas. Il met une éternité à l'atteindre.

« *Max* », répète-t-il, mais la silhouette sur la chaise ne bouge toujours pas, y compris quand il arrive tout près d'elle.

L'espoir auquel il s'accrochait sans même se l'être formulé fond sous ses doigts en même temps que l'épaule sur laquelle il pose sa main.

La silhouette est une sculpture de glace.

Alors que sa robe se répand en cascade autour de la chaise, les plis du tissu se transforment en vagues, dans lesquelles se cachent des navires, des matelots et des monstres marins, après quoi la robe et la mer se perdent dans les congères.

Le visage de la statue est vide et glacé, mais ce n'est pas une simple ressemblance comme chez celles qu'il a pu voir précédemment ; c'est un portrait d'une précision aussi fidèle que peut l'être une reproduction en eau solidifiée, comme s'il avait été moulé à partir du modèle en chair et en os. On croirait Mirabel en personne, jusqu'aux cils saupoudrés de neige, d'une perfection absolue à part désormais son épaule brisée.

Une lumière dans sa poitrine émet une faible lueur rouge, créant l'illusion de rose que Zachary a vue de loin.

Elle a les mains posées sur les genoux. Elles auraient pu être tournées vers le haut dans l'attente d'un livre, comme la statue de la Reine des abeilles, au lieu de quoi elles tiennent un morceau de ruban déchiré, pareil à ceux dans les arbres, à la différence que, si celui-ci a eu un jour une clé accrochée au bout, elle a été arrachée.

Zachary s'aperçoit maintenant que ce n'est pas la forêt qu'elle regarde, mais une autre chaise en face d'elle.

Une chaise vide.

Comme si elle était là depuis toujours à l'attendre.

Les clés pendues aux arbres oscillent doucement et se cognent les unes contre les autres, tintant tel un carillon à vent.

Zachary s'assied sur la chaise.

Il fixe la statue en face de lui.

Il écoute les clés danser sur leurs rubans.

Il ferme les yeux.

Prend une profonde inspiration. L'air est frais, mordant, lumineux.

Zachary rouvre les yeux et regarde la silhouette de Mirabel devant lui. Pétrifiée et patiente, la robe chargée de contes ancestraux et de vies antérieures.

Il peut presque entendre sa voix.

Raconte-moi une histoire, dit-elle.

Voilà ce qu'elle attend depuis toujours.

Alors Zachary obtempère.

Dorian se réveille dans une chambre qu'il ne connaît pas. Il a encore la sensation de la neige sur sa peau et de l'épée dans sa main, mais aucune neige ne pourrait résister à cette chaleur, et ses doigts ne sont agrippés qu'aux couvertures de son lit, rien d'autre.

Dehors, le vent hurle autour de l'auberge, dérouté par la tournure que prennent les événements.

(Le vent n'aime pas être dérouté, ça lui fait perdre le sens de l'orientation, et l'orientation est tout pour le vent.)

Dorian met ses chaussures, son manteau, et quitte le confort de sa chambre. Tandis qu'il attache ses boutons en étoile, le contact de l'os sculpté sous ses doigts ne lui paraît ni plus ni moins réel que celui de l'épée dans sa main quelques instants plus tôt ou que le souvenir de la peau glacée de Zachary contre la sienne.

Les lanternes sont éteintes dans la salle principale, mais une flambée brûle encore dans la grande cheminée en pierre et des bougies éclairent sporadiquement les tables et les chaises.

« C’est le vent qui vous a réveillé ? demande l’aubergiste en se levant de son fauteuil devant l’âtre, un livre ouvert à la main. Je peux vous donner quelque chose pour vous aider à dormir si vous voulez.

— Non, merci », répond Dorian en regardant cet homme qu’il a tiré de son imagination, dans un salon qu’il a rêvé mille fois de visiter.

Si Dorian pouvait inventer un endroit dans lequel oublier d’où il vient et où il va, ce serait exactement celui-là.

« Je dois partir », annonce-t-il.

Dorian marche jusqu’à la porte de l’auberge et l’ouvre. Il s’attend à retrouver la neige et la forêt dehors, au lieu de quoi il est dans une caverne sombre, sans la moindre trace de neige. Il distingue à l’horizon une forme comme une montagne qui pourrait aussi bien être un château, très, très loin.

« Refermez ça, dit l’aubergiste dans son dos. S’il vous plaît. »

Dorian hésite mais s’exécute.

« Cette auberge ne pourra jamais vous envoyer que là où vous êtes censé aller, lui explique l’homme. Mais *ça*, ajoute-t-il en montrant la porte, ce sont des profondeurs dans lesquelles seules les chouettes osent s’aventurer, dans l’attente de leur roi. Vous ne pouvez pas vous y rendre sans être préparé. »

Il retourne vers le feu, et Dorian le suit.

« De quoi ai-je besoin ? » demande-t-il.

Avant que l’aubergiste puisse répondre, la porte s’ouvre en grand. Le vent s’engouffre le premier, entraînant une bourrasque de neige derrière lui, et après la neige entre une voyageuse vêtue d’une longue houppelande à capuche couleur nuit, brodée de constellations en fil d'argent. Même une fois qu'elle a enlevé sa capuche, des flocons restent accrochés à ses cheveux noirs et continuent à scintiller sur sa peau.

La porte claque toute seule derrière elle.

La lune se dirige droit vers Dorian et sort de sous sa cape un long paquet enveloppé de soie bleu nuit.

« C'est à vous, dit-elle en se passant de présentations superflues. Vous êtes prêt ? Il n'y a plus beaucoup de temps. »

Dorian sait ce que contient le paquet avant même de le déballer, car son poids est familier dans sa main bien qu'il ne l'ait tenu qu'une fois, et en rêve.

(Si l'épée le pouvait, elle pousserait un soupir de soulagement alors qu'on la sort de son fourreau, car elle a déjà été perdue et trouvée d'innombrables fois par le passé, et elle sait que celle-ci sera la dernière.)

« On ne peut pas l'envoyer là-bas, dit l'aubergiste à son épouse. C'est... »

Il ne peut se résoudre à exprimer ce que c'est, et le danger inexprimable est la pire sorte que Dorian puisse imaginer.

« C'est là qu'il désire aller, insiste la lune.

— Je trouverai Zachary là-bas, n'est-ce pas ? » s'enquiert Dorian.

La lune hoche la tête.

« Alors c'est là que je vais. »

(Il y a un bref silence à cet instant, troublé uniquement par le vent, le crépitement du feu et le bourdonnement de l'histoire qui, impatiente de continuer, ronronne comme un chat.)

« Je vais chercher son sac, déclare l'aubergiste, laissant Dorian avec sa femme.

— Cette auberge est un point fixe, lui explique-t-elle. Elle reste la même quelles que soient les fluctuations de la mer. Une fois que vous l'aurez quittée, vous ne serez plus fixé à rien et vous devrez vous méfier de tout ce que vous rencontrerez. Il y a des choses dans les ténèbres, qu'elles aient été autrefois dieux, mortels ou histoires, elles sont autre chose à présent. Elles prendront la forme qu'il faudra pour vous convenir et vous faire dévier de votre chemin.

— Pour me convenir ?

— Pour vous effrayer, vous troubler ou vous séduire. Elles se serviront de vos propres pensées pour vous piéger. Ici, nous existons aux marges de ce que vous pourriez appeler histoire ou mythe. Il peut être difficile de s'y repérer. Accrochez-vous fermement à ce que vous croyez.

— Et si je ne sais pas ce que je crois ? » rétorque Dorian.

La lune le dévisage de ses yeux noirs comme la nuit, et l'espace d'un instant elle semble sur le point de lui dire quelque chose, peut-être un avertissement ou un souhait, mais à la place elle prend la main de Dorian dans la sienne et la porte à ses lèvres avant de la relâcher. C'est un geste simple et profond, dans lequel il trouve la réponse à sa question.

L'aubergiste revient avec son sac. Il est plus lourd qu'avant, Dorian devine le poids du cœur dans sa boîte. Il devrait sans doute rapporter ce cœur au Destin, mais il décide de se concentrer pour finir une histoire à la fois.

Dorian ouvre la porte de l'auberge, révélant le même panorama sombre que la fois précédente. On dirait plus clairement un château qu'une montagne, à présent. Il y a peut-être même une lumière allumée à une des fenêtres, mais c'est trop loin pour en être sûr.

« Puissent les dieux vous bénir et vous protéger », dit l'aubergiste en déposant un imperceptible baiser sur ses lèvres.

Armé d'une épée et d'un cœur, Dorian se lance vers l'inconnu et laisse l'auberge derrière lui.

Le vent redouble de hurlements tandis qu'il se met en chemin, redoutant ce qui va suivre, mais un mortel ne peut comprendre les souhaits du vent, aussi fort crie-t-il, si bien que ces ultimes avertissements demeurent lettre morte.

Extrait du Journal secret de Katrina Hawkins

J'ai l'impression d'avoir déjà entendu parler du Roi des chouettes, mais je ne sais plus où.

J'ai demandé à Elena à quel sujet elle avait voulu voir Z après mon cours ce soir-là et elle m'a raconté qu'il était passé à la bibli emprunter un bouquin bizarre qui n'était pas répertorié dans le système, et qu'ensuite il était revenu « en mode total détective » (je cite) pour essayer de localiser d'autres livres de la même donation, mais qu'elle ne savait pas pourquoi et qu'il ne lui avait rien dit. Elle a ajouté que deux des livres en question (dont le premier) n'avaient toujours pas été rendus, donc que c'était peut-être lui qui les avait.

Elle m'a indiqué le nom qu'elle lui avait donné pour l'origine de la donation : J. S. Keating. Alors j'ai fait ma petite enquête. Ma grosse enquête, même.

Jocelyn Simone Keating, née en 1812. Pas grand-chose sur elle, ni acte de mariage, ni descendance, rien. On dirait qu'elle a été reniée par sa famille. Autres Keating : le frère, marié, sans enfants à part une « pupille » anonyme, décédée à l'âge de dix-huit ans. L'épouse du frère meurt, il se remarie, l'épouse numéro deux meurt aussi, et plus tard le frère y passe à son tour, seul et grabataire, j'imagine. Il y avait deux autres Keating, des cousins qui n'ont jamais atteint la vingtaine. Et ensuite c'est genre la fin des Keating, du moins de cette branche-là vu que c'est un nom assez courant.

Pas d'acte de décès pour Jocelyn, en tout cas je ne l'ai pas trouvé.

Pourtant les livres ont été donnés en son nom il y a, quoi, moins de trente ans ? Elena m'a laissée fouiller dans les archives de la bibli pendant que son boss était en pause-déjeuner et j'ai réussi à mettre la main sur le dossier complet, même si rien n'était numérisé à l'époque donc c'est juste un scan en basse déf d'un document manuscrit dont la moitié est illisible.

Mais il y a bien une histoire de fondation, et des instructions pour différentes donations, sauf que bon, comment une nana peut léguer sa bibliothèque à tout un tas d'universités dans plusieurs pays alors que certaines n'existaient même pas au moment de sa mort ? Je veux dire, sérieusement, même si elle a vécu centenaire, cette fac a été fondée genre… attention, calcul mental… quelque chose comme quarante ou cinquante ans plus tard.

Elena m'a aidée à retrouver une partie des autres livres de la donation et certains sont carrément beaucoup trop modernes pour avoir appartenu à une nana en dix-huit cent chépaquoi. Il y a des trucs de l'entre-deux-guerres.

Ou alors ce n'était pas *sa* collection mais une collection nommée en son honneur ? Ou bien c'est juste la fondation, dont le nom serait resté d'un truc plus ancien. Je ne trouve aucune info nulle part sur la fondation Keating, c'est comme si ça n'existait pas.

Un des bouquins avait encore cette espèce d'abeille dessinée à l'intérieur. Abeille-clé-épée à l'encre un peu passée au dos de la quatrième de couverture, sous l'étiquette du code-barres.

Tout ça est tellement bizarre… Et pas, genre, bizarre cool. J'adore le bizarre cool.

J'ai fermé mon compte Twitch parce qu'il y a quelqu'un qui n'arrêtait pas de spammer mon chat avec des émojis abeilles.

J'ai reçu un texto d'un numéro inconnu qui disait *Arrêtez de fouiner, Mlle Hawkins*.

Je n'ai pas répondu.

Tous mes échanges de textos avec Z ont été effacés.

Le fils de la voyante est assis sur une chaise, entouré de clés, au milieu d'une forêt au clair de lune, en train de parler à une femme de glace.

Au début, il ne sait pas quoi lui dire.

Il ne se considère pas comme un conteur. Pas plus maintenant qu'avant.

Il pense à tous les récits dont il s'est gavé en grandissant, mythes, contes de fées, dessins animés.

Il se souvient de l'épreuve pour les aspirants veilleurs dans *Doux chagrins* : raconter une histoire dans une pièce remplie de clés, n'importe laquelle sauf la sienne, mais lui ne connaît pas d'histoire.

Il n'a rien préparé. Rien répété. Pourtant c'est une demande ouverte.

Raconte-moi une histoire.

Assortie d'aucune précision ni exigence.

Alors Zachary commence à parler, d'abord de façon hésitante, puis il est de plus en plus à l'aise, comme s'il bavardait avec un vieux copain au fond d'un bar mal éclairé devant un bon cocktail, et non qu'il s'adressait à une effigie muette dans une forêt enchantée sous la neige.

Il commence par l'histoire d'un garçon de onze ans qui trouve une porte peinte sur le mur d'une ruelle. Il lui décrit la porte dans ses moindres détails, jusqu'au trou de la serrure. Il lui raconte que le garçon ne l'a pas ouverte. Qu'ensuite il l'a regretté, que pendant des années il s'est surpris à y repenser dans les moments les plus inattendus, que cette porte l'a hanté et le hante encore.

Il lui raconte qu'il a déménagé un nombre incalculable de fois, et que nulle part il ne s'est senti à sa place. Que partout où il était, il aurait toujours préféré être ailleurs, de préférence dans un lieu fictionnel.

Il lui confie ses craintes que tout ça ne veuille rien dire. Que rien de tout ça n'ait d'importance. Que la personne qu'il est, ou la personne qu'il croit être, soit juste un ensemble de références aux œuvres d'autres gens. Il lui confie qu'il est tellement obnubilé par l'histoire, le sens et la structure qu'il voudrait que son monde soit parfaitement organisé autour de ces trois choses et que ce n'est absolument pas le cas, et il craint que ce ne le soit jamais.

Il lui raconte des choses qu'il n'a jamais racontées à personne.

Il lui parle de cet homme qui lui a brisé le cœur à si petit feu qu'il n'était plus capable de faire la différence entre amour et souffrance, au point qu'encore maintenant, quand il essaie de savoir où il en est de ses sentiments, la seule chose qu'il éprouve est un grand vide.

Il lui raconte qu'après ça, la bibliothèque de sa fac est devenue pour lui un refuge, que chaque fois qu'il se sentait replonger il allait y chercher un nouveau livre dans lequel plonger à la place, pour être quelqu'un d'autre, autre part, le temps d'une lecture. Il lui décrit la bibliothèque, avec ses ampoules capricieuses, lui raconte la fois où il a trouvé *Doux chagrins*, et comment ce moment a changé sans qu'il s'y attende tous les moments qui ont suivi.

Il lui lit des passages de *Doux chagrins*, récitant de mémoire quand la lumière des étoiles ne suffit pas à éclairer les mots sur le papier. Il lui parle des contes de Dorian, avec leurs histoires de châteaux, d'épées et de chouettes, de cœurs perdus, de clés perdues et de lune.

Il lui explique qu'il a toujours eu l'impression de chercher quelque chose, qu'il repensait sans cesse à cette porte non ouverte, et à quel point il a été déçu quand il a fini par franchir cette autre porte peinte. Il dit que cette déception ne l'a toujours pas quitté, sauf l'espace d'un instant, dans une salle de bal dorée à l'abri du temps. Là, il a enfin trouvé ce qu'il cherchait, une personne et non un endroit, une personne précise dans cet endroit précis, mais, presque aussitôt, l'instant, l'endroit et la personne se sont évaporés.

Il lui raconte tout ce qui s'est passé depuis : le crash en ascenseur, les voix dans les ténèbres, qu'ensuite il a retrouvé Simon dans son sanctuaire occupé à essayer de consigner l'histoire, qu'il est ressorti dans la neige, qu'il est passé devant la fête fantasmagorique dans la ferme de sa mère, qu'il a suivi le cerf entre les arbres, pour arriver enfin dans cette clairière où ils se trouvent à présent, dont il lui décrit les moindres détails, jusqu'aux navires sculptés dans les plis de sa robe.

Après quoi, n'ayant plus rien à raconter, Zachary commence à inventer.

Il se demande tout haut vers où peut bien faire route tel navire de glace dans sa robe, et au moment où il prononce ces mots, le navire se met à bouger, à voguer sur les flots gelés, s'éloignant de Mirabel pour prendre le large à travers la neige.

La forêt change autour du navire, les arbres s'estompent à mesure qu'il s'en approche, mais Zachary reste assis sur sa chaise et la statue de Mirabel reste avec lui, elle continue à l'écouter tandis qu'il cherche son chemin à tâtons, titubant parfois quand les mots ne lui viennent pas, mais alors il attend et n'essaie pas de courir après le bateau, il laisse le bateau et l'histoire l'emmener là où ils veulent.

La neige fond sur la route du navire, les vagues bouillonnent et s'écrasent contre sa coque.

Zachary se voit sur le pont, accompagné de Dorian et de sa chouette perdue. Il ajoute le chat persan pour faire bonne mesure.

Il imagine l'endroit vers où le bateau se dirige, non pas pour y ramener ses passagers à bon port, mais pour leur faire découvrir des territoires inconnus. Il manœuvre le navire et l'histoire vers des rivages qu'ils n'ont encore jamais abordés.

À travers le temps, le destin, bien au-delà de la lune, du soleil et des étoiles.

Quelque part, il y a une porte, marquée d'une couronne, d'un cœur et d'une plume, qui n'a pas été ouverte.

Il la voit devant lui, qui scintille dans le noir. Quelqu'un possède la clé qui l'ouvrira. Derrière cette porte se trouve un autre Port sur la mer sans Étoiles, grouillant de livres, de bateaux et de vagues dont le clapotis vient bercer les histoires de ce qui est et de ce qui sera.

Zachary suit les histoires et le navire aussi loin qu'il peut, et puis il les ramène. Jusqu'ici et maintenant. Jusqu'à ce moment neigeux dans cette forêt festonnée de clés.

Là, il se tait.

Le navire jette à nouveau l'ancre dans la robe de glace, au milieu des monstres marins.

Zachary reste assis en silence avec Mirabel.

Il n'a aucune idée du temps qui s'est écoulé depuis qu'il est là, si du temps s'est écoulé tout court.

Après le silence, il se lève et s'avance vers son public. Salue en se penchant vers elle et lui murmure à l'oreille :

« Où est-ce que ça s'arrête, Max ? »

Elle tourne vivement la tête vers lui et le regarde de ses yeux vides et gelés.

Zachary se fige, trop surpris pour bouger tandis qu'elle lève une main et la pose non pas sur sa joue, mais sur une des clés pendues à son cou.

Elle attrape la longue et fine clé qui était cachée dans *Fortunes et fables*, la sépare de la boussole et de l'épée et la tient sur sa paume ouverte. Une couche de givre la recouvre aussitôt.

Elle se lève à son tour, obligeant Zachary à se redresser dans le même mouvement. Sa robe se craquelle, précipitant vers une mort glacée les navires, les marins et les monstres qui peuplaient ses flots.

Puis elle appuie sa paume, et la clé à l'intérieur, sur la poitrine de Zachary, entre les boutons ouverts de son manteau.

Sa main est si froide que ça brûle, comme du métal chauffé à blanc.

De son autre main, elle attire Zachary vers elle, enfonce ses doigts gelés dans ses cheveux et plaque ses lèvres contre les siennes.

Tout est à la fois trop chaud et trop froid, à cet instant le monde de Zachary se résume à un baiser imaginaire dans une obscure clarté qui a un goût de miel, de neige et de flamme.

La douleur dans sa poitrine enfle et brûle tellement fort qu'il ne sait plus où finit la glace et où lui-même commence, et juste au moment où il pense qu'il ne va plus pouvoir le supporter, ça s'arrête et vole en éclats.

Zachary ouvre les yeux et s'efforce de reprendre son souffle.

Le sosie glacé de Mirabel a disparu.

La clé aussi, laissant l'épée et la boussole orphelines sur leur chaîne. Mais l'empreinte de la clé est tatouée à vif sur le torse de Zachary et y restera à jamais.

Toutes les autres clés ont également disparu, et les arbres avec.

Zachary n'est plus dans la forêt.

Il se trouve à présent dans une ruelle enneigée qui, si elle existait encore sous sa forme réelle, ne pourrait jamais contenir autant de neige.

Il y a maintenant une nouvelle statue de glace à ses côtés. Plus petite, aux cheveux bouclés, qui porte un sweatshirt à capuche, des lunettes et un cartable sur le dos, face à un mur en brique – en vraies briques, pas en briques de glace – en grande partie badigeonné à la chaux, dont le blanc se confond avec celui de la neige.

Sur le mur est peinte une porte richement décorée.

Les couleurs sont vives, certains pigments métallisés. Au centre, à l'endroit où l'on pourrait attendre un judas, stylisée dans le même esprit que le reste des ornements, est représentée une abeille.

Sous l'abeille, il y a une clé. Sous la clé, une épée.

Zachary tend la main pour toucher la porte, le bout de ses doigts se pose entre l'abeille et la clé et il sent la couche de peinture lisse qui recouvre la brique froide, de légères aspérités en surface trahissant sa texture.

C'est un mur. Un mur avec une jolie image peinte dessus.

Une image si parfaite qu'elle réussit à tromper l'œil.

Zachary se retourne vers le fantôme de sa propre enfance, mais la statue a disparu. La neige a disparu. Il est tout seul dans une ruelle, devant une porte peinte sur un mur.

La lumière a changé. Les prémices de l'aube commencent à chasser les étoiles.

Zachary baisse la main vers la poignée peinte et ses doigts se referment sur un solide en métal froid, rond et tridimensionnel.

Il ouvre la porte et la franchit.

Et ainsi, le fils de la voyante trouve le chemin de la mer sans Étoiles.

Dorian arpente les profondeurs avec le cœur du Destin dans une boîte soigneusement emballée et rangée dans un balluchon accroché à son dos, ainsi qu'une épée bien plus ancienne que lui mais pas autant que les choses qui le scrutent dans les ténèbres, pourtant toutes aussi affûtées les unes que les autres.

Une épée n'oublie pas comment faire mouche quand elle est maniée par une main qui sait s'en servir.

Sa lame et les manches du manteau étoilé de Dorian sont couvertes de sang.

Il y a des… *choses* qui le suivent depuis qu'il a quitté l'auberge, et de nouvelles qui les ont rejointes au fil du chemin.

Des choses qui en veulent à sa vie, à sa chair, à ses rêves.

Des choses qui seraient prêtes à se glisser sous sa peau et à s'en faire un manteau.

Il y a une éternité qu'elles n'ont pas vu de mortel venir les tenter de si près.

Elles changent de forme autour de lui. Elles utilisent ses propres histoires contre lui.

Ce n'était pas ce à quoi Dorian s'attendait, même après les avertissements de la lune.

Ça lui semble trop réel.

À un moment, il est dans une caverne, le regard fixé sur une lumière à l'horizon, l'instant d'après il marche dans les rues d'une ville. Il sent la chaleur du soleil sur sa peau et les gaz d'échappement des voitures.

Il se méfie de tout ce qu'il voit.

Dorian avance sur un trottoir bondé dans ce qui pourrait passer pour une rue de Manhattan s'il n'y regardait pas à deux fois. Il évite les piétons avec une agilité aguerrie.

Hommes d'affaires, touristes et enfants se retournent sur son passage.

Dorian évite de croiser le regard de quiconque ou de quoi que ce soit, mais alors il arrive devant un monument familier, flanqué de deux gros chats.

Il n'avait jamais remarqué jusque-là à quel point Patience et Fortitude étaient massifs. Les deux lions plus grands que nature le suivent d'un œil noir et brillant qui n'est pas le leur.

Dorian s'arrête au pied des marches de la bibliothèque et serre les doigts autour de son épée en se demandant si des lions en pierre saigneront de la même façon que tout ce que cet endroit a mis en travers de sa route jusque-là.

Il se tient prêt, attendant que les lions lui sautent à la gorge, mais à la place quelque chose l'agrippe par-derrière, s'enroule autour de son cou et le tire vers la chaussée pour le propulser contre la portière d'un taxi. Il titube dans un vacarme de klaxons, mais il parvient à ne pas lâcher son épée et, quand il retrouve l'équilibre, il l'abat d'un coup sec et la lame atteint sa cible, preste et sûre.

La chose qu'il a terrassée ressemble d'abord à un homme d'affaires armé d'une mallette, puis à une ombre informe aux multiples tentacules, puis à un petit enfant qui hurle, puis à rien.

La rue, les taxis, la bibliothèque et les lions s'estompent avec elle, laissant Dorian de nouveau seul dans une gigantesque caverne.

Au-dessus de lui, les ténèbres sans étoiles sont si vastes qu'il pourrait presque croire que c'est le ciel.

Il y a un château à l'horizon. Une lumière brille à la fenêtre de sa tour la plus haute. Dorian peut la voir et discerne aussi le rivage faiblement luminescent qu'elle surplombe. Il garde les yeux rivés dessus, car le château ne fluctue pas comme le reste du monde qui l'entoure, et il s'en sert comme d'un phare pour diriger ses pas.

Du sang qui n'est pas le sien clapote dans ses chaussures.

Sous ses pieds, le sol change, passant de la pierre au bois. Puis il commence à gîter et à tanguer sur des vagues qui n'existent pas.

Dorian est à bord d'un bateau. Un bateau qui vogue sur un océan par une nuit claire.

Debout sur le pont devant lui se tient une silhouette en manteau de fourrure qui semble être Allegra mais dont il sait que ce n'est pas Allegra.

Ils essaient de le désarmer.

Dorian resserre les doigts autour de son épée.

Extrait du Journal secret de Katrina Hawkins

Ils me surveillent, maintenant. Je veux dire, vraiment maintenant, au moment où j'écris ces lignes.

Je suis au Noodle Bar et pendant que je faisais la queue pour commander mes ramen, le type derrière moi a commencé à me brancher, genre à commenter mon tee-shirt « une femme cultivée est une dangereuse créature », à me demander si j'avais essayé d'autres restaus de ramen dans le coin et ensuite, pendant que je parlais avec la serveuse, il a glissé un truc dans mon sac. Je ne sais pas si c'est un micro ou quoi, j'attends qu'il soit parti pour tout vider et vérifier. Pour l'instant il s'est mis à une table à l'autre bout de la salle, à ce qui est probablement une distance « respectueuse ». Il a le nez plongé dans un bouquin, je reconnais la couverture mais je ne vois pas le titre. Genre une nouveauté grand public. Mais il ne lit pas. Il l'a ouvert à une page vers la fin, sauf que la jaquette est beaucoup trop nickel pour qu'il ait déjà lu tout ça, surtout que c'est le genre de jaquette où on colle des traces de doigts partout, d'autant plus quand on lit à table.

Je crois que je suis en train de devenir trop bonne à ce jeu.

Faut dire que lui, niveau discrétion, il est franchement nul. Il regarde à peine son bouquin et il touche à peine à ses nouilles. Il me regarde écrire. Il reluque mon journal comme s'il était en train de se demander comment faire pour me le piquer dès que j'aurai le dos tourné.

Mais je n'aurai pas le dos tourné. Jamais.

Il faudra me passer sur le corps pour récupérer ce cahier, espèce de branque.

Ça me fait penser à ce type qui matait Z au Griffon l'autre soir, sauf que celui-ci est plus jeune et carrément moins sexy.

(J'ai aussi essayé de retrouver la trace de ce type-là, d'ailleurs. J'ai interrogé les serveuses et les barmen, il y en avait juste une qui se souvenait de lui ; elle dit qu'elle a vaguement essayé de le draguer et qu'il lui a mis un vent, mais pas méchamment ; mais elle ne l'avait jamais vu avant et elle ne l'a pas revu depuis.)

Pour en revenir au type d'aujourd'hui, je crois qu'il a compris que je ne bougerais pas d'ici avant lui. Pas question. Je me débrouillerai pour sortir incognito par une porte de service dans l'arrière-cuisine façon film d'espionnage s'il essaie de m'avoir à l'usure.

Un peu plus tard. J'ai gagné le bras de fer du Noodle Bar. Le type a fini par partir, super lentement et à contrecœur, comme s'il regrettait de devoir interrompre son tête-à-tête avec son bol de ramen vide.

Il n'a jamais tourné plus de trois pages de son livre en une demi-heure.

J'ai fait tout un détour en partant dans la mauvaise direction quand je suis sortie du restau, et là je me suis arrêtée dans un parc pour inspecter le contenu de mon sac.

J'ai trouvé une toute petite capsule, genre de la taille d'une pile bouton, et un peu collante, si bien qu'elle était restée à l'intérieur de mon sac même quand je l'ai entièrement vidé. Je ne l'aurais jamais repérée si je n'avais pas vu le type la mettre. Je ne sais pas si c'est un GPS, un micro ou quoi.

Ça devient franchement bizarre.

Ouf, rentrée.

J'ai acheté sur le chemin une chaîne supplémentaire pour ma porte et un détecteur de mouvement.

Ensuite j'ai fait des cookies à la cannelle et je me suis mixé un clover club, vu que j'avais des blancs d'œufs en rab. Et puis je me suis mise à jouer à *Dark Souls* et maintenant je me sens un peu mieux.

Chaque fois que l'écran affiche « Vous êtes mort », je me sens mieux.

Vous êtes mort.

Vous êtes mort et le monde continue à tourner.

Vous êtes mort et c'était pas si terrible, pas vrai ? Reprenez un cookie.

Je viens de passer une demi-heure à pleurer non-stop, mais maintenant ça va.

Je crois que Z est mort. Voilà, je l'ai dit. En tout cas je l'ai écrit.

Je crois qu'à un moment j'ai arrêté de le chercher, lui, et je me suis mise à chercher le pourquoi, et maintenant le pourquoi s'en prend à moi.

J'ai collé le machin-qui-était-potentiellement-un-micro sur un chat quand j'étais au parc.

Le fils de la voyante franchit une porte et pénètre dans une vaste caverne ouverte, loin, très loin sous la surface de la terre. Sous les ports, sous les villes, sous les livres.

(Le seul et unique livre qu'il a sur lui est le premier à se retrouver à de telles profondeurs. Ici, jamais les histoires n'ont été attachées de la sorte, elles sont laissées en liberté, à l'état sauvage.)

Zachary se demande s'il est dans cette caverne depuis le début, si c'était là qu'il marchait quand il a vu ce qui ressemblait à de la neige, des arbres et des étoiles. S'il a désormais traversé ces histoires et qu'il est ressorti de l'autre côté.

Quelque chose se cogne contre sa cheville, quelque chose d'à la fois doux et insistant. Il baisse les yeux et reconnaît le museau aplati de son bien-aimé chat persan.

« Tiens, salut, dit-il. Comment tu es descendu jusqu'ici ? »

Le chat ne répond pas.

« Il paraît que tu me cherchais. »

Le chat ne daigne ni confirmer ni démentir cette information.

Zachary jette un coup d'œil derrière lui et constate, sans surprise, que la porte par laquelle il est arrivé a disparu. À la place se trouve une falaise, une très haute falaise avec peut-être une structure au sommet, c'est difficile à dire sous cet angle.

Le chat donne à nouveau des petits coups de museau sur la jambe de Zachary pour attirer son attention dans l'autre direction, vers une étendue rocheuse qui se termine par une crête derrière laquelle semble s'élever une lueur.

Zachary entend des vagues.

« Tu viens ? » lance-t-il au chat.

Non seulement le chat ne répond pas, mais il ne bouge pas non plus. Il reste assis et se lèche tranquillement une patte.

Zachary fait quelques pas en avant, en direction de la crête. Le chat ne le suit toujours pas.

« Tu ne viens pas ? »

Le chat le regarde en silence.

« Très bien, rétorque Zachary, même si ce n'est pas ce qu'il veut dire. Tu peux parler, non ? ajoute-t-il.

— Non », répond le chat.

Après quoi il courbe la tête, fait demi-tour et s'éloigne dans la pénombre, laissant Zachary cloué sur place. Ce dernier le suit du regard jusqu'à ce qu'il disparaisse, c'est-à-dire pas longtemps, puis se met en route vers la crête. Lorsqu'il est assez haut pour voir ce qu'il y a derrière, il comprend où il est.

Zachary Ezra Rawlins se tient sur le rivage de la mer sans Étoiles.

La mer luit comme une flamme de bougie derrière de l'ambre. Un océan enfermé dans un coucher de soleil perpétuel.

Zachary prend une grande inspiration et s'attend à un vif picotement salé dans ses poumons, mais ici l'air est lourd et sucré.

Il descend sur la grève pour regarder le flux et le reflux des vagues napper les rochers. Pour écouter le bruit qu'elles font : un doux bourdonnement comme une berceuse.

Zachary enlève ses chaussures. Il les pose hors d'atteinte des vagues, trempe les pieds dans le ressac indolent et rit en sentant la mer s'accrocher à ses orteils.

Il se penche pour caresser la surface mielleuse, porte un doigt à ses lèvres et le lèche timidement. C'est un goût de sucre quand il s'attendait à du sel. Il n'est pas sûr qu'il aurait envie de se baigner dans cette mer, bien qu'elle soit délicieuse.

Il aurait tendance à penser que c'est impossible s'il ne s'était pas depuis longtemps résigné à croire à des choses impossibles.

Et maintenant, quoi ? songe-t-il, mais il chasse aussitôt cette question de son esprit. Ça n'a pas d'importance. Pas pour l'instant. Pas ici, dans le tréfonds, où le temps est fragile.

Car, pour l'instant, c'est là l'intégralité de son monde. Sans étoiles et sacré.

Devant lui s'étend la mer sans Étoiles. Il distingue le spectre d'une ville sur l'autre rive, noire et déserte.

Il y a un objet par terre à ses pieds, là où la mer rejoint le rivage. Zachary le ramasse.

Une bouteille de champagne brisée. On dirait qu'elle est là depuis des années. L'étiquette est à moitié effacée. Les bords des tessons sont coupants et dégoulinants de miel.

Zachary relève la tête vers les ténèbres caverneuses. La structure perchée sur la falaise ressemble presque à un château.

Au-delà, il peut voir les strates et les strates de roche qui s'élèvent à perte de vue. Des ombres plus profondes que d'autres. Des espaces qui s'incurvent et s'enfoncent vers l'intérieur, constellés de lumières qui ne sont pas des étoiles.

Il s'émerveille d'être arrivé aussi loin, alors qu'il retourne la bouteille cassée entre ses mains en se remémorant l'escalier et la salle de bal, tout, tout là-haut au-dessus de lui.

Il entend des pas qui s'approchent. Ça tombe bien, pense-t-il, d'avoir retrouvé le Destin juste au moment où il a enfin atteint la mer sans Étoiles. Juste au moment où *pas encore* s'est transformé en *maintenant*.

« Salut, Max, dit-il, regarde, j'ai ramassé... »

Il perçoit un vif mouvement dans son dos pendant qu'il se retourne. L'espace d'un instant, sa vision est une tache floue, et quand elle devient nette, ce n'est pas Mirabel qui se tient devant lui.

C'est Dorian.

Zachary essaie de prononcer son nom mais n'y arrive pas, et Dorian le regarde avec une expression de choc sur le visage. Zachary ne peut pas respirer, c'est bien la première fois qu'il rencontre quelqu'un qui, littéralement, lui coupe le souffle, peut-être qu'il est bel et bien amoureux, sauf que, attends, maintenant il ne peut vraiment plus respirer. Il a la tête qui tourne. La lueur de la mer diminue. La bouteille de champagne brisée tombe de sa main et se fracasse par terre.

Zachary Ezra Rawlins baisse les yeux vers sa poitrine, où les doigts de Dorian sont agrippés à la garde de l'épée, et juste au moment où il commence à comprendre ce qui se passe, tout devient noir.

Extrait du Journal secret de Katrina Hawkins

J'étais en train de boire un verre et de bouquiner au Griffon, je m'étais mise à une table dans le fond pour n'être dans la ligne de mire de personne, quand tout à coup une femme d'un certain âge en manteau de fourrure blanc est venue s'asseoir en face de moi comme si je l'attendais. Elle avait un œil bleu et l'autre marron, et un martini à la main avec deux olives (de la même couleur) dedans. Le verre était encore givré, elle venait sans doute de le prendre au comptoir.

« Vous êtes difficile à localiser, mademoiselle Hawkins, a-t-elle dit avec un faux sourire sympa qui avait presque l'air sincère.

— Pas vraiment, j'ai répondu. Ce n'est pas une très grande ville, il y a genre deux bars que je fréquente en tout et pour tout. En plus vous avez probablement mon emploi du temps, non ? Vous pourriez très bien vous passer de mettre des mouchards dans mon sac. »

Elle a arrêté de sourire. C'était clairement une *des leurs*, mais maintenant j'ai droit aux gros bonnets, cette nana était une pro. Fini les pseudo-espions repérables à vingt mètres derrière leur bol de ramen.

Comme elle ne disait rien, je lui ai demandé : « C'était quoi, de son vivant ? », en désignant d'un hochement de tête son manteau de fourrure. Elle n'essayait pas de passer inaperçue, et quelque part je trouvais ça assez classe.

« C'est du faux, m'a-t-elle rétorqué, ce qui m'a déçue. Ça vous plaît ? a-t-elle ajouté en inclinant son martini vers le livre que j'avais entre les mains, *1001 tuyaux pour écrire un best-seller*.

— C'est pour la fac », j'ai précisé, ce qui était vrai.

J'étais un peu prise de court par le côté papotage. Je ne pensais pas qu'ils viendraient carrément me parler en face.

« Il vous manque, hein ? » a-t-elle commenté en zyeutant mon cocktail.

Un sidecar. J'avais pris ça parce que je n'arrivais pas à penser à autre chose. J'avais juste envie de sortir de chez moi. Mais j'avais oublié de spécifier que je le voulais sans sucre, du coup le pied du verre était tout collant.

« Vous savez où il est ? » j'ai demandé.

Elle n'a rien dit mais elle a eu une expression bizarre dans le regard. Dans l'œil marron, du moins (je pense que le bleu est surtout un problème de cataracte). Je n'ai pas bien compris ce que signifiait ce regard. J'aurais bien aimé que ça me fasse comme dans les films, genre *Ah ah, vous SAVEZ où il est, c'est clair !*, mais non. Elle m'a regardée, elle a bu une gorgée de martini et en le reposant elle m'a sorti : « Vous devez être triste à cause de votre séparation. »

Je n'ai dit à personne que je m'étais séparée de Lexi. L s'est foutue en rogne quand j'ai commencé à essayer de comprendre ce qui était arrivé à Z. Elle disait qu'à tous les coups il avait simplement mis les voiles et que j'étais juste vexée qu'il ne m'ait pas prévenue, alors je l'ai accusée d'avoir monté toute cette histoire d'abeille-clé-épée pour un de ses projets de chasse au trésor théâtrale et elle m'a rétorqué que de toute façon je lui faisais « perdre son temps », ce que j'ai trouvé quand même un peu dur, et finalement je ne suis pas sûre d'être triste. Je crois que ça va. Je ne suis même pas sûre d'avoir envie d'une histoire en ce moment. Les choses changent. Et elles changent particulièrement vite ces jours-ci. Il y a une semaine, tout était différent. Il neige encore, cela dit. C'est le seul truc qui n'a pas changé.

« Pas vraiment, j'ai fini par répondre.

— Mais vous n'avez plus personne, maintenant. »

J'étais verte, parce qu'au fond elle n'avait pas tort, mais je n'allais pas le lui dire. J'ai mon cahier, j'ai mes projets, et si j'étais là toute seule avec mon cocktail c'est parce qu'il n'y avait personne avec qui j'avais envie de le partager. Je n'ai pas de *gens*, c'est vrai. Elle a dit ça comme si elle savait aussi que ce n'était pas le grand amour avec ma famille.

J'ai gardé le silence.

« Vous êtes toute seule, a-t-elle continué. Vous ne préféreriez pas avoir votre place quelque part ?

— J'ai ma place ici. »

Je ne comprenais pas où elle essayait d'en venir.

« Pour combien de temps ? a-t-elle dit. Vous allez rester encore deux années de second cycle parce que vous ne savez pas quoi faire d'autre, et ensuite vous devrez partir. Vous n'aimeriez pas appartenir à quelque chose de plus grand que vous ?

— Je ne crois pas à la religion, j'ai rétorqué.

— Ce n'est pas une organisation religieuse.

— Qu'est-ce que c'est, alors ?

— Je crains de ne pouvoir vous en dire plus. À moins que vous acceptiez de nous rejoindre.

— C'est une secte, ou quoi ?

— Ou quoi.

— Je vais avoir besoin de plus d'informations », je lui ai dit.

Et j'ai bu une gorgée de sidecar parce que ça me paraissait le bon truc à faire, mais ensuite j'ai eu les doigts tout poisseux. Le sucre sur le bord des verres, c'est vraiment débile.

« Sauf si on est dans une situation du genre “j'en sais déjà trop”, j'ai ajouté.

— Vous en savez déjà trop, mais ça ne m'inquiète pas tellement. Si vous vous avisiez de raconter ce que vous savez, ou ce que vous pensez savoir, personne ne vous croirait.

— Parce que c'est trop chelou ?

— Parce que vous êtes une femme. Ce qui vous range plus facilement dans la catégorie foldingue. *Hystérique.* Si vous étiez un homme, ce serait peut-être un problème. »

Je me suis tue. J'attendais mon « plus d'informations ». Elle m'a regardée pendant un long moment. Clairement pas naturel, son œil bleu.

« Je vous aime bien, mademoiselle Hawkins, a-t-elle fini par dire. Vous êtes tenace, et j'admire la ténacité quand elle n'est pas mal placée. Actuellement, la vôtre est mal placée, mais je pense que je pourrais en faire bon usage. Vous êtes intelligente, déterminée, passionnée, et tout ça sont des qualités que je recherche. Et vous aimez les histoires.

— Quel rapport avec le reste ?

— Ça veut dire que vous avez des affinités avec notre champ d'intérêt.

— Une ONG littéraire, c'est ça ? Je ne pensais pas que les fondations littéraires avaient ce côté société secrète.

— La fondation caritative est une couverture, et vous le savez. Vous croyez à la magie, mademoiselle Hawkins ?

— La magie à la Arthur C. Clarke, comme "technologie suffisamment avancée pour avoir l'air magique" ? Ou la magie-magie ?

— Vous croyez au mystique, au fantastique, à l'improbable, à l'impossible ? Vous croyez que certaines choses que d'autres qualifient de rêves ou d'imagination existent réellement ? Vous croyez aux contes de fées ? »

Là, je dois dire que je n'en menais pas large vu que j'ai littéralement toujours été la gamine qui croit aux contes de fées, sauf que je ne savais pas quoi faire parce que je n'étais plus une gamine, j'étais une jeune femme de vingt ans et quelques dans un bar à cocktails qui a toujours eu l'impression de ne pas être en âge de boire de l'alcool, alors j'ai juste dit :

« Je ne sais pas.

— Vous le savez très bien, m'a rétorqué la nana en continuant à siroter son martini. C'est juste que vous ne savez pas comment l'admettre. »

J'ai dû faire une drôle de tête, mais je ne m'en souviens pas.

Je lui ai demandé ce qu'elle me voulait.

« Je veux que vous partiez d'ici avec moi pour ne plus jamais revenir. Vous laisserez derrière vous votre vie et votre nom actuels. Vous m'aiderez à protéger un endroit dont la plupart des gens refuseraient de croire qu'il existe. Vous aurez un but. Et, un jour, je vous amènerai dans cet endroit.

— Je ne suis pas trop du genre à attendre le grand jour, désolée.

— Ah oui ? Et qu'est-ce que vous faites, planquée dans vos labos pour éviter le monde réel ? »

Ça, j'ai trouvé que c'était franchement un coup bas, même si ça n'était pas faux, mais à ce stade elle commençait à me les briser, alors je lui ai dit :

« Meuf, si vous avez un accès privé à un monde féerique secret, qu'est-ce que vous foutez au fond de ce bar à parler avec moi ? »

Elle m'a regardée bizarrement, je ne sais pas si c'est parce que je l'avais appelée « meuf » ou si c'était autre chose, en tout cas elle a réfléchi un bon moment à ce que je venais de dire, et ensuite elle a juste sorti une carte de visite de sa poche qu'elle a fait glisser vers moi sur la table.

Il y avait écrit « Club des collectionneurs ».

Avec un numéro de téléphone.

Et une petite épée en dessous.

Je vais être honnête : j'ai presque été tentée. Parce que, bon, combien de fois dans une vie une femme en manteau de fourrure va venir vous proposer un job de maintien de l'ordre au pays des merveilles ? Mais c'était quand même un peu louche, et puis j'aime bien mon nom, et le fait qu'elle ait esquivé ma question sur Z m'avait passablement énervée.

« Est-ce que Zachary a accepté votre offre d'emploi, ou est-ce que c'est lui qui a mis le feu à votre petit club ? » j'ai demandé, en me disant que ça devait être l'un ou l'autre.

D'après sa tête, c'était plutôt la deuxième option. Le faux sourire était de retour.

« Je pourrais vous dire une quantité de choses que vous auriez certainement envie de savoir, mais il faudrait d'abord vous soumettre à mes conditions. Il n'y a rien ici pour vous. N'êtes-vous pas curieuse ? »

Je l'étais. Plus que curieuse. Je crevais de curiosité. J'ai songé à lui dire que j'y réfléchirais si elle me laissait parler à Z ou si elle pouvait me prouver qu'il était vivant, mais je n'avais pas trop l'impression qu'elle était du genre à négocier. Si je ne la suivais pas tout de suite, je ne la reverrais jamais.

« Je ne crois pas », j'ai répondu.

Elle a eu l'air un poil contrariée, et puis elle s'est ressaisie.

« Y a-t-il quelque chose que je puisse dire pour vous faire changer d'avis ? a-t-elle insisté.

— Qu'est-ce que vous avez à l'œil ? » j'ai demandé, tout en sachant que, quoi qu'elle me réponde, ça ne changerait rien.

Cette fois, elle a souri pour de vrai.

« Il y a longtemps, j'ai sacrifié un œil en échange de la faculté de voir, m'a-t-elle expliqué. Je suis sûre que vous savez que la magie requiert des sacrifices. Pendant des années, j'ai pu voir toute l'histoire. Ça ne marche plus maintenant, pas ici, parce que j'ai pris une décision qui m'a laissée avec pour seule vision celle d'un présent brumeux. Parfois, je regrette cette clarté. Mais encore une fois, tout est une question de sacrifice. »

Je l'ai presque crue. Je l'ai fixée du regard, et son œil bleu trouble m'a fixée aussi, et comme il reflétait la lumière d'une de ces ampoules vintage au-dessus de nous j'ai vu que ce n'était pas du tout une cataracte, c'était un tourbillon dans un ciel d'orage, parfaitement translucide. Un éclair l'a traversé.

J'ai bu le reste de mon cocktail, j'ai attrapé mon livre, mon sac et mon manteau avec mes doigts collants, je me suis levée et je lui ai adressé un petit salut militaire en portant le livre à mon front.

J'ai laissé sa carte de visite sur la table.

Et j'ai pris mes jambes à mon cou.

« Je suis déçue, mademoiselle Hawkins », m'a-t-elle lancé pendant que je m'éloignais.

Je ne me suis pas retournée, et je n'ai pas bien entendu ce qu'elle a ajouté après, mais j'ai compris quand même.

« On vous tient à l'œil. »

Le fils de la voyante est mort.

Il est entouré de ténèbres vides et informes, dans un silence irréel.

Quelque part dans les ténèbres informes surgit une voix.

Bonjour, monsieur Rawlins.

Une voix qui semble venir de très, très loin.

Bonjour bonjour bonjour.

Zachary ne sent rien, pas même le sol sous ses pieds. Pas même ses pieds, d'ailleurs. Il n'y a que du vide, cette voix très lointaine, et rien d'autre.

Et puis ça change.

Comme s'il se réveillait sans avoir souvenir de s'être endormi, sauf que ce n'est pas graduel ; sa conscience revient d'un coup, brutalement, son existence bénéficiant d'un sursis inopiné.

Il est de retour dans son corps. Ou du moins une version de son corps. Il est allongé par terre, pieds nus, vêtu d'un pantalon de pyjama et d'un manteau qu'il considère toujours comme celui de Simon, même si à la fois le manteau et sa version *post mortem* savent qu'ils appartiennent à la personne qui les porte.

Il a sur le torse la marque au fer chaud d'une clé fraîchement tatouée, mais pas de plaie, pas de sang.

Il n'a pas non plus de pouls.

Mais ce qui le convainc sans l'ombre d'un doute qu'il est bel et bien mort, c'est le fait qu'il n'a plus ses lunettes et qu'il y voit pourtant parfaitement clair.

Les idées de Zachary sur une possible vie après la mort ont sans cesse varié, de rien du tout à la réincarnation en passant par des univers infinis autogénérés, mais il en revenait toujours à se dire qu'il était vain de vouloir essayer de deviner quoi que ce soit et qu'il verrait bien quand il mourrait.

Maintenant il est mort et il gît sur un rivage qui ressemble beaucoup à celui sur lequel il a péri, à quelques différences près qu'il est trop énervé pour le remarquer pour l'instant.

Il essaie de se rappeler ce qui s'est passé, et ses souvenirs sont d'une douloureuse netteté.

Il venait de retrouver Dorian. Il était là, juste devant lui. Pendant quelques secondes, il avait trouvé ce qu'il cherchait, mais ensuite l'histoire n'a pas pris le cours qu'elle aurait dû.

Il pensait qu'il allait enfin (*enfin*) obtenir ce fameux baiser, et même plus que ça. Il se repasse les derniers moments dans sa tête en regrettant de n'avoir pas su que c'étaient les derniers, et même s'il l'avait su il ne voit pas bien ce qu'il aurait pu faire, il n'est pas sûr qu'il aurait eu le temps de réagir.

C'était clairement Dorian, là, sur le bord de la mer sans Étoiles. Peut-être que Dorian ne pensait pas que c'était vraiment Zachary. Lui non plus, il n'a pas cru qu'il avait affaire à Dorian quand il l'a croisé dans la neige. Lui aussi a levé cette même épée contre lui, sauf que, cette fois, Dorian savait s'en servir.

On dirait que toutes les pièces ont été mises en place pour conduire à ce moment, et lui-même en a mis en place la moitié.

Il s'en veut pour tellement de choses qu'il a faites, tellement de choses qu'il n'a pas faites, pour tout le temps qu'il a perdu à attendre que sa vie commence, et maintenant elle est finie, et puis soudain il pense à autre chose et c'est contre quelqu'un d'autre qu'il est ivre de rage.

Zachary se relève et hurle sur le Destin, mais le Destin ne répond pas.

Le Destin ne vit pas ici.

Rien ne vit ici.

Vous êtes là parce que j'ai besoin de vous pour faire quelque chose que je ne peux pas faire.

Voilà ce que Mirabel lui a dit, après le crash de l'ascenseur et avant tout le reste.

Elle avait besoin de lui pour mourir.

Elle savait.

Elle savait depuis le début que c'était ce qui allait arriver.

Zachary essaie de crier à nouveau mais il n'en a pas le courage.

À la place, il soupire.

Ce n'est pas juste. Il venait à peine de commencer. Il était censé être au milieu de son histoire, pas à la fin ou dans on ne sait quel épilogue *post mortem*.

Il n'a encore rien fait, rien accompli. Si ? Il ne sait pas. Il a localisé un homme perdu dans le temps, ou peut-être qu'il en est devenu un lui-même. Il est parvenu jusqu'à la mer sans Étoiles. Il a trouvé ce qu'il cherchait et l'a reperdu aussitôt, dans le même souffle.

Il essaie de savoir s'il a changé depuis que tout ça a commencé, puisque au fond c'est le but, non ? Il se sent différent, mais il ne saurait dire si c'est parce qu'il a changé ou parce qu'il se tient désormais sur un rivage dans un corps sans pouls ni chaussures.

Un rivage.

Zachary regarde la mer devant lui. Ce n'est pas le rivage sur lequel il se tenait quelques instants (était-ce seulement quelques instants ?) plus tôt. Ça y ressemble, y compris les falaises dans son dos, mais il y a des différences.

Sur ce rivage-là, il y a un bateau.

Une petite barque, les rames soigneusement rangées à l'intérieur, à moitié tirée sur la grève.

Qui l'attend.

Autour d'elle, la mer est bleue. D'un bleu vif pas naturel.

Zachary trempe un orteil dans le bleu, et ça froufroute.

Ce sont des confettis. Des confettis en papier dans plusieurs nuances de bleu, de vert et de violet, avec un peu de blanc pour l'écume sur le bord. Plus loin vers le large, ils sont mélangés à des serpentins, de longues boucles de papier censées imiter les vagues.

Zachary se retourne vers la structure perchée au sommet de la falaise derrière lui et c'est incontestablement un château, bien qu'il soit en carton peint. De là où il est, il voit bien que c'est juste une façade, deux murs avec des fenêtres, sans relief ni profondeur. L'idée d'un château, colorée et dressée à la verticale pour tromper l'œil à une distance plus grande que celle-ci.

Au-delà du château, il y a des étoiles : des étoiles en origami géantes suspendues par des ficelles qui disparaissent dans les ténèbres. Des étoiles filantes figées en plein vol et des planètes à différentes hauteurs, avec ou sans anneaux. Un univers complet.

Zachary se tourne de nouveau vers la mer de papier.

Il y a une ville de l'autre côté.

Une ville qui scintille de lumières.

La tempête d'émotions dans laquelle il se débattait s'arrête, remplacée par un calme inattendu.

Zachary regarde le bateau. Ramasse une des rames à l'intérieur. Elle est légère mais solide dans sa main.

Il pousse la barque sur la mer de papier et constate qu'elle flotte, faisant clapoter et tourbillonner l'eau de confettis autour d'elle.

Zachary relève les yeux vers la ville de l'autre côté.

Apparemment, il n'est pas au bout de sa quête.

Pas encore.

Le Destin n'en a pas fini avec lui, même dans la mort.

Zachary Ezra Rawlins monte dans la barque et commence à ramer.

Extrait du Journal secret de Katrina Hawkins

Salut, cahier, ça fait un bail.

Les choses se sont plus ou moins tassées. Je ne savais pas quoi faire après la nana du bar et j'étais devenue complètement parano, même juste pour prendre des notes ou parler de quoi que ce soit, alors je me suis mis la tête dans le boulot, j'ai laissé le temps filer sans qu'il se passe rien et maintenant c'est l'été.

Enfin si, il s'est passé un truc que je n'ai pas noté sur le moment.

Quelqu'un m'a donné une clé. Je l'ai trouvée dans mon casier à la fac. C'est une grosse clé en cuivre avec le haut en forme de plume, on dirait une plume d'oie qui se terminerait par une clé à la place de la pointe pour écrire. Elle avait une étiquette attachée par une ficelle, comme les petites cartes qu'on mettait avant sur les colis, avec écrit : « Pour Kat, quand le Temps viendra. » Je me suis dit que ça devait être une invite pour une soutenance de thèse, mais il n'y a rien eu d'autre après. Je l'ai toujours. Je l'ai ajoutée à mon porte-clés (le bout de la plume fait une boucle très pratique). J'ai laissé l'étiquette attachée. J'attends toujours que le Temps vienne.

Je pensais que la nana du bar réapparaîtrait. Un peu comme dans les voyages initiatiques, où le héros commence d'abord par refuser l'appel de l'aventure avant d'être convaincu par un vieux sage. Sur le moment, j'ai eu l'impression que c'était la bonne décision, mais bon, il y a toujours un doute. Qu'est-ce qui aurait pu se passer si j'avais dit oui ?

C'est sur ça que j'ai commencé à travailler, même si ce n'était pas prévu. Pendant un long moment, je ne bossais plus du tout. Je ne savais pas ce que je voulais faire dans la vie, je ne savais pas ce que je voulais tout court, alors j'en revenais toujours à la même question : de quoi j'ai envie ? Et je retombais toujours sur la même réponse : raconter des histoires sous forme de jeu. J'ai commencé à me dire que tout ça aurait pu faire un jeu pas trop mal si c'en était un. Un mélange de film d'espionnage, de conte de fées et de roman-dont-vous-êtes-le-héros. Une grande épopée à ramifications multiples qui ne s'en tient ni à un seul genre ni à un seul chemin prédéfini et se décline en différentes histoires qui sont en fait toutes la même. Je voudrais essayer de m'amuser avec les choses qu'on peut faire dans un jeu et pas dans un livre. Essayer d'embrasser plus d'histoire. Un livre est fait de papier, mais une histoire, c'est un arbre.

Vous croisez quelqu'un dans un bar. Vous le suivez ou pas.

Vous ouvrez une porte. Ou pas.

Dans tous les cas, la question est : qu'est-ce qui se passe après ?

Ça me demande une quantité délirante de cahiers remplis de possibilités, mais ça progresse.

Ce qui s'est passé après dans *La Vraie Vie*®, c'est que j'ai trouvé Jocelyn Keating. Enfin, plus ou moins.

J'ai trouvé Simone Keating.

Il y a déjà plusieurs mois, j'avais demandé à ma copine Preeti, à Londres, d'aller me faire des recherches en bibliothèque sur la fondation Keating si elle avait le temps, mais ensuite je n'ai pas eu de nouvelles donc j'ai pensé qu'elle n'avait rien trouvé. Sauf qu'hier j'ai reçu un texto où elle me disait qu'elle avait des trucs pour moi et est-ce que ça m'intéressait toujours.

Elle doit croire que je suis dingue parce que je lui ai donné une toute nouvelle adresse électronique en lui demandant de me prévenir par texto à la seconde où elle m'enverrait le mail pour que je puisse l'imprimer tout de suite et l'effacer dans la foulée. Je lui ai dit de l'effacer aussi dès qu'elle me l'aurait envoyé. J'espère que ça suffira. Je vous l'avais dit : parano.

Alors, apparemment, dans le temps, il y avait une société de bibliophiles britannique qui n'était pas vraiment une société « officielle ». Plutôt des gens qui n'avaient pas leur place dans les cercles mondains traditionnels. Beaucoup de femmes, mais pas que.

Un peu les punks de l'époque, version nerds.

Ça a l'air d'avoir été une société secrète, si bien qu'il n'y a pas beaucoup d'archives.

Mais il existe quelques documents conservés dans une bibliothèque privée de Londres. Quelqu'un était tombé sur eux et avait dû essayer de chercher plus d'infos pour voir s'il y avait de quoi faire un article, un bouquin ou quelque chose, et finalement ça n'a jamais rien donné.

Donc, en gros, il n'y a pas d'archives en bonne et due forme pour dire que c'était une organisation officielle, mais il y a des fragments de carnet et deux ou trois photos. De vieilles images sépia fanées sur lesquelles on voit des gens avec des chapeaux et des lavallières hallucinants poser devant une splendide bibliothèque en bois, le genre avec des portes en grillage où tout a l'air sophistiqué, précieux, et qui cache potentiellement un passage secret derrière.

Les fragments du carnet ne sont pas très lisibles, et en plus j'ai seulement ce que j'ai imprimé à partir des scans, mais voilà ce que j'arrive à déchiffrer :

... référencé des portes dans trois villes supplémentaires. Pas encore de retour d'A. depuis Edo. Réponse en attente. Contact raté avec...

... soupçonne que nous sommes entre deux incarnations. Faisons preuve de patience comme nos prédécesseurs avant nous et comme il est à craindre que devront continuer à le faire nombre de nos successeurs. Ferons de notre mieux afin de poursuivre ce qui a été mis en œuvre.

... à nouveau passé du temps en bas. La salle est terminée et apparemment fonctionnelle. Désormais, tout est une question de foi. Il a été débattu de savoir s'il fallait disperser les archives pour plus de sécurité. J. a transféré une grande partie des documents dans le cottage...

C'est tout. Le reste est trop effacé pour être encore lisible, ou ce ne sont que des numéros partiels. Je ne sais pas ce que ça veut dire. Ce serait plus facile si les sociétés secrètes n'étaient pas aussi secrètes. Il y a un autre fragment avec juste des bribes où il est question de six portes et d'un endroit dans un autre endroit qui existe « hors du temps », et de « la dernière incarnation ». Bref, je ne sais pas, ça fait un peu culte de Gozer.

Et puis il y a les photos.

L'une d'elles montre une femme blonde assise à un bureau, qui ne regarde pas l'objectif. Tête baissée, cheveux relevés, elle est en train de lire un livre. Elle porte un collier avec un pendentif qui est peut-être en forme de cœur, je n'arrive pas à voir. Je n'arrive pas non plus à dire quel âge elle peut avoir.

Au verso, il est écrit « Simone K ». Il y a aussi une date, mais tellement effacée que je déchiffre à peine le 1, le 8, et ensuite un 6 ou un 5, je ne sais pas. Preeti dit qu'il n'y avait pas d'autre indication mais que ça doit être les années 1860. Les fragments du journal ne peuvent pas dater de bien après ça, sinon ils auraient parlé de Tokyo et pas d'Edo.

Il y a aussi une photo de groupe. Treize personnes devant la bibliothèque, certaines assises, d'autres debout, toutes super floues. Je sais bien qu'à l'époque il fallait rester sans bouger pendant des plombes, mais ces gens-là m'ont l'air particulièrement agités. Une des nanas fume la pipe. Non seulement c'est flou, mais en plus le haut de la photo et un côté sont abîmés par des traces d'eau.

Cela dit, un des noms notés à la main au dos de l'image est celui de « J. S. Keating ». Enfin, on arrive à lire le J, le S, ensuite un K ou un H, et « ing » à la fin.

Si les noms sont dans l'ordre, c'est la deuxième debout à partir de la droite, la femme blonde qui a la tête tournée pour dire quelque chose ou écouter le type au bout de la rangée, lequel a quasiment disparu sous les traces d'eau. Je n'arrive pas non plus à lire son nom complet au verso, mais ça commence par un A. C'est la même femme que sur la photo de Simone.

Sous la liste des noms, il est écrit : « assemblée des chouettes ».

Le fils de la voyante traverse à la rame un océan de papier. La structure sur la falaise derrière lui ressemble maintenant à un vrai château. Une lumière brille à l'une des fenêtres de l'étage. L'ombre d'un dragon s'enroule autour de la plus haute tour.

Les rames s'enfoncent dans les confettis et les serpentins et les remuent en chatoiements aquatiques bleu et vert, bien qu'il n'y ait pas ici de ciel pour refléter de telles couleurs.

Zachary lève les yeux vers l'endroit où devrait se trouver le ciel et se demande si quelqu'un là-haut tire les ficelles de cet univers-ci.

Déplacer un minuscule bateau sur un océan. Ça doit n'avoir l'air de rien, vu d'une distance pareille. Un infime mouvement dans un tableau bien plus vaste.

Mais vu d'ici, au milieu de l'océan, ça paraît beaucoup plus grand.

Il met infiniment plus de temps qu'il le pensait à atteindre la ville de l'autre côté de la mer.

Il y a de nombreuses lumières le long du rivage, mais Zachary se dirige vers la plus brillante.

En approchant, il constate que c'est un phare.

En approchant encore plus, il s'aperçoit que le phare a été extrapolé à partir d'une bouteille de vin dans laquelle est plantée une bougie allumée.

C'est le contraire du château et du dragon : Zachary voit la silhouette de la ville se décomposer en immeubles et en tours encadrés de montagnes peintes, puis se préciser encore davantage sous la forme des objets à partir desquels ils ont été fabriqués.

Les confettis de papier autour du bateau le déposent sur la grève.

Zachary tire la barque au sec afin que la mer ne puisse pas la reprendre.

Le rivage de ce côté-ci est une plage de gros sable. Mais ce n'est qu'un saupoudrage superficiel. Dessous, il y a une surface dure. Zachary brosse la couche de sable sur une petite parcelle près du bateau et met à nu l'acajou du bureau sur lequel repose cette partie du monde, son vernis éraflé par le sable et le temps.

Il quitte la plage et marche maintenant sur une pelouse en papier. Il sait où il est, à présent, même s'il ne comprend pas ce qu'il fait là. Il continue à déambuler dans cet univers de poupées qu'il a tellement rêvé de voir, bien qu'il n'ait jamais imaginé le voir sous cet angle.

Il y a le long de la plage des falaises, des grottes, des malles au trésor et bien d'autres choses encore à explorer, mais Zachary sait où il va. Il marche vers l'intérieur des terres, l'herbe en papier craquant sous ses pieds.

Il passe devant un temple en ruine et une auberge couverte de neige, le vert de l'herbe parsemé de flocons en papier.

Il traverse un pont fait de clés et une prairie remplie de fleurs en pages de livres. Il ne s'arrête pas pour les lire.

Certaines parties du monde révèlent leurs composants pour ce qu'ils sont : papier, boutons, bouteilles de vin. D'autres sont de parfaites imitations miniatures.

De loin, elles ressemblent à ce qu'elles sont censées représenter, mais quand Zachary s'approche, les textures ne collent pas. L'artifice saute aux yeux.

Une ferme est entourée de boules de coton se faisant passer pour des moutons.

Des oiseaux en origami se balancent à des ficelles au-dessus de sa tête. Ils ne volent pas, ils pendent.

Plus Zachary avance, plus les constructions se densifient. Il sillonne des rues alors que l'espace se mue en une grande ville hérissée de hauts bâtiments en carton percés de fenêtres à intervalles irréguliers. Il dépasse un hôtel et s'engouffre dans une ruelle festonnée de lanternes et de banderoles, décorée pour un festival qui n'aura pas lieu.

La ville devient un plus petit bourg. Zachary longe la grand-rue, bordée d'immeubles, de boutiques, de restaurants et de bars à cocktails. Un bureau de poste, une taverne, une bibliothèque.

Certains immeubles sont tombés. D'autres ont été réparés avec de la colle et du Scotch. Embellis, agrandis, mais vides, même ceux dans lesquels des figurines contemplent d'un œil morne le paysage par la fenêtre ou le fond de leur verre de vin.

C'est juste l'idée d'un monde, sans rien pour y insuffler la vie.

Les composants sans l'histoire.

Ce n'est pas réel.

Le vide dans la poitrine de Zachary a besoin de quelque chose de réel.

Il passe devant une poupée solitaire dans un costume sur mesure cousu à gros points, allongée face contre terre au milieu de la rue.

Il essaie de la relever, mais la porcelaine se fend et un bras se casse, alors il la laisse où elle est et continue son chemin.

Au sommet d'une colline, surplombant le bourg, il y a une maison.

Elle a une large loggia à l'avant et une multitude de fenêtres en ambre translucide. Le belvédère sur le toit doit avoir une belle vue sur la mer. Quelqu'un aurait pu le voir arriver de là, mais pour l'instant il n'y a personne.

Cette maison paraît plus réelle que le reste du monde qui l'entoure.

Le monde qui a été construit autour d'elle à base de papier, de colle et d'objets trouvés.

Il aperçoit les charnières sur le côté de la maison de poupées. Le cadenas qui maintient sa façade en place.

Les lanternes de part et d'autre de la porte sont allumées.

Zachary monte les marches de la loggia.

Il y a comme un vrombissement. Un bourdonnement.

La porte est ouverte.

Il était attendu.

Une pancarte au-dessus de l'entrée proclame :

Connais-toi toi-même et apprends à souffrir

Le bourdonnement enfle. Il se démultiplie, change, jacasse et pour finir se décompose en mots.

Bonjourbonjourbonjourbonjourbonjour.

Bonjour monsieur Rawlins vous êtes ici enfin bonjourbonjour.

Bonjour.

Extrait du Journal secret de Katrina Hawkins

Ça fait plus qu'un bail, cette fois-ci, cahier. J'ai dû tout relire parce que je ne me rappelais plus où j'en étais restée.

C'est bizarre, de ne pas arriver à se souvenir de ses propres pensées, même quand on les a notées. Parfois, c'est comme si la Kat d'avant était juste quelqu'un que j'avais croisé dans la rue.

Je n'ai jamais rien trouvé de plus au sujet de Jocelyn Keating, je ne me rappelle toujours pas où j'ai déjà entendu parler du Roi des chouettes, je ne sais toujours pas à quoi sert cette clé, il m'arrive encore de voir quelqu'un qui m'observe à la bibliothèque et de me mettre à flipper, ce qui est plutôt marrant.

J'ai du mal à dormir.

Et Z n'a toujours pas réapparu.

Ça fait plus d'un an.

On s'est appelées plusieurs fois avec la mère de Z et maintenant c'est moi qui ai toutes ses affaires, je les ai récupérées au garde-meuble de la fac et elles sont chez moi dans des cartons. Je n'arrête pas de dire à sa mère que je peux les lui rapporter mais elle insiste pour que j'attende d'avoir mon diplôme, en mai. Qui suis-je pour discuter avec une voyante ? En plus, Z a très bon goût en littérature, ce qui fait que j'ai de quoi lire pour un bout de temps.

Je ne parle presque plus à personne, je sais que je devrais, mais c'est dur. Pendant un moment je voyais un gars qui est barman à l'Adjectif épithète, il était cool mais j'ai plus ou moins laissé le truc se déliter. Un jour, je n'ai pas répondu à un de ses textos, et après je n'ai plus jamais eu de nouvelles. Maintenant, quand je vais là-bas, il est sympa comme on est sympa avec une cliente. Ça fait bizarre, c'est comme si j'avais tout imaginé et qu'en réalité il ne s'était rien passé.

Un peu comme la photo. Je n'en ai pas parlé ici mais, il y a quelques mois, j'ai trouvé une photo en ligne de ce fameux gala de bienfaisance costumé. C'était une galerie d'images, et sur l'une d'entre elles on voyait une femme dans une longue robe blanche, coiffée d'une couronne, avec un type en costume. On aurait dit soit qu'ils venaient de s'arrêter de danser, soit qu'ils allaient commencer. Ils avaient l'air de se connaître. Ni l'un ni l'autre ne regardait l'objectif. Elle avait la main posée sur le cœur de l'homme.

Je n'ai pas reconnu la femme, mais le type était Z. Il y avait un reflet gênant et le point était plutôt sur elle, mais c'était lui à cent pour cent. Il portait mon masque.

La photo n'était pas légendée.

Quand j'ai voulu charger l'image en plus haute résolution pour l'enregistrer, je suis tombée sur une « erreur

404 page non trouvée », alors je suis retournée à la galerie, j'ai tout épluché et l'image n'était plus là.

Je la vois parfaitement dans ma tête. Mais ces derniers temps je ne sais plus trop si je ne l'ai pas inventée. Si je n'ai pas vu ce que j'avais envie de voir, quelque chose comme ça.

J'ai supprimé tous mes comptes sur les réseaux sociaux peu après. J'ai fermé mon blog. J'ai aussi arrêté la pâtisserie, à part quelques tentatives ratées de pâte feuilletée sans gluten.

Mais j'ai quand même essayé de m'occuper.

Mes Cahiers des Possibilités infinies ont fini par devenir mon mémoire de maîtrise, et peut-être plus que ça, alors je suis venue à Manhattan pour un rendez-vous (j'y suis toujours, retour dans le Vermont demain), et le deuxième jour où j'étais là j'ai reçu un texto d'un numéro inconnu.

Bonjour, Kat. Angle nord-est de Union Square, 13 h.

En dessous, il y avait un émoji abeille, un émoji clé et un émoji épée.

J'y suis allée, parce que ben, forcément.

Il y avait le marché paysan sur Union Square, c'était le bazar et j'ai mis un moment à trouver un endroit où je pouvais patienter sans gêner. Comme je ne savais pas ce que j'étais censée chercher, j'ai supposé que quelqu'un d'autre me chercherait. OK, c'est un peu craignos de suivre des instructions anonymes par texto, mais au milieu d'une place bondée ça ne me paraissait pas si risqué et puis bon, j'avoue, j'étais curieuse.

Je devais être là depuis environ trois minutes quand mon téléphone a vibré. Nouveau texto.

Lève les yeux.

J'ai levé les yeux. Il m'a fallu une minute, mais ensuite j'ai repéré une fille à une fenêtre au deuxième étage de la gigantissime librairie Barnes & Noble. Elle me regardait, une main en l'air comme pour me faire coucou, sauf qu'elle ne me faisait pas coucou. Elle avait dans l'autre main un téléphone sur lequel elle a commencé à taper quand elle a vu que je l'avais vue.

Je l'ai reconnue. Elle était venue à plusieurs de mes cours autour du moment où Z a disparu, mais je ne l'ai plus jamais revue après ce mois de janvier. C'était une tricoteuse. Elle m'avait aidée à perfectionner mon motif de vif d'or. On avait aussi eu une chouette conversation sur les narrations croisées, et sur le fait qu'une histoire isolée n'est jamais toute l'histoire. Sarah quelque chose.

Donc elle était là à l'époque et je n'avais jamais repensé à elle. Pas une fois.

La cabine téléphonique à côté de moi s'est mise à sonner. Sérieux. Je ne savais même pas que ces trucs-là marchaient encore, je les avais plus ou moins rangés dans la catégorie « objets nostalgiques de street-art ».

Un autre texto a fait vibrer mon portable. *Décroche.* J'ai relevé les yeux. Elle avait deux téléphones, un à son oreille, et un autre sur lequel elle écrivait. Évidemment. On n'a jamais assez de téléphones.

Les gens autour de moi commençaient à me regarder bizarrement, j'étais trop près de la cabine pour que quelqu'un d'autre décroche.

Alors j'ai décroché.

« J'imagine que tu ne t'appelles pas Sarah, j'ai dit une fois que j'ai eu le combiné à l'oreille.

— En effet. »

Sa voix m'est parvenue dans l'appareil une seconde après le mouvement de ses lèvres derrière la fenêtre. Elle s'est tue pendant un long moment, mais elle n'a pas raccroché. On est juste restées là à se regarder sans parler. Elle avait un air étrange, un genre de sourire triste.

« Tu voulais me dire quelque chose ? j'ai fini par demander quand j'en ai eu marre du silence.

— Elle t'a proposé de nous rejoindre et tu as dit non, pas vrai ? »

Je n'ai pas eu besoin de lui demander de qui ni de quoi elle parlait.

« J'ai décidé de me laisser toutes les options ouvertes, ai-je répondu.

— Tu as bien fait. »

Elle paraissait amère. J'ai attendu qu'elle continue. Quelqu'un sur un des stands du marché vendait du miel des toits de Manhattan et j'ai eu un moment d'inattention pendant lequel je me suis demandé si les abeilles des villes étaient aussi bien loties que les abeilles des champs et si celles de Manhattan avaient assez de fleurs pour se nourrir.

« J'avais envie d'appartenir à quelque chose, tu comprends ? a repris pas-Sarah. Quelque chose d'important. J'avais envie de faire quelque chose qui ait du sens, quelque chose… de spécial. La direction générale a démantelé toute l'organisation. On a tous été licenciés. Personne ne sait ce qui s'est passé. Je ne sais pas ce que je vais faire, maintenant.

— Ah ouais, c'est con pour toi », j'ai rétorqué.

C'était un peu méchant, mais bon, c'est vrai que ça paraissait con pour elle. Elle l'a plutôt bien pris.

« Je sais que ça a été dur pour toi, a-t-elle dit. Je ne voulais pas que tu continues à être sur les nerfs tout le temps. Je voulais que tu saches que plus personne ne te surveille.

— Tu me surveillais ? »

Elle a haussé les épaules.

« Et l'endroit que vous étiez censés protéger ? j'ai demandé. Qu'est-ce qu'il est devenu ?

— Je n'en sais rien. Je n'y suis jamais allée. Peut-être qu'il n'existe plus. Je ne sais même pas s'il existe vraiment.

— Pourquoi tu ne le cherches pas ?

— Parce que j'ai signé un contrat qui stipulait que, si je faisais ça, ils pouvaient me liquider, littéralement. Et ils m'ont bien précisé que cette clause était toujours valable quand ils m'ont congédiée et donné une nouvelle identité. Ils me tueraient s'ils savaient que j'étais en train de te parler.

— Sérieusement ? j'ai fait, parce que bon, quand même.

— Tout ça est très sérieux, m'a-t-elle dit. Ils ont parlé de t'éliminer mais ils ont décidé que c'était trop risqué, si jamais plus de gens venaient mettre leur nez dans l'affaire Rawlins.

— Où est Zachary ? » j'ai voulu savoir.

Je l'ai aussitôt regretté, au cas où elle me confirme qu'il était mort, parce que même si au fond je le pense, je me suis habituée à ce tout petit espoir que mon ignorance permet de faire subsister.

« Je ne sais pas », m'a-t-elle tout de suite répondu, avec une note de panique dans la voix.

Elle a jeté un coup d'œil derrière son épaule.

« Je… je ne sais pas. La seule chose que je sais, c'est que maintenant tout est fini. J'ai pensé qu'il fallait que tu le saches. »

Je crois qu'elle aurait voulu que je lui dise merci. Je ne l'ai pas fait.

J'ai dit : « Qui est le Roi des chouettes ? »

Là, elle m'a raccroché au nez.

Elle s'est éloignée de la fenêtre et a disparu dans la librairie.

Je savais que je n'avais aucune chance de la retrouver. Rien de plus facile que de se perdre dans une librairie de cinq étages en plein milieu de Manhattan.

J'ai essayé de renvoyer un texto au numéro inconnu, mais ça m'a affiché « non distribué ».

Je ne sais pas par où commencer pour chercher un endroit qui n'existe peut-être même pas.

Le fils de la voyante se tient sur le seuil d'une maison de poupées grandeur nature remplie de rayons de miel plus grands que nature et occupée par des abeilles grosses comme des chats. Il y en a sur les marches, aux fenêtres et au plafond, sur les fauteuils, les canapés et les lustres.

Tout autour de Zachary, les abeilles bourdonnent, comblées de joie par son arrivée.

Bonjour bonjour monsieur Rawlins merci de venir nous voir personne n'est venu depuis tellement longtemps on attendait.

« Euh, bonjour ? » répond Zachary.

Ce n'était pas censé être une question mais c'en est une, il n'est plus que questions au moment de pénétrer dans la maison de poupées. Ses pieds s'enfoncent dans le miel qui recouvre le sol du hall d'entrée.

Bonjour monsieur Rawlins bonjourbonjourbonjour.

Les abeilles géantes circulent en tous sens à travers les espaces délimités par les rayons de miel, montent et descendent les escaliers, volettent de pièce en pièce, vaquant à leurs affaires, quelles que puissent être leurs affaires.

« Comment… comment vous connaissez mon nom ? » demande Zachary.

Il nous a été répété à de nombreuses reprises monsieur Zachary Ezra Rawlins.

« Qu'est-ce que c'est que ça ? » murmure Zachary en avançant dans la maison d'un pas ralenti et visqueux.

C'est une maison de poupées une maison pour les poupées une maison pour conserver l'histoire à l'intérieur elle ne tient pas tout entière dans la maison la plupart des histoires ne tiennent pas la plupart des histoires sont plus grandes celle-ci est très très grande.

« Pourquoi je suis là ? »

Vous êtes là parce que vous êtes mort donc maintenant vous êtes ici dans l'entre-deux et aussi parce que vous êtes la clé elle nous avait dit qu'elle nous enverrait une clé quand ce serait la fin une clé pour enfermer l'histoire une fois qu'elle serait finie et vous voilà.

Zachary baisse les yeux vers la cicatrice en forme de clé sur son torse.

« Qui vous a dit ça ? » demande-t-il, bien qu'il le sache déjà.

La sculptrice d'histoires, répond le bourdonnement, ce qui n'est pas la réponse qu'il attendait. *Celle qui sculpte l'histoire parfois elle est elle-même dedans parfois pas parfois elle est des fragments parfois c'est une personne elle nous a annoncé il y a très longtemps que vous viendriez nous vous attendions depuis tout ce temps monsieur Rawlins.*

« Moi ? »

Oui monsieur Rawlins vous avez ramené l'histoire jusqu'ici merci merci ça faisait très longtemps que l'histoire n'était pas venue ici on ne peut pas fermer l'histoire d'un Port quand elle s'est égarée si loin de nous en général nous montons très très haut cette fois nous sommes descendues très très bas nous sommes descendues jusqu'ici pour attendre et maintenant nous voilà enfin réunies l'histoire et nous désirez-vous une tasse de thé ?

« Non, merci », répond Zachary.

Il aperçoit une horloge de parquet dégoulinant de miel dans le vestibule, dont le cadran est décoré d'une image représentant une chouette et un chat dans un petit bateau, et dont les aiguilles sont arrêtées une minute avant minuit.

« Comment je fais pour sortir de là ? » s'enquiert-il.

On ne peut pas sortir on ne peut que rentrer.

« Dans ce cas, qu'est-ce qui se passe après ? »

Il n'y a pas d'après pas ici c'est la fin vous savez ce que veut dire le mot fin ?

« Je sais ce que veut dire le mot fin », réplique Zachary.

Le calme qu'il ressentait plus tôt a disparu, remplacé par une agitation bourdonnante, sans qu'il arrive à dire si elle provient des abeilles elles-mêmes ou d'ailleurs.

Vous allez bien monsieur Rawlins qu'est-ce qui se passe vous devriez vous réjouir vous aimez cette histoire vous nous aimez vous êtes notre clé vous êtes notre ami vous nous aimez vous l'avez dit.

« Je n'ai jamais dit ça. »

Si si vous l'avez dit on vous a donné des cupcakes.

Zachary se souvient d'avoir noté sa gratitude éternelle au stylo plume sur un bout de papier envoyé par un monte-plats dans un passé qui lui semble très très lointain.

« Vous êtes la Cuisine », dit-il en prenant conscience qu'il a donc déjà eu plusieurs conversations avec des abeilles, bien qu'elles lui aient paru mieux s'exprimer à l'écrit.

Là-bas nous sommes la Cuisine mais ici nous sommes nous-mêmes.

« Des abeilles. »

Nous aimons les abeilles. Vous désirez une collation nous pouvons transformer le miel en tout ce que vous voulez tout ce que vous pouvez imaginer nous savons très bien faire ça nous avons une grande expérience nous pouvons vous donner l'idée d'un cupcake et il aura un goût parfaitement réel comme un vrai gâteau mais en plus petit. Vous voulez un cupcake ?

« Non. »

Vous voulez deux cupcakes ?

« Non », répète Zachary, plus fort.

D'accord d'accord vous voulez un cocktail et un cupcake oui oui bien sûr ce serait beaucoup mieux.

Avant que Zachary puisse répondre, une abeille le pousse gentiment vers une petite table sur laquelle sont à présent disposés une coupe givrée remplie d'un liquide jaune vif et un mini cupcake décoré d'une mini abeille.

Par curiosité, Zachary prend le verre et en boit une gorgée, qui a un goût de gin, de citron et, bien évidemment, de miel.

Il repose le verre sur la table.

Il soupire et s'aventure plus loin dans la maison. Certaines des abeilles le suivent, marmonnant quelque chose au sujet d'un gâteau. La plupart des meubles sont couverts de miel mais il y en a aussi d'intacts. Les pieds nus de Zachary s'enfoncent dans des tapis gorgés de miel.

Après le vestibule, il y a une salle à manger, un bureau et une bibliothèque.

Sur une table dans la bibliothèque, une maison de poupées. Différente de la maison victorienne dans laquelle il se trouve. Un bâtiment miniature composé de minuscules briques et de nombreuses fenêtres. On dirait une école ou peut-être une bibliothèque publique. Zachary jette un œil par une des fenêtres. Il n'y a ni poupée ni meuble à l'intérieur, mais des images peintes sur les murs.

Une flaque de miel entoure l'édifice, comme des douves.

« C'est censé être la mer sans Étoiles ? » demande-t-il aux abeilles.

C'est la prochaine histoire celle-ci se termine à présent la clé est arrivée pour pouvoir la fermer la replier et la ranger afin qu'elle soit lue ou racontée ou qu'elle reste à l'endroit où elle sera conservée nous ne savons pas ce qui se passera après la fin mais nous sommes heureuses d'avoir de la compagnie nous n'avons pas toujours de compagnie pour les dénouements.

« Je ne comprends pas. »

Vous êtes la clé vous avez apporté la fin il est temps de tout fermer et de dire au revoir bonne nuit adieu nous vous avons attendu pendant très longtemps monsieur Rawlins nous ne savions pas que vous seriez la clé nous ne reconnaissons pas toujours les clés quand nous les rencontrons parfois ce sont des surprises bonjour surprise.

Zachary continue à déambuler dans la maison et débouche dans une salle à manger de réception où tout a été mis en place pour un dîner inexistant. Un gâteau est posé sur le buffet, auquel il manque une seule part qui a été comblée par de la cire d'abeille.

Il traverse ensuite un cellier qui donne sur la cuisine. C'est une maison étudiée pour y vivre et qui n'est actuellement occupée que par des abeilles et un homme mort.

Elle se termine tout au fond par une véranda, dont les vastes baies vitrées sont barbouillées de miel. Zachary trouve là une poupée solitaire. Une petite fille, en porcelaine peinte. Fêlée, mais pas cassée. Elle est assise sur une chaise, les jambes pas tout à fait pliées, le regard tourné vers la vitre comme si elle attendait quelqu'un qui allait arriver par le jardin de derrière.

Elle a un livre à la main. Zachary le lui prend, mais ce n'est pas un vrai livre. C'est un morceau de bois censé imiter un livre. On ne peut pas l'ouvrir.

Zachary regarde par la baie vitrée emmiellée. Il la nettoie autant qu'il peut du plat de la main et contemple le jardin, la ville et la mer de papier derrière. Tellement d'histoires dans l'histoire, et le voilà maintenant au dénouement de toutes.

« Cette histoire ne peut pas encore se finir », dit-il aux abeilles.

Pourquoi monsieur Rawlins pourquoi pas c'est l'heure de la fin à présent l'histoire est finie la clé est là il est temps.

« Le Destin me doit encore une danse. »

S'ensuit un bourdonnement indistinct qui finit par s'organiser en mots.

Oh oh oh hrmmm nous ne savons pas pourquoi elle a fait ça nous ne comprenons pas toujours où elle veut en venir voudriez-vous lui parler monsieur Rawlins nous pouvons vous construire un endroit pour parler à la sculptrice d'histoires un endroit dans l'histoire où vous pourrez lui parler et elle pourra vous parler nous ne pouvons pas lui parler nous-mêmes car pour l'instant elle n'est pas morte mais nous pouvons construire un endroit pour parler ou danser nous sommes très douées pour construire des endroits dans l'histoire il ne reste plus beaucoup de temps ça ne durera pas très longtemps mais nous pouvons faire ça si vous le souhaitez le souhaitez-vous ?

« Oui, je le souhaite, s'il vous plaît », répond Zachary.

Il continue à regarder le monde par la vitre pendant qu'il attend, avec l'idée inachevée d'un livre à la main.

Les abeilles commencent à construire l'histoire d'un espace dans cet espace. Une nouvelle pièce à l'intérieur de la maison de poupées.

Elles fredonnent en s'activant.

Extrait du Journal secret de Katrina Hawkins

Je me suis rappelé où j'avais déjà entendu parler du Roi des chouettes.

Je ne sais pas pourquoi ça m'a pris autant de temps.

J'étais à une fête, il y a deux ans, peut-être quelques mois avant que Z disparaisse. Je ne sais plus trop. Je crois que c'était l'été. Ça devait être l'été parce que j'ai un souvenir d'humidité, de moustiques et de brume de chaleur nocturne. C'était une fête chez des copains de copains, et après coup je n'aurais jamais pu reconnaître ni la maison ni les copains de copains parce que toutes les baraques sont du même bleu-gris-marron dans cette lumière, et dans certaines rues elles sont carrément identiques, interchangeables, et parfois c'est aussi le cas des copains de copains.

Cette maison-là avait un petit jardin avec de jolies guirlandes de lumières, celles avec les vraies ampoules qu'on croirait sorties tout droit d'une terrasse de bistro français.

J'étais dehors, je ne sais plus très bien pourquoi. Pour prendre l'air. Je me rappelle que j'étais dans le jardin et que je regardais le ciel en essayant de me souvenir des constellations, même si au final il n'y a qu'Orion que j'arrive jamais à retrouver.

J'étais toute seule dehors. Peut-être qu'il faisait trop humide ou qu'il y avait trop d'insectes ou qu'il était déjà tard et qu'il ne restait plus grand monde. J'étais assise à une table de pique-nique trop grande pour la taille du jardin, et je ne faisais rien de spécial à part contempler l'univers.

Et puis cette fille… non, femme. Nana. Bref, cette meuf m'a rejointe et m'a offert à boire. Je me suis dit que ça devait être une étudiante de troisième cycle ou une jeune prof ou peut-être la coloc de quelqu'un, en tout cas je n'arrivais pas à deviner son âge. Plus vieille que moi. Mais pas de beaucoup.

C'est marrant, ces histoires d'âge. Il y a toute une période de la vie où une seule année d'écart fait une énorme différence, et à partir d'un certain stade une année ce n'est plus rien du tout.

Elle m'a tendu un gobelet en plastique opaque identique à celui que j'avais laissé à l'intérieur, mais avec du meilleur bourbon dedans, *on the rocks*.

J'ai accepté parce que les nanas mystérieuses qui vous offrent du bourbon sous les étoiles, c'est carrément mon style.

Elle s'est assise à côté de moi en me disant qu'on était les deux personnes de la soirée que le récit aurait suivies dehors si on était dans un film ou dans un roman ou quoi. On était là où était l'histoire, celle qu'on pouvait suivre comme un fil, pas toutes les histoires de fête qui s'entrecroisaient dans la maison et se mélangeaient avec trop de psychodrames imbibés d'alcool bon marché et entassés dans pas assez de pièces.

Je me souviens qu'on a parlé d'histoires, de ce qui fait qu'elles marchent ou pas, et de comment la vie peut avoir l'air lente et bizarre quand on voudrait qu'elle soit plus comme une histoire, où tous les passages ennuyeux et les trucs chiants du quotidien seraient coupés. Le genre de conversation que j'avais souvent avec Z.

On a parlé des contes de fées et elle m'en a raconté un que je n'avais jamais entendu même si j'en connais un paquet.

C'était l'histoire d'un royaume caché. Une sorte de sanctuaire dont personne ne connaissait l'emplacement exact mais qu'on trouvait quand on en avait besoin. Il vous appelait dans vos rêves ou vous chantait des chants de sirène et ensuite vous trouviez une porte magique, un portail ou je ne sais plus quoi. Pas toujours, mais parfois. Il fallait y croire ou en avoir besoin, ou juste avoir de la chance.

Ça m'a fait penser à la vallée de Fondcombe, un endroit calme et isolé où aller terminer l'écriture d'un livre, mais ce royaume caché se trouvait sous terre et avait un port, si je me souviens bien. Je crois que c'est ça, parce que le port donnait sur quelque chose qui s'appelait la mer sans Étoiles, et ça je sais que je m'en souviens car c'était clairement sous terre et c'est pour cette raison qu'il n'y avait pas d'étoiles. À moins que tout ça n'ait été qu'une métaphore. Enfin bref.

Je me souviens de l'endroit davantage que de l'histoire qui allait avec, mais il me semble que dans l'histoire ce royaume caché était un espace temporaire. Et qu'il était voué à disparaître, parce qu'il faut savoir que les royaumes féeriques finissent assez souvent par disparaître d'une manière ou d'une autre. En l'occurrence, cet endroit avait un début, un milieu, et se dirigeait vers une fin, sauf qu'à un moment ça s'était coincé. Peut-être aussi qu'il avait redémarré de zéro un certain nombre de fois, je ne me souviens plus.

Certaines parties de l'histoire s'étaient retrouvées piégées en dehors de l'espace narratif, d'autres morceaux s'étaient perdus. Il y a aussi quelqu'un qui essayait de l'empêcher de se finir, je crois bien.

Mais l'histoire, elle, voulait une fin.

La fin, c'est ce qui donne un sens aux histoires.

Je ne sais pas si je suis d'accord avec ça. Je crois que l'ensemble d'une histoire a un sens, mais je crois aussi que pour que ce soit une histoire complète, en bonne et due forme, il faut une résolution. Même pas forcément une résolution, disons un endroit où la quitter. Où lui dire au revoir.

Je pense que les meilleures histoires sont celles qui vous donnent l'impression de continuer à exister quelque part, dans leur espace à elles.

Je me rappelle m'être demandé si cette histoire était une analogie sur les gens qui restent dans des endroits ou des relations ou n'importe quelle situation plus longtemps qu'ils devraient parce qu'ils ont peur de lâcher prise, ou d'avancer, ou de l'inconnu ; ou alors sur la façon dont les gens s'accrochent à une chose parce qu'ils ont la nostalgie de ce qu'était cette chose, même si ça n'est plus ce qu'elle est désormais.

Du moins, c'est ce que moi j'en ai compris, mais quelqu'un d'autre qui aurait entendu la même histoire y aurait peut-être vu autre chose.

Quoi qu'il en soit, ce fameux royaume caché était maintenu en vie d'une façon plus ou moins magique et, de la même manière qu'il chantait pour guider jusqu'à lui les gens qui avaient besoin d'y trouver refuge, il s'était mis à murmurer afin d'attirer quelqu'un qui viendrait enfin le détruire. Il avait trouvé ses propres failles et actionnait ses propres sortilèges pour pouvoir avoir une fin.

« Et ça a marché ? je me rappelle avoir demandé, parce qu'elle avait interrompu l'histoire ici.

— Pas encore, elle m'a répondu. Mais un jour ça marchera. »

Après on a parlé d'autre chose, mais l'histoire ne se limitait pas à ça. Il y avait toute une galerie de personnages, comme dans un vrai conte de fées. Un chevalier, peut-être ? Je crois qu'il était triste. Ou bien deux chevaliers, dont l'un avait le cœur brisé. Il y avait aussi un genre de Perséphone qui n'arrêtait pas de faire des allers-retours, et puis un roi. Je me souvenais que c'était un roi-oiseau, mais j'avais oublié quel genre d'oiseau et maintenant je suis sûre que c'était une chouette. Enfin, je crois. Presque sûre.

Par contre je ne sais plus ce que ça veut dire, ce que ça voulait dire dans l'histoire.

C'est bizarre, maintenant je me souviens de plein de choses. Je me souviens des guirlandes, des étoiles, du gobelet en plastique opaque dans ma main, des glaçons qui diluaient mon bourbon en fondant, du mélange d'odeurs de weed et d'encens qui venait de la maison.

Je me souviens que j'ai fini par trouver Orion et que deux voitures sont passées en braillant cette chanson qu'on entendait partout cet été-là, mais je ne me souviens pas de toute l'histoire, pas précisément, parce que sur le moment l'histoire ne me paraissait pas aussi importante que les étoiles ou la personne en train de me la raconter. Ce n'était pas quelque chose à quoi on pouvait s'accrocher comme un gobelet en plastique ou la main de quelqu'un.

Et encore, je ne sais même pas si je m'en souviens vraiment bien. Elle, oui, je m'en souviens.

Je me souviens qu'on a beaucoup ri, et qu'avant qu'on commence à parler j'étais triste ou contrariée par quelque chose mais qu'après c'était passé.

Je me souviens que j'avais un peu envie de l'embrasser mais qu'en même temps je ne voulais pas tout gâcher, je ne voulais pas passer pour la fille bourrée qui roule des pelles à tout le monde dans la soirée, même si j'ai déjà été cette fille-là.

Je me souviens d'avoir pensé après coup que j'aurais dû prendre son numéro, mais je ne crois pas l'avoir pris, ou alors je l'ai perdu.

En tout cas je sais que je ne l'ai jamais revue. Je m'en serais souvenue. Elle était sexy.

Elle avait les cheveux roses.

Le fils de la voyante, guidé par des abeilles géantes, descend un escalier vers ce qui devrait être la cave d'une maison de poupées, mais au lieu d'une cave c'est une immense salle de bal construite en rayons de miel, dorée, chatoyante, magnifique.

C'est prêt monsieur Rawlins il ne reste plus beaucoup de temps mais ça y est voilà l'endroit que vous vouliez l'endroit pour danser et parler avec la sculptrice d'histoires elle vous y attend passez-lui le bonjour de notre part s'il vous plaît merci.

Le bourdonnement s'estompe, noyé sous la musique alors que Zachary s'avance dans la salle de bal. Des standards de jazz qu'il reconnaît sans pouvoir les nommer.

La pièce grouille de fantômes dansants. Des silhouettes translucides en tenues de soirée intemporelles, masquées, faites de paillettes et de miel, qui virevoltent, lumineuses, sur un parquet de cire poli à motifs hexagonaux.

C'est l'idée d'une fête interprétée par des abeilles. Ça ne donne pas le sentiment que c'est réel, mais ça lui paraît familier.

Les danseurs s'écartent pour laisser passer Zachary, et soudain il la voit à l'autre bout de la pièce. Concrète, substantielle, *là*.

Mirabel est exactement telle qu'elle était la première fois qu'il l'a vue, déguisée en reine des Maximonstres, bien que ses cheveux aient gardé leur couleur rose sous la couronne et que sa robe ait été embellie : le tissu blanc soyeux est désormais brodé au fil blanc d'illustrations à peine visibles qui représentent des forêts, des villes et des cavernes mélangées à des rayons de miel et des flocons de neige.

On dirait un conte de fées.

Lorsqu'il arrive devant elle, Mirabel lui tend la main et Zachary l'accepte.

Là, maintenant, dans une salle de bal d'or et de cire, Zachary Ezra Rawlins entame sa dernière danse avec le Destin.

« Est-ce que tout ça est dans ma tête ? demande-t-il tandis qu'ils tourbillonnent parmi la foule dorée. Est-ce que c'est moi qui l'invente ?

— Si c'était le cas, rétorque Mirabel, la réponse que je pourrais vous donner serait aussi inventée, non ? »

Zachary ne sait comment réagir à cette remarque.

« Vous saviez que ça finirait comme ça, dit-il. C'est vous qui avez tout planifié.

— Non. Je vous ai simplement donné des portes. Vous avez choisi de les ouvrir ou pas. Je n'écris pas l'histoire, je me contente de l'orienter dans un sens ou dans l'autre.

— Parce que vous êtes la sculptrice d'histoires.

— Je suis juste une fille qui cherche une clé, Ezra. »

La musique change et Mirabel le fait pivoter. Autour d'eux, les fantômes incandescents tournent comme des toupies.

« Je ne me rappelle pas toutes les fois où je suis morte, poursuit Mirabel. Il y en a dont je me souviens avec une limpidité parfaite, et il y a d'autres existences qui se confondent les unes avec les autres. Mais je me rappelle m'être noyée dans le miel et, l'espace d'un instant, asphyxiée d'histoires, j'ai tout vu. J'ai vu un millier de Ports, j'ai vu les étoiles, et je nous ai vus, vous et moi, ici et maintenant, à la toute fin, mais je ne savais pas comment on y arriverait. Vous avez demandé à me voir, c'est ça ? Je ne peux pas vraiment être là puisque je ne suis pas morte.

— Mais vous… Vous n'êtes pas censée pouvoir être où vous voulez ?

— Pas vraiment. Je suis dans un vaisseau. Un vaisseau immortel, cette fois, mais un vaisseau quand même. Peut-être que je suis redevenue ce que j'étais avant. Peut-être que je suis quelque chose de nouveau. Ou peut-être que je suis juste moi. Je ne sais pas. Dès qu'il y a une vérité incontestable, il n'y a plus de mythe. »

Ils continuent à danser en silence un moment pendant que Zachary réfléchit à la vérité et aux mythes, et les autres danseurs les entourent.

« Merci d'avoir retrouvé Simon, reprend Mirabel après cette pause. Vous l'avez remis sur son chemin.

— Je ne l'ai pas…

— Si. Il serait toujours en train de se cacher dans ses temples si vous ne l'aviez pas ramené dans l'histoire. Maintenant, il est à la place où il doit être. C'est presque la même chose que d'avoir été retrouvé. Tout ça n'était pas prévu. Ils ont tellement œuvré pour que je puisse être conçue hors du temps que personne n'avait réfléchi deux secondes à ce que deviendraient mes parents après m'avoir faite, et ensuite tout s'est compliqué. On ne peut pas finir une histoire tant qu'il reste des morceaux dans la nature, perdus dans le temps.

— C'est pour ça qu'Allegra voulait que le livre demeure perdu, n'est-ce pas ? Comme Simon et sa main. »

Zachary aperçoit du coin de l'œil un autre couple de danseurs, et pendant un instant il lui semble que l'homme scintillant vêtu d'un manteau presque identique au sien n'a plus sa main gauche, mais alors elle attrape un éclat de lumière, transparente mais bel et bien là.

« Allegra a vu la fin, explique Mirabel. Elle a vu l'avenir arriver sur ses grandes ailes et elle a fait tout ce qu'elle a pu pour l'empêcher, y compris des choses auxquelles elle répugnait. Elle aurait voulu préserver le présent et conserver son Port bien-aimé tel qu'il était, mais tout continuait à s'emmêler et à rétrécir. L'histoire ne cessait de s'affaiblir et les abeilles ont fini par redescendre vers l'endroit d'où elles étaient parties. Elles ont suivi l'histoire de Port en Port pendant très longtemps mais, si les choses ne changent pas, elles s'en désintéressent peu à peu. Il fallait que l'histoire s'achève plus près de la mer afin de retrouver les abeilles. Je pouvais seulement espérer qu'un jour quelqu'un suivrait l'histoire jusqu'en bas. Qu'il pourrait y avoir une seule et même histoire pour rassembler toutes les autres.

— Vous avez le bonjour des abeilles, au fait, dit Zachary. Qu'est-ce qui se passe après ?

— Je ne sais pas ce qui se passe après, répond Mirabel. Sincèrement, je n'en sais rien, répète-t-elle en réaction au regard que lui jette Zachary. J'ai consacré beaucoup de temps à essayer d'arriver jusqu'ici, et ça paraissait un objectif si inaccessible que je n'ai pas tellement réfléchi à la suite. C'est une jolie façon de boucler la boucle, en tout cas. Je ne pensais pas qu'on aurait l'occasion de finir cette danse. Parfois, les danses restent inachevées. »

Zachary aurait encore mille questions à lui poser, au lieu de quoi il attire Mirabel contre lui et enfouit la tête dans son cou. Il entend les battements de son cœur, lents et réguliers, en rythme avec la musique.

Plus rien ne compte à présent que cette pièce, cette femme et cette histoire. Il perçoit la façon dont l'histoire se déploie à partir de ce point précis, à travers l'espace et le temps, infiniment plus loin qu'il l'aurait jamais imaginé, mais c'est ici qu'en est le cœur battant et bourdonnant. Ici et maintenant.

Il est à nouveau calme. Soulagé d'avoir retrouvé sa Max, et même s'il sait qu'ils ont tous les deux quelqu'un qui les attend ailleurs, il leur reste encore cette pièce, cette danse et ce moment, et c'est important, peut-être plus que tout.

Derrière les murs autour d'eux, un vrombissement s'élève. Les fantômes dansants s'évaporent les uns après les autres, jusqu'à ce qu'il n'y ait plus qu'eux.

« Je ne sais pas si vous comprendrez jamais à quel point je vous suis reconnaissante, Ezra, dit Mirabel. Pour tout. »

La musique diminue et la salle de bal commence à trembler. Un des murs se fissure. Du miel suinte à travers le sol.

Il ne reste plus beaucoup de temps monsieur Rawlins vous avez eu votre danse l'histoire est finie il faut vraiment qu'on y aille.

Cet avertissement leur est bourdonné de tous les côtés à la fois.

« J'ai tout raté, murmure Zachary, j'ai raté tellement de choses. »

Il ne parle pas vraiment de l'histoire.

« Vous êtes là pour la fin », dit Mirabel.

Mais ça ne le console pas beaucoup.

« Qu'est-ce qui se passe maintenant ? demande-t-il, alors que *maintenant* lui paraît soudain plus pertinent qu'*après*.

— Ça ne dépend pas de moi, Ezra. Comme je vous l'ai dit, je ne décide pas du cours des choses, j'offre des opportunités et des portes. Encore faut-il que quelqu'un les ouvre. »

Mirabel tend la main vers le mur en rayons de miel et y trace une ligne du bout de l'index, puis une deuxième et une troisième, jusqu'à ce qu'elles dessinent plus ou moins la forme d'une porte.

Elle y ajoute une poignée et ouvre la porte. Au-delà s'étend une forêt illuminée d'étoiles, aux arbres touffus. Les vagues de miel autour de leurs pieds clapotent contre l'herbe mais ne passent pas le seuil.

« Au revoir, Ezra, dit Mirabel. Merci. »

Elle le salue d'une petite révérence. Comme à la fin d'une danse.

« De rien, Max. »

Il s'incline à son tour et tarde à se redresser, s'attendant à ce qu'elle soit partie le temps qu'il relève la tête, mais au contraire elle est revenue se planter devant lui et elle l'embrasse, lui effleure la joue de ses lèvres en guise de cadeau d'adieu. Un instant volé juste avant la fin, au goût doux-amer de miel et d'inévitable. Puis Mirabel fait demi-tour et franchit la porte.

La porte se referme derrière elle et se fond aussitôt dans le mur de cire, laissant Zachary seul dans une salle de bal vide prête à s'effondrer.

Il est temps de partir monsieur Rawlins.

« De partir où ? » demande Zachary.

Mais le bourdonnement a cessé. Le miel forme des tourbillons autour de ses pieds. Zachary se dirige vers l'escalier et remonte dans la maison de poupées. Le miel le suit.

Dans la maison, les abeilles ont disparu.

La poupée de porcelaine n'est plus dans la véranda.

Zachary essaie d'ouvrir la porte d'entrée, mais elle a été scellée par de la cire.

Il grimpe à l'étage, passe devant des chambres et des placards de poupées inoccupés, jusqu'à ce qu'il trouve un autre escalier aux marches engluées de miel qui mène à un grenier rempli de souvenirs oubliés, à l'intérieur duquel une échelle monte vers une trappe dans le toit.

Zachary pousse la trappe et sort sur le belvédère, d'où il contemple la mer. Des bulles de miel soulèvent les confettis de papier, le bleu virant peu à peu au doré.

Les abeilles grouillent par centaines sur le toit de la maison. Elles lui adressent un dernier bourdonnement alors qu'elles prennent leur envol et s'en vont.

Au revoir monsieur Rawlins merci d'avoir été la clé vous avez été une bonne clé et une belle personne nous vous souhaitons le meilleur pour vos futurs projets.

« Quels futurs projets ? » leur hurle Zachary, mais les abeilles ne répondent pas.

Elles s'envolent vers les ténèbres, au milieu des maquettes de planètes et d'étoiles, laissant Zachary livré à lui-même, avec pour seul bruit le ressac. Le bourdonnement lui manque aussitôt qu'il s'est tu.

Et maintenant, la mer monte.

Le miel se répand sur la pelouse en papier et se mélange avec la mer. Le phare tombe, sa lumière s'éteint. Le miel inonde le rivage et renverse les immeubles, obstiné et impatient.

Il n'y a plus qu'une seule mer à présent, qui dévore l'univers.

Elle a atteint la maison. Le cadenas cède alors que les vagues pénètrent par la porte ouverte et montent l'escalier. La façade s'écroule, à l'intérieur les murs en cire se fissurent.

La barque flotte, pas assez près pour être atteinte facilement, mais Zachary n'a plus beaucoup de choix. Le monde coule.

On ne devrait pas se sentir autant en danger quand on est mort.

Il a du miel jusqu'aux genoux.

C'est vraiment la fin, pense-t-il. *Il n'y a plus d'autre monde sous celui-là.*

Il n'y a plus rien après ça.

La réalité le rattrape alors que la maison de poupées sombre sous lui.

La fin est là, et Zachary refuse de l'admettre.

Il se hisse sur la balustrade et se jette vers la barque. Mais il dérape et tombe dans la mer de miel, qui l'enlace comme un amant trop longtemps perdu de vue.

Il tente de s'agripper au rebord de la coque, mais ses doigts enduits de miel sont glissants.

La barque chavire.

Cette mer sans Étoiles engloutit Zachary Ezra Rawlins.

Elle l'aspire vers le fond et l'empêche de refaire surface.

Il prend une dernière inspiration dont ses poumons n'ont pas besoin, et autour de lui le monde se fracture.

S'ouvre.

Comme un œuf.

Rhyme se tient sur la plus haute marche d'un escalier qui menait autrefois à la salle de bal et plonge désormais dans un océan de miel.

Elle connaît cette histoire. Elle la connaît par cœur. Chaque mot, chaque personnage, chaque changement. Ce récit a bourdonné à ses oreilles pendant des années, mais ce n'est pas la même chose d'entendre le naufrage et de le voir.

Elle se l'est représenté mille et une fois dans sa tête, mais là c'est différent. La mer est plus sombre, plus agitée, les vagues bouillonnent d'écume tandis qu'elles s'accrochent à la pierre et emportent livres, bougies et meubles sur leur passage, quelques pages volantes et bouteilles de vin égarées parvenant à réémerger brièvement avant de succomber à leur sort.

Le miel progressait toujours plus lentement dans l'imagination de Rhyme.

Il est temps de partir. Il est plus que temps, mais Rhyme reste là à regarder la marée monter jusqu'à ce que le miel vienne lui lécher les pieds, et seulement alors elle se détourne et s'éloigne, le bas de sa toge lourd et poisseux.

La mer sans Étoiles s'engouffre derrière elle alors qu'elle traverse pour la dernière fois toutes ces galeries et ces salles.

Rhyme fredonne en marchant, et la mer l'écoute. Elle s'arrête devant un mur sculpté de lianes, de fleurs et d'abeilles qui ne semble pas renfermer de porte, mais Rhyme sort de sa poche un disque en métal de la taille d'une pièce de monnaie, insère l'abeille modelée dessus dans une abeille en creux identique et le mur des Archives s'ouvre pour la laisser passer.

Le miel la suit pas à pas, se répand dans la pièce, s'insinue entre les rayonnages secrets.

Rhyme passe devant l'emplacement vide sur l'étagère où devrait se trouver *Doux chagrins* s'il n'avait pas été volé il y a longtemps déjà par un lapin, et devant un autre d'où elle a retiré *La Ballade de Simon et Eleanor* il y a très peu de temps, comparativement.

Elle se demande si donner aux gens des morceaux de leur propre histoire revient à flouer le Destin et se dit qu'au fond le Destin s'en moque très probablement.

Deux volumes égarés sur une si longue durée, ce n'est pas si mal, se félicite-t-elle en parcourant des yeux les rayonnages. Il y en a des milliers. Toutes les histoires de cet endroit. Traduites et retranscrites par chacun des disciples qui a arpenté ces lieux avant elle. Reliées en recueils de récits uniques ou combinées entre elles.

Les histoires d'un endroit ne sont pas faciles à contenir.

Il y a maintenant un vide étrange dans sa tête. Rhyme entend encore le bourdonnement des histoires passées, bien que ténu et discret car les histoires se calment toujours une fois qu'elles ont été écrites, que ce soient des histoires passées, présentes ou futures.

C'est l'absence des histoires stridentes du futur qui est le plus étrange. Seule résonne à ses oreilles la petite mélodie de ce qui va arriver dans les quelques minutes qui suivent – si faible par rapport aux symphonies de récits empilés les uns sur les autres qu'elle entendait avant –, et puis plus rien. Et puis cet endroit n'aura plus d'histoires à raconter. Il lui a fallu tellement de temps pour apprendre à les déchiffrer et à les noter afin qu'elles ressemblent à peu près à la façon dont elles se déroulaient dans ses oreilles et son esprit, et maintenant elles ont quasiment disparu. Elle espère que la personne qui a écrit ces derniers instants leur aura rendu justice. Elle ne les a pas écrits elle-même mais elle devine à la manière dont ils bourdonnent à ses tympans qu'ils ont déjà été consignés.

Rhyme fait un dernier tour dans les Archives pour leur dire adieu en silence et pour écouter les histoires fredonner autour d'elle avant de monter plus haut.

Elle laisse la porte ouverte en sortant afin de faire entrer la mer.

Elle gravit des escaliers, longe des couloirs, traverse des jardins, et la mer sans Étoiles la suit en emportant des statues, des souvenirs et d'innombrables livres.

Les lumières électriques vacillent et s'éteignent, plongeant l'espace dans le noir, mais il y a assez de bougies pour y voir. Rhyme a éclairé son chemin à l'avance, sachant qu'elle aurait besoin des flammes pour la guider.

Une odeur de poils grillés l'assaille quand elle atteint le Cœur. Elle entre dans le bureau du Veilleur sans frapper et ne commente ni ses cheveux coupés ras ni le nœud de tresses qui brûlent dans la cheminée en semant leurs perles calcinées dans les cendres.

Une perle par année qu'il a passée ici.

Il ne le lui a jamais dit, mais ce n'était pas la peine. Rhyme connaît son histoire. Les abeilles la lui ont susurrée.

La toge du Veilleur est soigneusement pliée sur une chaise et il porte à présent un costume en tweed qui était déjà démodé la dernière fois qu'il l'a mis, il y a pourtant fort longtemps. Il est assis à son bureau, où il écrit à la lueur d'une bougie. En voyant cela, Rhyme s'en veut un peu moins d'avoir mis autant de temps, mais elle a toujours su qu'ils attendraient le dernier moment pour partir.

« Tous les chats sont sortis ? » demande le Veilleur sans lever les yeux de son cahier.

Rhyme tend le doigt vers le chat roux sur le coin du bureau.

« Il est têtu, reconnaît le Veilleur. On va devoir le prendre avec nous. »

Il continue à écrire, sous le regard de Rhyme. Elle pourrait lire ce qu'il est en train de noter à la hâte si elle voulait, mais elle sait ce que c'est. Des invocations et des supplications. Des bénédictions, des désirs, des souhaits et des avertissements.

Il écrit à Mirabel comme il l'a toujours fait, comme il a continué à le faire pendant les années où elle était dans le tréfonds avec Zachary, il lui écrit comme s'il lui parlait, comme si elle pouvait entendre chaque mot tel un murmure à son oreille au moment où il se matérialise sur le papier.

Rhyme se demande s'il sait que Mirabel l'entend bel et bien, qu'elle l'a toujours entendu et l'entendra toujours à travers la distance, ses multiples vies et les milliers de pages tournées.

Ce n'est pas là que notre histoire s'achève, écrit-il. *C'est seulement là qu'elle change.*

Le Veilleur pose son stylo et referme le cahier.

Il lève les yeux vers Rhyme.

« Tu devrais te changer », dit-il en voyant sa toge et ses chaussures trempées de miel.

Rhyme dénoue sa toge et l'enlève. Dessous, elle porte les mêmes vêtements qu'à son arrivée : son vieil uniforme d'écolière, avec sa jupe écossaise et son chemisier blanc. Elle aurait trouvé étrange de mettre autre chose pour le jour du départ, bien que ça lui donne l'impression d'avoir revêtu une ancienne vie et bien que le chemisier soit désormais trop petit. Quant aux chaussures, elle devra se contenter de celles qu'elle a, miel ou pas.

Le Veilleur, semblant ne pas remarquer les vagues qui gagnent du terrain, se lève et se sert un verre de vin d'une bouteille posée sur son bureau. Il propose à Rhyme de l'accompagner, mais elle décline son offre.

« Ne t'en fais pas, lui dit-il en la regardant regarder la mer qui avance. Tout est là, ajoute-t-il en lui posant un doigt sur le front. N'oublie pas de le laisser sortir. »

Puis il lui tend son stylo plume, que Rhyme range dans la poche de sa jupe en souriant.

« Prête ? » demande-t-il.

Elle hoche la tête. Le Veilleur balaie une dernière fois des yeux son bureau, mais il n'emporte rien à part son verre de vin tandis qu'ils passent dans la pièce voisine, suivis par le chat roux.

« Tu pourrais me donner un coup de main avec ça, s'il te plaît ? » dit-il en posant son verre sur une étagère.

Ensemble, ils déplacent le grand tableau de Zachary et Dorian afin de révéler la porte dans le mur en pierre derrière.

« Où voudrais-tu qu'on aille ? » demande le Veilleur.

Rhyme hésite. Elle regarde la porte, puis se retourne pour jeter un coup d'œil derrière eux. La mer a pénétré dans le bureau, elle a renversé le balai qui était posé dans un coin.

« Le temps des serments est révolu, reprend le Veilleur, et Rhyme se tourne à nouveau vers lui.

— J'aimerais être là-bas, si c'est possible, dit-elle, chaque mot détaché avec prudence et laissant un effet bizarre sur sa langue, qu'elle n'a plus utilisée pour parler depuis des années. Pas toi ? »

Le Veilleur réfléchit à cette suggestion. Il sort une montre de la poche de son costume et l'examine en tournant les aiguilles dans un sens puis dans l'autre, après quoi il acquiesce d'un hochement de tête.

« Je pense qu'on a le temps », déclare-t-il.

Rhyme ramasse le chat roux.

Le Veilleur pose une main sur la porte, laquelle écoute ses instructions. Elle sait où elle est censée s'ouvrir, même si elle pourrait s'ouvrir n'importe où.

Des vagues de miel s'engouffrent dans la pièce alors que le Veilleur pousse la porte.

« Allez, vite », dit-il en pressant Rhyme et le chat vers la lumière grisâtre du dehors.

Il se retourne pour attraper son verre sur l'étagère.

« À ceux qui cherchent », lance-t-il en le levant en direction de la mer qui approche.

La mer ne répond pas.

Le Veilleur lâche le verre, qui se renverse et se brise sur le sol à ses pieds, puis il franchit pour la dernière fois le seuil de ce Port en train de sombrer et débouche dans le monde du dessus.

La porte se referme et la mer sans Étoiles vient s'écraser contre elle, inondant le bureau et la chambre attenante. Elle étouffe le feu et les tresses encore fumantes, recouvre le tableau, engloutissant les diverses mesures du temps et représentations du destin sous sa surface.

Cet endroit qui était jadis un Port fait désormais à nouveau partie de la mer sans Étoiles.

Toutes ses histoires sont rendues à leur source.

Très loin au-dessus, sur le trottoir d'une ville grise, le Veilleur s'arrête pour jeter un coup d'œil dans la vitrine d'une librairie pendant que Rhyme lève la tête vers les hauts gratte-ciel et que le chat roux lance des regards noirs à tout ce qui bouge.

Ils continuent à marcher, et lorsqu'ils arrivent à l'angle de la rue, Rhyme repère une pancarte l'informant qu'ils quittent Bay Street et s'apprêtent à tourner sur King Street.

Perchée sur le panneau, une chouette la fixe des yeux.

Personne d'autre ne semble la remarquer.

Pour la première fois depuis très longtemps, Rhyme ne sait pas ce que ça veut dire.

Ni ce qui va se passer après.

Dorian est assis sur le rivage rocheux près du corps de Zachary au bord de la mer sans Étoiles.

Hébété à force de sanglots, maintenant il ne pleure plus mais reste là, immobile, ne voulant pas voir la scène inchangée sous ses yeux et pourtant incapable de détourner le regard.

Il n'arrête pas de repenser à la première chose qu'il a croisée dans cet endroit sous les traits de Zachary. Il ne sait plus combien de temps ça fait, il se rappelle juste comme il a été pris de court, même après de multiples Allegra et de plus grands cauchemars encore, revêtant l'apparence de sa sœur morte quand il avait dix-sept ans.

Il neigeait. Dorian n'a cru que quelques instants qu'il s'agissait vraiment de Zachary, et ces quelques instants ont suffi. Ont suffi à la chose qui n'était pas Zachary bien qu'elle ait eu son visage pour le désarmer. Pour le mettre à genoux. Et Dorian ne se souvient pas comment il a fait pour esquiver les griffes qui se précipitaient vers lui dans la neige ensanglantée et pour récupérer son épée et se relever.

La lune l'avait prévenu, mais Dorian ne croit pas que quiconque puisse être vraiment préparé à ce que ça fait de brandir une épée au plus noir des ténèbres et de transpercer la personne qui vous est la plus chère au monde.

Avec tous les Zachary qui ont suivi, il n'a pas hésité.

Il pensait qu'il verrait la différence la fois où il trouverait enfin le vrai.

Il se trompait.

Dorian se repasse en boucle ce moment dans sa tête, le moment où Zachary est resté lui-même alors que tous les déguisements portés par les créatures précédentes s'étaient évanouis dès qu'elles étaient touchées, remplacés par quelqu'un ou quelque chose d'autre, et aussitôt s'est ensuivie la lente et terrible prise de conscience que ce moment et tout ce qu'il impliquait n'étaient que trop réel.

Et maintenant ce moment s'éternise, atrocement interminable, quand tout jusque-là n'était que changement permanent et étourdissant, à un rythme trop effréné ne serait-ce que pour lui laisser reprendre son souffle. Désormais, il n'y a plus de villes factices, de souvenirs hantés, de neige. Seulement un vide caverneux et un rivage jonché d'épaves de navires et d'histoires.

(Les choses qui le poursuivaient, tapies dans les ténèbres, ont fui devant tant de chagrin.)

(Seul le chat persan est resté, lové à ses côtés, ronronnant.)

Dorian songe qu'il mérite cette douleur. Il se demande quand elle finira. Si elle finira un jour.

Il en doute.

C'est son destin.

Que son histoire s'achève ici dans cette souffrance perpétuelle, entouré de verre brisé et de miel.

Il envisage de se jeter à son tour sur l'épée, mais la présence du chat l'en empêche.

(Tous les chats sont des gardiens à part entière.)

Dorian n'a aucun moyen de mesurer le temps qui s'écoule avec une effroyable lenteur, mais à présent le bord luminescent de la mer sans Étoiles se rapproche. Il croit d'abord que c'est dans son imagination, mais bientôt il devient clair que la mer est en train de monter.

Dorian s'est résigné à mourir noyé dans le miel et le chagrin lorsqu'il aperçoit le navire.

Extrait du Journal secret de Katrina Hawkins

J'ai pensé un moment laisser ce cahier à la mère de Z, mais finalement non. Je sens que je n'en ai pas encore fini avec lui, même si c'est juste des morceaux de trucs sans queue ni tête. J'espère qu'il manque un morceau, peut-être même un tout petit, quelque chose qui permettra d'assembler tous les autres, sauf que je n'ai aucune idée de ce que ça peut être.

J'ai dit certaines choses à la mère de Z. Pas toutes. Je lui ai apporté des cookies en forme d'abeille en pensant qu'elle ferait un commentaire si ça lui évoquait quelque chose, et aussi parce qu'ils sont délicieux à cause du glaçage miel-citron, mais elle n'a rien dit de spécial alors je n'ai pas insisté. Je n'avais pas trop envie de me lancer dans des histoires de sociétés secrètes et d'endroits qui si ça se trouve n'existent pas, et c'était sympa de parler à quelqu'un pour une fois. D'être ailleurs et de boire un café en mangeant des cookies. Tout me paraissait moins sombre là-bas. La lumière, l'attitude, tout.

Et puis il y a certaines choses qu'elle *sait*. Je crois qu'elle m'a un peu percée à jour. Ou qu'elle a réussi à fendiller mon armure psychique. Heureux soient les fêlés, car ils laisseront passer la lumière, tout ça, tout ça.

À un moment, je lui ai demandé si elle pensait qu'il y avait de la magie dans le monde, et elle m'a répondu : « Le monde *est* magique, *honey.* »

Peut-être que c'est vrai. Je n'en sais rien.

Elle a glissé une carte de tarot dans la poche de mon manteau au moment de partir, je ne m'en suis aperçue que plus tard. La Lune.

J'ai dû chercher sur Internet, je n'y connais rien en tarots. Ça m'a rappelé que Z en avait un jeu et qu'un jour il m'a tiré les cartes en n'arrêtant pas de répéter qu'il n'était pas très bon, mais tout ce qu'il me disait tombait dans le mille.

J'ai lu des trucs qui expliquent que la carte de la Lune parle des illusions et de trouver son chemin à travers l'inconnu, les mondes parallèles et la folie créative.

Madame Love en sait plus qu'elle ne veut bien le dire, je pense.

J'ai posé la carte sur mon tableau de bord pour l'avoir sous les yeux pendant que je conduis.

Je sens qu'il va se passer quelque chose et je ne sais pas quoi.

J'essaie de me détacher de tout ça, mais il y a quelque chose qui ne veut pas lâcher.

Il y a quelque chose qui monte. Qui insiste pour me tirer vers la suite, comme si ce n'était pas la fin de l'histoire.

Si rien de tout ça n'était arrivé, je n'aurais pas commencé à élaborer mon jeu, je n'aurais pas décroché ce job, je ne serais pas en route pour le Canada à l'heure où j'écris ces lignes.

C'est comme si je suivais un fil que Z m'avait laissé dans un labyrinthe, sauf que rien ne me dit qu'il est lui aussi dans ce labyrinthe. Peut-être que ce n'est pas mon boulot de retrouver Z. Mais peut-être que *c'est* mon boulot de voir où va le fil.

Ça m'a fait bizarre de laisser son écharpe dans sa chambre. Je l'avais depuis tellement longtemps.

J'espère qu'il la récupérera un jour.

J'espère que ce jour-là il aura une vraiment, *vraiment* bonne histoire à me raconter autour d'un dîner chez sa mère, et qu'il sera là avec son mari, et que moi aussi je serai là avec quelqu'un ou bien toute seule mais que je m'en foutrai, et j'espère que la soirée se finira si tard que *tard* sera devenu *tôt* et que les histoires et le vin dureront encore, encore et encore.

Un jour.

APRÈS

PAS LA FIN DE L'HISTOIRE

Jadis, il n'y a pas si longtemps...

Il y a un navire qui vogue sur la mer sans Étoiles tandis que la marée monte.

Sous le pont, un homme qui s'appelle désormais Dorian veille sur le corps de Zachary Ezra Rawlins pendant que la capitaine du navire, qui ne s'appelle pas et ne s'appellera jamais Eleanor, est à la barre.

Il y a du tumulte dehors, des hurlements de vent alors que le bateau tangue violemment, gîtant d'un côté puis de l'autre. Les flammes des bougies vacillent et se rallument.

« Qu'est-ce qui se passe ? demande Dorian à Eleanor quand elle redescend dans la cabine.

— Il y a des chouettes accrochées aux voiles », dit-elle.

L'une d'elles l'a d'ailleurs suivie, une petite chouette qui traverse la cabine d'un coup d'ailes et va se percher sur une poutre.

« Ça me complique la tâche pour gouverner, ajoute-t-elle. Elles essaient de se maintenir au-dessus du flot, on ne peut pas leur en vouloir, avec la mer qui monte si vite. Ça ne fait rien, de toute façon il va me falloir de nouvelles cartes. »

Elle fait cette dernière remarque à propos des cartes sur la table où ils ont allongé le corps de Zachary, le papier et la soie dorée imbibés de sang qui masque à la fois les chemins connus et les *terras incognitas*, le tout désormais englouti sous la mer.

Dorian s'apprête à s'excuser mais Eleanor l'interrompt et ils restent un moment en silence.

« Jusqu'où va-t-elle monter ? » finit par demander Dorian, même si à vrai dire il s'en moque.

Qu'elle continue donc à monter jusqu'à ce qu'ils s'écrasent contre la surface de la terre.

« Il y a de nombreuses cavernes navigables, répond Eleanor, à son grand désarroi. Je sais par où passer, même si elle monte très haut. Vous avez besoin de quelque chose ?

— Non, merci, dit-il.

— C'est la personne que vous cherchiez, non ? » s'enquiert Eleanor en baissant les yeux vers Zachary.

Dorian acquiesce d'un hochement de tête.

« J'ai connu quelqu'un autrefois qui avait le même manteau. Qu'est-ce que vous lisez ? » demande-t-elle en désignant le livre qu'il tient dans les mains, bien que Dorian l'ait sorti plus comme un talisman que pour le lire.

Il lui tend *Doux chagrins*.

Eleanor regarde le livre en fronçant les sourcils, puis son visage s'illumine lorsqu'elle reconnaît en lui un vieil ami perdu de longue date.

« Où est-ce que vous avez trouvé ça ?

— C'est lui qui l'a trouvé, explique Dorian. Dans une bibliothèque. À la surface. Il est à vous, je crois. »

La joie d'Eleanor réussit presque à lui arracher un sourire.

« Ce livre n'a jamais été à moi, rectifie-t-elle. Seulement les histoires qu'il contient. Je l'ai volé aux Archives. Je ne pensais pas le revoir un jour.

— Tenez, reprenez-le.

— Non, on devrait continuer à le faire circuler. Il y a toujours de la place pour de nouveaux livres. »

C'est alors seulement que Dorian remarque l'extraordinaire quantité de livres dans la cabine, nichés dans les interstices entre les poutres, sur le bord des hublots, empilés sur les chaises, servant de cales aux pieds de la table.

Le bateau tangue, une vague particulièrement violente fait basculer la cabine avant qu'elle se redresse. Un crayon roule de la table et disparaît sous un fauteuil.

Le chat persan qui faisait la sieste sur le fauteuil en question se laisse glisser au sol d'un air bougon et entreprend de mener l'enquête sur la disparition du crayon, comme si c'était son intention depuis le début.

« Il faut que je remonte, déclare Eleanor en rendant *Doux chagrins* à Dorian. J'ai oublié de vous dire, il y a quelqu'un là-haut, au sommet d'une falaise. Je l'ai vu dans mon télescope. Il attend tranquillement en *lisant*. Je vais m'arrêter pour le prendre quand la mer aura atteint ce niveau. Sinon je ne sais pas comment il fera pour sortir, il n'a qu'une main. Si jamais la houle grossit, accrochez-vous à quelque chose. »

Dorian songe qu'il devrait plutôt se jeter dans les vagues et laisser la mer sans Étoiles l'emporter, mais il soupçonne qu'Eleanor le repêcherait une fois de plus.

Elle lui donne une petite tape maladroite sur l'épaule et remonte sur le pont, le laissant seul avec Zachary.

Dorian lui écarte une mèche sur le front. Il n'a pas l'air mort. Dorian ne sait pas si ce serait plus facile dans le cas contraire.

Il reste assis en silence, écoutant les vagues s'écraser contre la coque, les hurlements du vent et les battements des ailes résonner dans la caverne, son propre cœur tambouriner à ses oreilles avec ce qui ressemble à un deuxième cœur en écho, et soudain Dorian comprend d'où vient cet écho.

Il sort la boîte de son balluchon et la tient entre ses mains.

Quelle est la différence, se demande-t-il, *entre le cœur du Destin et un cœur appartenant au Destin ?*

Un cœur conservé par le Destin jusqu'à ce qu'on en ait besoin.

Dorian regarde le corps de Zachary, regarde à nouveau la boîte.

Il réfléchit à ce qu'il croit.

Quand Dorian ouvre la boîte, le cœur à l'intérieur se met à battre plus vite. Son heure est enfin venue.

Extrait du Journal secret de Katrina Hawkins

Quelqu'un m'a laissé un mot sur le pare-brise de ma voiture. Elle est garée sur le parking d'un centre commercial en périphérie de Toronto, et quelqu'un a laissé un mot dessus. Il y a littéralement moins de dix personnes au monde qui savent que je suis dans ce pays, j'ai vérifié partout qu'on ne m'avait pas mis de traqueur, je devrais être absolument intraçable, introuvable, injoignable. Je n'avais pas prévu de m'arrêter dans ce centre commercial, je ne sais même pas dans quelle ville je suis, Missiquelquechose.

Le mot dit « Venez voir », avec une adresse en dessous.

C'est écrit sur un papier à en-tête de la « fondation Keating ».

Au verso, il y a un petit dessin d'une chouette coiffée d'une couronne.

J'ai rentré l'adresse dans mon GPS. Ce n'est pas très loin.

Et merde.

L'adresse correspond à un bâtiment désaffecté. Peut-être une ancienne école ou bibliothèque. Juste assez de vitres cassées pour parfaire le côté abandonné. Il n'y a aucun panneau. La porte principale est condamnée mais il n'y a ni pancarte « À VENDRE », ni « DÉFENSE D'ENTRER », ni « ATTENTION CHIEN MÉCHANT ». Il n'y a même pas de plaque pour dire ce que c'était avant, juste un numéro au-dessus de la porte grâce auquel je suis sûre d'être au bon endroit.

Ça fait vingt minutes que je suis garée devant à essayer de décider si j'y vais ou pas. La pelouse tout autour est envahie de mauvaises herbes, on dirait que personne n'est venu là depuis des années.

Il y a quelques graffitis, mais pas tant que ça. Essentiellement des initiales et des gribouillis abstraits. Peut-être que les graffitis canadiens sont plus polis.

Si je me décide à entrer, il faudrait que j'y aille avant qu'il fasse trop noir. Et que je prenne une lampe électrique.

J'ai l'impression que le bâtiment m'observe, c'est flippant. Le genre de vieux bâtiment qui a dû accueillir tellement de gens en son temps qu'aujourd'hui il paraît encore plus désert.

Ça y est, je suis dedans. C'est clairement une ancienne bibliothèque.

Il y a des rayonnages vides et des meubles à tiroirs. Pas de livres, juste quelques factures, bordereaux d'expédition et fiches de prêt à l'ancienne, celles où on devait noter son nom à la main.

Et partout, partout, des fresques sur les murs.

Comme si le graff et la peinture à l'huile de la Renaissance avaient eu des enfants ensemble. Des trucs totalement abstraits et confus à certains endroits, et hyperréalistes à d'autres.

Il y a des escaliers grouillant d'abeilles, une tempête de fleurs de cerisier, et les plafonds sont peints de façon à imiter le ciel nocturne, constellés d'étoiles, traversés par les différentes phases de la lune.

Certaines fresques ressemblent à une ville, d'autres à une bibliothèque dans la bibliothèque. Dans une des salles, il y a un château, et puis il y a des gens. Des portraits grandeur nature tellement réalistes qu'au début j'ai vraiment cru qu'il y avait des gens et j'ai failli leur dire bonjour.

Un des portraits représente Z, et un autre ce type qui le matait dans le bar. (Je savais que ce type était important, je le *savais*.)

Et puis il y a moi.

Je suis sur le mur, bordel.

Je suis sur le mur dans le manteau orange que je porte actuellement, avec ce cahier à la main.

Qu'est-ce que c'est que ce délire ?

Il y a aussi un panneau immense avec une énorme chouette. Pas une chouette effraie, une chouette rayée peut-être ? Je suis nulle en chouettes. Elle est gigantesque, elle prend presque la totalité du mur avec ses grandes ailes déployées. Elle a je ne sais combien de clés pendues à des rubans au bout de ses serres, et une couronne sur la tête.

Sous la chouette, il y a une porte.

Au centre de la porte sont dessinés une couronne, un cœur et une plume le long d'une ligne verticale.

La porte ne fait pas partie de la fresque.

C'est une vraie porte.

En plein milieu du mur, sauf qu'il n'y a pas de porte de l'autre côté, j'ai vérifié. De l'autre côté, c'est un mur massif.

La porte est fermée mais il y a une serrure et, tiens, ça tombe bien, j'ai une clé.

Peut-être que le Temps est venu.

Je suis assise devant la porte. J'aperçois un peu de lumière dessous.

Dehors, le jour baisse, mais la lumière sous la porte n'a pas varié.

Je ne sais pas quoi faire.

Je ne sais pas ce qu'on est censé faire quand on trouve ce qu'on ne savait pas qu'on cherchait, dont on n'était même pas sûr que ça existait, et qu'on se retrouve soudain le nez devant, assis par terre dans une bibliothèque canadienne abandonnée.

Je n'arrête pas de sniffer l'huile de citrus que m'a donnée la mère de Z mais je ne me sens pas du tout au clair mentalement.

Je me sens citronnée et siphonnée.

Je suis ressortie m'asseoir sur le capot de ma voiture et j'ai regardé la lune se lever. Il y a des tonnes d'étoiles. J'ai trouvé Orion.

J'ai mis ma carte de la Lune dans ma poche et j'ai ma clé en forme de plume. Elle a encore son étiquette. L'écriture est la même que celle du mot sur mon pare-brise.

Pour Kat, quand le Temps viendra
Venez voir

Je vais laisser ce cahier dans ma voiture, au cas où. Je ne sais pas pourquoi. Pour que quelqu'un sache. Pour qu'il y ait une trace, s'il m'arrive quelque chose. Si je ne reviens pas.

Pour que peut-être quelqu'un, un jour, quelque part, le lise et sache.

Coucou, personne qui lit ça !

Katrina Hawkins était ici.

Toutes ces choses se sont vraiment passées.

Il y a peut-être des trucs qui ont l'air bizarres, mais parfois c'est comme ça, la vie.

Parfois la vie est bizarre.

Vous pouvez essayer de l'ignorer, ou vous pouvez voir où le bizarre vous emmène.

Vous ouvrez une porte.

Qu'est-ce qui se passe après ?

Je vais bientôt le savoir.

... le Temps tomba amoureux du Destin

Zachary Ezra Rawlins se réveille en sursaut, avec un nouveau cœur qui cogne dans sa poitrine.

La dernière chose dont il se souvienne, c'est du miel, des flots de miel qui emplissent ses poumons et l'aspirent vers le fond de la mer sans Étoiles.

Pourtant il n'est pas au fond de la mer sans Étoiles.

Il est vivant. Il est là.

Où que « là » soit.

« Là » a l'air de bouger. Il est couché sur une surface rigide, mais autour de lui, tout oscille. Il sent sous ses doigts des bouts de papier, des morceaux de rubans et quelque chose de visqueux qui n'est pas du miel.

La lumière est basse, mais on dirait qu'il y a des bougies. Il ne sait pas où il est.

Il essaie de se lever et il tombe, mais quelqu'un le rattrape.

Zachary et Dorian se dévisagent avec une stupeur incrédule.

Aucun n'a les mots pour ce moment de cette histoire, dans aucune langue.

Zachary se met à rire et Dorian se penche afin de cueillir son rire sur ses lèvres et il n'y a désormais plus rien entre eux : ni mots, ni distance, ni même le temps ou le destin pour venir compliquer les choses.

C'est ici que nous les laissons, sur ce baiser tant attendu au milieu de la mer sans Étoiles, dans un chaos de résurrection, de désir et de cartographie obsolète.

Mais ce n'est pas là que leur histoire s'achève.

Leur histoire ne fait que commencer.

Et aucune histoire ne s'achève jamais vraiment tant qu'elle continue à être racontée.

Pas seulement l'histoire qu'elle lui a demandée,
mais de nombreuses histoires

Devant ce qui était autrefois une bibliothèque se trouve une petite voiture bleue fraîchement abandonnée.

Un chat roux dort sur le capot encore chaud.

Un homme vêtu d'un costume en tweed est appuyé contre la voiture et feuillette un cahier bleu canard, bien qu'il n'y ait que la lueur de la lune pour l'éclairer.

Le long du bâtiment en brique, une jeune femme dans un uniforme d'écolière trop petit pour elle se hisse sur la pointe des pieds pour regarder par une fenêtre.

Ni l'un ni l'autre ne remarque la femme qui marche vers eux entre les arbres, mais les étoiles si, leur éclat se reflétant vivement sur sa couronne.

Elle a toujours su que cette nuit viendrait.

À travers les siècles et ses multiples vies, elle l'a toujours su.

La seule question, c'était comment arriver là.

La femme à la couronne s'arrête dans l'obscurité silencieuse et regarde l'homme qui lit.

Puis elle tourne son attention vers le ciel.

Elle tend la main vers les étoiles. Contre sa paume est plaquée une carte. Elle la brandit en direction du ciel nocturne afin de la montrer à la lune et aux étoiles, avec un art consommé de la mise en scène.

Sur la carte est représenté un grand vide. *La Fin.*

Elle la retourne. Une vaste étendue lumineuse. *Le Début.*

Elle la tourne à nouveau et la carte se transforme en poudre d'or dans ses doigts.

La femme s'incline en une petite révérence. La couronne ne tombe pas de sa tête mais glisse, et elle la redresse avant de reprendre sa route vers la voiture, vers sa propre histoire.

Quand elle l'atteint, elle tremble dans sa robe sans manches.

« Je ne me suis pas changée, dit Mirabel au Veilleur, je ne pensais pas qu'il ferait si froid. Tu m'attends depuis longtemps ? »

Le Veilleur enlève sa veste en tweed et la lui pose sur les épaules.

« Non, répond-il, car quelques heures ne sont rien comparées au temps depuis lequel ils attendent tous les deux ce moment.

— Elle ne l'a pas encore ouverte, n'est-ce pas ? s'enquiert Mirabel en se tournant vers le bâtiment en brique.

— Non, mais elle ne va pas tarder. Elle a déjà pris sa décision. Elle a laissé ça. »

Il lui montre le cahier bleu canard et enfonce un petit bouton rouge sur la couverture, qui fait clignoter de minuscules loupiotes autour d'un smiley.

« Comment se porte notre cher M. Rawlins ? reprend-il.

— Mieux. Il ne pensait pas que je le laisserais avoir un happy end. Je suis presque vexée.

— Peut-être qu'il ne croyait pas le mériter.

— C'est ce que tu penses ? demande Mirabel, mais le Veilleur ne répond pas. Tu n'es pas obligé d'être là, tu sais. Plus maintenant.

— Toi non plus, pourtant nous sommes là tous les deux. »

Mirabel sourit.

Le Veilleur lève une main pour coincer une mèche de cheveux roses derrière son oreille.

Il l'attire à lui afin de la réchauffer et pose ses lèvres contre les siennes.

À l'intérieur du bâtiment en brique, une porte s'ouvre vers un nouveau Port sur la mer sans Étoiles.

Sous le regard ravi des étoiles dans le ciel.

REMERCIEMENTS

Un immense merci à tous ceux qui ont navigué avec moi sur la mer sans Étoiles. À Richard Pine, dont je pense toujours que c'est un magicien, et à InkWell Management. À Jenny Jackson, Bill Thomas, Todd Doughty, Suzanne Herz, Lauren Weber et toute ma merveilleuse équipe chez Doubleday (y compris Cameron Ackroyd, pour tous les cocktails). À Elizabeth Foley, Richard Cable et tout le monde chez Harvill Secker de l'autre côté de l'océan étoilé. À Kim Liggett pour les sessions d'écriture, virtuelles ou en personne, au Ace Hotel ou dans des recoins oubliés de la New York Public Library, ainsi que pour les très nombreux verres de vin pétillant. À Adam Scott pour tout, toujours. À Chris Baty, fondateur du National Novel Writing Month, qui aurait déjà dû être dans les remerciements du *Cirque des rêves*. Désolée pour ça, Chris. À Lev Grossman pour m'avoir laissée emprunter les abeilles et les clés de l'école de Brakebills. À J. L. Schnabel. Plusieurs des bijoux décrits dans ce livre, dont le collier avec l'épée en argent, ont été inspirés par les magnifiques créations de sa collection BloodMilk.

À Elizabeth Barrial et son Black Phoenix Alchemy Lab, qui mettent réellement des histoires en bouteilles. Grâce à eux, je réfléchis toujours aux odeurs quand j'écris. À BioWare, parce que ce livre n'a trouvé son équilibre que lorsque je suis tombée profondément amoureuse de *Dragon Age : Inquisition*.

Un mot sur la façon de nommer les choses : j'ai trouvé le nom de Madame Love Rawlins sur une tombe dans un cimetière de Salem, Massachusetts. Toute ressemblance avec la personne véritable serait fortuite. Kat et Simon doivent leur nom à Kat Howard et Simon Toyne, qui m'ont par hasard écrit au moment où je cherchais des noms de personnages (l'amie de Kat, Preeti, a été baptisée de façon similaire d'après Preeti Chhibber). Comme indiqué dans le texte, le nom d'Eleanor est tiré de *La Maison hantée* de Shirley Jackson. Zachary et Dorian ont toujours été Zachary et Dorian, bien que j'aie failli changer le nom de Dorian à plusieurs reprises. Mirabel, bien sûr, a été baptisée par les abeilles.

TABLE DES MATIÈRES

Composition et mise en pages
Nord Compo à Villeneuve-d'Ascq

Imprimé en France par
CPI Bussière
en février 2024
N° d'impression : 2076324

#lisez engagé !
Pour plus d'information :
www.lisez.com
Imprimé sur du papier issu de forêts gérées durablement.

Pocket – 92 avenue de France, 75013 PARIS

Suite du premier tirage : février 2024
S30012/04